KB151945

또
다
른

사
랑

1

SCARLET
ROMANCE
STORY

또 다른 사랑

스파클라 장편 소설

Another Lover

1

contents

— AF267 탑승하여 주십시오.

언제나 기다림은 지겹고 사람을 지치게 만든다. 특히 여행을 가려는 여행자에게 비행기를 기다리는 시간은 더 그렇다.

지루한 기다림 끝에 탑승. 벌써 해묵은 피로가 엄습하는데, 그 긴 시간 비행기 안에 갇혀 있으려니 제이는 머리가 지끈거리는 듯했다. 이번 휴가를 위해서 지난 몇 달 동안 얼마나 바쁘게 일했는지, 쌓인 피로가 한꺼번에 먹구름처럼 몰려오면서 이륙하자마자 스르륵 절로 눈이 감겼다.

깊은 잠에 빠져 있던 제이는 순간 심장이 내려앉을 것 같은 느낌에 소스라치게 놀라며 잠에서 깨어났다. 갑작스러운 난기류를 만난 비행기가 심하게 요동치며 기체가 하강하기 시작하면서 잠이 싹 달아나 버렸다.

— 승객 여러분, 예상치 못한 난기류에 기체의 흔들림이 심하니 모두 자리에 앉아 안전벨트를 반드시 착용해 주십시오. 승객 여러분. 지금 바로 모두 착석하시어 안전벨트를 착용해 주십시오.

상기된 승무원의 목소리가 방송으로 흘러나왔다. 잠시 화장실을 다녀오던 사람, 불편하다고 벨트를 살짝 풀어 뒀던 사람, 너 나 할 것 없이 긴장한 표정으로 서둘러 자리에 앉아 벨트를 착용하고 승무원들도 자기 자리를 찾아가고 있었다. 한 승무원이 마지막 점검차 기내를 바쁘게 오가며 정돈하는 사이, 이번에는 다급한 기장의 목소리가 방송으로 흘러나왔다.

— 기장입니다. 자리에서 일어난 승무원들도 모두 지금 즉시 착석하고 벨트 착용하십시오. 지금 바로 모두 한 사람도 빠짐없이 자리 착석하고 벨트 착용하십시오.

심상치 않은 기장의 근엄한 목소리에 기내에는 냉기가 흐르는 듯했고, 모두 숨을 죽이고 사태 파악하기에 여념이 없는데, 순간 덜컹거리는 소음과 함께 소름 끼치도록 무섭게 기체가 훅, 훅 하강하기 시작했다.

'도대체 이게 무슨 일이야.'

제이 역시 당황하긴 마찬가지였다.

"어머어머, 이거 왜 이래?"

"뭐야 이거. 악!"

"엄마, 나 속이 안 좋아."

"엄마, 엄마, 나 무서워."

"으악!"

승객들의 비명을 비웃듯 다시 한번 기체가 땅으로 꺼지듯 훅 떨어지는가 싶더니, 비상 불이 깜빡거리며 요란한 경고음이 울렸다. 지금까지 비행기를 제법 많이 타 봤지만, 이렇게 심한 난기류는 처음이라 재난 현장의 한가운데 뚝 떨어진 기분에 제이는 온몸에 소름이 돋았다.

'과연 무사히 도착할 수 있을까? 비행기가 이런 식으로 추락을 하는 거구나. 이렇게…… 죽을 수도 있는 거구나. 하…… 그나마 언니가 함께 오지 않아서 다행이야. 정말 다행이야.'

온갖 상념이 파도처럼 밀려오며 위기의 순간들이 지나가고, 다행히 끝없이 이어질 것 같던 비행기의 요동이 점차 안정을 되찾는 듯했다.

그러기를 몇 분 후 다시금 안내 방송이 흘러나왔다.

— AF267 기장입니다. 기체는 서서히 난기류를 빠져나와 안정권에 접어들고 있으니 이젠 안심하셔도 되겠습니다. 많이 놀라셨을 텐데, 안정을 취하시고 남은 비행 또한 안전하게 목적지까지 모셔다드릴 수 있도록 최선을 다하겠습니다. 적극적으로 협조해 주신 승객 여러분께 깊은 감사의 말씀을 드립니다. 감사합니다.

"흐흐흑흑. 난 정말…… 흐흐흑……."

"괜찮아 여보. 이제 안정권이라잖아, 진정해."

"앙, 으앙."

기체는 안정을 되찾아 가고 있었지만, 승객들은 불안함을 완전히 지울 수가 없었다.

난기류 때문에 어수선해진 기내를 승무원들이 정리하기 시작했다. 통로에 널브러진 물건들, 어른이나 아이 할 것 없이 구토한 봉투, 늘 비행기를 타면 여러 나라를 여행하는 승무원들은 얼마나 좋을까? 생각만 했었는데, 이런 일을 겪고 보니 결코 부럽지만은 않았다.

아직 끝나지 않은 여정에, 밀려드는 상념이 반갑지 않아 다시 잠을 청하려는데 그마저 쉽지가 않았다. 억지로 눈을 감고 있어 봐야 수면에 도움이 될 것 같지 않아 와인을 마시며 보고 싶었던 영화도 보고, 음악을 듣다 보니 그제야 눈이 천천히 감겼다.

— 승객 여러분, AF267기는 현재 착륙을 위하여 하강 중입니다. 도착지인 마드리드 국제공항에 앞으로 약 35분 후 도착 예정입니다. 현재 마드리드의 기온은 영상 16도에 약간의 구름이 있고 바람이 강하게 불고 있으므로 하강 중 항공기의 흔들림이 예상됩니다. 승객 여러분께서는 불편하시더라도 안전을 위하여 좌석 벨트를 반드시 착용하여 주시길 바라며 앞서 난기류에서도 침착하게 잘 대응해 주신 점 전 승무원을 대신하여 깊이 감사의 말씀을 드립니다. 마지

막까지 안전하게 모실 수 있도록 최선을 다하겠습니다. 감사합니다.

이런! 겨우 잠이 들었는데…… 선잠을 잔 탓에 오히려 피곤이 더했다. 착륙 전 다시금 항공기가 흔들리고 있었다.

앞서 경험했던 난기류 탓에 이 정도의 흔들림은 별거 아니겠거니 생각할 수 있으나, 대부분 항공 사고는 이착륙 시에 발생하는 걸 고려한다면 어쩌면 지금 이 아까의 난기류 못지않게 더 긴장되는 상황이 아닐 수 없었다.

─ 승객 여러분 강한 바람의 영향으로 항공기가 흔들리고 있습니다만 너무 불안해하지 마시고 승무원들의 안내에 협조해 주시기 바랍니다. 창문 덮개는 모두 열어 주시고, 등받이와 테이블도 제자리로 부탁하겠습니다.

어두워진 조명에 곧 도착한다는 설렘보다 안전하게 잘 착륙할 수 있게 되기를 마음속으로 열심히 빌었다.

드르륵 바퀴가 끌리는 소리와 함께 드디어 항공기가 바닥에 무사히 안착했음을 느끼는 순간 승객들은 너 나 할 것 없이 모두 손뼉을 치고 있었다. 세상에! 모두 말은 못 하고 얼마나 긴장 속에 애를 태웠는지 지금 여기 앉아 있는 사람들만이 알고 있을 것이다.

─ AF267기 무사히 도착하였습니다. 다시 한번 안내에 따라 침착하게 잘 대응해 주신 점 감사드리며 다음에 기회가 된다면 또 모실 수 있기를 기대합니다. 편안한 여행 되십시오. 감사합니다.

마지막 안내 방송을 끝으로 다시금 불이 밝혀지고 사람들이 부산스럽게 움직이기 시작했다. 제이는 서두르지 않고 대부분의 사람이 빠져나간 후 여유롭게 짐을 정리하고 나왔다. 입국 절차가 빨리 끝나기를 바라며 공항을 둘러보니 여기저기서 스페인 말이 쏟아져 나오는 게 정말 내가 스페인에 왔구나 실감 나기 시작했다.

입국 심사가 까다로운지 좀처럼 줄어들지 않는 줄을 보며 기다리기가 지루해, 여권 지갑에 넣어 둔 스케줄 표를 꺼내 들고서 일정을 천천히 검토하다 보니 어느새 심사대 앞으로 다가와 있었다.

드디어 지루했던 입국 심사가 끝나고, 서둘러 공항을 빠져나오는데 기사로 보이는 깔끔한 정장 차림의 한 남자가 리무진 앞에서 자신의 이름을 들고 기다리고 있었다.

"와, 형부 진짜 준비 철저하게 하셨네. 다 언니 위해서 준비했을 텐데 나만 누려서 어째."

혼잣말하며 기사에게 다가가 스페인어로 반갑게 인사를 건넸고, 기사는 자국의 언어를 사용하는 제이의 발음을 칭찬하며 환한 웃음으로 제이를 맞았다. 호화스러운 리무진에 올라타고 보니 함께 오지 못한 언니 생각이 절로 났다.

사람 마음이라는 게 참 난기류를 만났을 땐 언니와 함께 오지 못해 차라리 다행이라 생각했던 게 불과 몇 시간 전인데, 도착하고 보니 또 언니와 함께 오지 못한 게 못내 아쉬웠다.

리무진은 미끄러지듯 복잡한 도로를 빠져나가기 시작했고 긴장이 풀린 탓인지 온몸이 뻐근하고 쿡쿡 쑤시기 시작했다. 한시라도 빨리 뜨거운 물에 몸을 담그고 싶은 욕구만 가득 차올랐다.

"도착했습니다. 여기가 예약하신 호텔입니다."

기사가 직접 내려 제이의 여행 가방을 챙겨 내려 주었다.

"네. 감사합니다."

리무진에서 내려 호텔을 본 순간 제이의 입꼬리가 활짝 올라갔다. 기지개를 쫙 켜고 함박웃음을 지으며 바라본 호텔은 정말 황홀 그 자체였다. 20세기 궁전 같은 부티크 호텔이었다.

이 호텔의 건축가가 페팔케스라고 했던가? 활짝 열린 문으로 들어서니 화려한 외관과는 달리 심플하게 꾸며진 내부 인테리어와 유명 디자이너의 제품들로 채워진 가구 등이 제이의 이목을 확 끌었다. 형부가 여자 둘만 간다고 얼마나 신경을 썼는지 호텔만 봐도 알 것 같았다.

보통의 호텔과는 다르게 제이가 묵게 될 호텔은 60여 개의 전 객실이 모두 스위트룸인 데다 최고의 전망을 자랑하는, 정말 여자들의 마음속에 쏙 들 만한 멋진 호텔이었다.

"형부도 대단해. 이런 곳은 또 어떻게 찾았을까?"

그렇게 호텔 내부를 찬찬히 살펴보다 보니 다시금 뻐근한 몸이 아우성을 치기 시작했다. 제이는 서둘러 프런트로 걸음을 옮겨 자신과 처음 시선이 마주친 여직원에게 다가가 인사를 건네고 체크인 절차를 밟았다.

"701호 체크인해 주세요."

"네. 알겠습니다."

잠시 전산을 확인하던 직원의 시선이 다시 제이에게 향했다.

"이준이라는 분 성함으로 예약이 되어 있는데 맞습니까?"

"네. 맞습니다. 여기요, 여권하고 예약 확인증."

제이는 미리 출력해서 가져온 예약 확인증을 건넸고, 확인을 마친 직원이 호텔 고객 카드를 내밀었다.

"네. 감사합니다. 여기 카드에 체크된 곳에만 내용 작성해 주시면 됩니다. 그런데 혼자 오셨나요? 예약은 두 분으로 하셨는데요."

"네. 일행이 사정이 생겨서요."

고개를 끄덕이는 직원을 보고 싱긋 웃으며 작성이 끝난 고객 카드를 직원에게 되돌려 주었다.

"여기 카드 키 받으시고요. 짐은 직원이 올려 드릴 겁니다. 편안한 여행 되십시오. 감사합니다."

"네. 감사합니다. 수고하세요."

카드 키를 꽂고 객실로 들어서니 또 한 번 입이 함박웃음을 짓고 있었다. 화이트 톤의 모던한 인테리어, 우아한 디자인 가구, 깨끗하고 깔끔한 방, 최신식 설비. 모든 여자가 꿈꿀 법한 주방까지 갖추어져 있었다. 무엇보다 전망이 정말 최고였다. 머무는 동안 정말 편안하게 보낼 수 있는 그야말로 최고의 호텔이었다. 제이는 두근거리는 마음을 가라앉히고 여행용 가방은 한쪽에 밀어 두고 서둘러 욕실을 찾았다. 큼직한 욕조에 급히 물을 틀어 두고 다시 나와서 옷을 주섬주섬 벗으며 콧노래를 불렀다. 이게 얼마 만에 느껴 보는 여유이며, 얼마 만에 찾아온 휴식인지 가늠하기조차 쉽지 않았다.

옷을 다 벗고 와인 바로 가서 와인을 한잔 들고서 욕실로 들어가 욕조로 직행했다. 따뜻한 물에 몸을 담그니 온몸이 행복한 비명을 지르기 시작했다.

"아…… 너무 좋아."

머리끝에서 발끝까지 온몸에 혈액이 달음박질하는 것마냥 찌릿찌릿했다. 이렇게 나른하고 포근할 수가.

한 잔의 와인, 온몸을 휘감는 나른한 포근함, 똑똑 떨어지는 물소리가 귓가에 음악처럼 울려 퍼지는 여유. 모든 게 다 너무 황홀하고 행복했다. 와인까지 마셔서 그런지 눈이 자꾸 감기려고 했다. 생각 같아서는 욕조에 좀 더 앉아서 쉬고 싶었지만 내일을 위해서 오늘은 이만 잠자리에 들어야 할 듯했다.

그렇게 행복함을 입 안 가득 머금고 긴 타월 하나만 몸에 두른 채로 욕실을 빠져나왔다. 그런데.

"엄마야!"

제이는 우두커니 서 있는 인영에 화들짝 놀라 저도 모르게 소리를 질렀다.

"누…… 누구세요?"

나른한 미소는 오간데 없이 제이는 기절할 듯 놀라고 말았다. 웬 장신의 남자가 슈트 주머니에 양손을 찔러 넣고서 방 한가운데 떡하니 버티고 서 있는데 놀라지 않을 사람이 누가 있을까? 기절하지 않은 게 다행이었다. 미동도 없이 선 채로 자신을 뚫어져라 쳐다보는 남자를 보며, 정신이 번쩍 든 제이는 얼른 팔짱을 껴 바스 타월을 고쳐 잡았다.

"도대체 여기서 뭐 하는 거예요? 사람 부르기 전에 당장 나가요!"

갑작스러운 상황에 심장은 사정없이 쿵쾅거리고, 팔다리가 덜덜 떨렸지만 무슨 일이 벌어질지 몰라 신경을 곤두세워야 했다.

룸에 들어오자마자 기대와는 사뭇 다른 방의 풍경을 보며 조프의 미간이 잔뜩 찌푸려졌다. 한쪽에 가지런히 벗어 놓은 옷가지와 여행 가방이라……. 보편적이지 않은 상황에 의아한 생각이 드는 것도 잠시, 막 욕실 문을 열고 나와 천연덕스럽게 놀란 척하는 여자를 보니 비릿한 웃음이 입가에 걸리는 걸 막을 수가 없다.

촉촉한 브라운 계열의 머리카락에 둥근 이마, 까만 눈동자. 크지 않지만 오뚝한 코, 습기 머금은 촉촉한 붉은 입술, 발그레한 볼, 가늘고 긴 목, 둥글고 매끈한 어깨, 아쉽게도 타월에 감춰진 몸매와 그 아래로 길게 쭉 뻗은 늘씬한 다리, 검은색 매니큐어를 바른 예쁜 발까지. 조프는 말 그대로 머리끝에서 발끝까지 보란 듯이 부러 찬찬히 살펴보았다.

자신이 한 말을 대체 어디로 들어 먹었는지, 이안의 오지랖은 아직도 현재진행형인 듯했다. 대체 언제까지 이런 식으로 귀찮게 할 생각인지…….

평소와는 달리 이번에는 동양 사람이었다. 대단히 새롭고 신선한 시도에 살짝 호기심이 동하기는 했다. 상황이 달랐다면, 어쩌면 말이라도 부드럽게 나가지 않았을까? 하지만 오늘은 그의 장난에 맞춰 줄 기분이 아니었다. 전혀.

며칠간 제대로 된 잠은커녕 휴식을 떠올릴 겨를도 없이 시간을 분초 단위로 쪼개어 쓰며, 이미 지칠 대로 지친 상태인 조프는 한시라도 빨리 쉬고 싶은 마음뿐이었다.

"하…… 대체 무슨 수로 이안을 설득했는지 모르겠지만, 난 그와는 달라. 그래. 만에 하나 당신이 그 흔한 기회주의자들과 질적으로 다른 인격이라고 해도, 난 이런 억지스러운 상황이 전혀 달갑지 않아. 내 말 무슨 말인지 알아들어? 더구나 지금은 손가락 하나 까딱할 힘도 남아 있지 않다고! 그러니 당장 짐 챙겨 여기서 나가 줘. 부탁하지."

잔뜩 인상을 찌푸린 채 신경질적으로 타이를 풀며 말하는 남자는 정말 눈에 띄게 지쳐 보였고, 제이는 무언가 정말 단단히 잘못되었다는 걸 직감할 수 있었다.

"미안하지만, 지금 당신이 하는 말을 하나도 이해하지 못했어요. 룸을 제대로 찾아오신 건 맞나요? 분명히 말하지만, 당신이 말하는 그 기회주의자가 제가 아닌 건 확실해요. 그러니, 일단 이 방에서 나가 주세요. 옷이라도 좀 갖춰 입어야겠어요."

여자의 행동이 거짓인지 진실인지 판단할 여력조차 조프에게 남아 있지 않았다. 마지막 남은 인내심을 끌어모아 응접실로 무거운 걸음을 옮겨 소파에 털썩 주저앉는데, 기다렸다는 듯 방문이 쾅 하고 닫혀 버렸다.

'하! 이안이 아니라고? 정말 이 말도 안 되는 상황이 오해와 착오란 말이야?'

혹시 몰라 제이는 방문을 단단히 잠그고서 응접실 쪽으로 귀를 기울였다. 누군가와 통화하는 소리를 듣자 하니, 남자 역시 원치 않는 상황을 맞이한 건 분명한 듯 보였다.

제이는 이대로 멍하게 있을 수 없어 서둘러 옷을 갈아입으며 거의 벗은 것과 다름없는 모습으로 낯선 사람을 상대하고 있었다는 게 어이가 없어 실소가 터져 나왔다. 그나마 남자가 괴한이나, 어떠한 목적을 갖고 접근한 사람 같지는 않아 불행 중 다행이었다.

순식간에 옷을 갖춰 입고선 조심스레 응접실로 나와 남자가 있는 소파 테이블에 있는 전화기를 들었다. 대체 뭐가 어디서부터 어떻게 잘못된 걸까? 안내 데스크와 전화 연결이 되자마자 제이의 말이 급히 쏟아져 나왔다.

"여기 701호예요. 지금 제 방에 다른 사람이 들어와 있는데 어떻게 된 일이죠?"

─ 네? 그게 무슨……. 지금 바로 올라가 보겠습니다.

전화를 끊음과 동시에 소파에 그림같이 앉아 있던 남자의 휴대폰이 울리더니 남자가 바로 받았다.

─ 예약은 이상 없습니다. 대표님, 제가 지금 바로 가겠습니다.

"예약에 이상이 없으면 됐어. 쉬어. 너도 지금 정상 컨디션 아니야. 운전 조심하고."

─ 아니 그래도.

"됐다고, 여기도 해결할 사람이 있는 것 같으니까 그냥 들어가."

조프는 한껏 무거워진 눈꺼풀을 내리며 전화를 끊었고, 그런 그를 보며 초조한 마음이 더해진 제이는 하릴없이 전화기 근처를 맴돌았다.

"좀 앉지 그래? 정신없게."

가만히 감은 눈앞으로 어른거리는 검은 그림자와 서성거리는 소리가 거슬린 조프다.

'하, 참 나!'

제이는 어이가 없었다. 어떻게 된 일인지는 몰라도 분명 자신 역시 피해자였다. 꿀 같은 휴식을 빼앗긴 것으로도 모자라 왜 이런 죄인 같은 기분을 느껴야 하는 건지. 끓어오르는 화를 간신히 삭이고 제이 역시 소파에 털썩 주저앉았다. 마치 나도 지금 댁처럼 화가 머리끝까지 나 있는 걸, 그저 태평하게 눈 감고 앉아 있는 저 남자가 알아주길 바란다는 듯이.

조프는 천천히 감은 눈을 떴다. 자신을 뚫어지게 쳐다보고 있는, 아니 노려보고 있는 여자와 눈이 딱 마주치자 여자는 흠칫 놀라며 눈을 출입문 쪽으로 돌려 버렸다.

알 수 없는 여자였다. 처음 조프가 영어로 말할 때 자연스럽게 영어로 대꾸하다가 한순간 다른 언어로 혼잣말을 중얼거리는가 하면, 또 프런트에 전화할 때는 스페인어로, 세 개의 언어를 자유자재로 구사하고 있었다.

뜬금없이 궁금했다. 어느 나라 사람이지? 동양인 같기는 한데. 정말 이안이 보낸 사람이 아니란 말인가? 하긴…… 그랬다면 이렇게 일을 크게 벌이지 않았을 테지.

그러고 보니 아까는 타월을 걸치고 있었는데 그사이 옷도 갈아입은 모양이다.

'내가 본 여자 중에 이렇게 옷을 빨리 갈아입는 여자가 있었던가? 그건 차치하고라도 내 앞에서 저렇게 편한 차림을 하는 여자가 있었던가?'

여자는 루스한 반팔 화이트 저지 셔츠에 타이트한 검은색 트레이닝 바지를 입고 있었다. 미처 말리지 못한 머리카락에서 물이 뚝뚝 떨어져 가슴 위쪽을 적시고 있는 걸 아는지 모르는지, 그녀는 그저 출입문을 뚫어 버릴 듯 쳐다보고 있었다.

딩동.

벨 소리가 울리자마자 기다렸다는 듯 제이가 벌떡 일어서자 조프가 서둘러 그녀의 팔을 잡으며 제지시켰다. 이게 지금 무슨 상황인지 알 리 없는 제이는 잡힌 팔을 한번 쳐다보고 인상을 쓰며 남자를 노려봤다.

얕은 한숨을 쉬며 조프는 가슴에 있는 행커치프를 꺼내 그녀에게 건네주면서 턱으로 그녀의 가슴을 가렸다.

제이는 뭐? 하며 가슴 쪽을 쳐다보다가 그만 화들짝 놀라고 말았다. 아뿔싸! 재빨리 그의 행커치프를 낚아채 등을 돌린 채로 열심히 가슴에 떨어진 물기와 지금도 물기가 뚝뚝 떨어지고 있는 머리카락 끝을 꾹꾹 눌러 닦았다.

'하필 흰옷을 입었어! 이게 무슨 망신이야. 하…… 정말 가지가지 한다.'

물기를 제거하니 그나마 아까처럼 가슴이 훤히 비치지는 않았다. 화끈해진 얼굴의 열기를 식히며 급히 출입구로 다가가 객실 문을 활짝 열어 주고서 안으로 향했다.

"죄송합니다. 저희 쪽에서 착오가 있었습니다."

호텔 총지배인인 듯 상의 한쪽에 명함을 달고 있는 중년의 남자와 고개를 떨군 두 명의 직원이 제이의 눈에 들어왔다.

"네? 착오……라니요? 무슨 착오를 말씀하시는 건지…….”

제이가 서둘러 질문했다.

"그게, 직원의 실수로 룸이 겹쳐졌습니다.”

"네? 룸이…… 겹쳤……다고요? 아니 어떻게 이런 일이 있을 수 있나요?”

"죄송합니다. 두어 달 전 바뀐 전산 프로그램에 오류가 있었는데, 직원이 그 걸 미처 발견하지 못해서 이런 착오가 생겼습니다.”

두 달 전이라면 형부가 예약한 시점인 듯했다.

"그래서 해결 방안은?”

소파에 느긋하게 앉아 상황을 지켜만 보던 조프가 말을 던졌고, 제이는 자연 스레 그에게 눈길을 돌렸다. 간단명료. 남자는 말을 길게 하지도 않았지만, 위 압감이 느껴지기에는 충분했다.

총지배인은 VIP들만 드나드는 자신의 호텔에서 이런 사고가 일어났다는 걸 믿을 수가 없었다. 차마 입이 떨어지지 않지만, 겨우 입을 열어 한다는 소리가,

"그게…… 하필 지금이 축제 기간이라…… 저희 호텔에는 현재 남아 있는 룸이 없습니다. 그래서 지금 다른 직원들이 근처 호텔을 모두 확인하고 있는 중입니다. 죄송합니다만 조금만 기다려 주시면 곧 답을 드리겠습니다. 다시 한 번 정말 죄송합니다.”

축제라……. 그래 맞다. 여행 기간에 딱 맞게 아주 유명한 축제가 하나 있었 는데, 안 그래도 축제 기간이 겹쳐 동선에 불편함은 없을까 언니와 얘기 나눴 었는데, 그게 이렇게 발목을 잡을 줄이야…….

"하…….”

올 때부터 순탄치 않았던 여행이었다. 첫날부터 이렇게 삐걱대다니, 제이는 한숨이 절로 나와 소파로 와서 털썩 주저앉았다. 하루에 어떻게 이렇게 다양한 에피소드가 생기는지 황당함에 말문이 막힐 지경이었다.

그렇게 넋 놓고 앉아 있다 보니 훌쩍거리는 소리가 들려왔다. 좀 전에는 처 한 상황이 하도 어이없어 주위를 신경 쓸 여력이 없었는데, 정신을 가다듬고

보니, 지배인 옆에서 고개 숙인 채 눈물을 흘리는 여직원의 모습이 눈에 들어왔다. 저 직원 덕분에 이렇게 황당한 일을 당하긴 했지만 그래도 울고 있는 직원을 보고 있자니 마음이 편치만은 않았다. 제이는 천천히 울고 있는 직원에게로 다가갔다.

"울지 마세요. 전 괜찮아요. 괜찮습니다."

건네는 말에도 직원의 눈물은 그칠 기미가 보이지 않았고,

"뭐 당황하긴 했지만, 살다 보면 별의별 일이 다 있는데, 이런 일쯤이야 뭐 대수라고. 어쩌겠어요? 이미 벌어진 일인데, 사람이 하는 일이니까 실수도 있을 수 있고, 또 사람이 하는 일이니까 어떻게든 해결이 될 거예요. 안 그래요? 사실 여기가 너무 맘에 들어서 있고 싶긴 한데, 할 수 없죠, 뭐. 다음에 또 기회가 있겠죠."

"죄송합니다. 정말…… 너무 죄송합니다."

"아니아니요. 죄송하단 말 듣자고 한 말은 아니에요. 이미 벌어진 일에 너무 상심하지 마시라고요. 다른 곳에 룸이 있으면 제가 옮길게요."

그제서야 숙여져 있던 직원의 고개가 들렸다. 호텔리어 경력이 오래되진 않았지만 정말 일하다 보면 별별 사람이 다 있다는 걸 뼈저리게 깨닫게 되는 나날들이었다.

호텔은 전 객실이 스위트룸만 있는 VIP만을 위한 호텔이라 해도 과언이 아니었다. 그런 호텔에서 룸 예약 미스라니, 이제 정말 끝이구나 싶었다. 그런데 오히려 자신을 다독거려 주는 사람이라니……. 샤넌은 앞에 서 있는 여자가 그렇게 고마울 수가 없었다.

일단 호텔리어들은 룸을 알아보겠다며 인사하고 자리를 떠났고 제이는 말없이 방으로 돌아가 자신의 캐리어 가방에 짐을 챙겨 넣고 있었다.

'이 호텔 맘에 드는데 너무 아깝네. 어휴…….'

캐리어를 정리하고 보니 포근해 보이는 침대가 마구 유혹하는 듯해 한번 누워나 볼까 싶었지만, 미련이 남을 것 같아 침대의 유혹을 뿌리치고 다시 응접

실에 나와 소파에 앉았다.

오랜 비행시간, 짧은 휴식 끝에 골치 아픈 일까지 하루에 많은 일을 겪다 보니 순식간에 피로가 덮쳤다. 남은 숙소가 확인이 되는 즉시 옮겨 쉬고 싶은 마음뿐이었다. 생각 같아선 저쪽 남자가 옮겨 주면 좋겠다 싶었지만 모양새를 보아하니 너그러운 자신이 백번 양보하는 게 나을 것 같았다. 기다리는 동안 소파에 최대한 깊숙이 등을 기대어 다리를 편하게 교차시키고 팔짱을 낀 채 잠시 피곤한 눈을 감았다.

한발 물러나 일이 흘러가는 상황을 그저 바라보기만 하던 조프가 천천히 자세를 고쳐 앉았다. 처음에는 정말 이안이 보낸 사람인 줄 알았다. 그게 아니라는 걸 알았을 때 솔직히 조금 놀라웠다.

오늘 그녀는, 호텔 측의 어처구니없는 실수로 자신과 룸이 겹쳤고, 그로 인해 말도 안 되는 오해까지 받았다. 어디 그뿐인가? 여분의 룸이 없어 오도 가도 못하는 상황에 처했음에도 화는커녕 그 어떤 불평의 말 한마디 하지 않고, 오히려 울고 있는 직원을 다독여 주는 모습이라니, 보편적이지 않은 반응에 실로 오랜만에 사람에 대한 순수한 호기심이 일었다.

이런 일을 대수롭지 않게 넘길 정도로 원래가 긍정적 사고방식을 가진 사람인지, 아니면 신경 쓸 여력이 남아 있지 않을 만큼 피곤한 상태라 그런지, 그녀는 한 공간에 낯선 사람과 함께 있음에도 크게 의식하지 못하고 고른 숨을 내뱉으며 잠에 빠져들고 있었다.

비록 오해에서 비롯되었으나, 아까의 무례함에 대해 사과할 기회를 엿보고 있다고 하기에는 지나치게 오래 그녀의 모습을 눈에 담게 되는데, 똑똑똑. 마침 들려오는 노크 소리다.

총지배인의 난처한 표정에서 이미 기대했던 답은 얻을 수 없음을, 그럼에도 혹시나 하는 생각에 눈썹을 찡긋 올려 하는 무언의 질문에,

"근처에 룸이 남아 있는 호텔이 없습니다. 많이 불편하시겠지만, 룸이 나올 때까지만이라도 저의 아파트를 사용하는 건 어떻겠습니까? 여기서는 10분 거

리로, 호텔과는 비교할 수 없지만 깨끗하고 안전만큼은 보장되는 곳이니 여느 숙박 공유 업체보다는 나을 겁니다. 물론 저는 다른 곳에 머물 예정이고요. 결제하신 금액은 모두 환불 조치하고, 제 아파트에 머무는 동안의 비용은 발생하지 않을 겁니다. 다시 한번 이런 불편함을 끼쳐 드려 대단히 죄송합니다."

어렵게 말을 꺼내는 총지배인이었다. 결코 있을 수 없고, 있어서도 안 되는 일에 귀한 시간을 낭비해 화가 올라왔지만, 위기에 대처하는 총지배인의 능력이나 자세만큼은 인정하지 않을 수 없었다.

하지만, 조프는 그의 제안을 받아들일 수가 없었다. 지금 현재 자신의 목적과 목표가 바로 이 호텔이었다. 유동성 위기에 빠진 이 호텔을 인수하기 위한 마지막 단계로서 지금까지 조사한 자료가 정확한지, 목적에 부합한지, 최종 점검만이 남았기에 만족할 만한 결과를 얻기 전까지는 이곳을 벗어날 수가 없었다.

그렇다면 그녀를 그의 집으로? 왠지 모르게 그것 또한 꺼려져 그녀를 바라보는데, 두런두런하는 얘기 소리를 들었을까? 그녀의 눈꺼풀이 서서히 움직이고 있었다.

제이는 귓가를 맴도는 소음이 실제인지 환청인지도 구분이 가지 않을 만큼 몽롱해지는 정신을 간신히 붙잡으며 무거워진 눈꺼풀을 힘겹게 들어 올렸다. 한껏 뻑뻑해진 눈을 비비며 소음이 들려오는 곳을 보니 총지배인의 모습이 아른거렸다.

"그래서…… 어떻게 됐나요?"

"다른 호텔도 남은 객실이 없다는군, 다만……."

총지배인을 대신한 조프의 말이 채 끝나기도 전에 제이의 몸이 스프링처럼 튕겨 올랐다.

"죄송한데, 여기까지가 제 한계인가 봐요. 전 지금 정말 잠이 절실해요. 우리 내일 다시 해결 방안을 찾아보죠. 일단 제가 이쪽 방을 쓸게요."

제이는 더 이상 견딜 수가 없었다. 세상 가장 무거운 게 눈꺼풀이라고, 지금은 제대로 된 판단을 할 수 없을 만큼 정신이 흐려 있었고, 그냥 푹신한 침대에 몸을 묻고 싶다는 생각 외에는 아무런 생각도 들지 않았다. 방에 발을 들여놓으며 마지막 남은 정신으로 방문을 잠그고서 그대로 침대에 몸을 던졌다.

"하하하하하."

남은 객실이 없다는 말에 짧고 굵은 한숨을 내쉬더니, 벌떡 일어서 자기 할 말만을 급히 하고 쏜살같이 사라지는 모습이라니, 역시나 예상치 못한 신선한 반응에 조프는 오랜만에 크게 소리 내어 웃어 보는 듯했다.

"그럼 어떻게……."

조심스레 조프의 의중을 묻는 총지배인과,

"많이 참은 것 같기는 하더군. 보통 사람 같으면 벌써 난리가 났을 텐데 말이야. 나 역시 이 상황이 그리 유쾌하진 않지만 그렇다고 뜬눈으로 밤을 지새우고 싶지는 않은데, 게다가 호텔이 아닌 곳에서 묵을 생각은 전혀 없고. 그러니 내일 다시 봅시다. 그녀의 말대로."

걱정으로 잔뜩 찌푸린 총지배인의 얼굴과는 대조적으로 고개를 설레설레 흔들며 유유히 반대편 룸으로 발걸음을 옮기는 조프다.

열흘 전. 함께 여행을 계획했던 사촌 언니 리안에게 전화가 걸려 왔다.

— 제이, 오늘 점심때 잠깐 시간 낼 수 있어?

"그럼. 언니가 원한다면 없는 시간도 만들어야지!"

— 어구 고마워라. 길 건너 브런치 카페에서 기다릴게.

제이는 전화를 끊고서 급히 하던 일을 마무리하고 약속한 카페로 향했다.

"언니, 벌써 왔어?"

"응. 음료는 내가 알아서 주문했어. 괜찮지?"

"괜찮지 그럼. 언니는 여행 준비 잘 돼 가? 난 아직 일이 마무리가 안 됐어. 얼마나 바쁜지 정신이 하나도 없네."

자리에 앉자마자 물어보는 제이의 얼굴에 곧 다가올 여행의 기대감이 고스란히 묻어났다.

"그렇지…… 아직 일이 좀 남았다는 말은 들었어. 그런데 제이야."

"응?"

"있잖아…… 나……."

"뭐야? 걱정되게 왜 그래? 무슨 일 있어?"

머뭇거리며 말을 늘이는 모습이 분명 무슨 일이 생긴 것 같은데,

"그게…… 나 임신이래."

"뭐? 정말? 진짜?"

제이는 두 손으로 함박 벌어진 입을 가리며 행복한 비명을 질렀다.

"언니 축하해. 정말 너무너무 축하해! 세상에, 언니 정말 잘했어. 잘했어!!"

마치 제 일처럼 기뻐하는 제이를 보니 더 입이 떨어지지 않는 리안이었다.

"그래도, 그렇게 오매불망 기다릴 때는 찾아오지도 않더니……."

"거기까지! 언니 말 쉽게 내뱉는 거 아니다. 부정 타. 알지? 조심 또 조심. 난 정말 괜찮아. 그러니까 난 신경 쓰지 마. 알았어? 그런데 언니 진짜 어떻게 된 거야? 이번엔 시험관도 하지 않았잖아."

"나도 이게 어떻게 된 일인지 모르겠어. 그렇게 안달복달하며 갖은 애를 써도 안 되더니, 오히려 마음을 내려놓고 난 후 자연임신이라 아직도 믿기지가 않아."

무려 7년이었다. 리안 부부가 애타게 아기를 기다린 시간.

어린 나이에 결혼해 아기를 갖는 데 어려움이 있을 거라고는 상상조차 하지 않았다. 하지만 세 번의 유산을 겪었고, 결국 인공수정과 시험관 시술이라는 어려운 과정을 반복하며 우울증과 무력감에 힘들어하던 리안이었다.

이준은 그런 리안이 안쓰러워 둘만으로도 충분히 행복하다며 시술을 만류했고, 리안은 아기를 좋아하는 남편이 그렇게 말할 수밖에 없도록 만든 자신이 미워, 속상한 마음을 제이에게 토로하고는 했다.

"내가 맞혀 볼까? 형부가 언니 보내기 싫어서 아주 그냥 사랑을 많이많이 했나 봐. 형부의 사랑이 하늘에 닿았네 닿았어."

"야! 얘는 결혼도 안 한 애가 아주 못 하는 말이 없어!"

발그스름하게 얼굴을 붉히는 언니의 모습이 전에 없이 생기가 가득해 보는 사람마저 행복한 기분이 들었다.

"언니, 그동안 언니가 어떤 마음으로 그 지옥 같은 시간을 버텼는지 누구보다 내가 잘 알아. 그러니 언니는 아무 걱정 말고 그냥 이 기적을 즐겨! 그리고 기뻐만 해. 알았어? 난 언니 덕분에 긴 휴가도 생겼잖아?"

"그게 어떻게 내 덕분이야? 네가 일을 잘해서 얻은 포상 휴가나 마찬가진데. 게다가 나 때문에 망치게 생겼으니……."

"망치긴 뭘 망쳐? 나 아직 여행 포기한다고 말 안 했거든? 나 혼자라도 다녀올까 생각 중이야. 물론 형부가 허락해야 가능한 일이지만 말이야."

혼자 하는 여행이야 힘든 일 겪으며 많이 해 봤기에 크게 문제 될 게 없었지만, 책임감이 강한 형부가 국내도 아닌 해외를 한 달이나 혼자 가라고 허락할지가 걱정이었다.

처음 여행을 고려했던 건, 계속된 임신 시도로 몸과 마음이 약해질 대로 약해진 언니를 걱정해서였다. 그래서 형부이자 회사 대표인 이준에게 휴가를 제안했는데, 여행을 생각하고 준비하다 보니 본인에게도 휴식이 필요했다는 자각을 뒤늦게 하게 된 제이였다.

이준은 회사에서 가장 중요한 위치에 있는 제이의 부재를 걱정함과 동시에 아내의 공백을 체감하게 될 한 달이 달갑지는 않았으나, 몸과 마음이 피폐해진 아내와 마찬가지로 자신은 돌보지 않고 몇 년을 휴가도 반납한 채 회사를 위해 일만 한 제이 역시 반드시 필요한 휴가라는 생각이 들었다.

지금 이준의 인생에서 가장 중요한 두 사람과 한 달이나 떨어져 지내야 하지만, 그 소중한 두 사람이 함께 가는 여행이니 믿고 보낼 수 있을 것 같아 어렵게 한 결정인데……

"너 혼자 괜찮겠어? 그렇게 멀리?"

"언니. 나 씩씩하잖아. 여행 뭐 한두 번 해 보나? 말이 통하지 않는 것도 아니고 괜한 걱정이야. 언니까지 그러면 형부는 누가 설득해? 언니라도 나 도와주라."

"흠. 나도 너 혼자 보내는 건 걱정이란 말이야."

"언니. 나 좀 봐주라 응? 잘할 수 있어. 혹시 알아? 멋진 스페인 남자라도 데려올지?"

제이가 언니의 걱정을 조금이라도 덜어 주려 마음에도 없는 말을 농담처럼 꺼냈다.

"듣던 중 반가운 소리다. 제발 좀 그래 줄래? 너 아직……이야?"

"에이. 또 그런다 또! 시간이 없어서 그래. 시간이. 일만 하기에도 하루 24시간이 모자라!"

"제이야……."

"언니! 난 괜찮아. 그러니까 걱정하지 말고, 형부나 잘 부탁해. 알았지?"

"알았어. 노력해 볼게."

제이의 생글거리는 얼굴 너머에 가려진 그늘을 너무나 잘 알기에 못내 안쓰러웠다. 언제쯤 그 끔찍한 악몽에서 벗어날 수 있을지……. 리안은 부디 제이가 고통에서 벗어나기를, 제이의 앞날이 순탄하기를 가만히 마음으로 빌었다.

"형부, 축하해요."

이준의 호출에 제이가 집으로 찾아왔다.

"고마워 처제."

"이건 언니 선물."

눈을 동그랗게 뜨고 선물을 열어 보던 리안의 눈에서 빛이 반짝거렸다.

"정말 아기 발이 이렇게 작을까?"

"태어나면 이거보다 더 작대. 이거 신으려면 적어도 태어나서 한 달은 있어야 될 거라고."

제이가 가져온 아기 신발에서 눈을 떼지 못하고 가만히 어루만져 보는 리안의 눈에는 어느새 눈물이 가득 고여 있었고, 그 모습을 보는 이준 역시 뭉클함에 리안을 뒤에서 꼭 감싸 안았다.

"똑똑, 여기 사람 있어요! 애정 행각은 저 없을 때 하면 안 될까요?"

"왜, 처제 부러워? 그러게 내가 좋은 사람 소개해 준다니까!"

"됐네요. 하나도 안 부럽거든요? 얼른 용건이나 말씀해 주세요."

"일단 이쪽으로 와서 앉아 봐."

경쾌하던 이준의 목소리가 낮게 깔렸다.

"왜 이래요? 살벌하게."

"처제. 일단은 미안하다."

"형부! 저 몇 년 만에 제대로 가는 첫 휴가예요. 이번 여행 가려고 지난 몇 달을 어떻게 일했는지 잘 아시면서."

알아도 너무 잘 알았다. 제이는 지난 몇 년을 함께 일하면서도 한 번을 제대로 된 휴가는커녕 연월차조차 제대로 사용하지 않았다. 게다가 그 어떤 특혜나 요행 따위는 바라지도 않을뿐더러 오히려 회사 사장인 자신과의 관계를 모르는 직원들도 아직 허다할 정도로 공과 사가 명확했다.

그런 제이가 휴가를 다녀오고 싶다고 먼저 말한 건 이번이 처음이었다. 더구나 그 이유라는 것도 몇 년을 정신없이 일한 본인을 위해서가 아닌, 사촌 언니인 자신의 아내를 위해서라는 것에 고마움보다는 미안함이 훨씬 더 컸기에 무거운 마음으로 휴가를 승인했고, 제이는 승인이 떨어지자마자 무서운 기세로 책임감 있게 맡은 일을 마무리해 나가고 있었다.

"어이구, 그동안 어떻게 참았어? 그렇게 휴가 가라고, 가라고 노래를 불러도 꿈쩍도 않더니? 누가 들으면 내가 휴가도 안 보내는 악덕 사장인 줄 알겠어. 그리고, 한국말은 끝까지 들어 봐야 하는 거야!"

"앗, 죄송해요. 입 꾹 닫고 있을게요. 말씀하세요."

"처음부터 처제를 위한 휴가가 아니어서 마음이 편치는 않았어. 휴가 먼저 제안해 줘서 고마웠고, 둘이 함께 보내 주기로 해 놓고, 리안이 못 가게 돼서 미안하다고."

"당연한걸요, 뭘. 그런 걸……."

"그러니 이번에는 정말 오직 자신만을 위한 휴가를 보내 봐. 제대로."

"감사합니다!"

책임감이 남다른 형부가 계속 반대를 하면 어쩌나 걱정했는데 다행히 허락으로 들리는 말에 크게 안도했다.

"그런데…… 꼭 스페인으로 가야겠어? 거긴 혼자 가기 위험하지 않을까?"

"형부! 저 어린애 아니거든요!"

"그래 그렇지. 난 그냥 걱정이 돼서."

"형부!"

'그럼 그렇지, 어째 쉽게 넘어간다 했다.'

"그래 알았어. 알았다고. 리안이 처제 원하는 대로 해 주자고, 너무 간곡하게 부탁해서 일단 허락은 하겠는데, 로밍 할 거지?"

"네? 형부, 저 거기까지 가서 전화받으며 시간 허비하고 싶지 않아요. 제 전화 하루 종일 불나는 거 잘 아시잖아요."

"그러게 진작 하나 더 개통하라니까. 개인 전화는 따로 좀 써!"

"두 개나 뭐 하려요. 들고 다니기 무겁고 일일이 챙기기 번거롭기만 하지."

"그럼 거기 가서 전화 대여하고 바로 연락 줘. 이게 처제 혼자만 여행 보내 주는 첫 번째 조건이야."

"그럼 로밍 하는 거랑 뭐가 달라요?"

"나나 회사에서 전화 가는 일은 절대로 없게 할 거니까 그건 걱정 말고."

이준은 좀처럼 보기 힘든 제이의 불퉁한 표정과 불만 가득한 목소리에 피식 웃음이 나왔다.

"음. 두 번째는요?"

"두 번째는…… 최소 하루 두 번 리안이하고 나한테 전화할 것!"

"형부!"

"시차 생각해서 그 정도로 끝내는 거야. 현지 시각으로 오전 7시, 오후 2시쯤 이렇게 두 번 정도는 꼭 전화해 줘. 그 시간에 전화 없음 무슨 일 생긴 줄 알고 바로 알아볼 테니!"

"너무해요 형부. 그것도 언니한테만 하는 것도 아니고 형부한테도 꼬박꼬박 하라고요? 형부 바쁘신데 일일이 전화받을 수 있겠어요? 두 번도 많은데 둘 다 한테 꼬박꼬박? 어휴."

제이는 까다롭게 이런저런 조건을 거는 형부를 보며 한숨이 절로 나왔다. 이게 가라는 말이야, 가지 말라는 말이야.

"그럼 안 가면 되겠네."

"에이, 그럼 언니한테만 할게요. 그럼 되잖아요."

"안 돼. 언니는 마음이 약해 봐줄 수도 있으니까. 언니가 나와 같이 있을 때는 상관없지만 그렇지 않을 때는 나한테도 전화해. 잘 있다고 한마디만 하고 끊어. 그럼 되잖아!"

"아니 시차도 있는데 그냥 신경 끄고 계세요. 뭘 그렇게까지."

이렇게 걱정을 끼치면서까지 가야 하나 싶다가도 어렵게 시간을 만들어 가게 된 여행인 만큼 쉽게 포기할 수도 없었다.

"뭐 처제 전화할 시간에는 나나 리안이나 다 전화받을 수 있는 시간이니까 상관없어. 우리 걱정은 하지도 말라고. 그것도 싫으면 정말 가지 말든가."

"알았어요, 알았어! 하면 되잖아요."

'까다로워 정말. 언니는 어떻게 같이 사는 거야?'

"처제, 그래도 리안이는 행복하대."

"네?"

"처제 방금 속으로 그랬잖아. 나 까다롭다고."

"풉. 콜록콜록."

언니가 주는 음료를 마시다가 그대로 사레들려 버린 제이다. 깜짝 놀라 손으로 입을 스윽 닦고는,

"형부, 독심술도 해요?"

"야! 너는 표정이 거짓말을 못 해!"

리안은 웃으면서도 안쓰러운 마음에 눈시울이 붉어졌다. 몇 년 전, 그 일만 아니었으면 좀 더 밝고 보다 활기차게 생활할 수 있었을 텐데. 정말 이 아이 혼자 보내도 될까? 리안의 걱정을 아는지 모르는지 출국 일은 점점 다가왔고, 그렇게 제이의 혼자 하는 여행이 시작된 것이었다.

피곤해서 미처 커튼조차 닫지 못하고 잠이 들어 버린 제이는 쏟아져 들어오는 햇살에 고운 얼굴을 찌푸리며 이불을 뒤집어썼다. 그렇게 몇 분이 지났을까? 갑자기 이불을 확 밀어 젖히고는 주위를 두리번거렸다.

"맞다. 지금 스페인이지? 아! 숙소. 하……."

휴가 첫날은 무조건 늦잠을 자야겠다던 생각은 일찌감치 접고, 부지런히 욕실로 걸음을 옮기며, 기대와는 다른 첫날이지만 오랜만에 아무 생각 없이 죽은 듯 잠을 잘 수 있었으니 차라리 다행이다 싶었다.

간단하게 샤워를 마친 제이는 머리를 드라이하자마자 활동하기 편하게 하나로 묶어 올리고서 물 빠진 스키니 진에 내추럴한 화이트 티셔츠를 걸쳐 입었다. 평소 화장을 잘 하지 않는 탓에 간단한 기초화장품을 바르고 선크림으로

마무리를 하는 모습은 여느 여자들의 외출을 준비하는 모습과는 다소 차이가 있는 듯했다.

본인은 게을러서 화장을 하지 않는 거라고 둘러대지만 주위에서는 화장을 하지 않아도 피부가 맑고 깨끗하니 부러 하지 않는 거라며 시샘 어린 시선을 보내기도 했다. 마지막으로 가방을 정리하고서 사뭇 비장한 마음으로 응접실로 나섰다.

응접실 소파에서 느긋하게 신문을 보던 조프는 문이 열리는 소리에 펼쳐 보던 신문을 접고 제이를 바라보았다.

"생각보다 일찍 일어났군."

"네, 뭐. 그래도 제가 늦었네요."

"자. 어제 못다 한 이야기 좀 해 볼까요?"

조프는 어제 총지배인의 대처 방안은 마음에 들지 않았다. 그리고 무엇보다 앞에 있는 이 여자가 과연 어떻게 나올지 지켜보는 것도 나쁘지 않을 것 같았다. 오랜만에 아주 흥미로운 일을 마주한 기분이랄까?

"호텔 측에서는 여전히 룸을 구하지 못한 건가요?"

그의 맞은편 자리에 앉으며 제이가 물었다.

"아마도."

제이는 잠깐 생각을 정리했다. 지금 당장은 어디에도 룸이 없다. 그러니 무턱대고 나갔다가는 낭패 보기 십상이었다. 그렇다고 저쪽인들 뾰족한 대책은 없어 보였다. 아니면 관심이 없어 보인다고 해야 하나? 분명 똑같은 문제에 직면했는데 왜 저쪽은 저렇게 태연해 보이는지.

"제가 잠깐 생각해 봤는데 혹시 일행이 있으신가요?"

"일행?"

"네. 혹시 저…… 그러니까. 이 상황에 마주해서는 안 될 사람……이랄까요? 아무튼…….."

"하고 싶은 말이 뭡니까?"

"아니 혹시 일행이 없으시다면 그냥 어제처럼 하면 안 될까 해서요. 숙소 문제 해결될 때까지만, 저는 이쪽 룸을 쓰고 당신은 저쪽 룸을 쓰는 걸로. 출입구만 같이 사용한다 뿐이지 응접실을 빼면 다른 룸이나 마찬가지잖아요? 보시다시피 저는 여기 사람이 아니에요. 그렇다고 이곳에 아는 사람이 있는 것도 아니고요."

왠지 모르게 시니컬하게 느껴지는 남자의 말투에 덩달아 목소리에 날이 서고 말았다. 따지고 보면 억울하기는 매한가진데 왜 자신에게서만 조급함이 느껴지는 건지 알 수 없었다.

"나 역시 그건 마찬가집니다만."

"그러니까요. 그러니까 그냥 어제처럼…… 하면 어때요? 이 호텔 고객 관리는 철저하다고 들었어요. 물론 어제의 실수를 봤을 땐 조금 의아하기도 하지만 뭐. 아무튼. 신원은 정확하실 테고?"

"그러는 그쪽 신원은 정확합니까? 내가 걱정하지 않아도 되는 건가?"

조프는 웃음이 나오려는 걸 꾹 참았다. 자신의 입장에서 보자면 여자 쪽 신원이 더 우려스러운데 누가 누구의 신원을 들먹이는지.

"그럼요! 저는…… 잠깐, 제가 이상해 보여요? 어디가 어떻게요?"

"그쪽도 내 신원에 의문을 가졌던 것 같은데 불과 1분 전까지?"

아차 싶었다. 먼저 실례를 범한 쪽은 자신이었는데, 민망한 마음에 얼굴이 뜨거워졌다.

"아니…… 그건. 뭐. 아무튼. 서로의 신원은 걱정하지 않아도 되는 거네요. 저는 여기 오래 머무르진 않을 거예요. 길면 열흘 남짓? 지내는 동안에도 대부분은 아침 일찍 나가서 저녁이나 되어야 돌아올 거고요. 크게 불편함을 끼칠 일은 없을 것 같은데…… 어때요? 당신 생각은? 아니면 다른 계획이 있으신지?"

"좋습니다. 당신 생각이 그렇다면, 그렇게 하도록 하죠."

"정말이요?"

잠시나마 마음을 졸인 제이는 그제야 안도의 한숨을 내쉬었다. 막무가내로 방을 비우라고 하면 어쩌나 얼마나 걱정을 했던지. 생판 모르는 남자와 같은 호실을 쓰는 게 많이 불편하기는 했지만, 사실 말이 같은 룸이지 정말 응접실만 빼면 완벽히 별개의 장소나 다름없다는 것에 위안을 삼았다.

따르릉. 아침 일찍부터 울리는 전화벨 소리에 조프가 대화 중이던 제이에게 양해를 구하고 테이블에 놓인 수화기를 들었다.

— 밤새 안녕히 주무셨습니까? 혹시 불편하지는 않으셨는지.

조심스레 안부를 물어오는 호텔 총지배인이었다.

"우려했던 것보다는 괜찮았어요."

— 그럼 제가 올라가서 다른 고객님께 다시 여쭤보겠습니다.

호텔이 아닌 다른 곳에서 묵을 수 없다는 남자 고객의 의중은 확고했다. 그렇다면 여자 고객을 설득하는 일이 남았다.

"아니, 룸이 나올 때까지는 어제처럼 지내기로 했으니 새로운 룸이 나오면 그때 다시 봅시다."

조프는 앞에 앉아 자신을 유심히 바라보는 제이를 보며 대답하고서 수화기를 내려놓았다.

— 네?

이미 끊어져 버린 전화기를 들고서 잠시 멍해진 총지배인이었다. 그럼 어제처럼 한 객실을 두 사람이 함께 사용하겠다는 건가? 듣고도 쉽게 납득이 되지 않았지만, 지금으로서는 다른 방법이 없었고, 이렇게 큰 소란 없이 넘어가 주는 고객이 오히려 고마워야 할 상황이었지만 걱정스러운 마음은 내려놓을 수가 없었다.

조프는 평소라면 절대 하지 않았을 결정을 떠올리며 낯선 자신의 모습에 피식 미소를 흘렸다.

"제가 전화 좀 사용해도 될까요?"

제이는 그가 통화하는 모습을 잠자코 지켜보다, 내려놓은 수화기를 잡은 채로 스치는 미소와 함께 그대로 멈춰 있는 그에게 물었다.

"물론."

제이는 전화기를 밀어 주는 그에게 가볍게 눈인사를 하고 수화기를 들었다.

"여기 701호예요. 룸서비스 주문할게요."

— 네? 이미 주문하셨는데요?

"아. 그게 룸은 하난데 사람이 둘이라. 아무튼 추가로 주문 좀 할게요."

앞에서 제이를 보던 조프가 전화기를 살짝 낚아챘다.

"원래의 주문서대로 부탁합니다."

역시나 간단명료하게 말을 하고 전화를 끊어 버린 조프와,

"어? 전 아직 주문 못 했는데."

그의 행동이 당황스러운 제이다.

"이미 내가 같이 주문했어. 도착할 때가 됐으니 잠시 기다려 봐요."

"흠. 같은 룸을 쓰니까 이런 문제가 있네요. 룸서비스도 함께 계산이 될 텐데…… 앞으로 제가 주문한 건 잘 정리했다가 체크아웃하는 날 정산할게요."

"아니. 괜찮아요. 어제 나의 무례함에 대한 사과의 뜻으로, 필요하면 언제든 룸서비스 마음껏 이용해요."

"물론 어제는 좀 불쾌했지만 상황이 그랬으니 이해하고 넘겼어요. 오해도 이미 풀렸는데 그건 좀 아닌 것 같네요. 그냥 제 것은 제가 계산하겠습니다. 그게 맘이 편해요."

"정 그렇다면, 이미 주문한 음식은 함께 먹읍시다. 혼자서는 다 먹지 못할 것 같으니."

대체 뭘 얼마나 시켰기에 저러나 싶어 의아해하는 중에 벨이 울리고, 곧이어 들어오는 트레이에 놓인 음식들을 보며 제이의 입이 떡 벌어졌다.

"이 많은 걸 누가 다 먹어요?"

"뭘 좋아할지 몰라서 이것저것 종류별로 시켰어요."

"세상에 맙소사, 이게 다."

그가 주문한 음식에는 BBQ RIB부터 시작해 스테이크, 하몽, 올리브 요리, 파에야, 그리고 형형색색 예쁘게 장식된 디저트에 와인까지 있었다. 아침부터 먹기에는 다소 부담스러워 보이는 메뉴임에도 제이의 침샘은 이미 반가운 반응을 보이고 있었다.

"턱 빠지겠네. 식으면 맛이 없을 텐데?"

"네. 네…… 그럼요. 음식은 따듯할 때 먹어야죠. 잘 먹을게요."

음식을 보며 놀란 마음은 이미 날려 보내고, 자리에 앉은 제이의 얼굴에는 어느새 미소가 떠올랐다. 유혹하듯 흘날리는 음식 냄새에 그제야 어제 점심때부터 제대로 된 식사를 하지 못했다는 걸 떠올린 제이는 배 속에서 보내는 열렬한 신호에 반갑게 화답했다.

천천히 포크와 나이프를 움직이던 조프의 손이 허공에 잠시 멈추었다.

지금껏 자신의 앞에서 이렇게 적극적인 자세로 맛있게 음식을 즐기던 여자가 있었던가? 조그맣게 한 조각 두 조각, 느리게 썰어 먹는 모습이 아닌, 알맞은 크기로 보기 좋게 썰린 그녀의 스테이크 접시에 눈길이 먼저 닿았다. 곧이어 적당히 먹을 만큼의 음식을 덜어 진지하게 맛을 보고 만족스런 미소를 띠는 모습에서는 덩달아 입가에 미소가 그려졌다.

다양한 음식을 가리지 않고 골고루 즐기는 모습에서 쉽게 눈을 뗄 수가 없는데,

"제가 좀 잘 먹죠? 실은 어제 점심부터 제대로 먹지를 못했어요. 뭐. 평소에도 맛있는 음식을 즐기기는 하지만요."

부지런히 먹다 보니 문득 느껴지는 시선에 머쓱해진 제이는 처음 보는 사람

앞에서 너무 허겁지겁 먹은 건 아닐까? 무안해지던 참이었다.

"아, 미안. 맛있게 먹는 모습이 보기 좋아서. 덩달아 먹고 싶게 만드네요."

"어서 드세요. 여기 음식 정말 괜찮은데요?"

본의 아니게 실례를 범한 조프도 그제야 천천히 음식을 먹기 시작했다.

"정말 맛있네."

"그죠? 스페인 음식이 좀 짜다고 들었는데 여기 음식은 하나도 짜지 않고 간도 딱 적당한 게 입에 잘 맞는 것 같아요."

"근데 어제저녁은 그 일이 있었으니 좀 그랬다 치고, 점심은 왜 제대로 못 먹은 겁니까? 먹는 걸 보아하니 굶을 타입은 아닌 듯한데."

"네. 맞아요. 일 때문이라도 잘 챙겨 먹는 편인데, 어제는 난기류를 만나 고생을 좀 했거든요. 그렇게 심한 난기류는 처음이었어요. 이렇게 잘 먹는 저도 도저히 음식을 먹을 수가 없더라고요. 다시 갈 생각 하니까 벌써부터 두렵네요."

"그렇군."

어제의 다소 날카로웠던 말투는 사라지고 없었다. 오늘의 그녀는 생각했던 것보다 훨씬 더 밝고 활기찬 모습이다. 자연스럽게 묶은 머리가 동글하고 앳돼 보이는 것이 한 20대 초반이나 되었을까? 문득 그녀의 나이가 궁금해졌다.

"아직 어려 보이는데 혼자서 여행이라…… 대단하네요."

"처음부터 혼자 계획한 여행은 아니었어요. 사정이 생겨 어쩌다 보니 혼자 오게 되긴 했지만, 그렇다고 혼자 여행하지 못할 만큼 어리지는 않아요."

"그런가. 난 조프라고 해요. 앞으로도 자주 부딪힐 텐데 이름 정도는 알고 있어야 할 것 같아서. 그냥 편하게 조프라고 불러요. 다들 그렇게 부르니."

"네. 저는 제이예요. 지내는 동안 잘 부탁드립니다."

충분히 먹은 제이는 만족스러운 미소를 지으며 주스로 입가심을 하고 조프를 바라보았다. 그 역시 다 먹었는지 냅킨으로 입술을 정리하고 있었다.

"먼저 일어나도 될까요?"

"물론"

"덕분에 맛있게 잘 먹었습니다."

"맛있었다니 다행이군."

인사를 한 제이는 방으로 돌아와 양치를 하고 간단하게 들고 다닐 가방을 정리했다. 낮과 밤의 기온 차를 대비해 가볍게 걸칠 옷과 오늘 사용할 만큼의 돈이 든 지갑, 선글라스 케이스와 선크림을 가방에 챙겨 넣고 제일 중요한 카메라를 어깨에 걸치고서 응접실로 나섰다.

응접실에는 여유롭게 바지 주머니에 양손을 찔러 넣은 채 창밖을 물끄러미 응시하는 그가 있었다. 내추럴한 청바지에 밝은 셔츠를 입고 있는 그는 정장 입은 모습을 볼 때와는 사뭇 달라 보였다. 어제의 딱딱했던 모습과는 달리 오늘은 인상이 한결 부드러워 보였고, 잠깐의 대화였지만 중저음의 음성과 부드러운 말투는 끝난 대화에 아쉬움을 느낄 만큼 듣기에도 좋았다.

"흠흠."

제이의 인기척에 조프가 고개를 움직여 살짝 돌아보았다.

"저 지금 나가면 아마 저녁때나 되어야 돌아올 거예요. 혹시나 방문객이 있을까 해서 미리 말씀드려요."

"알겠어요. 참고하도록 하지."

"그럼 이만."

제이가 조프를 스쳐 지나가는 순간 맑은 향이 조프에게 날아들었다. 보이는 모습만큼이나 상큼하고 발랄한 향이었다. 조프는 제이라는 여자가 조금 더 궁금해졌다.

엘리베이터를 타고 내려와 호텔 로비를 가로질러 가는데 총지배인이 다가왔다.

"정말 죄송합니다. 그 룸을 계속 사용하셔도 괜찮으시겠습니까?"

"네. 좀 불편하기야 하겠지만, 낮엔 거의 밖에서 활동할 거라 괜찮을 것 같아요. 룸 비는 곳이 있으면 바로 알려 주세요. 그런데…… 같은 룸에 묵으시는 분 신원은 확실한…… 거죠?"

"네. 그럼요. 그 부분에 대해서는 걱정하지 않으셔도 됩니다. 그럼 안녕히 다녀오십시오."

"네. 수고하세요."

호텔 밖은 따스한 햇볕이 강하게 내리쬐고 있었다. 조금 덥지 않을까 하는 걱정도 잠시, 살랑살랑 불어오는 바람이 제법 시원한 게 여행하기에는 더없이 좋은 날씨였다.

세계 3대 미술관으로 잘 알려진 프라도 미술관을 눈앞에 두고서 스페인에 오길 정말 잘했다 싶은 제이다.

"이곳을 드디어 내 눈으로 직접 보네."

프라도 미술관은 스페인의 거장 엘 그레코, 벨라스케스, 고야와 같은 유명 화가들의 주옥같은 작품이 전시되어 있는 곳으로, 풍부한 컬렉션을 감상할 생각에 들뜬 마음은 좀처럼 쉬이 가라앉지 않았다. 하지만, 아쉽게도 관내 촬영은 금지되어 있어 제이는 촬영이 허용된 공간을 십분 활용해 한국에서는 볼 수 없는 건축양식을 부지런히 카메라에 담고 있었다.

2층에 걸쳐 전시된 작품들을 하나하나 구경하며 시간 가는지도 모르고 흠뻑 빠져 있다가 뒤늦게 찾아온 허기에 미술관 밖으로 나와 식당을 찾는데, 도로는 어쩜 이렇게 깔끔하게 정돈이 잘 되어 있는지, 길을 지나던 남자의 끈적한 추파만 아니라면 허기를 미루어 두더라도 계속해서 머물고 싶은 마음이었다. 어렵게 결정해 들어간 레스토랑에서 또한 혼자 왔으면 함께 먹지 않겠냐는 또 다른 남자의 제안에 고개를 설레설레 흔들어 버렸다.

오래지 않아 주문한 음식이 나와 상큼한 샹그리아로 텁텁해진 목을 축이니 불편했던 시선이 더 이상 신경 쓰이지 않았고 소소한 행복이 다가왔다. 가벼운 샐러드와, 무난한 맛이 예상되는 그릴 치킨을 먹는데 아쉬운 마음이 드는 건 왜인지, 조금만 덜 짜면 참 좋을 텐데……

아침을 너무 거하게 먹은 건가? 아침에 먹었던 음식들과 하나둘 비교하며, 불현듯 떠오르는 그의 모습이 당황스러워 단숨에 남은 샹그리아를 마셔 버렸다.

제이는 스페인 건축만이 지니는 화려함과 기하학적인 문양, 독특한 분위기에 취해 예정된 일정에서 벗어나 온종일 이곳저곳을 정신없이 누비며 카메라 셔터를 누르고 있었다. 어느새 느려진 발걸음에 시계를 확인하는데, 예상을 훌쩍 넘겨 버린 시간에 놀라 서둘러 호텔로 발걸음을 돌렸다.

룸에 들어서자마자 가장 먼저 다리를 풀어 주기 위해 욕조에 따뜻한 물을 받는데, 때마침 들려오는 인기척에 인사를 해야 하나 말아야 하나, 잠시 망설이다 그대로 욕조에 몸을 담그는 제이다.

'다리가 벌써 뭉쳤어. 내일부터는 조심해야겠네. 이러다 제대로 다 보고 가지도 못하겠어.'

여행이 끝날 때쯤이면 다리가 남아나지 않을 것 같았다. 한참을 욕조에 앉아 뻐근한 다리를 충분히 풀어 주고 나서야 욕실을 나서며 습관처럼 타월을 몸에 두르는데, 아차 싶어 작은 한숨을 내쉬며 옷을 주섬주섬 꺼내 입었다.

똑똑똑. 노크 소리에 옷을 챙겨 입기를 잘 했다며 객실 문을 여는데, 그곳에는 뜻밖에도 총지배인이 서 있었다.

"룸이 나왔나요?"

"아, 죄송합니다만 아직…… 그보다 급한 연락이 왔습니다. 오전부터 계속 전화가 왔었는데 연락할 방법이 없어서요."

"저한테요? 급하게 연락 올 일이…… 어머! 미쳤나 봐 어떻해!"

형부가 도착하자마자 전화하라고 신신당부를 했었는데, 이를 어째! 하루에 두 통씩 전화하라고 했던가? 엄마야! 어제는 정신이 없어서 그렇다 해도, 오늘까지 잊은 건 변명의 여지가 없었다.

"아 참. 내 정신 좀 봐. 지금 이럴 때가 아니지!"

정신이 번쩍 든 제이는 서둘러 응접실로 나가 전화기를 들었다. 혼자 보내 놓고 어제부터 걱정했을 언니와 형부를 생각하니 너무 미안해서 차마 입이 떨어지지 않았다.

"여보세요?"

— 여보세요? 처제? 제이?

수화기를 타고 제이가 맞냐고 재차 확인하며 묻는 다급한 언니의 목소리에 온종일 생각 없이 행동한 자신이 너무 한심하게 느껴졌다.

"저예요 형부. 너무 죄송해요."

— 처제 뭐 하는 거야 지금!! 내가 뭐라고 했어? 걱정한다고 전화 꼭 하라고 했어? 안 했어?! 언니가 얼마나 많이 걱정한지 알아? 도대체 어제저녁부터 오늘 하루 종일 전화도 없이 뭐 한 거야?

말할 틈도 주지 않고 쉴 새 없이 야단치는 형부의 목소리를 들으며, 속상한 마음보다 고마운 마음이 앞섰다. 나를 이렇게 생각하고 진심으로 걱정해 주는 누군가가 있다는 사실에 코끝이 찡하고, 눈물이 핑 돌았다. 다그치기만 하는 형부가 답답했는지 언니가 전화를 낚아챘나 보다.

— 제이 괜찮아? 별일 없어?

"응. 언니 미안해. 정말 너무 미안해. 어제는 난기류가 심해서 정신이 없었어. 게다가……."

— 뭐라고?

"아니야. 그냥 어젠 난기류 때문에 많이 놀라기도 하고 너무 피곤해서 바로 잠들어 버렸어. 오늘은 전화해야지 했는데 내가 너무 흥분했나 봐. 나가서 구경하다 보니 정신이 팔려 또 깜빡했네."

예약에 문제가 생긴 것까지 알면 얼마나 걱정할까 싶어 조심스레 말을 아꼈다.

— 하…… 정말 형부랑 얼마나 많이 걱정한 줄 알아?

그때 다시 전화를 낚아채는 형부다.

— 내일부터 제때 전화 안 하면, 내가 당장 갈 테니까 그렇게 알아!

형부라면 그러고도 남을 사람이었다.

"죄송해요. 진짜 앞으로는 꼭 지킬게요. 하루 두 번!"

언니가 다시 전화기를 빼앗았다.

— 너 진짜 이번 한 번만 봐주는 거야 알았어?

"알았어. 걱정하게 해서 진짜 너무 미안해."

— 지금 거긴 몇 시야? 저녁은 먹었어?

"언니도 참. 지금 내가 저녁을 챙겨 먹었는지가 문제야?"

— 그러게. 뭐 예쁘다고 밥은 잘 먹고 다니는지 걱정이 되네.

"이제 룸서비스 시켜 먹을 거야."

— 거긴 어때? 생각만큼이야?

"음…… 생각한 것보다 훨씬 훨씬 더 좋아."

— 정말?

"응. 호텔도 너무 맘에 들고, 오늘 하루 다니는데 얼마나 시선을 붙잡는 것들이 많은지 다리만 안 아팠음 더 돌아다녔을 텐데 말이야."

말을 하면 할수록 언니와 함께 오지 못한 게 아쉽게 느껴졌다.

— 네 다리가 아플 정도면 대체 얼마나 다닌 거야? 적당히 쉬엄쉬엄해. 시간도 많은데 뭘 그렇게 서둘러?

"그러게. 안 그래도 첫날부터 너무 무리했나 싶어."

— 그만큼 좋아서 그런 거겠지. 아쉽다. 같이 갔으면 좋았을걸.

"말해 뭐 해? 다음에 꼭 같이 와."

― 그래 알았어. 피곤할 텐데 얼른 밥 먹고 쉬어.

"언니도. 좋은 하루 보내고. 형부한테 정말 죄송하다고 전해 줘. 내일은 꼭 전화할게."

― 그래. 잊지 말고 꼭 전화해.

"응. 고마워 언니. 그리고…… 사랑해."

― 뭐라고?

"뭘 못 들은 척이야! 사랑한다고."

― 전화 감이 멀어. 잘 안 들리는데?

지금까지 잘만 대답하더니, 이제 와서 들리지 않는다며 딴청을 부리는 언니가 귀엽게 느껴져 피식 웃고 말았다.

"이럴 때 보면 언니 완전 개구쟁이야! 아이 러브 유! 오케이?"

― 오케이! 내일 또 통화하자. 그만 쉬어. 끊는다.

미안함에 평소라면 하지 않았을 말로 마음을 대신하고 안도의 한숨을 쉬며 뒤돌아서는데 소파에 앉아 의아한 눈빛으로 자신을 바라보고 있는 남자와 눈이 마주쳤다. 너무 급한 나머지 그의 존재도 알아채지 못한 모양이었다. 심지어 아직 곁에 서 있는 총지배인의 모습에 부끄러워 얼굴이 붉어져 버렸다.

"통화가 길어져 죄송해요."

"괜찮으신 건가요? 워낙 급해 보여 걱정했습니다."

"아. 도착 잘 했는지 걱정하는 전화였어요. 어제 전화하기로 했었는데 제가 깜빡해서요. 걱정해 주셔서 감사합니다."

제이의 답을 듣고서야 안심이 된 지배인은 편히 쉬라는 말과 함께 룸에서 나가고, 그와 둘만 남게 되었다. 아무런 말 없이 소파에 앉은 그를 보며 어색한 기분도 잠시, 배에서 나는 민망한 소리에 룸서비스를 주문하려다 혹시나 하는 마음에 그에게도 물었다.

"혹시 저녁 식사는 하셨어요?"

"아니, 나도 지금 막 주문하려던 참이라."

조프는 이미 가볍게 먹고 왔음에도 그대로 말하기가 꺼려졌다.

"그럼 저 지금 룸서비스 시키려는데 혹시 같이…… 드시겠어요?"

"그래 줄래요?"

본의 아니게 아침을 신세 지게 되어 불편함이 가시지 않던 중이었는데 물어보기를 잘했다 싶었다. 아침에 그가 먹는 걸로 봐서는 많이 먹는 편은 아닌 듯해 가볍게 샐러드와 스테이크를 주문하고서, 음식이 올 때까지 방에 들어가야 하나, 응접실에 머물러 있어야 하나 머뭇거리는데,

"오늘 구경은 잘 했어요?"

조프가 자연스레 대화를 시작했다.

그의 질문에 제이는 오늘 하루를 빠르게 머릿속으로 되짚어 보기 시작했다. 떠오르는 장면 장면이 다 인상 깊었기에 입꼬리가 절로 올라갔다.

"네! 기대 이상이었어요."

제이는 언제 어색했나 싶을 만큼 행복하게 대답했다.

"어디가 그렇게 좋았을까 궁금하군. 이리 와서 좀 앉지 그래요?"

"아, 네."

"그래, 어디가 그렇게 좋았지?"

"어디라고 특정하기가 어렵네요. 명소라고 소문난 곳이 아니더라도 다 좋았거든요."

제이가 둘러본 곳들 위주로 대화를 이어 가다 보니 어느새 룸서비스가 도착했고 자연스레 함께 앉아 대화를 나누며 식사를 시작했다.

제이는 우려했던 것보다 그가 어렵게 느껴지지 않았고, 오히려 다양한 주제와 공통 관심사에 대화하기가 편한 상대라는 생각이 들어 마음이 한결 편해졌다.

조프 역시 정말 오랜만에 진심으로 대화를 즐기고 있었다. 다른 여자들과 식사를 해야 할 때면 패션이나 취미 등 진부한 내용이나 가십 같은 의미 없는 대화들 일색이었는데 이번엔 뭔가 달랐다. 그녀는 건물, 건축양식, 인테리어나 경

제 사회 등 다양한 분야에 관심이 많았고, 그에 따른 폭넓은 지식을 갖추고 있음을 길지 않은 대화 중에도 충분히 파악하고도 남았다.

조프는 이미 식사를 하고 왔음에도 대화를 하며 함께 먹다 보니 어느새 비워진 접시에 아쉬운 마음마저 들어 웃음이 나왔다.

"시간이 괜찮다면 와인 한잔 어때요?"

"낮에 샹그리아를 마셨는데 또 마셔도 될까요?"

"가볍게 한잔 더 하는 정도야 괜찮지 않을까?"

"음. 좋아요. 와인 한잔하고 푹 자야겠어요. 내일을 위해서."

제이는 평소와 같았으면 절대 응하지 않았을 초대에 기꺼이 답하는 자신의 모습이 낯설었지만 지금의 편안한 분위기를 놓치고 싶지 않았다. 얼마나 이야기를 나누었을까?

"당신을 혼자 보내고 걱정이 많은 것 같더군, 일부러 들으려 한 건 아닌데."

"계신 줄 알았다면 좀 조심했을 텐데요. 너무 떠든 것 같아 민망했어요."

"아니, 떠들지는 않았지. 다만, 저쪽 목소리가 너무 커서 다 들리기에. 그렇게 걱정하면서도 혼자 보냈다는 건 그만큼 당신을 믿는다는 거겠지?"

조프는 아까부터 궁금했던 내용을 넌지시 물어보았다.

"음…… 그렇기도 하고? 아니기도 해요."

"그렇기도 하고 아니기도 하다?"

"말 그대로요. 믿으니까 믿고 보내 준 거고, 아니기도 하니까 매일 두 번씩 전화해서 꼭 생사 여부를 알려 달라고 하니 말이에요."

다시 생각해도 전화하는 걸 까맣게 잊어버린 자신이 어이가 없어 웃음이 나왔다. 아무리 정신이 없어도 그렇지, 어떻게 그걸 잊었을까.

"그럴 거면 같이 오지 않고?"

"원래 같이 오려고 했는데 임신을 해서요."

"임……신? 남자 아니었나? 분명 들리던 음성으로는……."

선 굵은 남자 목소리가 틀림없었는데.

"형부예요. 쉽게 흥분하는 분이 아닌데, 많이 걱정했나 봐요."

"형부?"

"네. 제 사촌 언니랑 형부요. 원래 사촌 언니랑 함께 오려고 했거든요. 사촌 언니도 저도 둘 다 휴식이 필요해서 형부가 특별히 허락한 여행이었어요. 그런데 언니가 갑자기 임신을 해서 함께 올 수가 없었어요."

"아…… 그렇군."

전화기 너머 들려오던 목소리의 남자가 가족이라는 그녀의 말에 묘한 안도감이 퍼져 갔다. 이상하게 그녀가 통화 말미에 했던 말이 상당히 거슬렸었다. 웬만해서는 타인의 일에 신경을 쓰거나, 관심을 두지 않는 조프에게는 낯선 감정이었다.

"시간이 벌써 이렇게 됐네요. 원래가 이렇게 말이 많은 편이 아닌데, 지루한 이야기를 너무 재미있게 들어 주셨나 봐요. 오늘 감사했습니다."

"전혀 지루하지 않았어요. 마치 내가 그곳을 직접 본 것 같은 느낌이 들 정도였으니, 오히려 당신이 말한 그곳들을 다시 둘러보고 싶었는데?"

"그렇다면 다행이고요. 그럼…… 안녕히 주무세요."

"당신도 잘 자요."

제이는 룸에 돌아와 잘 준비를 하고 침대에 누워 좀 전에 있었던 대화를 떠올리며 잘 알지도 못하는 남자와 이렇게 편하게 오랜 시간 대화를 나눌 수 있다는 것에 놀라고, 그 시간이 즐겁게 느껴졌다는 것에 의아해하며 서서히 잠에 빠져들었다.

그녀와 인사를 나누고 방으로 들어간 조프 역시 침대 헤드에 기대앉아 대화 내용을 곱씹어 보며 제이에게 조금씩 끌리고 있음을 느꼈다. 예쁘게 미소 짓던 그녀의 모습이 한동안 머릿속을 떠나지 않아 뒤척여야 했다.

2

아침 일찍 눈을 뜬 제이는 가장 먼저 어제 찍은 사진들을 장소별로 폴더로 분류해 정리하기 시작했다. 이렇게 미리 정리를 해 두지 않으면 한꺼번에 많은 양의 사진들을 분류하기도 힘들뿐더러, 나중에는 간 곳이 어디인지도 모르는 경우가 생기기 때문이었다.

서둘러 정리를 끝내고 나갈 준비를 하고 보니 그는 벌써 나갔는지 인기척이 없었다. 제이는 왜 아쉬운 마음이 드는지 알다가도 모를 일이었다.

오늘은 호텔을 나서자마자 휴대폰을 대여해 언니와 형부에게 전화하는 것도 잊지 않았다. 여행지에서의 시계는 왜 이렇게 빨리 달려가는 것인지 벌써 3일째에 접어들고 있었다. 지난 이틀보다 더 심하게 뭉친 다리가 신경이 쓰여 일찌감치 씻고 잠자리에 든 제이였다.

같은 시간 조프는 합병 문제로 살펴볼 서류가 많아 계속 서류를 검토하는 중이었다. 그녀가 머무는 방에서 부스럭거리는 소리조차 들리지 않는 걸 보니 아마도 그녀는 평소보다 좀 더 일찍 잠이 든 듯했다.

덕분에 오늘만큼은 오롯이 일에만 집중할 수 있을 것 같았다. 제이 그녀에게 왜 자꾸 눈길이 가는지, 이따금씩 집중해서 일을 하다가도 불현듯 떠오르는 그녀의 모습에 가장 의아하고 당황스러운 건 조프 자신이었다.

'한창 바쁜 시기에 이게 무슨 짓이야. 정신 차려라!'

한참을 집중해서 서류를 들여다보는데 어디선가 희미하게 신음 소리가 들려와 조프는 보던 서류를 잠시 내려놓고 정체 모를 소리에 귀를 기울였다.

"윽, 읍…… 하."

분명 그녀의 방에서 들리는 소리인 것 같은데 선뜻 들어갈 수 없는 조프는 문 앞에서 조심스레 노크를 했다.

"제이? 무슨 일 있어요? 괜찮은 거요?"

"윽, 윽, 흑흑흑."

이따금 흐느끼는 소리가 들리는 걸 보니 어디가 아픈 건 아닌지 조프는 급하게 한 번 더 방문을 두드렸다.

"제이? 제이! 잠깐 들어갈 테니 놀라지 말아요."

라고 말하는 순간 갑자기 고막을 뒤흔드는 비명 소리가 들렸다. 조프는 곧장 문을 열었지만 안쪽에서 잠갔는지 문이 열리지 않았다. 프런트에 전화를 하기에는 상황이 급해 보여 하는 수 없이 조프는 문으로 몸을 날렸다.

쿵! 쿵! 쿵! 서너 번 문에 몸을 부딪히고 나서야 빠직하는 요란한 소음과 함께 문이 벌컥 열렸고 조프는 서둘러 조명등을 켜고 제이에게로 다가갔다. 잠에서 막 깬 듯한 제이는 침대에 앉아 식은땀을 흘리며 가슴에 두 손을 얹고서 바들바들 떨고 있었다.

한동안 꾸지 않던 악몽을 하필 여행에 와서 다시 마주하게 된 제이다. 여행을 준비하면서부터 무리를 했던 탓에 피로가 많이 누적된 모양이었다. 잔상이 남은 악몽에서 쉬이 빠져나오지 못하고 어느 한곳을 응시한 채 멍하니 앉아 있는 제이의 눈에는 조프가 보이지 않았다.

"제이, 정신이 들어요?"

아직도 꿈에서 헤어 나오지 못한 모습이라니. 조프는 제이의 뺨을 톡톡 쳤고, 제이는 눈 하나 깜빡하지 않았다.

"제이, 제이?"

이번엔 좀 더 강하게 양손으로 제이의 뺨에 대고 흔들었고 그제야 조프를 바라보는 제이의 눈에는 눈물이 한가득 고여 있었다.

"흑."

눈을 깜빡하는 순간 후둑 떨어지는 눈물과 함께 외마디 비명을 지르며 어찌할 바를 모르는 모습이.

"다리…… 다리가……."

쥐까지 난 듯했다. 조프는 한 치의 망설임도 없이 이불을 젖히고 제이의 다리를 마사지하기 시작했고 제이는 앉은 자리에서 침대 시트를 틀어쥐며 견디는 것 외에는…… 잠옷이 말려 올라가 속옷이 노출되었다는 것도 모른 채 눈을 질끈 감고서 그저 이 고통이 빨리 가시기를 바랐다.

악몽의 잔상은 아직 남아 있었지만 그가 빨리 조치를 취한 덕분에 다리의 통증은 서서히 사라지고 긴장으로 굳었던 몸도 천천히 안정을 되찾고 있었다.

한참을 마사지에 집중하던 조프도 점점 부드러워지는 종아리에 제법 나아졌나 보다 싶어 제이를 살피는데, 그제야 조프의 눈에 얇은 슬립만 입고 있는 그녀의 모습이 들어왔다. 속이 비치는 얇은 슬립만 입고 있는 그녀를 보며 심장은 왜 뻐근해 오는지.

제이는 안도의 한숨을 쉬며 자신을 바라보는 그의 눈을 마주 보았다. 유난히 짙게 느껴지는 그의 눈빛에 마치 빨려 들어갈 것 같은 착각에 휩싸였다.

그러다 문득 그의 뒤로 보이는 화장대 거울로 시선이 향하는데, 순간 경악을 금치 못했다. 얇은 슬립 속에 봉긋하게 솟은 가슴은 쉴 새 없이 오르내리고 허벅지 위까지 올라가 버린 슬립 아래로 두 다리가 훤히 드러나는 것은 말할 것도 없이 그 사이로 속옷까지…….

"저……."

순간 당황한 제이의 온몸이 붉게 물들었다. 이불이라도 얼른 덮으려는데 왜 손이 닿지 않는 곳에 널브러져 있는지. 급한 마음에 한 손으로는 슬립 아래쪽을 끌어 내리며, 남은 손으로는 가슴을 가리기에 바빴다.

"가, 감사합니다. 덕분에 좋아졌어요. 전 이제 괜찮으니 그만 가서 주무세요. 잠을 깨워 죄송했어요."

조프는 미소가 비집고 나오려는 걸 꾹 참고 있었다. 급한 상황이 지나가자 둘은 동시에 불편함을 느꼈다. 얇은 슬립은 그녀의 몸을 가리기에 턱없이 부족하건만 어떻게든 조금이라도 가려 보려는 노력이 가상했다. 거기다 얼굴은 물론, 목까지 붉게 달아올라 말 그대로 잘 익은 사과 같은 그녀의 모습은 억지로 꾸미려고 해도 절대 꾸며 낼 수 있는 모습이 아니었다.

조프는 꾸밈없이 순수해 보이는 모습에 쉬이 시선을 거둘 수도 그렇다고 다른 쪽으로 흘러가는 생각을 막을 수도 없어 한시바삐 이곳을 벗어나야 할 듯했다. 치워 두었던 이불을 끌어 올려 제이에게 덮어 주며 물었다.

"정말 괜찮아요?"

이불을 무슨 구세주처럼 꼭 끌어안는 제이가 너무 연약해 보여 당장에라도 안아 주고 싶었다.

"네. 이젠 정말 괜찮아요. 감사합니다."

"그럼 푹 자요. 그리고 참견 같지만, 내일 하루는 쉬는 것도 나쁘지 않을 것 같군. 이렇게 몸을 혹사시키면 언제든 반복될 통증이니, 혹시라도 도움이 필요하면 주저하지 말고 불러요."

"네. 감사합니다."

고개를 푹 숙인 채 자신의 얼굴을 보지도 않고 인사를 하는 모양이 여간 당황한 게 아닌가 싶다. 그 모습에 다시금 피식 웃음이 나는 조프였다.

'세상에 얼마나 우스워 보였을까? 울고 싶다. 정말.'

그가 나간 뒤에도 놀란 가슴이 진정이 되지 않아 당황스러운 것도 잠시, 멀어진 줄 알았던 다시 찾아든 악몽이 자꾸 마음에 걸렸다. 이젠 정말 많이 좋아졌나 보다 했는데 이제 정말 나아지나 보다 했는데 그게 아니었다니. 제이는 다시 잠을 청할 엄두가 나지 않았다. 꼭 예전으로 돌아갈 것만 같아서…….

한편 방으로 돌아온 조프는 다시금 살펴보던 서류를 덮었다. 방금 전에 봤던 제이가 자꾸 마음에 걸렸다. 온몸으로 부끄러움을 말하던 모습을 생각하면 입가에 미소가 머물다가도 큰 눈망울에 가득 어린 공포와 차오른 눈물이 단순한 악몽 같지가 않았다.

'물어보면 실례가 되려나?'

조프는 그녀를 좀 더 알고 싶었다.

다음 날 민망함을 뒤로하고 제이가 먼저 인사를 건네 왔다.

"저 때문에 편히 쉬지도 못하셨겠어요. 어젠 정말 죄송했어요."

"아니, 상관없어요. 다행히 자는 중이 아니라서 잠 깰 일도 없었고. 당신은? 정말 괜찮은 거예요? 내가 보기에 단순한 악몽이 아닌 것 같아서."

그의 관찰력에 놀랐다고 해야 하나?

"네. 전 괜찮아요. 아주 가끔…… 피곤할 때 무언가에 눌리는 꿈을 꾸곤 하거든요. 어젠 정말 감사했어요. 그리고, 말씀 편하게 하세요."

'제발 더 이상 물어보지 마세요.'

말을 돌리며 시선을 피하는 모습이 더 이상 물어보면 실례가 될 것 같아 조프는 더는 묻지 않았다.

"그래도 될까? 오늘은 쉬기로 한 건가?"

늘 정중했던 영어 표현이 친근하게 바뀌자 한결 편하게 느껴지는 제이다.

"네. 오늘은 좀 쉬어야 할까 봐요. 원래는 이렇게 약하지 않은데 오기 전부터 휴가 내느라 무리를 했더니 피로가 많이 쌓였나 봐요."

"당신 체력을 너무 과대평가한 건 아니고? 마른 체격으로 하루 종일 다녔으면 다리가 고통을 호소할 만도 하지. 어쨌든, 오늘 쉬기로 한 건 잘 생각했군."

이때까지만 해도 이들은 미처 알지 못했다. 오늘 이 하루가 그들의 미래에 어떤 영향을 미치게 될지.

"아침은 간단한 샌드위치와 커피를 주문할까 하는데, 함께 먹겠어?"

"네. 좋아요."

단답형으로 대답을 하고 무심코 응접실을 둘러보던 제이의 입이 놀라 떡 벌어졌다. 테이블에 어지러이 널려 있는 서류, 그 옆으로 탑처럼 쌓여 있는 방대한 문서, 두 대의 노트북. 그는 도대체 무슨 일을 하는 사람이기에 이렇게나 많은 서류들을 살펴보는 것인지.

"굉장하네요. 저도 워커홀릭이지만, 당신한테는 명함도 못 내밀겠어요! 무슨 서류가 이렇게 많아요?"

객관적으로 보아도 정말 엄청난 서류들이었다. 지금 묵고 있는 호텔의 재정 상태부터 시작해 건물 안전, 시설 점검표, 인사기록부 등 전반적인 호텔의 상태와 문제점을 좀 더 잘 파악하기 위한 서류들과 전자결재 해야 할 내용들을 펼쳐 놓은 노트북, 그 외 결재하기 전 검토해야 할 수많은 자료들까지.

성큼성큼 걸어가 서류들을 정리하는 조프를 바라보던 제이는 일하는 남자가 멋있어 보인다더니 저 모습을 보면 그런 생각을 하고도 남겠다 싶었다. 살짝 접어 올린 셔츠 아래로 보이는 팔뚝의 근육과 힘을 줄 때마다 살짝 드러나는 핏줄. 연한 베이지색 면바지 아래로 도드라지는 다리 근육을 보니, 자기 관리 또한 철저한 사람이겠구나 싶었다.

제이는 새삼스러운 호기심에 저도 모르게 얼굴이 붉어지는 듯했다. 테이블을 대충 정리하고 나니 때마침 룸서비스가 도착했고 제이와 조프는 함께 앉아 샌드위치와 차를 마시며 대화를 이어 갔다.

커피를 주문한 줄 알았는데 다행히 제이의 음료는 과일주스였다. 조프는 그 짧은 기간에도 제이가 커피를 즐기지 않는다는 걸 이미 눈치챈 모양이다.

"진짜 저렇게 많은 자료들을 전부 다 살펴보시는 거예요?"

한쪽에 정리되어 있는 서류를 보니 역시나 고개가 절로 저어졌다.

"아마도?"

"저렇게 많은 일을 처리하면서 언제 식사하고, 언제 운동하고 언제 쉬시는 거예요?"

"식사야 지금도 이렇게 하고 있고 운동하는 시간도 나에게는 휴식인 셈인데…… 아 그런데, 내가 운동을 한다는 건 어떻게 알았지?"

"그게…… 그냥 딱 봐도 건강해 보여서요. 책상에만 앉아 쉴 틈 없이 일만 해서는 유지할 수 없는 체격 같아요. 누가 보더라도…… 그렇게 생각할 거예요."

제이는 이따금씩 그에게 향했던 눈길이 괜히 뜨끔했다.

"맞아. 책상 앞에서 일만 했으면 벌써 쓰러지고도 남았겠지? 체력이 기초가 되지 않으면 절대 이 많은 업무를 소화해 낼 수 없을 테지. 그래서 틈틈이 시간이 날 때마다 운동을 하려고 노력하는 편인데. 그러는 당신은, 어떻게 체력 관리를 하지? 어제 당신의 다리를 만져 보니, 탄력이 보통이 아니던데?"

조프가 비집고 나오는 웃음기를 꾹 누르며 물었다.

"캑."

제이는 그의 말을 듣자마자 어제의 민망했던 모습들이 빠르게 머릿속을 스쳐 지나며 한입 베어 물던 샌드위치가 그대로 목에 턱 걸리고 말았다.

"컥, 캑."

"이런, 괜찮아?"

조프가 서둘러 제이의 등을 두드리며 주스를 건네자 겨우 기침을 멈춘 제이는 주스를 마시며 원망스러운 눈빛을 담아 그를 바라보았다. 눈이 마주치자 조프는 기어이 웃음을 참지 못하고 껄껄 웃기 시작했다.

"하하하. 미안. 하하하하하. 후."

조프가 겨우 진정하고 제이를 바라보는데,

"놀리니까 재밌어요?"

"미안하게, 뭘 그렇게 당황하고 그래? 난 정말 궁금해서 물어본 것뿐인데."

"진짜 궁금해서 물어보신 거예요?"

"그럼!"

아직 웃음이 가시지 않은 그의 입을 보며 진위를 파악하기가 쉽지 않은데 그의 눈빛만은 진실해 보였다.

"뭐…… 걷기를 많이 하기는 하네요. 제가 하는 일 자체가 워낙 활동적이라, 운동량은 늘 필요 이상으로 채워지는 것 같아요. 제대로 된 운동은 주에 두세 번 하는 가벼운 근력운동 정도?"

"역시나 꾸준한 운동이었어. 그러니 다리 근육이 그렇게 탄력적일 수밖에."

"조프!!"

"풉. 알았어. 이제 그만하지."

어제의 일로 불편함을 느낄까 싶어 그녀의 마음을 편하게 해 주려 시작한 대화였는데 의도치 않게 대화를 거듭할수록 정작 곤란해지는 건 조프였다. 어제 만졌던, 매끈하고 탄력적인 제이 다리의 촉감이 고스란히 손끝에 남아 열기를 더하고 있었고 손의 감각은 그 촉감을 다시 느껴 보기를 원하고 있었다.

"그래서 오늘은 뭘 하며 쉴 생각이지?"

"음. 글쎄요. 우선 못다 한 사진 정리 좀 하고 일정도 다시 한번 살펴봐야 할 것 같아요. 너무 무리하게 잡은 건 아닌지."

"일정에 충실하기는 하고?"

"와! 놀랍네요. 마치 저를 본 듯이 말씀하시니. 일정 자체도 조금 빠듯하다 싶었는데 다니다 보니 변수가 많아서 계획에 충실하지 못했어요."

"그게 여행이지. 일정표에 맞춰 너무 딱딱하게 움직이다 보면 정작 봐야 할 풍경이나 그림 같은 비경을 놓치게 되는."

그의 말에 공감하며 절로 고개가 끄덕여졌다.

"네. 그렇더라고요. 계획한 곳은 꼭 가 보고 싶은데, 도중에 시선을 끄는 요소요소가 얼마나 많던지……. 그래서 이번에는 일정 사이사이에 여유라는 걸 좀 넣어 보려고요."

"좋은 생각이야. 주어진 시간이 촉박한 상황이 아니라면 여행은 천천히 조금은 여유 있게 하는 게 좋은 것 같아."

"네. 맞아요."

"사진은? 카메라를 제법 큰 걸 들고 다니던데, 사진은 많이 찍었나?"

조프는 그녀의 일상이 궁금했고, 그녀가 거닐던 풍경이 보고 싶었다.

"네. 혼자 보기가 너무 아까워서 돌아가면 함께 보려고 많이 찍기는 했는데, 카메라의 초점으로는 제가 봤던 풍경을 온전히 다 담을 수가 없어서 너무 아쉬워요."

"그렇지, 카메라에 담을 수 있는 풍경은 시야에 들어오는 모습만큼이나 풍부하지 못하지. 아무리 기술이 발달해 카메라 성능이 좋아졌다고 해도, 눈으로 보는 감동의 반의반만큼도……. 그러니 사진 찍기에 열중하기보다 두 눈으로 많이 보고 가슴속에 잘 그려 두라고."

"좋은 말이네요. 눈으로 보고, 가슴에 그리고."

제이는 그의 말을 되뇌며 신기하게도 마음이 잘 통하는 것 같은 그를 슬쩍 바라보았다.

"그나저나 궁금하네. 당신이 찍은 풍경. 그 사진 내가 좀 볼 수 있을까?"

"사진이야 뭐. 상관없는데, 시간이 괜찮으시겠어요? 아직 해야 할 일이 엄청 많을 것 같아서요."

"아니, 한동안 정신없이 서류에 파묻혀 지냈더니 없던 두통도 생길 지경이라, 조금 쉬어 볼까 하는데, 당신의 사진으로 대리만족하는 것도 나쁘지 않을 것 같아."

"좋아요. 그럼 제가 찍은 사진들 보여 드릴게요. 잠시만요."

제이가 노트북을 가지러 간 사이 조프는 어느 정도 식사가 마무리된 테이블을 정리하고 있었다. 깔끔하게 정리된 테이블에 노트북을 놓고서 나란히 앉는 두 사람의 모습은 불과 며칠 전에 만난 사람 같지 않은 자연스러움이 묻어났다.

"여기는 프라도 미술관이에요. 규모가 예상했던 이상으로 너무 커서 이곳에 서만 몇 시간을 있었지만, 아직도 부족함이 느껴지는 곳이네요. 너무 좋더라고요. 이미 가 보셨죠?"

"음. 가 본 지 좀 되긴 했지만."

"작품들이 정말 대단했어요. 가능만 했다면 작품 사진도 찍고 싶었는데…… 지금 거기서 봤던 작품들이 반도 채 기억이 나지 않아 너무 아쉬워요. 언제 다시 올 수 있을지도 모르는데."

"그렇지. 회화만 해도 1천3백 점 정도가 전시되어 있다고 했으니, 몇 시간이 걸릴 만도 해. 정말 하나하나 자세히 보려면 하루도 모자랄 거야. 그나마 전시 장소가 부족해서 그 정도지, 실제로 보유하고 있는 건 7천8백 점이 넘는다지? 그래도 본 거에서 반이라도 기억에 남아 있다니 대단한데? 나는 그 10분의 1도 기억이 나지 않으니 말이야."

제이는 그의 말을 들으며 해박한 지식에 놀라지 않을 수 없었다.

"말이 그렇다는 거죠. 어떻게 반이나 기억하겠어요? 그래도 당신이 부러워요. 당신은 언제고 또 시간만 내면 갈 수 있잖아요."

"글쎄, 그 시간을 내기가 쉽지 않으니."

"아. 그런가? 하긴…… 그래도 저보다는 가까이 있으니까."

조프는 자신이 당연히 누리고 있는 환경과 조건, 그 모든 것에 대해 과연 얼마나 감사하며 살고 있나, 제이를 보며 되돌아보고 있었다. 그렇게 잠시 혼자만의 생각에 잠겨 있다가 청아한 제이의 목소리에 상념에서 깨어났다.

"여기는 우연히 발견한 공원이에요."

"이건 누구지?"

"모르는 사람이에요. 개인 소장용이니 문제 되지는 않겠죠?"

제이의 얼굴에 왠지 모를 그리움이 스쳐 지났다. 제이가 찍은 사진에는 푸르고 푸른 나무 아래 한적한 벤치에 나이 지긋한 노부부가 나란히 앉아 이야기를 나누고 있는 듯 보였다.

"눈을 돌리면 여기저기 시선을 이끄는 웅장하고 화려한 건축물에 미술관을 너무 열심히 구경했더니 눈이 살짝 피로해서 잠시 쉬러 갔었는데, 이렇게 두 분이 앉아서 무언가 도란도란 이야기를 나누시더라고요. 그 모습이 너무…… 평화로워 보였어요."

"사진을 아주 잘 찍었어. 전시회 작품 같은 느낌이 나는데? 사진작가라고 해도 믿겠어."

"여기는 어디서 어떻게 찍어도 그림처럼 예쁘게 나오는 것 같아요. 단정하고 깨끗한 거리, 오랜 시간이 지났어도 고스란히 잘 보존되고 있는 멋진 건물, 길거리에 걸려 있는 예쁜 그림들……. 이제 겨우 며칠이나 됐다고, 가는 시간이 너무너무 아까워요."

제이는 다시금 사진 속 그 장소 그 거리로 돌아가 있었다. 가고 싶으면 지금이야 당장 다시 가 볼 수도 있겠지만, 아직도 보지 못한 곳이 많고 보고 싶은 곳도 많아서 다시 가기는 힘들어, 이미 추억의 한편에 보관해야 하는 게 못내 아쉽고 서운해 얼굴에 그 모든 감정이 고스란히 묻어난다.

조프는 사진 속 추억에 잠겨 있는 제이를 보며 안아 주고 싶은 충동을 간신히 참아 내고 있었다. 예뻤다. 한 장, 한 장 찍은 사진을 넘겨 보며 설명을 더할 때마다 기쁘고, 즐겁고, 그립고, 당황스럽고, 행복했던, 제이 혼자서 여행을 하며 자신이 느꼈던 감정들을 가감 없이 보이는 그녀의 얼굴에서 마치 빛이 나는 것 같았다.

그렇게 물끄러미 제이를 바라보는데 길어진 침묵이 이상했는지 제이 역시 조프를 향해 얼굴을 돌렸고 말없이 공중에서 만나 버린 뜨거운 눈빛이다.

제이는 뚫어져라 바라보는 짙어지는 그의 눈을 마주하며 아무런 말도 꺼낼 수가 없었다. 그의 눈동자는 대화 중에 수시로 마주할 때 바라보던 옅은 브라운이 아니라, 빠져들 듯 깊어 보이는 짙은 브라운으로 바뀌어 있었다. 어젯밤 자신의 다리를 주무르다 눈빛이 마주쳤을 때 보았던 바로 그 눈빛이었다.

그렇게 두 사람은 미동도 없이, 마치 최면에 빠진 듯 서로를 향한 눈길을 거

둘 수가 없었다. 달갑지 않은 정적에 서로의 호흡마저 슬로모션이 되어 귓가를 자극하던 그 순간, 때마침 울려오는 벨 소리에 먼저 반응한 사람은 조프였다. 짧고 굵은 한숨에 머리를 쓸어 넘기며 서류 더미 위에 놓인 휴대폰을 들었다.

"크리스······."

― 대표님 급한 결재 건이 있어 보내드렸습니다. 이미 다 검토하신 내용이니 바로 결재해 주시면 될 듯합니다.

"그러지."

그의 통화 소리에 제이는 뒤늦게 최면에서 깨어난 듯 머리를 흔들며 참았던 숨을 흘려보냈다. 잠시, 아주 잠깐 스쳤던 익숙하지 않은 감정을 어떻게 이해해야 하나 생각이 흐려지는 사이 통화를 마친 조프가 다가왔다.

"급한 결재 건이 있어서."

"네. 그럼 볼일 보세요. 전 이만 제 방으로 가 볼게요."

"아니, 금방 끝날 거야. 당신 사진을 좀 더 보고 싶은데 괜찮을까?"

"아······ 네······. 저는 괜찮지만······."

"그럼 잠시 실례하지."

함께 느꼈던 어색했던 기류에도 그녀와의 시간을 포기하고 싶지 않아 전자 결재를 서둘렀다. 이윽고 일을 마친 조프는 태연하게 다시 제이의 옆자리에 앉았다.

"사진을 보다 보니 유독 당신 사진에는 건물 사진이 특히 많은 듯한데. 대화 중에도 느낀 거지만 건축물이나 인테리어에도 관심이 많은 듯하고. 혹시 하는 일이 그쪽과 관련된 일인가?"

"음. 네. 건축, 그리고 인테리어도요."

"역시. 그럼 여기 이 호텔도 직접 선택해서 온 건가?"

"아뇨. 여기는 형부가 예약한 호텔이에요."

"그랬군. 그럼 당신 형부가 선택해 준 이 호텔 어때? 전문가의 관점에서 볼 때 지금 이 호텔의 상태나 실내 인테리어에 대한 견해가 남다를 것 같은데."

조프는 자신이 곧 인수하게 될 호텔에 대한 그녀의 의견이 듣고 싶었다.

"이곳이요? 처음 본 순간부터 형부한테 너무 감사했죠. 어떻게 이런 곳을 찾았는지, 이 호텔은 들어서면서부터 황홀했어요. 그 외엔 마땅한 표현이 떠오르지 않네요."

"황홀?"

"네. 전통적인 유럽 스타일인 듯하지만 디자인이 독특하고 감각적이에요. 기존의 호텔들과는 확실히 차별화되어 있는 듯하더라고요. 강하면서 화려한 외관이 눈길을 확 사로잡고, 그와 대조적으로 모던하고 깔끔한 실내 인테리어에, 다 둘러보지는 못했지만 컨셉도 다양했어요. 편의시설은 말할 것도 없고, 가구 역시 탁월한 선택! 저도 언젠가 기회가 된다면 이런 멋진 건물을 세울 거예요. 우리나라에 이런 건물이 잘 어울릴 만한 곳이 있거든요. 생각만 해도 정말 멋있을 것 같아요."

자신의 일에 대한 자부심이 대단한 듯했다. 조프는 당당하게 포부를 밝히는 그녀를 보며 문득 어느 나라 사람일까 궁금했다.

"그래서 말인데 당신 나라는 어디지?"

"전 한국에서 왔어요. 한국…… 아세요?"

"한국? 음…… 한국이었군…… 당신이 살고 있는 나라가…… 한국이었어."

조프는 제이와의 뜻밖의 인연에 흐뭇한 미소가 그려졌다.

"그런데 당신이 하는 일은 무슨 일이에요? 아까부터 느낀 건데 당신도 인테리어에 관심이 아주 많아 보여서요. 보는 관점도 일반인과는 조금 다른 것 같고."

"음. 아니라고 할 순 없지. 나 역시 어디를 가든 그 건물의 가치, 느낌, 분위기, 내외부의 모습 모두 면밀히 살펴야 하니 말이야."

아까의 어색했던 정적은 있지도 않았던 것처럼, 남은 사진을 하나하나 넘기며 끊임없이 대화에 대화를 이어 가는데 벌컥 하고 허락도 없이 열려 버린 문 뒤로 뜻밖의 손님이 들이닥쳤다.

"조프!! 이제 나와 연락도 하지 않을 참이냐!! 어떻게 이렇게……."

당연히 혼자일 줄 알았던 손자의 옆에 나란히 앉은 아가씨라, 뜻하지 않은 반가운 조우에 앤의 얼굴이 환하게 밝아졌다.

제이는 갑작스러운 방문에 놀란 마음을 진정시키며 사태 파악에 여념이 없었고 조프는 남몰래 한숨을 쉬며 벌떡 일어나 성큼성큼 할머니에게 다가갔다.

순간 할머니의 눈빛이 왜 이렇게 반짝여 보이는지. 조프는 갑자기 없던 두통이 찾아오는 듯했다. 하필 오늘, 하필 지금 이런 모습을 보이게 될 줄이야. 지금 할머니의 머릿속에서 무슨 상상의 나래가 활개 치고 있을지…… 벌써부터 발아래가 아득하게 느껴지는 조프다.

그나저나 이곳은 또 어떻게 뚫으셨을까? 실수는 한 번으로 족했고, 주의를 주었음에도 당사자가 아닌 사람을 이렇게 쉽게 룸으로 올려 보낸 건 어떻게 해석해야 할까. 속이 부글부글 끓어올랐다.

"회장님. 여긴 또 어떻게 오셨습니까? 일이 있으면 전화를 하시지 않고."

"그래, 이 녀석. 내가 실수했구나. 이렇게 참한 아가씨와 함께 있는 것도 모르고, 내가 분위기를 망쳤어."

"그런 말이 아니지 않습니까?"

"크리스와 호텔 직원은 그냥 둬. 내가 문을 열지 않고는 배길 수 없도록 조치를 취했으니."

할머니의 말씀에 어이가 없어 콧방귀를 뀌는 조프다. 하긴, 할머니께서 마음먹어 하지 못하는 일이 뭐가 있을까 고개를 설레설레 흔들었다.

"네가 제때 전화만 잘 받았어도 내가 이렇게 불시에 찾아와 분위기 망칠 일은 없었을 것 아니냐!"

"회장님!!"

"할머니 이 녀석아. 그놈에 회장님 소리 지겹다 지겨워! 진작 좀 소개해 주지 않고. 네 덕분에 졸지에 눈치 없는 할미나 만들고 말이야!"

이래저래 분위기가 심상치 않음을 느낀 제이는 슬금슬금 주변을 정리하며 자리를 벗어나려 하고 있었다.

"스톱!! 잠깐, 잠깐만. 괜찮아요. 그렇게 서둘러 정리하지 않아도 괜찮아."

"저기…… 손님도 오셨으니 저는 이만 일어나는 게……."

멀찌감치 서 있는 조프를 보며 말을 하고 다시 일어서는데 다시금 노트북을 정리하려는 손길을 할머니께서 막으며 제이가 앉았던 그 자리에 다시 앉혀 버렸다.

"그렇게 가면 안 되지! 일단 앉아 봐요."

할머니가 제이 옆자리에 바싹 붙어 앉으셨다.

"아니. 저. 뭔가 오해가 있으신 듯한데…… 지금 제가 있을 자리가 아닌 것 같아서요. 저는 볼일도 있고 해서 이만 가 보겠습니다."

"아니아니 오해는 무슨, 그냥 편하게 해요. 아가씨. 곧 점심시간인데 식사라도 함께 하면 안 될까? 늘 혼자 먹으려니 여간 적적한 게 아니라서."

"저…… 그게……."

어르신이 저렇게까지 말씀하시는데 냉정하게 자리를 박차고 나갈 수도 없어 구원의 눈빛으로 조프를 바라보는데,

"잠시 앉지."

체념한 듯 시큰둥하게 대답하는 조프였다. 할머니는 한번 하겠다고 마음먹으면 못할 게 없는 분이었고 괜히 자꾸 숨기려 들면 들수록 더 파고들 게 뻔했다. 뒤에서 따로 제이를 불러서 또 다른 일을 꾸밀 수도 있는 분인 만큼, 차라리 그냥 눈앞에서 어떻게 하시는지 보고 있는 편이 더 나을 것 같았다.

뭐, 할머니 입장에서는 호텔에 그것도 자진해서 여자와 함께 어깨를 나란히 하고 앉아 다정한 모습을 연출하고 있는 걸 보셨으니 쉬이 물러날 입장이 아님은 당연지사. 제이에게는 미안하지만 나중에 자초지종을 설명하기로 하고 지금은 할머니가 어떻게 나오는지 두고 볼 수밖에 없었다.

"아가씨 이름은? 나이는? 그리고 동양인인 것 같은데 어디서 왔는고?"

"회장님. 지금 뭐 하시는 겁니까?!"

그냥 두고 보기에는 과하게 앞서가신다.

제이는 어른의 물음에 대답을 해야 할지, 말아야 할지. 할머니와 매섭게 눈을 마주하는 그의 굳은 표정에 머뭇거리다가도 인사는 하는 게 도리일 듯싶었다.

"어…… 우선 당황해서 인사를 못 드렸어요. 안녕하세요. 저는 제이라고 합니다. 나이는 스물여덟이고요. 한국에서 왔습니다."

'그녀의 나이가 스물여덟이었어. 내가 서른여섯이니…….'

이제서야 나이도 물어보지 않았다는 생각이 드는 조프다. 많아 봐야 20대 초반이지 않을까 생각했는데 스물여덟이라……. 더 어리게 보였는데 생각만큼은 어리지 않아 다행이라는 생각이 들었다.

'다행? 다행이라…….'

뜬금없이 제이와의 나이 차를 계산하는 자신을 보며 어이없는 헛웃음이 나오는 조프와 그런 조프의 모습을 하나도 놓치지 않고 세심하게 눈으로 살피게 되는 할머니 앤이다.

"나는 앤이라고 해요. 저 녀석의 할머니지. 그래. 여긴 어떻게 아니아니. 그런 뜻이 아니라, 내가 주책이네. 주책이야! 난 아주 개방적인 사람이에요."

"아니요. 그게 아니라…… 지금 상황이 딱 오해하기 좋은 상황이기는 한데…… 어르신께서 생각하시는 그런 건 아닙니다."

할머니의 숨은 말뜻에 난처한 눈빛으로 그를 바라보는데 태연히 기둥에 기대서서 도와줄 의사라고는 전혀 보이지 않는 그의 모습에 더 당황하고 말았다.

"다만, 호텔 예약에 문제가 생겨서 이렇게 부득이하게 같은 호실을 사용하게 된 것뿐이에요. 할머니께서 생각하시는 그런 관계가 아닙니다."

앤은 당황한 듯 얼굴을 붉히며 말하는 제이에게 이상하게 마음이 끌렸다. 맑고 깨끗한 첫인상에, 꾸밈없는 자연스러움, 단정한 자세에 차분한 말투 또한 참 예뻐 보였다. 그렇게 제이를 유심히 살펴보던 앤은 알 만하다는 듯 조프를 바라보았다. 조프는 모든 걸 다 꿰뚫어 보는 듯한 할머니의 눈빛에 갑자기 목이 갑갑하게 조여 오는 듯했다.

앤이 볼 때 조프는 아무것도 아닌 게 아니었다. 그도 그럴 것이, 겨우 예약 문제로 한 공간에 머문다? 손가락 하나만 까딱해도 못 해낼 일이 없는 녀석이? 게다가 세계 곳곳에 자신의 호텔을 가지고 있는 그룹의 총수가 겨우 방 하나를 구하지 못해 다른 아가씨와 같은 공간을 쓰고 있다? 이걸 말이라고?! 조금이라도 마음에 담지 않고서야 절대 있을 수 없는 일이지 아무렴. 앤은 자꾸만 웃음이 나오려고 해 턱관절이 다 아려 오는 듯했다.

"내가 귀한 시간을 뺏고 있지? 난 이만 내 할 일 마무리하고 갈 테니 다시 편히 앉아 이야기 나눠요."

"네?"

제이에게 말을 하자마자 조프에게 선언하듯 말씀하셨다.

"조프, 주말에 내 생일인 건 잊지 않았겠지? 바빠서 못 온다는 말은 하지도 마라! 이번에 안 오면 다시는 보지 않을 테니!!"

"회장님……."

"내 이번만큼은 예전과 같은 일로 널 귀찮게 하지 않으마!"

"대단히 선심 쓰시는 듯한데요?"

"녀석. 당연히 그럼 안 되지. 이 아가씨가 함께 올 텐데 내가 왜 그런 일을 벌이겠어?"

"회장님!!"

아닌 게 아니라 지금까지 있었던 할머니 생신 때면 늘 골치 아픈 일들이 생겼다. 일찍 돌아가신 부모님을 대신한 할머니이기에 조프에게도 할머니는 특별했다. 그래서 할머니의 일이라면 자다가도 벌떡 일어나는 조프였건만…… 몇 해 전 생신 때부터 늘 생신 파티에 조프의 짝으로 이어 주고 싶은 누군가를 데리고 오셨다. 물론 조프에게는 일언반구도 없이.

웬만해서는 할머니와 관련된 일에는 빠지지 않는 조프였지만 점점 지쳐 갔다. 결국 2~3년 전부터는 생신 파티 전에 일찌감치 할머니께 다녀오고는 했었다. 그런데 이번엔 제이와 함께 온다면 더 이상 다른 여자를 불러 귀찮게 하지 않겠다는 회유책임과 동시에, 제이를 데려오지 않는다면 앞으로 더 각오하라는 무언의 협박인 셈이었다.

"회장님. 일단은 돌아가세요. 생각 좀 해 보고 전화드리겠습니다."

"이런이런, 그래. 둘만 있고 싶다는 말이지? 알았다 알았어. 내 대답만 듣고 간다니까 그러네."

끙. 대체 할머니 머릿속에는 뭐가 들어 있는지 헛된 희망을 버리지 못하고 자꾸 채근하신다.

"지금껏 제이가 하는 말을 어디로 들으신 겁니까. 그런 거 아니라고 말씀드렸지 않습니까!"

"아니건 말건 난 모르겠고, 그래서 올 거야 말 거야. 빨리 말 안 해?"

"갑니다! 가요. 그러니까 그만 돌아가세요."

어금니를 꽉 깨물고 최대한 인내심을 발휘하고 있었다.

"제이라고 했지? 꼭 같이 와요. 응?"

"네. 네? 저요? 아하하, 제가 갈 자리는 아닌 것 같은데…… 초대는 감사하지만 저는 일이 좀 있어서요. 죄송합니다. 미리 생신 축하드려요."

제이의 말이 끝나기가 무섭게 앤이 갑자기 제이의 손을 두 손으로 그러잡았다.

"그냥 편하게 생각해요. 가까운 사람들만 모여서 조촐하니 하는 파티라오. 말이 파티지 그냥 밥 한 끼 한다고 생각하면 되는데, 시간 내기가 많이 어려울까?"

할머니께서 이렇게까지 말씀하시는데 안 된다고 딱 잘라 거절하기도 죄송스럽고 그렇다고 가겠다고 말할 수도 없는 노릇이라 난처한 마음에 조프를 바라보았다. 그런데 조프는 이젠 아예 소파 팔걸이에 엉덩이를 반쯤 걸치고 앉아 팔짱을 끼고서 할머니를 노려보고 있었다.

"그만하시죠? 정말 볼일이 있는 것 같은데."

이 일을 어찌할꼬. 웬만한 일에는 감정을 드러내는 일이 없는 녀석이 발끈하는 것을 보니 분명 뭔가가 있는데, 이대로 포기할 생각이 없는 앤의 눈이 테이블로 향했다. 마침 사진이 잔뜩 들어 있는 노트북이 앤의 눈에 쏙 들어왔다. 앤은 재빠르게 노트북의 사진들을 스캔했다. 온통 건물과 인테리어 사진으로 도배되어 있는 걸 보니 인테리어에 제법 관심이 많은 것 같은데, 음…… 그렇다면 작전을 살짝 좀 바꿔 볼까?

"혹시 산티아고 칼트라, 라고 알고 있으려나?"

"네? 혹시 건축…… 디자이너 산티아고 칼트라 말씀이신가요?"

"맞아. 다행히 알고 있나 보네."

"네. 당연히 알죠. 알고말고요!"

제이의 눈빛이 밤하늘에 별빛마냥 반짝거렸다.

'옳지, 바로 이거야!'

앤은 속으로 쾌재를 부르며 미끼를 덥석 물어 버린 제이를 흐뭇하게 바라보았다.

"이번에 파티 장소가 바로 그 산티아고가 디자인한 내 별장이라오. 외관뿐만 아니라 내부 구석구석 그 사람 손이 안 간 곳이 없지. 그냥 편하게 구경한다 생각하고 오면 어떨까? 보아하니 사진 찍는 것도 좋아하는 것 같은데 필요하면 사진도 내 특별히 허락하지. 저녁 시간이니 볼일이 있으면 다 보고 와도 될 것 같은데. 그래도 정말 안 되겠어요?"

제이는 갑자기 미친 듯 날뛰는 심장을 손으로 지그시 눌렀다. 그를 보니 미간에 주름을 그린 채 고개를 좌우로 흔들고 있었다. 거절하라는 의미……겠지? 하지만 제이는 일생일대 다시 오지 않을 기회를 쉽게 저버릴 수가 없었다.

산티아고가 디자인한 건물을 몇 곳이나 둘러보았지만 모두 거대한 건물들이었다. 오페라 하우스라든지, 복합 콘퍼런스 센터라든지, 그나마도 외관만 산티아고가 했지 내부는 다른 디자이너가 했다고 들었다. 그런데 그 유명한 건축가가 할머니의 별장을 직접 디자인했단다. 어떻게 궁금하지 않을 수 있을까?

조프야 며칠 지나면 보지 않을 사람이었지만 산티아고의 디자인은, 그의 손길이 구석구석 미친 건축물을 직접 볼 기회는 아마 처음이자 마지막일 것이었다.

한편에서 둘의 모습을 지켜보고 있던 조프는 이미 제이가 할머니의 계략에 넘어갔음을 인정하지 않을 수 없었다. 결국 조프는 두 눈을 질끈 감으며 고개를 끄덕였다.

"네. 그럼 저도 갈게요. 초대해 주셔서 감사합니다."

제이는 미처 알지 못했다. 이날의 성급한 결정이 어떤 운명을 불러올지는⋯⋯.

만족할 만한 대답을 들은 앤은 조프를 향해 윙크 한번 가볍게 날려 주시고 유유히 호텔을 빠져나갔다. 제이는 뒤늦게 그의 눈치가 심상치 않음을 느끼며 변명 아닌 변명을 했다.

"저렇게까지 말씀하시는데 안 간다고 하기가 좀 그랬어요. 아니, 좀 더 솔직하게 말씀드리면 그 별장, 정말 너무 보고 싶어요. 그냥 가서 구경만 할게요."

"난 강요한 적 없으니 나중에 날 원망할 생각은 하지 말아. 난 분명히 막아 주려고 했어. 그걸 꼭 기억하라고."

혼자만의 공간으로 온 제이는 그제야 자신이 무슨 짓을 저질렀는지 깨달았다. 할머니의 생신이면 가족들도 올 텐데 그와 함께 가게 되면 당연히 무슨 관계인지 물어볼 게 뻔했다. 또 뭐라고 설명을 해야 하지? 사실대로 말한다 해도 여자가 조심성 없다고 하지는 않을지, 생각이 꼬리에 꼬리를 물고 들어가니 머리가 다 아팠다.

'이미 사고는 쳤는데 이제 와서 걱정한들 뭘 어째? 에잇 나도 모르겠다! 그래. 다른 것도 아니고 산티아고가 직접 디자인했다는데, 이 정도 불편함이야 감

수해야지! 세상에 산티아고라니…… 꺅!!'

제이는 너무 흥분해 침대에 누워 다리를 동동 굴렀다.

"아차. 그나저나 입고 갈 만한 옷이 있을까?"

제이는 벌떡 일어나 파티에 입고 갈 만한 옷을 찾았다. 혹시나 격식을 차려야 하는 자리가 있을지도 모른다는 생각에 차분한 블랙 이브닝드레스를 한 벌 챙겨 온 것이 신의 한 수가 될 줄이야. 이걸 입고 가면 되겠다 싶어 옷걸이에 잘 걸어 두고 침대에 누운 제이의 표정에서 어제 악몽의 그림자는 찾아볼 수가 없었다.

다음 날 아침 둔탁한 노크 소리에 제이의 무거웠던 눈꺼풀이 천천히 올라갔다.

'아침부터 무슨 일이지?'

소리가 나는 쪽을 보니 그가 방문 앞에서 문을 반쯤 열고 서 있는 게 보였다. 악몽을 꾼 이후부터는 잘 때도 얇은 슬립이 아닌 간편한 복장으로 잠자리에 들어서 민망한 상황은 피할 수 있어 다행이다 싶었다.

제이는 천천히 일어나 침대 헤드에 등을 기대앉았다.

"이렇게 허락 없이 방문을 열어 보는 건 반칙이에요. 오늘은 꼭 로비에 연락해서 문 좀 고쳐 달라고 해야 할까 봐요."

"내가 무슨 파렴치한이나 된 것처럼 들리는데? 노크를 한 열댓 번도 더 한 것 같은데 기척이 없어. 혹시나 무슨 일이 있나 해서 열어 본 것뿐이야."

"민망해서 하는 소리예요. 세수도 하지 않은 민낯에 자다 일어난 부스스한 모습을 남한테 보이는 게 자연스러운 일상은 아니라서요."

제이는 씻지도 않은 채 그를 보는 게 민망해 멋쩍은 미소를 지었다.

"많이 피곤한 모양이군."

"실은 너무 설레서 잠을 좀 설쳤어요. 아! 죄송해요. 눈치 없이 너무 좋아해서. 당신은…… 음…… 많이 불편할 거라는 걸 알면서도 말이에요."

"당신은 늘 그렇게 솔직한가?"

"글쎄요? 뭐. 구태여 남을 속여야 할 필요성을 느껴 본 적이 별로 없는 것 같긴 하네요. 그런데 정말 무슨 일이에요? 이른 아침부터? 오늘은 좀 느긋하게 준비하려고 했는데……."

이대로 침대에 기댄 채 방문 앞에 선 그와 대화를 계속 나누기에는 어색하고 불편해 뒤늦게 용건을 물었다.

"오, 단잠을 깨워 미안하지만, 뭐가 배달이 와서 말이야. 밖에 사람이 기다리고 있어. 좀 번거롭겠지만, 가능하다면 지금 바로 입어 보는 게 좋겠는데."

"뭔가 착오가 있나 봐요. 전 주문한 게 없는데요?"

"할머니께서 보내셨어. 파티에 입고 오라고 보내 주신 것 같은데, 아! 거절할 생각은 말아. 어제 겪어 봐서 알겠지만 절대 거절을 받아들일 분도 아닐뿐더러 되돌려 보낸다면 할머니께서 아마 직접 들고 오실 테니."

제이는 아직 잠이 덜 깼는지 도대체 그가 무슨 말을 하는 것인지 이해가 되지 않았다. 다시 물어보려는데 하품이 나와 급히 두 손으로 입을 가리고 하품을 했다.

"아마도 할머니께서 직접 챙겨 보내셨을 테니 입어 보지 않아도 잘 맞을 거야. 문 앞에 두지. 정 힘들면 나중에 일어나서 그때 입어 보도록."

그의 말이 끝나기가 무섭게 제이의 방문 밖에서 웬 여자의 목소리가 들려왔다. 밖에 사람이 와 있다더니 바로 문 뒤에서 기다리고 있는 모양이었다.

"대표님 죄송하지만 회장님께서 꼭 입은 모습을 보고 오라고 하셨습니다. 제가 기다렸다가 일어나시면 피팅해 보고 갈 테니 대표님께서는 신경 쓰지 마시고 볼일 보세요."

잠자코 두 사람의 대화를 듣고 있던 제이는 끙 하는 소리와 함께 이불을 걷어 내고 침대 밖으로 나왔다. 그에게 이렇게 흐트러진 모습을 보이고 싶지 않았지만, 자신 때문에 왔다는 사람을 마냥 기다리게 할 수는 없는 노릇이었다.

"좋아요. 뭔지 모르겠지만 일단 입어 볼게요. 그럼 되는 건가요?"

제이의 말에 조프가 고개를 끄덕이더니 기다리던 여자에게 들어가도 좋다며 반쯤 열린 문을 활짝 열었다. 그러고선 그의 몸통만 한 큼직한 박스 세 개를 방 안에 넣어 주었다.

"네. 감사합니다. 그리 오래 걸리진 않을 거예요."

시원시원한 목소리로 말하며 방에 성큼 들어선 여자의 모습에 제이는 짧은 숨을 들이켰다. 머리에서 발끝까지 화려하게 치장한 중년의 여자는 한눈에 보기에도 예사롭지 않아 보였다.

시크한 쇼트커트의 금발 머리에 이목구비를 강조한 선명한 화장, 언밸런스한 귀걸이에, 하단이 길게 프린지로 마감이 된 베이지색 트렌치코트 또한 평범함을 거부했다. 게다가 10센티는 족히 될 듯한 굽 높은 앵클부츠는 제이라면 감히 신을 엄두조차 나지 않을 듯했다.

"조프, 문 좀 닫아 주시겠어요?"

제이는 잠시 놀란 마음을 감추며 조프에게 말했다.

"기꺼이."

아직 덜렁거리는 문고리가 신경이 쓰였지만, 이유 없이 방문을 열어 볼 사람이 아니라는 것쯤은 지난 며칠 함께 지내며 이미 알게 되었다.

"일단 들어오세요. 그리고 기다리게 해서 죄송해요. 제가 잠이 덜 깨서 도통 무슨 말씀을 하시는 건지 알아듣지를 못해서."

"아닙니다. 너무 이른 아침부터 귀찮게 해 드려 오히려 죄송합니다. 회장님께서 너무 고대하고 계셔서요. 저는 레지나라고 해요. 드레스 디자이너고요."

자신을 디자이너라고 소개하는 여자를 보며 제이는 절로 고개가 끄덕여졌다.

"네. 저는 제이라고 합니다. 그나저나 뭘 입어 봐야 한다는 건가요?"

"아, 잠시만요."

디자이너가 박스를 개봉하더니 드레스를 꺼내기 시작하는데, 뭐가 그렇게 많이 나오는 건지,

"이게 대체 다 뭐…… 설마 이걸 다 입어야 하는 건 아니죠?"

"겨우 드레스 세 벌인걸요? 안에 갖춰 입을 이너를 같이 준비하다 보니 좀 많아 보이죠?"

"드레스? 세…… 벌이요?"

"네. 여행 오면서 드레스까지 챙겨 오지는 못했을 거라고 하시면서 회장님 께서 초대에 응해 주셔서 감사하다고 보내신 선물이에요."

"아, 그런 거라면 괜한 걸음 하셨어요. 혹시 몰라서 이브닝드레스를 챙겨 온 게 있거든요."

"회장님께서 하신 말씀이 정확하시네요."

"네? 그게 무슨……."

"분명 거절할 거라고 하셨거든요. 그리고 혹시 거절하거든 절대로 부담 가 지지 말고 편하게 생각하시라고 신신당부하셨어요. 세 벌 중에 마음에 드는 옷 이 있으면 입고 오시고, 혹시 마음에 드는 게 없으면 다른 드레스를 보내 주겠 다 하셨고요."

"뜻하지 않은 자리에 초대받게 된 것도 민망한데 선물까지 받으면 너무 염 치없죠. 그것도 처음 뵙는 분께요. 전 그냥 제 옷 입고 갈게요. 그게 제 맘이 편 할 것 같아요."

"그런 거라면 걱정할 필요 없어요. 우리 회장님 옷을 좋아하시는 분이라 종 종 이렇게 선물하시거든요. 절대 부담 가질 필요 없어요. 절대로!!"

레지나는 여전히 곤란한 표정을 짓는 제이를 보고 싱긋 웃으며 다시 말을 꺼 냈다.

"그리고…… 이 드레스 제가 다시 들고 가면 저 회장님께 혼나요. 아까 대표 님께서도 말씀하셨지만 제가 이 드레스 다시 가져가면 아마 회장님께서 직접 들고 찾아오실 텐데, 괜찮으시겠어요?"

"하……."

제이는 더 이상 거절할 구실을 찾을 수가 없었다. 드레스야 나중에 돌려드리면 되니 더 이상 입씨름을 하기보다 차라리 빨리 해치우는 편이 더 나을 듯싶었다.

"네. 그럼. 어…… 잠시 응접실에서 기다려 주시겠어요? 금방 입고 나갈게요."

"아뇨. 제가 도와드릴게요. 혼자 입기에는 조금 불편하실 거예요."

"아…… 네. 그럼 부탁드릴게요."

남이 보는 곳에서 옷을 갈아입는다는 게 여간 어색하고 쑥스러운 일이 아닐 수 없었지만, 디자이너는 기어이 본인이 돕겠다며 팔을 걷어 올렸다. 그렇게 해서 어색하게 처음 꺼낸 드레스를 입어 보는 제이였다.

"세상에! 맙소사! 드레스가 너무 아름다워요."

정말 아까 조프가 한 말은 빈말이 아니었나 보다. 할머니께서 보낸 것이니 잘 맞을 거라고 했었지만, 어떻게 이렇게 딱 맞을 수 있는지. 채 20분도 보지 않았는데 할머니는 제이의 몸매를 완벽하게 파악하신 듯했다.

처음 입은 드레스는 실크에 레이스가 조화로운 블랙 롱 드레스였다. 가슴부터 허리 엉덩이까지는 몸에 딱 맞게, 엉덩이부터는 자연스럽게 흘러내리는 머메이드라인으로 차분하면서도 세련되고 우아한 분위기를 연출하기에 부족함이 없어 보였다. 오른쪽 다리 부분의 긴 옆트임은 걸음을 옮길 때마다 제이의 매끈한 다리를 완벽하게 드러내 주는 과감한 드레스였다. 디자이너는 아주 만족스러운 표정으로 흐뭇하게 제이를 바라보며 말했다.

"역시 우리 회장님 안목은 알아줘야 한다니까요? 어쩜 이렇게 맞춤같이 딱 맞아떨어지는지."

"그러게요. 정말 잠깐 보셨는데 어떻게 이렇게 몸에 잘 맞는지 신기하네요."

"다른 옷도 얼른 입어 봐야겠어요. 제가 다 흥분이 되네요. 이렇게 드레스에 잘 어울리는 분을 만나기도 쉽지 않은데."

본인보다 더 흥분한 듯한 디자이너를 뒤로하고 다른 옷을 입어 보기 위해 드레스를 벗으려 등을 돌려 거울을 보다 깜짝 놀라고 말았다.

맙소사! 등 뒤가 시스루로 너무 과하게 파여 있었다. 움푹 들어가는 허리 라인 아래쪽까지…… 이렇게 우아한 옷이 이토록 야하게 보일 수도 있는 거구나 싶은 게 제이는 속으로 이 드레스는 제외해야겠다 싶었다.

두 번째는 강렬한 레드 색상의 드레스였다.

"회장님 말씀이 드레스 입으실 분의 피부가 티 없이 맑고 깨끗해 선명한 레드 색상의 드레스도 잘 어울릴 거라고 적극 추천해 주셨어요."

"그런가요? 너무 아름다운 드레스이긴 한데, 색상이 너무 화려해 제가 소화할 수 있을지 의문이네요."

"분명 잘 어울릴 거예요. 얼른 입어 봐요."

앞서 본 드레스가 너무 과감하다 보니 제이는 걱정스러운 마음이 들기 시작했다.

'설마…… 가져온 드레스가 모두 이렇게 파격적인 디자인은 아니겠지…….'

제이의 걱정은 안중에도 없이, 디자이너는 부지런히 두 번째 드레스를 입히고 있었다.

"이건……."

역시나 몸에 일부러 맞춘 것처럼 딱 맞아떨어졌다. 하지만 레드 색상의 드레스는 가슴이 지나치게 두드러져 보였다.

시원스레 드러낸 어깨에, 볼륨을 강조하며 아슬아슬하게 가려진 가슴. 허리는 타이트하게 여성스러운 리본으로 포인트를 주었고 엉덩이 볼륨은 살리면서 무릎까지는 몸에 완전히 밀착되도록. 무릎부터 발까지는 풍성하게 확 퍼지는 스타일의 여성스러움을 극대화한, 말 그대로 빈틈없이 몸에 밀착되어 몸의 굴곡 하나하나를 여실히 드러내 주는 톱 드레스였다.

몸매에 굉장히 자신감이 넘쳐나는 모델이나 입을 법한 두 번째 드레스까지 입어 보고 나니 제이는 세 번째 드레스는 보기도 전에 한숨이 나왔다.

"세상에, 맙소사! 정말 큰일이네요. 사실 이 드레스는 많은 분들이 탐내는 드레스였는데, 그 누구도 당신처럼 소화해 내지 못했어요. 그래서 회장님이 이 드레스 선택했을 때도 좀 무리가 아닐까 생각했는데 이 정도로 잘 맞을 줄은, 너무 아름다워요. 아름답다는 말로는 부족할 정도로.”

“과찬이세요. 저는 과연 세 벌 중에 제가 소화할 수 있는 드레스가 있을지 진심으로 걱정이 되기 시작했어요.”

“어머 무슨 말씀이세요? 이렇게 맞춤처럼 다 잘 어울리는데요. 입을 수 있는 드레스가 아니라 어떤 드레스를 골라야 할지 걱정하셔야죠!”

걱정을 더하는 제이는 안중에도 없었다. 그 흔한 잡티 하나 없이 고운 피부에, 몸의 라인 또한 모든 여성들이 탐낼 만한, 입는 드레스마다 청순함과 동시에 여성스러움과 섹시함이 공존하는 모습은 디자이너로서 정말 욕심나는 모델이 아닐 수 없었다. 가능만 하다면 모델로 발탁해 키워 보고 싶은 정도였다. 모르긴 몰라도 그날 파티의 주인공은 회장님이지만 스포트라이트는 분명 이 아가씨에게 집중되지 않을까 싶었다.

“이제 한 벌 남았네요?”

마지막 드레스는 살굿빛과 핑크빛이 감돌아 사랑스러움이 묻어난, 셋 중 그나마 제일 무난해 보이는 드레스였다.

“세상에, 너무 사랑스럽네요. 피팅 모델에게서도 이런 느낌을 받지 못했는데 혹시 모델 해 볼 생각은 없어요?”

아쉬워 툭 튀어나온 진심에,

“네? 아…… 하하 농담으로라도 그런 말씀은 마세요.”

씨도 먹히지 않을 단칼이다.

“진심으로 안타깝네요. 이런 분을 이렇게 만나게 되다니. 우리 드레스를 입히면서 이 정도의 만족감을 느껴 보기는 실로 오랜만인 것 같아요. 손봐야 할 곳 하나 없이 바로 그냥 다 입으시면 되겠어요.”

“드레스는 하나같이 다 아름답긴 한데…… 역시나 저는 무리일 것 같아요.”

예쁘긴 너무 예쁜데 과연 이걸 입고 사람들 앞에 설 수 있을지. 아니, 당장

문 하나만 열면 있을 그의 앞에도 설 수 없을 것 같았다. 제이의 절망을 알 리 없는 디자이너는 세 벌 중 어떤 걸 입혀야 할까, 오랜만에 행복한 고민에 빠져 들고 있었다.

"혹시 조금만 더 가릴 수는 없나요? 이를테면 검은 드레스 등을 조금만 가려 주시거나, 레드 색상은 상의를 걸칠 수 있으면 좋겠어요."

"아뇨! 지금 그대로가 제일 예뻐요. 파티 참석해 보면 알겠지만, 이 드레스 는 과한 축에도 안 들어간답니다. 훨씬 과감한 드레스를 얼마나 많이들 입고 오는데요?"

"이것보다 더요?"

"그럼요! 그러니 괜한 걱정은 붙들어 매시고 선택만 하시면 될 것 같아요."

"하⋯⋯."

이것보다 더 심하면 도대체 얼마나 더?

결국 제이는 셋 중에 그나마 제일 많이 가려지는 세 번째 드레스를 골랐다.

살굿빛이 감도는 누드 톤의 롱 드레스로 시스루로 가려지는 어깨, 가슴부터 엉덩이까지는 몸에 붙는 재질에 엉덩이부터는 차르르 자연스럽게 툭 떨어졌다. 물론 등은 반이나 홀렁 파이고 다리 한쪽도 과감하게 트여 있었지만 다행스럽 게도 너무 과하게 느껴지지는 않는, 여성스럽고 우아해 보이는 드레스였다.

"그나마 이 드레스가 가장 덜 부담스럽네요."

"제 개인적인 욕심으로는 레드 색상을 입으시면 더 좋을 듯한데 역시나 무 리겠죠?"

"네. 색상도 너무 화려하고, 그리고 너무⋯⋯ 아무튼 좀 많이 부담스러워요. 가능하면 그날 눈에 띄지 말았음 싶었거든요. 조용히 있다 조용히 빠져나오고 싶어요."

"글쎄요, 쉽지 않을 것 같은데요?"

디자이너는 다시 한번 의아했다. 누구나 파티에 가면 자신이 가장 돋보이고 싶고, 눈에 띄길 원할 텐데 말이다. 지금까지 회장님이 드레스를 보내 입혀 본 사람들과는 정말 판이하게 달랐다.

그녀들은 어떻게 해야 자신이 가장 화려하고 돋보이게 될지를 고민하기에 바빴다. 드레스를 받았을 때도 그녀들은 좋아서 어쩔 줄 모르면서도 덤덤한 척 하려 애쓰는 모습이 안쓰럽기까지 했었는데 오늘 만난 아가씨는 진심으로 부담스러워하고 있었다.

"그럼 세 번째 드레스로 골랐다고 말씀드릴게요. 드레스와 어울리는 화장에 헤어까지 하면 과연 어떤 모습일지 정말 기대되는데요?"

"근데 정말 이것보다 과한 드레스를 많이 입고 오나요?"

조심스레 드레스를 벗어 디자이너에게 건네고서 자신의 옷으로 갈아입으며 제이가 걱정스레 물었다.

"그럼요! 전혀 걱정하지 마세요. 이건 정말 하나도 과하지 않다니까요?"

옷장에 드레스를 걸어 두던 레지나는 등 뒤에서 들려오는 순진한 질문에 싱긋 웃으며 어깨 너머로 답을 했다.

"흠…… 네. 그럼 선생님 말씀만 믿을게요."

"네! 아무 걱정 하지 마세요. 아셨죠? 전 그럼 이만 회장님께 보고드리러 가야겠어요. 아마 목 빠지게 기다리고 계실 거예요. 그럼."

"잠시만요. 다른 드레스는 가지고 가셔야죠."

마지막 드레스를 걸어 두는 디자이너를 보며 당연히 앞서 입었던 드레스는 챙겨 갈 줄 알았는데, 정리를 마치자마자 빈손으로 나서는 모습에 제이가 그녀를 불러 세웠다.

"아닙니다. 모두 드리고 오라고 하셨어요. 다만 회장님은 다 잘 맞는지 궁금하다고, 꼭 보고 오라고 하셔서요."

"그래도 전 이런 드레스 입을 일도 없는걸요."

"죄송합니다. 이거 들고 가면 제가 곤란해진답니다. 그럼 이만."

디자이너는 자신의 할 말을 마치자 서둘러 나가 버렸고 난처해진 제이는 응접실에 있던 조프에게 도움을 청했다.

"조프, 드레스를 세 벌이나 보내셨어요. 전 입을 일도 없을뿐더러."

"아니. 마음에 들지 않아서 그러는 게 아니라면 그냥 다 받아도 괜찮아. 할머니가 좋아서 하는 일이니 부담 가질 필요 없어. 당신이 그걸 말없이 받아 주는 게 할머니께는 더 좋은 선물이 될 거야."

"하…… 이러니까 정말 제대로 사고 친 기분이에요. 괜히 간다고 했나 봐요."

"그럼 만약 다시 그 상황으로 되돌아간다면 그땐 거절할 수 있을까? 산티아고 칼트라를?"

"아뇨! 당신에게는 정말 미안하지만, 다시 되돌아간다 해도 아마 제 선택은 같았을 거예요. 죄송해요. 후……."

"하하하하하."

조프는 양손으로 머리를 부여잡고서 한숨을 내쉬는 귀여운 모습의 제이를 보며 그만 웃음이 터져 버렸다.

"그럼 뭐가 문제지? 다시 또 그 상황이 와도 같은 선택을 할 거라면 어차피 이렇게 된 거 당신이 보고 싶었던 거, 알고 싶었던 거나 확실히 보고 즐기면 되는걸, 뭘 그렇게 걱정을 하지?"

"제가 당신을 난처하게 만들잖아요. 제 욕심 때문에."

"글쎄, 말은 바로 해야지? 내가 당신을 난처하게 만들었던 게 우선이지, 아닌가? 그러니 지금부터는 괜한 걱정은 하지 말아."

"그렇게 말씀해 주시니 조금 안심이 되네요. 사람이 참 간사하죠?"

"아니, 매사 거짓 없이 솔직한 게 보기 좋아."

"단점도 좋게 봐주시니 감사합니다. 그나저나 할머니 추진력이 엄청나신데요?"

"하하하하하. 좀 그렇긴 하지? 많이 지쳤을 텐데 좀 더 쉬어."

"아차. 바쁘실 텐데 죄송해요. 귀한 시간을 뺏고 있었네요. 그만 일 보세요. 전 조금만 더 쉬다가 나가려고요."

"그러지."

다시 제 방으로 돌아온 제이는 옷걸이에 걸린 드레스를 물끄러미 바라보다 크게 한숨을 내쉬었다.

"어휴. 이게 도대체 얼마야? 그래. 나중에 다시 돌려드리면 되지 뭐."

제이는 디자이너 브랜드에 대해서는 관심도 없는 자신이 보기에도 과하게 고급스러워 보이는 드레스에 절로 한숨이 내쉬어졌다.

"그래, 평생 언제 저런 드레스 한번 입어 보겠어. 좋게 생각하자. 근데 저거 입고 걸어 다닐 수는 있는 거야? 몰라 몰라, 겨우 하룬데 뭐."

잠은 이미 달아나고 없었지만, 침대에 몸을 던져 버리는 제이였다.

느지막한 오후에 일어난 제이는 남은 오후 시간을 그냥 흘려보내기엔 아쉬워 한 곳이라도 둘러보려 준비를 서둘렀다.

축제 기간이다 보니 어딜 가도 사람이 북적거려 다니기가 여간 불편한 게 아니었으나 축제를 즐기는 행복한 모습의 사람들을 보는 것도 제이에겐 색다른 즐거움이 되고 있었다. 축제 덕분에 행사장으로만 몰리는 사람들을 피해, 보고 싶은 곳을 남들보다는 좀 더 여유롭게 둘러볼 수 있다는 것도 축제의 장점이라면 장점이랄까?

제이 또한 축제를 즐기고 싶은 마음이 없지 않았지만 축제보다는 목표로 했던 곳들을 다 둘러보고 가는 일이 더 중요했기에 마음속 설렘은 잠시 한편에 접어 두고 오늘도 인파를 피해 한적한 곳으로만 다니는 제이다.

그렇게 해서 도착한 곳은 마드리드에서 가장 큰 규모를 자랑하며 역사적으로나 예술적으로도 중요한 가치를 지닌 레티로 파크였다. 제이는 말없이 공원 이곳저곳을 다니며 온몸과 마음으로 보고, 만지고, 느끼며 여행의 참 즐거움을 누리고 있었다.

'세상에. 너무 예뻐. 도심의 중심에 어떻게 이렇게 큰 공원이 자리했을까? 도대체 어떤 마음이면 이렇게 멋진 곳을, 어떤 생각을 하면 이런 설계를 할 수 있을까?

제이는 공원을 걷고 또 걷고, 보고 또 봐도 시간 가는 줄을 몰랐다. 하늘은 더없이 맑고 푸르렀다. 잔잔한 음악이 평화롭게 흐르는 여유로운 모습이 제이의 마음을 좀 더 풍요롭게 만들고 있었다.

'아차, 사진. 넋 놓고 있다 사진 찍는 것도 잊어버렸네.'

제이는 카메라를 들어 한 컷, 한 컷 정성스럽게 추억을 담고 있었다. 대체 얼마나 있었는지 해가 뉘엿뉘엿 넘어갈 즈음이 되어서야 걸음을 잠시 멈추고 쉴 곳을 찾아보는데, 저 멀리 초상화를 그리고 있는 화가가 눈에 띄었다.

"혹시 지금 그릴 수 있나요?"

제이가 스페인어로 물었고,

"네. 그럼요. 여기 앉으세요."

화가가 같은 언어로 답을 하더니,

"혹시 한국인?"

한국어로 되물었다.

"어? 네, 맞아요. 한국에서 왔어요. 화가님도 혹시 한국 분이세요?"

"어쩐지 느낌이 딱 그렇더라고요. 네. 저도 한국 사람이에요."

"어머 정말요? 혹시나 했는데, 잘 됐네요."

제이는 멀리서 봤을 때는 몰랐지만 가까이 다가오면서 보니 낯설지 않은 외모에 혹시나 싶었는데 역시나 한국 사람이라는 말에 반가웠다.

"저는 자주 본답니다. 여기가 워낙 유명한 곳이다 보니 많이들 오시더라고요. 특별히 예쁘게 잘 그려 드릴게요."

"네! 감사합니다. 잘 부탁드려요."

"근데 혼자 오셨나 봐요?"

"어쩌다 보니 그렇게 됐어요."

"대단하시네요. 저라면 혼자서는 못 왔을 것 같은데."

그렇게 한마디씩 주고받다 보니 화가가 이민을 와서 지금은 아르바이트 중이라는 걸 알게 되었고 뜻하지 않은 수확도 있었다. 슬슬 한국 음식이 생각나기 시작했다고 하니 화가가 친절하게도 한국 음식점 한 곳을 알려 주었다. 마침 제이가 지내고 있는 호텔과도 멀지 않은 것 같아 가는 길에 들렀다 가야겠다 싶었다.

"자, 다 됐어요."

"어머, 너무 예쁘게 그려 주셨는데요? 실물보다 더?"

"모델이 아름다우시니 그럴 수밖에요."

"에이, 화가님이 더 아름다운데요 뭘."

"역시 한국 사람은 오고 가는 말속에 정이 있다니까요. 오랜만에 또 한국 분을 만나게 되어 반가웠어요. 즐겁게 여행 잘 하시고 조심해서 가세요."

털털하게 웃는 화가와,

"제가 더 감사해요. 덕분에 오늘은 한국 음식 먹을 수 있겠어요. 항상 건강하세요."

환하게 웃으며 인사하는 제이다. 그렇게 뜻밖의 만남에 감사하며 또 하나의 추억을 들고선 기분 좋은 발걸음으로 호텔을 향했다.

조프는 장장 네 시간에 걸친 회의를 마치고 지친 몸을 이끌고 차에 올랐다.

"피곤하시죠? 무슨 요구 조건이 그렇게나 많은지."

"당연한 거 아닌가? 뭐 이런 일이 한두 번도 아니고, 오랫동안 공들인 자식 같은 곳을 남에게 넘겨야 하는데 그 정도도 하지 않으면 오히려 실망스러워."

"그야 그렇긴 하지만, 쉽게 생각했던 곳이 생각보다 만만치 않으니 드리는 말씀입니다."

"이제 거의 다 됐어. 기 싸움은 이만하면 됐고, 다음번엔 확실히 마무리 지어야지. 그나저나 가고는 있는 거야?"

"아우, 하필 축제 기간이라 광장에서 행사 하나 본데요? 차가 나갈 생각을 안 합니다. 후…… 도착하려면 시간이 좀 걸릴 것 같으니 눈 좀 붙이세요."

두통이 오는 듯 관자놀이를 매만지던 조프가 무심코 창밖을 바라보는데 저 멀리 보이는 제이의 모습에 일순 마음에 파동이 일었다. 애써 몸을 편히 기대 앉으면서도 그녀에게 향하는 시선을 거둘 수가 없었다. 씩씩하게 내딛는 경쾌한 발걸음에 뭐가 그리 좋은지 만면에 웃음꽃이 활짝 피었다.

이따금씩 발걸음을 멈추어 그녀에게는 다소 무거워 보이는 카메라를 들어 열심히 사진을 찍는가 싶더니, 잠시 멈추어 찍은 사진을 확인하며 다시 같은 곳을 신중하게 바라보는 모습이라니. 조프는 꽉 막힌 도로가 차라리 반가웠다. 일상의 자유를 만끽하는 그녀를 보고 있자니 저도 모르게 온화한 미소가 입가에 가득 번지고 있었다.

누군가 자신을 지켜보고 있다는 걸 아는지 모르는지, 제이는 아까부터 계속 그 자리에서 선 채로 사진을 찍고 또 찍은 사진을 확인하고 있었다.

"어딜 봐서 스물여덟이야, 10대라 해도 믿겠다."

"네?"

"아니야."

크리스는 혼잣말을 하는 조프를 룸미러로 슬쩍 바라보았다.

'어딜 저렇게 보고 계신 거지?'

"차 세워."

"네?"

"차 좀 세우라고."

"왜요? 호텔도 아직 멀었는데요?"

"당장 안 세워?!"

크리스는 이 복잡한 곳에서 차를 세우라는 조프의 말에 참을 인을 가슴에 새기며 한쪽으로 천천히 차를 몰았다. 차가 서자마자 조프가 문을 열고 내려 버렸다.

"대표님? 대표님 어디 가세요? 대표님! 아 진짜!! 조프리!!"

크리스의 애타는 부름에도 아랑곳하지 않고 조프는 인파를 헤치며 걸음을 서둘렀다.

"안녕하세요. 혹시 혼자 오셨어요?"

제이는 지나가다 보이는 특이한 건물을 사진으로 남기는 중에 누군가 말을 걸어오자, 평소와 같이 어깨를 으쓱하며 스페인어를 못 알아듣는 척 건성으로 상황을 모면하려 했다.

"저 아는데, 그쪽 스페인어 하는 거. 지나는 길에 우연히 봤어요."

그제야 제이가 남자를 똑바로 쳐다보았다.

"혼자 여행 오셨어요?"

남자가 다시 물었고,

"아니요. 곧 남자 친구가 여기로 올 거예요."

냉담하게 말을 받았다.

"아…… 그래요?"

"네!"

"언제요?"

"네?"

"남자 친구 언제 오는데요?"

남자의 물음에 갑자기 불쾌한 감정이 강하게 치고 올라왔다.

"그건 왜 묻죠?"

"실은 며칠 전부터 그쪽 지켜보고 있었거든요."

"뭐……라고요?"

"저는 이 앞 카페에 있는데, 며칠 전부터 그쪽이 혼자서 왔다 갔다 하는 모습이 보여서요. 그래서 일행이 없다고 생각했는데……. 단도직입적으로 말할게요. 그쪽한테 관심 있습니다."

"……."

순간 뒷머리가 쭈뼛 솟아오르며 몸이 굳어 버린 제이였다. 평소와 같이 태연하게 거절하면 그만인데, 왜 아무 말도 못 하고 바보같이 굳어 있는지 스스로가 한심해 죽을 지경이었다.

"제이?"

때마침 들리는 익숙한 음성에 설마 하며 고개를 돌렸고 눈앞에 다가온 그의 모습에 안도감과 반가움이 앞다투어 뛰쳐나오며 저도 모르게 함박 미소를 짓고 있었다.

"조프!"

"그럼 정말 남자 친구가…… 설마 이분이 남자 친구?"

순간 당황한 건 남자가 먼저일까?

"어…… 그게."

자신이 먼저일까? 숨을 크게 들이쉬며 난처함에 조프를 제대로 바라볼 수가 없는데,

"그렇습니다만, 무슨 일입니까?"

뜻밖에도 당당한 그의 대답이 들려왔다.

"아…… 네…… 저. 흠. 저는 며칠째 혼자 다니기에…… 실례가 많았습니다. 그럼 전 이만……."

남자는 조프를 한번 올려보고서는 무안한 듯 발걸음을 돌려 서둘러 자리를 떠났다.

"하…… 죄송해요. 저는 그냥 상황을 모면하려고 남자 친구가 온다고 둘러댔는데……."

"그런데?"

"마침 당신이 나타나서…… 아니라고 말할 수가 없었어요. 죄송해요. 그리

고 감사합니다."

"뭐가?"

"도와주셨잖아요. 안 그랬음 피곤해졌을 거예요."

조프는 차 안에서 물끄러미 제이를 바라보았다. 그러던 중 한 남자가 계속 제이를 주시하며 그녀의 주의를 끄는 모습이 이상하다 싶어 그길로 차에서 내려 제이에게 간 것이었다.

제이의 표정이 썩 좋지 않은 게 무슨 일이라도 있나 싶어 조바심에 걸음을 서두르는데, 거의 근접했을 때 그 남자의 목소리가 들려왔다. 그쪽한테 관심 있습니다. 라고.

조프는 망설임 없이 제이를 불렀다. 자신을 바라보며 환하게 웃는 제이의 모습에 왜 가슴이 뻐근해 오는지. 마침 그 자리에 자신이 있어 다행이라 생각하며 문득 궁금한 마음이 들었다.

"이런 일이 종종 있나?"

"아뇨. 뭐…… 어쩌다 간혹 장난삼아 말하는 사람들이 있긴 했었는데."

"그 사람들은 어떻게 해결했지?"

"대체로 못 알아듣는 척하고 무시하고 지나가면 그만이었는데 방금 그 사람은 제가 스페인어 하는 걸 들었다고 하더라고요. 그래서 조금 당황했어요. 불쾌……하셨죠?"

"아니. 전혀."

대답을 하고 나서 다시 생각해 보니 사실 불쾌했던 것 같다. 그 낯선 남자, 그 남자가 심히 거슬리며, 제때에 자신이 나타나지 않았다면 어떻게 되었을까? 제기랄, 생각할수록 짜증이 밀려왔다.

그때 손에 든 휴대폰에서 진동이 느껴졌다. 조프는 서둘러 발신자를 확인하며 제이에게 양해를 구한 뒤 전화를 받았다.

"크리스."

— 대표님, 대체 어디로 가신 겁니까?

전화를 받자마자 닦달하는 크리스의 목소리에 아차 싶어 둘러보니 저 멀리 아직도 길가에 세워져 있는 자신의 차가 눈에 들어왔다.

"차가 너무 막혀. 난 여기서 걸어갈게."

— 우와 진짜. 대표님!

"조심해서 들어가고, 내일 늦지 않게 오도록!"

역시나 할 말만 하고 끊어 버리는 조프다. 차를 몰고 가면서 자신의 욕을 신나게 하고 있을 크리스를 생각하니 웃음이 나왔지만, 지금은 이곳에 그녀와 함께 있어야 할 듯싶었다.

"아직 저녁 전인가?"

"네. 이제 가서 먹으려고요."

"또 호텔?"

"아니요. 오늘은 오랜만에 한국 음식 좀 먹어 보려고요. 마침 호텔 근처에 있다고 하더라고요. 혹시 저녁 식사 하셨어요?"

"아니."

"그럼 저랑 같이…… 가실래요?"

미안함에 식사라도 대접하려고 조심스레 물어보는 제이와,

"좋아. 그러지."

흔쾌히 승낙하는 조프다.

같은 곳을 향해 함께 걸어가며 어색한지 조금씩 자신과의 거리를 두려는 제이의 모습이 눈에 들어왔다. 가뜩이나 넓지도 않은 인도에서 거리를 두려고 다른 행인과 부딪히는 그녀를 보니 기분이 썩 좋지가 않아, 조프는 제이의 허리를 한 손으로 감싸고서 자신에게로 이끌었다.

"하아."

당황한 제이가 놀란 숨을 들이켰다.

"전혀 모르는 낯선 사람보다는 차라리 나한테 부딪히는 편이 더 낫지 않을까?"

"아. 하하하 네. 뭐."

마치 에스코트하듯 걷는 그를 보며 제이는 어색함에 몸 둘 바를 몰랐고, 그런 모습을 보는 조프의 입가에는 또다시 싱거운 미소가 걸렸다.

"오늘은 어딜 갔다고?"

"레티로 파크요."

"얼마나 좋아했을지 보지 않아도 알 것 같은데?"

"네. 말씀하신 그대로예요. 그곳이 왜 마드리드의 허파라고 불리는지 알 것 같더라고요. 가슴이 뻥 뚫리는 기분이었어요."

그때의 감동이 되살아나는 듯 행복한 미소를 지으며 말을 이었다.

"자연을 벗 삼아 여유롭게 여가를 즐기는 사람들의 모습을 보는 것도, 곳곳에 조성된 조각과 수준 높은 전시회를 볼 수 있는 것도, 잔잔하게 흐르는 음악에 들려오는 노랫소리까지 무엇 하나 좋지 않은 것이 없었어요."

자신의 감상을 하나하나 나열하던 제이는 문득 생각이 난 듯 말을 덧붙였다.

"아, 그곳에서 한국인 화가를 만나 캐리커처를 그렸는데 실은 지금 가는 곳도 그분이 추천해 주신 곳이에요."

언제 어색해했냐는 듯 경험을 쏟아 놓는 제이의 얼굴에는 화색이 돌았다.

"그 튼튼한 다리로 그 넓은 곳을 얼마나 부지런히 휘젓고 다녔을지, 보지 않아도 알 것 같아."

조프 역시 다르지 않았다.

"풋, 네. 맞아요. 정말 열심히 다녔네요."

제이가 하는 말을 가만히 듣다 보니 어느새 두통은 저만치 사라져 버렸다. 비록 반쪽일지라도 자신의 품 안에 들어온 그녀에게서 은은하게 느껴지는 청량한 향기에 하루 종일 막혀 있던 숨통이 확 트이며 머리가 개운하게 맑아지고 있었다.

"생각보다 거리가 좀 있네요. 괜히 거기로 가자고 했나 봐요."

제이는 생각보다 먼 거리에 조바심이 일었고,

"아니, 나도 오랜만에 이렇게 걸어 보는 것 같아 좋은데? 한국 음식도 먹고 싶기도 하고 말이야."

그런 제이를 안심시키는 조프였다.

"한국 음식 드셔 보셨어요?"

"음. 자주는 아니지만."

"아 그렇구나."

그의 말에 안도감을 느끼는 것도 잠시, 가뜩이나 조금씩 좁아지는 인도 맞은편에 누군가 거칠게 사람들을 헤치며 거침없이 다가오는 무리가 보였다. 어디로 비켜야 할지 제이가 머뭇거리는 사이 조프는 망설임 없이 제이를 자신의 품에 가두어 벽 쪽으로 비켜섰고, 졸지에 건물 외벽을 등지고 그의 품에 안겨 버린 제이는 주위의 소란스러운 소음이 꿈속인 듯 아득하게 들려왔다.

저녁이라 다소 서늘해진 날씨는 그가 뿜어내는 열기로 인해 포근하게 느껴졌다. 그에게서 은은하게 풍겨 오는 머스크 향에 제이의 심장이 강하게 뛰기 시작했다.

'심장이⋯⋯ 너무 뛰어⋯⋯ 뭐지? 뭐야? 설마. 겨우 얼마나 됐다고, 설마 아니지?'

결코 무시할 수 없는 신체 반응에 당황한 사이,

"제이, 제이? 괜찮아?"

걱정스러운 그의 목소리가 들려왔다.

"네?"

"다 지나갔어."

"아. 네."

제이는 아직도 두근거리는 심장이 당황스럽기만 했다.

"괜찮아?"

"네. 괜찮아요."

"많이 놀란 것 같은데 그냥 들어갈까?"

"아니요. 정말 괜찮아요. 여기까지 왔는데 먹고 들어가요."

말은 그렇게 했지만 제이의 머릿속은 뒤죽박죽이었다.

"저쪽이야."

머릿속이 복잡한 제이를 대신해 한국 음식점을 먼저 찾은 건 조프였다. 저녁을 먹는 내내 어떤 대화를 하고 무슨 밥을 어떻게 먹었는지도 모를 시간들이 지나가고 함께 호텔로 돌아오게 된 두 사람이었다.

"제이 당신 정말 괜찮은 건가?"

조프는 먹고 싶었다던 한식을 눈앞에 두고도 평소와 같이 음식을 즐기지 않았던 제이가 걱정되었다.

"네. 그럼요. 정말 괜찮아요. 오늘은 제가 꼭 사 드리고 싶었는데. 여러 가지로 감사했어요, 오늘."

제이는 그런 그의 마음까지 들여다볼 여유가 없었다.

"그래. 어서 들어가서 푹 쉬어."

"네. 그럼. 쉬세요."

그의 눈을 제대로 바라보지도 않고, 인사를 하는 둥 마는 둥 방으로 돌아와 화장대 앞에 멍하니 앉아 한 손을 심장 위에 가만히 올려 보는 제이였다.

심장이…… 너무 뛰었다.

심장이…… 아직도…….

평소와는 전혀 다른 모습으로 내달리고 있었다.

혼란스러운 마음에 차라리 멈추어 주었으면 했던 시간은 어김없이 잘만 흘러가고 약속한 주말이 찾아왔다.

"어젠 하루 종일 안 보이던데?"

"네. 아무래도 오늘 일정을 좀 조정해야 할 것 같아서 몇 군데 더 둘러보고 왔어요."

"그럼 오늘 스케줄은?"

"오전에 한 군데 정도만 다녀올까 해요. 그럼 여유 있게 준비할 수 있을 거예요."

"그러다 또 다리에 탈이라도 나면 어쩌려고, 너무 무리하지는 말아."

"네. 무리하지 않는 선에서 쉬엄쉬엄 잘 다니고 있어요."

"혹시 내가 뭐 도와줄 일은 없나?"

"그럼요. 파티 준비는 제가 알아서 잘할게요. 신경 쓰지 말고 편하게 일 보세요."

"그러지. 그럼 나중에 봅시다."

"네."

미묘한 마음의 변화를 인지하고 나서는 그를 보는 게 조심스러워졌다. 그를 볼 때마다 일렁이는 마음이, 이성에 앞서 제멋대로 내달리는 심장이 두려웠다. 우연은 어디까지나 우연으로 끝나야 했다. 제이는 어리석은 자신의 마음을 탓하며 기분 전환을 위해 외출을 서둘렀다.

오전에 목표로 한 곳은 마드리드 왕궁이었다. 근처를 여행하며 스쳐 지나가기도 여러 번. 엄청난 규모에 날을 잡아 제대로 보려고 아껴 두었던 명소 중 한 곳으로, 스페인 건축물의 절정이라는 평가를 받는 곳이었다.

제이는 마드리드 왕궁에 발을 들여놓으며 과연 그 명성다운 화려함과 어마어마한 규모에 놀라지 않을 수 없었다. 곳곳에 장식으로 걸려 있는 태피스트리와 화려한 샹들리에, 눈부신 금은 세공품에 그 이름도 유명한 거장들의 회화까지. 사진으로 보던 것과는 차원이 다른 감동에 제이는 저도 모르게 감탄사를 연발하며 뭐에 홀리기라도 한 듯 보이는 모습을 눈에 담기에 바빴다.

사진을 찍을 수 없어 좀 더 신중하게, 좀 더 자세히 살펴보다 보니 머리를 어지럽히던 복잡한 생각도 어수선한 마음도 차츰 사라지고 온전히 아름다운 건축물에 흠뻑 빠져들 수 있었다. 그렇게 얼마나 지났을까? 갑작스러운 알람 소리에 깜짝 놀라며 작은 한숨을 내쉬었다. 아직 채 다 보지 못한 곳을 향해 아쉬운 눈길을 보내고서, 돌이킬 수 없는 약속을 떠올리며 과연 잘한 결정인지 아닌지, 이미 늦어 버린 갈등에 쓸데없는 걱정만 더했다.

그는 아직 돌아오지 않았나 보다. 예상 시간에서 크게 벗어나지 않은 시계를 보며 조금은 여유를 부려도 될 것 같아 천천히 샤워를 하고 막 욕실을 나서는데 둔탁한 노크 소리가 들렸다.

"제이 안에 있어?"

"네. 방금 들어와서 준비 중이에요."

갖추지 못한 차림에 목청 높여 대답하는 제이였다.

조프는 옆에 선 디자이너에게 들어가 보라며 고갯짓을 하고 자신의 방으로 들어갔다.

"안녕하세요. 저 그때 왔었는데, 잠시 들어갈게요."

디자이너는 제이가 대답도 하기 전에 문을 열고 들어왔고,

"어? 안녕하세요. 또 뵙네요? 그런데 오늘은 또 무슨 일로……?"

지난번에 왔던 디자이너 레지나뿐만 아니라, 그녀와 비슷한 연배의 한 사람이 더 있어 의아한 제이다.

"잘 지내셨어요? 아무래도 우리 도움이 필요할 것 같아서 왔어요. 드레스 피팅, 헤어, 메이크업 도와드릴게요."

"그건 직접 해도 괜찮은데 수고스럽게 뭐 하러 여기까지 오셨어요? 호텔에도 뷰티 숍이 있는데……."

"호텔 뷰티 숍보다는 우리 실력이 훨씬 더 좋을걸요? 믿으셔도 좋습니다."

"아니, 전 그런 뜻이 아니라, 괜히 저 때문에 번거롭게……."

"별말씀을 다 하시네요. 이게 우리 일인걸요? 그런 걱정은 하지도 마세요.

샤워는 이미 다 하신 것 같은데, 메이크업부터 시작할까요?"

"네. 그럼…… 부탁드릴게요."

레지나와 함께 온 여자가 메이크업을 시작했다. 아마도 헤어, 메이크업 디자이너인 듯했다. 평소 화장을 거의 하지 않거나 하더라도 옅게 하는 편이라 꾸미는 데 많은 시간을 필요로 하지 않는 제이였지만 지금 화장을 해 주시는 분은 생각이 좀 다른 것 같았다. 시간은 자꾸 흐르는데 제이 같았으면 벌써 끝났을 화장을 왜 이렇게 오래 하고 있는 건지.

"저…… 아직인가요?"

"그럼요. 이제 시작인데요? 겨우 기초화장 끝냈어요."

"네? 설마……요."

"하하하. 평소에 화장 잘 안 하시죠?"

"네."

"피부가 잡티 없이 깨끗해서 화장하기에도 어렵지 않고, 또 조금만 해도 훨씬 더 돋보일 텐데 왜 안 하세요?"

"시간이 부족하기도 하고, 그쪽으로는 재능이 없나 봐요."

"그건 아닌 것 같은데요? 워낙 피부가 깨끗하니까 화장의 필요성을 느끼지 못해서 그럴 거예요. 대개 필요하다면 밥 먹는 시간, 잠을 자는 시간까지 줄여 가며 하는 게 화장이죠. 그러다 보면 없던 재능도 마구 생기는걸요? 요즘 사람들 화장을 얼마나 잘하는데요."

"그런가요?"

"그럼요. 그러니 앞으로 조금씩 화장하는 연습을 해 보세요. 지금은 필요하지 않아도 나중에 하고 싶을 때가 분명 있을 거예요."

"네. 선생님 하시는 거 보고 생각해 볼게요."

"엄청 예쁘게 해 드려야겠네요."

제이는 그러고도 한참을 기다려야 했다. 슬슬 지루함에 하품이 나오려는 찰나,

"잠시만요, 하품하면 눈 화장이 번져요."

재빠르게 면봉을 가져와 고인 눈물을 닦아 내는 디자이너와,

"역시나 저는 화장하고는 친해질 수 없을 것 같아요."

귀여운 푸념을 하는 제이였다.

"메이크업은 다 됐어요. 이제 헤어 스타일링만 하면 되니까 조금만 더 참아 주세요."

"네. 천천히 하세요."

호텔로 여유 있게 돌아왔을 때는 덜컹거리는 생각을 정돈하며 불안정한 마음을 다독일 만한 여유를 주기 위해서였는데 왜 이렇게 비효율적인 일에 아까운 시간을 들여야 하는지 모르겠다. 차라리 왕궁을 조금 더 보고 올 걸 그랬나. 뒤늦은 후회가 밀려와 이제 아예 반포기 상태가 되어 눈을 감아 버렸다.

"와…… 정말 아름답네요."

그다지 반갑지 않은 자화자찬의 말에 제이의 감은 눈이 천천히 들어 올려지고 있었다.

"이제 끝났나요?"

"네. 아차, 마지막으로 하나가 남았네요. 잠시만요."

끙. 눈앞을 막고 선 메이크업 디자이너를 바라보며 투정하듯 튀어나와 버린 한숨에 질끈 감아 버린 눈이다. 갑자기 목에서 느껴지는 차가운 기운에 절로 손이 올라갔다.

"이게 뭐예요?"

"회장님께서 액세서리, 구두도 세트로 보내셨거든요."

"말도 안 돼. 도대체 무슨 파티를 어떻게 하길래 이렇게까지 격식을…… 하…… 정말 대형사고를 쳤나 봐요. 무서워지려고 하네요."

"비싼 거 아니라고, 절대 부담 갖지 말라고 거듭 당부하셨어요."

"선생님 같으면 부담스럽지 않으시겠어요? 산티아고가 대체 뭐라고, 내가 정말 미쳐도 단단히 미쳤지."

"하지 않고 하는 후회보다, 해 보고 하는 후회가 더 낫지 않을까요?"

"그렇죠? 이제 와서 발을 빼기에는 너무 많이 왔네요."

'지금은…… 일단은…… 용기를 내 보는 걸로. 마음에 짐이 하나 더 보태졌지만 도망가지는 않는 걸로.'

남은 용기를 쥐어짜 내는 제이다.

"자. 이제 드레스만 입으면 정말 끝이에요."

드레스를 챙기고 있던 레지나의 말에 자리에서 일어서는데 얼마나 오래 앉아 있었는지 엉덩이가 다 아팠다. 뻐근한 몸을 스트레칭하고서야 살 것 같은 기분에 미소가 그려지는 것도 잠시, 낯선 사람 앞에서 속옷만 걸친 모습은 여전히 말할 수 없이 민망했고 그런 제이에게 드레스를 입혀 주며 울긋불긋 꽃이 핀 듯한 흰 피부에 소리 없이 웃는 레지나였다.

"자. 이제 한번 보시겠어요?"

이제야 정말 다 끝났다는 안도감에 그 어느 때보다 환한 미소로 인사를 하며,

"네. 정말 수고 많으셨어……요."

뒤돌아서는데 놀라움에 말끝을 흐리고 말았다. 지금 거울 앞에 선 사람은 여태껏 단 한 번도 보지 못했던 전혀 새로운 사람이었다.

"이게…… 정말 저예요? 맙소사. 이건 제가 아닌 것…… 같아요. 너무 어색하네요."

너무나 아름다운 드레스와 메이크업에 헤어까지 제이에게는 꽤 낯선 모습이었다.

"어색하긴요! 맹세컨대 오늘 파티에서 당신보다 더 돋보이는 분은 없을 거예요!"

레지나는 다시 한번 거울에 비친 오늘의 모델을 바라보았다. 자연스레 올린 머리는 희고 부드러운 목선과 어깨 라인을 강조하며 우아한 느낌이 물씬 풍겼고 과하지 않게, 하지만 또렷한 눈매의 강점을 최대한 살린 화장은 그녀의 청초함을 부각하고, 마치 피부인 양 몸에 착 달라붙어 몸의 곡선을 고스란히 드러내는 드레스에서는 섹시한 느낌마저 들었다.

어떻게 한 사람이 이렇게 다양한 분위기를 뿜어낼 수 있는지 디자이너로서 가장 행복하고 뿌듯한 순간이 아닐 수 없었다.

그렇게 디자이너가 만족감에 넘쳐 제이를 바라보는 동안 제이는 가슴 깊은 곳에 숨겨 두고 애써 외면했던 연민을 마주하며 울컥하고 말았다. 그동안은 일부러라도 꾸미려 하지 않았었다. 그런 마음을 가지는 자체로도 죄를 짓는 것 같아서……. 아직은 사치였고 아직은 허영이었다.

"자, 이제 그만 출발하셔야죠?"

"네…… 그래야죠."

울컥했던 마음을 차분히 다스리며 크게 호흡을 내쉬었다. 나의 어색함이 그에게 전해지지 않기를, 부드럽게 감싸 오는 드레스의 촉감만큼이나 부드러운 걸음걸이로 조심스레 응접실로 나섰다.

그 역시 지금 막 준비가 끝났는지 말쑥한 턱시도 차림으로 창밖을 내다보며 매무새를 가다듬는 모습에 제이는 저도 모르게 숨을 참고 있었다.

문이 열리는 소리에 무심코 제이의 방 쪽으로 고개를 돌린 조프의 눈이 순간 커지는가 싶더니, 처음엔 고개만 돌린 채 손목에 커프스단추를 만지던 그가 이젠 아예 몸을 틀어 제이의 머리끝에서 발끝까지 살펴보고 있었다.

제이는 가만히 숨죽여 그가 무슨 말을 할까? 기다리다가 좀처럼 열리지 않는 그의 입을 바라보며 민망함에 먼저 말을 던졌다.

"어때요? 감상한 소감이?"

제이는 복잡한 마음을 담담함으로 애써 포장하고 있었고,

"이런! 들켰네."

그런 제이의 마음을 알 리 없는 조프는 순간순간 나오는 제이의 당찬 모습이 마냥 반가워 엷은 미소를 지은 채 고개를 떨구고서 절레절레 흔들었다.

그녀는 정말…… 아름다웠다. 아니 아름답다는 말로 국한하기에는 부족함이 있었다. 화장을 해서일까? 헤어스타일을 달리해서일까? 어리게만 보였던 얼굴은 제법 성숙한 여인의 모습으로, 그동안 청바지나 티셔츠에 가려져 있던 여성스러운 몸매는 보란 듯 고스란히 드러내어 그녀의 또 다른 매력을 한층 더 돋보이게 만들어 주었다.

조프가 제이를 보며 간질거리는 마음을 정돈하는 사이, 제이 역시 응접실로 한 발 더 내디디며 조프를 유심히 바라보고 있었다. 평소와 같이 단정하게 정돈된 헤어가 아닌, 스타일리시하게 멋을 낸 헤어스타일에 몸에 딱 맞는 슬림하고 깔끔한 디자인의 맞춤 블랙 슈트는 시크하고 젠틀한 그의 이미지를 더욱더 돋보이게 만들었다.

화려하지 않은, 심플한 네이비 보타이로 포인트를 준 그의 모습은 말 그대로 슈트의 정석을 보여 주는 듯 멋있기만 했다.

"어때? 감상한 소감이?"

제이의 말을 그대로 인용한 조프와,

"풋. 이런…… 들켰네요."

마찬가지로 그의 말을 인용하며 재치 있게 말을 받아치는 제이다.

마법 같은 시간…… 서로의 두 눈을 마주하고서 번져 가는 미소를 감추지 못하는 두 사람이다.

조프는 조금씩 부피를 키워 가는 감정에 빠라지는 두근거림을 애써 털어 내며 제이에게 다가가 에스코트 자세를 취했다. 제이는 자신의 의지와는 전혀 상관없이 파르르 떨리는 왼손을 들어 그의 팔에 조심스레 올려놓았다.

3

데스크에 있던 총지배인과 옆에 줄지어 선 직원들, 호텔을 오가는 손님들까지 물 흐르듯 자연스럽게 함께 걸어오는 조프와 제이를 보며 벌어진 입을 다물 줄을 몰랐다.

"와우, 두 사람 완전 모델 뺨치는데요?"

"그러게……."

"꾸미니까 훨씬 더 예쁘네."

"화장하기 전에도 예쁘긴 했어요."

"런웨이가 따로 없네."

"정말 너무 멋있어."

"저 두 사람…… 뭐지?"

"보통 사이는 아닌 것 같죠?"

"지금 뭐 하는 겁니까?! 다들 입조심하고 일들 합시다."

본업에 충실하며 직원들을 단속시켰지만, 정작 그들에게서 눈을 뗄 수 없는 총지배인이다.

점점 더 커져 가는 주위의 소음과 집중되는 관심, 시샘 어린 시선들은 그들의 관심 밖이었다. 같은 곳을 향하면서도 둘은 각자의 상념에 깊이 빠져 있었지만 그 누구도 그들의 심란한 마음까지는 들여다볼 수 없었다.

어느새 다다른 로비 끝. 밝은 미소로 인사를 건네며 활짝 문을 열어 주는 벨보이와 코끝에 와 닿은 시원한 산들바람에 비로소 상념에서 깨어났다.

"……대표님?"

조프의 비서 크리스는 처음 보는 여자를 그것도 너무나 자연스럽게 에스코트하며 호텔에서 나오는 낯선 조프의 모습에 어리둥절했다. 그도 그럴 것이 그가 아는 조프는 괜한 가십거리가 되어 사람들 입에 오르내리는 걸 극도로 꺼렸기에 주변을 포함한 자기 관리를 철저하게 했었다.

그동안 만나는 여자가 없지는 않았지만 지금까지와는 전혀 다른, 왠지 모를 분위기를 풍기는 두 사람의 모습에 잠시 할 말을 잃어버린 크리스였다.

게다가 저 여자…… 동양인이었다. 자신과 같은…….

"그 입 좀 닫지?"

헙. 그제야 크리스는 자신이 지금 얼마나 얼빠진 채 서 있었는지 자각하게 되었다.

"흠흠. 죄송합니다. 타시죠."

조프는 제이를 먼저 타도록 배려한 뒤 낮은 차체에 혹시나 머리가 부딪힐까 머리 위를 손으로 살짝 보호해 주었다. 그러고선 자신은 반대편으로 가서 직접 문을 열고 차에 올랐다.

그 모습을 지켜보던 크리스는 또 한 번 놀라고 말았다. 지금까지 몇 년을 보필하면서도 단 한 번도 저런 식으로 여자를 배려하는 모습은 볼 수가 없었다.

차창을 내린 뒤 조프는 또 한 번 인내심을 갖고 소리쳤다.

"그 입 좀 닫아. 그리고 거기서 날 샐 거야?!"

"네. 죄송합니다."

하…… 놀랄 일이 얼마나 더 남은 거야? 크리스는 급히 차에 올라 시동을 걸었다.

"크리스, 정신 못 차리지?"

"죄송합니다. 그게 너무 놀라서 그만."

"입!"

"넵!"

차가 출발하고 얼마 안 있어 크리스가 뒷좌석에 앉아 있는 제이에게 인사를 건넸다.

"인사가 늦었습니다. 저는 크리스라고 합니다."

룸미러로 처음 나누는 인사였다.

"네. 안녕하세요. 저는 제이예요. 만나서 반가워요."

"우와 정말 대단한 미인이신데요? 너무 아름답습니다."

"과찬이세요. 뭐. 반은 의상 덕분이고, 또 반은 화장 덕분일 거예요."

"에이. 너무 겸손하십니다. 화장하고 드레스 입는다고 모든 여자들이 이렇게 아름다워지지는 않죠. 하하하."

고상하고 기품이 넘치는 여자의 외모에 왠지 성격은 조금 까다롭지 않을까 걱정했는데, 의외로 겸손한 말과 부드러운 표정에 크리스의 마음이 활짝 열렸다.

"평소 제 모습과는 180도 달라서 어색하지 않을까 걱정했는데 좋게 봐주셔서 감사합니다."

"이렇게 아름다운 분을 모시게 되었으니 제가 더 감사하죠."

"크리스! 신호 바뀌었어. 자꾸 이럴 거야?"

조프는 오늘따라 평소답지 않게 덤벙대는 크리스를 보며 열을 올렸다.

"죄송합니다. 너무 반가운 나머지 잠시. 하하하."

"나 참. 그러니까 대체 뭐가 그렇게 반가운 건데?"

왠지 모르게 들떠 보이는 크리스에게 물었고,

"혹시 어디서 오셨는지 여쭤봐도 되겠습니까?"

크리스는 피식 웃으며 조프의 말에 대답도 하지 않고 다시 제이에게 물었다.

"한국이요."

"한국? 우와 어쩐지 너무 반갑더라고요. 저도 한국 사람이에요. 뭐…… 너무 어릴 때 떠나와서 전혀 기억나지 않는 곳이지만."

"그래요? 어쩐지 낯설지가 않더라고요."

검은 머리카락, 검은 눈동자, 마치 어디선가 본 것 같은 이목구비에 혹시나 했는데 역시나 같은 한국 사람이라고 하니 제이도 반가웠다.

"그렇죠? 하하하. 이런 걸 인연이라고 하죠?"

"지금 어디다 대고 인연 타령 하고 있어? 이제 그만 운전에 집중 좀 하지?"

조프는 자신이 아닌 다른 사람에게 더없이 상냥하게 대꾸하는 제이가 마음에 걸렸다.

"네. 궁금한 게 더 많은데 이따가 또 여쭤봐도 되겠습니까?"

"네. 그럼요."

"왜? 둘이 아주 그냥 친구라도 하지 그래?"

"어? 진짜 그래도 되겠습니까?"

"됐어. 이제 그만 조용히 좀 가!"

"넵. 노력하겠습니다."

하……. 조프는 크리스의 넉살에 그만 어이없는 웃음이 새어 나왔다.

사실 크리스는 조프가 온전히 믿음을 가진 몇 안 되는 사람 중 한 사람이었다. 함께해 온 시간만큼이나 많은 일을 함께 겪었고 그만큼 신뢰도 깊었다. 말 한마디 하지 않고 하루 종일 함께 있어도 전혀 어색함이 없는, 말이 비서지 서로에겐 이미 가족이나 다름없었다. 웬일로 크리스가 조용히 가는가 싶더니,

"대표님!"

"그냥 가지?"

"풋, 오늘 유난히 멋지십니다."

"평소엔 그렇지 않았다는 소리로 들리는데?"

"그럴 리가 있겠습니까. 평소에는 조금 멋지신데 오늘은 특히 더 멋있으시다고요."

"풉. 큭."

고개를 숙여 입을 가리고서는 비집고 나오는 웃음소리를 감추지 못해 얼굴이 핑크빛이 되고 마는 제이였다. 화장을 해서 그나마 핑크빛이지 화장을 하지 않았으면 필시 시뻘건 사과가 되지 않았을까? 조프는 장담할 수 있었다.

"뭐가 그렇게 웃기지? 웃을 일 있음 함께 좀 웃지?"

"흐흐흥."

이젠 아예 눈물까지 글썽거린 채 웃음을 멈추지 못하는 제이를 보며 운전하는 크리스도 제이의 옆에 앉아 그 모습을 지켜보고 있는 조프도 황당하기 그지없었다.

겨우 진정한 제이가 얼굴을 들었다.

"두 분 정말 친하신가 봐요. 꼭 몇 년을 같이 산 부부 같…… 큭."

"뭐야?"

"네에?"

동시에 기함을 하며 묻는 소리에 또다시 제이의 웃음이 빵 하고 터졌다. 제이는 크리스 덕분에 긴장으로 뭉쳐 있던 마음이 사르르 풀어지며 안정을 되찾았다.

"도대체 뭐가 그리 웃긴지 모르겠네."

말은 퉁명스럽게 하면서도 제이의 웃는 소리가 싫지 않았다. 아니, 오히려 너무 좋았다. 그녀의 피부만큼이나 웃음소리도 맑고 깨끗했다.

'응? 피부? 뜬금없이 웬 피부? 하…… 그동안 여자를 너무 멀리했나?'

걷잡을 수 없이 번져 가는 생각에 미간에 주름이 생기려는데,

"대표님, 질문 하나 해도 됩니까?"

끄응……. 조프는 더 이상 참지 못하고 리모컨을 들어 운전석과 뒷좌석 사

이를 파티션으로 공간을 분리해 버렸다.

제이는 마치 톰과 제리 같은 조프와 크리스를 보며 다시 한번 웃음이 터져 나왔다.

제이의 청아한 웃음소리를 들으며 조프는 좌석에 몸을 깊이 파묻은 채 눈을 지그시 감고서 미쳐 날뛰는 제 심장을 어찌해야 할지 심각한 고민에 빠졌다.

"도착했습니다. 들어가시죠!"

크리스가 서둘러 내려 조프가 앉은 쪽의 문을 열어 주니 조프가 차를 돌아와 제이의 문을 열어 주었다. 또다시 벌어지는 크리스의 입을 보며 조프가 으르렁 거리듯 말을 뱉었다.

"그 입 확 묶어 버린다."

"흠흠. 주의하겠습니다."

회장님을 제외하고 한 번이라도 대표님이 누군가를 위해 직접 문을 열어 준 적이 있었던가. 머릿속에 지난 일들을 빠르게 훑어 나가는 크리스와 하지 않던 행동을 하나씩 하면서도 도무지 뭐가 문제인지 저놈의 크리스는 왜 자꾸 턱을 빠트리는지 못마땅한 듯 고개를 흔드는 조프였다.

제이는 누군가 차 문을 열어 주는 게 익숙하지가 않았다. 호텔에서 한 시간 동안이나 차를 타고 와서 그런지 흐트러진 드레스가 마음에 걸려 정돈하고 내리려던 것뿐인데 어느새 다가와 문을 열어 손 내미는 그를 보며 어색하게 그 손을 맞잡았다.

이윽고 차에서 내리는 제이를 보며 조프는 인상을 썼다.

'젠장, 가슴이 너무 많이 드러나잖아!'

지금까지 수없이 많은 파티를 하며 거의 입지 않은 것처럼 보이는 노골적인 드레스도 많이 봤었다. 오히려 제이가 입은 옷은 얌전한 편에 속했다. 하지만 그럼에도 이상하게 자꾸 신경이 쓰였다.

인상을 쓰는 그를 보며 뭐가 잘못됐나 싶어 제이는 다시 한번 드레스를 매만지고 있었다.

"가지."

역시나 짧게 말하며 에스코트할 준비를 하는 그의 모습에 또다시 간질거리는 마음이 혼란스럽다.

"아 참! 카메라. 맙소사 카메라를 두고 왔어요. 휴대폰도 두고 왔는데……."

"정말 찍을 생각이었나?"

"그럼요. 이런 기회는 자주 오는 게 아니거든요."

"걱정 마, 다음에 다시 오면 돼."

응? 다음에 다시? 조프는 제가 뱉고도 어이가 없었다. 할머니께서 오실 때면, 그렇게 한번 다녀가라 성화를 해도 바쁘다는 핑계로 미루기 일쑤였는데 다시 여길? 그것도 같이? 필터링도 되지 않은 말이 너무나 자연스럽게 나와 버렸다.

제이는 정작 제일 중요한 카메라를 두고 온 아쉬움에 그의 말을 대수롭지 않게 흘려버렸다.

'하긴 이런 차림으로 카메라라. 생각해 보니 가져왔어도 모습이 우스울 뻔했다. 어리석기는…….'

"똑똑한 것 같은데 여기 잘 집어넣어 봐."

조프는 검지를 들어 자신의 이마를 톡톡 두드렸고,

"네. 열심히 입력해야겠어요."

제이 역시 자신의 검지를 들어 이마를 톡톡 두드리며 싱긋 미소 지었다.

드디어 문이 열리고 드넓은 정원이 제이의 눈앞에 펼쳐졌다. 제이는 터져 나오는 탄성을 막기 위해 급히 조프에게 걸치고 있던 팔을 빼내어 두 손으로 입을 가리며 그를 바라보았다.

조프는 유난히 눈빛이 반짝거리는 제이를 바라보았다. 비록 제이가 제 입을 가리고 있지만 저 입이 함지박만 하게 벌어져 있다는 걸 모르려야 모를 수가 없었다.

"와…… 정말…… 정말 너무 아름다워요."

제이는 다시 드넓은 정원으로 눈길을 돌렸다. 마치 워터 카펫을 깔아 놓은 듯 중앙 건물까지 이어진 연못과 분수대, 양옆으로 다리 길이의 네모반듯한 미로 정원이 펼쳐져 있었다. 곳곳에 위치한 아름드리 멋진 관목과 고급스러운 조각상 그에 너무나 조화로운 은은한 조명까지, 마치 잘 관리된 궁전 한가운데 와 있는 듯한 착각이 들었다.

거기다 반듯하고 규칙성이 돋보이는 정원과는 대조적인, 저 멀리 보이는 중앙 건물이 제이의 눈길을 사로잡았다. 삼각형 모자이크 무늬가 인상적인 독특한 구조의 지붕에 기하학적 디자인의 건물은 건축가인 제이의 호기심을 불러일으키기에 충분했다. 그렇게 제이는 한동안 말을 잃고서 공간에 매료되었다.

그런 제이의 모습에 이 별장이 그렇게 멋있었나? 다시 한번 둘러보는 조프다. 이곳이 완공되어 처음 왔을 때 평범하지 않아 나름 괜찮다고 생각했고, 솔직히 말하자면 그게 다였다. 편한 동선, 업무상 모임이나 파티하기 적합한 곳.

조프에겐 이곳은 그 이상도 그 이하도 아닌 그저 잠시 들렀다 가는 곳일 뿐이었는데 오늘부로 조금은 달라질 것도 같았다. 반짝반짝 빛나는 눈을 들어 온통 감탄과 경외의 눈빛으로 자신을 올려다보는 새까만 눈동자가 가슴속에 파고드는 이 순간 모든 것이 달라지고 있었다.

"너무 훌륭해요. 다른 말이 생각나지 않아요! 막연하게 멋있을 거라는 기대는 있었지만 이건 정말 기대 이상이에요."

"입."

"네?"

"이제 그 입 좀 다물지? 잠시 같이 있었다고 크리스 닮아 가나?"

"네?"

"입 다물라고 입! 그러다 벌레 들어가겠어."

"합. 큭. 죄송해요. 저도 모르게 그만. 너무 좋아서 입이 안 다물어져요."

그동안 이곳에서 봤던 여자들은 어땠었나? 단 한 명이라도 이렇게 솔직하게 표현했던 사람이 있었던가? 그의 기억으로는 단 한 명도 없었다. 제이에게서 새로운 모습을 발견하면 할수록 신선하고 또 놀라웠다.

조프가 생각에 빠진 사이 제이는 눈에 보이는 모든 것을 머릿속에 입력하기 바빴다. 제발 단 한 컷도 잊지 않고 머릿속에 차곡차곡 잘 쌓이길 바라며 그렇게 눈으로 찰칵찰칵 사진을 찍고 있었다.

그런 제이를 눈에 담으며 이곳을 이렇게나 좋아하는데 자신의 별장을 보면 대체 어떤 반응을 보일지 사뭇 궁금해졌다. 조프에게는 그곳이 진정한 힐링 포인트였다. 일 때문에 항상 호텔 또는 세계 곳곳에 있는 자신의 아파트에서 일에 파묻혀 지내지만 정말 휴식이 필요할 때는 가장 편한 그곳에서 쉬곤 했다. 그곳은 그 어떤 여자도 데려가지 않은 곳이었고 그곳만큼은 아무 여자나 데려가고 싶지도 데려갈 수도 없는 곳이었다.

"익숙해지지 않을 것만 같던 정원이 서서히 눈에 익숙해지기 시작하네요. 여기 살면 정말 행복할 것 같아요. 밥 먹지 않아도 막 배부를 것 같고……."

"글쎄 먹는 걸로 봐서는……."

"어머, 지금 저 많이 먹는다는 말씀 하시는 거예요? 그거 여자한테 엄청 실례되는 말인 거 아세요?"

"하하, 그런 말 하기에는 내 앞에서 지나치게 잘 먹던데. 그렇다고 해서 그 모습이 보기 싫다는 건 아니야. 오히려 입맛 뚝 떨어지게 깨작거리는 것보다는 백배 좋았으니까."

'이거 욕이야 칭찬이야?'

"어쨌든 잘 먹는 게 좋다는 거죠?"

'그래. 잘 먹는 게 좋지. 아니 이젠…… 그냥, 그냥 다 좋은 것 같아……. 너를…… 너를 어쩌면 좋을까?'

농담 한마디 더 들려올 법도 한데 아무런 대꾸도 없이 물끄러미 자신을 바라보는, 흔들림 없는 그의 시선에 눈을 어디다 둬야 할지 제이는 알 수 없었다. 어색한 분위기를 반전시킬 재치 있는 말 한마디가 절실한 그때, 마침 다행스럽게도 그의 할머니가 다가오는 모습이 제이의 눈에 들어왔다.

"안녕하셨어요. 할머니?"

"잘 왔어. 잘 왔어!! 세상에 어쩜 이렇게 예쁠까? 너무 잘 어울리네! 아직 내 눈이 녹슬지 않았다니까."

옆에 있는 손자는 안중에도 없이 제이 손을 덥석 잡더니 데리고 가신다.

"회장님! 이제 저는 보이지도 않으십니까?"

"할머니! 이 망할 녀석아! 이제 할머니라고 안 부르면 대답도 안 할 거야! 넌 들어가서 손님들한테 인사 좀 해. 오랜만에 왔으니 봐야 할 사람들도 많을 텐데. 난 이 아가씨와 함께 여기 좀 둘러보고 가마! 내가 안내해 줘도 괜찮겠어?"

"그럼요. 저야 너무 감사하죠."

참 맑게도 웃었다. 덥석 잡은 손이 불편할 법도 한데 오히려 다른 한 손으로 따뜻하게 맞잡으며 상냥하게 하는 대답은 또 왜 그렇게 예쁜지. 지금 앤의 눈에는 제이밖에 들어오지 않았다.

"혹시 아는지 모르겠구먼. 저 녀석에게도 한국인 피가 흐르고 있어."

"네?"

"아직 몰랐나 보네. 내 아버지가 한국 분이셨지."

"정말요? 어머 너무 신기해요. 저는 정말 상상하지도 못했어요."

"하하하 그렇지? 굳이 말하지 않으면 사람들은 전혀 모르더라고. 애석하게도 나에게는 아버지의 모습이 없어. 그런데 신기하게도 조프에게서 아버지의 모습을 가끔 보곤 하지. 물론 외모를 보자면 잘 모르겠지만, 하는 행동이나 성격을 보면 나도 모르게 아버지가 생각나고 그러더라고. 그래서 내가 조프를 더 아끼는지도 모르고."

할머니의 말씀에서 아버지에 대한 진한 그리움이 묻어나는 듯했다.

"부모님 많이 그리우시겠어요."

"이런이런. 이 좋은 날 내 반가운 마음에 쓸데없는 소리를 했구먼."

"아니에요. 저는 부모님이 계신데도 늘 보고 싶은걸요, 뭘⋯⋯."

"이 늙은이 마음 이해해 주니 고마워."

"별말씀을요. 누구나⋯⋯ 갖고 있는 그리움일 거예요. 아무리 오랜 세월을 흘려보낸다 해도 잊을 수 없는⋯⋯ 그리움이죠. 부모님은⋯⋯."

잠시 머릿속에 떠올려 보는 것만으로도 마음이 저릿저릿 아파지는 제이다. 지척에 두고도 편히 볼 수 없는 그리움은 어떻게 해야 할까⋯⋯.

"그렇지. 그리움에 나이가 무슨 대순가. 세월이 흘러 그분의 나이가 되고 보니 참 생각이 많아지는 요즘이야. 내가 마음이 편해서 그런가 봐. 이제 겨우 두 번째 보는데 별말을 다 해."

"아닙니다. 정말 괜찮아요. 이렇게 편하게 대해 주시니 저도 너무 좋아요. 마치⋯⋯ 우리 할머니를 뵙는 것처럼요."

"그렇게 말해 주니 정말 고마워!"

보면 볼수록 예뻤다. 앤은 아직도 제 손을 잡고 있는, 그 마음만큼이나 따뜻한 제이의 온기에 모처럼 환하게 웃고 있었다.

"우리 못다 한 얘기는 다음에 차차 하기로 하고 이곳이 많이 궁금했을 텐데, 본격적으로 한번 둘러볼까?"

"네! 너무 보고 싶어요."

할머니의 환한 얼굴을 보며 순간 파고들던 우울한 마음을 털어 버렸다.

"그래그래. 자, 정원 분수대를 기준으로 오른쪽부터 시작하면 될 거야. 천천히 구석구석 잘 살펴보자고."

"네. 할머니 정말 감사합니다."

할머니와 함께 거닐며 정원 우측으로 돌아서는데 순간 눈앞에 펼쳐진 장관에 놀라 걸음을 우뚝 멈춰 선 제이다.

대체 어떻게 해야 이렇게 독창적인 건축물이 나올 수 있는 것일까? 지금까지 느껴 보지 못한 설렘이 제이의 마음을 온통 뒤흔들었다. 유명한 건축가라

기대가 컸다. 보통 기대가 크면 그만큼 실망도 크다고 하지 않았던가?

하지만 이건 정말 무엇을 상상하던 기대 그 이상이었다. 한마디로 정의 내리기도 힘든 독특한 구조였다. 건물 한 층은 통유리로 둘러싸여 실내가 훤히 들여다보이고, 그곳에서 삼삼오오 모여 있는 사람들의 모습은 마치 그림인 듯 아름답기만 했다.

건축물마다 독특하게 돌출된 구조, 거기서 나오는 조명은 또 얼마나 조화로운지. 제이는 여태껏 접해 보지 못한 신선한 발상과 특이한 건축 기법을 신중하게 머릿속에 그려 넣고 있었다. 할머니는 그런 제이를 보며 흐뭇한 듯 말을 이었다.

"밤이 아니라 낮에 보면 또 다른 멋이 있지. 제대로 보려면 낮에 와서 차를 타고 다 돌아봐야 하지 않겠어? 여기는 연회장으로 사용하는 별관일 뿐이야."

"이곳만 해도 이렇게 눈이 부신데요? 세상에 저는 언제쯤 이런 건물을 지을 수 있을까요……."

부러움이 가득 담긴, 꾸밈없는 감탄을 내보내는 제이의 빛나는 모습이 앤의 눈에 가득 들어왔다.

조프는 비통하게 엄마를 보낸 뒤로 제대로 웃는 모습을 보여 준 적이 없는 녀석이었다. 기껏해야 보일 듯 말 듯 그마저도 겨우 한번 볼까 말까……. 녀석이 웃음이라는 선물을 영영 잃어버린 건 아닐까 걱정이 이만저만이 아니었다. 그런 손자를 웃게 만드는 아가씨였다. 입꼬리만 살짝 올리는 그런 형식적인 웃음이 아닌 눈과 입이 함께 마주하며 환하게 웃는 진정한 웃음을 다시 되찾아 준 아가씨다.

멀리서 함께 걸어오는 모습은 정말 그림이 따로 없었다. 제 짝은 다 따로 있다더니 이 아이들을 두고 하는 말인 듯했다. 하는 일 또한 많이 상반되지 않으니…… 이 아이라면, 어쩌면…… 얼어 버린 손자의 마음을 따뜻하게 어루만져 가정이라는 울타리를 만들어 줄 수도 있지 않을까 하는 희망을 갖게 만들었다.

"더 보고 싶겠지만 그만 들어가 봐야지. 녀석이 화내지 않을는지 모르겠구면."

"아니에요. 지금 제가 이곳에 있는지도 모르실걸요? 이렇게 멋진 곳에 초대해 주셔서 너무 감사드려요. 참. 그리고 드레스도요."

"뭘, 다 내가 좋아서 한 일인걸."

"그래도요. 아 참, 구경한다고 정신이 팔려 깜빡했어요. 이거 별거 아니지만 생신 선물이에요."

제이는 조심스레 클러치에 들어 있던 작은 선물 상자를 꺼내었다.

"응?"

"마음에 드실지 모르겠어요. 오전에 나갔다가 할머니께 어울릴 것 같아 사긴 했는데……."

"아이고, 이렇게 와 준 것도 고마운데 무슨 선물까지! 아유. 이거 고마워서 어째."

"아니에요. 처음 뵀을 때 브로치 하고 계신 게 생각이 나서 브로치 하나 사 봤어요. 마음에 들었으면 좋겠는데."

서둘러 포장을 풀어 보는 앤이다.

"예뻐 예뻐. 아주 마음에 들어. 어디서 이렇게 예쁜 걸 골랐을까? 오늘 내 옷에도 딱일 것 같은데 한번 해 볼까?"

"아니, 아니에요. 지금 하고 계신 게 훨씬 더 잘 어울리세요."

"아니야 아니야. 한번 바꿔 보자고."

제법 거금을 들여 산 브로치였지만 할머니께는 별것 아닐지도 모를 선물을 진심으로 기쁘게 받아 주시고 바로 착용까지 하시는 걸 보니 제이는 너무 기쁘면서도 돌아가신 할머니 생각에 마음이 아려 왔다.

"어때, 어울려?"

"네. 너무 잘 어울리세요."

"그래? 그럼 이제 들어갈까?"

"네…… 할머니."

가까운 이웃들만 초대하신다더니, 그 말을 믿은 게 잘못이었다. 못해도 육칠
십 명은 족히 넘을 것 같았다. 대체 몇 번째 인사만 하고 있는지. 조프는 계속
해서 다가오는 사람들을 보며 인내심을 가지고 예를 갖춰 인사를 건네고 있었
지만 자연스레 출입구를 향하게 되는 시선까지는 막을 수가 없었다.

'도대체 무슨 구경을 어떻게 하길래 아직이야?'

푸념이 끝나기가 무섭게 커다란 출입문이 열리며 함박웃음을 머금은 제이가
들어왔다. 조프는 인사를 나누던 중이라는 것도 잊은 채 문이 열리는 곳을 향
해 성급한 걸음을 옮겼다.

"아예 집을 짓지 그래?"

"풋. 죄송해요. 아무래도 당신이 저를 너무 과대평가했나 봐요. 이제 겨우
외부만 둘러보고 왔는데, 벌써 용.량. 초과예요. 벌써부터 머릿속이 뒤죽박죽이
라고요. 아니 머릿속에 지우개가 들었나? 벌써 지워지려나 봐요. 어쩌죠?"

"뭐야? 하하하하하."

정말 기억이 지워지기라도 하는 듯 눈을 굴리며 생각에 빠진 모습이라니. 자
못 심각해 보이는 제이의 표정을 보며 웃음이 터져 버린 조프였다.

정말 예측할 수 없는 여자였다. 어떻게 늘 예상과는 다른 모습으로 눈길을 사
로잡는지, 이 여자와 함께 있으면 늘 입가에 미소가 번졌다. 특별할 것 없는 일상
속에서 사소한 대화 중에도 그저 아무것도 하지 않고 있어도 그녀만 보면 그녀만
생각하면 이상하게도 어느새 웃음을 덧그리는 입이 더 이상 어색하지 않았다.

'그런데 왜 이렇게 뒤가 서늘하지?'

"저 인간이 저렇게 웃을 때도 다 있어?"

"그러게…… 저거 조프 맞아?"

"뭐야…… 저 여자 대체 정체가 뭐야?"

"야 봤어? 방금 조프 크게 웃는 거?"

"내가 잘못 본 거 아니지?"

"조프 저런 표정 처음 보는데?"

"새삼 인간미가 느껴지네. 역시 사람은 사람이구나."

다들 못 볼 걸 봤다는 듯, 얼빠진 표정으로 뚫어져라 조프를 쳐다보고 있었다.

크리스는 더 이상 놀라지 않겠다 그렇게 다짐했건만 많은 사람이 있는 곳에서 스스럼없이 감정을 드러내는 조프를 보며 또 한 번 턱이 의지를 배반하고 아래로 툭 내려가 버렸다.

제이 역시 당황스럽기는 마찬가지였다. 그도 그럴 것이 몇십 명의 사람들이 조프를 보더니 이내 눈길을 자신에게로 돌려 노골적으로 살펴보고 있었다.

"이만 들어가지."

"잠시만요, 혹시 저한테 뭐 묻은 거 있어요?"

"아니, 없는데?"

"그럴 리가요? 좀 더 자세히 살펴봐요. 아님 혹시 옷에 문제가 있다거나."

"갑자기 그건 왜?"

"그러지 않고서야 제가 지금 우리 안에 갇힌 동물이 된 것 같은 기분이 들리 없잖아요."

"뭐?"

조프는 도대체 제이가 무슨 말을 하는 건가 싶어 그녀의 눈길을 따라가 보니 그곳에는 마치 동물원 원숭이를 보듯 호기심 가득한 모습의 손님들이 있었다.

"크큽."

조프는 이젠 아예 다리에 손을 짚고서 허리를 숙이고 껄껄거리며 웃었다.

"이게 웃……겨요? 저는 지금 심각한데? 지금 사람들이 다 우리만 쳐다보고 있어요. 그것도 대놓고 막."

그랬다. 크리스만 턱이 빠진 게 아니었다. 다들 놀란 표정을 감추지도 않고 노골적으로 두 사람을 보고 있었다.

"당신이 웃기게 생겼나 보지. 신경 쓰지 마."

싱거운 농담을 하며 제이의 허리를 가볍게 감싸고 방향을 틀어 자신을 향해 다가오는 이안에게 돌아섰다. 사촌 이안을 제이에게 소개해 주며 부담스러워하던 사람들의 시선을 효과적으로 차단해 주는 조프였다.

아까부터 조프를 주시하고 있던 아나는 기분이 아주 더러웠다. 저런 무방비 상태의 조프는 생전 처음 봤다. 자신이 아닌 다른 여자를 만나면서도 단 한 번도 깊이 빠지는 걸 본 적이 없었다. 그래서 그냥 두고 지켜보았다. 언젠가 정착하게 된다면 그건 반드시 자신이 되어야 한다고, 늘 기회를 엿보고 호시탐탐 기회를 노렸다.

그런데 어디서 듣도 보도 못한 동양인 따위가 나타나서는 아나의 계획에 찬물을 확 끼얹는 듯했다. 자신이 원하기만 하면 언제든 누구든 무엇이든, 그게 비록 사람일지라도 다 가졌던 아나가 유일하게 가지지 못한 가질 수 없었던 남자가 바로 조프였다.

그만은 예외였다. 그는 아나에게 눈길조차 주지 않았다. 자존심이 상했고 오기가 생겼다.

"내가 가질 수 없다면, 그 누구도 가질 수 없게 만들 거야! 반드시."

시기와 질투가 독처럼 아나를 잠식시켰다.

"할머니와 바깥 구경은 잘 했나?"

"네. 너무너무요. 오늘 정말 행복해요."

제이는 갑자기 눈물이 핑 돌았다. 혼자서 오게 된 여행은 외롭고 힘들지도 모른다 여겼다. 그래서 그런 생각이 들지 않도록 더 빠듯하게 일정을 잡았는지도 몰랐다.

그동안은 쉬지 않고 자신을 몰아붙이기 바빴는데 오늘은 달랐다. 오늘만큼은 자신을 다그치지도, 몰아붙이지도 않았다. 뜻하지 않은 기회로 이런 낯선 곳에서 많은 것을 보고 느끼고 즐기는 자신이 스스로 안쓰럽기도 뿌듯하기도, 너무 복잡한 감정들이 밀려들었다.

그런 제이를 유심히 바라보던 조프는 말로는 행복하다 하면서도 표정은 썩 밝아 보이지 않아 의아한 마음이 들었다. 제이는 무슨 생각에 빠져 있을까? 그녀는 왜 즐거운 듯하면서도 외로움이, 아픔이 묻어나는 걸까? 많지도 않은 나이에 무슨 일을 겪었던 걸까? 조프는 그녀에 대한 모든 것이 궁금했다.

"아직 행복하다고 하기에는 일러. 이제 겨우 외부만 둘러봤을 뿐인데 벌써 행복하다고 하면 조금 실망스러워. 이번엔 내가 안내하지. 함께 둘러보겠어?"

제이의 기분이 나아지기를 바라며 조프가 안내를 자처했다.

"네. 기꺼이."

안내를 자처한 조프를 따라 내부 구석구석을 둘러보며 집 안 구조와 인테리어, 사용된 자재들, 가구 등 끝없는 대화를 이어 갔다. 두 사람 중 누구도 이성과 이렇게 편견 없이 흥미롭고 편하게 오랜 시간 대화를 나눠 본 적이 없었고, 두 사람 중 누구도 이렇게 평화롭고 즐거운 시간을 방해받고 싶지 않았다.

하지만 그들을 유심히 관찰하며 대화를 엿듣던 사람들이 하나둘 제이에게 호감을 보이기 시작하며 어느새 적극적으로 대화에 참여했다.

제이는 당황하기는커녕 어렵지 않게 사람들 틈에 섞여 자연스레 대화를 나누며 어울리고 있었고 그 모습을 보는 조프의 가슴속에는 남모를 뿌듯함이 자리했다. 목이 마르다는 제이를 대신해 음료를 가지러 가며, 조프는 여느 때와 달리 파티가 지루하게 느껴지지 않아 고개를 갸웃했다.

수없이 많았던 파티 중에서 오늘만큼 부담스럽지 않고 피곤하지 않았던, 정말 즐기는 파티를 해 본 적이 과연 있었던가? 머릿속에 기억들을 아무리 끄집어내어 봐도…… 없었다. 그렇게 기억 속에 그간의 파티들을 소환하다 문득 느껴지는 시선에 고개를 돌려 보니 그곳 끝에 반갑지 않은 누군가가 있었다.

미소 짓던 입꼬리는 다시 끌어 내려지고 미간에 주름이 절로 잡혔다.

'아나도 초대를 하셨나? 설마 그럴 리가.'

눈이 마주치자 아나는 기다렸다는 듯이 조프에게로 다가왔다.

"못 보던 여자네요?"

"초대받은 건가? 어떻게? 할머니가 절대 그럴 일 없을 텐데?"

"내가 와서 싫은가 봐요?"

"알면 조용히 있다 가지?"

조프는 더 이상 말을 섞기도 싫다는 듯 테이블에 놓인 와인 잔을 들고서 제이를 찾아 나섰다.

자신의 존재는 안중에도 없는, 무심하다 못해 냉기가 뚝뚝 흐르는 그의 말에 다시금 모멸감을 느낀 아나는 독이 바짝 올라 버렸다.

제이는 분위기에 취해 와인을 평소보다 조금 더 마셨다.

"너무 많이 마시는 거 아닌가?"

"음…… 이 정도면 괜찮을 거예요. 아직 단 한 번도 취해서 쓰러져 본 적 없어요. 주사도 없으니 걱정하지 않으셔도 된답니다."

하지만 확실히 취해 가는 듯했다. 와인이 한 잔씩 비워질 때마다 방싯방싯 웃는 횟수가 늘어났고 덩달아 주변에 남자들…… 특히 사촌 이안도 바보같이 그녀를 따라 웃고 있었다. 조프는 그 모습이 굉장히 못마땅하고 짜증스러웠다.

'대체 저 자식은 왜 자꾸 제이 곁에 맴도는 거야!!'

오늘 그녀는 평소와는 많이 달라 보였다. 몸매를 드러낸 아슬아슬한 의상은 말할 것도 없이, 긴장을 내려놓은 모습은 정말 환하게 반짝반짝 빛이 나고 있었다. 동시에 연약하고 위태로워 보이는 모습은…… 누가 마음먹고 낚아채도 모를 것 같아 더는 그냥 두면 안 될 것 같았다.

"제이, 잠깐 바람이나 쐬러 갈까?"

얼굴에 열기가 오르던 제이도 그의 말에 말없이 따라나섰다. 테라스로 나가니 시원한 바람이 기분 좋게 온몸을 휘감았다.

"어? 눈동자 색깔이 또 바뀌었어요. 너무 신기해. 아까는 연한 브라운이었는데…… 지금은 짙은 브라운이야."

제이는 말을 하며 힐을 벗어 버렸다.

"우와, 이제 살 것 같아. 사실 이렇게 높은 구두는 처음이에요. 앞으로도 내 돈 주고는 절대로 안 살 것 같아. 이렇게 불편한 걸 다른 사람들은 어쩜 저렇게 편하게 신고 있는 걸까요?"

힐에서 내려온 제이는 바닥에 살짝 끌리는 드레스를 잡고선 가여운 자신의 발을 물끄러미 내려다보았다.

조프는 평소와는 달리 자신을 경계하지도 긴장하지도 않고 무방비 상태로 서 있는 제이를 보며 애써 모른 척 아닌 척 눌러 뒀던 마음이 봇물 터지듯 흘러내리는 듯했다.

위험하다. 지금 이 분위기.

조프는 통제를 벗어나는 마음을 다잡기 위해 테라스 끝으로 가 정원으로 시선을 돌렸다. 분명 시선은 정원을 향하면서도 조금 전까지 눈에 담았던 그녀의 모습이 선명하게 그려지고 있었다.

발그레하게 달아오른 사랑스러운 얼굴이, 한숨을 내쉬며 자신의 발을 물끄러미 내려다보던 큰 눈망울이, 뾰로통하게 내밀어진 촉촉하고 붉은 입술이, 귀엽게 꼼지락거리던 예쁜 두 발이…….

미치도록 안고 싶었다. 당장이라도 그녀를 품 안 가득 안고 저 촉촉한 입술을 마음껏 머금고 싶었다. 하지만 파티 중에 그것도 누구나 드나들 수 있는 이곳은 너무 위험했다. 게다가 지금 그녀는 이성적인 사고가 결여되어 있다.

조프는 참아야 할 이유를 하나둘 생각하며 위험천만하게 내달리는 마음을 진정시키려 애쓰는데, 이제는 그마저도 생각처럼 쉽지가 않았다.

"잘 생각해 봐. 취해서 쓰러진 적은 없어도, 분명 당신이 모르는 주사가 있을 거야."

"지금 제가 술주정하는 걸로 보여요? 아닌데, 나 진짜 말짱한데……."

기분 좋은 취기에 마음이 조금 느슨해진 것뿐인데…….

제이는 그의 시선이 향하는 곳을 함께 내려다보며 테라스에 팔을 걸쳤다. 밖에서 안을 보던 풍경과 안에서 밖을 내려다보는 풍경은 또 다른 경이로움으로 물들고, 야외 정원을 비추는 은은한 조명은 마음까지 따뜻하게 녹여 주는 듯했다.

"그거 알아요? 요 근래 몇 년 중에 오늘이 가장…… 행복해요. 원래의 내 모습으로, 아무 일도 없었던…… 그때로 다시 돌아간 것 같아요."

조프는 그녀가 지금 무슨 말을 하는지 알 수 없었다. 혹시 아픈 이별이라도 했던 걸까? 그건 생각만 해도 화가 솟구쳤다. 안아 주고 싶었다. 무슨 일인지 모르지만 이미 다 지난 일이라고. 그저 앞으로도 지금처럼 당당하게 하고 싶은 대로 즐기고 싶은 대로 살면 그만이라고.

뭐가 그렇게 그녀를 옭아매고 있는 건지, 그게 그때 꾼 악몽과도 관련이 있는 건지, 물어볼 자격이 제겐 없다는 생각에, 아무것도 물을 수도 들을 수도 없으니 답답한 마음만 더해 갔다. 그녀가 뭐라고. 대체 그녀가 뭐라고. 지금 느끼는 이 생소한 소유욕을 대체 어떻게 이해를 해야 할까.

지금껏 수없이 많은 이성의 유혹에 시달리며 어렸던 시간에는 모른 척 유혹에 넘어가 주기도 했다. 만남을 가지다 마음이 변하면 그만이었다. 편하게 만나다 여자가 더 깊은 관계를 원한다는 걸 느끼는 즉시 가차 없이 이별을 선택했다. 쓸데없는 감정 소모에 아까운 시간을 할애하고 싶지가 않았다. 조프에게 여자와의 사랑은 딱 그만큼이었다. 자신의 시간을 빼앗는, 그 이상도 그 이하도 아닌. 단 한 번도 이별을 함에 있어 아팠던 적은 없었던 것 같다.

그런데 그랬던 내가, 여자 문제로는 그렇게 자유로웠던 내가, 왜 유독 이 여자에게는 조심스러운 걸까. 왜 유독 이 여자에게만 이렇게 마음이 쓰이는 걸까. 더 알고 싶었다. 그녀에 대해서만큼은 속속들이 다 알고 싶었다.

제이는 말없이 느껴지는 시선에 고개를 돌려 그를 바라보았다. 제법 취기가 내려갔는지 핑크빛이었던 얼굴이 다시 말간 얼굴로 돌아오고 있었다. 서로 자기 감정을 들여다보느라 상대방이 무슨 생각을 하고 있는지 말없이 서로의 눈을 마주하고 있음에도 누구 하나 먼저 말을 꺼내는 사람은 없었다. 마치 시간이 그대로 멈춘 듯했다.

'왜 허락도 없이 내 마음에 들어와요? 왜 함부로 내 마음을 이렇게 약하게 만들어요? 왜!'

자신도 모르게 눈에 눈물이 차올랐다. 행복한데 눈물이 고였다. 미소를 짓고 있는데 이상하게 슬펐다. 아슬아슬하게 고여 있던 눈물이 툭…… 떨어졌고 그 모습을 바라보던 조프도 인내의 끈을 놓아 버렸다.

조프는 한걸음에 제이에게 다가가 한 손으로는 제이의 머리를 또 다른 한 손으로 제이의 허리를 감싸며 빈틈없이 자신에게 끌어당겼다.

"읍!"

갑작스러운 그의 행동에 놀랄 틈도 없었다. 그의 뜨거운 숨결이 온전히 전해졌고 따스한 그의 체온이 온몸을 부드럽게 감싸 안았다.

그녀의 떨림이 온몸으로 느껴졌다. 촉촉하고 보드라운 감촉과 함께 그녀가 머금었던 달콤한 와인의 향이 은은하게 입 안 가득 퍼졌다. 자신의 가슴 위에 놓인, 제이의 뜨거운 두 손에서 느껴지는 강한 떨림이 조프를 미치게 만드는 것도 잠시, 이내 두 손이 힘없이 스르륵 내려가더니 조프의 허리를 주춤주춤 감싸 안았다. 그 작은 변화에도 조프의 마음은 폭주하고 있었다.

제이는 키스에 능숙하지가 못했고 그런 어설픈 모습은 조프를 미소 짓게 만들었다. 그녀의 턱을 살짝 잡아 내려 틈이 벌어진 입술 사이를 거침없이 파고들며, 수줍어 어쩔 줄 모르는 그녀가 도망가지 못하게 얼른 휘어잡았다.

아슬아슬 위태로운 그녀의 호흡이 조프의 이성을 뒤흔들고 있었다. 마음 같아서는 지금 이곳이 어디라는 것도 잊은 채 당장이라도 사랑을 나누고 싶었다. 빈틈없이 밀착된 몸에 고이는 열기로 인해 정신은 혼미해지고 차가운 바람이 그 열기를 다 식혀 주기에는 턱없이 부족한 듯 숨결은 점점 더 뜨거워지기만 했다.

지금 당장 그녀에게 자신의 모든 마음을 다 쏟아부을 수 있다면. 하지만 더 이상 이러고 있다가는 정말 테라스에서 뭔 일이 벌어질지도 몰랐다. 조프는 마지막 남은 이성으로 간신히 입술을 떼고 두 손으로 그녀의 얼굴을 감쌌다. 제이의 감은 눈이 파르르 떠졌고 취기가 사라지던 그녀의 두 볼에 다시금 홍조가 피어 있었다.

세상에! 그녀와의 어설픈 키스가 지금까지 해 본 키스 중 가장 좋았다. 갈 곳을 잃은 그녀의 흔들리는 눈동자에, 살짝 부어오른 입술은 또 왜 그리도 사랑스러운지.

조프는 다시 한번 제이의 입술을 찾았다. 이번에는 조금 더 부드럽게, 조금 더 조심스럽게 더워진 입술을 어루만지며 달래고 있었다.

젠장! 아쉬웠다. 아직은 반의반만큼도 열어 보이지 못한 마음이다. 하지만 이곳에서 나가야 했다. 벌써 너무 오랜 시간 자리를 비웠다. 좀 더 있다간 괜한 구설에 휘말릴 것은 불을 보듯 뻔한 일이다. 자신이야 상관없었지만 제이를 그런 구설에 휘말리게 할 순 없었다.

조프는 안간힘을 쓰며 겨우 자신을 통제하고 제이의 입술에 묻은 얼룩을 부드럽게 닦으며 말을 꺼냈다.

"그만 가 봐야 할 것 같아. 우릴 기다리는 사람들이 많을 거야."

"네? 아. 네……."

제이는 다급히 벗어 둔 구두를 찾아 두리번거렸고,

"잠시만."

조프는 당황해 허둥대는 그녀를 보며 다시금 안고 싶은 충동을 다스려야 했다. 자신의 뒤에 놓인 구두를 들고서 제이의 앞으로 다가가 스스럼없이 한쪽 무릎을 꿇고 앉았다.

"아니에요. 제가 할게요 제가."

제이의 만류에도 조프는 기어이 그녀의 발바닥을 손으로 쓸고는 높은 구두를 한 발 한 발 직접 신겨 주었다. 갑작스러운 키스도 당황스러웠지만 발을 쓸어 주는 뜨거운 그의 손길에 제이는 그만 주저앉아 버릴 것만 같았다.

"어쩌지? 다른 구두가 있으면 좋겠지만 오늘은 이 구두를 계속 신고 있어야 할 것 같은데?"

"괘, 괜찮아요. 잠시 벗고 있어서 그런지 많이 좋아졌어요."

조프는 제이를 더 이상 당황하게 만들면 안 되겠다 싶었다.

"먼저 나갈 수 있겠어? 난…… 조금만 더 있다 갈게."

"……네. 그럼 먼저 나가 있을게요."

갑자기 어쩌다 상황이 이렇게 되어 버렸을까? 정신없이 빠져들었던 자신의 모습이 너무 당황스러워 부끄러운 마음에 서둘러 그곳을 벗어나는 제이다.

'하아…… 망할, 사춘기 소년보다 더하네.'

사실 당혹스럽기는 조프 역시 마찬가지였다. 입 안 가득 맴도는 그녀의 부드러운 감촉과 공기 중에 남아 있는 그녀의 향기에, 좀처럼 수그러들지 않는 들뜬 마음과 누그러들 기미조차 보이지 않는 건장한 신체의 일부를 보며 크게 한숨을 내쉬었다. 냉수욕을 하지 않는 이상 열기를 가라앉히기까지는 시간이 조금 더 필요할 것 같았다.

얼굴이 더없이 붉게 달아오른 제이는 누가 볼까 서둘러 레스트 룸을 찾아들었다. 차가운 물에 손을 적시고 얼굴에 대니 한껏 달아오른 게 서서히 가라앉기 시작했다.

아직도 미친 듯 요동치는 심장이 정상으로 돌아오려면 한동안은 이곳에 머물러야 할 듯했다. 조프의 나른했던 얼굴 표정과 짙어진 눈동자가 떠올라 다시 열기를 더하는 듯해, 그 모습을 지우려 머리를 강하게 흔들어 보았다.

"아주 즐거운가 봐요?"

"……?"

누군가의 말소리에 제이는 주변을 둘러보았지만 아무리 살펴봐도 이곳에는 자신과 방금 말을 걸어온 낯선 여자밖에 없었다.

"혹시 저……한테 하신 말씀인가요?"

말투에 가시가 있어 설마 자신에게 하는 말이라고는 생각할 수 없었다.

"여기 그쪽 말고 또 누가 있나요?"

"누구……시죠?"

"조프 만난 지 오래됐나요?"

"……아뇨. 그런데 그건 왜…… 아니 것보다…… 누구신지?"

"난 아니라고 해요. 조프와는 아주 밀접한 관계였던."

"……."

제이는 머릿속이 복잡하게 얽혀 들었다. 그에 대해서는 아는 게 거의 없었지만 그와의 대화 내용이나 할머니의 행동으로 비추어 볼 때 그가 혼자라는 건 알 수 있었다. 그래서 이게 무슨 말인지 이해할 수 없었다.

"조프, 만난 지 얼마 안 됐다니까 한마디만 할게요. 한 여자에게 오래 머물 타입 아니에요. 그러니까 빨리 꿈에서 깨는 게 좋아요."

"하……."

아까와는 전혀 다른 떨림이 제이의 온몸을 강타하고 있었다.

"제이라고 했나요? 흠. 조프는 아주 뜨겁고 동시에 아주 차가운 사람이에요. 지금은 당신이 색다르고 독특하니 곁에 둘지 몰라도 싫증 나는 순간 바로 게임 끝이에요. 내 말 무슨 말인지 알겠어요?"

제이는 난데없는 억측과 독설에 어안이 벙벙했다.

"그나저나 그 사람이 어떤 사람인지 알고나 만나는 건가요? 감히 너 따위는 쳐다볼 수도 쳐다봐서도 안 되는 위치에 있는 사람인데?"

"잠깐…… 잠깐만요."

듣자 듣자 하니 말이 심해도 너무 심한 듯했다.

"감히 너 따위라니. 저에 대해서 도대체 뭘 얼마나 알고 계시나요? 초면에 이런 말 상당히 불쾌하네요. 그리고 당신은 지금 당신 이름만 말했어요. 무슨 자격으로 지금 저에게 이런 말씀을 하시는 건가요?"

"뭐라고?"

"혹시 그 사람의 연인……인가요? 아니면…… 아! 밀접한 관계였던…… 이 라고 하셨죠? 그럼 이미 과거라는 말씀이네요?"

"뭐…… 뭐야?"

"초면에 굳이 일부러 저를 찾아와 그런 말들을 하는 걸 보니, 말과는 달리 절 상당히 높게 평가하셨나 봐요."

"보기보다 뻔뻔한 데가 있네."

아나는 순진하게만 보이던 제이의 당돌함에 당황하고 말았다.

"그리고 제가 무슨 꿈을 꿨는데요?"

"글쎄? 그건 여기까지 따라온 걸 보면 뻔하지! 보나 마나 그가 드레스도 액 세서리도 다 줬을 거고. 이런 선물 받아 보니 마치 신데렐라라도 된 양 우쭐 했겠지! 그게 얼마나 갈 것 같아? 조프의 옆자리 아무나 있을 수 없는 자리야! 어디서 듣도 보도 못한 동양인 따위가 감히 넘볼 수 있는 그런 자리가 아니라고! 알아들어?"

"하…… 하하."

제이는 기가 막혀 말이 안 나왔다. 어디서 뜬금없이 나타난, 일면식도 없는 여자가 온통 가시 돋친 말투로 상처가 되는 말을 얼굴 표정 하나 바꾸지 않고 말하는데 기막혀 하지 않을 사람이 누가 있을까.

"그를 갖고는 싶은데 마음대로 안 되나 봐요?"

"뭐야?!"

"난 당신처럼 그렇게 어리석지 않아요. 내가 취할 것과 취하지 못할 것, 취해서는 안 되는 건 명확히 구분하죠!"

제이는 너무 화가 났다. 여자가 또 무슨 말을 하려고 입을 뻥긋하는데 더 이상 그 어떤 말도 듣고 싶지 않았다.

"그래요, 당신이 본 것처럼 난 평범해요. 그리고 그는 특별하겠죠. 그 사람의 머리끝에서 발끝까지. 그 사람이 하는 말투와 행동, 타고 다니는 차, 여기 이곳, 그리고 할머니까지! 그 사람이 무슨 일을 하는지 어떤 위치에 있는지 굳이 말하지 않아도 알 것 같아요. 그걸 모를 정도로 저 바보 아니에요. 눈뜬장님은 더더구나 아니고요."

잠시 숨을 고르는 듯하던 제이가 이어서 말을 꺼냈다.

"그리고 난 누구처럼 남자에게 기대 그의 후광을 방패 삼아 살 생각 같은 건 추호도 없어요. 당신이 무슨 걱정 하는지 알겠는데 전혀 걱정할 필요 없단 말이에요. 난 어차피 며칠 있으면 떠나야 할 사람이니까! 내 앞가림 정도는 내가 알아서 할 테니 당신은 당신 앞가림이나 잘해요."

아나의 얼굴이 붉으락푸르락하며 반박하려는 게 보였지만 제이는 기회를 주지 않았다.

"또 한 가지! 그에게 원하는 게 있거나 불만이 있으면 그 사람 앞에 가서 그 사람에게 직접 말해요. 뒤에서 지저분하게 애먼 사람 잡지 말고!"

말을 마친 제이는 뒤도 보지 않고 곧장 그곳을 박차고 나와 버렸다. 너무 화가 났다. 잊으려고 애썼던, 그동안 애써 한쪽으로 제쳐 두었던 기억의 편린들이 사정없이 머릿속을 파고들었다. 상관없는 여자였다. 어차피 다시 보지 않을 여자다. 가면⋯⋯ 떠나고 나면 모두 끝이었다.

그런데 왜, 왜 그 순간 하필 저 여자와 누군가가 겹쳐 보였는지. 아나의 집착이 애써 기억하고 싶지 않은 누군가를 끄집어내게 만드는지.

제이는 사정없이 떨려 오는 팔을 감싸며 울렁거리는 마음을 가라앉히려고 정원을 찾았다. 그런데 하필 정원으로 향하는 통로 벽에 위치한 대형 수족관이 제이의 눈 속을 파고들었다. 화가 난 제이의 발걸음이 저도 모르게 그곳에서 멈추어 버렸다.

제이는 수족관을 물끄러미 바라보다 또 다른 기억 속으로 저도 모르게 빠져들고 있었다.

'할머니! 아직도 그러고 있어요?'

'오냐, 아직도 이러고 있다.'

'할머니는 왜 그렇게 물고기가 좋아요? 그냥 어항 앞에만 있으면 떠날 줄을 모르셔!'

'예뻐. 너도 이리 와 앉아서 봐 봐. 얼마나 예쁜지. 잘 먹고 잘 싸고 잘 자고. 그렇게 신경 써 주지 않아도 알아서 잘 크지. 게다가 새끼도 쑥쑥 잘 낳지. 어떻게 안 예뻐? 저기 봐 봐. 저기 저 빨간 물고기가 암컷, 저기 파란색, 노란색 물고기가 수컷이야. 사람이랑 똑같지? 파란색, 노란색 물고기가 하루 종일 저 빨간 물고기만 쫓아다닌단 말이야. 빨간 물고기는 귀찮아서 도망 다니고.'

그렇게 한참을 어항 앞에서 할머니와 얘기 나누고 있으니 그 모습을 지켜보던 할아버지께서 기어이 한 말씀 하신다.

'어이그⋯⋯ 아 이 사람아, 그 물고기 보는 반만큼이라도 나 좀 봐! 어찌 나이가 드니 물고기보다 못한 신세여 어험!'

'영감도 참. 하하하하하.'

'할머니, 할아버지 말 들었죠? 할아버지도 물고기 보는 것만큼 자주자주 들여다보고 신경 써 주세요. 응?'

'뭘? 이날 이때껏 챙겨 주고 봐줬음 됐지. 당최 나이를 어디로 드신 겨, 손녀 앞에서 창피하지도 않나 봐.'

'풋. 할머니, 할아버지는 나이가 들어도 귀여우셔.'

아직도 할머니, 할아버지의 그리운 목소리가 귓가에 생생하게 들려오는 듯 했다. 수족관에 빨려 들어갈 듯 물고기를 바라보며, 기억에서 헤어 나오지도 못하고 이리저리 유영하는 물고기를 눈으로 좇으며 그렇게 보고 싶은 할머니, 할아버지를 만나는 제이다.

조프는 한참을 찾아도 제이가 보이지 않아 걱정이었다.

"대체 어디로 간 거야?"

아까 너무 놀라 버린 건 아닌지 너무 급하게 다가간 건 아닌지 걱정이 늘어가고 있었다. 혹시나 하는 마음에 정원으로 나가려는데 마침 대형 수족관 앞에 있는 그녀를 발견한 조프다. 대체 뭘 저렇게 보고 있는 건지 가까이 다가가도 제이는 전혀 눈치채지 못하고 있었다.

"제이? 제이? 제이!"

몇 번을 불러도 대답이 없어 코앞에 다가가 제이의 팔을 살짝 건드렸다. 그제야 조프를 돌아보는 제이의 얼굴에는 눈물이 흐르고 있었다.

"제이! 무슨 일이야?"

흘러내리는 눈물을 닦아 주며 묻는 말에 자신이 울고 있는지도 몰랐던 제이는 재빨리 감정을 추스르며 조프에게 어색한 미소를 지어 보였다.

"아무것도…… 아무것도 아니에요."

"그럼 왜?"

"그냥 갑자기 수족관을 보니까 누가…… 생각이 나서요."

"혹시 애달프게 헤어진 남자 친구라도 있는 건가?"

"네?"

"아니면 이번 여행이 혹시 누군가를 잊기 위한 이별 여행…… 뭐 그런 건가?"

"하…… 전혀 아니거든요? 그냥 수족관을 보니까 우리 할머니가 생각이 났어요. 할머니께서 물고기를 너무 좋아하셨거든요. 지금은…… 보고 싶어도…… 볼 수가 없어서."

왠지 모를 안도감이 가슴 가득 퍼졌다. 할머니라…….

"괜찮겠어? 혹시라도 컨디션이 좋지 않으면 지금이라도 호텔로 돌아갈까?"

"아니에요. 아직 할머니 축하 파티도 못 한걸요. 이젠 괜찮아요."

조프를 보니 다시금 아나의 가시 돋친 말들이 두서없이 떠올랐다. 이거 내야 했다. 집착이라는 무섭고 끔찍한 지옥에서…… 벗어나야 했다.

"그럼 들어갈까? 정말 괜찮겠어?"

"네. 그런데, 화장을 좀 고쳐야겠어요."

즐겁고 행복했던 선물 같았던 하루가 그 여자 하나 때문에 엉망으로 끝나게 둘 수는 없었다.

"그래, 그럼. 다녀와. 정말 괜찮은 거지?"

"네. 정말 괜찮아요. 먼저 들어가세요."

당당해져야 했다. 더 이상 타인 때문에 인생이 좌지우지되지 않도록. 더는 20대 초반의 어리석고 나약한 제이가 아니었다.

연회장 안에 들어서서 주위를 둘러보니 조프가 보이지 않아, 제이는 무대와는 조금 떨어진 바에 홀로 앉아 그를 기다리며 와인을 들었다. 때마침 들려오는 서정적인 올드 팝송에 제이의 눈길이 무대로 향했다.

— Fly me to the moon〜 And let me play among the stars〜

익숙한 노랫말에 절로 귀를 기울이게 되고, 아름다운 노랫소리에 다친 마음
이 어루만져지는 듯했다. 모두들 와인 또는 샴페인을 들고 노래를 들으며 무대
근처에서 분위기를 즐기고 있었고 그런 사람들을 보며 노래를 듣다 보니 다행
히 한결 마음이 차분해져 갔다.

제이는 이렇게 감미롭게 노래를 부르는 사람이 누군가 싶어 좀 더 자세히 보
니 조프의 사촌이라던 이안이었다. 처음 인사를 나눌 때 느꼈던 개구쟁이 같은
모습은 어디에도 보이지 않았다. 시종일관 진지하게 노래를 부르는 의외의 모
습에 싱긋 웃으며 고개를 돌리는데 그제야 조프의 모습이 눈에 들어왔다.

잠깐 자리를 비운 조프가 한 손에 차가운 물을 가져와 제이에게 내밀었다.

"텁텁할 것 같아서."

"고마워요. 마침 시원한 물이 마시고 싶었는데. 이안이라고 했죠? 음색이 너
무 좋아요."

"흠…… 저 녀석이 다른 건 몰라도 노래 하나는 잘하더군."

조프의 말을 끝으로 더 이상 대화가 없었다. 말하지 않아도 불편하진 않았지
만 조프는 제이의 목소리가 듣고 싶었다. 아까 있었던 일로 그녀가 자신을 피
하면 어쩌나 걱정스러웠는데 다행히 자신을 피하지도 밀어내지도 않는 그녀를
보며 내심 안심이 되었다.

— 자! 이제 저의 노래를 들었으니 제가 한 곡 청해도 될까요? 어디 보자~
음…… 이렇게 열심히 부르는데도 저에게 눈길조차 주지 않는 매정한 사람을
불러 볼까 합니다. 조프!

노래를 마친 이안이 익살스러운 표정과 말투로 조프를 불렀다. 사람들의 시
선이 일제히 조프에게로 향했다. 하지만 조프는 그런 그들의 시선을 아는지 모
르는지 오직 제이의 마음을 들여다보느라 여념이 없었다.

— 아. 파트너와의 대화에 너무 열중하고 있나 보네요. 제 말이 안 들리나 봅
니다. 그럼 좀 더 크게 불러 볼까요? 조프리!

그제야 이안의 목소리를 들었는지 조프의 고개가 천천히 올라갔다.

― 오랜만에 왔는데 노래 한 곡 해 줘야지?

조프는 무슨 실없는 소리를 하냐는 듯 잔뜩 찌푸린 얼굴을 하고 있었다.

"노래 잘하나 봐요. 지금 당신 부르고 있잖아요."

제이는 어이없어하는 그를 보고 웃으며,

"기대할게요."

라고 말했지만 그는 여전히 일어날 생각이 없는 듯 태연하기만 했다.

이안은 자신의 노래를 안주 삼아 즐기는 조프를 보니 괘씸해서 골탕이나 먹여 볼까 하고 불렀는데 아니나 다를까 질색하는 그를 보니 웃음이 났다. 그런데 그때 그의 옆에서 고개를 숙인 채 피식 웃는 그녀를 보니 또 다른 장난기가 발동해 버렸다.

― 아니다. 조프 노래 못하는 건 우리 모두 잘 알고 있으니, 그의 파트너의 목소리를 한번 들어 볼까요? 조프 옆에 앉아 있는 제이?

난데없는 부름에 놀란 제이의 고개가 위로 들려졌다. 그 모습을 지켜보던 조프는 고개를 숙이며 피식 웃었다.

"풋, 기대하지."

"뭐예요, 정말 나더러 지금 노래하라고요? 저기서?"

"노래 잘해?"

"아니요, 라고 하면 막아 줄 거예요?"

"글쎄? 음치 수준이 아니라면 도전해 보는 건 어때?"

"음치는 아니지만 이런 곳에서 할 정도는 못 되거든요?!"

― 자, 모두들 기대하고 있습니다. 제이?

"어떡해. 진짜 안 말려 줘요?"

"나도 듣고 싶은데, 한번 해 보지 그래?"

― 다들 기다리고 계십니다. 제이~

제이는 자신이 나서야 할 자리가 아님에도 불구하고 뜻하지 않게 주목을 받고 있는 게 부담스러워 조프에게 도저히 못 하겠다고 말하려는 순간, 그들 쪽으로 걸어오고 있는 아나와 눈이 딱 마주치고 말았다. 비웃음을 한껏 걸치고 자신을 보는 모습에 다시금 속이 울컥 뒤집힐 것만 같았다. 치기라고 해도 좋고 무모함이라 해도 좋았다. 이대로 피하고 싶지 않았다. 그녀에게서 숨고 싶지 않았다.

조프가 더 이상 제이를 난처하게 하면 안 될 것 같아 장난은 접어 두고 이안을 말리려 하는 순간 제이가 그의 팔을 잡았다.

"후회하지 마요! 저 진짜 해요."

제이는 아나의 눈을 뚫어져라 쳐다보며 결심한 듯 자리에서 일어나 천천히 무대로 향했다. 역시나 당찬 모습의 제이를 흐뭇하게 바라보며 가만히 앉아 있던 조프도 자리에서 일어나 무대 앞으로 다가갔다.

— 자, 모두 큰 용기를 내 준 제이에게 박수!!

커다란 박수 소리가 연회장을 가득 메우고 있었다. 제이는 이안에게 귓속말로 노래 제목을 말하며 피아노를 사용해도 되겠냐고 물었고 이안은 흔쾌히 허락하며 피아노 앞으로 제이를 에스코트했다.

— 잘하지는 못하지만, 열심히 해 볼게요. 음…… 잘 부탁드립니다.

환호하는 소리를 들으며 제이는 마음을 가다듬고 피아노 앞에 앉았다. 갑자기 왜 그 노래가 떠올랐는지 알 수 없지만 이미 주사위는 던져졌다. 긴장감을 떨친 제이는 차분하고 능숙하게 연주를 시작했고 그 모습에 조프는 또 한 번 놀라고 있었다.

'정말 다재다능하네. 제이, 도대체 당신은 어떤 사람이지?'

조프가 놀라움을 감추지 못하는 사이, 익숙하게 들리는 전주가 지나가고 제이가 노래를 시작했다. 노래는 앨리샤 키스의 If I Ain't Got You라는 곡으로 원곡 가수인 앨리샤 키스의 다소 허스키하고 소울풀한 목소리와는 대조적인 제이의 맑고 깨끗한 음색에 모두 미동도 없이 그녀의 노랫소리에 빠져들기 시작했다.

일부의 사람들이 부를 위해, 명예를 위해, 권력이나, 그 외의 것들로 현혹되어 그것들을 좇아가는 지루한 삶으로 가득 차 있다는 것을 읊조리는 전반부가 지났다. 이 노래가 내포하고 있는 진정한 의미가 드러나는 클라이맥스에 이르러 제이의 목소리가 더욱 청량하게 연회장을 가득 메웠다.

그 일부의 사람들은 모든 걸 원하지만, 나는 아무것도 원하지 않는다. 누군가는 다이아몬드 반지나 그저 모든 것을 원하지만, 그 모든 게 나에게는 아무런 의미가 없다. 당신이 나와 함께할 수 없다면. 내가 당신을 갖지 못한다면.

잔잔한 피아노 연주 소리에 청아한 그녀의 목소리가 너무나도 잘 어우러졌다.

조프는 귓가에 꿀처럼 흘러드는 그녀의 고운 음색과 노래가 전하는 의미를 곱씹으며 그녀에게 고정된 시선을 거두지 못했다.

노래를 마치고 제이가 건반에서 조심스레 손을 내리자 그야말로 우레와 같은 박수 소리가 터져 나왔다.

— 오 마이 갓! 와우!

이안의 과한 감탄사에도 제이는 노래의 여운으로 쉽사리 자리에서 일어날 수가 없었다. 겨우 마음을 다스리며 자리에서 일어서는데, 무대의 가장 앞쪽에서 저를 지켜보던 조프의 짙은 눈빛이 강하게 제이의 시선을 붙잡아 버렸다.

지금 서 있는 곳이 어디인지도 망각한 채 그의 강렬한 눈빛에 압도되어 그 외에는 아무도 제이의 눈에 들어오지 않았다. 이안이 서둘러 주의를 환기시키지 않았다면 얼마나 더 멍청하게 서 있었을지 알 수 없었다.

— 와우, 와우, 정말 가수라고 해도 믿겠어요. 이대로 보내 드리기에는 너무 아쉬운데.

"맞아요! 한 곡 더! 한 곡 더!"

이안의 말에 모두의 호응이 더해졌다.

— 자 그럼 한 곡 더 청해도 될까요? 아~! 아쉽지만 그건 안 되겠네요.

이안은 엄청난 호응에 한 곡 더 청해 볼까 했지만 말하기가 무섭게 인상을 팍 쓰는 조프를 보며 슬며시 꼬리를 내려야 했다.

─ 자! 아쉽지만 오늘은 여기까지.

그런 이안의 모습이 낯설어 모두의 눈이 그의 시선이 머무는 곳으로 향했다. 그 시선 끝에 있는 조프를 보고서야 알 만하다는 듯 모두가 고개를 끄덕였다.

─ 다시 한번 멋진 노래를 들려준 제이에게 큰 박수를 부탁드립니다.

이안의 말에 모두 즐거운 마음으로 박수를 보내고 있었다. 단 한 사람을 제외하고.

아나는 무대를 내려오는 제이를 보며 부들부들 떨려 오는 몸을 주체할 수가 없었다.

"하! 보통이 아니네. 만만치 않겠어."

파티에 참석한 모든 사람들의 이목을 집중시키며 환호를 받고 있는 꼴은 더이상 보고 싶지 않아 아나는 잔뜩 독이 오른 채 어금니를 아득 깨물며 자리를 떠났다.

그 모습을 멀리서 바라보기만 하던 앤은 더없이 만족스러웠다. 초대하지도 않은 아나가 와서 언짢았지만 이미 손님들이 들이닥쳐 하는 수 없이 그냥 두고 보았는데, 가만 생각해 보니 오늘 조프가 제이와 함께 오게 되면 아나도 뭔가 느끼는 게 있지 않을까 싶었다. 모두가 이미 알고 있는 사실을 아나라고 느끼지 않을 수가 없었을 테니.

"어디서 저런 아이를 찾았을까? 물건이야 물건."

보면 볼수록 마음에 드는 아가씨였다. 지인들과 한쪽 룸에 앉아 담소를 나누다가도 연회장에 있는 제이에게 계속 눈길이 머물렀다. 정말 아무 관계도 아니라고 생각하고 있다면 두 사람은 바보였다. 이렇게 눈에 빤히 보이는 것을.

제이가 무대에서 내려간 뒤로도 두 명이 더 노래를 부르고 나서야 오늘의 주인공을 단상 위로 모셨다.

─ 자! 오늘의 메인이벤트! 주인공이신 앤 할머니 나오실까요?

할머니께서 룸에서 나와 천천히 단상에 오르자 모두들 박수로 할머니의 생신을 축하하며 그녀에게 주목했다.

— 고마워요들. 나이 먹는 게 뭐 좋다고 이렇게 파티를 다 하고. 올 한 해도 모두 고마웠어요. 내년에도 또 이런 파티를 할 수 있을까?

"그럼요!"

"당연하죠!"

"꼭 하게 될 거예요."

"사랑합니다!"

여기저기서 한마디씩 거들었다. 드디어 대형 생일 케이크가 단상 위 한가운데 자리 잡았다.

— 자! 모두들 준비됐나요?

"네!"

사람들의 우렁찬 외침과 함께 연주가 시작되고, 축하 노래를 부르며 기쁘게 파티를 즐기는 사람들 사이에서 조프와 제이는 만감이 교차하고 있었다.

조프는 가는 시간을 아쉬워하는 할머니가 안쓰러워서, 제이는 이미 떠나고 없는 할머니가 보고 싶어서…….

성황리에 파티가 끝나고 손님들도 하나둘 자리를 떠났다.

"자고 가는 거지? 방은 따로 준비해 뒀다."

생각지도 못한 할머니의 말에 제이는 당황했고 조프는 혼자만의 상념에 잠겨 그런 제이를 돌아볼 여유가 없었다. 하루 종일 그녀에게서 눈을 뗄 수가 없었다. 그녀의 단정한 목소리, 은은한 향기, 별다를 것 없는 작은 몸짓 하나하나에도……. 심장이 다시 뻐근해져 왔다.

별다를 것 없다 생각했다. 여느 여자와 마찬가지일 거라고. 그녀는 분명 달랐지만 어차피 결과는 별반 다르지 않을 거라 애써 부인하고 또 부인하려 했다.

세상 그 어떤 문제보다 지금 자신에게 직면한 문제가 가장 골치 아픈 혼란스러움을 안겼다. 함께 있어도 불편하지가 않았다. 늘 옆에서 무언가를 원하고 바라며 끊임없이 요구하는 여자들과는 달리 제이는 자신에게 그 어떤 것도 바라지 않았고 귀찮게 하지도 않았으며 심지어 자신에 대해 궁금해하지도 않았다.

어디 그뿐인가. 그녀는 언짢은 상황이 생겨도 짜증을 내기보다 긍정적인 마인드로 먼저 해결책을 모색하는 현명한 사람이었고 높은 지적 수준에도 거만하지 않고 겸손하며 상대의 감정과 마음을 배려하고 아낄 줄도 아는 어질고 선한 사람이었다.

우는 여자는 질색하면서도 그녀의 눈물에는 마음이 아렸고 위로가 되어 주고 싶었다. 하루 일과 중에도 몇 번씩이나 그녀가 머릿속에 맴돌았다. 지금은 어디서 무얼 하고 있을까? 오늘은 언제 돌아올까? 다른 사람들의 일에는 조금의 관심도 흥미도 없었는데 그녀의 일만큼은 하나부터 열까지가 다 궁금했다.

"이 녀석이 무슨 생각에 그렇게 골똘히 빠져 있어?"

할머니의 말에 보다 못한 제이가 살짝 팔을 건드리고서야 상념을 털어 내는 조프다.

"할머니께서 자고 가겠냐고 물으셨어요."

"아닙니다. 내일 오전에 중요한 미팅이 있어서 오늘은 이만 가야겠습니다."

"그래? 이런 못된 녀석 같으니라고. 이게 얼마 만인데 하루도 안 자고 그냥 가?"

다른 때 같으면 어림없는 소리 말라며 주저앉혔겠지만 지금 녀석의 눈을 보아하니 오늘만큼은 보내 주어야 할 듯싶었다.

"흠. 아쉽지만 어쩔 수 없구나."

마지못해 오늘은 여기까지만 하고 물러나 주기로 했다.

"제이, 오늘 와 줘서 너무 고마웠어. 다음에 또 와. 응?"

손을 꼭 잡으며 말씀하시는 할머니를 바라보며 제이는 미소로 대답을 대신했다. 여기 다시 오는 일은 없을 것이다. 할머니께 거짓을 말할 수 없어 아쉬운 미소로 인사를 대신했지만 누구도 그런 제이를 이상하게 생각하지 못했다.

"오늘 초대해 주셔서 정말 너무 감사했습니다. 절대 잊지 못할 것 같아요. 항상 건강하셔야 해요."

"다시 안 볼 사람처럼 인사를 하는구먼! 조만간 또 보자고. 응?"

"이제 그만 들어가세요. 많이 피곤하실 텐데 푹 쉬시고요. 본국으로 가실 때 연락 주세요."

길어지는 인사에 조프가 마무리를 지었다.

"알았다, 알았어. 나는 아직 쌩쌩한데, 네가 피곤한 게로구나. 얼른 가서 쉬어라. 다음에도 꼭 같이 오고!"

"가 보겠습니다."

"안녕히 계세요……."

제이는 할머니와의 헤어짐이 못내 아쉬웠다. 다시 뵙지 못한다고 생각하니 왜 이렇게 아쉽고 속상한지.

가다 말고 뒤를 돌아보는데 할머니는…… 제이의 할머니가 그랬던 것처럼 헤어진 그 자리에 그대로 멈춰 서서 계속 손을 흔들며 배웅하고 계셨다.

그런 할머니를 보며 다시 한번 고개 숙여 인사를 하고서도 쉽게 떨어지지 않는 발걸음이었다.

올 때와는 달리 차 안의 공기가 무겁게 가라앉았다. 제이의 노래 실력을 칭찬하며 분위기를 전환하려는 크리스의 노력이 무색하게도, 차 안은 여전히 그 분위기에 머물러 있었다. 주절주절 유난히 말이 많은 크리스에게 한 소리 할 법도 한데 조프는 아무런 말이 없었고, 제이 역시 보일 듯 말 듯 미소만 지어 보일 뿐 쉽게 입이 열리지 않았다.

얼마나 지났을까? 크리스가 켜 둔 잔잔한 음악 소리에 창밖으로 스쳐 가는 야경을 보고 있자니 저도 몰래 눈이 스르륵 감겨 버린 제이다.

조프는 잠에 빠져드는 제이를 바라보며 창으로 기울어지는 그녀의 머리를 자신의 어깨로 돌려놓았다. 집중하지 않으면 들을 수 없는 희미한 그녀의 숨소리, 볼을 간질이는 부드러운 머리카락의 감촉, 코끝을 스치는 달콤한 그녀의 향기, 그녀의 모든 것이 조프의 신경을 끊임없이 자극하고 있었다.

지그시 눈을 감으며 궤도를 이탈한 심장 박동이 빨리 제자리로 돌아오기를……. 그사이 차가 미끄러지듯 호텔 앞에 멈춰 섰다.

"도착했습니다. 많이 피곤하셨나 봅니다."

"그러게……."

크리스는 조용히 차에서 내려 그들이 준비될 때를 기다리고 있었다.

차 문이 닫히는 소리에 제이의 눈이 느리게 떠졌다. 차의 움직임이 멈춘 걸 보니 이미 도착한 모양이었다. 무심코 고개를 드는데 보이는 그의 반듯한 턱선에 깜짝 놀라 서둘러 자세를 고쳐 앉았다.

"많이 피곤했나 보군, 그만 들어가지."

"네."

이번엔 그가 문을 열어 주기 전에 얼른 내려 버렸다.

"그럼 전 이만 가 보겠습니다. 두 분 즐거운 시간 보내십시오."

크리스의 인사에,

"수고했어."

"감사합니다. 덕분에 편하게 왔어요. 조심해서 들어가세요."

마주 인사를 하는 두 사람 중 누구도 크리스가 건넨 말의 의미를 깊이 생각할 여력이 없었다. 말없이 오른 엘리베이터에는 어색한 정적만이 두 사람을 에워싸고 있었다.

제이는 위험스레 두근거리는 가슴을 다독이며 아찔하게 흩날리는 그의 향기를 애써 외면했다. 룸으로 가는 길은 왜 이렇게 멀게만 느껴지는지, 엘리베이터가 열리자 제이는 안도의 한숨을 내쉬며 얼른 앞장서 걸었다. 룸에 들어서자마

자 그를 제대로 마주하지도 못한 채,

"오늘 고마웠어요. 그럼 안녕히 주무세요."

성급히 인사를 하고 도망치듯 방에 들어와 두근거리는 가슴을 진정시켜야 했다.

조프는 제이의 모든 모습을 하나하나 눈으로 새기는 자신을 보며 도저히 인정하지 않을 수가 없었다.

"하…… 내가. 제대로 미쳤나 보다."

아무 의미 없이 그저 스쳐 가길 바랐다. 그동안 너무 혹사당했던 심장의 착각 또는 오류쯤으로 생각하고 넘어가기를 바란 그녀가 허락도 없이…… 제 마음대로…… 마음속에 들어와 단단히 박혀 버렸다. 자신의 마음을 어느 정도 인정하고 나니 차라리 마음이 편했다.

엘리베이터 안에서 조프는 어색함에 잔뜩 긴장한 제이를 고스란히 느끼고 있었다. 도망치듯 서둘러 걸음을 옮기는 그녀를 보며 잡고 싶었지만 잡을 수 없었다. 아직도 남아 있는, 코끝에서 맴도는 그녀의 향기에 미칠 것 같았으나 지금 그녀를 잡으면 도저히 마음을 멈출 수 있을 것 같지가 않았다. 무슨 일 때문인지는 모르나 아직은 잔뜩 움츠려 경계하는 그녀에게 시간이 좀 더 필요할 듯했다. 그래서 인사를 하고 급히 방으로 들어가 버리는 그녀를 붙잡을 수가 없었다.

조프는 불편하게 느껴지는 옷가지를 벗어 버리고 서둘러 욕실로 가 찬물 아래에 섰다. 얼음장같이 차가운 물을 고스란히 맞고 있는 순간에도 왜 심장은 좀처럼 진정할 기미를 보이지 않는지,

"젠장!"

욱신 아파지는 심장에 한참을 찬물 아래 머물러야 했다

4

제이는 거추장스러웠던 드레스를 조심스레 벗어 두고 욕실로 향했다. 거울을 보며 저도 모르게 가장 먼저 살짝 붉어진 입술로 눈길이 갔다.

그와 했던 입맞춤이 왜 그렇게 생생하게 떠오르는지. 생각하는 것만으로도 미친 듯 떨려 오는 마음에 황급히 다른 생각을 끄집어내어 봐도 머릿속엔 온통 그와 함께였던 모습만 떠오르고 있었다.

'제발 이러지 마, 제발…… 정신 좀 차려. 대체 어쩌자는 거야.'

좀처럼 조절되지 않는 감정 때문에 피로감은 쌓여만 가고 차라리 잠이라도 자고 싶은데 오히려 정신은 더 또렷하게 맑아지기만 했다. 게다가 몸은 왜 자꾸 더워지는지. 탈 듯한 갈증에 차가운 물이 간절한 제이였다.

결국 갈증을 이겨 내지 못하고 조심스레 방문을 열어 보았다. 응접실은 칠흑 같은 어둠으로 가득했고 꼭 닫힌 그의 방문 아래에는 은은한 한 줄기 빛만이 새어 나오고 있었다.

'그래. 빨리 가서 물만 가져오면 돼.'

방문을 조금 열어 둔 채, 조심스레 응접실로 한 발을 내디뎠다. 혹시나 불빛에 그를 방해하게 될까 싶어 응접실 불은 켤 생각도 하지 못한 채 냉장고에서 흘러나오는 조그만 불빛에 의지해 살금살금 발걸음을 옮겼다.

원래가 이렇게 응접실이 넓었던가? 겨우 도착한 냉장고 앞에서 안도의 한숨을 내쉬며 생수를 꺼내 들고 돌아선 순간,

"앗. 깜짝이야! 하…… 하…….."

갑자기 나타난 시커먼 인영에 뛸 듯이 놀라고 말았다.

"하…… 저는 방에…… 계신 줄 알고…… 언제부터…… 거기…… 아니 그게 아니라…… 하…….."

방에 있어야 할 그가 왜 지금 이곳에 있는지. 당혹스러움에 말까지 더듬으며 진정되지 않은 심장은 한계를 모르고 내달리고 있었다.

"놀라게 할 생각은 아니었는데. 미안."

불이 꺼진 응접실, 칠흑같이 어두운 바에 앉아 혼자서 와인을 마시고 있던 조프였다.

"아. 아니에요. 저는 응접실에 불이 꺼져 있어 당연히 방에 계신 줄 알고……."

"아직…… 안 잤나?"

"네. 잠이 잘 안 와서……. 아니 그게 아니라 목, 목이 말라서요! 아까 와인을 많이 마시긴 했나 봐요. 갈증이 나서 차가운 물 좀 마시려고……."

민망함에 주절주절 말이 길었다.

"그럼 전 이만."

"물, 안 마셔?"

"네?"

"물 마시러 나왔다며. 물은 마시지도 않고 그냥 들어가?"

"아. 그렇죠. 마셔야죠."

생수는 또 언제 손에서 놓쳐 버렸을까. 스스로 생각하기에도 바보 같은 모습

에 애끓은 입술만 괴롭히게 되는 제이다.

"자, 이거 마셔."

그가 건네는 생수를 조심스레 받아 마시는데 꿀꺽꿀꺽 목을 타고 넘어가는 소리는 왜 그렇게 크게 느껴지는지.

"쉬시는데 방해해서 죄송해요. 그럼. 전 이만."

"와인…… 한 잔 더 하겠어?"

"……네?"

"나도 잠이 잘 안 와서. 혼자 마시기 적적했는데, 같이 한잔하지."

"아…… 네. 그럼. 한 잔만……."

제이의 생각 회로가 복잡하게 얽혀 들고 있었다. 칠흑같이 어두운 공간에서 지금 가장 마주하지 않았으면 했던 사람과 이 늦은 시간에 와인이라……. 어색하고 부자연스러운 느낌을 지울 수가 없었다. 이 상황을 어떻게 대처해야 할지 혼란스럽기만 한데 와인 잔은 이미 눈앞에 성큼 다가와 있었다.

고요한 사방. 꿀꺽 와인을 넘기는 소리가 없었다면 그가 자리에 있는지도 모를 만큼 무거운 정적만이 두 사람을 감싸고 있었다. 그는 왜 아무 말이 없는지 자신은 왜 아무런 말도 꺼낼 수가 없는지. 숨조차 편하게 쉴 수 없는 공간에서 제이는 애끓은 와인 잔만 만지작거리다 참다못해 홀짝홀짝 와인을 마셨다.

그렇게 말없이 한 모금, 두 모금 마시다 보니 어느새 잔이 비워졌고 어색함을 감추려 다시 와인을 따르려 하는 순간 그에게 손목이 잡혀 버렸다.

조프는 가만히 제이가 들고 있던 와인을 한쪽으로 치웠다.

"우린…… 지금 와인이 필요한 건 아닌 것 같아."

무겁도록 가라앉은 그의 목소리였다. 제이가 앉아 있는 바 체어를 자신의 앞으로 빙글 돌려세워, 조심스레 손을 들어 제이의 뺨을 어루만졌다.

"지금부터 정확히 셋을 셀 거야. 당신이 나를 원치 않는다면, 나와 같은 마음이 아니라면, 셋을 세기 전에 들어가도 좋아."

뜻 모를 그의 말에 제이의 눈동자가 갈 곳을 잃고서 요동치고 있었다.

"하나."

'가지 마!'

"……."

떨림은 멈출 생각을 하지 않고,

"둘."

'그대로 있어!'

"……."

심장의 두근거림은 이미 한계를 넘어 정신을 혼미하게 만들었다. 마지막 하나 남은 이성의 소리에 끊어질 듯 가느다란 정신의 끈을 간신히 붙들어 벌떡 일어서는데,

"셋."

'멈춰!'

"……?"

발이 그 자리에 붙어 버렸고 동시에 그의 팔이 다가와 제이를 끌어당겼다.

"이미 늦었어. 이젠 못 들어가."

"흡."

아찔한 와인 향을 머금은 차가운 조프의 입술이 제이의 입술에 곧장 내려앉았다. 조프의 성급한 입맞춤은 제이를 당황하게 만들었고 놀란 마음에 몸도 얼어 버린 듯했다. 당장 뿌리쳐야 한다고 이성의 경고대로 머리가 시키는 대로 그만해야 한다고. 여기서 멈춰야 한다고……. 하지만 이번에는 심장이…… 마음이…… 도무지 말을 듣지를 않았다.

한없이 이어질 것만 같았던 입맞춤이 서서히 멈추었다. 조프는 뜨거운 숨을 내뱉으며 고개를 떨구는 제이의 얼굴을 두 손으로 가만히 감싸 올렸다. 좀처럼 눈길을 주지 않는 제이를 끈기 있게 바라보았다. 간신히 자신의 눈으로 향하는 그녀의 불안한 눈을 마주하며 안타까움에 이를 악물어야 했다.

지금껏 단 한 번도 강제로 누군가를 안은 적은 없었다. 분명 그녀는 셋을 외

치기 전에 움직였고 그게 그녀의 뜻이라면 존중해 줘야 했다. 이미 주체할 수 없이 커져 버린, 차고 넘쳐 흘러 버린 마음을 주워 담을 수 있는 방법을 알지 못한다 해도 그녀의 마음이 나와 같지 않다면, 그녀의 마음이 아직 준비가 되지 않았다면, 지금은 물러서야 했다.

"약속. 어겨서 미안해. 방금…… 그게 당신 뜻이라면, 그렇다면 지금 들어가도 돼. 이번에는 잡지 않을게. 약속해."

그녀에게 다시 기회를 주어야 했다. 조금 늦었다 해도, 그녀의 마음을 정확히 알아야 했다.

눈물이 고여 버린 안쓰러운 모습을 뒤로하고, 제이의 얼굴을 감싼 손을 천천히 아래로 내렸다. 다시금 제 방으로 도망갈 줄 알았던 제이는 그 자리에 미동도 없이 그대로 멈춰 서 있었고 조프는 그저 말없이 제이를 지켜볼 뿐이다.

제이의 머릿속은 말 그대로 복잡하게 엉킨 실타래 같았다. 어디까지나 우연은 우연으로 끝나야 했다. 연결되어서는 안 될 선이었고 이어져서는 안 될 인연이었다.

조프만큼 자신의 마음을 어지럽히는 사람은 없었다. 그만큼 정신을 산란하게 만드는 사람도 없었고 그만큼 헷갈리게 만드는 사람도, 그만큼 웃게 만드는 사람도, 그만큼 심장이 떨리게 만드는 사람도…… 없었다.

제이는 너무 두려웠다. 분명 시간이 지나면 오늘을 후회하게 될지도 몰랐다. 아니…… 틀림없이 후회하게 될 것이었다. 어쩌면 그 이상의 상흔을 남기게 될지도.

하지만 그럼에도, 그럼에도 불구하고 자신에게도 기회를 주고 싶었다. 악몽에서 깨어날 수 있는 기회, 나쁜 기억을 새로운 기억으로 바꾸어 지옥 같은 꿈속에서 벗어날 수 있는, 어쩌면 마지막이 될지도 모를 단 한 번의 기회를…….

제이는 바닥까지 내려간 용기라는 것을 끌어 올렸다. 지루한 침묵에도 묵묵히 기다리는 그를 조심스레 올려다보며 미세한 떨림이 느껴지는 손을 들어 가만히 그의 얼굴에 가져다 대었다. 흔들림 없는 그의 뜨거운 눈빛에 의지해 천천히 다가가 그의 입술에 살며시 자신의 입술을 포개며 그동안 애써 감추었던, 애써 밀어내었던 마음을 조심스레 열어 보였다. 동시에 제이의 눈을 가득 채운 뜨거운 눈물이 방울방울 굴러떨어졌다. 그의 입술은 눈빛만큼이나 뜨거웠고, 부드럽고, 너무 달콤했다.

제이의 마음을 확인한 조프는 더 이상 망설이지 않았다. 조금의 빈틈도 없이 품에 안으며 수줍어 뒷걸음질 치는 그녀의 입술을 단번에 삼켜 버렸다.

"하."

제이의 얕은 숨소리에도 미친 듯 반응하는 자신의 심장이 제 심장이라는 게 믿어지지가 않았다. 조프는 절대 서두르지 말자고, 서둘러서는 안 된다고 자신을 다독이고 다잡으며 참고 또 참았다. 섣부른 행동으로 서툰 그녀의 마음이 다치는 일이 없도록 조심하고 또 조심했다.

"조프……."

마주한 입술 사이로 희미한 속삭임이 들려왔다.

"음."

"당신을 볼 수 있게 해 줘요."

"음?"

"너무…… 너무 어두워서 당신 얼굴이 잘 보이지 않아요. 당신이 보고 싶어요."

제이는 어둠 속에서 순간 떠오르는 형상에 흠칫했다. 분명 자신의 앞에 있는 사람은 조프라고 아무리 머릿속으로 되뇌고, 또 되뇌어도 거머리처럼 달라붙은 그림자를 떨칠 수가 없었다. 조프의 얼굴이, 봄날 햇살처럼 따뜻한 미소가 번지는 그의 얼굴이 너무 보고 싶었다.

"얼마든지."

두려움이 느껴지는 목소리에 서둘러 제이를 번쩍 안아 올려 자신의 룸으로 걸음을 옮겼다. 그 잠시 동안에도 다른 생각이 스밀 틈을 주지 않으려 제이의 입술을 물고 놓지 않았다.

제이는 어둠을 벗어나 은은한 수면 등이 주위를 밝히는 그의 방에 오고서야 비로소 안정을 되찾았다.

"잘 봐. 나야. 그 누구도 아닌 나."

"네."

조프는 뭔지는 모르지만 그녀가 두려워하는 이유가 곧 일어날 일들에 대한 과거의 나쁜 경험에 있지 않을까 막연히 생각했다.

"두려워하지 마. 난 절대 당신 해치지 않아. 다치게 하지 않을게. 긴장하지 마."

"네."

조프는 제이의 두려움을 거두려 최대한 자제하며 인내했다.

"언제든 당신이 원한다면 멈출게. 내 말 알아들어?"

"네. 알았어요."

"정말 괜찮겠어?"

조프는 죽을힘을 다해 참으면서도 제이의 마음을 배려하고 아꼈다. 그런 조프의 마음을 충분히 차고 넘치게 느낀 제이가 그에게 말했다.

"당신 말이 너무 많아요. 안아 줘요……. 지금…… 당장!"

젠장! 이 상황에 웃음이 터졌다.

'역시 보통 여자가 아니야. 분명 두려워하는 게 이렇게 눈에 빤히 보이는데, 부끄러워 눈조차 제대로 마주하지 못하면서도 예고 없이 툭 튀어나오는 저런 당찬 모습이라니. 이러니 내가 반할 수밖에!'

"기꺼이!"

그의 말을 끝으로 더 이상의 대화는 없었다. 조프는 최대한 제이를 배려하며 서두르지 않고 천천히 자신의 마음을 보여 주기 시작했다.

분명 자신에 대해 하나도 아는 게 없음에도, 그가 하는 모든 몸짓은 자신을 위로하고 있었고, 그가 하는 사랑의 언어에 제이의 몸은 마치 꿀처럼 녹아내렸다.

살짝 더워지는 공기, 그에게서 전해지는 은은한 향기, 보들보들한 이불의 감촉, 자신을 부드럽게 감싸는 그의 따뜻한 체온, 모든 게 현실처럼 느껴지지가 않았다.

제이는 난생처음 느껴 보는 생소한 감각에 놀란 것도 잠시, 뜨겁게 눈 맞추며 서로의 호흡을 나누고 두 개의 심장이 하나가 되는, 더없이 친밀한 교감에 말로는 표현할 수 없는 희열이 온몸을 타고 흐르는 듯했다. 공기의 흐름도 시간도 그대로 멈추어 버린 것 같은 마법 같은 순간, 아찔한 전류가 온몸을 관통하는 느낌에 깜짝 놀라며 바들바들 떨고 있는 제이다.

미처 참지 못하고 토해 내는 그녀의 신음 소리에 조프도 마지막까지 잡고 버티던 자제력을 던져 버렸다.

"제이, 당신 괜찮아?"

"음…… 그런 것 같아요."

"제이, 맙소사 당신…….."

조프는 묻고 싶은 말이 있었지만 속으로 삼켜야 했다. 생소한 경험에 많이 힘들었는지 제이는 이미 잠에 빠져들고 있었다.

"추워."

곁에 있던 온기가 사라지자 몸을 웅크리며 저도 모르게 웅얼거리는 제이였다.

조프는 늘 혼자 잠들던 자신의 침대 위에 그녀가 누워 있는 모습이 왜 이렇게 사랑스러운지, 제이가 깨지 않도록 등 뒤에서 가만히 감싸 안았다. 느껴지는 온기에 무의식적으로 몸을 밀착시키는 제이의 작은 움직임에 조프는 눈을 질끈 감아 버렸다. 사랑을 나눈 지 불과 몇 분이나 지났다고 다시금 차오르는 욕망에 한숨이 절로 나왔다.

'짐승도 이런 짐승이 없지. 제이, 아무래도 당신 나한테 잘못 걸린 것 같아. 그래도 당분간은…… 당신이 적응할 때까지는 억제해 볼게. 잘 될지 모르겠지 만.'

"젠장. 오늘 잠은 다 잤네."

후……. 그 밤 조프는 혼자서 두 번의 냉수욕을 더 하고 나서야 발갛게 충혈된 눈을 감을 수 있었다.

이른 새벽 제이는 어깨에 내려앉은 서늘한 공기에 흠칫 떨며 눈을 떴다. 동시에 허리춤에서 느껴지는 묵직한 무언가…….

'아…… 조프!'

간밤에 있었던 일들이 쏜살같이 제이의 머릿속을 스쳐 지나며,

'맙소사. 그대로 잠든 거야? 그대로? 미쳤어. 미쳤나 봐. 어떡해?!'

파도처럼 밀려오는 부끄러움에 온몸이 붉게 물들고 있었다. 점점 더워지는 열기에 이대로 있다가는 얼마나 더 난처한 상황을 마주하게 될지 알 수가 없어 생각이 바빠지는 제이다.

귓가에 들려오는 규칙적인 숨소리와 등에 맞닿아 있는 그의 가슴이 일정한 속도로 오르내리는 걸로 보아 그는 아직 한밤중인 듯했다. 제이는 가슴에 놓인 이불을 살며시 걷어 내고 너무나 자연스럽게 자신의 허리를 감싼 그의 팔을 조심스레 들어 천천히 그를 향해 옮겨 놓았다.

터질 듯한 긴장감에 두근거리는 심장을 부여잡고 그가 깨어나기 전에 빠져나가려 살며시 몸을 움직이는 순간, 와락 제이의 허리에 팔을 감아 당기는 조프와,

"앗!"

갑작스러운 그의 행동에 소스라치게 놀라 버린 제이였다.

"어딜 가려고? 그냥 이대로 있어. 누구 덕분에 난 한숨도 못 잤어. 그러니까 이대로…… 조금만…… 더…….."

들릴 듯 말 듯 잔뜩 잠긴 목소리가 잠에서 깬 건지 아닌지. 치워진 이불을 목 끝까지 덮어 주고는 스스럼없이 허리로 되돌아온 그의 강인한 팔을 피부로 느끼며 저도 모르게 숨을 죽였다.

모른 척 그냥 눈 감고 다시 잠을 청하기에는 감각이 예민하게 깨어 있었다. 등 뒤로 밀착된 몸에서 뿜어내는 열기는 말할 필요도 없이 목으로 느껴지는 부드러운 그의 입술, 피부를 스치며 귓가에 고스란히 파고드는 그의 따스한 호흡, 배를 어루만지는 뜨거운 그의 손까지, 너무나 친밀하게 느껴지는 그의 행동에 숨죽였던 호흡이 다시 가빠지고 있었다.

마음 같아서는 그가 다시 잠들기까지 쥐 죽은 듯 있고 싶었지만 스스로 깨어나는 감각이 두려워 저도 모르게 몸을 긴장시키며 꼬물거렸나 보다.

"제이, 긴장 풀어. 적어도 지금은 잡아먹지 않을 테니까, 아니다……. 자꾸 그렇게 움직이면…… 더 이상 참지 못할 수도……. 희망 고문이 따로 없어…… 힘들어."

느릿느릿 하는 말이 잠꼬대 같기도, 아닌 것 같기도. 중저음에 속삭이는 듯한 그의 말투와 목소리가 이렇게 듣기 좋았나? 입가에 미소가 번지며 꼼짝 않고 숨만 쉬고 있는 제이다.

그렇게 얼마나 지났을까? 그에게서 다시금 규칙적인 숨소리가 들려왔다. 이번엔 제발 깊이 잠들었기를 바라며 조심조심 그의 품에서 빠져나오는데 다행히 조프는 살짝 인상을 쓸 뿐 자세를 고쳐 눕더니 다시 잠에 빠져들었다.

'휴.'

속으로 안도의 한숨을 내쉬며 서둘러 자신의 방으로 돌아와 끈적이는 몸을 씻고 침대 위로 풀썩 쓰러지듯 누웠다.

'미쳤어. 정말 미쳤어. 기어이 일을 저질러 버렸어. 하…… 이제 그의 얼굴을 어떻게 봐야 해. 미쳤어 진짜.'

제이는 눈을 감아도 너무나 선명하게 나타나는 기억에 울상을 지으며 한참 동안이나 몸부림치다 지쳐 잠에 빠져들었다.

"헉……. 할머니…… 할머니. 안 돼. 할아버지 제발…… 가…… 가…… 제
발…… 흑흑흑. 흑흑흑……."

제이는 또다시 악몽 속으로 깊이깊이 빠져들어 갔다.

잠을 방해하는 어떤 소리에 조프의 눈이 번쩍 떠졌다. 옆자리에 있을 제이를
찾는데 아니나 다를까 그 자리에 없었다. 순간 악몽을 꾸던 제이의 모습이 스
쳐 지나며, 망설임 없이 제이가 잠든 방으로 뛰어 들어갔다. 침대에 누워 고통
스러운 신음을 내뱉는 모습이 너무나 안쓰러워 급히 다가섰다.

"제발…… 하지 마."

"제이? 제이! 일어나 봐! 꿈이야. 꿈이라고! 눈 좀 떠 봐!"

"할머니…… 안 돼. 할아버지 제발…… 가…… 흑흑흑……."

이대로 악몽에 잠겨 있게 할 수는 없었다. 빨리 깨우는 방법밖에는. 조프는
사정없이 제이를 흔들어 깨웠다.

"아악!"

날카로운 비명 소리와 함께 제이가 벌떡 일어났다. 온몸은 이미 땀으로 흠뻑
젖어 버린 채 사시나무 떨듯이 떨고 있었다. 조프는 서둘러 제이를 꼭 안고 등
을 쓰다듬었다.

"괜찮아. 괜찮아. 아무 일도 없어. 이제 괜찮아. 아무 일도 일어나지 않을 거
야."

고통스러운 꿈에서 간신히 빠져나온 제이는 한참 동안이나 흐느꼈다.

조프는 그런 제이를 꼭 끌어안고서 끊임없이 괜찮을 거라고 되뇌며 진정이
될 때까지 등을 쓸어 주고 있었다. 조금씩 떨림이 잦아들고 흐느낌을 멈추며
서서히 안정을 되찾아 가는 모습에 그제야 조프는 마음을 놓았다.

"이제 좀 괜찮아?"

대답할 힘조차 남아 있지 않았다. 간신히 고개만 끄덕이는데,

"식은땀에 옷이 다 젖었어. 갈아입어야겠다."

말을 하기가 무섭게 젖은 옷을 벗기려는 그의 모습에 놀란 제이가 조프의 손을 덥석 잡았다.

"제, 제가 할게요."

"그럴 힘이나 남아 있고?"

"그 정도는……."

목소리는 둘째 치고, 자신을 잡은 손에 힘이라고는 느껴지지 않았다. 조프는 더 이상 시간을 지체하지 않고 제이의 옷장에서 가벼운 옷을 가져와 머뭇거리는 제이의 원피스를 단숨에 벗겨 버렸다. 부끄러운지 고개를 푹 숙인 제이를 보며 서둘러 옷을 입히고 곧장 침대에 나란히 누워 제이를 품 안에 꼭 끌어안았다.

제이는 너무 지쳐 거부할 힘도 남아 있지 않았다. 아니…… 거부하고 싶지가 않았다. 오히려 그가 함께 있어 고마운 마음이 들었다. 생각 같아선 다시 눕고 싶지 않았지만 몸은 물먹은 솜처럼 무겁게 가라앉았다.

"내가 있으니 더 이상 나쁜 꿈은 꾸지 않을 거야. 그러니 눈 좀 붙여. 당신 너무 힘들어 보여."

대답을 대신한 안타까운 한숨 소리가 들려왔다.

"혹시 내 이름에 어떤 의미가 내포되어 있는지 알아?"

"아뇨. 어떤 의미예요?"

"강력한 보호자!"

제이는 그의 말에 천천히 고개를 들어 그를 바라보았다.

"내 이름에 포함된 의미 중 하나. 지금까지는 그냥 부르기 좋아서 나쁘지 않다 싶었는데, 오늘에서야 내 이름이 퍽 마음에 들어. 그러니까 당신은 아무 걱정 하지 말고 푹 자. 강력한 보호자가 이렇게 딱 버티고 있는데. 다 막아 줄게. 악몽이든 뭐든."

"……고마워요."

강력한 보호자. 강력한…… 보호자.

그저 말에 불과한데, 이상하게도 불안이 옅어지고 있었다. 다시 자고 싶지 않은데, 눈은 뜨겁기만 하고 결국 의지가 꺾인 눈꺼풀이 힘없이 내려앉았다.

다행히 평온한 얼굴로 잠이 든 제이가 다시 악몽을 꾸지 않길 바라는 마음으로 조프는 연신 제이의 등을 어루만지고 있었다.

'도대체 너에게 무슨 일이 있었던 거야? 네게 물어볼까? 아니면 네가 말할 때까지 기다려 줘야 할까? 그동안 이렇게 악몽을 꿀 때 누가 옆에 있어 줬을까? 아니면 오롯이 혼자 이 고통을 감내하고 있었을까?'

조프는 지금 당장은 해 줄 수 있는 게 없어 그저 안타깝고 답답한 마음뿐이었다.

눈부신 햇살에 조프의 눈이 먼저 떠졌다. 밤사이 다행히도 제이는 다시 악몽을 꾸지 않았다. 조프가 자고 있는 제이를 한참 들여다보고 있으니, 제이의 눈꺼풀이 파르르 떨리며 살짝 열렸다. 조프는 그런 제이의 얼굴을 사랑스럽게 쓰다듬었다.

"괜찮아?"

"음…… 네. 덕분에."

"어제. 왜 이 방으로 다시 돌아온 건지 물어봐도 될까?"

"옆에 누군가 있는 게 익숙하지가 않아서……."

실은 악몽으로 뒤척이는 모습을 그에게 보이고 싶지 않았다. 그런데 하필 또 제일 흉한 모습을 그에게 들켜 버려 속상하기만 했다.

"악몽은…… 얼마나 자주 꾸는 거야?"

기어이 물어보았다. 알고 싶었다. 할 수만 있다면 더 이상 그 꿈을 꾸지 않게 해 주고 싶었다.

"그렇게 자주는 아니에요. 1년 전부터는 정말 괜찮았는데."

그 일이 있고부터 5년을 악몽에 시달려야 했다. 신경정신과 상담을 받기 시작하면서 다행히 그 횟수가 서서히 줄었고 1년 전부터는 악몽을 꾸는 횟수가 확연히 줄어들었다.

조부모님 생각을 할 때면 악몽을 꾸게 되어 가능하면 생각하지 않으려 노력하고, 닥치는 대로 일을 하며 정신없이 시간을 보냈었다. 나름대로 잘 이겨 내고 있다고 생각했는데⋯⋯ 어제는 아나의 집착이 누군가를 떠오르게 만들었고, 조프의 할머니를 보며 자신의 할머니에 대한 그리움이 더해져 은연중에 또 악몽을 꾸면 어쩌나 했는데 우려가 현실로 다가온 것이었다.

악몽을 꾸는 약한 모습은 그 누구에게도 보이고 싶지 않았다. 리안 언니를 제외하고는 그런 모습을 보인 사람도 없었는데 하필. 여기까지 와서. 하필이면 그에게⋯⋯.

"물어볼 게 있는데 대답해 줄 건가?"

"⋯⋯아니요. 물어보지 마세요."

악몽을 꾸는 이유를 물어보고 싶었건만. 다시금 거리를 둘 것 같아 답답하지만 조금 더 기다려야 할 것 같았다.

"내가 뭘 물어볼 줄 알고?"

"네?"

"괜찮아?"

"네. 정말 괜찮다니까요?"

"아니 내 말은 어제 처음이었는데 아프지 않았어? 정말 괜찮아?"

"아⋯⋯."

순식간에 제이의 얼굴이 확 달아올랐다. 민망함에 서둘러 그에게 등을 돌리며 일어나려는데,

"어딜 가려고?"

어제처럼 그에게로 끌어당겨져 버렸다.

"그만. 일어나야겠어요."

"누구 맘대로?"

"그럼 계속 이렇게 있어요? 어. 일하셔야죠. 일! 오늘 아침에 중요한 미팅 있다고 하셨잖아요. 어제 할머니한테."

제이는 너무나 자연스레 제 배를 감싸 안은 그의 강한 팔이 아직은 어색하기만 했다.

"후…… 맘 같아서는 이대로 계속 있고 싶은데…… 그만 일어나야겠지?"

"네. 저도 오늘 바빠요."

"아직도 봐야 할 곳이 많아?"

"그럼요. 아직 둘러보지 못한 곳이 얼마나 많은데요."

"흠. 그래. 걸어 다녀도 괜찮겠어?"

"당연하죠. 늘 걸어 다녔는데요, 뭘. 새삼스럽게."

"오늘은 평소와 달리 좀 아플 것 같아서. 걸어 다녀도 괜찮겠냐고."

자신의 숨은 의도를 파악하지 못한 제이가 귀엽게 느껴져 피식 웃다 보니 제이를 안은 팔이 느슨해졌다.

제이는 그가 방심한 틈을 타 벌떡 일어나 욕실로 뛰어 들어갔다. 부끄러워 온몸을 붉히는 모습이 사랑스러워 웃음이 나면서도 제이의 악몽이 못내 신경이 쓰이는 조프였다.

"도대체 뭐야? 도대체 무슨 일인 거야……."

부디 하루빨리 마음을 열어 주기를. 조프는 그녀를 향한 걱정으로 마음 한편이 무거웠다.

욕실로 들어간 제이는 붉게 달아오른 얼굴을 찬물로 얼른 씻었다. 어쩜 저런 말을 아무렇지도 않게 자연스럽게 하는지. 다 씻고 나서 아직도 조프가 방에 있으면 어쩌나 싶어 욕실 문을 살짝 열어 보니 다행히 조프는 자리에 없었다. 서둘러 나와 옷을 갈아입고 외출 준비를 서두르며 응접실에 나오니 그가 기다리고 있었다.

"준비 다 됐어?"

"네."

"오늘은 어디 둘러볼 생각이야?"

"음, 오늘은 산미구엘 시장, 라스로사스 빌리지?"

"오늘은 쇼핑하는 날인가?"

"이곳 사람들의 사는 모습을 직접 들여다보고 싶어서요. 뭐, 쇼핑도 하고."

"정말 괜찮겠어? 걸어 다니기 불편하지 않아?"

끙. 제이는 그의 말에 절로 앓는 소리가 나올 듯했다.

"정말 괜찮아요. 전혀 신경 쓰지 않아도 될 만큼."

"또 얼굴 빨개지는데?"

"원래가 이렇게 짓궂어요?"

그에게도 이런 모습이 있을 줄은 몰랐는데, 의외로 진중함 뒤에 이런 개구쟁이 같은 모습도 있었나 보다.

"하하하하하. 당신 반응이 하도 예뻐서 그래. 당신한테만큼은 그렇게 되는데?"

"쳇."

"도중에 힘들면 언제든 전화해. 차 보내 줄게."

"그만해요 이제. 재미없어요."

"하하하. 그래. 오늘은 몇 시에 들어오지?"

제법 매섭게 노려보는 모습이 더 하면 정말 화를 낼 것 같아 이쯤에서 농담은 접어야 할 듯했다.

"글쎄요. 오후 6시쯤?"

"오늘 저녁은 나한테 시간 좀 내 줘."

"네?"

"내가 즐겨 찾는 곳이 있는데 함께 가 보자고. 분명 당신도 좋아할 거야."

"벌써부터 기대되는데요?"

"기대해도 좋아. 실망하지 않을 거야."

"네. 그럼 저녁에 봐요. 그만 나가 볼게요."

뒤돌아 나가는데 갑자기 조프가 제이의 허리를 감싸 안았다. 천천히 제이를 돌려세우며 가볍게 시작한 입맞춤이 진하고 깊게 바뀌어 제이의 혼이 빠져나갈 때쯤 간신히 입술을 떼고 마주 보는 두 사람이다.

"여기서 더 하면…… 이대로 보내 줄 수 없을 것 같은데?"

침을 꿀꺽 삼키던 제이가 순식간에 조프의 품에서 도망쳐 나갔다.

"하, 너무 빨라……."

미처 해소되지 못한 욕망에 흥분으로 잔뜩 부푼 몸이 아려 오는 조프와 문을 등지고서 터질 듯한 심장을 움켜쥐고 오도 가도 못하는 제이었다.

촉촉한 입술에 그의 흔적이 여전히 남아 있었다.

'멈춰야 하는데…… 여기서 멈춰야 하는데…… 이렇게 자꾸 그에게 마음이 가면 안 되는데.'

저도 모르게 긴 한숨이 흘러나왔다.

제이는 잔뜩 무거워진 마음으로 터벅터벅 걸어 나왔다.

"안녕하세요? 오늘도 일찍 나가시네요?"

"네. 아직도 보고 싶은 곳이 많아요."

"그렇죠? 보면 볼수록 매력적인 곳이에요. 그나저나 지내기 불편하지 않으세요? 너무 죄송해요."

환하게 미소 짓다 말고 걱정스러운 마음으로 말을 건네는 샤넌이었다.

"아니에요. 걱정했던 것보단 괜찮아요. 그러니까 너무 마음 쓰지 마세요."

"그렇게 말씀해 주셔서 감사합니다. 제가 귀한 시간을 뺏었네요. 오늘도 즐거운 하루 보내세요."

"고마워요. 샤넌 당신도 즐거운 하루 보내요."

로비를 지날 때마다 반갑게 인사해 주던 샤넌에게 고마운 마음이 드는 동시에 아직 룸이 없다는 사실에 안도하는 모습이란…….

'정말 어쩌자는 거야……'

마음속에 품고 있던 갖가지 생각이 복잡하게 얽히고설켜 평소 같았으면 헤매지 않았을 길을 한참이나 멍하게 돌고 돌아 겨우 목적지인 시장에 도착했다.

시장에 들어선 순간 생각했던 모습과는 조금 다른 풍경을 보며 역시 혼란스러운 생각을 떨치고 마음을 비우기에 여행만큼 좋은 친구가 없다 싶은 제이다.

전통시장이라고 하기에는 너무나 세련된, 외관이 온통 유리로 둘러싸인 실내 시장이었다. 독특한 시장의 형태에 한참을 외관을 둘러보며 충분히 호기심을 채운 후에 시장 안으로 들어서는데, 마치 백화점 푸드 코트를 연상하게 만드는 깔끔하게 정돈된 모습에 다시 한번 놀라고 말았다. 게다가 곳곳에 시선을 사로잡는 특이하고 색다른 음식들을 보며 제이의 눈이 정신없이 바쁘게 돌아가고 있었다. 이윽고 한 손에는 와인을 들고서 향으로 유혹하고 눈으로 호강하는 음식을 하나씩 맛보는 재미에 흠뻑 빠지는데,

'그는 미팅을 잘 했을까? 그도 점심을 먹었을까?'

불현듯 떠오르는 그를 향한 생각에 깜짝 놀라 서둘러 머리를 털어 버렸다. 마음속에 심상치 않게 크기를 키워 가는 그가 너무 두려웠지만, 이미 돌이키기에는 늦어 버렸고 주워 담기에는 바닥에 다 스며든 물이었다.

이제 와 후회한들 뾰족한 수도 없기에 다시 혼란스러운 마음을 털기 위해 부지런히 걸음을 옮기는 제이였다.

"이안."

"와우, 이게 누구야! 바쁘신 분께서 어떻게 여기까지 오셨을까? 연락도 없이? 그것도 친히? 오래 살다 볼 일이네."

"싱겁기는."

"그래 무슨 일이야? 할머니 말씀이 너 요즘 한창 바쁘다고 들었는데."

"어. 바쁘긴 하지."

조프는 마치 제 사무실인 듯 자연스럽게 진료실 안쪽에 마련된 룸으로 들어가 소파에 털썩 앉아 버렸다.

"무슨 일인데 표정이 그렇게 심각해. 미리 연락을 좀 주고 오지 그랬어? 다음 예약 환자 있어서 오래 시간 비우기는 힘든데."

사촌 이안은 선 굵은 미남형 외모에 위트를 겸비한 녀석으로, 보기와는 다르게 유능한 신경정신과 의사였다.

"나도 오래 있을 시간 없어. 마침 지나는 길이라 잠시 들른 거야. 물어볼 것도 좀 있고."

"그러니까 그게 뭔데? 뭐가 그렇게 궁금해서 내 진료실을 다 찾아와?"

조프는 잠시 이안을 바라보다 짧은 한숨을 내쉬며 다시 말을 꺼냈다.

"이안, 잦은 악몽은 분명 이유가 있는 거겠지?"

"뭐? 악몽을 꿨어? 그러고 보니 피곤해 보이네?"

"그렇게 보여?"

'훗. 그렇기도 하겠지. 제이 덕분에 한숨도 제대로 못 잤으니.'

잠시 엉뚱하게 흐른 생각에 피식 웃어 버렸다.

"그래! 너처럼 일만 하다가는 순간 훅 간다고! 가끔은 쉬어 가는 것도 나쁘지 않잖아? 그건 그렇고, 무슨 일이야? 한두 번의 악몽으로 날 찾아오지는 않았을 테고, 얼마나 됐어?"

"뭐가?"

"악몽을 꾸기 시작한 게."

"글쎄. 그걸 잘 모르겠네."

"대충, 대충이라도 생각해 봐."

제법 표정이 심각해지는 조프를 보며 이안이 걱정스레 물었다.

"1년 전부터는 정말 괜찮았다고 했으니…… 설마…… 그 훨씬 이전부터라는 소린가?"

"너 아니야?"

"어."

"그럼 누구?"

"……그건 네가 알 거 없고."

"제이구나?"

"그걸 네가 어떻게 알아?"

정색하며 말하는 조프다. 안 그래도 파티 때 계속 제이의 곁에 맴도는 녀석이 눈엣가시였는데, 저 자식이 제이가 악몽을 꾸는 걸 어떻게 아는지.

"뭐야? 진짜야? 혹시나 해서 넘겨짚었는데 너 딱 걸렸어!"

"이 자식이 진짜! 할머니께는 절대로 말하지 마 알았어? 말하면 너 정말 가만 안 둬!"

파티 때 그녀를 보는 조프의 눈빛이 심상치 않다 싶기는 했는데, 이렇게 발끈하는 모습을 보아하니 보통 사이는 아닌 듯했다.

"알았다. 알았어. 그나저나 악몽을 뭐 어떻게 꾸길래? 네가 보기에 그냥 넘어갈 정도가 아니었나 봐? 나까지 찾아온 걸 보니?"

"어."

"흠…… 일단 내가 직접 보지를 못했으니 뭐라 말하기가 곤란한데? 악몽을 꾸는 이유는 워낙 다양해서 말이야. 이를테면 근래에 근심 걱정 할 일이 있다거나, 평소보다 좀 무리를 해서 피로가 많이 누적됐다거나, 혹은 무언가 두려운 요소가 있을 때? 워낙 다양해. 그런데 1년 이상이다? 그렇다면 단순한 악몽이 아닐 거야."

대개 오랜 기간 나타나는 악몽은 단순한 경우가 아닐 가능성이 컸고, 진심으로 걱정하는 듯한 조프의 표정을 보아하니 생각보다 악몽이 심각한 건 아닐까, 이안은 걱정이 되었다.

"내가 보기에도 그래. 악몽을 꿀 때 보면 온몸을 적실 정도로 식은땀을 많이 흘리는 건 둘째 치고, 잠에서 깨어난 뒤로도 쉽게 진정이 되지가 않아. 다시 잠들기를 두려워하는 것 같기도 하고."

"단순히 악몽으로 보기보다는 외상 후 스트레스 장애의 가능성을 염두에 두고 검사를 좀 해 보는 게 좋을 것 같은데?"

"외상 후 스트레스 장애?"

"어. 이것 역시 원인은 굉장히 다양해. 이를테면 과거 충격적인 사건을 직접 경험했거나, 목격했을 때? 다 그런 건 아니지만 일부에서 그런 현상이 나타나기도 해. 불안에 의해서 자율신경계의 반응이 과도하게 증가하는 것은 물론, 혈압이나 심박동이 증가하게 되고, 그에 따라 비정상적인 수면 구조를 보이는 거지."

이안은 미간을 잔뜩 찌푸린 채 제 말에 집중하는 조프를 보며 급히 말을 이었다.

"그렇게 되면 환자는 잠자는 것 자체를 두려워하게 되거나 잠을 자더라도 깊이 잘 수가 없으니 늘 피곤하고 빨리 지치고. 몸이 피곤하니 면역력도 떨어져, 신체 기능이 떨어지면 그게 또 원인이 되어 악몽을 꾸게 되는 악순환의 연속이 되는 거지."

"해결 방법은 있고? 치료는 되는 거야?"

"치료는 해 봐야 알겠지만 이미 만성이 되었을 가능성이 커서…… 시간이 좀 걸릴 수는 있겠지만 불가능하지는 않아. 그런 경우 주변의 도움이 많이 필요할 텐데……."

"그렇겠지?"

조프는 생각 이상으로 제이가 힘든 시간을 보내고 있는 건 아닌지 걱정이 더해만 갔다.

"그리고 가능한 한 빨리 진료를 받아 보는 게 좋아. 계속 방치하게 되면 공황발작이나 다른 합병증도 같이 올 수도 있으니 말이야."

소파에 여유 있게 앉아 있는 자세와는 대조적으로 심각한 표정의 조프를 보니 녀석의 마음이 보통은 이미 넘어선 모양이었다.

"자식. 진심이구나?"

"뭐가?"

"하, 아깝다. 너보다 내가 먼저 만났어야 하는 건데. 그럼 내가 다 치유해 줄 텐데."

"죽고 싶지?! 일이나 해. 바쁘다며. 나 간다."

"내가 한번 보면 좋겠는데, 언제 같이 한번 와."

장난기를 거두고 진지하게 말을 건네는 이안이었다.

"아직은. 말하기를 꺼려하는 것 같아. 조금 더, 조금만 더 기다려 보고. 수고해라. 오늘 고맙다."

말이 끝나기가 무섭게 뒤도 보지 않고 진료실을 빠져나가는 조프와,

"야! 조프! 조프!! 조프리!!! 와, 저거 진료비도 안 내고 갔어."

말은 그렇게 하면서도 조금씩 변해 가는 사촌을 보며 내심 마음이 놓여 입가에 함박 미소를 그리는 이안이다.

"뭐. 이젠 할머니도 날 들들 볶을 일은 없으시겠지?"

그간 자의 반, 타의 반으로 조프에게 짓궂은 장난을 제법 쳤는데, 이제는 왠지 끝을 내야 할 것 같은 기분에 시원섭섭한 마음이 들었다.

"어? 대표님 빨리 나오셨네요?"

차에서 잠시 업무를 보던 크리스가 생각보다 빨리 나온 조프를 반기며 차 시동을 걸었다.

"어."

"호텔로 바로 들어가시는 거죠?"

"어."

"대표님, 주말이 축제의 절정이랍니다."

"……."

"대표님?"

"……."

대체 무슨 생각을 하는지 좀처럼 대꾸가 없는 조프를 룸미러로 바라보며 크리스가 재차 불렀다.

"대표님!"

"뭐?"

"무슨 일 있으십니까? 무슨 생각을 그렇게 골똘히 하십니까?"

아닌 게 아니라 조프는 이안과의 대화가 못내 마음에 걸렸다. 한국에서 진료는 제대로 받아 봤을까? 이안과 자리를 한번 만들어 볼까? 이런저런 생각에 크리스의 말 따위는 들리지도 않는 조프였다.

"대표님?"

"하…… 크리스, 중요한 일 아니면 가만 안 둬! 무슨 일이야?"

크리스의 성화에 좀처럼 생각에 집중할 수가 없어 한숨을 쉬며 물었다.

"주말요. 페스티벌 하이라이트."

"그게 왜?"

"축제 기간에 오셨는데 남들 다 즐기는 축제 함께 즐기셔야죠?"

"내가 언제 그런 데 가는 거 봤어? 쓸데없는 소리 말고 어서 가기나 해."

"글쎄요. 오늘 약속하신 분도 그럴까요? 멀리서 오셨는데, 이렇게 유명한 축제를 그냥 넘기면 아쉽지 않으실까요?"

제이. 제이라…… 그래. 좋은 기억을 많이 심어 주면 나쁜 기억이 좀 묻히려나?

"……흠. 그래, 스케줄은?"

"넵! 오전에 팔라우에트 실무자와 최종 미팅 있습니다. 그 외에는 스케줄 쭉 비워 뒀습니다."

"알았어. 그 외에 일정은 잡지 않도록!"

"넵! 하하하하하."

크리스의 화통한 웃음소리를 들으며 조프의 미간이 살짝 구겨졌다.

"크리스, 시끄러운데 그 입 좀 닫지?"

"흠흠. 제가 너무 좋아서 그만."

"왜? 내 일에 네가 더 좋아하지?"

"그야 대표님 일이니까요! 그리고 그 페스티벌 저도 항상 보고 싶었는데 이번에야 보게 되네요."

"뭐? 그럼 네가 축제 구경하고 싶어서 내 스케줄 다 비워 둔 거란 말이야?!"

"뭐…… 제가 요즘 한국어를 정말 열심히 배우고 있는데 말입니다. 한국에 그런 말이 있더라고요. 도랑 치고 가재 잡고, 꿩 먹고 알 먹고, 누이 좋고 매부 좋고, 마당 쓸고 돈 줍고."

말로는 저도 축제를 보고 싶다고 했지만 그건 허울 좋은 핑계였다. 크리스의 머릿속에는 온통 조프에 대한 걱정으로 가득 차 있었다. 아무리 평소 자기 관리가 철저한 대표님이라 해도 이렇게 쉴 틈 없이 일만 하다가는 언제 쓰러져도 이상하지 않을 듯했다. 마침. 대표님께 좋은 인연이 생긴 것 같은 기분 좋은 예감에 적극 도와주고픈 크리스였다.

"됐고. 무슨 말이야? 그게."

"뭐, 대표님은 데이트해서 좋고, 저도 축제 구경하면서 쉴 수 있으니 서로 윈윈이라는 말씀이죠?"

"어째서? 나는 내 스케줄 비우라고 했지 너도 쉬라고 한 적 없는 것 같은데."

"네? 에이, 대표님답지 않게 또. 요즘 일이 너무 많아서 지금 다크서클이 턱까지 내려오게 생겼습니다. 얼굴 핼쑥한 거 안 보이십니까?"

"크리스."

"네. 대표님."

"말이 길다."

"네?"

"입 좀 다물라고. 시끄러워서 생각을 할 수가 없잖아, 생각을!"

점점 인내력에 한계가 오고 있었다. 크리스가 원래 이렇게 말이 많았던가. 요즘 들어 부쩍 안 하던 짓을 하는 크리스가 조프는 이상하기만 했다.

"대표님! 입이 괜히 있는 게 아니라고요. 할 말이 있으면 하고 살아야지 제가 무슨 꿀 먹은 벙어리도 아니고."

"대체 한국어 공부를 얼마나 했다고 입만 열면 한국어? 알아듣게 해 알아듣게 어?"

"도와주십시오. 저도 한창 혈기 왕성한 나이에 틀어박혀 일만 하는데 쉴 틈을 주셔야 사람도 만나고 데이트도 하고 결혼도 하죠!"

"하. 그동안 아주 불만이 많았나 봐? 일 많다고? 그래 이참에 아주 그냥 푹~ 쉬게 해 줘?"

"또 그렇게까지 말씀하시면…… 섭섭합니다."

"농담! 알았다, 알았어. 그래, 딱 하루 쉬자. 이제 얼마 안 남았잖아. 이번 미팅만 잘 마무리되면 그때 휴가 줄 테니까. 조금만 더 고생해. 고지가 눈앞이야. 흐트러지지 말고!"

"넵! 알겠습니다!"

"내일 회의 차질 없이 잘 준비하고, 실무자들 최대한 배려해서 일 처리해."

"옛썰! 휴가를 위해서 열심히 일하겠습니다!"

싱겁기는…….

크리스가 저렇게 말할 정도면 정말 일이 많기는 했던 모양이었다. 그도 그럴 것이 이번 인수합병은 여간 까다로운 게 아니었다. 규모는 지금껏 상대했던 호텔과 달리 크지 않았으나 스위트룸만 있어 주로 VIP들만 상대하는 호텔이라 그런지 권위와 자긍심이 하늘을 찔러 협상에 여간 까다로운 게 아니었다.

대개 이 정도로 협상 조건이 마음에 들지 않거나 생각했던 것만큼의 가치가 없으면 가차 없이 버리고 준비된 계획에 따라 다른 플랜을 진행하는 게 보통이었다. 찾아보면 이보다 더 훌륭한 호텔이야 충분히 또 찾을 수 있을 것이다. 하지만 조프는 이번 협상을 반드시 성사시키고 싶었다. 제이와의 추억이 깃든 이 호텔을 반드시 손에 넣고 싶었다. 그나저나 지금쯤 제이는 호텔로 돌아왔을 까?

목표했던 모든 곳을 충분히 다 둘러본 후 호텔로 돌아가려던 제이의 눈에 한 의류 매장이 들어왔고 제이는 무언가에 끌리듯 그곳으로 들어갔다.

"도와드릴까요?"

"아…… 네. 와이셔츠하고 타이, 커프스단추 찾고 있어요."

"네 이쪽으로 오십시오."

"네."

"사이즈는 어떻게 되십니까?"

"음…… 글쎄요…….."

정확한 사이즈를 몰라 머뭇거리던 제이는 마침 그와 비슷한 체격 조건을 가진 남성을 발견하고선 말했다.

"저기 계신 저분하고 비슷해요. 키가 조금 더 크긴 한데 체격은 비슷한 것 같아요."

"네 알겠습니다. 혹시 색상이나 원하는 스타일이 있나요?"

"화이트 컬러에 핏은 너무 슬림하지 않으면 해요. 나이는 30대 중반이에요. 타이는 네이비 컬러로 몇 가지 보여 주세요. 커프스단추는 화려하지 않지만 포인트를 줄 수 있는, 모던한 스타일이면 좋겠어요."

"네! 잠시만 기다려 주세요."

이내 점원이 몇 개의 와이셔츠와 타이, 커프스단추를 골라 왔다. 제이는 신중하게 살펴본 후 마음에 드는 것을 골라 선물 포장을 부탁했다. 충동적으로 들어가긴 했지만 그가 해당 브랜드의 옷을 입은 걸 본 적이 있었고 그 매장을 보자마자 자연스레 그가 떠올랐다.

정신을 차리고 보니 제이의 손에는 이미 커다란 쇼핑백이 들려 있었다.

"사기는 했는데…… 전해 줄 수는 있으려나? 이런 것쯤이야 차고 넘칠 텐데. 괜한 짓을 했나 봐."

제이는 어리석은 자신의 행동을 탓하며 서둘러 호텔로 발길을 돌렸다. 시간에 맞추려 분주하게 움직였음에도 제이는 5시 20분이 되어서야 호텔에 도착할 수 있었다. 촉박한 시간이지만 최대한 빨리 샤워를 마치고 외출 준비를 서둘렀다.

평소 화장을 잘 하지 않지만 날이 날이니만큼 어느 정도는 메이크업을 해야 할 듯했다. 짓궂은 그가 또 어떤 말로 당황하게 만들지 알 수 없을뿐더러 그때마다 붉게 물드는 자신의 모습이 그렇게 창피할 수가 없었다.

"이 정도면 얼굴이 붉어져도 많이 드러나지는 않겠지?"

메이크업이 마무리가 되어 갈 때쯤 노크 소리가 들렸다. 힐끔 시계를 확인해 보니 시곗바늘이 정확히 6시를 향하고 있었다.

"제이?"

"네. 전 준비 끝났어요."

대답과 함께 제이가 방문을 활짝 열었다.

"벌……써?"

"네. 6시에 보기로 한 거 아니었어요?"

"아니 맞아. 시간이 정확하네."

"누가 할 소린데요? 이렇게 정각에 맞춰 오실 줄은 몰랐어요."

조프는 또 한 번 놀랐다. 이렇게 칼같이 시간 약속을 지키던 여자가 있었던가? 조프의 기억에 딱히 떠오르는 사람이 없었다. 그 누구도. 오히려 약속 시간에 늦고도 사과는커녕 어영부영 넘어가려 했던 불쾌한 기억만 떠올랐다.

"오늘은 평소와는 좀 달라 보이는데?"

"누구 덕분에 얼굴이 자꾸 빨개져서 살짝 커버했어요."

"갑자기 나가기 싫어지는데? 그냥 있을까?"

짙어지는 그의 눈동자를 보며,

"아니요!"

제이는 또다시 발 빠르게 문으로 돌진하고 있었다. 뒤에서 들리는 그의 웃음 소리가 무슨 대수라고 메이크업을 꼼꼼히 한 게 정말 다행이라는 생각이 절로 들었다.

그와 이렇게 둘이서 차를 타고 어딘가를 가는 건 또 다른 경험이었다. 할머니께 갈 때에는 크리스가 함께였는데, 오늘은 그가 직접 운전대를 잡았다. 전방을 주시하며 운전하고 있는 그는 말도 못 하게 근사했다.

깔끔한 블랙 슈트는 한 치의 오차 없이 완벽한 슈트 핏을 자랑하고 있었고, 나비넥타이와 화이트로 포인트를 준 행커치프는 잡지에서나 보던 모델 같은 느낌마저 들었다. 제이는 자신의 심장 소리가 그에게 들릴까 조마조마했다.

조프는 자신을 바라보는 제이는 의식하지도 못한 채 온 신경을 운전에만 집중시키려 노력 중이었다. 그렇게라도 하지 않으면 당장이라도 차를 돌려 호텔로 돌아갈 것 같았다.

그녀에게서만 나는 향기가 아까부터 그의 후각을 자극하고 있었다. 차분하게 흘러내린 긴 머리카락, 과하지 않은 화장으로 더욱 돋보이는 입술, 블랙 미니 드레스 아래로 길게 뻗은 날씬한 다리, 단아한 자세 그 모든 게 조프를 흥분시키기에 충분했다.

"후. 힘든 저녁이 되겠어."

"네?"

"아니야. 그런데 지금 어디 가는지 궁금하지 않아?"

"너무 궁금해요. 기대감에 심장이 콩닥콩닥 뛰는데요?"

"다른 것 때문에 뛰는 건 아니고? 이를테면 내가 너무 멋있다거나?"

그의 능청스러운 말에 제이는 피식 웃음이 나왔다.

"지난번에 크리스와 대화할 때도 느낀 거지만 참 자기애가 뛰어난 것 같아요. 음…… 왕자병인가?"

"이 정도면 진짜 왕자 아니고?"

"풋. 뭐. 솔직히 인정하지 않을 수가 없네요."

"하하하. 인정이 너무 빠른 거 아닌가? 갑자기 전의가 상실되는데?"

자칫 어색할 것 같은 분위기를 늘 이렇게 밝게 바꿔 주는 그가 제이는 참…… 좋았다.

"자, 다 왔어. 내리지 말고 기다려!"

"그냥 내려도 되는데……."

이렇게 누군가 문을 열어 주는 게 익숙하지 않은 제이는 어색함에 애꿎은 손만 만지작거렸다. 잠시 후 문이 열리고 그의 손이 다가왔다. 내민 손을 조심스레 잡는 것만으로도 가슴이 떨려 오기 시작했다. 아니. 그가 문을 열어 자신의 눈을 마주한 순간부터. 그것도 아니. 이미 호텔에서 나오기 전부터 그와 함께한다는 기대감만으로도 가슴이 떨려 온 건 아닌지.

떠나야 한다는 걸 알면서도 계속 그를 향하고 있는 마음은 멈출 줄을 모르고 오히려 촉박한 시간만큼이나 그에게로 향하는 마음은 더 빨리, 더 깊어지는 듯했다.

'빠지면 안 되는데…… 더 깊이 빠지면 안 되는데……'

제이는 자신의 떨림이 그에게 전해지지 않기를, 부디 그가 눈치채지 못하기를 바라고 또 바랐다.

떨림을 감추며, 그의 손을 잡고 향한 곳은 마치 오래된 성 같은 느낌의 화려하고 멋진 레스토랑이었다.

"와, 세상에 맙소사…… 여긴 마치 레스토랑이 아니라 무슨 성 같아요!"

"안에서 보면 더 멋있어. 어서 들어가 보자고."

"네!"

레스토랑으로 들어서자 지배인이 마중 나오며 반갑게 그들을 맞았다.

"어서 오십시오. 이게 얼마 만의 방문이십니까? 그동안 너무 뜸하셨습니다."

"그런가?"

"네! 즐겨 찾으시던 창가 자리로 모시겠습니다. 가시죠."

"그러지."

"잘 아는 곳이에요?"

"잘 안다기보다 일 때문에 스페인에 올 때면 꼭 들르는 곳이야."

"아."

"이쪽입니다."

제이는 고개를 끄덕이며 지배인이 안내하는 자리로 발걸음을 옮겼다.

"와……."

자리에 앉으며 눈앞에 펼쳐진 풍경에 저도 모르게 두 손 모아 감탄이 터져 나오는 입을 막았다.

드넓은 하늘을 한가로이 유영하는 보슬보슬한 구름, 뉘엿뉘엿 기울어 가는 강렬한 붉은 해, 그림같이 붉게 물들어 버린 얕게 너울거리는 강.

"여긴 정말…… 세상에 너무…… 너무 아름다워요."

신이 내린 선물, 자연의 축복, 그 어떤 단어로, 그 어떤 언어로 이 풍경을 형용할 수 있을까. 눈부신 붉은 해와 강이 만나 온 세상을 붉게 물들이는 대자연의 경이로움에 사고는 이미 정지된 듯했다. 기어이 강 너머로 해가 기울 때까지 한시도 눈을 떼지 못한 제이였다.

조프는 그런 제이에게서 한시도 눈을 뗄 수가 없었다. 제이의 눈을 통해 붉게 물드는 노을을 보았다.

잠시 한눈을 팔던 제이의 눈이 조프를 향했고, 어김없이 공중에서 뜨겁게 만나 버린 눈동자. 제이는 마법 같은 이 시간이 멈추어 버렸으면…… 차라리 여기서 멈추어 버렸으면 좋겠다…… 생각했다.

"주문하시겠습니까?"

그 말과 함께 마법 같은 시간에서 깨어났다.

"제이? 특별히 먹고 싶은 음식이 있나?"

"글쎄요. 사실 지금은 밥 안 먹어도 배부른 느낌이에요."

"그럴 리가! 다시 한번 생각해 보는 게 어때?"

농담 섞인 말투에 밉지 않게 눈을 흘기는 그녀를 보니 피식 웃음이 났다.

"여기 잘 아는 곳이라고 하셨으니 알아서 주문해 주세요."

"그러지. 메인은 내가 늘 먹던 걸로, 가스파초, 해산물 파에야, 알푸하레나, 감바스, 와인은 핑구스. 제이가 마시기에는 음. 2010년산이 좋겠군."

"네. 여성분이 마시기에 탁월한 와인이죠. 준비하겠습니다."

"뭘 그렇게 많이 시켜요?"

지배인이 자리를 뜨자마자 제이가 물었다.

"글쎄? 많은 건가?"

"평소에도 오시면 그렇게 드시는 거예요?"

"전혀. 하지만 오늘은 좀 특별한 아가씨와 함께 왔잖아? 아마 다 먹을 수 있을 것 같은데?"

당황한 듯한 제이의 모습에 싱긋 웃으며 조프가 말했다.

"그럼요. 뭐. 이런 레스토랑은 음식도 조금씩 나올 텐데 그죠? 언제 또 올지도 모르는데 기회는 왔을 때 잡아야죠. 도전!"

언제 당황했냐는 듯 제이는 도전을 외치며 오른손을 들어 주먹을 불끈 쥐어 보였다.

"뭐야? 하하하."

그녀의 특이할 것 없는 사소한 말투나, 작은 행동에도 실없이 웃음이 났다. 도대체 그녀의 무엇이 자신을 이렇게 변화시키고 있는 것인지……. 살랑살랑 가슴으로 불어오는 바람이 더 이상은 싫지도 어색하지도 않다.

"참. 전부터 묻고 싶었는데, 당신은 무슨 향수를 쓰지? 늘 당신 곁을 지날 때마다 궁금했어. 어디서도 맡아 보지 못한 향인 것 같아서."

"이상해요?"

"아니. 그 반대. 좋아! 당신 향기."

별 뜻 없이 하는 말에도 제이는 괜스레 얼굴이 달아올랐다.

"한 번도 맡아 볼 수 없었던 향이 맞을 거예요. 이건 세상에 단 하나밖에 없는 향수거든요."

"응?"

"엄마가…… 직접 만들어 주셨어요. 저에게 맞는 향을 직접 골라서 블렌딩해 주신 거예요."

정서적으로 불안 증세를 보일 때 엄마가 직접 향수 만드는 걸 배워 신경 안정에 도움이 된다는 향만을 골라서 만들어 주신 그녀만의 향수였다.

"어쩐지."

"여자 향수에 관심이 있는 거예요? 아니면 많이 사 보신 건가? 향수 종류가 얼마나 많은데 제 향이 다르다는 건 어떻게 구분하신 거예요?"

"풋. 지금 한 질문은 좀 위험한데? 마치 질투하는 듯한 뉘앙스가 풍겨?"

"네에? 에이 설마. 아니에요. 그냥 신기해서, 신기해서 물어본 거예요. 다들 그냥, 향이 너무 좋네. 무슨 향수 써? 이렇게 물어보는데. 당신은 어디서도 맡아 보지 못한 향이라고 말씀하시기에 향수에 조예가 깊은가 해서."

"에이. 난 또 질투하는 줄 알고, 좋다가 말았네? 일을 하다 보면 만나야 할 사람이 많다 보니 원치 않아도 알게 되는 게 많지."

"아……."

제이는 기계적으로 대답을 하면서도 속으로는 정말 질투라는 유치한 감정이 단 한 톨도 없었는지 생각해 보았다.

'그럴 리가. 내가 뭐라고, 내가 무슨 자격으로?'

"주문하신 음식 나왔습니다."

염치없는 생각에서 빠져나올 수 있게 적절한 타이밍에 음식이 나와서 다행이었다.

"먹지."

"네. 잘 먹을게요."

제이는 그가 스푼을 드는 걸 보고서야 자신도 음식을 먹기 시작했다.

"으음~!"

한입 가득 넣고선 감탄사와 함께 눈을 지그시 감으며 음식을 음미하는 제이의 모습이라니.

"정말 맛있어요. 이게 뭐죠?"

"가스파초."

"시원하고, 상큼하면서, 안에 고기도 너무 부드러워요."

제이는 맛있게 그릇을 다 비웠고 빈 그릇을 치우기가 무섭게 다음 요리가 나왔다.

"와⋯⋯."

새로 나온 음식을 보니 절로 입이 떡 벌어졌다. 스테이크 주위로 마치 꽃을 연상시키는 듯한 소스와 화려한 플레이팅에 눈길이 머물렀다. 색감도 어찌나 예쁜지 먹기가 아까울 정도였다.

"점점 누구 닮아 가는 것 같군."

"누구⋯⋯?"

"크리스."

"크리스? 제가요? 제가 크리스 닮아 간다고요?"

"아까부터 계속 그러고 있잖아. 우와. 하. 크리스가 그래. 뭐든 감탄할 땐 턱 빠트리고 멍하게."

"음⋯⋯ 그러니까 말인즉슨 내가 멍해 보인다. 뭐. 그런 뜻인가요?"

"큽. 큭. 하하하하하. 그러니까 당신도 크리스가 그럴 때마다 멍해 보였다 그런 말인가?"

"뭐예요?!"

'픗.'

미처 참지 못한 웃음이 터져 나왔다. 제이는 한참을 웃다 말고 겨우 진정하며 그를 향해 말했다.

"너무 웃어서 눈물이 다 나네요. 크리스에게는 비밀이에요. 크리스 참 멋진 분인데 그럴 때마다 얼마나 재미있는지 몰라요."

"당신 하는 거 봐서."

"치……."

"음식 식겠어. 먹어 봐."

"네. 정말 오늘은 하루 종일 감탄하고, 놀랄 일들만 가득하네요. 음식도 정말 너무 맛있어요."

조프는 대화를 방해받기 싫어 이후로 모든 요리는 한 번에 올려 달라고 부탁했고, 역시나 음식을 보고 놀란 제이는 언제 그랬냐는 듯 하나씩 야무지게 먹어 치우고 있었다.

"이것도 입에서 살살 녹는데요? 오늘 하루 종일 걸어 다니면서 빠졌던 기운이 다시 막 살아나는 기분이에요."

"그건 송아지 고기로 만든 알푸하레나. 기운이 다시 살아난다니 다행이군. 많이 먹어."

제이의 먹는 모습만 봐도 배가 부른 조프는 천천히 와인을 마시며 제이를 지그시 바라보았다.

"음식은 입에 맞으십니까?"

지배인이 다가와 조프의 와인에 첨잔을 하며 조프와 제이에게 물었다.

"네. 음식이 하나같이 다 맛있네요? 계속 생각날 것 같아요."

"맛있게 드셔 주시니 너무 감사합니다. 와인도 함께 드시면 텁텁한 입을 깔끔하게 해 주어 음식을 좀 더 맛있게 즐길 수 있으실 겁니다."

"네. 그럴게요."

"그럼 즐거운 시간 되십시오."

인사를 건네는 지배인에게 싱긋 미소로 인사를 대신하고서 와인 잔을 들었다.

"그럼 와인도 한번."

제이는 천천히 와인을 음미했다.

"음…… 특이해요. 자두 향이 나는데요? 베리 향도 나는 것 같기도 하고."

"미각도 후각도 뛰어나군. 스페인에서 아주 유명한 와인이야. 건설이나 인테리어를 할 게 아니라 셰프를 해도 잘할 것 같은데? 음식을 먹을 줄 아는 사람이 요리도 잘한다고 하더군."

"어떻게 알았지? 저 요리 잘해요. 사실 진로 정할 때 정말 진지하게 고민했거든요. 요리를 할지, 건축을 할지……. 실은 아버지는 건축을, 엄마는 요리를 잘하세요."

"훌륭한 유전자를 고루 이어받았네. 당신이 만든 음식 먹어 보고 싶은데?"

"에이…… 그래도 조프 당신한테는 못 해 주겠어요."

그 말에 조프는 순간 심장이 덜컥 내려앉았다.

"……왜지?"

"그동안 여기저기 다니시면서 얼마나 훌륭한 레스토랑을 많이 가 봤겠어요? 그렇게 최고로만 입맛이 길들여졌는데 제가 한 평범한 음식이 당신 입맛에 맞을 리가요? 상상만 해도 민망한데요?"

"그런 뜻인가? 하하하하하."

그녀의 말에 안도감이 가슴 가득 퍼졌다. 맙소사. 겨우 한마디에 이렇게 가슴이 철렁 내려앉았다니.

"때로는…… 그럴듯하게 차려 낸 화려한 음식보다 소박하더라도 정성이 들어간 그런…… 집에서 먹는 음식이 그리울 때가 있지."

"그렇……죠?"

'나도 그럴 때가 있어요. 엄마가 해 준 따뜻한 음식…… 늘 먹던 그 따뜻한 음식이…… 편안하게 둘러앉아 이런저런 이야기 나누며 정겹고 행복했던 그 시간들 나도 그리워요…….'

조프는 제이의 테이블 앞을 똑똑 두드렸다.

"무슨 생각을 그렇게 골똘히 하나? 불러도 대답도 없고."

"아. 잠깐. 다른 생각 좀 하느라고."

'당신에게도 그런 음식을 해 줄 수 있을까요? 아마 없겠죠? 나는…… 이 여행이 끝나면 떠나야 하는데…… 당신에게 제가 손수 만든 그런 음식을…… 그건 욕심……이겠죠?'

조금씩 차오르는 눈물에 당황스러워 서둘러 와인 잔을 들어 얼굴을 가렸다. 왜 이렇게 울보가 되어 버렸는지. 제법 감정을 잘 다스리고 잘 참아 왔다고 생각했는데 요즘 들어 그 감정 조절이 쉽지가 않았다.

제이는 그런 자신의 모습이 너무 실망스러웠다. 와인을 마시며 가까스로 마음을 다스리며 말했다.

"자! 그럼 분발해 볼까요?"

"그러지. 천천히 먹어."

"네."

조프는 조금 전에 봤던 제이의 모습이 마음에 걸렸다. 왠지 모를 쓸쓸함, 외로움. 도대체 당신은 왜 그렇게 아픈 거지?

"정말 맛있게 잘 먹었어요. 이 레스토랑 잘 기억해 두었다가 꼭 다시 한번 와 보고 싶어요. 설마 없어지지는 않겠죠?"

"월드 베스트 레스토랑 1위에 선정된 곳이야. 그렇게 쉽게 없어지진 않겠지?"

"어쩐지 맛있더라니."

"훗. 이렇게 잘 먹는데 살이 찌지 않는 게 신기할 따름이야."

"제가 하루에 소모하는 에너지가 얼만데요? 이 정도는 먹어야 유지가 되죠!

워낙 많이 걷다 보니 기초대사량도 높고, 그리고 무엇보다 먹는 즐거움을 놓칠 순 없죠. 열심히 맛있게 먹고 또 열심히 두 배로 운동하고! 그러니 살찔 겨를이 없더라고요."

조프는 잘 먹는 그녀의 모습을 보며 자신이 갔던 레스토랑 중에 또 좋았던 곳이 어디였는지 곰곰이 되짚어 보고 있었다.

다 맛보게 해 주고 싶었다. 세상 가장 예쁘고 맛있고 좋은 음식은 모두.

"참. 뭐 하나 물어봐도 될까?"

"흠. 이번에는 또 뭐요? 이젠 뭐 물어본다고 하면 겁부터 나는데요?"

"이번엔 곤란한 질문은 하지 않을게. 약속하지!"

"그럼 물어보세요. 뭐요?"

"당신은 뭘 좋아하지?"

"네?"

"아. 먹는 거, 그리고 일 관련된 거 빼고 물건 중에 말이야."

"글쎄요. 그건 갑자기 왜요?"

질문의 의도를 알 수가 없었다. 물건이라면 무슨 물건을 말하는 건지 통 감이 잡히질 않아 의아한 눈으로 그를 쳐다보았다.

"궁금해서. 당신한테는 그 흔한 액세서리조차 보이지 않으니 하는 말이야. 보통의 여자들은 목걸이, 반지, 팔찌, 귀걸이가 한두 개씩은 아니, 서너 개도 하던데. 당신은 보석 종류 좋아하지 않나?"

"글쎄요. 있으면 할까? 없으면 구태여 사러 가지는 않는 것 같아요."

"왜?"

"음…… 첫 번째 이유는 그런 거 사는 돈은 좀 아까워요. 차라리 그 돈으로 맛있는 걸 먹든지, 여행을 하든지, 아니면 좀 더 실용적이고 나한테 필요한 무언가를 하는 데 쓰겠어요. 그리고 두 번째는 일하는 데 걸리적거리기도 하고요."

"반지나 팔찌는 그렇다 치고 목걸이도 걸리적거리나?"

"아, 목걸이는 저도 해요. 목이 허전해서. 그런데 여행 올 때 한국에 두고 왔어요."

"그건 또 왜?"

"혹시나 여행 와서 잃어버릴까 봐서요."

"아하."

"오늘따라 저한테 궁금한 게 많으시네요?"

"그러네. 이상하게 다 궁금하네."

"네?"

"아니야. 이제 일어나 볼까?"

"네. 이제 그만 가요."

"여기만큼이나 야경이 훌륭한 곳들이 많으니 드라이브 좀 할까?"

"네. 그래요."

조프는 복잡한 시내를 지나 관광객이 잘 찾지 않는 한적한 언덕 위에 차를 세웠다. 언덕을 올라오는 동안에도 제이는 바깥 풍경에서 눈을 뗄 수가 없었다.

그가 차를 세우자마자 서둘러 한걸음에 나가 보니 한눈에 훤히 다 내려다보이는 야경에 그만 말문이 막혀 버렸다. 눈이 시리도록 아름답고, 눈이 부시도록 황홀했다. 밤하늘에 별보다도 많은 반짝반짝 빛나는 조명들이 하나둘 모여 그야말로 장관을 연출하고 있었다.

"정말…… 너무…… 사랑스러운 곳이에요."

"그래. 너무 예쁘고, 사랑스러워."

조프는 아직도 야경만 바라보는 제이를 자신에게로 돌려세웠다. 그녀의 눈동자에 경치나 다른 무엇이 아닌 자신이 비쳐 있는 모습이 더없이 만족스러웠다.

자신의 눈으로 그녀의 눈동자를 붙잡아 두고 슈트 상의 단추를 하나하나 풀어 나갔다. 마지막 단추를 풀고 상의를 천천히 벗어 그녀의 어깨에 둘러 주었다.

제이는 그에게 홀리기라도 한 듯 그의 시선에 묶여 있었다. 어깨 위로 따뜻한 그의 체온이 감싸듯 내려앉았다. 그제서야 제법 날이 서늘했다는 걸 알아챌 만큼 넋이 나가 있었나 보다.

조프는 그녀의 차가워진 양 볼을 따뜻하게 감쌌다. 자신의 손안에 쏙 들어오는 그녀의 얼굴이 마냥 예쁘고 고왔다.

제이는 가까이 더 가까이 코앞까지 다가오는 그를 보며 눈을 질끈 감아 버렸다. 얼마나 긴장을 했는지 저도 모르게 숨을 참고 있었나 보다.

조프는 그 모습마저 사랑스러워 견딜 수가 없었다. 다시금 입가에 미소가 맴돌았다.

"제이, 숨 좀 쉬어."

"하아."

그때를 놓치지 않고 단번에 그녀의 입술을 훔쳤다. 움찔하며 한 걸음 물러서는 제이의 허리를 부드럽게 휘어 감으며 그녀의 달콤한 입술을 살짝 베어 물었다.

"아."

그녀의 입술이 살짝 벌어진 틈을 타 미끄러지듯 들어가 깊이 더 깊이 그녀를 탐했다. 부끄러워하던 그녀의 입술이 조금씩 움직이기 시작했다. 떨려 오는 그녀의 입술이, 수줍은 그녀의 입술이 조프에게 고스란히 전해졌다. 아무리 마시고 마셔도 그녀에 대한 목마름은 채워지지가 않았다. 간신히 입술을 떼고 그녀를 보았다.

제이는 부끄러움에 고개를 들지도 못하고 그의 가슴에 이마를 콩 찧었다.

그런 제이가 마냥 예쁘기만 한 조프는 허리를 살짝 숙여 그녀의 목덜미에 자신의 턱을 기대며 꼬옥 끌어안았다.

"이제 그만 갈까?"

그의 어깨 위로 그녀의 끄덕임이 느껴졌다.

차 안에 떠도는 그녀의 향기에 조프는 미칠 것만 같았다. 조프는 제이의 다리 위에 얌전히 포개 놓은 그녀의 손을 끌어다 꼭 쥐어 보았다. 자신의 손안에 쏙 들어오는 이 작은 손이 가진 힘이 무서웠다.

"신호. 바뀌었어요."

제이는 민망함에 앞만 바라보았다. 그가 이따금씩 물끄러미 자신을 바라본다는 걸 모르지 않았다. 제이는 그런 그가 좋았다. 그렇게 자신을 바라보는 그를 자신도 당당하게 마주 볼 수 있다면 얼마나 좋을까?

"아까도 이렇게 호텔이 멀었나?"

"음…… 아마도?"

"나만 멀게 느껴지나 보네."

"그건. 아닌데."

"훗."

이런 상황에서도 빈말 못 하는 제이가 미치도록 좋았다. 드디어 나타나지 않을 것 같던 호텔이 눈앞에 다가왔다.

태연하게 호텔로 들어서는 그와 달리 제이는 함께 들어오는 게 여간 민망한 게 아니었다. 늦은 밤이라 직원들이 많지 않아 그나마 다행이라 생각하며 엘리베이터에 오르는 순간 조프가 갑자기 제이를 끌어당겨 키스를 퍼부었다.

제이는 속수무책으로 떨려 오는 마음을 진정시키지도 못한 채 그에게 빠져들었다. 목적지에 다다른 엘리베이터가 다시 열리자 조프가 제이의 손을 잡고 이끌었다.

문을 열고 들어가며 다급하게 제이의 입술을 찾았다. 야경을 볼 때와는 사뭇 달라진 그의 모습에 두려움이 느껴지는 것도 잠시 온몸이 흥분으로 달아올라 제이 역시 더 이상 참을 수가 없었다. 마음이 가는 대로. 몸이 가는 대로…… 그가 이끄는 대로 열심히 따라갔다. 이러다가는 심장이 터져 죽을 것 같다 싶은 순간 멈춰 준 그가 그렇게 고마울 수가 없었다.

한 번의 열정이 지나가고 그에게 폭 안긴 채 생각에 잠겼다. 어떻게 이렇게 짧은 순간에 어떻게 이토록 깊이 빠져들 수 있을까? 이제 어떻게 다시 빠져나와야 하나⋯⋯. 일정대로라면 곧 다른 곳으로 옮겨야 하는데⋯⋯. 나는⋯⋯ 난 그를 떠날 준비가 되어 있는 걸까?

조금만⋯⋯ 조금만 더 그의 곁에 머물러도 될까? 내 욕심이 그를 다치게 하면. 아닐 거야. 그는 나만큼은 아닐 테니. 제이는 여전히 혼란스럽고 복잡했다.

조프는 제이를 꼭 끌어안았다. 그러지 않으면 금방이라도 자기 방으로 달아날 것만 같다. 품 안에 가둬 놓고 보니 그렇게 만족스러울 수가 없었다. 어떻게 이렇게 짧은 시간에⋯⋯ 어떻게 이토록 내 마음 깊은 곳에 자리했는지. 내 마음을 움직일 수 있는 힘을 가진 너를 앞으로 어떻게 해야 할까.

"대표님, 도착했습니다."

"어."

조프는 단답형으로 대답만 하며 연거푸 하품을 했다.

"아니 그러게 그렇게 피곤하시면 잠 좀 주무시지 그러셨어요! 그 긴 시간 동안 기내에서도 그렇게 일만 하시더니 어휴, 대체 밤에 잠 안 주무시고 뭐 하십니까!!"

쉬지 않고 일만 하는 조프가 불만이었던 크리스는 전용기 탑승교를 내려가면서도 쉬지 않고 잔소리를 해 대고 있었다.

"시끄러!"

사실 요 며칠 제대로 된 잠을 이루지를 못했다. 나와 함께 잠이 든 제이는 그렇게 푹 잘만 자던데.

"하~암."

연거푸 하품을 하다 보니 괜스레 억울한 생각이 들었다. 새벽이면 제이 몰래 찬물 샤워를 해야만 하는 걸 그녀는 상상이나 할까? 억울한 생각도 잠시. 자신의 품에서는 악몽을 꾸지도 않고 새근새근 잘 자는 제이를 떠올리는 것만으로도 가슴 가득 뿌듯함이 차올랐다.

흠. 내일은 재우지 말까? 하루쯤은 못 자도 괜찮지 않을까? 훗. 혼자 생각하고 상상하며 피식 웃는 모습이라니.

"그래서야 회의 참석 가능하시겠습니까? 정신이 좀 드세요?"

"하아…… 그래. 갈 때는 네 말대로 할게. 그러니 지금은 제발 그 입 좀 다물어 줄래?"

말은 이렇게 퉁명스럽게 하면서도 크리스가 자신을 얼마나 생각하는지 알기에 밉지가 않다.

J& 본사 회의실. 중요한 안건 처리를 위해 계획에 없던 임시 회의가 소집되어 회사 중역들이 한자리에 모두 모였다.

현재 조프는 팔라우에트 호텔에 묵으며 인수합병을 위한 계약서 사인만을 남겨 둔 상황이었다. 그런데, 계약을 채 마무리하기도 전에 또 다른 호텔인 바인스 그룹이 매각을 결정함에 따라 인수전에 뛰어들지 말지를 결정해야 하는 중대한 기로에 놓여 있었다.

"안녕들 하셨습니까?"

"어서 오십시오. 대표님."

조프가 인사를 하며 회의실로 들어서자 모두들 큰 목소리로 조프를 맞았다.

"자, 다들 바쁘신데 회의 빨리 진행합시다."

시간적 여유가 없는 조프가 서둘러 회의의 시작을 알렸다.

"네. 대표님. 바인스 호텔이 총체적인 관리 부실과 매출 부진으로 수년간 계속되는 적자에다 지난해 수천억 원의 대출금을 갚지 못해 파산 절차 수순에 들어간다고 합니다."

"곧 파산법원에서 법정 관리 착수에 들어갈 텐데 벌써 상위 그룹들의 움직임이 심상치 않습니다."

"세계 호텔의 체인 그룹화가 가속화되고 있는 데다 그 와중에 바인스 호텔이 시장에 나왔으니, 인수합병이 된다면 순위권 안에 있는 호텔 체인의 지각변동은 불가피할 듯합니다만."

"우리 그룹 또한 늦기 전에 준비를 해야 할 것입니다. 우리 역시 인수합병이 성공적으로만 이루어진다면 1순위로 올라가는 건 시간문제지요."

회의를 시작하자마자 쏟아지는 이사진의 의견에 다른 임원들 역시 고개를 끄덕이며 동조를 표했다. 단 한 사람을 제외하고.

"호텔 1순위라……."

조프는 냉정함과 태연함을 유지한 채 책상 위를 검지로 툭툭 두드렸다. 무언가 마음에 들지 않을 때 나오는 특유의 제스처였다.

"어떤 기준으로 말입니까?"

"네?"

"어떤 기준의 1순위를 뜻하는지 물었습니다."

"그야 물론 호텔 개수나 객실 개수로 전 세계 1위에 오를 수도 있다는 말씀이지요."

아까 발언했던 이사 중 한 명이 조프의 물음에 답을 했다.

"우리가 가진 호텔로는 부족합니까?"

"네?"

"바인스 호텔이 여러분들이 보기에 어떻습니까?"

"뭐. 좀 오래된 곳도 제법 있지만 2년 전부터 대대적인 리모델링을 진행해 오고 있고, 최근 지은 바인스의 신축 호텔은 여행자들의 선호도가 높은 호텔로 평가되고 있습니다."

"매출 부진의 원인은요?"

"리모델링에 따른 부담과 신축 호텔에 많은 비용을 투자해서……."

"분명 다른 원인들이 있을 겁니다. 바인스 호텔이 아니라 하더라도 신축 호텔은 프로모션과 이벤트가 많을 테니 당연히 여행객들의 선호도가 높을 수밖에 없는 상황이고, 리모델링을 2년 전부터 진행했다면 이미 지난해부터는 제법 매출이 올라와야 함에도 리모델링 전과 비교했을 때 상승폭에 큰 변화가 없다고 알고 있는데. 제 말이 틀립니까?"

"아. 네. 그건 그렇습니다만."

"그리고 물론 일부겠지만 컴플레인이 많이 들어온 호텔 순위에도 이름을 올린 적이 있다고 들었습니다. 무조건 호텔 개수나 객실 개수로 그룹 몸집 불리기에만 급급하지 마시고 여행자들이 우리 그룹의 이름만 듣고도 고민 없이 선택할 수 있는 신뢰를 쌓는 게 최우선이라고 생각합니다만."

조프의 말에 그 누구도 반박할 수가 없었다.

"요즘 우리 호텔은 어떤 이미지로 인식이 되어 있습니까? 인터넷, SNS, 각종 리서치 결과가 많을 텐데요?"

"네. 최근 미국, 유럽에서 조사한 리서치를 보면 세계에서 가장 가 보고 싶은 호텔 1위, 죽기 전에 가 보고 싶은 이색적인 호텔 1위, 다시 찾고 싶은 호텔 1위, 서비스가 좋은 호텔 1위, 깨끗한 호텔 1위, 가장 입사하고 싶은 회사 1위. 등 다양한 리서치에서 상위권에 자리하고 있습니다."

임원 중 한 명이 담담하게 조프의 질문에 답을 했다.

"자. 이래도 바이스 호텔 인수가 우리에게 도움이 된다고 보십니까?"

규모로 세계 1위 호텔이 아니라 하더라도, 이미 많은 부분에서 당당히 1위에 이름을 올린 J&그룹이었다. 그런데도 그룹 몸집 불리기에 혈안이 되어 나무만 보고 숲은 보지 못하는 임원들의 모습에 조프는 실망스러울 수밖에 없었다.

"……"

"제가 이번에 팔라우에트 호텔을 왜 인수하려 하는지 아직 모르십니까? 여행자에게 한번 오면 반드시 다시 오고 싶게 만드는 곳, 머물고 싶은 호텔, 추천하고 싶은 호텔. 규모 면에서 보자면 기존의 우리 호텔과는 전혀 맞지 않는 곳일지 모르나 그 호텔만이 갖고 있는 독창적 이미지와 신뢰도, 믿고 찾을 수 있는 안전한 곳. 우리가 추구하는 이미지와 참 잘 맞지 않습니까?"

"네."

"다시 한번 검토해 보세요. 바인스 호텔 인수가 우리에게 득이 될지 실이 될지. 바인스 호텔이 우리 호텔의 이미지와 과연 잘 맞을 것인지. 그리고 세계 곳곳에 있는 바인스 호텔 다 둘러보고 오세요. 어디를 얼마나 손봐야 할지. 서비스, 위생 관리, 직원 교육이 제대로 이루어지고 있는지. 인수하게 되면 발생할 문제점, 처리 방안, 그에 따른 비용까지! 아시겠습니까?"

"네!"

스무 명이 넘는 임원들이 입을 모아 대답했다. 그 후로도 한 시간이 넘은 회의는 좀처럼 쉽게 끝이 보이지 않았다.

"다음 회의 때는 좀 더 건설적이고 진취적인 모습을 보고 싶습니다. 오늘 회의는 여기까지 하죠."

회전의자를 뒤로 빼고 천천히 일어나는 조프를 보며 임원들 또한 일제히 자리에서 일어섰다.

"그럼 다음 회의 때 뵙겠습니다."

짧은 인사를 남긴 채 유유히 대회의장을 빠져나가는 조프를 보며 모두 고개를 절레절레 흔들었다. 젊은 나이에 높은 자리에 올라 처음에는 시기와 견제도 많았으나 지금은 대부분이 나이와 상관없이 그를 인정하고 존중했다.

일에 한에서만큼은 철두철미했고 할 말은 거침없이 다 하면서도 예의는 버리지 않았다. 언제 어디서나 냉철한 이성과 빠른 판단력, 그에 따른 추진력, 위기에 강하고 한번 잡은 기회는 놓치는 법이 없었다.

조프가 대표로 자리하자마자 회사의 이미지와 가치가 가파른 상승세를 보이며 J&을 지금의 이 자리에까지 끌어올렸다는 것은 괄목할 만한 성과였다. 그로 인해 임원들에게 신임을 얻은 것은 물론 직원들에게서도 막강한 지지를 받고 있었다.

"역시 우리 머리 꼭대기 위에 있습니다. 험."

"그러게 말입니다. 지금 하는 일만 해도 충분히 바쁘실 텐데 언제 다 알아보셨는지 원……."

"하…… 다들 들으신 대로 해당 부서별로 준비 잘해 봅시다."

발등에 떨어진 불을 어떻게 잘 꺼야 할지 삼삼오오 모여 대처 방안을 논의하며 무거운 걸음을 옮기는 임원들이다.

"아무래도 아직은 때가 아닌 거겠죠? 바인스 말입니다."

회의하는 내내 말없이 조프의 옆을 지키고 있다가 함께 회의실을 나서며 말을 꺼내는 크리스였다.

"그래. 지금으로서는 위험 부담이 너무 커. 그룹의 명성에 흠집 내면서까지 욕심낼 정도의 메리트가 있는 것도 아니고, 몸집 불리기에 왜 그렇게 혈안이 되어 있는지 이해할 수가 없어."

"그룹의 위상이 높아진 만큼 욕심이 더하는 거겠죠."

"그 욕심 때문에 모두 잃게 될 수도 있다는 걸 알아야지. 아직은 때가 아니야. 좀 더 지켜보자고. 이사들도 제대로만 검토한다면 자신들의 판단에 어떤 오류가 있는지 알게 되겠지."

"네. 그나저나 컨디션은 좀 어떠십니까? 회의가 생각보다 더 길어져서 많이 피곤하실 텐데요."

"괜찮아. 아직은 견딜 만해."

"이번에는 정말 가는 동안 꼭 쉬셔야 합니다!"

"풋. 그래. 알았으니까, 일 절만 하고."

크리스의 잔소리는 귓등으로 흘려버렸다.

긴 시간 따분했던 회의를 마치고 나오며 밀려오는 두통에 그 어느 때보다 제이 생각이 간절한 조프였다. 어제 자신의 품에서 너무나 평온하게 잠을 자던 그녀의 숨소리가, 그녀의 달콤한 향이 지금도 코끝에서 맴도는 듯했다.

다시 장시간 비행기를 타고 가야 한다는 게 끔찍하게 싫었지만 그럼에도 그녀를 다시 만날 생각에 입가엔 어느새 미소가 번지고 있었다.

제이는 며칠만, 며칠만 더 머무르기로 결정하고 호텔 주변에서 필요한 물건을 사고 있었다.

"어, 여기서 뭐 하십니까?"

"크리스!"

오랜만에 만난 크리스가 반가운 건지, 아니면 그와 함께 도착했을 조프를 볼 수 있다는 사실이 반가운 건지 분간이 되지 않았다.

"여기서 뵙네요. 겨우 며칠 지났는데 엄청 오랜만에 만난 기분인데요?"

"네. 그러게요. 그동안 잘 지내셨죠?"

"저야 잘 지내죠. 항상! 하하하하하. 근데 여기서 뭐 하세요?"

호탕하게 웃으며 묻는 크리스를 보니 제이는 덩달아 기분이 좋아졌다.

"아. 뭐 필요한 게 있어 이것저것 좀 사는 중이었어요."

"짐이 많은데 제가 모셔다 드리겠습니다."

"아니에요. 아직 살 게 좀 남아서요. 바쁘실 텐데 먼저 가 보세요."

양손에 들고 있는 짐을 대신 들어 주려는 크리스에게 고개를 흔들며 말리는 제이였다.

"저요? 하나도 안 바쁩니다. 지금 막 일 끝내고 오는 길이거든요."

"그럼…… 그도 호텔에 와 있나요?"

"아, 같이 오긴 했는데 대표님은 지금 다른 볼일이 있어서, 아마 늦어도 저녁 전에는 돌아오실 겁니다."

"네……."

저도 모르게 힘이 빠진 목소리가 나와 버렸다.

"뭘 더 사야 하는지 모르겠지만 제가 함께 해도 될까요? 이렇게 만났는데 혼자 짐 들고 가게 했다는 걸 알면 분명 한 소리 들을 겁니다."

"어. 그럼 염치없지만 부탁 좀 드려도 될까요? 대신 점심은 제가 살게요."

이것저것 필요한 물건만 산다고 했는데도 제법 양이 많았다. 안 그래도 혼자 들기가 버거워 호텔에 한 번 다녀와야 하나 싶었는데, 뜻하지 않은 만남에 선뜻 무게를 덜어 주는 크리스가 고맙기만 한 제이였다.

크리스 덕분에 편하게 볼일을 마친 제이는 크리스와 한 레스토랑 테이블에 마주 앉았다.

"오늘 감사해요. 덕분에 너무 편하게 다녔어요."

"별말씀을요. 사실 뵐 때마다 왠지 남 같지 않아서."

"네?"

"저도 한국인이라고, 한국 사람만 보면 괜히 반갑더라고요."

"아, 저도 여기서 우리나라 분을 보니 너무 반가워요. 크리스 당신은 특히나. 왠지 모르게 어디서 본 것 같은 기분이 들어요."

이상하게 자꾸만 눈길이 가는 얼굴이었다. 분명 본 적 없는 사람임에도 어디선가 본 듯한 기분이 들었다.

"그래요? 제 얼굴이 흔한 얼굴인가 보네요?"

"그렇지는 않은데 이상하게 낯설지가 않아요. 아, 한국에서는 어렸을 때 왔다고 하셨죠?"

"네. 뭐. 그것도 정확히 기억이 안 나긴 하지만요."

"어렸을 때 왔으면 기억 안 날 만도 하죠 뭐. 근데 몇 살 때 오셨어요?"

"음 제가 세 살 때였다고 하더라고요."

"아 정말 빨리 오셨구나. 그때부터 지금까지 계신 걸 보면 이민을 오셨나 봐요."

"아뇨. 저 입양돼서 왔어요."

뜻밖의 대답에 제이는 깜짝 놀랐다.

"어. 죄송해요. 전혀 몰랐어요."

"죄송은요, 저는 아무렇지 않아요. 뭐. 입양됐다고 하면 다들 불쌍하게 생각하고 그러는데 생각보다는 괜찮아요. 사실 인종차별 때문에 받는 스트레스는 있었지만, 다행히 저는 좋은 양부모님을 만나 덕분에 잘 지냈고요."

한두 번 겪어 본 게 아니라서 그런지 이제는 이런 반응이 대수롭지 않은 크리스였다.

"다행이에요. 정말……."

"음…… 솔직히 한국에서 오셨다고 했을 때 많이 궁금했어요. 어떤 나라일지."

"한 번도…… 안 가 보셨어요?"

"네."

"한국말…… 공부하신다고 하던데."

"대표님이 그런 말도 했어요? 뭐. 다른 욕은 안 하시고?"

"풋. 네. 늘 좋은 말씀만 하시던데요?"

가끔 크리스가 엉뚱하다고는 했지만 욕은 하지 않기에 거짓말은 아니었다.

"에이, 그럴 리가 없을 텐데?"

"정말이에요. 툴툴거려도 속정이 깊다고, 크리스가 없었으면 일하기가 참 피곤했을 거라고 하더라고요."

"음. 그건 그렇죠! 참, 요즘 제가 한국말을 배우고 있는데 우리 한국말로 대화할까요?"

"저야 좋죠. 크리스 당신만 괜찮다면요."

듣던 중 반가운 제안에 제이가 반색하며 답했다.

"좀. 어색하긴…… 한데."

한국말로 천천히 말하는 크리스였다.

"잘하시는데요? 전혀 어색하지 않아요!"

"정말이요?"

"네. 자세히 듣지 않으면 정말 한국 사람이라고 해도 믿겠어요."

짧은 문장이었지만, 발음이 상당히 좋았다. 어려서 왔으면 한국어에 대한 기억은 다 사라지고 없을 텐데, 어떻게 저렇게 발음이 좋은지 제이는 신기하기만 했다.

"저…… 한국 사람인데요?"

"어머! 죄송해요……."

천천히 한국어로 한국 사람이라 말하는 크리스의 진지한 표정에 사과하면서도 피식 웃음이 났다.

"뭐. 헷갈릴 만도 하죠? 아무튼 저도 언젠가는 한국에 가 볼 날이 오겠죠?"

"그럼요."

둘은 그렇게 한국에 대한 이야기꽃을 피우며 점심을 먹었다. 주로 크리스가 묻고 제이가 대답을 했다.

"혹시 다음에 제가 부탁할 일이 생길지도 모르겠습니다. 그땐 도와주실 거죠?"

"어떤?"

"그렇다고 긴장은 하지 마시고요. 그냥 입양 전 부모님에 대해서 알고 싶은데, 한국에 아는 사람이 전혀 없으니 쉽지가 않더라고요."

"정말 도와드리고 싶은데……."

'도와드릴 수가 없어 미안해요. 크리스…….'

여행을 마치고 돌아가면 이곳에서 있었던 일은 모두 추억으로 남아 있어야 했다. 조프와 관련해서는 특히나 더. 그와 연결이 닿을 수 있는 통로는 미연에 차단해야 했다. 하물며 그의 비서인 크리스라면 더 말할 필요도 없었다.

이렇게 뜻하지 않게 또 미안한 사람이 한 명 더 생겨 버렸다. 그렇게 크리스와 호텔 앞에서 헤어지고서 무거운 마음으로 뒤돌아서는데 불현듯이 누군가의 모습이 머릿속을 스쳐 지났다.

"맞다. 얼굴이 낯설지 않다 했더니 승철 아저씨 모습이 언뜻 보이네. 묘하게 닮았어."

제이는 크리스와 닮은 아빠 친구를 떠올리며 마냥 신기하기만 했다. 자신이 얼마나 중요한 사실을 놓치고 있는지 알지도 못한 채……

제이가 양손에 짐을 들고서 룸으로 들어서는데,

"어디 갔다가 이제 와?"

"조프! 일찍 오셨네요?"

반가움에 저도 모르게 얼굴에 화색이 돌았나 보다.

"와, 나 많이 기다렸나 봐?"

조프는 한걸음에 다가가 제이가 들고 있던 무거운 짐을 받아 들었다.

"아니. 뭐. 꼭…… 네! 저 제대로 들킨 거죠?"

"뭐야? 하하하하하."

호텔에 얌전히 있을 거라 생각지도 않았지만 막상 그녀가 없으니 그렇게 허전하고 아쉬울 수가 없었다. 그런 그녀가 자신을 보자마자 얼굴에 화색이 돌며 환하게 미소를 짓는데, 그 어떤 말보다 더 확실한 환영 인사가 아닐 수 없었다.

조프는 서둘러 오기를 너무 잘했다는 생각이 절로 들었다.

"그런데 뭘 이렇게 잔뜩 사 왔어?"

"이것저것 필요한 물건 좀 사다 보니 이렇게 됐어요."

"그럼 말하지 그랬어? 이렇게 무거운 걸, 함께 갔으면 좋았을 텐데."

"아니에요. 안 그래도 볼일 보는 중에 크리스 만났는데 많이 도와주셨어요."

"뭐야! 그런데도 짐을 여기까지 안 들어 줬단 말이야?"

"풋."

크리스가 했던 말을 그대로 하는 그를 보며 웃음이 터져 버렸다.

"왜 웃어?"

"크리스가 정확하네요. 당신을 너무 잘 아는 것 같아요."

"무슨 말이야 그게?"

"크리스가 그랬거든요. 혼자 짐 들고 가게 했다가는 분명 한 소리 들을 거라고."

"그걸 알면서 혼자 보냈단 말이야?"

"아니에요. 호텔 앞까지 들어 주셨어요. 오늘 얼마나 많이 도와주셨는데요, 호텔 앞에서부터는 제가 그냥 들고 가겠다고 우겨서 겨우 들고 온 거예요."

"그래?"

제이의 말에 만족스러운 미소를 그리며 고개를 끄덕였다.

"그럼요. 그런데 크리스 말이 당신 저녁쯤이나 돼야 온다고 해서 그런 줄 알고 있었는데, 일이 빨리 끝났나 봐요?"

"아니, 당신이 보고 싶어서 좀 서둘렀어."

그의 말이 듣기 나쁘지 않아 저도 모르게 피식 웃어 버렸다.

"왜 웃어?"

"여전히 적응 안 돼요. 낯부끄럽게……."

"부끄럽긴."

조프는 짐을 제이의 방 한편에 두고서, 따라 들어온 제이를 돌아보았다. 그러고는 천천히 고개를 숙여 제이의 입술에 다가가려는데,

"아, 안 돼요."

제이가 급히 두 손으로 입을 막으며 미간에 주름 잡는 조프에게 말했다.

"점심 먹고, 양치 제대로 못 했단 말이에요."

"흠. 전에도 했던 것 같은데? 양.치.질.하지 않고?"

"그야. 그땐 당신이 너무 갑작스럽게 해서."

"꼭 기억하지! 당신에겐 틈을 주지 말아야겠어!"

조프는 아쉬운 대로 제이의 이마에 입술을 꾸욱 눌렀다.

"아쉽지만 시간 관계상 지금은 여기까지!"

"네? 어디 가세요?"

"실은 당신과 함께 갈 곳이 있는데?"

"어디요?"

"근처에서 파블로 피아노 연주회가 있는데 가 보겠어?"

그의 말에 놀란 제이의 눈이 동그랗게 커져 버렸다.

"정말? 좋아요! 안 그래도 며칠 전에 돌아다니다가 팸플릿 보고 가고 싶었거든요. 그런데 티켓이 이미 다 매진돼서 구할 수가 없었는데 어떻게 구했어요? 아니, 그것보다 시간 얼마나 남았어요?"

"한 30분? 그 정도면 준비 가능하겠어?"

"충분해요! 빨리 준비하고 나올게요!"

조프는 총알같이 눈앞에서 사라지는 제이를 보며 또다시 심장이 간질거렸다. 생각 같아서는 음악회고 뭐고 다 취소하고 그녀를 안고 싶었지만,

"후. 참아야겠지? 저럴 때 보면 영락없이 딱 10대 소녀 같은데 말이야⋯⋯ 가만. 그런데 어째 나보다 연주회를 더 반기는 것 같지? 흠⋯⋯."

조프는 고개를 천천히 흔들며 응접실 소파에 앉아 신문을 펼쳤다. 잠시 후 외출 준비를 마친 제이가 응접실로 나왔다.

"하, 정말 그 시간에 다 한 거야? 내가 아는 여자 중에 당신처럼 빨리 움직이는 사람은 처음이야."

조프는 보던 신문을 접고 일어서며 말했다.

"흠. 그거 아주 위험한 발언이에요. 다른 여자 만나면 절대 그런 말 하지 마세요."

"다른 여자. 만나면?"

이상하게 이 말이 마음에 걸리는 조프였다.

'제이 당신이 내 곁에 있는데 왜 다른 여자를 염두에 두어야 하는 거지?'

"굉장히 선수 같아 보이거든요. '내가 아는 여자 중에' 라면 여자를 많이 만나 본 것처럼 들리잖아요? 아마 썩 기분이 좋지는 않을 거예요."

"당신은 아니고?"

"네?"

"당신은 기분 안 나빠?"

"나가요. 시간 다 되지 않았어요?"

그의 물음에 뭐라 대답할 말이 선뜻 떠오르지 않았다. 사실 아까 그 말을 했을 때 가장 먼저 떠오르는 감정이 불편하게도 질투였다. 그와 함께했었던 여자들에 대한 질투, 그와 함께했을 지나간 시간들에 대한 질투. 처음부터 결론이 정해져 있는 만남에서 절대로 가져서는 안 되는 감정.

"답을 회피하는 건 수긍한다는 의미?"

"뭐…… 당연하죠. 저도 여잔데."

조프는 제이의 답을 듣고서야 마음이 놓였다. 지금으로서는 그녀 아닌 다른 여자는 생각조차 하고 싶지 않았다.

"풋, 그러지. 앞으로는 조심하도록 하지."

"이러다 정말 늦겠어요. 얼른 가요."

"잠깐, 아까 못다 한 건 마저 해야지?"

"음?"

얼굴에 미소를 머금고 자신의 눈을 뚫어져라 바라보며 그의 입술이 천천히 내려왔다. 가까이 다가오는 그의 모습은 언제 봐도 너무나 근사하다. 그의 향이 다가온다. 그의 숨결이 느껴진다.

그녀의 입꼬리가 서서히 올라간다. 그녀의 고른 치열이 드러났다. 그녀의 향은 여전히 매혹적이다.

"어!"

"춉."

그녀에게 선두를 빼앗겨 버렸다. 제이는 다가오는 그를 보며 더 이상 참을 수가 없었다. 저도 모르게 그의 입술에 먼저 촉 하고 입을 맞춰 버렸다.

그의 놀란 눈을 들여다보는 건 또 다른 즐거움이었다. 그와 함께 지내며 느끼는 건 능청스러움, 배짱, 그리고…… 제이는 동그란 눈으로 꼼짝 않고 자신을 바라보는 그를 마주 보며 두 손으로 그의 얼굴을 소중하게 감싸고선 다시 한번 그의 입술을 훔쳤다. 닫힌 그의 입술을 조심스레 두드리고 살며시 열려 오는 그에게 망설이지 않고 들어가 버렸다. 친히 마중 나오는 그를 붙잡고 놓아 주지 않았다. 뭘 배우든 습득력이 남다른가 보다.

너무나 과감한 자신에게 또 한 번 놀라며 서서히 그를 놓아 주었다. 붉어진 자신의 얼굴을 보며 그가 웃지 않기를. 붉게 달아올라 있을 자신의 목덜미를 그가 보지 않기를 바라며 조심스레 그의 얼굴을 올려다보았다. 그의 눈빛이 유달리 반짝거렸다.

"먼저 시작한 건 당신이야. 이번엔 당연히 내 차례고!"

이번엔 조프의 입술이 다급하게 제이를 붙잡았다. 그녀와는 다르게 사정 따윈 봐주지 않았다. 시도 때도 없이 불쑥불쑥 머릿속에 떠올라 자신을 괴롭힌 만큼, 말 한 마디 한 마디에 자신의 심장을 들었다 놓았다 했던 만큼, 고스란히 다 갚아 주었다.

맙소사, 자신이 여자 앞에서 이렇게 철저하게 무너지리라고는 상상할 수조차 없었다.

"제이. 제이. 하……."

제이는 자신의 이름을 속삭이는 그의 짙은 목소리, 입가에 흩뿌려지는 그의 뜨거운 호흡에 혼이 빠져나가는 듯 정신이 몽롱해지고 있었다. 정신을 차리고 보니 이미 그의 향이 그윽한 침대 위에 누워 있었다. 한 번의 사랑이 지나간 자리에는 그들이 뿜어내는 짙은 사랑의 향기만이 그득했다.

"맙소사. 내가 무슨 짓을 한 거예요? 어떡해. 정말 가고 싶은 연주회였는데……."

"하하하하하. 그래서 지금 후회하는 건가?"

"흠…… 조금?"

"뭐야?"

장난 섞인 제이의 말이 괘씸했던 조프가 제이를 다시 옭아매려 하는데 때마침 전화벨 소리가 들려왔다.

"어? 전화……."

"내 전화는 아닌데?"

"제 전화예요. 어디 있지? 무슨 일이지…… 항상 전화는 내가 했는데."

"왜 무슨 일 있어?"

심각해 보이는 그녀의 목소리에 조프가 물었다.

"모르겠어요. 잠시만요."

이 전화번호를 아는 사람은 리안 언니 부부밖에 없는 데다, 먼저 전화를 거는 일은 절대 없을 거라고 했었기에, 무슨 일이 있는 건 아닌지 덜컥 걱정이 앞서 버렸다.

부끄러움도 잊고 드러난 몸을 이불로 대충 가리고선 침대 옆에 떨어진 클러치를 찾아 서둘러 휴대폰을 들었다.

"여보세요?"

— 제이?

"언니? 왜, 무슨 일 있어?"

— 제이 놀라지 마~

다행히 언니의 목소리가 밝아서 한시름 놓았다.

"뭐야? 뭔데 갑자기 전화해서 사람을 이렇게 놀라게 만들어?"

벨이 울리는 그 짧은 순간 머릿속을 파고드는 온갖 나쁜 상상에 얼마나 마음을 졸였는지 모른다. 혹시 태아에게 무슨 문제가 생긴 건 아닌지, 그래서 언니가 또다시 유산을 한 건 아닌지, 그것도 아니면 회사에 사고라도 난 건 아닌지. 걱정했던 게 무색하게도 해맑기만 한 언니 목소리에 긴장이 풀리며 불평 아닌 불평을 했다.

— 다 할 만하니까 했단다!

"그러니까 뭐야? 빨리 말해. 난 정말 언니한테 무슨 일 있는 줄 알고, 지금도 심장이 벌렁거린다고, 알아?"

— 있잖아~

"언니! 나 숨넘어가. 뭔데 그렇게 뜸을 들여?"

— 올해의 건축상 대상 받았어 너!

"……뭐라고?"

제이는 전혀 기대하지 않았던 소식에 혹시 잘못 들은 건가 싶어 되물었다.

— 올해의 건축상! 대상이라고 대상!

"무슨 소리야 그게. 휴 하우스가 대상이라고?"

— 그래! 우수상도 아니고 최우수상도 아니고 대상이야 대상!

"맙소사, 정말? 이번에 우재 선배도 후보에 있지 않았어?"

— 왜 아니야? 있었지.

"그런데도 내가 됐다고? 이번엔 정말 기대 안 했는데."

제이는 그제서야 실감이 나는지 함박웃음을 지었다.

— 그분은 최우수상 받았대. 지금 여기저기 전화 오고 난리도 아니야. 그렇다고 너 회사 옮기면 안 돼 알지?

"별소리를 다 해. 그것 때문에 전화한 거구나?"

— 그래! 너무 좋아서 빨리 알려 주고 싶은데, 너 전화 올 때까지 기다릴 수가 있어야지! 넌 지금 뭐 해? 어디야?

"나? 어. 어. 그게. 나가려고, 연주회 가 보려고."

제이는 갑작스러운 언니의 물음에 화들짝 놀라 버렸다. 세상에 맙소사 이 모습을 언니가 봤다면 놀라서 펄쩍 뛰다 못해 까무러칠 것이다. 본의 아니게 거짓말을 해야 하는 게 좀 불편하긴 했지만 뭐 원래 목적은 연주회였으니…….

— 연주회?

"어. 마침 근처에 피아노 연주회가 있다고 해서."

— 그래? 너 좋아하는데 잘 됐네. 행복한 시간 보내. 응?

제이 혼자 여행을 보내 놓고 걱정이 많았는데, 다행히 잘 지내는 듯한 모습에 리안의 마음도 한결 편안해졌다.

"그래. 언니도."

— 제이야.

"응?"

— 정말정말 축하해!

"고마워 언니 이게 다…… 언니 덕분이야. 알지?"

— 치. 네가 열심히 잘 해서 그렇지 뭐. 너 오면 형부가 크게 한턱 쏜다더라.

"여행 보내 줬으면 됐지 뭘 더 바라? 말씀만 들어도 감사하다고 전해 줘."

— 그래. 너무 보고 싶다.

"나도. 이제 얼마 안 남았는데 뭐."

저도 몰래 뱉은 말에 가슴이 아려 왔다. 혹시나 싶어 조프를 바라보니 그는 그저 갸우뚱하며 도대체 무슨 일인지 궁금해하는 모습이었다. 한국어를 알아듣지 못하는 게 얼마나 다행인지…….

— 그래 자세한 이야기는 와서 또 하고 얼른 가 봐. 늦을라. 즐거운 시간 보내!

"응 그래. 언니도."

— 그래. 끊어.

"응."

수상의 기쁨은 이내 사라지고 그와 헤어져야 할 시간이 다가온다는 생각에 마음이 무거워졌다.

"무슨 좋은 일 있어?"

그런 제이의 우울한 기분을 아는지 모르는지, 헐벗은 제이의 등을 부드럽게 감싸 안고 목에 자잘한 키스를 퍼부으며 질문을 하는 짓궂은 조프였다.

"아. 그게. 으음."

우울한 기분은 어디로 가고 제이는 다시금 그로 인해 정신이 분산되고 있었다.

"조프. 듣고 싶긴 한 거예요?"

"풋."

조프는 그제야 제이에게 퍼붓던 입맞춤을 멈추며 제이의 어깨에 턱을 걸치고 다시 물어보았다.

"그래. 무슨 일이야?"

"제가 만든 건축물이 올해의 건축상에 선정됐대요."

"그게 정말이야?"

"네. 이번엔 크게 기대하지 않았는데, 그렇다고 하네요."

"보는 눈만 있는 게 아닌가 보네. 실력이 상당한가 봐."

제이와 대화를 할 때면 건축물에 보이는 관심과 보는 관점이 남달라 특별하다고 생각은 했지만 실력까지 겸비했을 줄은 몰랐다. 하물며 이 좋은 소식을 감정의 동요 없이 덤덤하게 전하는 모습에 조프는 놀라지 않을 수 없었다.

"뭐 아니라고는 못 하겠네요."

"하하하, 당신은 그런 당당함이 보기 좋아."

"고마워요."

"그럼 축하 파티 할까?"

"응?"

"오늘 내가 밤새 축하해 줄게. 그러니 오늘은 잘 생각 꿈에서도 하지 말아."

"네?"

제이의 물음은 그대로 조프의 입 속으로 사라져 버리고 말았다. 조프는 그의 말대로 밤새 그만이 할 수 있는 방식으로 제이를 축하하고 또 축하해 주었다.

그의 품에서 눈뜨는 아침은 여전히 어색하고 부끄럽기만 했다. 마음은 늘 그보다 먼저 일어나 제 방으로 가려 하는데, 왜 그와 함께면 세상모르고 잠에 빠져드는지……. 악몽에 시달려 잠이라도 제대로 잘 수 있기를 기도했던 사람이 맞나 싶을 정도였다.

온몸을 휘감는 그의 온기는 제이의 마음을 점점 더 약하게 만들고. 그만 일어나야 하는데, 이 온기에서 벗어나야 하는데 좀처럼 벗어나고 싶지가 않았다. 하지만 기억 속에 고스란히 새겨진 지난밤, 그 뜨거웠던 사랑이 떠올라 제이를 더 이상 머뭇거릴 수 없게 만들어 버렸다.

오늘만큼은 자다 일어난 부스스한 모습을 그에게 보이지 않기를, 사랑에 취해 있었던 부끄러운 자신의 모습을 그에게 들키지 않기를. 그런 제이의 마음을 아는지 모르는지 눈치 없는 배꼽시계가 기어이 일을 치고 말았다.

꼬르륵~

"헉! 맙소사……."

꾸르륵~ 이렇게까지 리드미컬하게 들릴 일이야?! 밤새 적지 않았던 체력 소모에 시위라도 하듯 연이어 들려오는 소리에 얼굴이 후끈 달아올랐다. 제이는 제발 그가 못 들었기를 바라며 살금살금 빠져나가려는데,

"쿡쿡, 쿡."

흐느끼는 듯한 그의 웃음소리가 들리는 걸 보니 결국 제대로 들켜 버린 모양이다. 그는 여자의 부끄러움에 대해 모른 척해 줄 만한 배려심 따위는 없는 듯했다.

"하…… 귀도 밝아."

"하하하하하."

"이럴 땐 들어도 못 들은 척하는 거라고요."

민망함에 얼굴을 가리고 눈만 빼꼼 내민 채 이불에 몸을 꽁꽁 숨긴 모습이 절로 웃음을 자아내고 있었다.

"미안, 잠은 잘 잤어?"

"그럴 리가요!"

"왜? 잘 못 잤어?"

끄응.

"지금 그 질문을 나한테 하는 거예요? 맙소사, 축하할 일 두 번만 있었다가는 어휴."

한 번의 사랑이 지나고 잠에 빠져들 때면 다시 사랑을 속삭이고, 또 한 번 사랑의 향기에 취해 눈이 감길 때에도 끊임없이 안고 어루만지며 사랑을 표현하는 조프였다.

결국 새로운 날을 맞이하고도 한참의 시간이 지난 후에야 그의 품에서 지쳐 쓰러지듯 잠에 빠진 제이였다.

"하하하, 당신 아사하기 전에 뭐 좀 먹어야겠지?"

"모른 척 좀 해 주지."

"미안, 모른 척해 주기에는 모닝콜처럼 우렁차서 말이지."

"우렁찰 것까지야! 너무해 정말."

그를 보며 밉지 않게 눈을 흘겼다.

"뭐 좀 먹기 전에 우리 같이 씻을까?"

"네에? 아. 아니요. 저 갈래요."

제이는 말이 끝나기가 무섭게 이불을 몸에 꼭 말아 움켜쥐고 냅다 뛰는데,

"하하하하하."

조프의 우렁찬 웃음소리가 귓가를 때렸다.

쿵!

"아야!"

결국 이불에 발이 걸려 넘어져 버렸고,

"제이, 괜찮아?"

날듯이 뛰어와 걱정스레 제이를 살펴보는 조프였다. 실오라기 하나 걸치지 않은 너무나도 당당한 맨몸으로 말이다.

"제발 저리 가요."

"그렇게 천천히 가면 될 걸 뭘 그렇게 서둘러 가?"

"왜 괜히 쓸데없는 소릴 해서."

이미 몇 번이나 사랑을 나누었는데도 그의 맨몸을 보기가 부끄러워 목소리가 기어들어 갔다.

"뭐가? 같이 씻으면 안 돼? 말하고 보니 정말 해 보고 싶은데?"

"됐어요. 사람이 어떻게 부끄러운 걸 몰라요."

"뭐가 그렇게 부끄러워? 나 좀 봐."

"안 돼요! 세수도 안 하고 엉망일 텐데 어떻게 봐요?!"

조프는 자꾸 자신의 시선을 피하는 제이를 이불째 냅다 안아 올렸다.

"헛, 내려 줘요."

"싫은데?"

"무겁단 말이에요."

"무겁기는, 안은 것 같지도 않아."

"거짓말!"

"자꾸 그렇게 버둥거리면 또 키스해 버린다? 입술에만 하지 않을 거라는 건 잘 알지?"

순간 쥐 죽은 듯 얌전해지는 제이 때문에 조프는 미친 듯이 웃어 댔다.

"대체 지금 어디가 그렇게 웃겨요? 남은 민망해 죽겠는데."

"그러게. 왜 이렇게 웃긴 걸까? 미쳤나 봐 내가."

꼬르 꾸르륵~

"내가 못 살아 정말."

너무나 또렷하게 들리는 소리에 제이는 한숨이 절로 나왔다.

"푸하하하하하. 알았어, 알았다고! 내가 졌다, 졌어!"

계속 터지는 웃음을 막을 수 없어 쿡쿡거리며 세상 얌전하게 변해 버린 제이를 욕실에 살포시 내려 주었다.

"기운 없으면 말해. 기쁜 마음으로 씻겨 줄게."

"조프!"

"알았어. 얼른 씻고 나와. 룸서비스 시킬게."

"네."

"풋. 사과가 따로 없네."

그 말과 함께 너무나 태연하게 욕실을 나가는 조프였다.

어쩜 저렇게 훌렁 벗고서 어떻게 저렇게 당당하게 걸어갈 수 있는지, 그러면서도 그의 뒷모습에서 눈을 떼지 못하는 모습이라니.

"맙소사, 드디어 나도 미친 거야? 뭘 보고 있어. 보고 있길. 하……."

조프가 나가고 나서야 제이는 움켜쥐고 있던 이불을 내려놓았다.

"눈치 없이 그 상황에 꼭 울려야 해? 한 끼 굶는다고 죽어? 한 번도 아니고 너무해 진짜!"

속상함에 괜스레 배를 툭툭 치며 하소연을 퍼붓는 제이였다.

같은 시간 조프는 샤워기 아래서 쏟아지는 물줄기를 맞으며 어깨를 들썩이고 있었다. 혼자 욕실에서 그것도 샤워하다 말고 껄껄 웃고 있는 모습이라니, 이젠 그런 자신이 어이가 없어 또 웃음이 나왔다.

"하. 진짜 제대로 미쳤나 보다. 이 와중에 또 보고 싶네. 나 참."

꼬르르르륵~

"푸하하하. 너는 이제서야 알려? 직무유기다 직무유기!"

뒤늦게 공복을 알리는 자신의 위를 탓하며 다시금 제이 생각에 미소 짓고 마는 조프였다.

5

상쾌하게 샤워를 하고 나오니 보기에도 먹음직스러운 음식들이 준비되어 있었다.

"어서 와. 내가 알아서 시켰는데 괜찮지?"

"그럼요! 지금은 뭐라도 먹을 수 있을 것 같아요."

"먹은 것도 없이 우리가 소모한 칼로리가 사실 좀…… 과하긴 했지? 앞으로는 더 잘 챙겨 먹이고 해야겠다."

끙. 그와 함께 있을 땐 방심은 금물이라는 걸 잠시 잊었다. 멍청하게 스킨로션만 후다닥 바르고 나온 자신이 한탄스럽기 그지없었다.

색조 화장까지는 아니더라도 기본적인 커버는 반드시 해야겠다고 다짐 또 다짐하는 제이와 함께 며칠이나 지냈음에도 아직도 여전히 얼굴을 붉히는 그녀가 너무 예쁘고 고와서 식사 중에도 몇 번씩 뜨거운 눈길을 보내는 조프였다.

이런저런 대화를 나누며 즐겁게 식사하다 보니 어느새 배가 가득 찼다. 물을 마시며 무심코 손목시계를 확인하던 조프가 짧은 한숨을 내쉬었다.

"하…… 요즘같이 일하기 싫었던 적이 없어. 생각 같아선 종일 여기 머물고 싶네. 일만 아니면."

"오늘도 일을 해요? 정말 주말도 없네요. 그러다 몸 상하겠어요."

아쉬운 표정이 역력한 그를 보며 안쓰러운 생각이 들었다. 남들 다 쉬는 주말은 좀 쉬면 좋을 텐데.

"그러게. 잠깐 차 한잔 하고 있겠어? 난 옷 좀 갈아입고 나올게."

"네. 저는 신경 쓰지 말고 준비하세요."

그가 방으로 들어가고, 제이는 응접실에 있는 미니바에서 시원한 오렌지주스를 한 병 꺼내 들었다. 햇살이 비치는 따뜻한 창가로 가서 천천히 주스를 마시며 바깥 경치를 구경하다 보니 어느새 나갈 준비를 마친 그가 다가오고 있었다.

"오늘이 축제의 하이라이트라고 하던데 같이 가 보겠어?"

"어? 그러지 않아도 오늘은 축제 보려고 했는데."

정갈한 슈트 차림에 넥타이를 매만지며 다가오는 그는 언제 봐도 너무 멋있었고 제이는 물색없이 두근거리는 가슴을 남몰래 다스려야 했다.

"혼자 가지 말고 기다려. 함께 가 보자고."

"시간이 돼요? 오늘 중요한 일 있다고."

"오전 중에 끝날 거야. 잘하면 더 빨리 끝날 수도 있고, 끝나면 같이 가지."

"음. 네. 그럼 일 마치면 호텔로 연락 주세요. 기다릴게요."

"그래, 그럼 나중에 보자고."

고개를 끄덕이는 제이를 보며 얼굴을 가만히 어루만지더니 아쉬운 듯 둥근 이마에 입술을 내리눌렀다. 생각 같아서는 잠시 더 머물고 싶었지만 시간이 촉박했다. 서둘러 뒤돌아서 가려는데,

"잘 다녀오세요."

그녀의 목소리가 너무나도 달콤하게 조프의 귓가로 날아들었다. 순간 뜨거운 무언가가 가슴속에서 치고 올라왔다. 조프는 천천히 뒤를 돌아보았다. 그녀

와 함께 살면 이런 느낌이겠구나. 별 뜻 없이 내뱉은 말에도 명치끝이 아려 왔다.

"그래. 이따 봐."

인사를 하며 그녀를 꼬옥 안아 보았다. 꿈이 아니네.

'너라면…… 어쩌면 너라면. 해 봐도 나쁘지 않을 것 같아. 사랑이라는 것도.'

제이는 자신을 보고 미소를 띠며 가벼운 입맞춤을 하고 나가는 그의 뒷모습에서 눈을 뗄 수가 없었다.

'분명 즐거워 보였는데 뭐지? 마지막에 그 서글픈 표정은?'

제이는 그의 낯선 모습이 못내 신경이 쓰였다.

"후…… 내 코가 석 자지?"

마음이 한없이 무거워졌다. 하루만, 이틀만, 차일피일 미루다 보니 다른 여행지는 고사하고 한국으로 떠나야 할 날이 훌쩍 앞으로 다가와 있었다. 곧 돌아가야 한다는 무거운 현실이 납덩이처럼 제이의 가슴을 묵직하게 끌어 내렸다.

"무슨 사람이 저렇게나 많아? 제대로 구경이나 할 수 있으려나?"

제이는 창밖을 물끄러미 바라보며 그를 기다리고 있었다. 한참을 기다려도 오지 않아 시계를 보니 이미 정오가 다 되어 가고 있었다.

'일이 많은가 보네. 역시나 그냥 혼자 가야 할까 봐.'

전화도 없는 걸 보니 많이 바쁜 듯했다. 마냥 기다리기에는 머릿속이 너무 복잡해 차라리 혼자라도 나가 보려 아쉬운 발걸음을 옮겼다.

"앗 깜짝이야!"

"설마 혼자 가려고? 섭섭하네. 같이 가려고 얼마나 서둘렀는데?"

나가려고 문을 여는 순간 들어서는 그와 맞닥뜨렸다.

"연락이 없기에 바쁘신 것 같아서 혼자 나가려고 했죠 뭐."

"그래도 온다고 했으면 기다려야지, 여차하면 엇갈렸겠네. 잠시만 기다려. 얼른 옷 갈아입고 나올게."

"네. 천천히 하세요."

잠시 후 옷을 갈아입고 나온 그의 모습에 제이는 그만 입을 떡 벌리고 말았다. 내추럴한 청바지에 화이트 셔츠, 톤 다운된 트렌치코트에 스니커즈를 멋스럽게 갖춰 입고 나온 그의 모습은 탄성을 자아내기에 충분했다.

"그러다 침 떨어지겠는데?"

"콜록콜록. 아니 뭘 또 침까지."

"그렇게 멋있어?"

"알면서 뭘 물어요? 평소보다 딱 10년은 더 젊어 보여서 그래요."

그는 제대로 격식을 갖춘 슈트는 말할 것도 없이 캐주얼한 옷도 너무나 잘 어울렸다. 제이는 그의 모습을 하나도 빠짐없이 눈에 담고 있었다.

"참 나. 누가 할 소리! 당신은 꼭 그러고 있으니 10대 소녀 같잖아. 내가 10년을 젊어 보이면 뭐 해? 당신도 똑같이 어려 보이는걸."

제이는 평소 즐겨 입던 청바지에 화이트 셔츠, 역시 톤 다운된 트렌치코트를 입고 있었다.

"어? 그러고 보니 오늘 우리 의상이 너무 비슷한데요?"

"그걸 이제 알았어?"

"설마…… 일부러 맞추신 거예요?"

"왜 아니겠어? 아까 들어오면서 유심히 봤지! 이게 오늘 우리 드레스 코드 아닌가? 여자들은 이런 거 좋아한다던데?"

"풋. 누가 그래요?"

"크리스!"

"하하하. 두 분은 아무리 봐도 너무 잘 어울려요."

"쓸데없는 소리! 늦었는데 얼른 가지?"

"네…… 가요 우리."

제이는 오늘도 이렇게 평생 잊지 못할 추억을 하나둘 위태롭게 쌓아 갔다.

'슬퍼하지 않기, 소중한 시간 낭비하지 않기, 매 순간 감사하기, 오늘을 오롯이 즐기기.'

되뇌이며 조용히 마음에 새기는 말이었다.

축제는 그야말로 인산인해였고 제이는 유난히 들뜬 마음을 감추지 않았다. 항상 혼자 다닐 때면 저마다 가족 또는 연인, 친구들과 함께 다정하게 혹은 왁자지껄하게 돌아다니는 모습이 얼마나 부러웠는지.

하지만 오늘만큼은 혼자가 아니었다. 제이의 옆에는 같은 곳을 바라보며 함께 웃고, 서로의 눈을 마주하며 마음을 나누는 그가 함께였다. 오늘만큼은 외롭지도 슬프지도…… 행복만이 가슴을 흠뻑 적시고 있었다.

조프는 제이와 함께 손을 잡고 이곳저곳을 거닐며, 그동안 늘 혼자 다녔을 생각에 안쓰러움이 진하게 묻어 나와 제이의 손을 더 힘주어 잡았다.

제이는 늘 바쁘게 사는 그가 잠시라도 복잡한 생각을 떨치고 즐겁게 즐기기를 바라는 마음으로 활짝 웃으며 그의 손을 마주 꼭 잡아 보았다.

얼굴을 마주하며 예쁜 미소를 짓는, 말하지 않아도 흐르는 마음이었고 은연중에 전해지는 진심이었다. 그렇게 서로의 마음을 어루만지며 행복하게 축제를 즐기는 두 사람이다.

"이제 시작하나 봐요."

"그러네."

어디서 이 많은 사람들이 다 쏟아져 나왔는지, 끝없이 이어지는 인파에 놀랄 겨를도 없이 또 다른 이벤트가 시작되고 있었다.

남녀노소 할 것 없이 다양한 연령대, 다양한 체형의 사람들이 모여 서로의 팔과 팔을 엮어 지지할 받침대가 되어 주고, 그 위를 사람들이 하나둘 올라가며 인간 탑을 쌓고 있었다. 인간 탑이 한 단 두 단 올라갈 때마다 넘어질 듯 말

듯, 떨어질 듯 말 듯 한 아슬아슬한 모습은 절로 손에 땀을 쥐게 만들었고, 보는 내내 조마조마하고 안타깝고 놀라운 순간들이 이어지고 있었다.

드디어 마지막 순간, 어린아이가 겁도 없이 그 높은 탑을 향해 열심히 오르는 모습을 보며 제이는 두 손 모아 제발 무사히 잘 올라가기를 기도했다. 마침내 탑의 정상에 우뚝 서 한 손을 번쩍 들어 펼쳐 보이는, 눈으로 보고도 믿지 못할 장관에,

"말도 안 돼! 말도 안 돼! 저 어린아이가 해냈어요! 정말 해냈다고요!"

저도 모르게 온몸에 흐르는 전율을 느끼며 환호하는 제이다.

믿을 수가 없었다. 서로를 믿고 자신을 맡기지 못하면 결코 이루어 낼 수 없는, 희생과 협동의 정신을 축제의 한가운데서 마주하게 될 줄이야, 그들은 마지막까지 서로를 배려하며 조심스레 내려오고 있었고, 함께 부둥켜안으며 성공을 축하하는 물결을 보며 괜히 덩달아 코끝이 찡해 오는 제이였다.

조프는 그런 제이에게서 한시도 눈을 뗄 수가 없었다. 마치 자신이 올라가기라도 하는 것처럼 안절부절못하며 덩달아 긴장하는 모습이라니. 마지막에 탑 만들기를 성공했을 때 환호하며 자신을 바라보는 모습, 그리고 성공을 자축하는 사람들과 함께 눈물을 글썽거리던 모습은, 내리쬐는 햇살만큼이나 반짝반짝 빛이 나고 있었고, 그녀를 지켜보는 조프의 심장은 말 그대로 미쳐 날뛰고 있었다. 하루 종일 그 상태였다.

온종일 자신의 손을 꼭 잡고서 종종걸음으로 이리저리 이끌며 진심으로 축제를 즐기는 그녀를 보며 입가에 미소가 떠날 줄을 몰랐다. 조그만 일에도 감격하고 놀라고 흥분하는 모습은 왜 그렇게 사랑스러운지⋯⋯.

동그랗게 말아 올린 머리는 안 그래도 앳된 얼굴을 더 어려 보이게 만들었고, 한껏 올린 헤어스타일 덕분에 가늘고 긴 목이 훤히 드러나 끊임없이 조프를 자극하고 있었다.

"제이?"

"네?"

"잠깐 이리 와 봐."

"왜요?"

조프는 코트를 열고 그녀를 뒤에서 꼭 감싸 안았다. 그녀의 어깨에 턱을 내리고 드러난 희고 고운 목에 자신의 볼을 마주하며 부러 투정을 부렸다.

"나 힘들어."

"맞다. 일하고 와서 힘들 텐데, 내 생각만 했네. 피곤하죠, 그만 들어갈래요?"

"그게 아니라⋯⋯."

그의 뜻을 알 수 없는 말에 제이는 고개를 옆으로 살짝 돌려 그를 보며 눈썹을 올렸다. 묻는 듯한 그녀의 제스처에 조프는 허리를 꼿꼿하게 세워 제이를 더 강하게 꼭 끌어안았다.

제이는 자신의 등 뒤로 밀착된 그의 단단한 몸을 느끼고 나서야 그가 왜 힘들다고 하는지 이해할 수 있었다.

"맙소사."

속삭이듯 말하며 고개를 푹 숙이는 그녀의 귀가 그 어느 때보다 새빨개졌다.

"푸하하하."

"웃지 마요."

"하하하하하, 미안."

등 뒤로 그의 들썩이는 가슴의 떨림이 오롯이 전달되었다. 얼마나 미친 듯이 웃고 있는지 북적거리는 사람들의 시끄러운 소음 사이를 그의 웃음소리가 시원스레 뚫고 지나갔다. 제이가 팔꿈치로 계속 찌르며 눈치를 줘도 그의 웃음은 그칠 줄을 몰랐다. 이윽고 사람들의 시선이 그들에게로 하나둘 모여들자 견디지 못한 제이가 서둘러 뒤를 돌아 그의 코트 속으로 얼굴을 숨겼다.

조프는 그런 제이를 자신의 품에 안전하게 숨겨 주고선 자신 또한 웃음을 멈추려 입을 꼭 다물었으나 그게 마음처럼 쉽지가 않았다. 조프는 더 이상 참기가 힘들었다. 이제 더 이상 숨길 수도 없었고 이제 더 이상 마음에 담아 둘 수도 없었다.

"제이!"

"하지 마요. 진짜!"

"제이!"

"너무해. 진짜!"

"사랑해."

"……."

쿵!

제이는 생각지도 못했던 그의 말에 심장이 땅에 떨어지는 듯했다.

'잘못…… 들었겠지? 아닐 거야. 아니야…….'

조프는 자신의 말에 아무런 대꾸도 반응도 없어 조바심이 났다.

"제이, 사랑해. 내가 너를 사랑한다고."

다시 한번 그의 말이 제이의 마음으로 들어와 깊숙이 박혀 버렸다. 잘못 들은 게 아니었다.

'하지 말지. 그냥 하지 말지. 그럼 아무것도 모르는 척 하루만이라도. 이틀만이라도 당신 곁에 더 머물 수 있을 텐데. 그렇게 말해 버리면…… 이제 더는 당신 옆에 있을 수가 없는데. 하지 말지…… 그냥 하지 말지…….'

제이는 갑자기 가슴이 답답해졌다. 마치 가슴에 큰 바위 하나를 올려 둔 기분이었다. 범접하지 못할 그의 배경은 차치하고서라도 그와 이어져서는 안 될 이유는 셀 수 없이 많았다. 여행지가 아니었다면, 헤어질 사람이 아니었다면 그에게 이렇게 마음을 빼앗겼을까.

절대 그럴 것 같지 않았다. 먼 타국이었기에 가능한 일이었고, 당연히 헤어질 사람이라 생각했기에 짧은 시간 속절없이 마음을 다 주었을 것이다. 그마저도 이제는 끝내야 했다.

제이의 눈에는 어느새 눈물이 가득 차올라 있었다. 그의 옷을 적시게 될까

땅을 내려다보며 굵은 눈물방울을 떨구었다. 눈물을 들키지 않으려고 떨리는 팔을 들어 그의 허리를 꼭 감싸 안았다. 두방망이질하는 그의 심장 소리도, 포근하고 따뜻한 그의 가슴도, 짓궂은 그의 농담도 이제는 보내 줘야 할 때가 되었나 보다.

아무런 말없이 자신의 허리를 꼭 끌어안는 그녀를 느끼고서야 조프는 비로소 안심이 되었다. 가슴 가득 퍼지는 안도감에 자신의 코트 속에 꽁꽁 숨어 꼭 안겨 있는 그녀를 더 힘껏 안아 주었다. 평생 하지 않을 거라 생각했던 말을, 그 누구에게도 해 본 적 없던 말을 이렇게 쉽게 입 밖으로 내뱉을 수 있으리라고는 생각지도 못했다. 한번 뱉어 버리면 이렇게 쉬운 것을.

제이는 통증이 번지는 마음을 간신히 감추고 추스르며 그의 품에서 빠져나왔다. 조프는 고개 숙인 제이의 얼굴을 두 손으로 감싸 들어 올렸다. 미처 마르지 못한 눈물이 눈가에서 반짝였고 조프는 고개를 숙여 제이의 두 눈에 입술을 내렸다.

제이는 뜨거운 그의 입술이 멀어지기가 무섭게 다시 그의 품에 파고들어 있는 힘을 다해 꼭 끌어안았다. 가만히 등을 쓰다듬는 그의 작은 손짓에도 마음이 무너지는데, 어떻게 해야 하나…… 어떻게 감정을 숨겨야 하나…… 하지만 이대로 시간을 허비할 수는 없었다.

마지막인데. 이제 정말 마지막인데.

"우리 이제 그만 가요?"

"그래. 가자."

반달을 그리는 예쁜 두 눈에 활짝 핀 미소의 의미가 슬픔일 거라고는, 눈가에 반짝이는 달짝지근했던 눈물과 자신의 품을 파고들던 사랑스러운 몸짓이, 평소라면 하지 않았을 공개된 장소에서의 애정 표현이 기쁨이 아닌 다른 것이라고는 감히 상상조차 하지 못한 조프였다.

"사람이 그렇게 많은 곳에서 너무했어요."

"그렇게 사람 많은 곳에서 꼭 끌어안고 있던 사람은 누구였더라? 질식할 뻔했잖아. 너무 좋아서."

조프는 돌아오는 차 안에서 그녀의 투덜거리는 모습조차 너무 사랑스러워 견딜 수가 없었다. 호텔 주차장에 차를 세우자마자 제이에게 뜨거운 키스를 퍼부었다.

"내일은 어제 못 본 연주회 보러 가자."

"티켓이 또…… 있어요?"

"나와 사랑을 나누는 것보다 그걸 못 본 게 그렇게 서운하다는데 어떡해, 그럼? 보여 줘야지?"

"못 말려. 정말."

이안에게 하는 두 번째 부탁이었다. 음악을 좋아하는 녀석이라면 매진된 음악회 티켓 구하는 것쯤이야 일도 아닐 거라는 걸 잘 알기에 가장 손쉬운 방법이자, 동시에 가장 귀찮은 그리고 가장 확실한 방법으로 녀석에게 부탁을 했다.

처음 구해 준 티켓은 왜 사용하지 않았냐, 어렵게 구해 줬으면 잘 보기라도 할 것이지 왜 보지 않았냐 꼬치꼬치 물어서 짜증스럽기는 해도 제이의 활짝 웃는 얼굴을 한 번 더 볼 수만 있다면 그 정도의 귀찮음은 가벼이 넘어가 줄 수도 있었다.

이때까지만 해도 두 번째 티켓 역시 무용지물이 될 거라는 걸 조프는 전혀 알지 못했다.

조프는 자신의 옆에 누워 있는 그녀가 더 이상 어색하지가 않았다. 평소 같으면 발그레한 얼굴로 그만하라고 투덜투덜하거나 뾰로통한 표정으로 피곤하다며 칭얼거릴 법도 한데 오늘은 전혀. 오히려 더 열정적으로 안겨 오는 그녀가 너무 반가웠다. 덕분에 조프도 오늘만큼은 참지 않고 마음껏 자신을 풀어놓았다.

잠이 든 제이를 물끄러미 바라보며, 드러난 예쁜 이마에 살며시 입 맞추고 나서야 잠을 청하는 조프였다.

그의 고른 숨소리에, 잠이 든 것 같았던 제이의 눈이 천천히 열렸다. 항상 자신을 배려해 수면 등을 켜 두고 자신이 잠든 걸 확인하고 나서야 비로소 잠이 드는 그를 제이는 모르지 않았다. 그의 마음을 넘치게 받으면서도 그의 마음을 확인하고 싶지 않았다. 그런데 결국은…… 알아 버렸다. 더 이상은 모른 척할 수도 없었다.

오늘만큼은 그보다 먼저 잠들고 싶지 않았다. 일부러 눈을 감고 자는 척을 하며 그가 잠이 들기를……. 드디어 그가 잠이 들었는지 규칙적인 숨소리가 제이의 귓가를 간질여 천천히 감았던 눈을 떴다. 오롯이 자신만이 볼 수 있고 오롯이 자신만이 간직할 수 있는 이 순간을 제이는 하나도 빠짐없이 눈으로 보고 마음으로 만지며 가슴에 새기고 있었다.

오지 않았더라면. 여기로 오지 않았더라면. 예약이 잘못되지 않았더라면. 그때 함께 사진을 보지 않았더라면. 할머니 생신 파티에 가지 않았더라면. 그럼 당신에게 상처 줄 일 따위는 하지 않아도 될 텐데…….

미루지 말걸, 예정된 시간까지만 있을걸, 하루만 더, 딱 하루만 더. 하다 보니 하루만큼 욕심이 더 생겼고 또 하루만큼 미련이 더 남아 버렸다.

하루만큼 늦어지면 또 하루만큼 자신도, 그에게도 더 큰 상처가 될 거라는 걸 제이는 너무 늦게 깨달아 버렸다. 결국 내 욕심 때문에 결국 내 이기심 때문에 그에게 더 큰 상처만 남기게 되었다.

"미안해요. 정말 미안해요…… 여기까지 오지 말았어야 했는데…….."

제이는 터져 나오는 흐느낌을 막으며 그의 얼굴을 보고 또 바라보았다.

'그만해야지. 이제 정말 그만해야지. 마지막이야. 이게 마지막이야……. 더는 하지 말자. 더는 가지 말자. 더 이상은…… 여기까지가. 딱 여기까지만.'

그때 아나가 했던 말이 차라리 맞기를 바랐다. 그저 호기심 정도로, 그저 스쳐 지나가는 정도로 날 생각하기를, 그렇다면 하루빨리 자신을 잊고 다른 사람을 만날 수도 있겠지. 내 생각 따위야 훌훌 털어 버리고 또 다른 여자를 만나 사랑한다 말할 수도 있겠지?

제이는 전혀 알지 못했다. 그가 말하는 사랑이 어떤 의미인지…….

"오늘은 뭐 하세요?"

그의 품에 안겨 태연함을 가장한 목소리로 물었다.

"처음이네."

"뭐가요?"

"당신이 먼저 내 일정을 물어본 게."

"아. 그래요? 그렇구나…….."

"뭘 또 그렇구나야? 그냥 그렇다고. 뭐, 나쁘지 않은데? 그럼 물어봤으니 답을 해야겠지? 오늘은…… 2개월간 내 노력에 대한 보상? 혹은 결실? 말이 너무 거창한가? 최종 계약서에 사인하는 날이야."

조프는 여느 때처럼 부끄럽다 숨지도 않고 벗어나려 버둥거리지도 않는, 얌전히 제 품에 안긴 제이가 마냥 반갑기만 했다. 그녀가 자신을 떠나려 한다는 생각은 꿈에서도 할 수 없었다.

"어. 진짜 중요한 일이네요?"

"그럼. 오늘을 위해서 지난 두 달 동안 눈코 뜰 새 없이 일만 했는데? 오늘만 지나면 또 잠시 쉴 틈이 생기겠지?"

"아…… 그렇구나."

"왜?"

"네?"

"갑자기 왜 물어보는 거야? 무슨 바람이 불어서?"

"음……그냥이요."

"그런 당신은, 당신은 오늘은 뭘 할 거지?"

제이는 잠시 잠깐 고민했다.

내가 오늘 간다고 하면…… 이 사람은 나를 잡을까? 내가 오늘 간다고 하면…… 오늘 중요한 날이라고 했는데 그의 일에 지장을 주게 될까? 내가 오늘 간다고 하면…… 이 사람은 어떤 표정을 지을까? 내가 오늘…… 간다고. 말……해야 할까?

조프가 천천히 침대에서 몸을 일으켰다. 제이 역시 그를 따라 몸을 일으켜 세웠다.

"수상한데?"

"음?"

"수상하다고, 평소와 좀 달라 보이는데?"

"그냥. 오늘은 좀…… 피곤하네요."

"지난밤에 내가 너무 혹사시킨 건가? 하긴 지난 며칠간 힘들기도 했을 텐데 오늘 하루 푹 쉬지 그래?"

그의 농도 짙은 농담에도 웃음이 나오지가 않았다.

"음…… 생각……해 볼게요."

내가 뭐 그리 중요한 사람이라고. 말한다 해도 그는 일에 차질을 빚을 사람으로 보이지 않았다. 내가 뭐라고……. 그래. 겨우 며칠 함께 지낸 내가 뭐라고……. 그래도…… 만약에…… 만에 하나라도 정말 진심이라면. 진심이었다면…… 그럼 오늘이 제일 중요한 날이라는데 말하면…… 안 되겠지?

"벌써 생각 중인가?"

"아니에요. 결정했어요. 일단은 조금 더 자야겠어요."

"그래. 밤새 시달려 잠이 부족할 만도 하지. 피곤할 텐데 좀 더 자."

그런 뜻이 아니었는데. 그냥 다른 말이 딱히 떠오르지 않아 한 말인데. 또 엉뚱한 생각을 하는 그를 보며 마음이 아려 오는 제이였다.

그때 마침 그에게 전화가 걸려 왔다.

"얼른 받아 보세요."

"그래."

조프가 침대 옆 협탁에 올려 둔 휴대폰을 들어 전화를 받는 사이 제이는 서둘러 침대에서 내려와 가운을 걸쳐 입었다. 통화를 끝낸 조프가 서둘러 일어나며 말했다.

"후…… 가 봐야겠어. 요즘같이 쉬고 싶었던 적이 또 있었나 싶어."

"그럼 이번 일 끝나고 좀 쉬세요. 너무 열심히 일만 하는 것 같아 걱정돼요."

"그럴까? 그래 이번에는 좀 쉬어야겠어. 당신과 함께!"

자신의 옷을 챙기던 그가 성큼성큼 다가와 입맞춤을 했다.

"이젠 정말 가 봐야겠다. 당신은 조금 더 자. 많이 피곤해 보여."

아쉬운 마음에 제이의 얼굴을 가만히 어루만지다 출근 준비를 위해 제 방으로 돌아가려는데,

"네. 오늘…… 계약 잘 하세요."

제이의 말이 귓가에 날아들었다.

"그래…… 고마워."

조프는 제이가 마치 아내 같다는 생각을 했다. 출근하는 남편을 배웅하며 일 잘하고 오라고 기운을 북돋아 주는 그런 사랑스러운 아내. 남들처럼 평범하고 지극히 자연스러운 일상의 모습들…….

'세상에 내가 지금 무슨 생각을 하는 거야? 후……'

그녀가 미치도록 좋았지만 결혼은. 거기까지는 미처 생각지도 못한 조프였다. 그 누구라 해도 결혼만큼은, 결혼이라는 제도에 묶이는 것만큼은 사양하고 싶었다. 그런데…… 그녀라면…… 어쩌면 그녀라면 할 수 있지 않을까 하는 생각이 서서히 고개를 내밀었다.

젠장. 대체 이 여자가 뭐라고…… 대체 뭐라고 이렇게 나를 뿌리째 뒤흔들

려고 하는지, 지금까지는 할머니가 아무리 밀어붙여도 결혼까지는 생각할 수도 없었다. 사랑? 웃기는 말장난으로만 여겼다. 배경 보고 덤비는 사람들이 아무리 자신 앞에서 사랑을 떠들어 봐야 콧방귀도 나오지 않는 말장난일 뿐이라고.

지금까지 누군가 자신에게 속삭이던 사랑은 무언가 원하는 것을 얻기 위한 손쉬운 수단쯤으로밖에 여겨지지 않았다. 그깟 사랑이 뭐라고, 자신의 부모님이 남기고 간 사랑의 흔적은 지독히도 이기적이고 비겁했으며 잔인하고 날카로웠다. 그런데 왜 지금 이 조그만 여자에게서 실낱같은 희망을 보게 되는 건지…….

"나중에 보자고."

조프는 거기까지 생각이 미치자 갑자기 마음 한구석에 싸늘한 냉기가 돌았다.

"네. 그리고. 저…… 고마워요."

제이는 서둘러 방을 나서려는 그를 보며 마음이 급했다. 비록 말없이 떠날지라도 그에게 고맙다는 인사는 전하고 싶었다.

"……뭐가?"

"그냥…… 다요. 다."

"오늘 떠나기라도 하는 건가? 갑자기 고맙긴 무슨."

"……."

제이는 순간 가슴이 철렁 내려앉았다. 마땅히 대꾸할 만한 말이 떠오르지가 않아 가만히 숨죽이는데 심장은 왜 이렇게 사정없이 쿵쾅거리는지.

조프는 대답 없는 제이가 이상해서 바라보았다. 뭔가 그녀의 분위기가 평소와는 조금 다른데……. 뭐가 다른 거지? 콕 집어 말할 순 없지만 분명…… 다른데…….

그래. 그녀가 한국으로 언제 돌아간다고 했지?

"그래…… 언제 돌아가지? 지금까지 그걸 물어보지 못한 것 같군."

"음. 한국은 6일 뒤에 가요."

제이는 꽉 막혀 오는 목울대를 간신히 열고 말을 내뱉었다.

"그래. 알았어. 그럼 나중에 보자고. 진짜 늦겠네. 오늘 하루도 즐겁게 잘 보내고."

"네……."

조프가 보자 제이는 방긋 웃어 보였다. 조프는 제이가 '한국은' 이라고 했던 말을 깊게 생각하지 않았다. 한국은 6일 뒤에 돌아갈지언정 여기 이곳은 오늘이 마지막이었음을.

'이게…… 우리의 마지막이에요……. 정말…… 정말…… 고마워요…….
너무 좋은 추억만 가득 안고 갈 수 있게 해 줘서…… 정말 고마워요.'

조프는 제 방으로 돌아와 서둘러 씻었다. 제이가 한국으로 떠나기 전에 이야기를 나눠 볼 시간은 충분할 것이다. 일주일? 그때까지 자신의 마음도 정리를 해야 했다. 그녀를 계속 만날 것인지, 아니면 정리를 해야 할 것인지. 지금으로서는 정리한다는 건 생각조차 하고 싶지 않았다.

그냥 함께 지내자고 할까? 그녀라면 들어줄 수도 있지 않을까? 흠…… 일을 많이 좋아하는 것 같았는데. 일이라면 여기서도 얼마든지 할 수 있지 않을까? 아니야. 어쩌면, 어쩌면…… 그녀라면, 그래. 그녀라면 평생을 함께해도 괜찮지 않을까?

불과 한 달도 채 함께하지 않은 그녀와 지금까지와는 다르게 먼 미래까지 바라보게 되는 모습에 조프는 고개를 설레설레 흔들었다.

'미쳐도 단단히 미쳤어. 하…… 일단 오늘 일부터 잘 마무리하고 그리고 나머지는 그다음에.'

부랴부랴 준비를 마치고 제이의 자는 얼굴을 한 번 더 보고 갈까 하다가 다시 제이를 보면 정말 늦어 버릴 것 같아서 아쉽지만 바쁜 걸음을 재촉할 수밖에 없었다.

제이는 다행이라 생각했다. 조프가 나가기 전에 행여라도 제 방에 들르면 어쩌나, 다시 보면 기어이 참았던 눈물을 쏟아 낼 것 같은데 다시 오면 어쩌나 걱정했는데…….

그의 걸음 소리가 멀어지는가 싶더니 이내 문이 철컥하고 닫히는 소리가 들렸다. 동시에 제이의 눈에서는 애써 참았던 눈물이 기어이 볼을 타고 주르륵 흘러내렸다.

철컥. 제이는 풀어 뒀던 마음의 빗장을 다시 단단히 채워 버렸다.

제이는 아무리 마음을 다잡아도 한없이 수면 아래로 가라앉는 마음까지는 어쩔 도리가 없었다. 멈추지 않는 눈물을 거두지도 못한 채 짐을 정리하기 시작했다. 흐트러진 이부자리를 정돈하고, 화장대에 나열해 두었던 화장품도 하나둘 가방에 넣어 두었다.

옷장을 열어 보니 한 곳에는 자신의 옷이, 또 다른 한 곳에는…… 할머니께서 주신 드레스가 가지런히 걸려 있었다. 입었던 드레스는 클리닝해 두기를 잘했다 생각하며 원래 있던 박스에 하나, 둘 정리하고 액세서리, 구두도 하나 빠짐없이 있던 그대로 정리해서 그의 방으로 가져다 놓았다.

늘 자세히 들여다보지 못했던 그의 방을 이제야 천천히 둘러보았다. 그와 함께 웃고 함께 사랑을 나누었던 침대에 가만히 앉아 공기 중에 흩뿌려진 그의 향을 맡고 있노라니 다시금 눈물이 방울방울 차올랐다.

'오늘까지만. 못난 짓은 오늘까지만 하자. 오늘까지만 울자.'

그의 방에서 한 걸음 한 걸음 걸어 나오는 발걸음이 왜 이렇게 무겁고 힘겨운지. 더 이상 머물 수 없어 자신의 방으로 돌아와 샤워를 하는데, 뜨겁게 흘러내리는 물이 샤워기에서 흘러나오는 더운물인지, 눈에서 흐르는 눈물인지…… 알 수가 없었다.

마지막으로 정리된 방을 한번 둘러보고 손에 들린 쇼핑백을 보며 한참을 망설이다 결국은 응접실 테이블 위에 가만히 올려 두었다. 지난번 쇼핑하다가 불현듯 생각이 나 구입했던 그를 위해 준비한 선물이었다.

"안녕……."

'내 꿈 같은 시간. 내…… 사랑.'

조프는 오늘따라 일을 하는 내내 왜 그렇게 가슴이 불안정하게 두근거리
는지 알 수가 없었다. 일할 때만큼은 결코 사적인 감정 따위에 흔들리지 않는
그였건만, 이상하게 알 수 없는 불안감이 가슴 한편에 자리 잡고 앉아 떠날
줄을 몰랐다. 계약은 예상대로 잘 진행되고 있고 절차도 더없이 만족스러웠
다.

'서로 나쁘지 않은 조건에 원만하게 잘 해결이 되었는데 뭐가 이렇게 마음
에 걸리지?'

생각보다 빨리 계약 절차가 마무리되어 임원진들과 인사를 나누었다.

"대표님, 마무리도 잘 되었는데 식사라도 함께 하시지요."

"아. 네. 그리고 싶습니다만 갑자기 급한 일이 생겨 저는 이만 가 봐야겠습
니다."

"아 그렇습니까? 아쉽습니다. 다음에 다시 한번 자리를 만들겠습니다."

"그래 주시면 감사하겠습니다. 그럼 이만."

크리스는 평소와 다른 대표님의 모습에 의아했다.

"무슨 일 있으십니까?"

"왜?"

"오늘 평소와 좀 달라서요. 왜 이렇게 서두르십니까? 보통 계약 후에 식사
정도는 함께 하시지 않습니까?"

"없어. 무슨 일…… 있을 게 없잖아?"

말은 그렇게 하면서도 지금에 와서야 낮에 보았던 제이의 머뭇거림이 마음
에 걸렸다.

별일…… 없겠지? 그래. 일 마무리되고 긴장이 풀리려니까 별생각이 다 드

는 거겠지.

제이는 프런트에 있는 총지배인과 마지막 인사를 나누었다.

"그동안 감사했어요."

"아닙니다. 너무 큰 불편을 끼쳐 드려 대단히 죄송했습니다. 다음에 또 모실 수 있는 기회가 오기를 바랍니다."

"네. 다음에 꼭 다시 와 보고 싶네요. 너무…… 좋은 곳이에요."

"저. 이제 본국으로 가십니까?"

"……글쎄요…… 음…… 이만 가 봐야겠어요. 수고하세요."

"네. 그럼 안녕히 가십시오."

항상 밝은 모습으로 오가던 그녀가 평소와는 너무 다른 모습으로 다가왔다. 미소를 짓는 입과는 대조적으로 창백한 얼굴에 젖은 눈, 잔뜩 잠긴 목소리에 궁금증이 일었지만 아무것도 물을 수 없는 지배인과 소중한 추억을 뒤로한 채 무거운 발걸음을 돌려 버린 제이였다.

제이가 타고 가는 차와 간발의 차이로 크리스가 몰고 오는 차가 엇갈리고 말았다.

"크리스 서둘러!"

"거의 다 왔습니다."

끼이익. 도로와 타이어의 마찰음이 날카롭게 귓가를 파고들었다. 조프는 정차하자마자 문을 열어젖히고 뛰쳐나가 호텔 직원들의 인사도 마다한 채 서둘러 엘리베이터로 향했다.

엘리베이터가 3층에서 내려오는 그 잠시 잠깐도 불안함에 시계를 확인하는 조프였다. 총지배인은 그런 조프를 보며 그를 향해 걸음을 재촉하는데, 띵! 엘리베이터의 도착 알림음과 동시에 그 역시 엘리베이터 안으로 사라져 버렸다.

스위트룸 객실 문을 벌컥 열고 들어서니 적막이 감돌았다.

'분명 더 잔다고 했는데. 아직 자고 있나? 아니면 벌써 나간 건가?'

조프는 제이의 방문 앞으로 가서 노크를 했다.

똑똑. 똑똑.

"제이? 제이!"

대답이 없어 문을 열어 보는데 나갔나 보다. 그래. 피곤하다고 반나절이 넘도록 잠만 자고 있을 제이가 아니지. 오늘도 또…… 피곤하다 하면서도 기어이 나갔을 것이다. 그래. 또 여기저기 구경하며 다니겠지? 그런데…… 무언가…… 무언가 허전했다.

평소 제이 방 한편에 항상 반듯하게 놓여 있던 여행 가방은? 화장대 위에 있던 화장품들은? 옷장 옆으로 쌓여 있던 박스들은? 방이 지나치게 깨끗했다. 마치…… 아무도 없었던 것처럼……. 마치 처음부터 아무도…… 없었던 것처럼.

심장이 쿵! 하고 내려앉았다.

조프는 정신이 번쩍 들었다. 서둘러 이 방, 저 방, 욕실과 옷장을 훑어보며 그녀의 흔적을 찾았다. 맙소사. 제이는 관광을 하러 나간 게 아니었다. 그녀가 없다. 그녀가 더 이상 이곳에. 여기에…… 없다. 이게 뭐야……. 뭐지? 도대체 이게 무슨 상황이지?

처음이었다. 단 한 번도 여자가 자신에게서 먼저 떠나간 적이 없었다. 늘 질질 끌고 주변을 맴돌며 성가시게 하던 건 여자 쪽이었고, 노골적으로 의사 표시를 해야 마지못해 떠난 것도 여자 쪽이었다. 그런데 제이는 스스로 알아서…… 나가 버렸다. 다른 때 같았으면 오히려, 오히려 감사하게 생각할 상황이 지금은 미치도록 화가 났다.

응접실에 나와 슈트 바지에 신경질적으로 손을 찔러 넣고 창밖에 오가는 사람들을 보며 조프는 생각에 빠졌다. 인정해야 했다.

그녀가 정말…… 떠나 버렸다.

"하…… 하……"

망할 이 상황이 어이가 없어 헛웃음이 나왔다. 이렇게 끝나리라고는 생각지도 못했다. 자신의 그 어떤 시나리오에도 이런 결말은 없었다.

"그래. 이것도 나쁠 건 없지. 어차피 영원할 것도 아니었는데. 후……."

그래. 보내야 했다. 이렇게 가지 않아도 분명 머지않아 헤어졌을 것이다. 늘 그래 왔던 것처럼. 아무리 스스로를 위안해도 심장으로 전해 오는 묵직한 통증은 쉬이 가시질 않았다.

좋았다. 나의 새로운 모습들을 일깨워 주고 나를 미치도록 빠져들게 만드는 네가 마냥 좋았다. 처음으로…… 생전 처음으로 아무런 생각도 계산도 하지 않고 빠져들게 만드는 네가…….

조프의 심장이 마냥 나락으로 떨어지는 듯했다. 가슴이 조여 왔다. 숨쉬기가 답답할 만큼……. 그녀를 보면 할 말이 있었는데, 그녀를 만나 이야기를 하고 싶었는데. 그녀가 한국으로 돌아가던 6일 안에 그녀에게 무언가 할 말이 있었는데, 그게 무엇인지 지금으로서는 떠올리기조차 싫었다.

오늘 아침에 그녀는 평소와 달랐다. 처음으로 나에게 무얼 하느냐고 먼저 물어봐 주고 고맙다고…… 했었다. 그녀는 이미 떠날 준비를 하고 있었던 거였다. 지난 며칠 동안의 일들이야 아무 일도 아닌 양 해맑게도 웃으면서 배웅을 했었다. 그녀에게 나는 정말 그렇게 아무렇지도 않았던 사람에 불과했던 것일까? 이루 말할 수 없는 상실감과 허탈함이 그를 후려치는 듯했다.

조프는 자신의 방으로 갔다. 제이와 함께 웃고 뒹굴며 사랑을 나누었던…… 그 침대에 털썩 주저앉았다. 그녀는 가고 없는데 그녀의 향기가, 자신의 머리를 항상 맑게 해 주던 그녀의 향기만이 방 안에 은은하게 남아 있었다.

"하…… 젠장!"

깨질 듯 찾아오는 두통에 머리를 쓸어 올리며 관자놀이를 손바닥으로 꾹 누르는데, 자신의 발치 옆에 놓인 상자들이 눈에 들어왔다. 눈에 익은 상자를 하나하나 열어 보니 할머니께 받았던 드레스와 액세서리, 가방과 구두가 정확히 그대로 다 들어 있었다. 단 하나도. 단 하나도 빠짐없이.

제이가 놓고 간 물건을 물끄러미 바라보던 조프는 가슴 안쪽 상의 주머니에 있는 조그만 상자를 꺼내 보았다. 상자를 열어 보니 주인을 잃어버린 목걸이가 유난히 밝게 반짝이고 있었다. 액세서리를 즐겨 하지 않는 그녀를 위해 최대한 심플하고 간결하게, 그녀의 이니셜에 그녀만큼이나 청초하고 아름다운 핑크색 다이아몬드가 박힌 목걸이를 준비했었다.

처음이었다. 누군가를 위해서 까다롭게 직접 디자인을 주문하고 제작한 일은. 오전에 계약을 마무리하고 한결 가벼워진 마음으로 오후에는 음악회를 가고 저녁을 먹고 호텔로 돌아와 함께 와인을 마시며 그녀의 목에 직접 걸어 주려 했는데…… 제기랄.

조프는 그녀의 이니셜이 새겨진 목걸이를, J라는 이니셜을 한참을 바라보다 그대로 바닥에 떨구어 버렸다.

"젠장. 추하다. 그만하자."

조프는 더 이상 이곳에 있고 싶지 않았다. 일분일초라도 빨리 이곳을 벗어나고 싶었다. 단 며칠이었다. 지워 버리면 그만이다. 그깟 며칠이 뭐라고 그녀가 대체 뭐라고, 내 인생에 그깟 며칠쯤이야…….

그렇게 조프는 제이가 놓고 간 선물은 보지도 못한 채 룸을 벗어나며 크리스에게 전화를 했다.

"크리스."

— 네 대표님.

"지금 당장 여기 정리 좀 해 줘. 그리고 말 나오지 않게 해."

— 네? 지금…… 바로요? 그럼 그녀……는?

"못 알아들었어?"

— 네! 알겠습니다.

도대체 이게 무슨 일인지. 아침에 호텔을 나설 때만 해도 며칠 쉬겠다고 하셨다. 그런데 갑자기 체크아웃이라니. 크리스는 의아함에도 머뭇거릴 시간이 없었다. 서둘러 룸으로 가서 조프의 짐을 정리했다. 성격답게 깔끔하게 정돈되어 있어 크게 할 일은 없었다. 침대 발치에 있는 상자들과 바닥에 떨어져 있는 목걸……이?

"이게 뭐지?"

크리스는 찬찬히 목걸이를 살펴보았다. 심플한 디자인의 목걸이가 정중앙에 핑크색 다이아몬드가 박혀 있었다. 그런데 그 펜던트는 기존에 흔히 볼 수 있는 널리고 널린 목걸이가 아니었다. J라는 이니셜이 있는, 단 한 사람만을 위한 목걸이였다.

'디자인을 직접 주문하신 건가?'

지금까지 이런 선물은 항상 자신을 통해서 시키시던 분이.

본의 아니게 여자를 만나게 되는 경우는 있었으나 지인들에 의한 공작인 경우가 대부분이었고, 그나마도 깊은 관계로까지 발전하는 경우는 극히 드물었다. 그만큼 곁을 쉽게 내주지 않는 분이기도 했고, 곁을 허락한들 온전히 내어 주는 경우는 단 한 번도 없었다. 그런데 이번만큼은 정말 달랐나 보다.

하긴…… 지금까지 그렇게 오랜 시간 함께하면서도 요즘같이 새로운 모습을 다양하게 보여 준 경우도 없었으니…….

"젠장, 어떻게 돌아가고 있는 건지. 하……."

깊은 한숨이 절로 나왔다. 혹시 나중에라도 찾으실까 싶어 목걸이를 잘 챙겨 두고서 호텔 직원을 불러 나머지 정리한 물건들을 차로 먼저 보냈다. 마지막으로 응접실을 둘러보며 테이블 위에 놓인 쇼핑백을 챙겨 서둘러 로비로 향했다.

"체크아웃하겠습니다."

"저. 함께 계셨던 분께서 이미 정산을 다 하셨습니다."

총지배인의 말에,

"뭐……라고요? 정산을 다 했다고요? 그럼 그분도 여기를 나갔습니까?"

그제야 제이가 떠난 사실을 알게 된 크리스였다.

"네. 호텔 측의 문제로 불편을 초래하게 되어 높은 할인율을 적용하기는 했습니다만, 추가로 이용하신 유료 서비스 비용과 룸서비스까지 모두 계산하셨습니다."

"아니, 이러면 곤란한데……."

처음 겪는 일에 난처한 표정이 고스란히 크리스의 얼굴에 드러났다.

"네. 그래서 저도 함께 계시던 분과 말씀 나누신 내용이냐고 물어보니, 어차피 자신이 사용할 곳이었으니 상관없다고 그냥 계산해 달라고 하셨습니다."

"네…… 하…… 이를 어쩐다……."

"저. 그런데 오늘 우리 호텔 계약이 성사되었다고 들었는데. 왜 체크아웃을."

계약이 성사되고 공지가 뜨고 나서야 VIP의 정체를 알게 된 총지배인이었다.

"아. 네. 여기는 다른 분께서 맡아 주실 겁니다. 대표님은 본사로 가서 하실 일이 많아서요. 참, 그리고 예약 오류로 룸을 같이 쓰신 게 말이 잘못 나가면 문제가 커집니다. 각별히 주의 부탁드립니다."

"그 부분은 전혀 걱정하지 않으셔도 됩니다. 다시 한번 불편하게 해 드려 죄송했다고 꼭 말씀 전해 주십시오."

"네. 그러죠. 그리고 시스템을 전면 교체하기는 하겠지만, 앞으로는 절대 그런 일이 있어서는 안 됩니다."

"네. 명심하겠습니다. 대표님께도 감사드린다고 전해 주십시오. 아까 급하게 나가셔서 인사를 못 드렸습니다. 우리 직원들도 그대로 다 고용 승계 하셨다는 말씀 듣고 직원들 모두 너무 감사하게 생각하고 있습니다."

"네. 알겠습니다. 그럼."

로비를 벗어나며 크리스는 대표님께 뭐라고 보고해야 할지 벌써부터 머리가 지끈거리는 듯했다.

크리스가 체크아웃을 하러 간 사이 조프는 차 뒷좌석에 앉아 눈을 감고 있었다.

왜 그렇게 말도 없이 떠나야 했을까? 뭐가 그리 급해서? 조프는 끝도 없는 상념에 빠져들었다.

"다녀왔습니다."

잠시 후 정리를 끝낸 크리스가 돌아와 운전석에 오르며 조프의 안색을 살폈다.

"왜 이렇게 늦어? 빨리빨리 안 하지?"

"죄송합니다. 약간의 문제가 좀……."

"무슨?"

"그게…… 정산을 이미 다 하셨답니다."

"무슨 말이야 그게? 설마 제이가 하고 갔단 말이야?!"

"네. 호텔 측의 실수로 할인율을 높게 적용했다고 하긴 하지만, 기간 연장으로 추가된 비용과 룸서비스 비용이 제법 많이 나왔던데……."

"무엇 하나 보편적인 구석이 없는 여자야. 가만…… 그럼 뭐야? 내가 뭐가 되는 거야? 내가, 내가 빌붙어 있었던 꼴이 되는 건가? 내가? ……하…… 하하."

끝까지 예측 불가능한 여자가 아닌가? 달라도 너무 달랐다. 으레 자신의 몫으로 남았던 일들이 그녀에게는 단 하나도 적용이 되지 않았다.

'처음부터 끝까지 뇌리에 박히려고? 이 망할 여자 같으니라고!'

"지금이라도 연락처 알아 둘까요? 지금이라면 알 수도 있을 텐데요."

"……아니……. 됐어."

어쨌든 말도 없이 제 스스로 떠난 사람이 아닌가. 이렇게 있었던 흔적도 없이, 하물며 깨끗하게 계산까지 다 하고 갔다는데 구차하게 잡고 싶지 않았다.

잡기를 바랐다면 이런 식으로 말없이 떠나지도 않았겠지. 그래. 여기서 접어야
한다.

"출발해."

"……네."

그녀가 떠나도 시간은 어김없이 흐르고 일상은 시작되고 있었다.

그녀가 사라진 하루. 조프는 정신없이 일에 빠졌다. 팔라우에트 호텔 총책임
자를 선정하고 인수인계를 해야 했다. 그리고 스위스에 또 다른 호텔 인수 준
비에 들어가야 한다.

계획대로였다면 팔라우에트 호텔 관련 일만 서둘러 처리하고 나머지는 회사
다른 임원들에게 맡겨 두고 잠시 쉬려고 했었으나, 이미 그녀는 떠나고 없으니
그런 계획 따위야 아무 의미가 없었다. 오히려 지금은 해야 할 일이 있다는 게
그렇게 반가울 수가 없었다. 하루 전까지만 해도 밀어닥치는 일에 염증이 나
쉬려 했던 사람이 맞나 싶을 정도로 조프는 일에 몰두하고 있었다.

사흘째. 조프는 자신만만했다. 기꺼이 잊어 줄 것이다. 그녀 따위야. 나에게
서 흔적도 없이 지워 주겠다고. 하지만…… 그런 다짐은 채 3일도 가지 못했
다. 시도 때도 없이 불쑥불쑥 떠오르는 제이의 모습이며, 말투, 행동, 하다못해
그녀의 향기까지…… 이렇게 노력해야 지워지는 그녀일 줄은, 아니 노력을 해
도 잊혀지지 않을 그녀일 줄은…….

불과 함께했던 날이 겨우 며칠이라고, 한 달도 채 만나지 않은 그녀가 무어
라고 이렇게 사람을 미치게 만드는지, 차라리 욕이라도 하고 싶었다. 하지만 악
몽에서 깨어났을 때 공포에 질린 눈과 파티 때 봤던 뼛속까지 시려 오는 그 아
픈 눈동자는 머릿속에서 떨쳐 내려고 하면 할수록 더 진하게 달라붙어 지워지
지 않았다.

그녀가 떠난 지 이제 겨우 3일째라는 사실이 믿기지가 않았다. 조프는 난생처음으로 인사불성이 되도록 취했다.

지금까지 자신이 거절했던, 뿌리쳤던 여자들도 나처럼 힘들었을까? 벌을 받고 있는 건가? 아니, 그렇지 않았다. 그 여자들은 분명 목적을 두고 접근을 했었던 여자들이다. 내가 주는 물질과 혜택을 받으며 즐기지 않았던가? 그만 만나자고 하면 좋아한다, 사랑한다며 매달리면서도 보상을 해 주면 서슴없이 챙겨 돌아서지 않았었던가. 그들에게 사랑은 단지 자신들이 원하는 것을 얻기 위한 조건 또는 수단에 불과했다.

하지만 제이는……. 그녀는 나에게 그 어떤 것도 바라지 않았다. 심지어 그녀에게 그 어떤 것도 해 준 게 없었다.

마지막 날 보았던 그녀의 모습이 계속 머릿속을 맴돌고 있었다. 왜 그때 빨리 알아차리지 못했을까? 분명히 첫날 여기서 머무르는 날은 열흘 정도밖에 되지 않을 거라고 말했었다. 열흘이 지나도 떠나지 않는 그녀를 두고 이상하다 생각지도 못했다. 왜 그걸 기억해 내지 못했을까? 뒤늦은 후회가 물밀듯 밀려왔다.

크리스는 이렇게 술에 취한 무방비 상태의 조프를 본 적이 없었다. 대표님이기에 앞서 사적으로는 친형이나 다름없는 형이 여자 때문에 이렇게 망가진 모습을 보일 줄은 상상조차 해 본 적이 없었다.

"형! 그만 마셔요. 이러다 진짜 큰일 나겠네."

"큰일? 큰일은 무슨…… 너는…… 내가 지금 무슨 걱정을 하는지 알아? 오늘이 겨우…… 겨우 3일째라는 거야…… 이제 겨우…….."

'하…… 이런 거구나…… 젠장…… 이런 거였어.'

크리스는 연거푸 술을 들이켜는 조프를 보며 깊은 한숨을 내쉬었다. 내일 일어나 술병으로 고생할 걸 생각하니 제 속이 다 아픈 듯했다.

그때 테이블 위에 놓아둔 조프의 휴대폰에서 벨 소리가 들려왔다. 아무런 반응도 보이지 않는 조프를 대신해 그의 전화를 확인하는데 '이안'이라는 반가운 발신자를 보고 곧장 전화를 받았다.

"여보세요?"

— 야! 너는 전화 안 받고 뭐 해!! 내가 몇 번이나 전화한 줄 알아?

"저 크리습니다."

— 뭐? 그 전활 왜 네가 받아?

"하…… 그게 지금 대표님이 전화받을 수 있는 상황이 아니라서요."

— 뭐? 왜? 팔이라도 부러졌어? 무슨 일인데?

"흠 차라리 술도 못 마시게 팔이라도 좀 부러졌으면 좋겠네요."

— 이 자식이 미쳤나. 뭔 소리야?

"여기 크라운입니다. 좀 와 주시죠?"

이안과의 통화를 끝낸 크리스는 다시 술을 들이켜는 조프를 보며 술잔을 낚아챘다.

"내놔."

"천천히 마십시다. 뭘 그렇게 급하게 마셔요?"

"알았으니까 이리 줘."

둘이서 술잔 가지고 실랑이하는 사이 이안이 크라운으로 들어섰다.

"와우, 이게 누구야? 내가 아는 조프 맞아? 오래 살고 볼 일이네. 이 자식이 만취한 걸 다 보다니 말이야."

"오셨어요? 거기서 구경만 마시고 이쪽으로 오세요."

크리스는 구세주라도 만난 것처럼 반갑게 이안을 맞았다.

"시끄럽다. 왔으면 앉아라."

"이 자식 왜 이래? 크리스, 회사에 무슨 일이라도 있어?"

좀처럼 보기 힘든 흐트러진 모습이었다. 지금껏 몸을 가눌 수 없을 정도로 술을 마시는 건 보지를 못했는데, 예사롭지 않은 조프의 모습에 이안이 눈썹을 치켜올리며 크리스에게 재차 물었다.

"그게…… 그분이 말도 없이 떠났습니다."

"뭐? 그럼 지금 저 자식이 여자 때문에 저런단 말이야? 천하에 냉혈한인 조프가? 에이, 농담도 무슨 그런……."

이 정도로 빈정거렸으면 벌써 한 소리 하고도 남았을 녀석이 아무런 대꾸 없이 술잔을 들이켜는 걸 보니 생각했던 그 이상으로 그녀를 마음에 담아 두었었나 보다. 하긴, 그렇게 마음에 담지 않고서야 자신에게까지 와서 상담을 받았을 리가 없지…….

"자식, 이제 사람다운 모습 좀 보나 했더니. 후……."

다시금 잔을 채우려는 조프의 팔을 크리스가 덥석 잡으며 술병을 빼앗자 이번엔 이안이 그런 크리스의 팔을 잡으며 술병을 빼앗았다.

"그냥 마시게 둬. 이렇게 취해 보는 것도 나쁘지 않아. 너! 그동안 이 녀석이 단 한 번이라도 이렇게 감정을 드러내는 걸 본 적 있냐? 말없이 떠난 게 괘씸하긴 하지만, 녀석의 이런 모습을 이끌어 내준 건 고맙네."

말을 하며 조프의 잔을 채워 주는 이안이다.

조프는 그들이 무슨 말을 하는지 들은 체도 하지 않고 연거푸 술을 들이부었다. 이렇게라도 하지 않으면 그녀는 꿈에서조차 자신을 그냥 내버려 두지 않을 것이다.

제 걱정으로 안절부절못하는 크리스는 안중에도 없이 기어이 마지막 한 방울까지 입 속으로 털어 넣고서야 조프는 자리에서 일어섰다. 아니 일어서려 했다. 하지만 그럴 수가 없었다.

이미 만취해서 꼬꾸라지려는 조프를 크리스와 이안이 단단히 붙잡았다.

"어우! 이 자식 왜 이렇게 무거워? 야! 업어."

"네? 누가요? 제가요?"

"그럼. 내가 업어? 자존심 상하지만, 나보다 네 키가 더 크잖아. 이 자식 너무 커서 내가 업기는 역부족이다."

"하. 나 참. 일 센티 정도는 같은 걸로 봐야 한다던 분이 누구셨는지?"

"야. 빨리 안 업어? 나 그냥 갈까?"

"아뇨. 업을게요. 업어야죠, 그럼. 조금이라도 젊은 제가! 업어야죠. 그럼."

"그래. 당연히 그래야지."

"이럴 거였음 술을 계속 먹이지나 말지. 어후 내 팔자야. 누굴 탓해? 부른 내가 바보지."

한 걸음도 제대로 걷지 못하는 조프를 결국 들쳐 업고서야 bar를 빠져나올 수 있었다.

조프의 아파트까지 겨우 도착해 침대에 눕히고서 크리스는 입 밖으로 튀어나오는 욕을 초인적인 힘으로 막았다. 서늘한 날씨에도 불구하고 온몸이 땀으로 흠뻑 젖어 버렸다.

"형! 젠장. 이번만 하자. 응? 형 진짜 얼마나 무거운지 알아? 키나 작으면 몰라. 어우…… 삭신이야."

말은 툴툴거리면서도 당장 내일 일어나면 얼마나 힘들지 알기에 속이 상함과 동시에 제이에 대한 분노마저 생겼다.

"도대체 왜 말도 없이 가서는…… 이게 뭐냐고!"

"자식, 고생했다. 아차차. 그냥 가기는 아쉬운데. 사진이나 한 장 찍어 둘까? 이건 진짜 기념할 만한 모습인데."

어슬렁어슬렁 따라와서는 겨우 문 하나 열어 주고 사람 속을 벅벅 긁고 있는 이안의 말에 크리스는 미간을 잔뜩 구기며 험하게 인상을 썼다.

"야 인마. 농담이다, 농담! 자식, 표정도 닮아 가냐? 나중에 후회하지나 마! 이거 딱 협박용으로 최곤데 말이야. 난 이만 간다."

이안이 가고 나서야 크리스는 조프의 잠자리를 봐주고 비로소 마음의 안식을 취할 수 있었다.

다음 날 조프는 찌를 듯한 두통에 힘겹게 눈꺼풀을 들어 올렸다. 이미 해는 중천에 떠 있는 듯했고 온몸은 두드려 맞은 듯 뻐근하게 아파 왔다.

"어, 일어나셨어요?"

"너 뭐야? 네가 왜 여기 있어? 내가 회사 못 나가면 너라도 나가야 할 거 아니야? 뭐, 같이 땡땡이치게?"

조프는 여자 하나 때문에 이런 모습을 보였다는 게 짜증스러웠다. 크리스를 볼 낯이 없어 되레 큰소리를 치고 말았다.

"우와, 진짜 대표님. 아니 형! 진짜 내가 어제 어떻게 여기까지 모셔왔는데, 아직도 다리가 후들거린다고요! 그냥 내팽개칠 걸 그랬네."

"시끄러워. 조용히 못 해? 살살 말해 살살. 안 그래도 머리 아픈데 왜 그렇게 틱틱거려?"

"아니 그러니까 무슨 술을 물 마시듯 그렇게 퍼마시냐고요? 그런다고 뭐 나아져? 잊어지냐고!"

"닥쳐라……."

"하…… 알았어요, 알았어. 이제 정신 좀 차려 봐요. 뭘 먹어야 약을 먹지."

"약은 무슨. 좀 씻고 나올게."

조프는 구시렁거리는 크리스를 뒤로하고 욕실로 향했다. 그 순간 속에서 쓴 물이 치밀고 올라왔다.

"욱. 욱."

조프는 다급하게 변기를 찾았다. 평소 자신이 가장 경멸하던 모습을 그대로 재연하고 있다는 게 못내 씁쓸하고 어이없어 실소가 터져 나왔다.

"형! 괜찮아요?"

문을 벌컥 열고 들어온 크리스와,

"안 나가?!"

최악의 모습을 보이고 싶지 않은 조프다.

'하! 참 가지가지 하는구나. 젠장.'

그렇게 한참을 변기와 조우하다 겨우 차가운 물에 몸을 내맡겼다. 힘들게 샤워를 끝내고 나오니 또다시 크리스가 구시렁거렸다.

"입."

"알았어요, 알았어! 그러지 말고 이것 좀 먹어요."

"생각 없어."

"내키지 않아도 조금만 먹어요. 속도 다 헐었을 텐데…… 내가 해 봐서 아는데…… 그래도 뭘 먹고 약을 먹는 게 빨라요. 괜히 고집부리지 말고 내 말 한번 믿어 봐요."

먹을 때까지 잔소리를 할 녀석이었다.

"알았어. 먹을 테니까 넌 회사에 가 봐. 난 오늘 하루만 쉬자."

"안 그래도 일어나시는 것만 보고 가려고 했습니다만."

"성가신 자식."

입으로는 투덜거리면서도 걱정스러운 표정을 지우지 못하는 녀석을 보니 피식 웃음이 나왔다. 발걸음이 무거워 보이는 크리스를 억지로 등 떠밀어 보내고서야 테이블에 차려 둔 음식을 꾸역꾸역 먹었다.

크리스 말대로 억지로라도 음식을 먹고 약을 먹었더니 망치로 두드리는 것 같던 머리가 다소 진정이 되었다. 두통이 나아지자 그동안의 쌓인 피로가 한꺼번에 몰려왔다. 이왕 쉬기로 한 거 잠이나 푹 자자 싶어 침대에 누워 전동 커튼을 닫는데…… 커튼이 다 닫히려던 순간 테이블 위에 못 보던 쇼핑백이 눈에 걸렸다.

"저건 또 뭐야?"

일어나 보려다가 크리스가 뭘 사다 놓은 것이려니 하고 귀찮아 그냥 그대로 잠을 청하는 조프였다.

그렇게 대여섯 시간 지났을까? 푹 자고 나니 확실히 몸도 무겁지 않고 컨디션이 조금이나마 회복이 되는 듯했다. 다시 전동 커튼을 여는데 아까 보았던 쇼핑백이 가장 먼저 눈에 들어왔다.

"귀찮은 자식. 또 뭘 사 둔 거야?"

천천히 일어나 쇼핑백을 열어 보는데 쇼핑백 안에는 예쁘게 포장이 된 박스가 들어 있었다.

"뭐지?"

포장된 선물을 하나하나 뜯어보았다. 자신이 즐겨 입는 브랜드의 와이셔츠였다.

"미친 자식, 안 하던 짓을…… 포장은 또 뭐야?"

그리고 보니 이상한 게 한두 가지가 아니었다. 크리스라면 전부 세탁해서 드레스 룸에 걸어 두도록 했을 것이다. 그런데…….

"어, 이건……."

마지막 남은 제일 작은 상자 위 네모난 포스트잇에 또박또박 예쁘게 적은 글이 눈에 들어왔다.

조프.

오늘 당신에게 중요한 날이라 혹여 방해가 될까 봐 말없이 떠나는 걸 용서하세요.

당신과 함께한 모든 시간 진심으로 즐거웠고, 행복했고, 감사했어요.

늘…… 건강하세요.

— J

그건 바로 제이가 남기고 간 선물이었다. 그녀답게 군더더기 하나 없는 간결한 인사였다.

'하…… 이건 도대체 어떤 뜻으로 받아들여야 하는 거지?'

생각에 잠겨 있을 틈도 없이 밖에서 들려오는 부산스러운 소리에 인상이 찌푸려지는 조프였다.

"회장님! 회장님! 아니 할머님, 그러니까 형이 지금은 상태가 좀."

"당장 문 열어."

"조금만 이따가."

"당장 비켜서지 못해?"

들려오는 소음에 결국 조프가 일어서 현관으로 나가 문을 열어젖혔다.

"왜 이렇게 시끄러워?"

"대표님. 그게. 회장님께서."

그제야 크리스 옆에 있는 할머니가 눈에 보였다.

"여기까지 무슨 일로 오셨어요? 부르시지 않고."

"망할 녀석 같으니라고. 기어이 보냈어? 어? 기어이 또 보냈냐 말이야!"

씩씩거리며 아파트 응접실에 들어서는 앤이었다.

"그게 무슨 말씀이세요."

"다른 애들하고는 다르다고 내 말 했어 안 했어? 그 아이만큼은 진심을 다해보라고 했어? 안 했어?!"

조프는 할머니를 뒤따라 들어온 크리스를 노려보며 인상을 썼다. 억울한 크리스는 자신이 말씀드린 게 아니라는 억울함을 가득 담아 손사래를 쳤다.

"아니다."

"네?"

"크리스가 아니란 말이야!"

"그럼 누굽니까?"

"나다."

"네?"

앤은 가방을 열고 봉투 하나를 꺼내어 그 속에 든 사진을 테이블 위로 사정없이 뿌려 버렸다. 사진 속에는 제이와 함께했던 시간 속의 모습들이 고스란히 남아 있었다.

"뒷조사를 하셨습니까?"

무섭도록 시린 목소리에,

"망할, 그래. 내가 했다, 했어! 파티에서 너하고 함께 있는 모습이 하도 예뻐서, 그 아이가 자꾸 눈에 밟혀서 그래. 내가 했다. 그 아이가 어디서 무얼 하는지 어떻게 지내는지 너와는 잘 지내는지 궁금해서, 네가 이러쿵저러쿵 말해 줄리 만무하고. 그래서 궁금한 내가 했다. 내가 해서는 안 될 짓을 했다는 건 안다. 그건 내 사과하마."

"지금까지 제가 만나는 사람마다 이렇게 사람을 붙이셨어요?"

조프가 한숨을 쉬며 나지막이 물었다.

"맹세코 그건 아니다. 네가 만나는 사람이야 구태여 사람을 붙이지 않아도 미디어를 통해 얼마든 알 수 있는 아이들 아니었어? 그런 아이들을 보려 내 뭐하러 쓸데없는 짓을 해!"

"그런데요?"

"이 아이는 처음부터 달랐어. 나를 대하는 태도 하며, 너를 바라보는 모습은…… 지금까지의 그 누구와도 달랐어. 진심이 느껴졌어. 내 너를 잘못 봐도 한참 잘못 봤구나. 그래도 사람 보는 눈이 제법 있다고 생각했는데."

"저한테 아나를 보내셨던 할머니께서 하실 말씀은 아닌 듯합니다만."

"그러니 하는 말이다. 나도 미처 몰랐던 걸 너는 만난 지 몇 번 되지도 않아 본성을 간파하고 내치지 않았어? 그런 녀석이 그 아이는 왜 몰라봐?"

"할머니께서 그녀를 본 건 불과 두 번입니다. 단 두 번! 제법 오래 알고 지낸 아나도 겉과 속이 다름을 모르셨던 분께서 불과 두 번밖에 만나 보지 못한 그녀에 대해서 뭘 아신다고, 대체 그녀에게는 왜 이렇게 관대하신 겁니까?"

"그러게 말이다. 왜 그럴까? 나도 그게 무척이나 궁금해. 그 아이의 무엇이이렇게 사람을 끌어당기는지. 그런데 조프, 너도 눈이 있으면 이 사진들 좀 봐. 그 아이가 너를 어떤 눈으로 바라보는지…… 혼자 있을 때와 네가 옆에 있을때 그 아이의 표정이 어떻게 달라지는지! 허구한 날 정들기도 전에 쫓아 보내지 말고, 제대로 좀 보란 말이다! 언제까지 그렇게 밀어내기만 할 거냐!"

앤은 속이 답답하다 못해 터질 지경이었다. 왜 이렇게 곁을 내주기를 꺼리는지 알다가도 모를 일이었다.

"······이번엔 아닙니다. 잘못 짚으셨어요."

"뭐가 아니야? 이번에도 제대로 알아볼 시간도 없이 차갑고 냉정하게 내친 게 아니냔 말이야!"

"아닙니다."

"그럼 뭐야. 그럼 뭐냐고?"

"스스로 떠났습니다."

"뭐야?"

"온다 간다 말도 없이 그녀 스스로 떠났습니다. 제가 계약서에 사인을 마치고 온 사이에."

"······."

"이제 속이 후련하십니까?"

"왜? 왜 말도 없이 떠나?"

"전들 압니까?"

"그래서 그런 거냐?"

"뭐가요?"

"네 얼굴. 며칠 사이 많이 상했구나."

"아닙니다, 그런 거. 피곤해서 그래요. 아시다시피 일이 많지 않습니까?"

"흠······."

"이제 그만 가 보세요. 손주 연애사까지 관여하시느라 꽤나 피곤하셨겠습니다!"

"망할 녀석 같으니라고. 아깝네. 아까워. 그렇게 가기 전에 확실히 마음을 좀 보여 주지 그랬어."

"됐으니 그만 가 보세요. 이미 지난 일입니다. 저는 머리가 아파서 좀 쉬어야겠습니다."

"답답한 녀석 같으니라고, 그래. 간다, 가."

조프는 미처 말하지 못했다. 아니, 말할 수가 없었다. 이미 자신의 마음은 다

준 것이나 다름없다고. 이미 자신의 모든 걸 다 준 것이나 다름없었다고. 하필 고백한 다음 날 떠나 버린 건 그녀라고. 마음을 받아 주지 않은 건 그녀였다고.

"잘 모셔다드려."

"네. 대표님. 다녀오겠습니다."

크리스는 상심으로 기력이 쇠하신 듯한 할머니를 조심조심 차로 모셨다.

앤은 이루 말할 수 없이 속상했다. 하루하루 자신에게로 보내어 오는 사진들을 보며 기쁘기 그지없었다. 얼음장같이 차가운 녀석이 그 아이 앞에서는 참 따뜻하게 잘도 웃었다.

그 아이를 배려하고, 감싸 주며 진심으로 행복해 보이는 표정에 앤은 그저 기쁘고 또 기뻤다. 그 아이 또한 조프를 바라보는 모습이 어여쁘기만 했다. 꾸밈없이 반짝반짝한 두 눈에 조프만을 가득 담고서 그렇게 어여쁘고 미쁘게 바라보는 모습에. 이번에야말로 진정한 인연을 만났나 보다 했는데……

볼일 보러 갔다 온 며칠 사이에 그 아이가 떠났다는 말을 사진기사에게 전해 듣고서는 억장이 무너지는 듯했다.

확인해 본 사진에서는 호텔에서 울며 떠나는 모습이 마지막이었기에 분명 조프가 또 보냈나 보다 싶어 부랴부랴 달려왔건만…… 스스로 떠났다니……. 기대가 컸던 만큼 실망도 이만저만 아니었다.

"저 녀석도 사진을 보면 느끼는 게 있겠지. 어휴……."

폭풍이 한바탕 휩쓸고 간 자리에 사진만 어지러이 남아 있었다. 조프는 테이블 위로 널브러진 사진들을 한 장 한 장 한데 모았다.

"참 많이도 다녔네……."

혼자 찍힌 사진 속 그녀는 웃고 있어도 왠지 모를 쓸쓸함이 묻어 나오는 듯했다.

혼자 거리를 거닐고 혼자 명소를 다니며 혼자 사진을 남기고. 그러다 문득 공원 벤치에 앉아 하늘을 가만히 올려다보고 있는 제이의 모습. 뒤이어 그런 제이의 볼을 타고 흘러내리는 눈물방울이 고스란히 담긴 사진이 보였다.

조프는 괜스레 가슴 한구석이 시려 왔다. 너 혼자 이 많은 시간들을 보내며 너 혼자 이 많은 거리를 배회하며 너는 무슨 생각을 했을까?

그리고 바닥에 흩어진 사진을 주우려 한쪽 무릎을 꿇으며 보이는 그녀의 모습에 조프의 눈이 놀라움으로 커지고 있었다.

천천히 한 장 한 장 사진을 손에 올려놓으며 유심히 보게 되는데 함께 길을 걸으며 환한 표정으로 자신을 올려다보는 제이가, 자신의 손을 잡고서 해맑게 이곳저곳으로 이끌던 제이가, 뒤에서 안았을 때 깜짝 놀란 표정 뒤로 수줍은 듯 입술을 깨물면서도 행복한 미소를 감추지 못하는 모습의 제이가, 다른 곳을 바라보는 자신을 더없이 애틋하게 바라보는 제이가 조프의 눈으로 쏟아져 들어왔다.

그녀 혼자서 찍힌 사진 속에는 볼 수 없었던 그녀의 표정이 고스란히 드러나 있었다. 보기만 해도 절로 입꼬리가 올라갈 만큼 그녀의 모습은 한결같이 예쁘고 환하게 빛이 나고 있었다.

비록 그녀는 자신에게 그 어떤 말 한마디 해 주지 않았지만, 사진 속에 그녀는 너무나도 많은 말을 하고 있는 듯했다. 떠나던 날 호텔 앞에서 슬픔으로 일그러진, 얼굴에 흘러 번지는 눈물을 채 닦지 못하고 서둘러 택시를 타는 모습을 마지막으로 더 이상의 사진은 없었다.

"제기랄, 대체 어디로 간 거야? 대체 어디로! 한국으로 돌아간 거야?"

조프는 마지막 사진을 손에서 좀처럼 놓을 수가 없었다. 왠지 이 사진처럼 어딘가에서 또 혼자 아파 울고 있을까 봐. 어딘가에서 혼자 울고 있을 그녀 생각에 속이 아려 왔다.

이대로는 안 돼! 이대로 보낼 수는 없어. 이대로는……

조프는 서둘러 크리스에게 전화를 걸었다.

"크리스, 할머니는?"

— 방금 돌아가셨어요. 무슨 일 있으세요? 목소리가.

"제이 연락처 좀 알아봐."

— 저 그게…… 저도 혹시나 해서 알아봤었는데, 이상하게도 그 어디에도 정보가 남아 있지 않습니다. 호텔도, 휴대폰 대여 업체에도 개인정보 삭제 요청이 있어 이미 모두 삭제 처리된 데다, 계산도 전부 현금으로 해서 알아낼 만한 정보가 없었습니다. 처음부터 아예 정보를 남기지 않으려 준비했다고밖에는…….

조프는 절망이라는 단어를 떠올리며 그 속에서도 필사적일 만큼 희망을 찾고 있었다.

'기억해. 기억해 봐. 기억해 내야 해. 그녀와의 대화 중에 뭔가 그녀에 대해 알 수 있을 만한 정보가 있었을 거야. 기억해. 그래. 맞아! 제이가 올해의 건축상? 그래, 무슨 수상을 했다고 했는데.'

"크리스. 한국에 올해의 건축상 받은 사람이 누군지 알아봐 줘."

— 네.

얼마 지나지 않아 크리스에게 연락이 왔다.

— 건축상 받은 사람이 제법 많습니다. 주거 부문, 공공 부문, 일반 부문. 게다가 지역별로도 나뉘고. 후…… 아무튼 수상자 중에 제이라는 이름은 없습니다.

"없다고?"

— 네. 아마도 이름이 본명이 아닌가 봅니다. 예명이나, 그것도 아니면…… 이름을 처음부터 다른 이름으로 알려 줬거나.

"이름이 제이가 아니다? 그건 아닐 거야. 분명 통화할 때 상대방도 제이라고 부르는 걸 내가 똑똑히 들었어."

— 제가 그쪽으로 가겠습니다. 뭐. 다른 방법을 한번 찾아보죠.

"그래. 알았다."

그렇게 함께 여러 날들을 보냈지만 정작 제이에 대해 아는 게 너무 없다는 게 못내 속이 쓰려 왔다.

제이는 절망했다. 모든 게 엉망이었다. 당연히 해야 할 일을 했다고 생각했다. 여행 중에 잠깐 만난 사람과 미래를 바라볼 정도로 세상 물정을 모르지도, 또 그만큼 순진하지도 않았다. 게다가 지금은 누군가를 사랑하며 허송세월을 할 때가 아니었다.

원래 계획한 일정대로 떠났더라면 하는 후회가 재차 고개를 내밀었지만. 이미 지난 일이었다. 이젠 자신의 뼈아픈 실수에 대한 대가만이 남아 있을 뿐.

그를 잊는 게 힘들 수도 있겠다 생각은 했지만 이 정도로 힘들 줄은…….

그에게서 떠나온 하루, 제이는 파리 시내를 정신없이 돌아다녔다. 노트르담 성당, 루브르 박물관, 에펠탑……. 그 많은 명소를 다니면서도 아무런 감흥이 일지 않았다. 그 무엇도 제이의 눈에 들어오지 않았다. 의무적으로 명소를 둘러보며 기계적으로 사진을 찍고 영혼 없이 걷고 또 걸었다.

그렇게 자신을 종일 혹사시키고 난 후에야 숙소로 돌아오면 생각할 틈 없이 잠을 청할 수 있었다. 사흘을 그렇게 다니다 보니 또다시 근육통이 찾아왔고, 악몽의 늪에 빠졌다.

그런데 항상 꾸던 꿈이 미묘하게 달라져 있었다. 꿈속 끝자락 즈음이면 그가 나타나 괜찮다고. 이제 다 괜찮을 거라고. 제이를 따뜻하게 보듬어 주었다. 소름 끼치던 악몽이, 늘 두려움에 가득 찼던 악몽이 예전만큼 무섭고 두렵지만은 않았다. 하지만 꿈에서 깨어나면 또 다른 악몽 같은 시간이 제이의 마음을 온통 뒤흔들었다.

그가 미치도록 그리웠다. 잠이 들 때면 부드럽게 등을 쓰다듬어 주던 그의 따뜻한 손도. 모든 걸 다 감싸 줄 것 같았던 넓고 포근했던 그의 가슴도. 조용히 읊조리던 그의 음성도. 하다못해 그의 짓궂은 농담까지도 사무치게 그리웠다.

꿈속에서처럼 곧 눈앞에 당장이라도 나타날 것만 같은, 그에 대한 그리움은 그에게서 말없이 떠나온 자신이 견뎌야 하는 또 다른 시련인 듯했다.

'이제 겨우 3일 지났는데, 이제 겨우 3일밖에 안 됐는데. 어떡해…… 나 앞으로 어떡해…….'

그렇게 휴식을 위해 선택한 여행이 또 다른 고통의 시작이 되고 말았다. 결국 제이는 여행 일정을 다 채우지 못하고 한국으로 돌아와야 했다.

<u>6</u>

"언니, 나 한국 들어왔어."

— 뭐? 아직 며칠 남지 않았어?

"응. 너무 피곤해서 제주도에서 쉬면서 컨디션 좀 조절하려고."

— 그래, 잘 생각했어. 시차 적응도 해야 하는데 기특하네.

"응. 나 서울 가면 연락할게."

— 그래. 푹 잘 쉬다 와.

컨디션이 바닥을 치는 게 느껴졌다. 임신 중인 언니에게 걱정 끼치고 싶지 않아 제주도에서 쉬다 가겠다고 거짓말까지 하고 일찍 집으로 돌아왔는데 그길로 앓아누워 버렸다.

리안은 제이와 전화를 끊자마자 남편에게 전화를 걸었다.

"준, 제이 입국했대요."

— 뭐? 아직 며칠 남았잖아? 나한테는 별말도 없더니.

불과 하루 전에 통화할 때도 아무런 말이 없더니 갑자기 돌아왔다는 소리에 이준은 깜짝 놀랐다.

"응. 여행하느라 피곤했나 봐요. 남은 기간 제주도에서 좀 쉬다 오겠대."

— 혼자서 얼마나 돌아다녔길래? 너무 무리한 거 아니야?

"그러게. 목소리도 좀 마음에 걸리네. 요 며칠 목소리가 좀 잠긴 듯하긴 했는데. 몸이 어디 안 좋은 건 아닌지 모르겠네."

— 제이야 자기 관리 철저한데 뭘 걱정해? 좀 피곤했다 싶으니까 제주도에서 쉬려는 거겠지. 무사히 잘 들어왔으면 됐지 뭐.

제이가 여행 가 있는 내내 마음이 불안불안했다. 아무리 말이 통하고 씩씩하다고 한들, 여자 혼자 하는 여행이 어떻게 걱정이 되지 않을 수 있을까. 비록 집이 아닌 제주도에 도착했다지만, 먼 타국이 아닌 한국에 돌아왔다니 그나마 마음이 놓이는 이준이었다.

"그런가? 그나저나 한 달이나 집을 비워서 청소하고 장도 좀 봐야 할 텐데."

리안은 오랫동안 집을 비워 둔 게 걱정돼 제이가 집으로 돌아오기 전에 청소도 좀 해 주고, 냉장고도 채워 줄 생각이었다.

— 저녁에 일찍 올게. 나랑 같이 가.

"진짜? 그래도 되겠어요? 요즘 너무 바빴잖아."

— 그래도 며칠만 지나면 고생 끝인데. 이 정도는 해야지?

"우리 제이 오자마자 또 일복 터진 거예요?"

— 별수 있나? 다들 제이만 찾는데. 아무튼 절대 혼자 가지 마. 알지? 당신 아직 조심 또 조심해야 해. 응?

"알아요. 기다리고 있을게요. 잘 다녀와요."

전화를 끊으며 입가에 가만히 미소가 번지는 리안이었다. 회사 일만 해도 바쁜 사람이 귀찮을 만도 한데 불평 한마디 없이 늘 자신을 위해 주는 모습이 고맙기만 했다.

그날 저녁 일찍 퇴근한 이준과 리안은 서둘러 제이의 집을 찾았다.

"제이도 사람을 좀 들이면 좋을 걸. 회사 일만 해도 정신없이 바쁠 텐데. 집 안일까지 혼자 다 하고 저러다 몸 축나면 어떡해."

"그러게. 당신이 다시 한번 잘 말해 봐. 우리 아주머니 일 잘하시는데 일주 일에 한두 번만이라도 오갈 수 있게. 아주머니야 뭐 신분 정확하니 제이도 덜 걱정스러울 테고."

양손 가득 무거운 짐을 식탁 위에 올려 두며 말하는 이준이다.

"응. 그래야 할까 봐."

"리안아, 잠깐. 무슨 소리 안 들려?"

이준은 어디선가 들려오는 희미한 소리에 잔뜩 귀를 기울였다.

"응? 무슨 소리?"

남편의 말에 가만히 귀를 기울이는데 정말 무슨 소리가 들리는 것 같았다.

"처제 이미 온 거 아니야?"

"설마. 제주도에 있다는 애가 여기 왜 있겠어요?"

"리안아, 넌 여기 꼼짝 말고 있어. 알았지?"

이준은 소리가 흘러나오는 안방을 향해 성큼성큼 걸어갔다. 가까이 가면 갈 수록 들려오는 희미한 소리는 고통에 찬 신음 소리로 변해 갔다. 설마 아니기 를 바라며 문을 벌컥 열었는데, 아니나 다를까 침대 위에 죽은 듯이 누워 있는 제이가 한눈에 들어왔다.

"제이! 제이? 처제! 처제! 눈 좀 떠 봐!"

이준이 흔들어도 파르르 떨리는 눈은 쉬이 떠지지 않았다. 다급한 이준의 목 소리에 리안이 서둘러 안방으로 향했다.

"어머! 얘 언제 왔어? 얘가 왜 이래? 온몸이 불덩이야!!"

리안은 온몸이 땀으로 흠뻑 젖은 채 정신을 잃고 쓰러져 있는 제이를 보며 눈물이 왈칵 터져 나왔다.

"리안아 진정해. 응? 그리고 처제 옷 좀 입혀야겠어. 당신 혼자 할 수 있겠 어?"

“네. 할게요.”

“무리하지 말고 대충 겉옷만 입혀. 다 되면 부르고, 그리고 조금만 서둘러. 울지 말고. 처제 괜찮을 거야. 응?”

“네.”

이준이 서둘러 거실로 나가고 리안은 옷장을 열어 적당한 옷을 찾아 제이에게 입히기 시작했다. 평소 같지 않은 잠긴 목소리가 계속 마음에 걸렸던 게 이 때문이었나 보다.

도대체 어디가 어떻게 아프기에 이렇게 열이 펄펄 끓고 정신을 차리지 못하는지, 걱정에 눈물이 앞을 가렸다.

리안은 제이의 괜찮다를 정말 괜찮다로 해석한 어리석은 자신을 나무라며 부디 제이가 어디 많이 아픈 게 아니기를 마음으로 간절히 빌었다.

병원 응급실을 거쳐 결국 입원하게 된 제이였다. 이준이 입원 절차를 마치고서 주치의를 만나러 간 사이, 리안은 간호사의 도움을 받아 제이의 옷을 병원복으로 갈아입혔다.

주사를 맞아도 좀처럼 열이 떨어지지 않아 급한 대로 물수건을 만들어 제이의 몸을 닦아 주는데 병실 문이 드르륵 열렸다.

“준! 선생님은 뭐래요?”

조심스레 문을 열고 병실을 들어서는 이준을 보며 리안이 잔뜩 긴장한 얼굴로 급히 물었다.

“하…… 쉬라고 휴가 보내 줬더니 아이가 없어서. 피로 누적이래.”

긴장이 풀어진 이준이 허탈한 듯 말을 전하자 리안은 그제야 안도의 한숨을 내쉬며 놀란 가슴을 쓸어내렸다. 그러다 문득 의아한 마음이 들어 다시 물었다.

“네? 별다른 이상은 없고요? 그런데 저렇게 고열이 나요?”

"그러게, 피검사든 뭐든 검사상에는 아무 이상 없이 나왔어. 의사도 의아해하더라. 도대체 뭘 하고 다닌 건지 후……. 당신은 괜찮아? 많이 놀랐을 텐데? 진료 한번 받아 볼래?"

이준은 병상에 파리하게 누운 제이를 걱정스레 바라보다 리안에게 시선을 돌렸다. 제이도 제이지만, 아내 역시 걱정되기는 마찬가지였다.

아내는 임신 초기였다. 게다가 어렵게 가진 아기였다. 조심조심해도 불안한데 제이 때문에 저녁 내 긴장으로 굳어 있었던 아내는 괜찮을지 걱정되지 않을수 없었다.

"괜찮아요. 난 아무렇지도 않아요."

리안은 자신을 걱정스레 바라보는 남편의 팔을 어루만지며 안심을 시키고서 제이에게 시선을 돌렸다. 놀라게 만든 건 괘씸하지만 큰 병이 아니라서 다행스럽기만 했다.

"기지배 사람 놀라게 하는 것도 참."

제이는 병원에 실려 와서도 이틀을 꼬박 앓고 나서야 열이 내리고 회복이 되어 가고 있었다.

리안은 간호사가 제이의 혈압과 체온을 체크하는 모습을 걱정스레 바라보며 열이 얼마나 되는지 물었고, 다행히 정상 체온으로 돌아왔다는 소리에 한시름 놓았다.

간호사가 나간 뒤 의자에 앉으며 정말 괜찮나 싶어 잠이 든 제이의 이마에 자신의 손을 가만히 올려 보았다. 어제와 달리 이마가 뜨겁지 않고 외려 서늘하게 느껴지는 것이 이제 정말 다 나은 듯싶어 안도의 미소가 가만히 번졌다.

이준은 그런 아내와 제이를 번갈아 바라보며 속으로 안도의 한숨을 내쉬었다.

"으으음."

신음 소리를 내며 몸을 뒤척이다 이내 눈을 뜨는 제이였다. 얼마나 끙끙 앓았는지 목이 다 쉬어 있었다.

"제이. 이제 좀 괜찮아?"

"처제 괜찮아?"

몸을 뒤척이며 침대에서 일어나 앉는 제이를 보며 리안과 이준이 동시에 물었다.

"어. 언니, 걱정 많이 했지? 정말 미안해 언니. 죄송해요. 형부."

눈을 뜨기가 무섭게 걱정스러운 표정으로 자신을 살피며 묻는 언니와 형부를 보며 미안한 마음에 목소리가 기어들어 갔다. 한 달이나 집을 비워 리안이와 볼 거라는 걸 예상했었어야 했는데 거기까지는 미처 생각에 넣지 못한 제이였다.

"세상에, 목소리도 쉬었네. 너 진짜 속상하게 이럴 거야? 아프면 아프다고 말을 해야 할 거 아니야! 나한테는 쉬고 올 것처럼 하더니, 혼자서 그렇게 앓고 있으면 어떡해! 그리고 뭘 얼마나 다녔기에 이렇게 몸이 축난 거야? 아무리 여행이라도 몸 생각하면서 다녔어야지. 뭘 얼마나 보겠다고. 여행 처음 해 보는 것도 아니고 왜 이렇게 무리를 했어?"

리안은 참았던 말을 속사포처럼 쏟아 내고 있었다. 아픈 것도 속상한데 목소리까지 잔뜩 쉬어 힘겹게 말하는 모습은 또 왜 이렇게 안쓰러운지.

제이는 입이 열 개라도 할 말이 없었다. 임신 초기 한참 조심해야 할 시기에 자신 때문에 놀랐을 언니를 생각하니 미안함에 어깨가 축 처져 버렸다.

"리안아. 그만해. 처제도 속상할 텐데. 그리고 처제 좀 더 쉬어야 해."

"형부 정말 죄송해요. 괜히 저 때문에 많이 놀라셨죠? 언니도 많이 놀랐을 텐데 얼른 데리고 가요."

열이 떨어져서 그런지 온몸을 두드리듯 아픈 통증은 다 사라진 듯했다. 아직 목이 따끔하고 거친 느낌이 나 불편하긴 했지만 그럭저럭 견딜 만했다. 오히려 온통 제 걱정을 하는 언니를 보는 것이 더 마음이 아픈 제이였다.

"우리 걱정은 하지 말고 너나 신경 써! 이 헛똑똑이! 형부가 너 자기 관리 잘한다고 걱정 말라던데, 맙소사 이게 뭐야. 얼굴이 홀쭉해! 속상해 정말."

"치…… 놀다가 이렇게 된 거 그냥 내버려 두지 뭐 잘했다고 입원까지 시켰어? 나 이제 괜찮아. 정말이야. 나 이제 집에 갈래. 그러니까 언니도 얼른 가."

"너 꿈도 꾸지 마! 이제 겨우 회복 중인데 가긴 어딜 가?"

리안은 이제 겨우 열이 떨어져 안심했는데 그새 집으로 돌아간다는 말에 발끈했다.

"나 병원 싫어. 언니 알잖아. 나 집에 가서 쉴래. 어디 아픈 것도 아니고 피로해서 그렇다는데 집에서 잘 쉬면 되지 뭐."

"그걸 말이라고 하는 거야?"

"리안아, 처제! 둘 다 그만해. 처제도 고집 그만 부리고 퇴원은 좀 더 있다가 하자. 무리하다가 다시 쓰러지면 안 돼. 처제 없이 내가 지난 한 달 동안 어땠는지 알아? 이제 처제 없이는 안 돼, 절대로. 그러니까 완벽하게 컨디션 회복해서 나가자고. 응?"

두 사람의 실랑이를 보다 못한 이준이 나섰다. 이준 역시 아내와 생각이 같았다. 열이 떨어졌다고는 하나 아직 기운이 없어 보이는 게 좀 더 지켜보는 게 나을 듯싶었다.

"전 정말 괜찮은데……."

"그러지 말고 딱 이틀만 더 쉬어. 그럼 나도 뭐라 그러지 않을게."

"언니 나 좀 봐주라…… 정 걱정되면 하루만 더 있을게."

"안 돼! 이틀. 더 이상은 양보 못 해."

"알았어. 그럼 이틀."

언니의 단호한 표정에 더는 고집을 부릴 수가 없었다. 이틀을 숨 막히는 병원에 있어야 한다니 한숨이 절로 나왔지만 걱정하는 언니를 위해 그 정도는 참아야 할 듯했다.

"그래 잘 생각했어. 리안아 우리도 가자. 당신도 좀 쉬어야지."

"네. 그래요. 제이 좀 쉬게 우리 가요. 너! 꼼짝 말고 있어. 컴퓨터 보지 말고, 일 생각 하지 말고, 무조건 쉬고 잠만 자. 알았어?"

"알았어, 언니. 언니도 얼른 가서 좀 쉬어. 언니 걱정돼서 쉬지도 못하겠어."

"알았어. 무슨 일 있음 전화하고. 그럼 우리 간다."

"응. 조심해서 가. 형부, 들어가세요."

이준은 씩씩한 척 인사를 건네는 제이를 보며 고개를 끄덕이는 리안을 병실 밖으로 먼저 보내고 제이를 향해 돌아섰다.

"처제, 언니한테 너무 섭섭해하지 마. 처제 어떻게 될까 봐 걱정 많이 했어, 리안이."

마음 여린 리안이가 이렇게 엄하게 말을 할 때는 제이를 얼마나 걱정해서 하는 말인지 잘 알지만, 혹시나 약해진 제이가 마음을 다칠까 싶어 다독여 주는 이준이었다.

"당연히 알죠. 저 하나도 안 섭섭해요. 오히려 너무너무 감사해요. 걱정하는 언니 보니 이제 정말 한국에 돌아온 실감이 나요."

"그럼 다행이고. 나도 이만 간다."

부부가 돌아가고 나니 병실엔 익숙한 적막만이 감돌았다. 몸이 아플 땐 정신이 혼미해서 그나마 괜찮았는데, 열이 내려가고 몸이 회복이 되려고 하니 다시금 그의 생각이 떠올랐다. 꾹꾹 눌러 왔던 눈물이 다시 주르륵 흘러내렸다.

'망할. 젠장. 빌어먹을. 왜 또 생각하는데, 왜 또 생각나는데! 도대체 나더러 어쩌란 말이야. 도대체 나한테 왜 이래! 살려 줘. 제발.'

그렇게 끝이 없을 것 같던 고통의 시간들이 하루하루 의미 없이 지나가고 있었다.

사원증을 목에 걸고 회사에 들어서는 늘 똑같던 일상을 다시 시작하며 지난 한 달이 마치 꿈처럼 느껴졌다. 제이는 잠시 파고드는 우울한 생각을 서둘러 털어 버리고 힘차게 발걸음을 내디뎠다.

휴가는 끝났고, 여유도 끝났다. 오랜 휴가 뒤에 첫 출근이라 둘러볼 곳이 많아 마음이 바빴다.

"안녕하셨어요?"

"아이고, 한 팀장님 아닙니까? 이게 얼마 만이에요?"

"그동안 잘 지내셨어요, 아저씨? 한 달 만에 뵈니까 더 반가운데요?"

"아이고! 그러게 말이에요. 우리 한 팀장님 못 봐서 많이 아쉬웠어요. 사장님 방금 올라가셨어요. 바쁠 텐데 얼른 가 봐요."

"네. 아저씨, 그럼 오늘 하루도 수고하세요."

제이는 항상 출근할 때마다 반갑게 맞아 주시는 경비 아저씨를 보니 휴가가 끝났다는 것이 비로소 실감이 났다. 엘리베이터를 타려고 기다리는 직원들을 보며 제이 역시 엘리베이터로 향했다. 몇몇 반가운 얼굴을 보며 인사를 건네기도 전에, 제이를 먼저 발견한 직원들의 인사가 쏟아졌다.

"안녕하세요. 한 팀장님! 오늘부터 출근이세요?"

"네. 그동안 잘 지냈어요?"

"오우, 한 팀장! 드디어 복귀했네?"

"네. 안녕하셨어요?"

"한 팀장님 어디 좋은 데 다녀오셨나 봐요. 얼굴이 더 환해지셨어요."

"감사합니다."

으레 하는 인사에 피식 웃으며 대답을 하다 보니 어느새 엘리베이터 문이 열렸다.

"아유, 이게 얼마 만이에요? 휴가는 잘 다녀왔어요?"

"네. 덕분에요."

"한 팀장님 사장실 가시는 거죠? 그럼 또 봬요."

"네. 수고들 하세요."

함께 우르르 타면서도 인사는 끝나지 않은 듯했다. 그렇게 정신없이 인사를 주고받으며 층층이 목적지에 다다른 사람들이 하나둘 내리고 나서야 엘리베이터 안에 혼자 남았다. 그제야 제이는 한숨을 내쉬며 열없이 웃었다. 출근하자마자 빗발치는 인사 세례에 혼이 쏙 빠져나가는 듯했다.

최상층에 다다라 엘리베이터에서 내리며 차림을 한번 살피고 사장실 문을 열었다.

"어, 한 팀장님 오셨어요?"

"네. 김 비서님 오랜만이네요."

"그러게요. 여행은 잘 다녀오셨어요?"

"네. 덕분에. 사장님 안에 계시죠?"

"그럼요. 잠시만요."

비서실에서 인터폰을 하고서야 사장 집무실 문을 열었다. 집무실에 들어서는 제이를 보며 이준이 자리에서 벌떡 일어나 그 여느 때보다 더 반갑게 제이를 맞았다. 소파로 자리를 옮기며 앉으라고 손짓하는 이준을 보며 제이도 덩달아 환하게 웃었다.

"몸은 좀 어때? 괜찮아?"

"네! 그럼요. 끄떡없어요."

"씩씩한 척은, 좀 더 쉬지 그랬어? 한번 나오고 나면 이제 쉬기가 쉽지 않을 텐데."

"한 달이나 쉬었는데요, 뭐. 염치없게. 이제 괜찮습니다. 뭐 급하게 처리해야 할 일 없어요?"

"왜 없어? 다들 한 팀장만 기다리는데. 우리 회사에 한 팀장만 있는 것도 아닌데 너무들 하더라고. 내가 다른 팀장들 볼 면목이 없더라."

"그러게요. 저도 다른 팀장님 보기에 난처할 때가 한두 번이 아니에요. 괜히 제가 더 불편해요. 우리 팀장님들 다 실력 좋으신데."

"어쩔 수 없지, 뭐. 고객들이 선택하는 사항이니……. 아, 그리고 1팀장은 곧 그만둘 거야. 이직 준비 중이더라고. 그쪽 건설사에서 연락이 왔었어. 사람 어떤지 묻더라."

말을 끝내자마자 표정이 굳어지는 제이를 보고 피식 웃으며 이준이 말을 이었다.

"한 팀장 때문 아니야. 더 좋은 조건으로 가는 거니까 쓸데없는 걱정은 하지도 마. 알았어?"

이준의 말에 고개는 끄덕였지만 마음 한편은 여전히 불편했다. 하필 휴가 가기 전에 1팀으로 의뢰를 했던 고객이 취소하고 자신이 속한 2팀으로 재의뢰하였기에 마음이 쓰이지 않을 수 없었다.

"안타깝네요. 1팀장님한테 배우고 싶은 것도 있었는데. 할 수 없죠, 뭐. 그쪽 건설사에 말씀이나 잘해 주세요."

"그건 벌써 했고. 그나저나 오늘부터 또 고생이겠다. 얼른 가 봐. 팀원들 많이 기다릴 텐데."

"네. 그럼 가 보겠습니다."

이준은 자리에서 일어서 정중하게 인사를 하는 제이의 모습에 고개를 내저으며 웃었다. 누가 본다고 저리도 깍듯하게 직장 상사 대하듯 하는지.

"아차! 처제 바르셀로나 건축포럼은 잘 다녀왔어?"

갑자기 떠오른 생각에 막 문을 열고 나서려는 제이를 향해 물었다.

"……아뇨. 죄송해요. 신경 많이 써 주셨는데, 일이 생겨 바르셀로나에는 못 갔어요."

"바르셀로나를 못 갔다고?"

여행 전 제이가 가장 고대하던 곳이 바로 바르셀로나였다. 천재 건축가 가우디의 걸작품을 만날 수 있는 절호의 기회를 놓쳤다고? 그것도 바로 코앞에 있었으면서? 다른 사람도 아닌 처제가? 게다가 국제건축포럼까지?

우연한 기회에 바르셀로나에서 포럼이 열린다는 걸 알고서 급히 제이에게 연락했던 이준이었다. 쉬러 가서까지 일과 관련한 따분한 포럼에 참석하기를 바라지 않았으나, 포럼 연사들 중 제이가 평소 관심 있게 보던 건축가가 있었고, 그 외에 연사들도 면면이 화려해 제이라면 절대 이 기회를 놓치지 않을 거라 생각했다.

그런데 못 갔다고?

"어쩌다 보니 그렇게 됐어요. 죄송해요. 자리 어렵게 마련했을 텐데."

그날이었다. 그와 함께 축제를 즐기며 사랑한다 고백을 받았던 바로 그 날.

호텔로 돌아와 그가 잠시 씻으러 간 사이, 절대 전화를 먼저 하지 않겠다던 형부에게서 두 번째 전화가 걸려 왔다. 건축포럼 소식을 전하는 형부와 무슨 통화를 어떻게 했는지 사실 기억조차 나지 않았다. 통화하는 중에도 그와 헤어 져야 한다는 생각만이 우울하게 머릿속을 맴돌고 있었다.

형부와 전화를 끊고서 아이러니한 상황에 허탈한 웃음을 지었다. 건축상 받은 걸 축하하기 위해 언니에게 전화가 걸려 왔을 때, 밤새 그의 축하를 받으며 얼마나 행복했던가. 분명 제이에게는 둘 다 기쁜 소식이었는데 결과는 전혀 달랐다.

다른 때 같았으면 결코 포기하지 않았을. 설사 스페인이 아닌 다른 유럽이었다 해도 비행기를 타고 가서라도 참석하고 싶었을 것이다. 하지만 제이는 그럴 수 없었다. 스페인에 있으면 저도 모르게 그를 찾게 될까 봐. 더 이상 스페인에 머물 수가 없었다.

"아니야. 자리야 뭐."

이준은 대수롭지 않다는 듯 말은 했지만 아쉬웠다. 너무나 좋아할 제이를 생각하며 해외에 있는 지인들을 수소문해 간신히 마련한 초대권이었다. 너니까, 일 욕심에 있어 둘째가라면 서러울 처제 너니까……

"처제, 혹시 무슨 일…… 있었어?"

"일은요, 무슨. 컨디션이 좀 안 좋았어요. 저 계속 이렇게 있어요? 바쁜데?"

"어. 그래. 가 봐."

전혀 처제답지 않았다. 3일간 이어지는 포럼이었는데, 하루를 못 갔다고? 제이가? 이준은 황급히 말을 돌리며 태연을 가장한 제이의 모습에 걱정이 되지 않을 수 없었다.

제이는 사장실을 나오며 놀란 가슴을 쓸어내렸다. 계속 물어보면 어떻게 둘러대야 하나 걱정했는데 더 묻지 않아 다행이었다. 가뜩이나 자신을 걱정하는 언니 부부에게 걱정을 보태고 싶은 마음은 추호도 없었다.

"철옹성, 철옹성!"

"정말? 정말?"

"어. 출근하는데 경비 아저씨가 한 팀장님 올라갔다더라고. 사장실 갔다가 오시겠지."

"완전 멋있어. 한 달을 혼자 유럽 여행이라니."

"그러게. 그것도 능력이 되니까 가능한 거지. 제대로 된 휴가 가는 것도 처음 보지만, 뭐든 한번 하면 화끈하시다니까. 스케일이 남달라."

"맞아. 죽어라 일만 하더니 한번 쉴 때는 또 이렇게 화끈해요. 부럽다. 부러워. 우린 언제쯤 그렇게 될까?"

"그러게 말이야."

미라와 민주는 자신들의 롤 모델인 한 팀장을 볼 생각에 눈빛을 반짝이고 있었다. 이미 한 팀장은 자신들에게 우상이나 다름없었다.

우월한 피지컬, 꾸미지 않아도 빛이 나는 외모, 쿨한 성격, 가장 중요한 업무 능력까지 무엇 하나 빠지는 게 없었다. 게다가 자기 관리는 또 얼마나 철두철미한지.

무엇보다 그녀들이 한 팀장에게 빠지게 된 결정적 계기는 바로 그녀의 무심한 듯하면서도 시크한 매력 때문이었다. 그게 바로 철옹성이라는 애칭(?)이 생긴 이유이기도 했다.

"어머 저기 오신다, 오신다!"

모두 하던 일을 멈추고 사무실 유리문 너머를 응시하고 있었다. 몸에 딱 맞

는 검은색 슈트를 멋지게 차려입고 저 멀리 우아한 걸음걸이로 다가오는 한 팀
장의 모습을 바라보며 모두 눈빛을 반짝이고 있었다.

"오랜만이네요. 다들 잘 지냈어요?"

"팀장님! 오셨어요? 너~무 보고 싶었어요."

"한 달 사이에 더 아름다워지셨습니다."

남직원 여직원 할 것 없이 모두 자리에서 일어서 반갑게 제이를 맞았다.

"와~ 엄청난 환영 인사네요? 몸 둘 바를 모르겠네."

"여행은 어땠어요? 좋았어요?"

"음…… 네. 당연하죠?"

제이는 여행이라는 단어가 입에서 오르내릴 때마다 으레 찾아드는 그의 생
각에 마음이 아려 왔다.

"자. 너무 오래 자리를 비워서 벌써 어질어질하네요. 잡담은 다음 기회에!
바로 회의할 수 있게 준비 좀 해 줘요!"

"네, 알겠습니다. 팀장님!"

"민주 씨 올리 설계도면, 설계 변경 서류 좀 부탁해요."

"네. 알겠습니다."

"정우 씨는 대웅 빌딩 민원 관련 서류 준비해 줘요."

"네."

"미라 씨는 지금 공사 진행 현황 바로 뽑아 줘요."

"네!"

제이는 출근하자마자 급한 일부터 챙기기에 여념이 없었다.

"나 없는 동안 찾는 전화 없었어요?"

"팀장님 결재 파일에 부재중 전화 내역 올려 뒀습니다. 얼마나 찾으시는 분
들이 많으신지, 특히 휴가 기간 동안 해성기업 임정호 회장님 사모님께서 몇
번이나 찾으셨나 몰라요. 한 달 걸린다고 말씀드렸더니 딱 한 달째 되는 날 연
락이 와서는 왜 아직 안 오냐고 그만둔 거 아니냐고 난리도 아니었어요."

미라는 알 만하다는 듯 싱긋 웃으며 고개를 내젓는 한 팀장의 모습에 함께 피식 웃으며 말을 이었다.

"게다가 팀장님 올해의 건축상 대상 수상 확정되고 전화가, 전화가 어휴…… 참. 이강성 대표님 사모님도 전화 왔었어요. 내역에는 다 적어 두긴 했는데 워낙 성화들이시라, 원."

"네. 고마워요. 바로 확인해 볼게요."

한 달이라는 시간이 결코 짧은 시간이 아니었나 보다. 한 달 쉬려고 몇 달을 고생했는데, 그 한 달의 공백을 메우기 위해 또 몇 달은 고생해야 할 듯싶었다.

"참, 오늘 점심은 나가서 먹죠? 내가 살게요. 뭐 먹고 싶은지 상의해 보고 예약도 바로 부탁해요."

"팀장님~ 우리 소고기 먹어요~"

"한우 좋죠!"

"감사합니다! 역시! 화끈하십니다!"

신나게 환호하며 모두 제자리로 돌아가고 제이 역시 자신의 공간을 물끄러미 바라보다 천천히 자리에 앉았다. 청소를 했는지 먼지 하나 보이지 않는 책상을 손으로 가만히 어루만지며 비로소 꿈에서 깨어나 현실로 돌아왔다.

정말 휴가를 끝내고 돌아왔다는 사실이 피부로 느껴졌다. 책상 한편에 쌓인 일거리를 바라보며 차라리 정신없이 바쁜 게 다행이라고 생각했다.

제이는 오랜만에 2팀 회의실에 들어서며 실내를 한번 쓱 둘러보는데 이 별 볼 일 없는 회의실마저 반갑게 느껴져 피식 웃고 말았다.

"자, 기존에 진행되는 공사부터 보고해 줘요. 그리고 새로 들어가야 하는 것들은 의뢰 들어온 순서대로 한번 정리해 보죠."

"네. 알겠습니다!"

여행지에서의 앳되고 밝은 이미지에서 벗어나 철두철미하고 프로페셔널한 본래 자신의 모습으로 완벽하게 복귀한 한.재.희. 팀장의 귀환이었다.

"대표님, 대표님! 우리 대표님 복귀하셨어!"

"정말? 세상에 이게 얼마 만이야."

이른 아침부터 J& 본사 건물이 새로운 소식으로 들썩이고 있었다.

"스페인에서 곧바로 스위스 가셨으니까…… 넉 달 만인가?!"

"이번엔 왜 이렇게 길어?"

"그러게. 이렇게 길게 자리 비우신 건 처음인 것 같지?"

"오랜만에 눈 호강하겠네."

"이제 출장 좀 안 가면 안 되나?"

"그러게 말이야! 일을 할 사람은 널리고 널렸을 텐데, 왜 아직도 직접 가시는 거야."

"내 말이 그 말이야."

조프와 크리스를 흠모하는 여직원들의 불만이 쏟아져 나왔다. 그도 그럴 것이 대표가 되면 주로 회사에 계시지 않을까 했는데 기대는 보기 좋게 빗나가고 말았다. 대표로 선임되고 나서도 자리에 머물지 않고 계약을 직접 진두지휘하는 성격 탓에 해외 출장이 잦아질 수밖에 없었고 여직원들은 그 사실이 마냥 못마땅했다.

"그나저나 우리 비서실장님도 오시려나?"

"당연하지, 대표님 가는데 비서실장님 없는 거 봤어?"

"그건 그래."

"빨리나 와라……."

여직원들은 오랜만에 복귀하는 대표님과 비서실장을 볼 생각에 들뜬 마음을 감출 수가 없었다. 특히 이번에는 연달아 M&A가 진행되는 바람에 장기간 자리를 비우다 보니 대표님과 비서실장을 흠모하는 여직원들 사이에서는 한숨이 깊어질 수밖에 없는 상황이었다.

"크리스, 회의 시간 얼마나 남았어?"

"20분 남았습니다. 대표님."

"좀 서두르자."

조프와 크리스가 본사 로비로 들어서자 여기저기서 부산스러운 소리가 들려왔다.

"어머! 오셨어, 오셨어!!"

"꺅!"

"우리 대표님, 언제 봐도 너무 멋지지 않아?"

"비서실장님도 완전 멋있어."

"여기가 무슨 런웨이야? 쓸데없이 환상적."

"어떻게 저런 투 샷이 다 있지?"

"그러게. 매일매일 보고 싶다. 나도 비서실로 발령받았어야 했는데. 아쉽다, 아쉬워."

여직원들이 자신들을 두고 어떤 상상의 나래를 펼치는지 알 리 없는 두 사람은 그저 바쁜 걸음을 재촉할 뿐이다.

"본사를 너무 오래 비웠습니다."

"흠. 그래."

"이제 좀 쉬시죠? 너무 몰아치는 거 아닙니까?"

크리스가 굳은 표정으로 무심하게 걸음을 옮기는 조프를 바라보며 걱정스레 말했다.

"어쭙잖은 충고하려면 넣어 둬."

"이러다 정말 몸 상합니다."

"귀찮은 자식."

조프는 요즘 들어 부쩍 잔소리가 늘어난 크리스를 보며 나직하게 한숨을 내쉬었다.

"이렇게까지 몸을 혹사시키려면 차라리 사진을 뿌려서라도 찾으시든지요!"

"죄지었어? 수배자야? 왜? 차라리 인터폴에 협조 요청까지 하지 그래?"

"아! 진작 그럴 걸 그랬나?"

"하…… 미친. 너도 나 몰래 찾는 거 이제 그만해. 그만큼 했으면 됐어."

여전히 제이를 찾고 있다는 걸 알면서도 말리지 못했다. 일말의 희망을 버리지 못하고 행여나 좋은 소식이 들려올까 기대하며 기다리는 것도 이젠 신물이 났다. 벌써 많은 날이 지났고 못난 짓은 해 볼 만큼 충분히 했다. 어리석은 미련을 이제는 놓아야 할 듯했다.

"알고 계셨……어요?"

여자 하나만 보고 허송세월할 수 없는 그의 위치를 누구보다 잘 알기에, 그만하라고 말할 수밖에 없는 그의 마음을 알기에, 포기하지 못하고 몰래 계속 그녀를 찾고 있었던 크리스였다. 그녀를 찾아내지 못하면 미친 듯이 일에 몰두하는 그를 멈추게 할 수 없을 것 같았다.

저러다 언제 쓰러져도 이상하지 않을 만큼 그는 쉬지 않고 일만 하고 있었다. 사람을 풀어 제이라는 그녀의 이름 하나만 가지고 한국에 있는 건설 또는 인테리어 회사를 뒤지고 있었지만 그녀의 이름이 본명인지, 가명인지, 아니면 단순한 이니셜인지조차 모르는 상황에서, 매번 들려오는 보고는 희망적일 수가 없었다.

"애초에 정확한지도 알 수 없는 정보로 찾는 것 자체가 무리였어. 그동안 고생 많이 했다."

조프는 가슴 한편에 불어오는 시린 바람을 애써 외면하며 계속해서 성큼성큼 걸음을 옮겼다.

"하…… 저러다 죽지, 죽어."

조프와 보폭을 맞추던 크리스의 발걸음이 잠시 멈추어 섰다. 조프의 침전한 기분만큼이나 크리스의 고민도 깊어지고 있었다. 대체 어떻게 해야 그녀를 만나기 전으로 돌아갈 수 있을지 알 수가 없었다.

서둘러 뛰어가 보폭을 맞추며 함께 회의실로 들어섰다.

"대표님 오십니다."

"안녕들 하셨습니까?"

"대표님, 수고 많으셨습니다."

"네. 여러분도 다들 고생들 많으셨습니다. 덕분에 유리하게 협상을 마쳤고, 인수 절차도 원만히 잘 이루어졌습니다. 다시 한번 여러분의 노고에 깊이 감사드립니다. 자, 회의 시작합시다. 이번에는 어딥니까?"

조프는 말을 하며 천천히 자리에 앉았다.

"이번에는 프랑스에 위치한 호텔입니다만…… 이번만큼은 대표님께서 양보하셔야겠습니다. 그간 너무 무리하셨습니다."

"네. 그러다 쓰러지기라도 할까 걱정입니다."

"맞습니다! 벌써부터 여기저기서 우려의 목소리가 들려옵니다."

"대표님의 오랜 부재로 주주들의 반발도 커지고 있고요."

"이번 건은 협상에 난항이 예상되지 않으니, 쉬어 가시지요."

"본사에서도 해 주셔야 할 일이 많습니다. 대표님."

한동안 이어진 회사 임원들의 쓴소리를 묵묵히 듣던 조프가 속으로 가만히 한숨을 삼키며 입을 열었다.

"네. 이번에는 제가 양보하죠. 프랑스로 파견은 보냈습니까?"

오랜 부재로 챙기지 못한 본사와 지사도 두루 살펴야 했기에 이번만큼은 한발 물러서야 할 듯했다.

"네. 투자분석, 금융, 경영전략, 법무, 회계법인, 세무와 법무사로 구성된 전략기획 팀과 책임자로 라이언 본부장이 함께 갔습니다."

주요 사안을 두고 한참을 보고받으며 회의를 하는 중에 똑똑 짧은 노크 소리와 함께 회의장으로 들어서는 앤이다.

"대표님, 회장님 오셨습니다."

가장 먼저 반응을 한 건 크리스였다. 서둘러 자리에서 벌떡 일어나 대표님 자리 옆으로 회장님의 자리를 마련했고, 임원들은 현재 일선에서는 물러나다시피 하신 회장님의 출현에 긴장하지 않을 수 없었다.

"안녕하십니까, 회장님. 오랜만에 오셨습니다."

임원들은 제 자리를 향해 가는 회장님을 보며 정중히 인사를 건넸다.

"그래요. 다들 잘들 지냈나 보네. 얼굴들이 좋은 걸 보니."

앤은 회의장을 천천히 눈으로 훑으며 자리에 앉았다.

"회장님, 회의부터 마치고 인사드리려 했는데. 어쩐 일로 직접 내려오셨습니까, 미리 말씀하시지 않고. 그럼 준비를 좀 했을 텐데요."

몇 달 만에 와서는, 할머니께 먼저 인사를 드리지 못하고 회의부터 하게 되어 죄송한 마음을 전하는 조프였다.

"얼굴이 많이 상했구먼, 일도 몸을 챙겨 가며 해야지. 본분을 잊지 말게."

앤은 장기 출장을 다녀오자마자 쉴 틈도 없이 다시 업무에 복귀한 손자의 모습이 못내 마음에 걸렸다. 얼굴은 또 왜 저리 푸석푸석한지……

"네. 안 그래도 이번 일은 우리에게 맡기고 좀 쉬시라 말씀드리던 참이었습니다. 회장님."

크리스 역시 회장님이 얼마나 속 태우고 계실 줄 알기에 얼른 말씀을 올렸다.

"그래? 잘 됐구먼. 다들 긴장 풀어요. 그냥 지나다 한번 들러 봤어. 내 부탁할 일도 있고 해서."

앤은 말을 하며 임원들을 한 명 한 명 찬찬히 둘러보았다.

"뭔지는 모르겠지만 하실 말씀 하십시오. 다들 기다립니다."

조프는 유난히 뜸을 들이며 임원마다 유심히 보고 계신 할머니를 보며 말했다. 필시 무언가 관철시켜야 할 때 할머니께서 하시는 특유의 행동이었다.

"흠. 흠. 그래. 내 오늘 여러분들께 부탁이 있어요. 내가 죽기 전에 꼭 해야 할 일이 있어."

"무슨 말씀을 그렇게 하십니까, 회장님! 아직도 정정하신데요. 몇십 년은 더 거뜬하십니다."

"허허, 나 참."

크리스의 능청에 결국 너털웃음을 터트리신다.

"다들 바쁜 인사들이니 내 단도직입적으로 말하지. 한국에 J& 호텔을 설립 했으면 하는데."

전혀 예상에도 없던 갑작스러운 제안에 임원들 모두 할 말을 찾지 못하고 회 장님의 의중을 파악하기에 여념이 없었다.

"왜 말들이 없어?"

앤은 일에 있어서는 너무나도 냉철한 조프가 결코 먼저 하지 않을 일이라는 걸 알기에 말도 않고 폭탄을 터트렸다.

임원들의 눈길이 회장님에서 대표님으로 옮겨 가며 과연 대표님이 무슨 말 씀을 하실까, 그의 의중 또한 궁금하지 않을 수 없었다.

"왜 하필 지금입니까? 왜 이 바쁜 시기에."

정적이 흐르는 가운데 조프가 물었다.

"왜 하필 지금이 아니라, 왜 이제서야 하는 거냐 물었으면 좋았을 것을. 자 네가 대표로 자리하고부터는 한시도 바쁘지 않을 때가 없었던 것 같은데. 아닌 가? 물론, 덕분에 이렇게 성장할 수 있었으니 불만은 없네. 허나 아쉬움이 없다 고도 말 못 하겠네."

앤은 조프의 칼 같은 성격을 잘 알면서도 서운함이 비집고 나왔다. 말은 조 프에게 하면서도 눈길은 시종일관 임원들을 향해 있었다.

분명 조프는 사업적으로서의 가치를 냉정하게 판단하며 가차 없이 제안을 일축하리라는 것을 알고 있기에 그보다 느슨한 임원들에 기대하는 편이 나을 듯했다.

"진작부터 생각은 하고 있었지만 자네가 대표가 되면 혹시라도 검토해 보지 않을까 싶었는데, 도통 그럴 의사가 안 보여서 말이야. 그래도 명색이 창업주의 모국인데 살아 계셨으면 응당 그곳에 J&의 이름 하나 남기고 싶지 않으셨을까? 하고……. 내 부탁이 그리 무리한 부탁인가?"

"아닙니다, 회장님. 검토해 봐야죠. 저희가 회장님 의중을 먼저 헤아렸어야 하는데, 죄송합니다."

임원 중 한 명이 답을 할 때까지도 조프는 입을 꾹 다문 채 아무런 말 없이 책상만 톡톡 두드리고 있었다.

"그럼 최대한 긍정적으로 검토들 해 봐 줘. 난 이만 가 볼 테니, 귀한 시간 뺏어서 미안해요들."

"아닙니다, 회장님. 조심해서 들어가십시오."

앤이 회의실을 벗어나자 회의실 안은 쥐 죽은 듯 조용해졌고, 조프는 말없이 생각에 잠겼다.

"자, 의견들 말씀해 주시죠."

크리스의 한마디에 다시금 회의가 재개되었다.

"회장님의 말씀에도 일리가 있습니다. 전 세계 곳곳에 자리하고 있는 우리 J&이 창업주의 모국에 없다는 건 아이러니가 아닐 수 없지요. 늦었지만 지금이라도 검토해 봐야 할 사안이라 생각됩니다."

한 명이 발언을 하자 너도나도 한마디씩 거들기 시작했다. 임원들 또한 별다른 이견 없이 회장님의 의견을 받아들이고자 했다.

헌데 말없이 있는 단 한 사람. 대표님이 오늘따라 아무런 말씀이 없어 임원들은 모두 다 의아했다. 보다 못한 크리스가 의중을 물었다.

"대표님, 대표님은 어떻게 생각하십니까?"

무슨 생각을 그렇게 골똘하게 하시는지, 가만히 한숨을 내쉬며 눈을 감아 버린 조프를 걱정스레 바라보는데 이윽고 무언가를 결심한 듯 그의 눈이 번쩍 열렸다.

"사실…… 취임 직후에 이미 한 차례 사업성을 검토한 바 있습니다. 저 역시 초창기부터 생각해 보지 않았던 것도 아니고, 결국 시행하지 않았다는 것은 사업성에 전혀 도움이 되지 않는다고 판단했기 때문입니다. 단지, 창업주의 모국이라는 이유만으로 사업성이 없는 곳에 회사 돈을 낭비하는 건 옳지 않은 일이죠."

뜨악한 임원들의 표정을 보며 여느 때 같았으면 피식 웃기라도 했을 텐데, 사안이 사안인 만큼 조프는 미소 비슷한 것도 떠올릴 수 없었다.

"더 솔직하게 말씀드리면, 사업적으로만 놓고 봤을 때 한국은 크게 메리트가 없었습니다. 굳이 한다면 한국보다는 중국에 설립하는 쪽이 이익 창출 면에서는 훨씬 득이 되었겠지요. 그도 아니면 동남아 휴양지에 하나 더 신축하는 것이 더 나을 겁니다. 호텔 입장에서 보면 말입니다."

임원들의 놀라고 당황한 눈이 일제히 조프에게로 향했다. 저런 냉철함이 지금의 그를 저 높은 곳에 위치하게 만들었겠지만, 그래도 회장님이 친히 창업주의 모국이라는 명분까지 들먹이며 말씀하시는데 저렇게 객관적 기준으로만 놓고 판단하실 줄은…….

늘 말은 투박한 듯, 냉정하게 해도 회장님을 얼마나 생각하는지, 얼마나 깍듯하게 모시는지 모르지 않았기에 그의 발언은 더 의아할 수밖에 없었다.

"하지만 대표님, 그때와는 또 다르지 않습니까? 당시 사업성을 검토했을 때와 지금의 한국 상황이 말입니다. 달라진 한국의 위상을 놓고 봤을 때 전혀 터무니없다는 생각은 들지 않습니다."

크리스는 이번만큼은, 대표님이 회사 측의 입장만으로 판단하지 않기를 바랐다.

"비서실장의 말도 일리가 있습니다. 요즘 한류다 뭐다 해서 한국의 문화 관광이 활성화되고 있고, 또 그에 따른 경제적 파급 효과도 무시할 수 없는 수준이라고 알고 있습니다. 당장 우리 집만 해도 아이들이 한국 가수들 노래를 따라 부르며 한국을 가고 싶어 할 정도니까요."

임원들 역시 크리스의 말을 거들고 나섰다.

"네. 그래서 저도 이번에는, 이번만큼은 회장님의 의견을 수용하여 긍정적인 방향으로 다시 한번 검토해 볼 생각입니다. 물론 여러분도 동의한다는 전제하에 말입니다."

그제야 임원들의 입에서 안도의 한숨 소리가 흘러나왔다.

조프는 회의가 끝나자마자 곧장 회장실로 찾아 올라갔다.

"회장님 자리에 계십니까?"

"네. 기다리고 계십니다. 들어가시죠, 대표님."

회장 집무실 문을 열고 들어서니 초조한 표정의 할머니가 벌떡 일어서 다가왔다.

"조프."

"회장님."

"어휴, 저 망할 놈의 성격은 바뀌질 않아. 또 회장님이야?"

"회사지 않습니까."

"사석에서는 얼마나 살갑게 잘 불러 주는지 지켜보마!"

앤은 소파로 향하는 중에도 어떤 결과를 가져왔을지 궁금해서 조프의 얼굴에서 눈을 뗄 수 없었다.

"후…… 정말 그 이유뿐입니까? 정말 단지 창업주의 모국이라는 그 이유 하나로 이 바쁜 시기에 이런 일을 벌이신 거냐 여쭙는 겁니다."

조프는 자리에 앉으면서도 저만 뚫어져라 바라보는 할머니의 모습에 고개를 내저었다. 할머니의 맞은편에 앉으며 진짜 이유를 물었다.

"그 이유 하나로는 부족하다는 거냐! 언젠가는, 누군가는 해야 할 일이었어. 나보다 네가 하는 게 더 의미가 있을 거라 생각했지. 네가 제대로 자리를 잡으면 그때 한번 말해 봐야겠다 싶었는데, 지금이 딱 적기인 것 같다. 그래도 너의 뿌리가 되는 곳인데, 그곳에 아직 우리 호텔이 하나 없다는 게 내 평생 마음에 걸렸으니 말이다."

"하……."

할머니의 의중에 어떤 것이 더 크게 작용했을지는 본인만이 아시겠지.

"솔직히 한국은 사업적으로 놓고 봤을 때 메리트가 없습니다. 아무리 근래 사정이 달라졌다 해도 말입니다. 자국의 토종 호텔 브랜드도 공급 과잉으로 해외로 눈을 돌리는 마당에, 새로운 호텔 설립이라니요."

"냉정한 녀석! 그래, 그걸 나라고 모르진 않는다. 그래도, 그럼에도 한번 해 보란 말이야."

앤은 무척이나 실망스러운 대답에 역정이 났지만 속으로 화를 삭이며 다시 말해 보았다.

"그런다고 그녀를 다시 만난다는 보장도 없습니다. 아니, 만날 확률이 희박하다는 말이 더 현실적이겠네요."

할머니의 눈빛이 흔들리는 걸 보니 자신의 예상이 틀리지 않은 듯해 쓴웃음이 났다.

"그래. 솔직히 그런 의도도 없지 않았어. 하지만 진심으로 내 아버지의 나라에 J& 호텔을 하나 세우고 싶다. 무조건 객관적인 자료만 놓고 저울질하지 말고 최대한 긍정적이고 적극적인 자세로 고민을 해 봐. 필요하다면 내 지분을 갖다 써도 좋다. 이건 네 할머니로서가 아닌, 그룹의 회장으로 말하는 것이니!"

앤은 조프가 제이를 찾고 있다는 걸 모르지 않았다. 녀석이 빨리 찾아내기를 바랐는데 생각만큼 쉽지 않은 모양이었다.

단 두 번밖에 보지 못한 자신도 그 아이 생각이 머릿속을 떠나지를 않는데 조프는 오죽할까 싶어 애가 탔다. 구실을 만들어 주고 싶었다. 먼 타국에서 찾는 것보다, 그곳에서 일을 도모하는 것이 조금이라도 더 수월할 테니. 녀석의 인연이 맞는다면…… 운명이라는 게 있다면…… 이렇게 해서라도 만나지기를…….

"이미 임원들과는 회의 마쳤습니다."

"그래. 어떻게 결론이 났어?"

"회장님이 말씀하시는데 다들 긍정적으로 생각하지 않겠습니까? 더구나 이런 식의 부탁은 처음이니 더 그렇고요."

"너는 어떠냐? 설마 네가 나서서 반대하거나 하지는 않았겠지?"

좀처럼 열리지 않는 조프의 입을 바라보며 앤은 마음이 조마조마했다.

"……긍정적인 방향으로 다시 검토하기로 했습니다."

"그래. 그래야지. 그래야 하고말고. 잘 생각했다."

앤은 그제야 마음을 놓으며 개운하게 웃었고 조프는 그런 할머니의 모습에 입술을 힘없이 터뜨리며 싱겁게 웃고 말았다.

항상 객관적 자료에 근거해 판단하던 조프도 이번 한 번만큼은 마음이 이끄는 대로 가고 싶었다. 그것이 어리석은 미련이라 할지라도 이제 정말 알고 싶었다.

자신의 뿌리인 그곳, 그녀가 있을 그곳, 한국.

"그래. 좀 알아봤어?"

"네, 대표님. 현재로는 제주도가 가장 유력합니다."

크리스는 보고 내용이 요약된 파일을 펼쳐 조프에게 건넸다.

"제주도는 수려한 자연경관과 더불어 2007년에는 세계 자연유산에 등재, 2010년에는 세계 지질공원으로 인증까지 되면서 해마다 많은 관광객들이 몰리고 있는 곳입니다. 주로 내국인이 즐겨 찾는 휴양지고, 외국인 관광객도 해마다 증가하는 추세입니다만……."

크리스가 말을 늘이자 조프가 물었다.

"그런데?"

"얼마 전부터 막대한 중국 자본이 들어와 휴양 시설은 물론이고 시내 건물들까지 싹 쓸어 담고 있나 봅니다. 오죽하면 자국민들 사이에서도 제주도는 더 이상 한국이 아니라는 말이 나올 정도니까요. 아쉽게도 이미 지리적으로 유리한 곳은 다 매각이 된 상태였습니다."

"급할 건 없어. 시간을 두고 계속 주시해 봐. 혹시라도 급하게 매각 나오는 게 있거나, 아직 계약 진행 중인 곳이 있다면 한번 찔러 보고, 장기적으로 봤을 땐 어느 정도의 프리미엄을 주고서라도 가져올 수 있는 곳은 가져와야지. 사업을 하지 않을 게 아니라면 말이야."

"네. 알겠습니다. 대표님."

리준 건설 사장실에 이준과 제이가 마주 앉아 요즘 업계의 화두로 떠오른 사안을 두고 대화를 나누고 있었다.

"요즘 제주도가 심상치 않지?"

"네. 들리는 소문에 유명 호텔 체인에서 제주도 부지에 관심을 보인다던데."

심상치 않은 제주도 상황에 업계에서 모두들 촉각을 곤두세우고 있었다. 이준과 제이도 예외일 수는 없었다.

"그래. 하지만 워낙 중국 자본이 많이 들어와 있어서 쉽지는 않을 거야."

"명확히 어느 그룹인지 아직 알려진 게 없으니 답답하네요. 알면 좋을 텐데, 그래도 유명 호텔 체인이라면 신축으로 가겠죠?"

"글쎄…… 내가 만약에 그런 호텔의 오너라면 한국에는 신축 안 해. 중국을 뚫거나 아니면 다른 휴양지에 하지. 그런데 왜 굳이 한국일까? 게다가 제주도라면 자재 수급이나 관광객 현황만 놓고 보더라도 그렇게 메리트가 있지는 않을 텐데."

사업을 하는 입장에서 좀처럼 이해하기 힘든 결정이 의아한 이준이었다.

"그러게요. 일단 제가 좀 더 알아볼게요. 그런데 이 정보가 확실시되면 어떻게 하실 거예요?"

"정말 유명 호텔 체인이라면 준비해야지. 신축이든, 리모델링이든…… 되기만 하면 그 파급 효과가 엄청날 거야. 총력을 기울여야지."

"제주도라면…… 준비 기간까지 해서 직원들이 못해도 수개월 이상 거기 있어야 할 텐데요. 여기 일 진행하는 데 차질이 없을까요?"

"차질이 생기지. 그러니까 그 정보가 확실시되는 시점부터는 한 팀장은 일을 받으면 안 돼. 받더라도 그 이후로 넘기거나 해야지. 그런 큰일이라면 당연히 한 팀장이 가야 하지 않겠어?"

제이는 회사에서 이준이 가장 믿고 일을 맡길 수 있는 사람 중 하나였다. 의뢰인으로부터 직접 의뢰가 들어오는 경우가 아닌 입찰을 따내야 하는 이런 큰 사업에서 그 역할은 더 중요했다. 이런 큰 사업일수록 제이의 능력은 빛을 발했다.

"그런 도전이라면 저야 뭐 언제든 환영이죠. 그런데 인원 부족은 어떻게 해결하시려고요."

"충원해야지. 한 팀장이 그동안 말없이 일을 너무 잘해 줘서 크게 어려움을 느끼지 않았지만, 계속 이런 구조로는 힘들어. 본의 아니게 한 팀장에게 일이 편중되니 타 팀장들 이탈도 걱정하지 않을 수 없고 말이야. 그래서 이번에는 스카우트 제대로 한번 해 보려고. 게다가 리안이 걱정을 너무 많이 하더라고. 일 많이 시킨다고 말이야."

아내의 걱정도 걱정이지만 이준 역시 제이가 걱정되기는 마찬가지였다. 이번 기회에 실력이 좋은 누군가를 데려와 제이에게 편중되는 일을 분산시켜야 할 듯했다.

"흠 저야 뭐. 부려 먹으시는 만큼 대우를 해 주시니 크게 불만은 없습니다만."

"뭐야? 내가 진짜 부려 먹는다는 말 들을 정도란 말이야?"

"농담이에요 농담. 다 제가 좋아서 하는 일인데요 뭘. 아직 공시까지 뜨려면 제법 시간이 걸리겠지만, 충원하기는 해야겠네요."

"그래. 미리 준비해서 나쁠 건 없지. 제주도가 아니라도 어차피 더 충원을 해야 했으니 조금 앞당긴다고 생각하고. 혹시 예상에서 벗어난다 해도 걱정은 마. 안 그래도 꼭 데려오고 싶은 사람이 있었는데 이번 기회에 무조건 끌어와야겠어."

"그래요? 누군데요? 저도 아는 사람이에요?"

이준이 욕심낼 정도의 사람이라면 실력이야 보지 않아도 알 듯했고, 업계에서도 왠지 알 만한 사람일 것 같아 궁금함에 물어보는 제이였다.

"와서 보면 알아. 일단 계속 접촉하고 있으니 기다려 봐."

"네. 기대하고 있을게요. 그럼 전 이만 가 보겠습니다. 이 시간 뒤로도 미팅이 줄줄이라."

"그래. 한 팀장…… 고마워. 수고하고."

"제가 더 감사해요. 수고하세요."

가장 아플 때 큰 힘이 되어 준 사람이었다. 서 있는 곳마다 늪지대처럼 질퍽거리고 땅이 꺼질 것 같은 아득한 고통 속에서 빠져나올 수 있도록 도와준, 이준과 리안은 제이의 꺼져 가던 불꽃을 살려 준, 희망을 갖게 해 준 고마운 사람들이었다.

그로부터 6개월 후.

제이가 공사 현황을 정리한 파일과 한창 준비 중인 프로젝트 관련 파일을 한 아름 안고서 리준 건설 사장실에 들어섰다. 한눈에 보기에도 많은 자료에 이준이 서둘러 다가와 제이가 들고 있던 파일을 받아 주었다.

함께 소파에 앉아 테이블 위에 자료를 펼쳐 놓고서 한동안 공사와 관련한 대화에 열을 올렸다.

제이는 현황 보고를 마치고서야 옆에 놓인 시원한 사과주스를 마시며 파일을 정리했고, 이준은 대화의 주제를 바꾸어 다시 말을 건넸다.

"J& 호텔 시공사 공개입찰 공고 확인했지?"

"네. 예상에서 크게 벗어나지 않아요. 충분히 승산 있고, 어쩌면 우리에게 더 유리하게 작용할지도 몰라요."

"자신만만한데?"

"자신 없어야 할 이유 없잖아요. 모르긴 몰라도 타사보다 우위에 있다는 건 확신해요."

"크, 역시 한 팀장다워."

사업이 결정되기 전부터 예측하고 준비한 게 신의 한 수였다. 심심찮게 들려오는 소식에 업계에서 모두 촉각을 곤두세우고 있었으나 불확실한 정보로 누구도 섣불리 나서지 못하고 망설이고 있을 때 리준 건설은 달랐다.

사장인 이준이 해외를 비롯한 모든 정보망에 귀를 기울이며 정보 수집에 총력을 기울인 결과 타사보다는 한발 빠르게 새로운 프로젝트를 준비할 수 있었다. 그렇게 한참을 새로운 프로젝트와 관련한 얘기를 주고받는데 인터폰이 울렸다.

— 사장님, 손님 오셨습니다.

"들어오시라고 해요."

"누가 오기로 했어요?"

의미심장한 이준의 미소를 보며 제이가 급히 묻는데 말이 끝나기가 무섭게 시원시원한 인사와 함께 누군가 사장실로 들어서고 있었다.

"안녕하셨습니까?"

"어? 우재…… 선배?"

제이는 누군가 싶어 바라보다 낯설지 않은 얼굴에 깜짝 놀라고 말았다.

"그래, 오랜만이다. 그동안 잘 지냈어?"

우재는 눈을 동그랗게 뜨고 자신을 멍하게 바라보는 반가운 제이의 얼굴을 보며 활짝 웃었다.

"선배가 여긴 어떻게?"

"일단 왔으면 앉지?"

당황한 듯한 제이의 모습에 이준 역시 씩 웃으며 우재에게 자리를 권했고,

"네. 사장님."

우재는 제이의 맞은편 자리에 앉으며 제이를 한번 슬쩍 바라보았다.

"설마…… 꼭 데려오고 싶다던 사람이 우재 선배였어요? 1팀장님으로? 우와…… 사장님 진짜…… 선배를 대체 어떻게 데려왔어요?"

강우재. 학창 시절, 천재라는 수식어가 늘 따라다니던 선배 이야기라면 귀에 못이 박히도록 들어왔다. 그의 특출한 능력을 동경하던 제이로서는 이렇게 만나게 된 그가 반갑지 않을 수 없었다.

"와…… 우리 사장님 대단하시네, 정말. 선배라면 뭐, 제가 없어도 되겠는데요?"

"어? 이거 왜 이래? 천하의 한재희가."

우재는 저를 보고 당황해하던 모습은 어디로 가고 자신을 반기는 듯한 제이를 보며 말할 수 없이 기뻤다.

"그나저나 진짜 어떻게 된 거예요? 선배 회사는요?"

"어. 여기 계신 사장님을 당해 낼 재간이 있어야지."

우재가 부러 이준을 흘긋 바라보며 말했다.

"자그마치 설득하는 데 6개월이나 걸렸네. 쇠심줄도 이런 쇠심줄은 없을 거다 아마."

이준 역시 그런 우재를 향해 고개를 절레절레하며 말했다.

"그런 저를 꺾은 사장님은요?"

절대 지지 않는 우재의 말에 가만히 두 사람을 지켜보던 제이가 웃음을 터트렸다. 머쓱하게 피식 웃는 이준을 보며 제이가 장난스레 말을 던졌다.

"사장님 한 방 먹었는데요? 사장님 1패!"

"음. 뭐 그렇게 되나? 아무튼 정말 기대된다!"

지고서도 즐거운 이준이 기대감을 감추지 못하고 큰 소리로 말했다.

"천군만마는 이럴 때 쓰라고 있는 말이겠죠? 진짜 반가워요, 선배. 잘 부탁드릴게요."

제이는 한동안 공석이던 1팀장으로 오게 될 사람이 우재일 거라고는 상상도 못 했었다.

다 함께 즐겁게 웃으면서도 여전히 어리둥절한 마음이 가시지 않았다. 사장님이 공들인다는 말에 도대체 누가 올지 궁금했는데, 그를 보고서야 사장님이 그간 왜 그렇게 기대에 차 있었는지 알 것 같았다.

"내가 잘 부탁해야지, 한 팀장! 너한테 배울 게 많을 것 같다. 작년에 건축상도 너한테 뺏겼잖아, 내가!"

"어머, 그 전년도는 선배가 가져가셨거든요?"

"그 이전은 어떻고?"

우재는 경력도 자신보다 훨씬 늦은 녀석이 두 번이나 자신의 자리를 위협했다는 게 그저 놀라울 따름이었다.

"둘 다 밖에선 그러지 마라. 나니까 듣고 있지. 참 나. 솔직히 좀 재수 없네?"

보기 좋은 둘의 모습에 이준이 장난스러운 말로 끼어들었다.

"우리끼리 있으니 하는 말이죠. 그리고 우리 같은 인재를 하나도 아닌 둘씩이나 곁에 둔 사장님께서 하실 말씀은 아니죠? 다른 회사 입장에서는 사장님이 참 재수 없을 텐데요?"

"뭐야? 하하하."

거침없는 우재의 말에 호탕하게 웃으며 제이가 우재 앞에서는 별다른 경계 없이 자연스럽게 대화하는 모습에 속으로 쾌재를 외치는 이준이었다.

"선배는 내일부터 정식 출근이겠네요? 전 외근이 있어 지금 나가 봐야 해서요."

"어. 그래. 내일 보자. 수고하고."

"네. 그럼 내일 뵐게요. 오늘 반가웠어요."

이준과 우재에게 차례로 인사하며 바람처럼 제이가 나가 버리고 그 자리엔 제이의 향기만이 은은하게 남았다.

"한 팀장이 좀 바빠."

"네. 그런 것 같네요."

"앞으로 강 팀장이 해 줄 일이 많아. 잘 부탁해."

"제가 잘 부탁드려야죠. 한 팀장에게도 말했지만, 제가 배울 게 많을 것 같습니다."

"그렇게 말해 주니 고맙다. 결정하기 쉽지 않았을 텐데 와 줘서 고맙고. 그나저나 한 팀장은 얼마 만에 보는 거야?"

제이가 자리를 떠나고 나서야 진지하게 대화를 나누는 우재와 이준이었다.

"제법 오래됐죠? 마지막으로 본 게 작년 초였나? 제주에서 열린 국제건축포럼 때가 마지막이었네요. 그때도 서로 바빠서 인사도 제대로 나누지 못했는데, 어떻게 볼 때마다 더 아름다워지는 것 같습니다."

"뭐라고? 하하하."

"이건 뭐 설레서 일이나 제대로 할까 모르겠네요."

"나 이것 참. 하하하."

제이를 향한 호감을 숨기지 않는 우재를 보며 이준은 왠지 기분 좋은 예감에 웃음이 끊이지 않았다.

우재는 시원스레 웃는 이준을 보며 함께 미소 지었다. 오랜만에 마주한 녀석은 여전히 아름다웠다. 그 시절 그때처럼.

제이는 학창 시절부터 평범하지 않은 행보로 자신의 존재감을 드러내던 녀석이었다. 졸업도 하기 전에 각종 건축과 관련한 대회에서 상을 휩쓸며, 국내 최초와 최연소라는 범상치 않은 타이틀을 거머쥐고서 무서운 기세로 자신의 뒤를 바싹 추격해 왔다.

늘 소문으로만 듣던 녀석을 시상식에서 마주했을 때, 해맑게 웃으며 자신을 추켜세워 주던 말갛고 청초한 모습이 아직도 기억 속에 생생하게 살아 있었다. 그때부터였나 보다. 건축과 관련한 대회나 행사 때마다 녀석을 찾게 되는 자신을 발견한 게.

이상하게 눈길을 끌고 마음에 담게 되는 녀석 때문에 제법 속이 시끄러웠다.

그 유명세 덕분일까. 선후배들의 입에 자연스레 오르내리며 별로 알고 싶지 않았던 소식까지 끊임없이 들려왔다. 만나는 사람이 있는 것부터 그 남자가 녀석을 얼마나 애지중지하는지. 그리고 결국에는 헤어졌다는 내용까지.

그 후로 한동안은 어디서도 볼 수 없었고 다시 그 녀석을 마주했을 때, 예전과는 다른 분위기에 쉽게 다가설 수 없었는데 뜻밖에도 녀석이 다닌다는 회사에서 스카우트 제의가 들어왔다.

그녀가 있어 망설임과 동시에 그녀가 있어 선뜻 응하고 싶은 마음이 충돌했다. 물론 하고 있는 일은 마무리해야 했기에 기간이 조금 더 걸리기는 했지만, 결국은 한재희가 이 회사에 있다는 것과 더불어 새로 들어갈 프로젝트에는 그녀와 함께 하게 될 것이라는 말에 응하지 않을 수가 없었다. 그러기에 앞으로가 심히 기대되는 우재다.

크리스는 부서별로 올라온 회의록에서 주요 내용을 추리고 한국 호텔 설립과 관련하여 파견 가게 될 인원을 파악하여 대표님 집무실에 들어섰다. 자신을 보더니 잠시 앉아 기다리라 말하고서 묵묵히 결재하는 대표님을 가만히 바라보았다.

그의 오른편에는 이미 결재한 듯 보이는 파일이 한 아름, 그리고 다른 한편에 여전히 대표님의 결정을 기다리는 탑처럼 쌓아 둔 결재 파일에서 그의 무거운 책임감이 엿보이는 듯했다.

조프는 붉은 포스트잇이 붙어 있는 급한 결재를 먼저 마무리하고서 자리에 일어서 크리스에게 다가갔다. 소파에 앉으며 크리스를 바라보는데 미간을 찌푸린 채 잔뜩 걱정 어린 눈빛으로 자신을 바라보는 크리스의 모습에 웃음이 툭 터져 나왔다.

"잔소리는 사양할게."

이번에는 크리스의 입에서 싱거운 웃음이 터졌다.

"네. 가뜩이나 대표님의 업무가 과중한데 저까지 스트레스를 보태지 않겠습니다만, 컨디션 조절하십시오. 이러다 정말 대표님 쓰러지기라도 할까 걱정입니다."

잔소리 안 한다면서 결국 잔소리로 끝나는 크리스의 말에 정말 못 말린다는 듯 고개를 내저으며 일의 진행 현황을 묻는 조프였다.

"어때? 한국에 간다는 직원이 있어?"

"네. 생각보다 지원자가 제법 많더라고요. 그중 일단 서른 명으로 한 팀 꾸렸고요. 추후 상황 봐 가며 충원할 계획입니다. 사무실과 사택은 인접 호텔 한 동을 임대했습니다. 우리 팀원들 지내기에는 불편함 없이 준비될 겁니다."

크리스가 관련 파일을 펼쳐 조프에게 내밀었고 조프는 파일 내용을 천천히 확인하며 순조로운 진행 상황에 고개를 끄덕였다. 이어서 곧 있을 회의의 안건과 부서별 숙지할 내용을 빈틈없이 확인하고서야 파일을 닫았다.

"수고했어. 그럼 이제 임원들만 설득하면 되는 건가?"

"아마 걱정들 많을 겁니다."

"그렇겠지. 그만 가자!"

조프가 자리에 일어서 손목시계를 확인하며 임박한 회의 시간에 크리스를 재촉했다.

대회의실에 먼저 도착해 대표님을 기다리던 J& 임원들이 삼삼오오 모여 앉아 걱정스러운 표정으로 대화를 나누고 있었다. 곧이어 대회의실 문이 열리더니 조프와 크리스가 인사를 건네며 들어섰다.

조프와 크리스가 자리에 앉자 소란스럽던 회의실에 일순 정적이 감돌며 임원들의 시선이 일제히 조프에게로 향했다.

"다들 이미 들어서 아시겠지만 한국에는 제가 직접 가기로 했습니다."

조프는 회의에 앞서 다들 궁금해하는 사실부터 곧장 밝혔고, 예상대로 임원들의 우려가 쏟아졌다.

"말도 안 됩니다. 대표님께서 6개월이나 한국에 가 계신다니요."

"유럽권이야 그러려니 했지만, 한국까지는……."

임원들은 돌아가며 대표님이 직접 가서는 안 될 이유를 나열하고 있었다. 지금까지도 유럽 곳곳에 직접 다니시며 일을 하기는 했으나 한국까지 직접 가실 줄은, 게다가 6개월 어쩌면 그 이상이 걸릴 수도 있다고 하니 임원들은 대표의 오랜 부재가 걱정스럽지 않을 수 없었다.

"다들 아시다시피 어렵게 결정한 일입니다. 여러분들께서 무엇을 걱정하시는지는 알겠지만, 우려하는 일 없도록 할 테니 믿고 맡겨 주셨으면 합니다. 가게 되면 주간 보고는 메일로, 월간은 화상회의로 대신할까 합니다. 두 달에 한 번은 직접 올 테니 부재가 그리 크게 느껴지지는 않을 겁니다."

조프는 좀처럼 걱정을 내려놓지 못하고 한숨을 쉬는 임원들을 바라보며, 자신의 부재 시 우려되는 문제점을 어떻게 해결해 나갈 것인가에 대한 내용을 하나하나 설명하며 설득하는 수고를 아끼지 않았다. 점차 수긍하듯 고개를 끄덕이는 임원들을 보며 조프가 말을 이었다.

"그리고 제가 없는 동안에는 회장님께서 자리 지키고 계실 겁니다. 회장님 연세는 있으시나 정정하시니 문제없을 겁니다. 거리만 조금 더 있을 뿐, 업무 면에서는 유럽과 큰 차이가 없을 테니 너무 우려만 표하지 마시고, 여러분을 믿고 갈 수 있도록 도와주시기 바랍니다."

직접 가겠다는 대표의 의중은 그 어느 때보다 확고했다. 그렇다면 더 이상 임원들도 우려만 표하고 있을 수는 없었다.

"네. 알겠습니다. 그럼 대외적 결정이나 주총 관련 사항은 그때그때 보고드리도록 하겠습니다. 시차가 있어 그게 좀 걱정이 되기는 합니다만……."

"시차 신경 쓰지 않아도 됩니다. 낮이고 밤이고 상관없으니, 급한 일이 있으시면 언제라도 연락 바랍니다."

"네. 대표님. 그렇게 하겠습니다."

모든 회의를 마치고 회의실을 벗어나며 결국 원하는 바를 얻어 낸 조프의 입가에 미소가 가만히 번지고 있었다.

이준은 업무 보고를 마치고서 테이블에 펼쳐진 파일을 정리하며 사장실을 나갈 준비를 하는 제이를 향해 넌지시 물었다.

"한 팀장, 강 팀장 어때?"

앞뒤도 없이 뜬금없는 질문에 파일을 정리하던 제이의 움직임이 잠시 멈추었다.

"뭐가요?"

"일하기 어떠냐고?"

제이는 물어보나 마나 한 질문을 하는 이준을 보고 피식 웃었다.

"당연한 걸 뭘 물어요? 기대 그 이상, 실력이야 뭐 익히 잘 알고 있던 터라 놀랍지도 않고요. 능력에 비례해서 까칠할 줄 알았는데 성격도 좋아요. 현장 관리도 잘 하시고요. 걱정할 일이 전혀 없던데요?"

"음. 그래? 또?"

이준은 정작 묻고 싶은 건 따로 있었지만 제이가 경계를 하게 될까 싶어 섣불리 말을 꺼낼 수가 없었다.

"또? 뭐가 더 필요해요? 지금으로서는 100퍼센트 이상 만족해요. 덕분에 저도 여유로워졌고요. 저랑 의견도 잘 맞아서 마찰도 거의 없어요. 그러다 보니 맡은 일들도 일사천리로 진행되고요."

어쩜 저렇게 완벽하게 업무적인 면으로만 사람을 바라보고 판단할까, 왠지 모르게 답답한 마음에 이준은 속으로 가만히 한숨을 삼켰다.

자신의 답답한 마음을 아는지 모르는지 정리를 끝내고 자리에서 일어서는 제이를 보며 궁금함을 참지 못해 조심스레 말을 꺼냈다.

"흠흠. 남자로서는 어때?"

말이 끝나기가 무섭게 날이 선 매서운 눈빛으로 이준을 쏘아보는 제이였다.

"아니아니아니, 한 팀장 보고 어쩌라는 게 아니고, 괜찮은 사람이라 누구한
테 소개 좀 해 줄까 하고. 어."

역시나 아직은 이른 건가, 이준은 너무나 확연히 경계 태세를 보이는 제이의
모습에 급히 말을 둘러댔고, 그제야 긴장을 놓는 제이를 보니 안타깝기만 했다.

"글쎄요. 음…… 일을 너무 열심히 하는 것 같은데요? 사람마다 제 각각이
라 생각도 다 다르겠지만, 보통의 여자들은 일에 푹 빠져 사는 사람 별로라던
데? 뭐. 리안 언니는 보통의 여자들이 아니니까 예외겠지만요."

"그건 한 팀장도 마찬가지 아니야? 보통의 남자들보다도 훨씬 더 바쁘잖아.
훨씬 더 워커홀릭이고 말이야."

"그래서 저는 연애할 생각 전혀 안 하거든요."

"그러다 진짜 노처녀 된다."

"노처녀가 뭐 어때서요? 어차피 혼자 살 건데."

"뭐라고?"

"뭘 새삼스럽게. 그럼 전 이만 갑니다."

남의 속도 모르고 싱긋 웃으며 나가는 제이를 보며 참았던 한숨을 터트렸다.
이준은 천천히 창가로 발걸음을 옮겨 팔짱을 끼고서 창밖을 물끄러미 내려
다보며 얼마 전 자신을 찾았던 우재를 떠올렸다.

지난 금요일 저녁이었던가, 업무를 마치고서 퇴근을 준비하는데 집무실에
노크 소리가 들려왔다. 이미 비서를 퇴근시킨 직후라 누군가 싶어 바라보는데
우재가 문을 열고 들어섰다.

"사장님, 아니 선배님. 술 한잔 사 주십시오."

"그래."

왠지 모르게 술 한잔이 간절해 보이는 우재를 보며 이준이 흔쾌히 승낙했다.

그렇게 술 한잔 사 달라던 우재와 한적한 bar를 찾았다.

자리에 앉아 마실 술과 함께 간단한 안주를 주문하고 곧이어 술이 먼저 나오자 우재는 단번에 술잔을 비워 버렸다.

"요즘 뭐. 힘든 일 있어?"

도수가 높은 술을 얼음도 없이 스트레이트로 마시는 모습을 보며 이준이 걱정스레 물었다.

"아닙니다. 힘들긴요. 처음 올 때 걱정했던 게 무색할 정도로 요즘 즐겁습니다."

"그런데? 나한테 할 말이 있는 것 같아서 말이야. 빙빙 돌려 말할 거 없어. 어서 말해 봐."

"흠…… 한 팀장 말입니다."

"어. 우리 한 팀장…… 아니! 내 처제가 왜?"

아마 우재가 자신을 보자고 한 건 회사 일로 그런 게 아닐 것이다. 회사 일 때문이었다면 사무실에 찾아와서라도 언제든 말했을 테니 말이다. 그러니 이건 지극히 개인적인 용무라는 말인데…….

"네. 오늘은 한 팀장이 아닌 한재희를 알고 싶어 이렇게 염치 불구하고 뵙자 했습니다."

"쉽지 않지? 우리 처제."

처음부터 우재가 제이에게 호감이 있다는 걸 알고 있었던 이준은 돌려 말하지 않았다.

"후…… 네. 함께 일할 때는 더없이 잘 맞습니다. 일에 대한 이야기를 할 때는 제법 잘 웃고, 감정 표현도 확실하고 눈에 생기가 돌아요. 반짝반짝 빛이 나더라고요. 그런데 그 외적으로는 조금도 비집고 들어갈 틈이 없습니다. 조그만 호의도 칼같이 자릅니다. 그런데 우스운 건…… 그런 모습마저도 끌립니다."

이준은 담담하게 제 마음을 솔직하게 말하는 우재를 보며 술병을 들어 그의 잔을 다시 채워 주고서 어렵게 말을 꺼냈다.

"강우재……."

"……네."

"우리 처제…… 미친개한테 제대로 물려서 그래."

"네?"

"벌써 몇 년이 지났는데…… 잘 이겨 내고 있지만, 아직은 그때의 그늘에서 온전히 벗어나지 못한 것 같아. 더 이상은 내가 해 줄 수 있는 말이 아니라서, 혹시라도 우리 처제 마음을 얻으면 그때 직접 듣는 게 좋겠다."

하기 쉬운 말도 아닐뿐더러, 당사자가 아닌 다음에야 함부로 뱉어서 될 이야기도 아니었다. 이준은 미동도 없이 저를 주시하는 우재를 보며 다시 말을 이었다.

"다만 우리 처제에게 갖는 마음이 진심이라면 말이야. 조금만 천천히…… 급하게 서두르지 말고, 다그치지도 말고, 천천히 마음을 열 수 있게 믿음을 줘. 어렵게 말 꺼냈을 텐데 도움이 되지 못해 미안하다."

"아닙니다. 많은 도움이 됐습니다. 하마터면 실수할 뻔했네요."

"고맙다. 이해해 줘서."

"감사합니다. 어려운 말씀 해 주셔서."

생각할 것도 있고, 혼자 한잔 더 하고 가겠다는 말에 마지못해 일어서 나오면서 돌아보니 고뇌에 빠진 듯 보이는 우재가 가만히 잔을 들어 단숨에 들이켜는 모습이 보였다.

안쓰럽기도 하고 미안하기도 하고, 또 한편으로는 아직도 어둠에서 빠져나오지 못하는 제이가 야속하기도 하고 그 빌어먹을 개새끼가 떠올라 화가 치밀어 올랐다.

그럼에도 자신이 해 줄 수 있는 게 없다는 사실이 못내 안타까웠다. 여전히 창밖을 내려다보며 오랜 상념에서 벗어난 이준이 깊은 한숨을 내쉬었다.

'후…… 한재희. 우리 처제를 어쩌면 좋을까.'

한국으로 가기 하루 전에 조프와 크리스가 할머니를 뵙기 위해 회장실을 찾았다. 회장실 문을 열고 들어서자마자 기다렸다는 듯 앤이 다가와 조프를 꼭 안아 주었다.

"조프, 가거든 여기저기 많이 보고 와서 나에게 이야기해 다오. 연락도 좀 자주 하고, 생각 같아서는 같이 가고 싶다만 나라도 자리 지켜야겠지."

앤은 늘 마음만 있었지, 바쁘다는 핑계로 아버지가 돌아가시고 나서는 한 번을 가 보지 못한 한국이었다. 생각 같아서는 이번 기회에 함께 가고 싶은 마음이 없지 않았으나 자신이라도 조프의 빈자리를 메워야 했다.

앤은 곧 떠나야 할 조프의 손을 두 손으로 꼭 잡았다.

"감사합니다. 회장님께서 자리에 계시지 않았다면 이런 결정, 하지 못했을 겁니다."

"그래그래. 내 자리 잘 지키고 있으마. 그리고 네가 다시 돌아오면 회장 승계 하자꾸나."

"아닙니다. 아직은 회장님께서 계셔야 합니다."

조프는 할머니가 조금이라도 더 회사에 머물러 있기를 바랐다. 비록 자신이 실질적인 회장 업무 대행까지 하고 있다지만, 상징적 의미로라도 회사에 머물러 주시기를 바랐다.

그동안 자신을 위해서 꿋꿋하게 그 자리에 버텨 주고 계신다는 걸 모르지 않았다. 그런 할머니가 회장 승계를 마치고 나면 왠지 모르게 쓰러질 것만 같아 가능하면 그 자리에 오래 머물러 주시기를 바랐다.

"이런 내가 무슨 천년만년이라도 살 것 같아?!"

"훗. 천년만년까지는 아니더라도 한 30년은 아직도 거뜬해 보이십니다."

"능청스럽기는. 어쨌든 네가 준비될 때까지는 버티고 있을 테니 너무 오래 기다리게 하지는 말아."

"네. 알겠습니다."

조프는 제 손을 꼭 잡고 놓지 않는 할머니의 뜨거운 온기에 이상하게 코끝이 찡하게 울렸다. 자신보다 한참을 작은 키로 올려다보는 할머니가 안쓰러워 허리를 숙여 할머니를 꼭 한번 안아 보았다.

"잘 다녀오거라. 그리고…… 혹시라도 인연이 닿는다면 이번에는 절대로 놓치지 말고, 일 마치고 올 때는 누군가와 함께 왔으면 좋겠구나."

앤은 듬직한 손자의 품에 안겨 행복한 미소를 지으며 손자의 등을 연신 따듯하게 어루만졌다.

"기대는 마시고요. 실망이 클 겁니다."

"그래도 찾으려는 노력은 해 봤으면 좋겠구나."

"……네. 할머니."

포옹을 풀고서 다시금 제 손을 그러잡는 할머니를 향해 미소를 지어 보이는 조프였다.

"어이쿠 녀석. 웬일로 할머니라고 하는 거야? 아무튼 기분 좋구나. 크리스, 잘 부탁하네. 자네가 조프 곁에 있어 내 얼마나 든든한지 몰라."

그때까지도 조프의 뒤에 묵묵히 서 있던 크리스에게 다가가 조프처럼 따듯하게 안아 주는 앤이었다.

"감사합니다, 회장님. 대표님은 제가 잘 모실 테니 회장님 건강히 계십시오!"

"그래그래. 그만 가 봐."

앤은 회장실을 나서는 두 장정을 따라나섰다. 긴 복도를 걸어가는 늠름한 두 사람의 모습에서 눈을 떼지 못했다. 이윽고 코너를 돌아 눈앞에서 완전히 사라진 모습에 안쓰러운 눈물을 떨구었다.

'어휴. 만날 수 있으려나…….'

7

드디어 오늘이 J& 호텔 시공사 입찰 공개 프레젠테이션이 있는 날이었다. 이준은 큰일을 앞둔 제이와 우재를 배웅하기 위해 리준 건설 사옥 앞으로 나왔다.

"컨디션들 어때? 괜찮아?"

여유로운 미소를 머금은 두 사람을 흐뭇하게 바라보며 이준이 물었다.

"당연한 걸 뭘 물어요? PT 처음 해 보는 것도 아니고."

"역시 우리 한 팀장!"

"강 팀장은 어때?"

"어떻긴요. 한 팀장이 저렇게 당당하게 나오는데 저라고 질 수 있습니까? 더구나 저는 한 팀장 서포트하는 것 외에는 일도 없는데, 걱정하지 않으셔도 됩니다."

우재는 중요한 일을 앞둔 사람답지 않게 여유로운 표정으로 당당하게 말하는 제이를 보며 웃지 않을 수 없었다.

"하하하 그래. 두 사람 보니까 안심이 되네. 오늘 느낌이 좋아!"

"뭐 우리가 파악한 내용이 맞아떨어진다면 충분히 승산 있어요. 오늘 PT에서 크게 실수하지만 않는다면 말이죠."

제이는 자신만만했다. 목적에 한발 가까이 다가서기 위해 지난 몇 달간 누구보다 열심히 준비했고, 노력에 대한 결과는 항상 비례한다고 믿고 있었다. 게다가 컨디션까지 최상인데 말해 뭐 할까. 실수만 하지 말자 생각하며 자신감이라는 무기로 스스로 기운을 북돋우고 있었다.

"후. 그래! 두 사람만 믿는다. 그렇다고 너무 부담 가지지는 말고, 그만 가봐."

"풋. 우리보다 사장님이 더 긴장한 것 같은데요? 열심히 해 볼게요 그러니 편히 계세요. 끝나면 바로 연락드릴게요."

제이는 자신보다 더 긴장한 듯 보이는 이준을 보며 싱긋 웃으며 말했고, 이준은 그런 제이의 어깨를 두드리며 고마운 마음을 대신했다.

서울의 한 호텔 대회의실. 이곳이 오늘 시공사 입찰 공개 프레젠테이션이 열리게 될 장소였다. 자신들이 참석해야 할 장소를 확인한 제이와 우재가 서로를 바라보며 파이팅의 의미로 엄지를 추켜세웠고, 여유가 넘치는 서로의 모습에 기분 좋은 웃음을 터트리며 PT 자료를 꼼꼼히 챙겨 유유히 회의실 앞으로 걸음을 옮겼다.

아직 문이 열리지 않은 회의실 입구에 두 사람이 도착하자 주위가 소란스러워지기 시작했다. 둘은 정중하게 인사를 하며 예의를 차렸으나 두 사람을 바라보는 다른 경쟁사들의 시선이 곱지만은 않았다.

독특하고 창의적인 건축디자인으로 세계에서도 주목받기 시작한, 천재라는 수식어가 따라다니는 강우재와 그에 못지않은 실력으로 국내 최연소 건축 대상에 빛나는 실력파 한재희의 조합은 제아무리 대기업에 쟁쟁한 회사들이라도 쉬이 보기 어려울 만큼 충분히 위협적이었다.

게다가 최근 몇 년간 각종 국내 건축상 대상은 두 사람이 휩쓸다시피 하고 있으니 견제하지 않을 수가 없었다. 리준 건설의 이준 사장이 어떻게 이 조합을 이끌어 냈는지 그의 능력 또한 다시금 재평가되고 있었다.

특히 참여 팀 중 CS 건설에서 온 직원들은 유난히 리준 건설의 두 사람을 눈여겨보고 있었다. 리준 건설의 사장인 이준이 바로 CS 건설 회장의 아들이니 어떻게 보면 아버지와 아들의 집안싸움이 될 가능성이 농후하기에 더욱더 그러했다.

그렇게 무언의 경쟁이 오가는 사이 누군가 회의실 앞으로 다가왔다.

"안녕하십니까? 저는 J&의 기획실장입니다. 다들 모이신 것 같으니 각 회사에 대표 한 분씩만 나오셔서 발표 순서를 추첨하도록 하겠습니다."

"선배가 해요. 난 저런 건 이상하게 운이 안 따르더라고요."

J& 직원의 말이 끝나자마자 제이가 우재를 보며 말했다.

"넌 몇 번을 원해?"

"꼭 그 번호로 뽑아 줄 것처럼 말하네요."

"혹시 알아? 난 제법 운이 좋은 편이거든."

"오호, 기대가 되는데요? 음…… 너무 앞은 우리 전략을 일찍 노출시킬 수 있으니 좀 피하고 싶고, 너무 뒤는 기다리기가 좀 지루할 것 같고. 중간 즈음이면 나쁘지 않을 것 같은데 분위기도 파악할 겸, 5번이나 6번이면 딱 좋겠네요."

"요구가 구체적인데?"

"풋. 농담이에요. 농담. 대충 아무거나 뽑아요. 몇 번째에 하더라도 전혀 상관없어요!"

"오케이. 그럼 갔다 올게."

다른 참가자들보다 먼저 도착한 우재는 박스 안에 손을 넣어 고민 없이 처음 잡히는 공을 들어 관계자에게 전했다.

"6번입니다."

"네. 감사합니다."

번호를 확인한 우재가 시원스레 웃으며 인사를 건네고 제이를 향해 돌아섰다. 제이는 추첨을 하고 돌아오는 우재를 보며 몇 번이냐며 입 모양만으로 물었고, 우재는 그런 제이를 보며 씨익 웃어 보였다.

"몇 번이에요?"

"오늘 PT 잘 끝나면 한턱내라! 6번이야."

"대박! 진짜 뽑았어요? 진짜?"

"어. 아무래도 승리의 여신은 우리 편인가 봐?"

"우와, 선배 진짜 운이 따라 주나 봐요. 신기해. 어떻게 내가 말한 번호를 딱 뽑았지? 오늘 느낌이 좋은데요? 우리 잘해 봐요."

"그래. 끝까지 파이팅 하자!"

운까지 따라 주어 기분 좋은 예감에 소리 없이 활짝 웃으며 조용히 마음으로 결의를 다지는 두 사람이었다.

"추첨이 모두 끝이 났습니다. 회의실 들어가시면 번호가 적혀 있으니, 여러분께서는 해당 번호에 자리하시면 되겠습니다. 프레젠테이션은 10분 후 시작할 예정이니 다들 자리에 착석해 주시기 바랍니다."

J&의 기획실장이라는 사람의 말에 모두들 회의실로 들어섰다. 회의실 안은 생각했던 것만큼이나 넓었다. 디근 자 형태의 테이블 위에는 발표 순서에 따른 회사 명패와 생수, 컵이 놓여 있었다.

"괜찮지?"

"그럼요."

"언제든 하다 막히면 나한테 토스해. 그 정도는 충분히 커버해 줄 수 있어. 알지?"

"네! 당연하죠. 선배가 있어 얼마나 든든한지 몰라요. 지금까지 PT 중에 가장 마음이 편안해요."

"고맙다. 그렇게 말해 주니 나도 안심이 되네. 그나저나 오늘은 J& 대표의 얼굴을 볼 수 있는 건가?"

"아마도 그렇겠죠?"

제이는 철저하게 베일에 싸여 있는 J&의 대표가 과연 어떤 사람일지 너무 궁금했다. J&의 대표는 아직도 일선에서 직접 업무를 진두지휘하는 걸로 유명했다. 공격적 M&A에서 드러난 그의 탁월한 리더십과 협상 능력은 연일 매스컴을 오르내리면서도 정작 대외적으로는 아직 얼굴이 알려져 있지 않았고, 그룹 홈페이지에도 그 흔한 대표의 사진 한 장 찾아볼 수가 없어 의아했다.

"사고방식이 유연했으면 좋겠네."

"아마 그럴 거예요. 그룹이 추구하는 방향성만 놓고 보더라도 타 그룹과는 확실히 차별화가 되어 있었으니, 한번 지켜보죠 뭐."

"그래. 자료는 완벽하게 다 정리됐어."

"네. 저도요. 이제 발표만 잘 하면 돼요."

"그래."

대회의장은 발표를 앞둔 참가자들의 막바지 준비로 다소 소란스럽게 느껴지는 반면, 제이와 우재는 여유 있게 준비를 마치고서 마음을 정돈하고 있었지만, 그 여유는 그리 오래가지 못했다.

"대표님 오십니다."

J& 직원의 말과 함께 드디어 대회의실 문이 열렸다. PT를 앞둔 사람들은 모두 자리에서 일어서 걱정 반 기대 반으로 회의실 입구를 주시하고 있었고 J& 대표를 비롯한 실무진들은 천천히 대회의실로 들어서기 시작했다.

제이는 마지막으로 옷매무새를 정돈한 후 미소를 지으며 고개 들어 입구를 바라보는데, 가장 앞서 걸어 나오는 사람을 보는 순간 제 눈을 의심하지 않을 수 없었다.

"말도 안 돼."

그 말과 함께 서둘러 고개를 떨구어 버렸다.

'아니야. 아닐 거야…… 그럴 리가 없어. 그가 왜? 그가 왜 지금 내 눈앞에

있는 거야? 어떻게? 아니야. 아니야. 있을 수 없는 일이야. 다시 확인해야 해. 분명 잘못 봤을 거야.'

너무 놀란 탓인지 손끝이 미세하게 떨리고 있었다. 멍하게 떨려 오는 손을 내려다보며 두 손을 꼭 마주 잡았다.

다시 정신을 가다듬고 부디 자신이 잘못 본 것이기를 그리움이 빚은 자신의 착각이기를 간절히 바라며 다시 천천히 고개를 들어 올리는데 그 순간, 정면으로 그와 눈이 마주쳤다.

결코 잊으려야 잊을 수가 없었던 시리도록 아름다운 그의 짙은 브라운의 눈동자가 흔들림 없이 제이에게로 내리꽂히고 있었다.

'맙소사…… 맙소사…….'

그였다. 너무 보고 싶어 꿈에서도 그리던 바로 그였다.

조프…….

'오 하나님 맙소사…….'

제이는 다시금 고개를 떨구었다. 숨을 쉴 수가 없었다. 자신의 앞을 유유히 스쳐 지나는 그에게서 너무나 익숙했던, 너무나 그리웠던 향기가 코끝을 스치며 제이의 마음을 온통 뒤흔들어 놓았다.

온몸의 피가 다 빠져나가는 듯 한기가 들었고, 손은 싸늘하게 식어 버렸다. 혼란스러운 머리는 말할 것도 없이, 의지와는 다르게 점점 더 위험천만하게 내달리는 심장 박동은 다스릴 수가 없었고 굳건했던 다리마저 힘을 잃고 후들후들 떨렸다.

불현듯 그와 했던 대화들이 제이의 머릿속에서 빠르게 되살아났다.

'난 조프리라고 해요. 그냥 편하게 조프라고 불러요. 다들 그렇게 부르니.'

'그런데 당신은 무슨 일을 해요? 당신도 인테리어에 관심이 아주 많아 보여서요. 보는 관점도 일반인과는 조금 다른 것 같고.'

'음. 아니라고 할 순 없지. 나 역시 어디를 가든 그 건물의 가치, 분위기, 내

283

외부의 모습 모두 살펴야 하니 말이야.'

대표의 이름을 보며 같은 first name에 자연스레 그를 떠올렸지만, 그건 단지 같은 이름에 그를 향한 그리움이 습관처럼 나타난 것일 뿐, 설마 그가 J& 대표일 거라고는……

'어떻게 이럴 수가 있어. 어떻게! 어떻게!'

이렇게 그를 만나게 될 거라고는 꿈에서조차 상상할 수 없었다.

"한 팀장."

"……"

"한 팀장?"

"……"

"한재희!"

방금 전까지만 해도 세상 평온한 표정으로 앉아 있던 제이에게서 심상치 않은 기운이 전해지고 있었다. 조금씩 거칠어지는 숨소리에 미세한 떨림이 느껴지는 모습이라니.

다른 사람들의 신경이 온통 J& 대표와 직원들에게 쏠린 사이 우재는 낮게 깔린 목소리로 다급하게 제이를 불렀다.

몇 번을 불러도 그녀에게서 답이 들려오지 않아 우재는 걱정이 앞섰다. 혹시나 해서 살짝 팔을 잡으니 그제야 자신의 부름을 눈치채는 제이였다.

"괜찮아?"

"……네. 괜찮아요. 생각보다…… 많이 긴장……했나 봐요."

"이런! 지금 얼굴이 너무 창백해. 정말 괜찮겠어?"

"네. 정말 괜찮아요."

한창 머릿속이 혼란스러운 제이와는 상관없이 모든 일은 순조롭게 진행되고 있었다.

— 안녕하십니까. 저는 J&의 대표 조프리 휴 존슨입니다. 이렇게 만나 뵙게

되어 반갑습니다. 많은 제안서 중 여기 계신 분들의 제안서가 최종으로 선택되었다고 들었습니다. 부디 좋은 결과 있기를 바랍니다.

꿈속에서 수없이 들었던 그의 목소리를 실제로 현실에서 듣고 나서야 제이는 정말 그가 자신의 앞에 와 있다는 걸, 결코 그리움에 의한 착각이 아니라는 걸 깨닫고는 눈시울이 뜨겁게 달아올랐다.

꿈속에서 그의 목소리는 더없이 부드럽고 달콤했는데…… 지금 그의 목소리에는 감히 범접할 수 없는 힘이 배어 나오는 듯했다.

그가 결코 평범하지 않다는 건 알았지만…… 그의 지위가 예사롭지는 않을 거라 막연히 생각은 했었지만…… 설마 그게 J&일 줄은…… 하필 J&일 줄은…….

그렇게 잊으려 발버둥을 쳤는데, 어떻게 이렇게 생생하게 일시에 모든 기억이 되살아나는지. 기어이 눈물이 후둑 떨어졌다. 손등에 떨어진 눈물방울의 물기를 느끼고서야 제이는 정신이 번쩍 들었다.

'망할 한재희! 이게 대체 뭐 하는 짓이야! 미치지 않고서야 어떻게 지금, 어떻게 여기서 이럴 수가 있어! 제발, 제발 정신 차려!!'

서둘러 흐른 눈물을 닦았다. 자신을 제외한 다른 사람들은 모두 집중해서 조프의 말을 경청하고 있었고, 제이를 걱정스레 지켜보던 우재는 가만히 떨리는 제이의 손을 강하게 붙잡았다.

차가운 손에 닿은 갑작스러운 온기에 놀라 얼굴을 들어 그를 바라보는데,

"괜찮겠어?"

우재의 물음에 제이는 만감이 교차했다. 오늘 이 자리를 위해서 그동안 팀원들과 함께 몇 달 동안 얼마나 열심히 준비했는데, 제대로 시작해 보지도 못하고 이렇게 망칠 수는 없었다. 지금은 추억에 빠져 허우적거릴 때가 아니었다. 제이는 간신히 꺼져 가는 정신을 붙잡았다.

'일을 생각해. 이것만 생각해, 지금은 딱 이것만…… 제발 집중해.'

간신히 마음을 다잡고 나서야 미소를 지을 수 있었다.

"네. 정말 괜찮아요, 이제. 고마워요, 선배."

우재는 제이의 손을 꼭 잡으며 말했다.

"그래. 해 보자! 난 너 믿는다."

"저도요. 선배님만 믿어요."

우재는 이렇게 제이의 손을 잡게 될 줄은 몰랐다.

오늘의 제이는 평소와 전혀 다른 모습이었다. 불과 몇 분 전까지도 자신감에 차 있던 사람이 갑자기 왜 이렇게 급격한 감정의 변화를 보이는지. 지금의 그녀는 긴장했고, 떨었고, 움츠렸다. 의아했지만 이대로 두고 볼 수만은 없었다.

그동안 이 프로젝트에 그녀가 얼마나 많은 시간과 정성을 쏟았는지 알기에 제이가 좌절하는 모습은 결코 보고 싶지 않았다. 반드시 입찰에 성공해서 그녀와 함께 일하고 싶었다.

이번 일이 끝나면 그때, 그때쯤이면 숨겼던 마음 한 자락 내비쳐도 괜찮겠지. 그때까지는 그저 믿음직한 선배로 편하게 옆에 남아 있어야 했다.

"잘해 보자, 재희야……."

조프의 일정은 한국에 왔다는 감상에 젖어들 틈도 없는 강행군을 예고하고 있었다. 대회의실 문이 열리고 또다시 일상처럼 회의에 회의가 이어지는 새로울 것도 없는 지루한 하루가 시작되고 있었다. 아직 시차 적응도 제대로 되지 않았는데 오자마자 또 일이라니, 한숨이 절로 나왔다.

그렇게 회의실로 무겁기만 한 발을 한 발 한 발 들여놓는데 순간 너무나 그리웠던, 너무나 익숙했던 향기가 미세하게 코끝을 간질였다. 답답했던 가슴이 순간 확 트이는 듯했다.

설마, 혹시나. 하는 마음에 반신반의하며 회의실 안을 천천히 둘러보는데, 맙소사! 그녀다!! 분명 그녀였다!! 바로 내 앞에 손만 뻗으면 닿을 거리에……

꿈에 그리던 제이가 있었다.

한국에 오면서 한 자락 희망이 없었다고 하면 거짓말이었다. 다시 한번 꼭 보고 싶었다. 물어보고 싶었다. 왜 떠났는지, 왜 말도 없이 그렇게 떠나야만 했는지. 일말의 희망을 품고 왔으나 가능성은 희박하다고 생각했다.

그런데 그랬던 그녀가, 그렇게 찾을 때는 머리카락 한 올조차 보이지 않고 꽁꽁 숨어 있던 그녀가 지금 눈앞에, 바로 내 앞에 다가와 있는 현실이 믿기지가 않았다.

멈춘 것만 같았던 심장이 사정없이 뜀박질하고 있었고, 잊었다고 생각했던 아릿한 통증이 욱신 밀려왔다. 그녀가…… 그토록 그리웠던 제이가 눈앞에 있다니.

그녀와 눈이 마주쳤다. 그녀 또한 자신을 분명히 알아보았다. 그녀의 함지박만 하게 커져 있는 눈동자가 급격히 흔들리고 있었다. 한눈에도 당황한 모습이 역력했다. 몰랐겠지. 내가 여기 이렇게 나타나리라고는 상상조차 할 수 없었겠지. 자신 역시 그녀와 이렇게 맞닥뜨리게 될 줄은 생각도 못 했으니.

고작 한 달도 채 안 되는 시간 함께 지내면서 그리 깊은 대화는 할 수 없었으니…… 정확히 뭘 하는 사람인지 누구인지 몰랐겠지.

당장 그녀를 잡아채고 싶었으나 참아야 했다. 어디까지나 지금은 공적인 자리였다. 더군다나 공개입찰이라는 예민한 시기, 그녀를 위해서도 오해의 소지가 될 만한 행동은 피해야 했다.

조프는 짜릿한 희열이 감도는 얼굴에서 표정을 지우고 그녀를 보지 못한 것처럼 스쳐 지나며, 그녀 앞에 놓인 명패를 놓치지 않았다.

「리준 건설」

조프는 참가자들에게 간략하게 인사말을 하고 자리에 앉았다.

— 입찰절차의 공정성을 위해서 지금부터 PT 내용은 모두 녹화가 될 거라는 걸 미리 말씀드립니다. 그럼 지금부터 J& 시공사 공개입찰 프레젠테이션을 시작하도록 하겠습니다.

J& 직원의 말이 끝남과 동시에 회의실의 불이 소등되었다.

조프는 소등이 되자마자 테이블 위에 놓인 PT 자료를 살펴보았다.

'리준, 리준, 리준…… 찾았다.'

「리준 건설 한재희, 강우재」

그녀의 이름은 제이가 아닌 한재희였다. 이제서야 온전히 그녀의 이름을 알게 되었다. 이름 하나만 정확히 알고 있었어도…….

불이 꺼지고 나서야 조프는 마음껏 제이를 살펴볼 수 있었다. 첫 팀이 프레젠테이션을 준비하고 있었으나 조프는 집중할 수가 없었다. 제이 옆에 앉은 사람이 한 손으로 그녀의 손을 감쌌다. 어둠에 싸여 있는 와중에도 그녀의 희미한 미소가 눈에 들어왔다. 그 모습만 봐도 심장이 뻐근하게 아파졌다.

"젠장!"

"대표님, 집중하시죠!"

말은 그렇게 하면서도 크리스 또한 너무 놀랐다. 그녀였다. 지난 1년간 대표님을 뒤흔들다 못해 미치게 만든 장본인! 여기서 이렇게 만나다니 크리스는 도무지 믿기지 않았다.

그렇게 찾을 때는 코빼기도 보이지 않더니, 어떻게 이 넓고 넓은 세상에서 이런 식으로 만나질 수가 있단 말인가. 정말 두 분, 회장님 말씀대로 인연인 건가…….

크리스는 며칠 전에 했던 할머니와의 대화가 불현듯 떠올랐다.

'크리스. 자네도 한국 가면 하고 싶었던 거 한번 해 봐. 뿌리가 궁금한 건 어쩔 수 없는 본능이지. 계속 그렇게 묻어만 두면 나중에 한이 되어 어쩌려고 그래? 미련 없이 해 볼 거 다 해 봐. 알겠나?'

'네. 회장님.'

'이런, 조프와 붙어 지내더니 그놈의 회장님 소리 하는 것도 어찌 이리 똑같아? 할머니라 하라고 내 몇 번을 말해?!'

'홋. 네. 할머니.'

'그리고 자네, 제이 그 아이 흠…… 아니, 아니야. 인연이라면…… 정말 인연이라면 절로 닿겠지…….'

'어떻게 이럴 수가 있지?'

한국에 오면 한 번 더 찾아볼 생각이었다. 할머니가 하려던 부탁이 무엇인지는 구태여 듣지 않아도 알 것 같았다. 행여라도 찾지 못하게 되더라도…….

그녀가 거짓말을 한 게 아니라면, 건축 관련 일을 하고 있다면 어쩌면 혹시라도 한 번쯤은 마주칠 수도 있지 않을까 생각하지 않은 건 아니었다. 그런데 그게 이렇게 빠를지는…… 미처 몰랐다. 그렇게 각자의 생각에 빠져 있는데 드디어 첫 팀의 발표가 시작되었다. 조프와 크리스는 언제 그랬냐는 듯 PT에 놀라운 집중력을 발휘하고 있었다.

PT가 끝날 때마다 질의 답을 하며 신중한 모습을 보이는 J& 팀이었다. 다섯 팀이 프레젠테이션을 마치고서야 15분의 휴식 시간이 주어졌다. J&의 임직원 열 명이 자리에서 일어나 천천히 회의실을 빠져나가려 하고 있었다. 그 역시 다시 제이의 앞을 스쳐 지나갔다.

다섯 번의 PT가 진행될 동안 애써 다잡았던 마음이 스쳐 지나가는 그의 옷자락에도 다시금 무너지려 하고 있었다.

조프는 스쳐 지나며 바라본 그녀의 창백한 얼굴에 걱정이 앞섰다. 부디 놀란 마음을 가라앉히고 일을 그르치지 않기만을 바랄 뿐이었다.

"한 팀장 정말 괜찮겠어?"

"네. 선배. 저 손 좀 씻고 올게요."

"후…… 그래."

서둘러 자리를 뜬 제이는 화장실에 들어서자마자 볼을 타고 흘러내리는 눈물에 망연자실했다. 참가 팀 중 자신을 제외하고는 여자가 단 한 명도 없다는 게 이렇게 다행스러울 수가 없었다. 아무도 없는 화장실에서 차가운 물을 수도 없이 얼굴에 끼얹으며 자기 최면을 걸었다.

'정신 차려 한재희! 여기서 무너지면 안 돼! 버텨. 어떻게 해서든 버텨야 해. 도망치지 않아, 절대! 그러니 이겨 내! 이겨 내야 해. 우는 건 나중에 얼마든지. 하지만 지금은 안 돼. 피하지 말자. 한재희, 한번 해 보자. 부딪혀 보자.'

얼굴에 남은 물기를 페이퍼 타월로 거칠게 닦아 내고 꼼꼼하게 화장을 고쳤다. 몇 분 뒤 회의실에 다시 들어서는 그녀의 모습은 아까와는 사뭇 달라져 있었다.

제이는 크게 심호흡을 한번 하고서 제자리로 가 앉았다.

"한 팀장! 마지막으로 딱 한 번만 더 물어볼게. 진짜 할 수 있겠어? 아니면 내가 할까?!"

우재는 제이에게 마지막 기회를 주었다. 이건 분명 그녀가 해야 할 PT였다. 우재가 합류하기 전 이미 제이가 다 준비했던 내용이었고 누구보다 지금 이 자리에서 빛을 발해야 할 사람은 자신이 아닌 제이였다. 하지만 이렇게까지 흔들리고 있다면 막아야 했다. 어디까지나 일은 일이었다.

"아뇨. 제가 해요. 죄송해요. 흐트러진 모습 보여서. 이제 그럴 일, 없어요."

우려와는 달리 제이는 그녀의 본모습을 되찾은 듯했다. 일에 있어서만큼은 흐트러짐 없는 지극히 이성적이고 냉정한 본연의 그녀의 모습으로. 그제야 우재는 한시름 놓을 수 있었다.

휴식 후 첫 번째 순서인 제이와 우재가 준비한 자료를 들고 단상 앞으로 나갔고, 좌측에는 제이가 우측에는 우재가 함께 섰다.

— 안녕하십니까? 리준 건설 한재희, 강우재입니다.

조프는 너무나도 오랜만에 들어 보는 그녀의 차분한 음성에 만감이 교차했다.

'오랜만이다 한재희…… 보고 싶었다. 제이. 보고 싶었어. 많이.'

조프는 그녀에게서 눈을 뗄 수 없었고, 제이는 그의 눈을 바라볼 수 없었다.

인사를 마친 제이와 우재는 각자 맡은 위치로 자리를 이동했다. 경쟁사들은 우재가 아닌 제이가 발표를 준비하는 모습에 고개를 갸웃했으나 이내 모두의 시선이 그녀에게로 집중되고 있었다.

깨끗하고 절제된 메이크업, 단정하게 하나로 묶은 롱 포니테일의 헤어스타일은 말할 것도 없이, 깔끔한 아이보리 색상의 이너 블라우스와 독특한 스트라이프 패턴으로 포인트를 준 블랙의 시크한 슈트 스타일링은 그녀의 우아한 매력과 더불어 카리스마 넘치는 커리어 우먼의 면모를 더욱 돋보이게 만들고 있었다.

"왜 강우재가 하지 않고?"

"그러게, 무슨 꿍꿍이야?"

"쟤 봐라. 긴장하지도 않네."

"그러게 말입니다. 어떻게 저렇게 차분할 수가 있죠?"

"하여간, 보통은 아니야."

"누가 아니래? 표정이 자신만만한데, 얼마나 잘 하나 지켜보자고."

좌중의 수군거림에 아랑곳없이 제이는 단상 앞에서 우재를 향해 고개를 끄덕이며 시작을 알리고 있었다. 드디어 시작된 발표에서 우재와 제이는 한 치의 흐트러짐이 없었다.

우재는 그녀의 필요에 따라 적절하게 스크린에 자료화면을 맞춰 주며 확실하게 제이를 서포트하고 있었고, 발표를 맡은 제이는 스크린을 보며 한 자리에 머물러 있지 않고 화면에 따라 자리를 옮기며 손짓과 눈짓 여유로운 표정과 제스처로 모두의 이목을 자신에게로 집중시켰다.

떨릴 법도 한데 어떠한 흔들림도 없이 물 흐르듯 차분하고 여유롭게 발표하는 모습에 함께 참여한 타사는 물론 심사하는 J& 직원들까지도 혀를 내둘렀다. 확실히 다른 팀들과는 차별화가 되었다. 신선했고 획기적이었다.

제이는 차라리 어두워 다행이라 생각했다. 어둠이 그를 가리니 흐트러지지 않고 오로지 PT에만 집중할 수 있었다. 떨려 오던 마음이 발표를 하면서부터 오히려 차분해졌고, 창백했던 얼굴에 다시금 발그레한 혈색이 돌고 있었다.

— 이것으로 발표를 모두 마치겠습니다.

그렇게 무사히 발표를 끝낸 제이와 우재 두 사람은 마주 보며 미소로 서로에게 격려를 보냈다.

"자, 조명 조절해 주시고요. 질문들 하시죠."

크리스의 말에 어두웠던 회의실에 은은한 조명이 들어왔다. 조명이 밝아 와도 제이는 더 이상 움츠리지 않고 고개를 들어 정면을 바라보았다. 정면에는 바로 그가 자리하고 있었다.

'떨지 마. 긴장하지 마. 물러서지 마.'

제이는 그에게 당당한 모습으로 기억되길 바랐다. 그것이 자신의 비겁한 욕심이라 해도, 마냥 움츠리고 떨고 있는 나약한 모습이 아닌 마지막까지도 당당하고 멋진 모습으로 기억되길 바랐다.

제이는 눈에 띄지 않게 심호흡을 했다. 드디어 J& 측의 질의가 시작되었다.

"우선 발표 잘 들었습니다. 리준이라고 했나요?"

"네. 그렇습니다."

"리준은 J&그룹에 대한 조사가 부족한 게 아닌가 싶은데. 우리가 자본이 없어서 기존 건부지를 매입한 게 아니라는 것쯤은 알 텐데, 어떻게 그 건물의 틀을 그대로 사용하는 안을 들고 왔는지 좀 의아하네요. 타 업체와 마찬가지로 신축을 하는 게 깔끔하지 않겠습니까?"

임원 중 한 명이 물었다.

"그럴 리가 있겠습니까? 모든 일에 앞서 최우선으로 하는 일이 의뢰인이나 업체를 파악하는 일부터 시작하는 것을요. 처음 J&이라는 걸 알았을 땐 회사 규모에 맞게 다 허물고 신축을 생각하지 않은 건 아니었습니다. 하지만 J&을 체계적으로 조사하면서 기존의 계획을 변경하게 되었습니다. 제가 알기로, J&은 투자를 할 때는 과감하게 하되 불필요한 부분의 비용은 줄여 재무구조를 개선하려는 움직임을 보였고, 내실 경영에도 집중하는 모습이었습니다. 최근 2~3년 내 인수합병한 스위스 호반 호텔이나, 프랑스 에펠 호텔, 스페인에 팔라우에트 호텔들 면면을 봐도, 각기 그 호텔이 가진 장점은 보존하되 최소한의 리모델링만으로도 최대의 효과를 누리고 있다는 걸 확인할 수 있었습니다. 더불어 비슷한 시기에 타 기업에서는 못 잡아 혈안이 되었던 바인스를 선택하지 않고, 그 호텔들을 인수한 배경을 보더라도 J&은 기업의 몸집 불리기보다는 현실적인 M&A를 통해 기간과 투자비용을 절감하고, 그에 따른 이익을 사회에 환원함으로써 기업의 대외적 신용도를 높이는 등 타 기업과는 운영 방침부터가 확실히 차별화되어 있다고 판단했습니다. 그래서 리준에서는 이번에 매입한 곳도 같은 맥락으로 파악하고 있습니다. J&에서 매입한 벨라는 설립된 지 3년도 채 안 된 건물입니다. 그냥 허물어 버리기에는 너무 아까운 건물이죠. 충분히 증축, 개축 그리고 외관의 변화와 내부 인테리어 변경만으로도 완벽하게 새로 거듭날 수 있는 곳입니다. 리모델링만으로도 신축 건물 못지않게 훌륭한 호텔로 탈바꿈할 수 있는 곳이라 여겨졌기 때문에 우리 리준에서는 최종안으로 리모델링을 제안하는 것입니다."

"그럼 안전성 문제는 어떻게 생각하지? 신축 건물에 비해 안전성이 결여되지 않겠습니까?"

지금껏 잠자코 있던 조프가 질문을 던졌고, 제이는 피하지 않았다. 당당히 그의 얼굴을 바라보며 자신의 의견을 피력했다.

"강 팀장님 화면 좀 띄워 주시겠어요? 그리고 죄송합니다만 조명 부탁드려도 될까요?"

제이의 말에 J&의 직원이 재빨리 스크린이 잘 보이도록 조명을 조절해 주었다.

"벨라의 건물 안전진단은 이미 끝난 상태입니다. 여기 스크린에 보시다시피 지반 상태의 변형, 균열과 같은 구조 안정성 문제나, 건축 마감, 설비 노후도, 주거 환경에 대한 정밀 안전진단은 이미 실시했고 A등급을 받은 건물입니다. 그리고 그 무엇보다 3년 사용하고 허물자고 지은 건물이 아닙니다. 벨라는,"

제이는 발언 중간에 템포 조절을 하며 다시금 집중을 유도하고 있었다.

"3년 전 제가 직접 프로젝트에 참여해서 건설한 곳이며 해안가인 만큼 지진에 대비한 내진설계가 완벽하게 진행되었던 곳입니다. 지금 제주도, 아니 세계 그 어느 나라의 건물과 비교해도 부족함이 없을 정도로 안전을 최우선으로 해서 설계한 곳입니다. 다 허물고 다시 건축하게 되면 그에 따른 비용은 두 배, 세 배로 늘어나게 되겠지만 기존에 건물을 잘 활용해서 리모델링하면 30퍼센트 이상의 비용 절감 효과를 보게 될 것이며, 그에 따른 이익은 J&의 사회 환원 정책에 맞게 좀 더 유용한 곳에 쓰일 수 있을 거라 생각합니다."

답을 하는 중간중간 J&의 임직원들과 자연스레 시선을 맞추며 말을 마친 제이는 마지막으로 질문을 했던 J&의 대표 조프의 눈을 당당히 바라보았다.

회의실에 자리한 타사 직원들은 너 나 할 것 없이 모두 혀를 내두르고 있었다. 이쪽 계통에서는 아직도 핏덩이라고 할 수 있는 저 젊은 아가씨가 지금 대형 사고를 쳤다는 걸, 이미 J& 대표의 마음이 리준으로 기울고 있다는 걸 어렵지 않게 느낄 수 있었다.

정말 호랑이 새끼가 아닌가. 아니, 맹수가 아닌가?!

여기 앉아 있는 자신들보다 경력이면 경력, 경험이면 경험이 턱없이 부족한 피라미로 여겨 왔건만……. 그렇게 오랜 경험이 쌓인 자신들도 지금 이 자리는 어렵고 또 어려웠으며 진땀 나기에 충분했다. 한데 어떻게 저렇게 새파랗게 젊은, 그것도 이 자리에 여자는 자신 혼자뿐임에도 위축되기는커녕 한 치의 흐트러짐도 없이 모든 질의에 막힘없이 줄줄 답을 하는지.

최연소 대상 수상자라는 타이틀이, 가장 핫한 건축가라는 이슈가 거짓이 아님을, 경쟁자임에도 감탄이 절로 나왔다.

제이의 답이 끝나자 이번에는 또 다른 임원이 질의를 했다.

"한재희 씨라고 했나요? 개인적으로 궁금해서 그런데, 한재희 씨 같으면 그 상황에서 어떤 선택을 했을까요? 바인스 그룹과 아까 말했던 그 외의 호텔 중에서?"

"저라면…… 바인스를 선택했을 겁니다."

제이는 발표 후 처음으로 치아가 보일 정도로 환한 미소를 지으며 답했다.

그녀의 환한 미소에 모두들 어안이 벙벙했다. 어떻게 이 긴장되는 상황에서도 저렇게 환한 미소를 지을 수 있는지. 게다가 자신이 발표한 내용과 완벽하게 반하는 대답을 하면서도 어떻게 저렇게 태연하게 웃을 수 있는지. 급기야 테이블 여기저기서 웅성거리는 소리가 들려왔다.

다시금 템포 조절을 하며 제이는 그들의 소란스러움이 가라앉기를 기다리고 있었다. 조금 잠잠해진다고 느끼는 순간 제이가 입가에 미소를 거두고 답을 했다.

"그게 제 일이니까요. 저는 M&A 전문가가 아닌 건축가입니다. 저의 관점으로 바인스는 워낙 손을 봐야 할 곳이 많아 저에게는 또 다른 도전 의식을 불러일으키기에 충분한 곳이었습니다. 하지만 J&의 입장에서 볼 때 바인스를 포기한 건 탁월한 선택이었다고 생각합니다. 감히 제가 평을 해도 될지 모르겠지만, 회사의 지위를 생각한다면 욕심낼 법도 한데 과감하게 버리고, 회사 방침에 따라 흔들림 없이 규모보다는 실리 추구에 무게를 둔 건 대단히 어렵지만 현명한 선택이었다고 생각합니다. 결과적으로 보더라도 바인스를 인수한 회사가 요즘 들어 재정적 어려움에 처해 있다고 하던데, 더 말할 필요가 있을까요?"

일순 정적이 감돌았다. 그녀의 혜안과 상황 판단력에 모두들 감탄을 금할 길이 없었다.

사실 J&에서 벨라를 매입할 때 이미 그 건물이 가진 가치를 판단했었다. 허물기에는 아까운 건물이었음에도, 리준의 발표가 있기 전에는 단 한 팀도 리모델링을 제시하는 팀이 없었다.

그런데 처음으로 리준에서 자신들의 의도와 맞아떨어지는 안을 들고 PT를 하자 전에 발표한 팀과는 다르게 많은 질문이 쏟아졌다. 한데 공교롭게도 그 건물을 그녀가 건축했다고 하니 선정되기만 한다면 더없이 좋은 적임자가 아닐까 싶었다.

옆에서 이 모든 걸 지켜보았던 우재는 또 한 번 놀랐다. 아까의 그 흔들리던 모습의 제이는 찾아볼 수가 없었다. J& 측의 질문에 제이가 처음 자신을 한번 바라보았을 때 우재는 고개를 한 번 끄덕였다. 그간 충분히 예상했던 질문이기도 했고 제이는 충분히 준비가 되어 있었다.

제이로서는 우재를 배려하고자 했으나, 우재는 온전히 스포트라이트를 그녀에게 넘겨주었다. 결과적으로 우재의 판단은 옳았고, 이 자리에 있는 모두에게 제이는 깊이 각인되었다.

한편 모든 발표를 마친 제이를 바라보며 조프는 놀라운 마음을 감출 수 없다.

'능력이 있다는 건 익히 알고 있었지만 설마 이 정도일 줄은. 정말 대단하네, 한재희.'

조프는 천천히 의자 등받이에 상체를 기대며, 제이의 도전적인 눈빛을 정면으로 맞받아쳤다.

'정말 멋진 여자야!'

처음 자신을 마주하며 당황해서 흐트러진 모습은 온데간데없이 J&의 대표인 자신의 눈을 뚫어져라 쳐다보는 저 당당함이라니. 심지어 자신의 회사 중역들도 저렇게 당당하게 자신에게 맞서는 사람이 없었는데. 가슴 가득 뿌듯함이 차올랐다.

당장 가서 으스러지도록 안아 주고 싶었다. 멋지게 잘 해냈다고 그 누구보다 돋보였다고 당신이 너무 자랑스럽다고, 말해 주고 싶었다.

내 마음에 담기에 충분히 차고도 넘치는 여자가 아닌가. 떠난 그녀를 생각하면 괘씸했지만 분명 이유가 있었으리라.

철저하게 표정 관리를 하고 있던 조프도 이 순간만큼은 미소가 입가에 걸리는 걸 막을 도리가 없었다.

"자. 더 이상 질문 없으시면 마무리하도록 하겠습니다. 수고 많으셨습니다. 그럼 다음 팀 준비해 주세요."

크리스의 말에 비로소 상념에서 빠져나오는 조프였다. 그 뒤로도 네 팀이 더 발표를 하고 나서야 모든 PT가 마무리되었다.

조프는 설레는 마음을 가라앉히고 말했다.

"모두들 수고 많으셨습니다. 생각 이상으로 오늘 프레젠테이션이 만족스러웠습니다. 참여해 주신 모든 분들께 깊은 감사의 말씀을 전합니다."

조프가 인사말을 마치자 크리스가 다시 말을 이었다.

"발표는 홈페이지에 공고함과 동시에 각 회사로 개별 연락을 드리겠습니다. 모두 수고 많으셨습니다. 감사합니다."

드디어 끝이 났다.

J& 임직원들이 천천히 자리를 정리하고 일어나 조프를 중심으로 회의실을 빠져나갔다.

조프는 걸어 나가며 자연스레 그녀에게로 향하는 눈길을 막을 수가 없었다. 가만히 서서 양손을 가지런히 모으고 고개를 살짝 숙이고 있는 모습이라니. 조금 전 당차게 발표하던 사람과 같은 사람이 맞나 싶을 정도였다.

'기다려. 곧 다시 만나게 될 거야.'

아쉬움을 뒤로하고 그녀를 스쳐 지나갔다.

"하……."

J& 직원들이 회의실을 나가자 제이에게서 탄식이 절로 흘러나왔다. 제이는 온몸에 힘이 다 빠져나가는 듯했다. 지금까지 어떻게 버텼나 싶을 정도로 다리가 후들후들 떨려 왔다.

"한 팀장, 정말…… 강심장, 강심장! 그나저나 두 사람 이러면 안 되지! 두 사람이 한 회사에 있으면 반칙 아니야?!"

"근데 강 팀장! 리준에 간 게 불과 얼마나 됐다고, 둘이 무슨 호흡이 그렇게 잘 맞아?"

"그러게 말이야. 한 몇 년은 함께 일해 온 사람인 줄 알겠어."

"우리 다음에 또 마주치지는 말자. 한 팀장, 강 팀장! 적당히 좀 하자, 적당히 좀."

경쟁사 직원들이 회의실을 나가며 제이와 우재가 있는 테이블로 와 한마디씩 쏘아붙였다.

"하하하, 대기업에서 견제가 너무 심하십니다. 결과는 아직 나오지도 않았는데 너무들 하신 거 아닙니까?"

"우리 회사로 스카우트하려고 그렇게 공을 들여도 꿈쩍도 않더니만, 거기로 갔어?"

"그렇게 됐습니다. 들어가십시오. 수고하셨습니다."

"그래그래."

우재가 너스레를 떨며 말하는 게 들려왔다. 알 만한 얼굴들이 있어 제이 역시 인사를 하며 예의를 갖추었다.

그렇게 한 무리의 사람들이 다 빠져나가고 나서야 제이는 의자에 몸을 의지해 앉을 수 있었다.

"한 팀장. 오늘 수고했다. 정말 잘했어!"

우재는 이준 사장이 제이에게 보이는 믿음의 원천이 무엇인지 오늘에서야 제대로 확인한 느낌이었다.

"죄송해요. 오늘 저 때문에 많이 놀라셨죠? 정말 죄송해요. 하마터면 일 그르칠 뻔했는데, 선배 덕분에 다행히 위기는 넘긴 것 같아요."

"아니야 잘했어. 사실 초반에 걱정을 좀 하긴 했는데, 걱정한 게 무색할 정도로 오늘 정말 멋지게 잘했어."

"흠……"

"표정이 왜 그래?"

"걱정되네요. 생각만큼 못 한 게 마음에 걸려요."

"욕심이 과해. 충분히 잘했어. 그러니 쓸데없는 걱정은 그만하고 한잔하러 가지?"

제이는 혼자만의 시간이 절실했지만 오늘만큼은 선배에게 한잔 사야 할 듯했다. 본의 아니게 자신 때문에 마음을 졸이며 걱정으로 지켜봤을 그에게 미안한 마음이 더 컸다.

"네. 가요. 오늘은 제가 사 드릴게요."

"누가 사면 어때. 그만 가자."

조프는 창밖을 내려다보았다. 다들 삼삼오오 빠져나가는데 아직 제이는 나오지 않았다.

그녀가 이제 어디서 무얼 하는지 알았다. 아까 프레젠테이션하는 걸 보아하니 이변이 없다면 아마도 리준이 최종 후보에 오를 것이다.

조바심이 났다. 당장 가까이에서 보고 싶었다. 바로 그녀에게로 가서 데려오고 싶었다. 하지만 왠지 그렇게 하면 또다시 사라질 것만 같았다. 1년 전 그날처럼 흔적도 없이…….

처음 그녀가 떠났을 땐 답답하고 괘씸하고 미칠 듯 화가 났었다. 하지만 시간이 지날수록 그런 괘씸함보다…… 그리움이 더 크게 다가왔다. 보고 싶었다. 다시 만나게 되면 그때는 절대, 절대 보내지 말아야지. 이미 곁에 없는 사람을 두고 다짐 또 다짐을 했었다.

그렇게 오랜 상념에 빠져든 사이 그녀가 나왔다. 아까 옆에서 같이 발표하던 그 남자와 함께…….

일인데도 불구하고 발표하는 중간중간 그와 마주 보며 미소 짓는 모습에 속이 쓰라렸다. 지금도 그녀의 옆에서 그녀를 이끌며 차에 태우는 모습이……

"크리스, 어디 사는지 알아봐."

"아직은 안 됩니다."

"뭐?"

"아시잖습니까? 업체 선정 완료되고 나면 그때, 그때 움직이시죠. 업체 선정 전에 특정 업체 직원과 말이 나서 좋을 게 뭐가 있겠습니까?"

"알아! 아니까, 일단 어디 사는지 좀 알아봐. 지금 당장 어떻게 하겠다는 게 아니야!!"

"후…… 알겠습니다. 그나저나 세상 참 좁네요. 이렇게도 만나지는 걸 보니. 변한 게 없네요."

"아니 변했어. 살이 좀 빠졌어. 후…… 마음에 안 드네."

"나 참, 언제 또 그렇게 자세히 보셨습니까. 하…… 회의하러 가시죠!"

"그래. 가자."

프레젠테이션이 끝나고 잠시 휴식을 취하던 J& 임원들이 대회의실 옆에 위치한 소회의실에 다시 모였다.

조프는 뒷정리 중인 대회의실을 스쳐 지나며 다시금 단상에 올라 당당하게 발표하던 제이의 모습이 떠올라 입가에 흐뭇한 미소가 가만히 번졌다.

"오늘 어땠습니까?"

자리에 앉아 임원들을 바라보며 조프가 곧장 물었다.

"기대 이상이던데요? 그중에서도 리준의 한재희? 와, 정말 대단하던데요? 우리 회사에 스카우트하고 싶은 생각까지 들더군요."

모두들 그 말에 이의를 제기할 수가 없었다. 처음부터 끝까지 영어로 진행된 PT에서 한 치의 오차 없이 완벽하게 발표하던 그녀를 떠올리며 모두 고개를 끄덕였다.

크리스 역시 함께 고개를 끄덕였다. 그녀는 항상 상상 그 이상을 보여 주는 듯했다.

조프는 그답지 않게 좀처럼 회의에 집중할 수가 없었다. 회의 중에도 아까 봤던 모습이 계속 머릿속에 떠올랐다. 다른 남자 곁에 있는 제이라니, 망할. 보지 않았으면 몰라도 이미 눈에 들어온 이상 다시는 놓칠 수 없었다. 또다시 지난 1년처럼 살아야 한다면 차라리 죽는 게 나을 듯싶었다.

"대표님 생각은 어떠십니까?"

"대표님?"

"음?"

크리스가 두 번이나 부르고 나서야 조프는 상념에서 벗어났다.

"흠흠. 일단 CS 건설과 리준 건설로 의견이 모아졌습니다. 대표님 의중은 어떠하신지."

크리스는 미간에 주름을 지우지 못한 채 마음이 복잡한 듯한 조프를 우려 섞인 눈빛으로 바라보며 임원들의 결정을 다시 알려 주었다.

"당연한 결과네요. 시간 끌 것 없이 내일 두 곳에 바로 통보하고 빠른 시일 내에 시찰하도록 합시다."

"네 알겠습니다."

조프는 규모 면에서 다소 밀리는 리준이 불리하지 않을까 걱정이 되었지만, 자신이 해 줄 수 있는 일은 없었다. 부디 그녀가 마지막까지 잘 해내기를, 그녀가 몸담은 회사가 그만큼 가치가 있는 곳이길 바랄 수밖에.

프레젠테이션에 참석했던 CS 건설 직원 두 명이 결과 보고를 하기 위해 CS 건설의 회장실로 들어섰다.

"그래. 어땠나?"

직원들이 자리에 앉기가 무섭게 이 회장이 말을 꺼냈다.

"네, 회장님. 리준 건설이 만만치 않던데요. 분위기 봐서는 우리 회사와 리준 두 곳이 맞붙을 확률이 높습니다."

"아마 빠르면 내일쯤 연락이 오지 않을까 싶습니다만······."

CS 직원 두 사람이 차례로 이 회장에게 보고하는데, 불현듯 리준의 프레젠테이션 장면이 머릿속을 스쳤다. 마음속에 단단히 각인되어 버린 리준의 두 사람을 떠올리며 찜찜한 마음에 이 회장의 안색을 조심스레 살폈다.

"리준이라······ 알았어. 그렇게 되면 곧 시찰 나올 테니 준비 철저히 하게."

경쟁사가 다른 회사가 아닌 아들의 회사 리준 건설이라는 것이 나쁘지 않았다.

'녀석······ 내 아들이지만 참 제법이야. 어떻게 아무것도 없이 빈손으로 시작해 벌써 그 위치까지 올랐단 말인가. 인재를 볼 줄 알고 그런 인재를 자신의 곁에 두는 것도 실력이라면 실력인 게지. 앞으로 그 녀석 다시 데려오려면 정말 만만치 않겠어.'

이 회장은 아들 이준이······ 무척 보고 싶었다.

우재와 제이는 한적한 bar에 앉아 함께 술잔을 들었다.

"그만 털어 버리지? 한 팀장답지 않게 좀 오래가네?"

"후······ 그러게요."

"평소보다 좀 힘들었다고 해서 못했다는 것도 아닌데 왜 그렇게 신경을 써? 초반에 긴장이야 누구나 하는 건데, 한 팀장만 그런 것도 아니고 다른 회사 PT 하는 것도 봤잖아. 말이야 바른 말이지 오늘 한 팀장이 제일 잘했어."

제이는 사정을 알 리 없는 우재의 위로에 가슴이 답답해 왔다. 지금으로서는 그 어떤 말로도 위안이 되지 않을 것 같았다. 실타래처럼 마구 뒤엉킨 복잡한 머릿속은 좀처럼 정리될 기미가 보이지 않았다.

"근데 혹시 아까 J&에 아는 사람 있었어?"

"……네?"

"J& 임원들 들어오기 전까지는 놀라우리만큼 태연자약했었는데 말이야. 갑자기 당황했던 것 같아서 혹시나 하고."

"아. 그냥. 착각했나 봐요. 아는 사람하고."

제이는 절대 그에게 곧이곧대로 말해 줄 수 없었다.

"그랬구나. 다른 문제 있는 건 아니지? 다른 걱정거리라든지."

"네? 무슨……."

"그냥그냥. 다른 힘든 일은 없는가 하고."

"네. 없어요. 없죠, 그럼. 제가 일이 있을 게 뭐가 있겠어요?"

우재는 술잔을 들어 천천히 술을 마시는 제이를 보며 조심스레 말을 꺼냈다.

"그럼 뭐 하나 물어봐도 될까?"

"네."

"왜 아직 만나는 사람이 없어?"

"음…… 글쎄요…… 왜 꼭 누굴 만나야 하는데요?"

"뭐?"

"혼자가 편하거든요. 안 그래도 바쁜데, 신경 써야 할 사람도 없고, 잔소리하는 사람도 없고, 귀찮게 하는 사람도 없고, 나 하고 싶은 대로, 가고 싶은 대로, 내가 원하는 건 뭐든 다 할 수 있는데 왜 누굴 꼭 만나야 해요?"

"훗, 그렇구나."

깊이 생각할 필요도 없다는 듯 그저 무덤덤하게 말하는 제이를 가만히 바라보며 우재는 저도 모르게 기운이 쭉 빠지는 느낌이었다.

"그러는 선배는 왜 아직 만나는 사람이 없는데요?"

"그러네. 그러고 보니 나도 없네."

"치…… 선배도 혼자면서 남 걱정은."

"난 좀 다른데? 나는 혼자 지내는 거 싫어. 옆에 누가 있었으면 해."

"그럼 만나면 되잖아요. 선배 좋다는 사람 한둘이 아닐 텐데, 당장 우리 회사 여직원들만 봐도 그래요. 둘 이상 모이는 곳치고 선배 얘기 안 나오는 곳이 없던데요?"

그는 여직원들에게 인기가 많은 듯했다. 그와 함께 첫 회식을 하던 날, 같은 학교에 다녔다는 걸 알게 된 여직원들이 슬금슬금 자신에게 다가와 멀리 앉은 그를 바라보며 넌지시 그에 관해 물어보던 모습이 떠올라 제이의 입매에 보일 듯 말 듯 한 미소가 잠시 스쳤다.

"흠…… 아직은 때가 아닌가 봐. 나도 한 팀장만큼 바쁘잖아. 아직은, 아직은. 준비되지 않은 것 같아서."

'말 꺼내면 너 도망갈까 봐. 그 단단한 껍데기 속으로 완전히 들어가 버릴까 봐.'

그게 너였으면 좋겠다고 차마 말할 수 없는 우재였다.

"음, 그렇구나……."

대화를 하고 있으면서도 다른 곳을 향해 가는 너의 생각을 어떻게 붙잡아 둬야 할까?

우재는 안타까움에 잔을 들었다.

제이의 눈빛에 어린 공허함이, 아련함이…… 신경 쓰였다. 도대체 왜 저런 눈빛을 하고 있는 건지…….

"그만할까? 많이 마신 것 같은데."

"그럴까요?"

제이는 제법 마신 것 같은데도 말짱한 정신이 야속했다.

자리를 파하고 bar를 벗어나며 우재는 대리기사를 불렀고, 건물 밖으로 나와 인사를 하고 가려는 제이를 붙잡았다.

"내 차 타고 같이 가. 대리기사 불렀어."

"아니에요. 번거롭게 뭘요. 선배 우리 집이랑 방향도 다른데, 전 택시가 편해요."

"아니야. 안전하게 들어가는 걸 봐야 두 발 뻗고 자겠는데? 한 팀장 손끝 하나라도 다쳐 봐. 사장님이 날 가만두겠어? 아니면 지금 사장님한테 전화해?"

취하지 않았다 해도 제이 혼자 택시에 태워 보내기가 싫었다. 손사래를 치는 모습에 그렇게 부담스러울까. 자신에게 거리를 두는 듯한 모습이 못내 서운하기만 했다.

"아니에요! 알았어요. 그냥 같이 가요."

"진작 그럴 것이지."

때마침 도착한 대리기사에게 우재가 키를 넘겨주었다. 이윽고 주차장을 빠져나온 자신의 차 뒷좌석 문을 열어 제이를 먼저 태우려는데 잠시 멈칫하는 제이를 보며 의아해하는 것도 잠시, 이내 차에 오르는 제이의 옆에 나란히 앉았다. 그렇게 나란히 뒷좌석에 함께 앉아 가면서도 제이는 말없이 창밖만 바라보고 있었다.

제이는 차 문을 열어 주는 우재를 보며 불현듯 예전에 조프와 함께했던 시간이 떠올라 눈물이 핑 돌았다. 아무리 생각하지 않으려 해도, 차 문을 열어 주며 자신의 손을 다정하게 잡아 주던 그 따뜻한 감촉이 되살아났다. 자신을 바라보던 그의 뜨거운 눈동자도, 심지어 그의 향기까지 빠짐없이 머릿속에 되살아나며 하나도 지워지지 않은 기억에 고통스레 창밖을 바라보며 울컥하는 마음을 다스려야만 했다.

제이가 사는 아파트에 다다른 차가 서서히 멈춰 섰다. 우재가 차에서 내려 제이가 앉은 자리의 문을 열어 주려 다가가는데 이미 우재와 동시에 차에서 내려 버린 제이였다.

"왜 내리세요. 그냥 바로 가시면 될걸."

제이는 집까지 태워 준다고 했다지만 막상 집에 도착하고 보니 뒤늦게 미안한 마음이 들었다.

"오늘 일 너무 마음 쓰지 말고 그냥 푹 쉬어. 오늘 정말 고생 많았다."

우재는 제이가 무슨 생각을 그리 골똘히 하며 왔는지 궁금했지만 묻지 않았다. 다만 불필요한 일에 괜한 감정 소모하는 일이 없기를 바랄 뿐이었다.

"네. 오늘 정말 감사했어요. 선배."

"그래. 들어가. 너 집에 올라가는 거 보고 갈게."

"그냥 바로 가세요. 엘리베이터만 타면 금방인데요, 뭘."

"나 사장님한테 잘 보이고 싶거든? 말했잖아. 사장님이 한 팀장 얼마나 챙기는지, 술 마시면 꼭 잘 들어가는 것까지 확인하라고 신신당부하시더라고."

"하여간 우리 형부 대단하다. 대단해. 그럼 저 먼저 들어갑니다! 조심해서 들어가세요."

"그래. 가라."

제이는 자신이 빨리 들어가야 그도 갈 것 같아서 서둘러 집으로 들어갔다.

우재는 한동안 그렇게 제이의 뒷모습을 눈으로 좇았다. 제이가 들어가고 그 층에 불이 켜지는 걸 확인하고 나서야 마음이 놓였다.

"안 가십니까?"

"아. 네. 죄송합니다. 바로 갈게요."

대리기사의 말에 차에 올라타 그녀가 있을 법한 곳을 한 번 더 바라보고 나서야 고개를 돌렸다.

'너에게 다가가려면 어떻게 해야 하는 걸까? 녀석. 정말 쉽지 않네.'

조프는 좌석 깊숙이 묻었던 몸을 일으켜 세웠다. 미련이 남은 듯한 모습으로 떠나는 남자를 보니 가슴이 답답해져 왔다.

제이가 보고 싶었다. 크리스의 잔소리에 얼굴만 보고 오겠다며 나섰으나 그걸 가만히 보고만 있을 크리스가 아니었다. 기어이 가야겠다면 함께 가자고 따라와서는 쉴 틈 없이 잔소리를 퍼붓는 녀석을 본사로 보내 버릴까 심각하게 고민하던 중 한 대의 차가 제이의 집 앞으로 와 멈춰 섰다.

한 시간 전부터 그녀의 집이 잘 보이는 곳에서 자리를 잡고 기다리고 있었는데, 생각지도 않게 제이가 그 남자와 함께 돌아오는 모습을 보고 말았다. 그저 함께 일하는 사람일 거라 생각했는데. 어쩌면 그 이상일 수도 있겠다는 생각만으로 심장이 쥐어짜듯 아파 왔다.

"크리스. 강우재라는 사람하고 제이 관계 한번 알아봐. 그리고 혹시 지금 제이가 만나는 사람이 있는지도."

그녀 곁에 누군가 있다는 건 상상조차 하기 싫었지만 알아야 했다. 그래야 하루빨리 그녀를 자신의 곁에 데려올 수 있을 테니.

"네."

크리스는 남자가 제이의 집으로 함께 들어가면 어쩌나 속으로 얼마나 조마조마했는지 모른다. 지금까지는 잘 참고 있지만 대표님이 언제까지 참고만 있을지 심히 걱정이 되었다.

부디. 업체 선정될 때까지라도 잘 참아 주셔야 할 텐데…….

제이는 집으로 들어와 무거운 가방을 툭 내려놓고서 곧바로 욕실로 들어갔다. 욕조에 물을 틀어 두고 손을 씻는데 하루 종일 애써 눌러 왔던 감정이 봇물 터지듯 터져 나왔다.

'이게 뭐야. 이게 뭐냐고. 흡…… 이제 겨우, 이제 겨우. 견딜 만해졌는데. 왜! 도대체 왜!!'

제이는 터져 나오는 눈물을 막을 수가 없었다. 쏟아져 내리는 물소리에 의지해 참았던 마음을, 참았던 눈물을 한꺼번에 흘려보냈다. 그렇게 한참을 쏟아 내고 나서야 침실로 들어와 지친 몸을 누일 수 있었다.

다음 날. J& 측으로부터 최종 후보에 올랐다는 연락을 받은 우재와 제이가 사장실을 찾았다.

"역시! 한 팀장, 강 팀장, 정말 수고했어! 쟁쟁한 기업들 다 물리치고 우리가 최종 후보에 올라갔어. 연락들 받았지? 하하하."

사장 집무실 문을 열기가 무섭게 이미 비서실을 통해 소식을 전해 들은 이준이 흥분을 감추지 못하고 반갑게 두 사람을 맞았다.

제이는 어서 앉으라고 손짓하는 이준을 걱정스레 바라보며 자리에 앉자마자 말을 꺼냈다.

"좋아하시기엔 아직 일러요. 최종 결정이 된 것도 아닌데. 시찰도 남아 있고, 하필 CS 건설과 붙어서 시찰하면 우리 쪽이 불리한 건 사실이에요. 너무 앞서가진 마세요."

제이는 걱정이 앞섰다. CS 건설은 국내 1위의 건설회사로 사장인 이준의 아버지 회사였다.

형부는 언니와의 결혼을 반대하는 것으로도 모자라 결혼해서까지도 며느리를 탐탁지 않아 하며 문제를 일으키는 부모님과 끝내 화해하지 못하고 집을 나와 새로이 회사를 차렸다. 배운 게 도둑질이라고 어려서부터 보고 듣고 자란 게 건설 관련이라 새로 차린 회사도 같은 계열의 건설회사였다.

이준의 아버지는 호기롭게 나가서 얼마나 잘 하는지 보자 하는 입장이었고 형부는 그런 아버지 앞에 보란 듯이 회사를 벌써 이렇게나 키워 놓았다. 그 누구의 도움 없이 오로지 자신의 능력으로, 아직 CS 건설을 따라가려면 까마득하지만 그야말로 무에서 유를 창조해 내는 능력에 업계에서도 모두 혀를 내두를 지경이었다.

이런 인재가 CS 건설에 계속 있었다면 아마 향후 몇 년 동안은 CS 건설을 1위의 자리에서 끌어내릴 엄두조차 낼 수 없었을지도.

이준의 아버지인 CS 건설의 이 회장은 이제 와서 땅을 치고 후회해도 이미 늦었다는 것을 뒤늦게 깨달았다. 반면에 리안은 시댁과 남편의 관계 회복을 위해서 계속 노력하고 있지만 정말 쉽지가 않았다.

"글쎄? 내가 볼 땐 우리가 그렇게 불리하지만은 않아. 한 팀장도 알다시피 J&은 타 기업과는 확실히 달라. 대표가 M&A 전문가라 회사 가치 판단에 탁월

해서, 일을 맡길 때도 전문성을 중점적으로 많이 보더라고. 오히려 시찰 나오면 규모만 크지 실상은 다 하청이라 전문성이 결여되어 있는 CS 건설보다 직접 발로 뛰고, 내실 있고 전문적인 우리도 만만치 않지? 제대로만 실사한다면, 우리의 가치를 제대로만 판단한다면 충분히 승산이 있지 않을까 싶은데? 강 팀장 생각은?"

"네. 제 생각도 사장님 생각과 크게 다르지 않습니다. 요즘 CS 건설이 예전 같지 않다는 소문이 심심찮게 들리고 있습니다. 독보적인 1위 자리를 위협당하기 시작한 지 제법 되었다고 들었습니다. 아마…… 사장님이 나온 이후부터겠죠? 그 후로 쭉…… 내리막이라고. CS 건설로서는 엄청난 전력 손실이 아닐 수 없네요."

"음…… 이거 욕이야 칭찬이야? 배은망덕한 아들이라는 욕인지, 아니면 아버지보다 나은 아들이라는 칭찬인지 영~ 감이 안 잡히는데?"

"하하하. 본의 아니게 디스한 건가요?"

가만히 이준과 우재의 대화를 듣고 있던 제이가 이준의 표정을 살피며 다시 물었다.

"사장님, 정말 괜찮으시겠어요? CS 건설에서도 한번 연락이 올 것 같은데."

제이는 이준의 농담에도 웃을 수가 없었다. 말은 저렇게 해도 부모와 척을 지고 사는 사람 마음이 마냥 좋을 수가 있을까?

"상관없어. 이 바닥에 같은 일 하면서 예상 못 한 상황도 아니고 우리는 우리 일만 열심히 잘 하자고! 시찰 준비 잘하고, 지금까지 잘했지만 조금만 더 힘내. 노고에 대한 인사는 모든 일이 끝난 뒤 하지."

"네. 알겠습니다."

"네. 저는 현장에 좀 가 볼게요. 그동안 PT 집중한다고 한동안 가 보질 못해서."

이런저런 걱정으로 좀처럼 웃을 수 없는 제이가 자리에서 일어나 두 사람을 보며 말했다.

“그래. 조심해서 다녀와.”

이준은 좋은 소식을 가져온 사람답지 않게 덤덤한 제이를 보며 의아했지만, 제 집안 사정을 이미 훤히 아는 처제이기도 했기에 그저 자신을 걱정하는 것이겠거니 하고 말았다.

“우성 씨, 올리 공사 진행 현황 파일 부탁해요.”

“네. 팀장님, 지금 가실 거죠?”

“네. 우성 씨 준비되면 바로 나가죠.”

“네. 팀장님.”

제이는 제 사무실에 도착하자마자 외근 준비를 서둘렀고 그길로 직원과 함께 공사 현장에 들렀다. 한동안 본의 아니게 소홀했던 현장에 도착해 유심히 공사 진행 사항을 살피다 보니 설계와 다른 부분을 발견해 버렸다.

“현장 소장님 어디 계세요?”

“어. 소장님은 일이 있어 오늘 못 나오셨는데. 작업반장님은 저기 오네요.”

“하…….”

“어이, 한 팀장. 오랜만이네?”

제이는 어슬렁어슬렁 다가오는 작업반장을 보며 남몰래 한숨을 내쉬었다.

“네. 반장님. 안녕하셨어요? 그런데 오랜만에 왔는데 하필 이런 게 눈에 띄네요. 반장님 여기요. 설계와 다르게 콘크리트 타설이 되어 있네요? 두께가 5센티나 차이가 나는데요?”

“에이, 그 정도는 좀 봐줘. 어차피 나중에 합판 씌우면 표도 안 나.”

제이는 화가 치밀어 올랐지만 꾹 눌렀다.

“현장 감리사는 어디 갔어요? 한번 보세요. 일하시는 분 중에 안전모도 착용 안 하신 분이 계시네요. 안전 관리도 제대로 되지 않고, 규정도 무시하고 이런 식으로 공사 강행하시면 곤란해요. 설계도 확인해 보시고 다시 개조해 주세요."

"다른 업체는 이 정도는 그냥 눈감고 잘도 넘어가는데 한 팀장 너무 팍팍한 거 아니야?!"

"눈감고 넘어갈 일이 따로 있죠. 제가 오지 않았으면 또 그대로 덮으셨겠네요? 반장님! 믿고 맡길 수 있게 좀 부탁드려요. 계약서상에도 분명히 명시되어 있어요. 제3조 공사 진행 시 도면이나 설명서에 적합하지 않았을 경우 개조를 청구할 수 있다!"

제이는 난감한 듯 인상 쓰며 뒷목을 주무르는 작업반장을 향해 쐐기를 박았다.

"3일 뒤 다시 오겠습니다. 그때까지 제대로 되어 있지 않으면 저도 그냥 넘어갈 수 없어요. 그리고 현장 감리사도 반드시 자리 지키라고 해 주세요. 한두 번 볼 사이도 아닌데 이런 식으로 얼굴 붉히지 않게 해 주세요. 제발 부탁드릴게요. 그리고 이거요. 융통성 없는 저 만나 일하기 힘드실 텐데 좀 드시고 하세요. 드시면서 제 욕도 좀 실컷 하시고요."

제이는 고생하는 현장 직원들을 위해 미리 준비한 간식을 작업반장에게 불쑥 내밀었고,

"나 참. 말이나 못 하면."

작업반장은 못 이긴 척 제이가 내민 부피가 큰 쇼핑 봉투를 받으며 피식 웃었다.

"우성 씨, 간식은 저쪽 테이블 위에 좀 부탁해요."

"네. 팀장님."

"참. 그리고 현장 소장님께서는 왜 안 오셨어요?"

"부인이 또 아프다나 봐. 병원에 있을 거야."

제이는 작업반장의 말에 잠시 걱정스러운 기색을 보이다 얼른 표정을 숨겼다.

"네. 그럼 수고들 하세요."

일하시는 분들을 향해 인사를 꾸벅하며 서둘러 작업 현장을 벗어나는 제이였다.

"젊은 사람이 저렇게 고지식해서야, 나 원 참! 답답하다 답답해. 아이고 심성이라도 더러우면 욕이라도 실컷 하지, 꼭 이렇게 욕도 못 하게 만들고 가! 여기들 좀 와 봐, 한 팀장이 간식 챙겨 왔네. 좀 먹고들 해."

일할 때만큼은 매몰차게 하면서도 일하는 사람들 대우해 주고 챙겨 주는 건 한 팀장만 한 사람이 없었다. 그러기에 다소 까다롭긴 하지만 투덜거리면서도 제이의 요구는 곧잘 들어주었다. 말하기 전에 잘해 주면 더 좋을 것을.

한편 현장 점검을 모두 마치고 나오던 제이는 잠시 휴대폰을 들어 오후 일정을 확인하더니 제 뒤에서 부지런히 따라오던 우성을 돌아보았다.

"우성 씨, 난 어디 좀 들렀다 가야겠어요. 우성 씨는 현장 차량 이용 부탁해요."

"네. 팀장님. 그렇게 하겠습니다."

제이는 현장에서 나와 곧바로 병원으로 향했다.

공사 현장과 그리 멀지 않은 곳에 있는 대형 병원에 들어서며 괜히 약 냄새가 나는 듯한 기분에 잠시 숨을 참는 제이였다. 평생 병원에 올 일이 없다면 얼마나 좋을까, 생각하며 참았던 숨을 토해 내고서 다시 부지런히 걸음을 옮겼다.

"여기 입원 환자 중에 이지선 씨 계신가요?"

"네. 301호로 가 보세요."

"네. 감사합니다."

이미 몇 번을 와 봐서 그런지 헤매지 않고 곧장 해당 호실로 찾아갔다. 병실

문 옆에 붙은 환자 명단을 확인하니 4인실에 아주머니 혼자 입원한 모양이었다.

제이는 조용히 문을 똑똑 두드리고는 소리 나지 않게 조심해서 문을 드르륵 열었다.

"소장님! 소장님! 아저씨!!"

제이는 잠들어 있는 아주머니가 깰까 싶어 조용히 현장 소장인 승철을 불렀다.

"어, 한 팀장이 여기까지 또 어떻게 왔어?"

승철은 제이를 보고 반갑게 인사하며 밖으로 나왔다.

"현장에 갔더니 안 계셔서요. 작업반장님께 여쭤봤어요. 아저씨 안 계시니까 바로 표시 나던데요?"

"왜. 또 뭘 제대로 안 했어? 이 사람들이 정말."

승철은 가뜩이나 자리를 비워 마음이 좋지 않은데 일까지 제대로 안 되고 있다는 말에 걱정이 앞섰다.

"그러니까 아저씨 자리에 안 계시면 안 된다고요. 아주머니는 또 몸이 안 좋은 거예요?"

"항상 그렇지 뭐."

"큰일이네. 지금까지 잘해 오셨는데. 이번에도 잘 이겨 내실 거예요. 아저씨께서 기운 내셔야죠."

"그래 고맙다. 요즘 많이 바쁘다고 하던데 여기까지 찾아오고."

"뭘요. 아저씨가 남도 아니고 저한테는 삼촌이나 마찬가진데 당연히 와 봐야죠. 아주머니 주무시니 인사는 못 드리고 그냥 가야겠어요. 그리고 이거요. 이번에도 간병인에 치료비에 제법 많이 들어갈 텐데."

제이는 병원 근처 음식점에서 포장해 온 음식과 함께 흰 봉투 하나를 내밀었다.

"매번 이러지 마. 한두 번도 아니고."

"저야 뭐 혼자 있는데 쓸 일도 없어요. 아주머니 빨리 건강해지셔야 아저씨도 빨리 복귀할 거고, 아저씨가 복귀해야 저도 편하죠. 다 저 편하자고 하는 거예요."

승철은 아버지의 오랜 친우로 제이가 어려서부터 아빠 따라 건설 현장 구경 가면 삼촌, 삼촌 하며 따르던 분이라 제이에겐 남달랐다.

그의 아내인 지선 역시 엄마와 친자매처럼 가까이 지내는 분이라 남 같지 않은데, 해마다 원인을 알 수 없는 병명에 시름시름 앓는 모습을 볼 때면 마음이 아파 이렇게라도 돕고 싶었다.

"내가 면목이 없다."

"그러지 마세요. 저는 정말 괜찮다니까요. 아주머니 혼자 계신데 얼른 들어가 보세요. 전 이만 가 볼게요."

"그래. 그래. 내가 너 시집갈 때 꼭! 챙겨 줄게. 응? 고마워!!"

"정 부담스러우시면 그렇게 하세요. 들어가세요. 고생하시고요. 아주머니도 안부 전해 주세요. 참, 입맛 없어도 식사는 꼭 하셔야 해요."

"그래. 바쁠 텐데 얼른 들어가."

제이는 수척한 아저씨의 얼굴을 보며 안쓰러운 마음을 안고 뒤돌아섰다.

'시집이라…… 다행히 받을 일은 없겠네. 그나저나 빨리 좋아지셔야 할 텐데…… 걱정이네. 아저씨도 많이 힘드실 텐데…….'

그렇게 제이가 떠나고 병실로 들어온 승철은 조심스레 제이가 건넨 쇼핑백을 열어 보았다. 쇼핑백에는 자신이 좋아하는 초밥이 들어 있었다.

쇼핑백을 옆에 내려다 놓고, 제이가 손에 쥐어 준 봉투를 물끄러미 바라보다 조심스레 봉투를 열어 보았다. 은행에 다녀왔는지 오백만 원 수표 한 장이 들어 있었다.

승철은 금액을 보며 놀란 마음을 추스를 사이도 없이 또 한 번 들려오는 노크 소리에 제이가 다시 되돌아왔나 싶어 서둘러 문을 열어 보는데, 뜻밖에도 친구 동우가 앞에 서 있었다.

"아이고, 이 사람아 조금만 일찍 오지 그랬어? 방금 제이 왔다 갔는데."

승철은 제이 아빠인 제 친구를 보며 얼른 병실에서 다시 나왔다.

"우리 제이 왔었어?"

"그래. 안 그래도 방금 막 왔다 갔어. 어서 나가 봐. 아직 멀리 가지는 못했을 텐데."

"아니야. 내가 무슨 면목으로."

동우는 딸아이가 보고 싶으면서도 섣불리 움직일 수가 없었다. 자신을 보면 또 그 자식을 떠올리며 아파할까 싶어 지난 몇 년간 특별한 날이 아니고서야 딸을 보려 하지 않았다.

딸아이가 자신에게 데면데면하는 모습은 언제 봐도 마음이 아픈 동우다.

"자네도 참 답답하네. 망할 놈 때문에 자네 부녀 사이가 이렇게 될 줄 어떻게 알았어. 그래. 제이 보고 싶지도 않아?"

"뭘. 명절 때 되면 또 볼 텐데……."

말은 그렇게 하면서도 딸아이에 대한 그리움으로 동우의 눈시울이 붉어졌다. 유달리 딸아이와 사이가 좋았던 동우였다. 딸 바보도 이런 딸 바보가 없었건만 그때 그 일만 아니었더라도…….

"그래. 제수씨는 좀 어때?"

동우는 아픈 마음을 애써 털어 버리고 친구를 향해 물었다.

"뭐. 괜찮을 거야."

"힘내. 밥은 좀 먹었나?"

"안 그래도 제이가 방금 초밥을 주고 가더라고."

"잘 했네. 제수씨 깰라. 들어가 봐. 너도 제수씨 잘 때 같이 좀 자 둬. 병간호하는 것도 보통 일이 아닐 텐데. 그리고 이거."

동우는 손에 든 음료수 박스와 함께 흰 봉투를 하나 내밀었다.

"됐어. 방금 제이가 와서 오백을 주고 가더라. 내가 다 늙어서 염치가 없다."

"그건 그거고 이건 친구가 주는 거니 받아. 내년에 막둥이 대학 가잖아. 제수씨 간병인도 들이려면 만만치 않을 텐데 넣어 둬."

"하…… 내가 이걸 다 갚으려면 오래 살아야 할 텐데."

"별소리를 다 듣겠네. 내가 자네한테 받은 거에 비하면 이까짓 돈쯤이야 뭐 대수라고, 들어가. 무슨 일 있으면 전화 주고, 제수씨 좀 나아지면 그때 다시 올게."

"그래. 매번 고맙다. 조심해서 가."

승철은 뒤돌아 가는 친구의 뒷모습을 묵묵히 바라보았다. 학창 시절 급격히 가세가 기울어 오갈 데 없는 친구를 자신의 집에 데려와 한동안 함께 지냈었다. 그때가 언제라고 동우는 당시의 고마움을 지금까지도 잊지 않고 자신이 힘들 때마다 앞뒤 재지 않고 달려와 도움을 주었다.

"이 은혜를 어찌 다 갚을꼬……."

병실로 다시 들어온 승철은 손에 들린 봉투 두 개를 꼭 쥐며 굵은 눈물을 뚝뚝 흘렸다.

최종 후보로 선정된 두 회사에 시찰을 하러 가는 날이었다. 크리스는 모든 준비를 마치고서 J& 대표실의 문을 열었다.

"그래. 현장 조사는 끝났지? 시찰 준비는 다 됐고? 순서는?"

조프는 우두커니 창밖을 바라보다 문이 열리는 소리에 얼른 뒤돌아서며 자신을 향해 다가오는 크리스에게 급히 말을 꺼냈다.

"어지간히 급하긴 하신가 봅니다. 오전에 CS 건설, 오후에 리준 건설입니다. 대표님도 함께 가시겠습니까?"

"아니, 팀 꾸려서 다녀와. 누누이 말하지만 대내외적인 회사 인지도는 배제하고 살펴봐. 안전 관리, 시공 관리, 품질, 자재 관리 상태, 주변 시민들 민원 처리 적정성 여부, 하도급 적정성 여부, 임금 체불 현황 등등. 책임자는 누가 될지,

책임자가 일 시작과 끝에 함께 하는지. 객관적인 기준으로 확실하게 확인해."

베테랑 앞에서 걱정되는 마음에 하지 않아도 될 말을 하게 되는 조프였다.

"제가 무슨 신입 사원도 아니고, 살짝 자존심 상하려고 합니다."

"하하하하하. 그래. 너만 믿는다!"

"다녀오겠습니다."

"그래. 다녀와."

생각 같아서는 함께 가서 제이가 일하는 모습을 보고 싶었으나 객관적인 평가가 필요했다. 아마도 자신이 직접 가게 되면 그때 그날처럼 제이가 당황할 수도 있고 그렇게 되면 제대로 된 실력 발휘를 할 수 없을 것이다.

그리고 훗날. 혹시라도 자신의 계획대로 일이 진행된다면 오늘의 시찰이 제이에게 독이 될지도 모르니 참아야 했다.

결과는 순전히 시찰에 참여한 사람들이 내리는 판단에 의해서 결정될 것이다. 자신의 의견은 완벽하게 배제할 생각이었다. 다만 지금으로서는 그녀와 그녀의 회사를 믿어 볼 수밖에.

CS 건설 본사가 곧 다가올 시찰 준비로 분주했다.

"J&에서 곧 도착한답니다."

"제대로 보여 주자고! 다들 준비됐지?"

"네!"

CS 건설 직원들은 각자의 결의를 다지며 J&을 맞을 준비를 하느라 여념이 없었다. 곧이어 들이닥친 J& 직원들과 함께 회의실로 들어섰다.

냉철한 표정으로 자리한 J& 직원들을 바라보며 긴장하지 않을 수 없었지만, 만반의 준비를 한 만큼 CS 건설 직원들은 흔들림 없이 자신 있게 브리핑을 마쳤다.

하지만 생각만큼 J&은 호락호락하지 않았다. 과연 오늘 처음 시찰 나온 사람들이 맞나 싶게 꼼꼼하고 세심하게 체크를 했고 날카로운 질문도 여러 차례, CS 건설 담당자들은 저마다 식은땀을 뻘뻘 흘리고 있었다.

알고 보니 이미 사전에 CS 건설의 작업 현장 몇 군데도 다 둘러보고 온 터라 상황 파악이 다 되어 있어 그렇게 날카로운 질문이 나왔었나 보다.

사실 본사에서 브리핑 후 함께 현장을 나가 보는 걸로 통보를 받았는데. 그래서 오늘 현장에도 완벽하게 준비를 마무리한 상태였는데, 암행하듯 미리 조사를 마쳤을 줄은…….

CS 건설은 이 모든 게 낭패스러웠다.

"수고 많으셨습니다."

모든 시찰을 마친 J& 직원들이 CS 건설 본관 로비에 모여 있었고, CS 건설 직원들 역시 배웅을 하기 위해 나와 있었다. 저마다 수고했다 인사하며 악수를 했다.

"네. 그럼 안녕히 가십시오."

CS 건설 직원들의 배웅을 받으며 차에 오른 J& 직원들이 이동하는 차 안에서 대화를 시작했다.

"하…… CS가 기대에 못 미치는데요?"

"그러게, 우리가 현장에서 본 것과 자료가 좀 다르지?"

"CS가 저 정돈데 리준이라고 별다를까요?"

"가서 보면 알겠지. 서두르자고."

크리스는 함께 오지 않은 조프의 마음을 누구보다 잘 알기에 마음이 급했다. 부디 CS 건설보다 좋은 모습을 보여 주기를 마음으로 가만히 바라고 있었다.

리준 본사 로비에 J& 직원들이 들어서고 있었다.

"어서 오십시오."

제이와 우재가 함께 나와 J& 팀을 맞았다.

제이는 혹시나 그가 동석하면 어쩌나, 마음을 다잡고 또 다잡았는데 그가 오지 않아 얼마나 다행인지, 크리스가 있었지만 조프만큼 걱정스럽지는 않아 한시름 놓았다.

리준의 브리핑은 우재가 맡았다. 제이가 프레젠테이션에 집중하는 동안 우재가 실사를 대비한 준비에 총력을 기울이고 있었기에 어려움은 없었다.

두 명의 책임자가 각자의 위치에서 각자 맡은 역할을 확실히 수행함으로써 책임자에 대한 신뢰도를 높임과 동시에 책임감 있는 모습을 어필하고자 했던 그들의 계획이 들어맞았다.

리준의 업무 처리능력이나 사후 관리가 대기업보다 훨씬 더 체계적이고 철저했다. 특히 두 명의 책임자가 처음부터 끝까지 전 과정을 직접 도맡아 한다는 것이 점수에 큰 가산점이 되었다.

프레젠테이션에서 약간의 우위에 있었던 리준이었으나 실무에서는 CS에 다소 뒤처지지는 않을까, CS가 조금 더 유리하지 않을까 했던 크리스의 우려는 기우였음이 명백하게 밝혀지는 순간이었다.

"현장으로 가시죠?"

이제 제이가 현장으로 안내할 차례였다.

"아, 아닙니다. 사실 현장은 이미 다 둘러보았습니다."

"네? 이미 다 둘러보셨다고요?"

"네. 객관적인 평가를 위해서 하루 전에 이미 둘러보고 왔습니다."

"아…… 네."

"결과 나오는 대로 바로 연락드리겠습니다. 수고 많으셨습니다."

"네. 오랜 시간 검토하시느라 고생 많으셨습니다. 조심해서 가십시오."

제이와 우재는 얼떨떨했다. 현장이야 늘 하던 모습 그대로 보여 주면 될 것 같아 큰 걱정은 하지 않았지만 그래도 오늘 시찰 팀이 가니 특히 신경 좀 써 달라 말은 해 두었었는데 이미 살펴보았다고 하니, 뭐. 차라리 객관적으로 평가할 수 있는 기준이 될 수도 있으니 다행이다 싶기도 했다.

"기분이 어때?"

J& 직원들이 떠나고 없는 자리에 멍하니 서 있는 제이를 보며 우재가 물었다.

"글쎄요. 좀 얼떨떨하네요. 선배는 결과가 어떻게 될 것 같아요?"

"글쎄, 우린 하는 데까지 최선을 다했으니 믿고 기다려 봐야겠지? 왠지 느낌은 좋은데 말이야."

평소 같았으면 느낌이 좋다는 우재의 말에 분명 기뻤을 것이다. 하지만 사실 제이는 돼도 걱정 안 돼도 걱정이었다.

된다면 본의 아니게 계속 그와 마주쳐야 하고, 안 되면 그동안의 노고가 모두 물거품이 되어 버리니…….

제이의 한숨이 깊어졌다.

조프는 본사에서 온 메일을 확인하며 업무에 매달렸다. 한창 업무에 집중하고 있는데 인터폰이 울렸다.

— 대표님, 시찰 팀 지금 막 도착했다고 합니다.

"그래요? 비서실장 바로 콜 좀 해 줘요."

— 네, 대표님.

인터폰을 끊자마자 자리에서 일어서 창밖을 물끄러미 내려다보며 애써 초조해지는 마음을 다스리고 있었다. 얼마 지나지 않아 집무실에 노크 소리가 들려왔다.

"다녀왔습니다. 대표님."

형식적인 노크를 하며 성큼성큼 들어서는 크리스였다.

"그래. 어때?"

"아직 보고서 작성도 못 했는데 벌써 물어보십니다?"

"이미 답 나온 거 알아. 어디야?"

조프는 저도 모르게 초조해지는 마음에 크리스를 다그치고 있었다.

"흠, 생각보다 비교가 안 돼서 고민하고 말고 할 것도 없었습니다."

"뭐? 그만큼 차이가 났단 말이야?"

"차이가 났다기보다 기대가 컸던 곳은 훨씬 기대에 못 미쳤고, 다소 우려했던 곳이 반대로 시스템이 굉장히 체계적이어서 말입니다."

"그래서, 거기가 어딘데? 어디가 선정됐는데?"

"음…… 그러니까……."

조프는 크리스의 목을 콱 조르고 싶었다. 무엇 때문에 이렇게 조바심 내는지 뻔히 알고 있으면서 저렇게 능청스럽게 말을 질질 끄는 모양새라니!

"요즘 내가 너무 풀어 줬지? 아주 그냥 시간이 남아도나 봐. 어?"

"에이. 또 뭘 그렇게 정색을 하시고, 리준 건설로 결정했습니다."

"어디?"

"리준입니다."

"음…… 그 판단에 오류는 없겠지?"

순간 짜릿한 희열이 온몸을 감싸고 있었다. 분명히 들었지만 쉽게 믿기지 않아 다시 한번 물어보는 조프였다.

"네! 책임자는 우리가 익히 잘 알고 있는 그분이고요. 뭐, 일 처리 꼼꼼하기로는 업계에서 따라올 사람이 없답니다. 작업 중간중간 직접 현장을 찾아가 일일이 확인 대조하는 건 뭐 말할 필요도 없고요. 워낙 철두철미한 성격이라 일하는 사람들은 혀를 내두른다 하더라고요."

크리스는 자신의 말을 하나도 놓치지 않으려 그 어느 때보다 집중해서 듣고 있는 조프를 보며 웃음이 나왔지만, 꾹 참으며 말을 이었다.

"특히 안전 관리에 예민할 정도로 신경을 쓰는데 작업 중에 안전 수칙이 제대로 지켜지지 않거나 도면대로 작업이 진행되지 않으면 바로 작업 중지한답니다. 게다가 벨라를 누구보다 잘 파악하고 있는 사람이니 우리가 원하는 적임자임에는 틀림없었습니다. 또 다른 책임자 역시 마찬가지였고요."

"좋아. 그럼 서류 정리해서 오늘 바로 결과 발표하고, 그쪽 대표와 책임자 당장 미팅 잡아 봐. 빠르면 빠를수록 좋아. 내일이면 더 좋고."

"그렇게 빨리요?"

"그래. 이미 결정이 됐다면 더 이상 미룰 필요 없잖아. 가능하면 내일 오후로 잡아 봐."

"네. 최대한 시간은 맞춰 보겠습니다."

조바심 나는 조프의 마음을 모르지 않았기에 크리스 역시 덩달아 마음이 바빠지는 듯했다. 대표실을 벗어나며 곧장 리준 건설로 연락을 취하는 크리스였다.

"축하해요. 한 팀장님, 강 팀장님. 정말 대단하세요. 우리가 CS까지 누르고 입찰을 따내다니요! 그것도 J&을!! 완전 대박! 대에에에박! 까악~!!"

"고마워요."

이렇게 빨리 결과가 나올 거라고는 예상하지 못했다. 그래도 조금은 더 검토를 해 보지 않을까 했던 생각은 보기 좋게 빗나갔고, 제이는 떠들썩한 직원들의 축하 인사에도 마음이 무겁게 가라앉았다. 결국 우려했던 일이 현실로 다가와 버렸다.

"저도요!! 고맙습니다!"

우재는 축하를 받으며 가볍게 인사하고 제이를 보는데, 떠들썩한 축하 분위기와 맞지 않게 그녀의 입가에는 엷은 미소만이 머물고 있었다.

"팀장님들, 사장님 콜입니다."

제이와 우재는 함께 사장실로 발걸음을 옮겼다. 아까부터 표정이 그다지 밝지 않은 제이의 얼굴에 우재가 근심 어린 목소리로 물었다.

"이 좋은 날 왜 이렇게 표정이 어두워?"

"글쎄요. 아직 실감이 안 나서 그런가? 하…… 잘할 수 있을까요?"

우재에게 하는 질문이 아니었다. 제이 자신에게 던지는 질문이었다.

"한 팀장한테서 그런 질문을 받을 거라고는 생각도 못 했는데, 뭐야? 그 어울리지 않는 질문은. 질문에 대답을 원한다면 무조건 예스! 한 팀장이 못 하면 누가 하겠어?"

"흠. 감사합니다. 힘이 나네요."

제이는 덤덤하게 대답을 하며 사장실로 들어섰다.

"어서 와. 정말 수고 많이 했다. 사실 기대를 하지 않은 건 아니었는데, 그럼에도 놀랍다."

"축하드립니다. 사장님."

"저도요. 축하드려요."

우재와 제이가 차례로 인사를 건네며 자리에 앉았다.

"그래. 고맙다, 정말. 두 사람 아니었으면 불가능했을 거야. 그런데…… J& 측에서 좀 서두르네. 내일 바로 미팅했으면 한다고 비서실 통해서 연락이 왔는데, 어때? 스케줄 괜찮겠어?"

"내일……이라고요?"

제이는 벌써부터 눈앞이 캄캄해 오는 듯했다.

"좀 빠르긴 하지? 그래도 뭐 우리 입장에서 나쁠 것 없지. 하루빨리 미팅해야 작업 스케줄도 나오고 말이야."

"그렇긴 하죠."

우재는 답을 하면서도 머뭇거림이 느껴지는 제이가 여간 신경 쓰이는 게 아니었다.

"자, 내일 미팅 끝나고 나면 바로 다음 달에 제주도로 내려가야 해. 지금부터 미리미리 준비하고 있어. 미팅 끝나면 바로 그에 맞춰 회의해야 할 테니, 이의 없지?"

"네."

깔끔한 우재의 대답과,

"……네."

한 템포 늦어 버린 제이의 대답이었다.

"강 팀장은 바쁠 텐데 그만 나가서 일 봐. 한 팀장은 잠깐 나 좀 보고,"

"네. 전 먼저 가 보겠습니다."

우재가 인사하고 나가자마자 이준이 물었다.

"한 팀장, 요즘 무슨 일 있어?"

이준은 이렇게 큰일을 성사시켜 놓고도 표정이 썩 밝지 않은 제이를 보며 의아할 수밖에 없었다. 보통 때 같았으면 짜릿한 미소와 함께 희열을 만끽했을 녀석이었다.

"말해 봐."

"사장님…… 아니 형부……."

'저 이번 일에서 빠지면, 안 될까요? 이번만. 어떻게 안 될까요?'

"뭐야? 왜 말을 하다 말아?"

"성과급 기대해도 되는 거죠?"

제이는 처음부터 주도적으로 이끌었던 일을 이제 와서 못 하겠다고, 회피하려고 했던 자신에 대한 부끄러움이 뒤늦게 밀려왔다.

"풋. 뭐야?"

"많이 주세요. 열심히 할게요."

"그야 당연하지! 그래. 그게 다야? 진짜?"

'분명 뭔가가 있는데…….'

"그럼요! 저 바빠요. 더 하실 말씀 없으심 나가도 되죠?"

"그래. 나가 봐. 그런데 처제 진짜 무슨 일 있는 건 아니지?"

제이의 망설임을 느꼈다. 잠시였지만 분명 무언가 갈등하는 눈빛이었기에 이준은 그냥 넘길 수가 없어 재차 물어보았다.

"넵! 없습니다."

"처제, 혹시라도 무슨 일 있으면 언니한테라도 꼭 말해. 내 말 알아들어?"

"그럼요. 정말 일 없어요. 그냥 잠시 꾀가 나서 그랬어요. 지난 1년간 쉴 틈 없이 너무 바쁘게 지냈더니 피곤해서 꾀 좀 부려 볼까 하고."

"J& 공사 끝나면 좀 쉬어. 왜? 또 여행 보내 줘?"

"훗. 여행이라…… 좋죠! 그럼 일하러 갑니다!"

'젠장. 망할 여행 때문에 지금 어떤 상황에 처해 있는데. 또 여행이라니.'

"그래. 수고해."

이준은 씩씩한 척 웃으며 나가는 제이를 보며 고개를 갸웃했고 제이는 사장실을 나오며 땅이 꺼져라 한숨을 내쉬었다.

상황이 조금만 달랐다면…… 얼마나 좋았을까…… 늘어가는 걱정에 발걸음이 무겁기만 했다.

리준 사장과의 전화 통화를 마치고, 서둘러 대표님이 있는 곳을 향하는 크리스다.

"대표님, 결과 통보했습니다. 미팅은 오후 4시로 잡았습니다. 미팅 후에 간단하게 식사라도 함께 하시는 게 좋을 것 같아서요."

"잘했어."

"아, 그리고 알아보라고 하신 거. 말씀드릴까요?"

"뭐?"

"그분이 현재 만나는 사람이 있는지 없는지, 강우재 그 사람과 어떤 관계인지."

"말해."

알 수 없는 긴장감이 조프의 목을 조여 왔다.

"설마 맨입에?"

조프는 더 이상 참을 수가 없었다. 당장 크리스를 잡아 죽일 듯 그의 목을 향해 두 손을 뻗는데,

"철옹성이요!!"

"뭐라는 거야?"

"회사 내에서 그녀의 별명이 철옹성이랍니다. 그 누구도 뚫고 들어가지 못하는 견고한 철옹성! 수없이 많은 데이트 신청에도 꿈쩍을 안 한답니다. 상대의 신분이나 지위에 관계없이 말입니다. 그리고 작업 의뢰가 들어왔을 때, 의뢰인이 남자일 경우에는 가능한 단둘이 만나지 않고 항상 직원을 대동하고요. 그래서인지 심지어 사무실까지 찾아와 구애하는 사람도 종종 있답니다. 물론 그 역시 한 치의 망설임도 없이 단칼에 잘라 버리기로 유명하고요. 오죽하면 레즈비언 아니냐는 말이 날 정도로 남자를 기피한다는데……."

"말도 안 되는 소리!"

"그러니까요."

조프는 가슴 깊이 퍼지는 안도감에 절로 미소가 지어졌다.

"그런데……."

"그런데 뭐!"

"긴장은 좀 하셔야겠습니다."

"왜?"

"강우재…… 그 사람하고는 일 때문인지는 몰라도 거부감 없이 제법 잘 지내는 것 같습니다. 뭐 아직 사귀는 것까지는 아닌 듯한데, 그때도 보지 않으셨습니까? 강우재 그 사람은 마음이 있는 것 같아 보이던데……."

조프 역시 느끼고 있었다. 얼마 전 제이를 바래다주던 그 남자의 모습이 마치 어제의 일처럼 머릿속에 생생하게 떠오르고 있었다.

제이에게 다정하게 말을 건네던 모습, 제이의 뒷모습에서 눈을 떼지 못하던 모습, 제이의 아파트를 올려다보던 아련한 모습까지 하나도 빠짐없이 머릿속에 남아 조프를 괴롭히고 있었다.

"후. 그래 알았어. 오늘 수고 많이 했다. 그만 가서 좀 쉬어."

"대표님은 안 가십니까?"

"난 조금만 더 있다 갈게."

"흠흠. 아직 안 되는 거 아시죠?"

"하아…… 제발 너는 그냥 본사로 돌아가라. 어?"

"제가 오죽하면 이러겠습니까? 옆에서 보기가 아슬아슬해 죽겠습니다. 오늘은 그냥 저하고 술이나 한잔하시죠?"

크리스는 시한폭탄 같은 조프의 모습에 조마조마했다. 지난 1년을 어떤 마음으로 버텼는지 감히 상상할 수 없지만, 그 모습을 고스란히 옆에서 지켜봐야 했던 그로서는 이해하지 못할 것도 아니었기에.

"그래. 차라리. 그러자."

조프는 더디게 흘러가는 시간을 탓하는 것보다 크리스와 한잔하는 것도 나쁘지 않을 것 같았다. 결국, 함께 타워에 있는 스카이 bar로 향하는 두 사람이다.

"이 호텔이 우리 호텔과 마찬가지로 포브스 트래블 가이드가 선정한 세계 최고의 호텔 스카이 바에 이름을 올렸답니다."

"그래. 괜찮네."

그저 괜찮은 정도가 아니었다. 바닥부터 천장까지 이어진 거대한 유리창, 그 너머로 보이는 시원한 뷰는 이루 말할 수 없이 아름다운 장관을 연출하고 있었다. 평소와 같았으면 허투루 보아 넘기지 않았을 곳을 대충 눈으로 훑으며, 그녀가 이곳에 함께 있다면 과연 어떤 표정을 지을까, 또다시 제이에게로 향하는 마음이다.

"대표님, 술은 어떤 걸로 할까요?"

"달모어."

"안주나 식사는 뭐 특별히 드시고 싶으신 거라도 있으,"

"지금 장난해? 그냥 알아서 시켜!"

조프는 조금씩 신경을 긁는 듯한 크리스의 말을 자르며 신경질적으로 뱉었다.

"넵!"

불편한 심기가 고스란히 드러난 까칠한 목소리에도 크리스는 전혀 기죽지 않았다.

"여기 술은 위스키 달모어 18년산으로, 토마호크 스테이크, 샤토브리앙, 해산물 플래티, 샤퀴테리, 계절 샐러드, 치즈 플래터 이렇게 주세요."

"네. 감사합니다. 곧 준비해 드리겠습니다."

직원이 자리를 뜨자마자 조프가 물었다.

"뭘 그렇게 많이 시켜? 누가 다 먹는다고."

"제가 다 먹을 건데요?"

"하…… 그래. 먹어라 먹어. 왜? 더 시키지 않고?"

"네. 다 먹고 모자라면 또 시킬 겁니다."

조프는 뻐근해지는 목덜미를 주무르며 크리스를 노려보았다.

"아주, 재미있어 죽겠나 보지?"

"아닌데요. 진짜 배가 많이 고파서요. 대표님이야 호텔에 가만히 앉아서 업무를 보셨겠지만, 저는 하루 종일 이곳저곳 많이 다니지 않았습니까? 당연히 대표님보다는 배가 더 고프겠지요."

한국에 와서 가장 큰 걱정 하나를 덜었다. 그분이야 이미 찾았고, 다행히 만나는 사람도 없었다. 두 사람이 다시 이어지지 못할 이유가 없기에 마음이 세

상 여유로워진 크리스와,

"왜, 너도 아예 이참에 책상 앞에만 있게 해 줘?"

아직도 조급함에 기분이 편치 않은 조프다.

"아닙니다. 대표님도 참…… 그나저나 그분 말입니다."

"제이?"

"네. 정말 대단하시던데요?"

"뭐가?"

"그분 이름 앞에 붙은 수식어만 봐도 이미 짐작하고도 남겠지만, 수상 내역이 화려하더라고요. 신인 건축가 상부터 시작해서 건축문화 우수상, 올해의 베스트 7 수상, 그리고 그때 대표님께 말씀하셨던 올해의 건축상 대상……."

조프는 크리스가 읊어 대는 제이의 화려한 이력을 들으며, 결코 쉽지 않은 분야에서 이렇게 성장하기까지 얼마나 오랜 기간, 얼마나 많은 시간을 여유도 없이 스스로를 다그치고 혹사시켜야 했을까 하는 마음에 자랑스러운 마음보다 안타까운 마음이 더했다.

과연 너는 지금 행복할까?

"정말 사람 놀라게 만드는 데 타고난 재주가 있으신 것 같습니다……. 대표님, 제 말 듣고 계십니까?"

기분이나 좀 풀어 드릴까 싶어 시작한 말에, 침울한 표정으로 술잔을 들이켜는 조프를 보며 크리스는 앞으로가 심히 걱정스러웠다.

"그래. 음식 나왔다. 배고프다며, 어서 먹어."

"네. 대표님도 좀 드세요. 대표님 안 드시면, 저도 안 먹습니다."

크리스는 자신의 말에 조금씩 구겨지는 조프의 미간을 뚫어져라 바라보며 허기진 배를 능청스럽게 어루만졌다.

"하…… 너 정말! 그래, 먹자. 먹어."

음식 생각은 조금도 없었지만, 저놈의 만만치 않은 고집이 얼마나 더 사람을 피곤하게 할까 싶었다.

결국 긴 한숨을 내뱉으며 한 손에는 포크를, 한 손에는 보기에도 날카로운 나이프를 들고서 보란 듯이 스테이크에 푹 찔러 넣고 설컹설컹 큼직하게 썰어 한입에 우적우적 씹어 먹는 조프와 못 이긴 척 자신의 말을 들어주는 대표님의 모습에 뿌듯한 미소를 지으며 본격적으로 제 앞에 쌓인 음식들을 줄여 가는 크리스였다.

다음 날. J& 대표와의 미팅을 앞둔 이준과 두 팀장이 J& 임시 사무실의 대표실로 향했다.

제이가 그의 얼굴을 마주하기도 전에, 코끝으로 전해 오는 그의 향기에 심장이 먼저 반응을 보이고 있었다.

쿵쿵. 쿵쿵. 쿵쿵.

'망할. 강아지 꼬리만도 못한 심장이라니……'

제이는 제 의지를 배반한 심장의 경망한 떨림에 속으로 조용히 한숨을 삼켰다.

"어서 오십시오. J& 조프리 휴 존슨입니다."

"안녕하십니까? 크리스 에반입니다."

"이렇게 만나 뵙게 되니 반갑습니다. 말씀 많이 들었습니다. 저는 리준 건설의 이준입니다."

"또 뵙습니다. 강우재입니다."

"네. 안녕하십니까, 다시 뵙게 되어 반갑습니다."

조프와 크리스가 차례로 인사를 하며 악수를 청했다.

조프는 악수를 하며 강 팀장이라는 사람을 유심히 쳐다보았고, 의도한 것은 아니었으나 우재와 악수할 때는 저도 모르게 손아귀에 힘이 들어갔다. 그가 느꼈는지 모르겠지만.

"안녕하십니까. 한……재희입니다."

"네…… 만나서 반갑습니다. 팀장님 두 분께 거는 기대가 큽니다. 앞으로 잘…… 부탁합니다."

조프는 부드럽지만 강하게 제이의 여린 손을 꼬옥 잡았다. 아직 찬 기운이 남아 있는, 보드라운 그녀의 손을 통해 느껴지는 짜릿한 감각이 순식간에 온몸으로 퍼져 나갔다.

'나는 이렇게나 네가 반가운데, 너의 표정은 왜 그렇게 어둡기만 할까. 내 몸은 너의 감촉을 단 하나도 잊지 않고 이렇게 반기는데, 너는…… 너도 기억할까? 이 느낌, 이 감촉, 이 전율을?'

제이는 조프의 눈길을 피해 그의 커다란 손에 감싸인 자신의 손을 바라보았다. 단지 형식적인 악수일 뿐인데, 손끝에서부터 시작해 온몸에 짜릿한 전율이 일었다. 그의 손은 변함없이 강하고 따뜻하며 부드러웠다.

'왜 하나도 지워지지 않았을까? 왜 하나도 잊혀지지 않았을까? 왜 다시 고스란히 되살아날까. 이 느낌, 이 감촉, 이 전율이…….'

이제 그만 손을 놓아야 하는데…… 이제 그만 이 온기에서 벗어나야 하는데…….

제이는 손을 놓기 위해 그에게 잡힌 손을 펼쳤지만 그는 놓아 줄 생각이 없어 보였다. 계속 이렇게 있으면 이상하게 생각할 텐데, 그는 대체 무슨 생각으로 이렇게 버티고 있는 것인지. 당황함을 감추고 제이는 다시 한번 강하게 손을 빼려 힘을 주었다.

"흠흠. 그럼 이만 다들 자리에 앉으시죠."

그들의 모습을 곁눈질로 보다 못한 크리스가 눈치껏 시선을 분산시켰다.

조프는 조금만 더 곤란하게 만들어 볼까 하다가 슬그머니 손을 놓고 자리로 안내했다. 조프가 안내한 자리로 앉으며 이준이 먼저 말을 꺼냈다.

"우리 회사가 시공사로 선정되어 얼마나 기쁜지 모릅니다."

"네. 앞으로 잘 부탁드리겠습니다."

"저희가 드릴 말씀입니다. 규모도 크지 않은데 믿고 맡겨 주셔서 감사합니다. 작업 중에 언제라도 진행 사항에 대해 의문이 있으시면 우리 팀장들에게 바로 연락을 주시면 됩니다. 한 팀장이나 강 팀장 비록 우리 회사에 있지만 대기업에서 스카우트해 가지 못해 안달 난 사람들이라, 이 두 사람의 실력만큼은 감히 업계 최고라고 자부합니다. 이 두 사람이야말로 우리 회사에 가장 큰 자산이며 자랑입니다."

제이는 얼굴이 화끈거렸고,

"네. 두 분의 능력이야 이미 충분히 확인했으니 반론의 여지가 없습니다. 인재를 보는 눈이 탁월하신 것 같군요."

조프는 달아오르는 제이의 얼굴이 반가웠다.

"일을 시작하게 되면, 한 팀장과 강 팀장이 최소 일주일에 한 번씩 J&의 회의 시간에 참석해 진행 사항을 브리핑할 예정입니다. 변동 사항은 그때그때 말씀해 주시면 감사하겠습니다."

"네. 그렇게 하도록 하죠. 그리고 리준 사무실은 어디로 할지 정해졌습니까?"

"아. 네. 우리 회사가 선정될 경우에 대비해 미리 봐 둔 곳이 있습니다. 우리 직원들이 지금 컨택 중입니다."

"아직 결정된 게 아니라면 우리가 머무는 호텔에서 함께 일했으면 합니다. 벨라에서 10분 거리에 위치하고 있어 현장 오가기도 편할 겁니다. 우리 회사 직원들은 8층부터 10층까지 사용하고 있고, 그 외에는 다 비어 있는 상태라서요. 같은 장소에서 함께 일하는 것이 서로가 편리할 듯합니다. 사실 오늘 무리해서 뵙자고 한 것도 사무실 문제 때문입니다."

"그렇게 된다면 저희야 그저 감사할 따름입니다. 일하려면 하루에도 몇 번씩 현장을 왔다 갔다 해야 할 텐데 오가는 시간도 단축할 수 있고, 의견 조율도 빠를 테니까요."

"이해해 주시니 감사합니다. 직원이 몇 명이나 내려오는지 여기 크리스에게 알려 주시면 알아서 준비할 겁니다."

"네. 감사합니다."

두 회사의 대표가 나누는 대화를 가만히 듣고 있던 제이는 같이 일하게 된 것으로도 모자라 사무실까지 한 건물을 사용하게 될 거라는 말에 벌써 머리가 지끈거리는 듯했다.

그런 제이의 곤란을 아는지 모르는지 조프가 더 큰 걱정거리를 안기고 있었다.

"그리고 실례가 안 된다면 주요 자재 선정 시 제가 직접 동행하고 싶습니다만."

"대표님께서 직접…… 말씀이십니까?"

의외의 제안에 이준이 조프에게 다시 물었고,

"네. 그렇습니다."

군더더기 하나 없는 조프의 대답이었다.

지금껏 별말 없이 두 사람의 대화를 듣기만 하던 제이가 조프의 말에 놀라 대화에 끼어들었다.

"대표님, 말씀 중에 죄송합니다만 그건…… 좀 곤란하지 않을까요? 자재 선정 시에는 하루에도 대여섯 군데 이상, 그러기를 몇 날을 할지도 모르는데, 대표님께서 직접 함께 다니기에는 많이 힘드실 겁니다. 저희가 최종적으로 몇 가지 선정하는 것 중에 보시고 고르는 것이 어떻겠습니까? 그때도 실물을 들고 와서 직접 보여 드릴 예정입니다만."

제이는 자재만큼은 늘 직접 발품을 팔아 최적의 제품을 선택하였기에 조프의 말에 놀라운 마음을 금할 수 없었다. 만약 조프의 말대로 해야 한다면 몇 날 며칠을 그와 함께 다녀야 할지도 모른다는 소리였다.

"그건 저도 한 팀장과 의견이 같습니다. 말이 대여섯 군데지 거의 하루 종일을 걸어 다닌다고 봐도 될 겁니다. 그게 하루 이틀에 끝날 일도 아니고요. 우리 팀장들이 고른 것 중 선택하는 것이 훨씬 편하실 텐데요. 안목은 믿으셔도 좋습니다."

이준 역시 제이의 의견에 동조를 표하며 거들고 나섰다.

이렇게 큰 기업의 대표가 직접 자재를 보러 나서는 건 흔치 않은 일이었고, 이준은 행여 회사 팀장들에게 부담을 주게 될까 우려하지 않을 수 없었다.

"아, 오해는 없으셨으면 합니다. 리준 팀장님들의 안목을 믿지 못해서가 아닙니다. 만약 그랬다면 우리 회사 직원을 대동하게 했겠지요. 다만 제가 한국은 처음인 데다 외국에 없는, 한국에서만 볼 수 있는 자재들이 제법 있다고 들었습니다. 작년 두바이에서 열린 국제건축 자재박람회에서 봤던 한국 자재들이 제법 인상 깊었거든요. 그런데 다시 생각해 보니 팀장님들이 부담스러울 수도 있겠습니다. 의욕이 앞서 제 생각이 짧았네요. 실례가 되었다면 미안합니다."

다분히 의도적인 아쉬움을 담아 얘기하는 조프와,

"아닙니다. 부담은요, 무슨. 대표님께서 한국 자재에 관심이 많으신 것 같은데, 시간이 괜찮으시다면 직접 보시는 것도 나쁘지 않을 겁니다."

거절할 이유가 없는 우재,

"네. 대표님께서 괜찮으시다면, 저희도 상관없습니다. 일정은 회의할 때 말씀드리도록 하겠습니다."

찜찜하기만 한 제이다.

건축을 하다 보면 이런 일쯤이야 다반사였다. 처음부터 끝까지, 아예 모든 것을 다 맡겨 버리는 사람이 있는가 하면, 이렇게 하나부터 열까지 직접 수고스러움을 감수하는 사람들도 분명 있었다.

그가 저렇게까지 말할 때에는 정말 한국의 건축자재에 관심이 많거나, 아니면 다른 숨은 의도가 있다는 말인데, 지금으로서는 그 숨은 의도까지 생각하고 싶지가 않았다. 어차피 함께 일하게 되면 피하기만 할 수는 없는 상황이니 그에 맞춰 주는 수밖에.

우재는 아까부터 알 수 없는 불편함이 느껴졌다. 첫인사를 나누며 제이의 손을 오래 잡고 있다고 느낀 건 자신만의 착각인 것일까?

지금도 그렇다. 대화를 나누는 중에도 계속해서 J& 대표의 눈길이 제이를 향하고 있음을, 다만 자신이 너무 예민하게 받아들이는 것인지……. 그리고 그 많은 직원을 두고 대표가 자재를 함께 보러 가자는 건…….

J&의 대표 자리가 그렇게 한가한 자리는 결코 아닐 텐데…… 왜 그렇게까지 한단 말인가. 괜한 기우일 거라 애써 마음을 다독이건만 알 수 없는 답답함이 우재의 가슴을 내리눌렀다.

간략하게 미팅을 마무리하고 보니 저녁 시간이 찾아왔다.

"자. 그럼 오늘은 이 정도로 마무리하고 함께 식사하러 가시죠. 호텔 3층입니다."

크리스의 말에 모두 레스토랑으로 자리를 옮겼다. 크리스와 조프, 이준이 앞장서 가고 그 뒤를 제이와 우재가 따랐다.

그제야 제이는 앞서가는 그를 편하게 바라볼 수 있었다. 간간이 미소를 짓고, 이준과 대화하며 걷는 모습에서 쉽사리 눈을 뗄 수가 없었다. 늘 그리워했지만 막상 눈앞에 있어도 제대로 볼 수도 만질 수도 없는. 그저 그의 뒷모습만 보아도 아려 오는 마음에 심장으로 알 수 없는 통증이 전해져 왔다.

"한 팀장, 너무 걱정하진 마. 그렇게 한가한 분도 아니고, 일일이 나서지는 못하실 거야."

"그렇겠죠? 아까 너무 정색한 건 아닌지 모르겠어요. 우리 사장님 좀 난처했으려나?"

"전혀. 봤잖아? 사장님도 한 팀장 말에 동의하시는 거. 걱정 마. 나도 있잖아. 정 불편하면 같이 움직이면 돼. 들어가자."

"네."

우재는 석연치 않은 그의 행동에 의구심이 들었으나 지금으로서는 좀 더 지켜보는 것밖에는 방법이 없었다.

"자, 앉으시죠? 음식이 괜찮다고는 하는데 입에 맞으실지 모르겠습니다."

크리스가 자리를 안내하며 말했다.

"다음에는 꼭 저에게 대접할 기회를 주셔야 합니다."

"그러지요."

이준의 말에 조프가 웃으며 대답했다.

모두 자리에 앉자마자 음식이 나오기 시작했다. 한정식이라 순서대로 조금씩 나오는 음식은 하나같이 정갈하고 먹음직스러워 보였다. 그럼에도 제이는 평소처럼 먹을 수가 없었다. 온 신경이 그에게 쏠려 있어 음식을 먹어도 맛은 커녕, 입 안이 온통 까끌거리기만 했다.

평소와 달리 좀처럼 잘 먹지 못하는 제이를 우재가 챙겼다. 그동안 함께 일을 하면서 제이와 식사하는 자리가 많다 보니 자연스럽게 제이의 식성을 잘 파악하고 있었다. 대표 두 분이 대화를 나눌 때 눈에 띄지 않도록 조심스럽게 제이가 좋아할 만한 음식들을 제이 앞으로 놓아 주었고, 제이는 우재가 챙겨 주는 것도 인지하지 못하고 그저 기계적으로 앞에 놓이는 음식을 먹고 있었다.

"천천히 먹어."

"네. 선배, 선배도 좀 드세요."

이준은 우재의 그런 모습을 보며 흐뭇한 미소를 지었다. 웬일인지 요즘 들어 통 기운도 없고 잘 먹지 못하는 처제였기에 옆에서 살뜰히 챙기는 우재가 좋게 보이지 않을 수가 없었다.

반면에 이준 사장과 대화를 나누는 중에도 제이를 주시하던 조프는 기분이 언짢았다. 분명 사귀는 사이는 아니라고 했는데…….

"두 분은 함께 일하신 지 오래되었나 봅니다. 그때 PT 할 때도 호흡이 굉장히 잘 맞으시던데."

보다 못한 조프의 질문에 우재가 곧장 대답했다.

"아닙니다. 함께 일한 건 얼마 되지 않습니다만, 알고 지낸 지는 제법 오래됐습니다. 학교 후배라서요."

"아. 그렇군요. 그래서 그렇게 호흡이 잘 맞나 봅니다."

"하하하. 대표님께서 우리 한 팀장, 강 팀장을 잘 봐주셨나 봅니다."

"어디 대표님뿐일까요? 그때 PT 할 때 두 분께서 워낙 돋보이셔서 우리 직원들 모두 감탄을 금치 못했습니다."

"좋게 봐주셨다니 감사할 따름입니다."

이준은 크리스의 말에 기분 좋게 화답하며 식사 중인 두 사람을 바라보았다.

'이렇게 잘 어울리는데. 흠…….'

띵동.

"실례하겠습니다."

문자 알림 음에 이준이 서둘러 문자를 확인하며 함박웃음을 지었다.

예전 같았으면 상상할 수도 없는 모습이었다. 아내가 임신하기 전까지는 공적인 자리에서는 휴대폰을 무음으로 해 두는 경우가 대부분이었다. 아내가 임신하고 나서는 무슨 일이 언제 어떻게 일어날지 모른다는 생각에 항상 휴대폰을 가까이 하고 있었다. 그런데 한 달 전부터는 부쩍 더 심해진 듯했다.

"무슨 좋은 일이 있으신가 봅니다."

전화를 한쪽으로 치우며 웃음을 지우지 못하는 이준에게 조프가 물었다.

"아. 네. 아내가 아이 사진을 보내 줘서요."

"아."

단지 아이 사진을 보고서 저렇게 행복한 표정을 지을 수 있단 말인가? 조프는 경험해 보지 않은 일에 쉽게 공감할 수는 없었지만, 문득 그 기분이 궁금했다.

"실은 아내가 한 달 전에 아이를 낳았습니다. 지금은 산후조리 중이라 아내와 아이를 보기가 쉽지가 않아 이렇게 사진을 보내 줍니다."

이준은 면구스러움에 주절주절 말을 보태었다. 그런데 그때,

"풉."

갑작스레 들려온 짧은 웃음소리에 자리에 둘러앉은 사람들의 시선이 한곳으로 모여졌다.

"흠…… 죄송합니다. 갑자기 그때가 생각이 나서……."

제이는 언니의 출산할 때가 갑자기 떠올라 웃음이 터져 버렸다. 맙소사, 어떻게 이런 상황에서도 웃음이 나오는지, 자신이 생각해도 어처구니가 없었다.

한 달 전.

"제이! 리안이 병원 갔대."

제이는 한 번도 직원들 앞에서는 제이라고 부르지 않던 형부가 다급히 찾는 소리에 눈이 동그래졌다.

"안 들려? 리안이 병원!!"

"어머! 드디어 나오는 거예요? 맙소사, 얼른 가요!!"

그길로 이준과 제이는 헐레벌떡 병원으로 달려갔다.

"사장님! 여기요, 사모님 방금 분만실 들어가셨어요!"

집에서 일 봐주시는 이모님의 말에 서둘러 분만실 앞으로 가는데,

"오셨어요? 우선 옷부터 갈아입으세요. 그리고 아직 출산하려면 시간이 좀 걸릴 테니까 너무 급하게 서두르지 않으셔도 됩니다."

"아내는 괜찮습니까?"

이준은 간호사의 말을 들을 정신도 없었다. 단지 아내의 상태가 어떤지 궁금할 뿐이었다.

"네. 힘들어하시는데. 아직은 잘 참고 계세요."

이준은 간호사가 건네는 옷으로 갈아입고 서둘러 리안이 있는 분만실로 들어갔다.

"나 왔어, 리안아. 좀 어때?"

얼마나 힘든지 벌써 땀으로 흥건한, 한눈에 보기에도 예사롭지 않은 아내의 모습을 걱정스레 바라보며 이준이 물었다.

"왔어요? 헉. 헉. 한창 바쁠 텐데……."

잠시 진통이 잦아든 사이에 다가오는 남편을 보며 말은 그를 걱정하듯 하면서도 내심 안도하게 되는 리안이었다.

"별걱정을 다 해! 밖에 제이도 와 있어."

"뭐 하러 제이까지 데려왔어요?!"

"뭐 어때? 지금은 다른 생각 하지 말고 빨리 아이 낳을 생각만 하자 응? 시간 끌면 끌수록 당신이 힘들대. 서둘러 오느라 장모님께 전화도 못 드렸네."

"거긴 새벽일 텐데, 뭘. 윽⋯⋯."

"많이 아파?"

이준은 할 수만 있다면 대신해 주고 싶었다. 좀 괜찮아지나 싶다가도 진통이 올 때면 일그러지는 리안의 얼굴에 이준의 마음도 타들어만 갔다.

"아니. 벌써 일곱 시간이 넘어가고 있는데 아직이네요. 수술해야 하는 거 아닙니까?"

이준은 한 시간이 두 시간이 되고, 세 시간에서 네 시간이 넘어가자 그때부터 조바심이 나기 시작했다. 온몸이 땀으로 흠뻑 젖어 힘들어하는 리안을 보는 게 너무 괴로웠다. 곧 태어날 아이를 만날 기대감보다 그 전에 리안이가 어떻게 될 것만 같아 입이 바짝바짝 말라 왔다.

"그냥 수술해 주십시오."

"안 돼! 조금만 더 기다려 봐요, 우리. 난 가능하면 자연분만 하고 싶어요."

"당신 힘들어서 안 돼. 그냥 수술하자. 응?"

"남편분. 그러지 말고 좀 나가서 쉬고 계시지요. 보통 초산은 좀 오래 걸립니다."

참다못한 담당의 김 교수가 이준에게 말했다.

"그래요. 당신 나가서 식사 좀 하고 와요. 응? 당신이 자꾸 옆에서 걱정하니까 내가 더 무서워. 제이도 아직 기다리고 있을 거 아니에요. 제이도 밥 좀 먹여 집에 보내고, 당신도 좀 먹고 와요."

리안은 정신없는 중에도 얼굴에서 점점 혈색이 사라지는 남편의 힘없는 모습이 눈에 들어왔다. 이러다가는 자신보다 남편이 먼저 쓰러질 것 같아 잠시 쉬라고 밖으로 보내 버렸다.

이준은 떠밀리듯 어쩔 수 없이 분만실을 나왔다.

"형부, 언니는 좀 어때요?"

"후…… 처제 너는 아이 낳지 마라, 그냥. 사람이 할 짓이 아닌 것 같아. 리안이 저러다 잘못되면……."

"형부! 별소리를 다 해, 정말. 다들 저렇게 아기 낳는대요. 뭘 그렇게까지 걱정해요? 언니 잘 해낼 거예요. 그러니까 좀 기다려 봐요."

제이는 왠지 모르게 위태로워 보이는 이준을 보며 언니의 안부가 아닌 형부의 안부를 물어야 할 것 같다는 엉뚱한 생각에 고개를 설레설레하며 피식 웃었다.

그렇게 끝나지 않을 것 같은 진통은 기어이 열두 시간을 넘겨 버렸다. 분만실에 들어갈 수 없는 제이는 도대체 상황이 어떻게 돌아가는지 궁금하기만 했다.

잠시 쉬다 다시 분만실로 들어간 형부가 두 번째 분만실을 나왔을 때는 얼굴이 사색이 되어 있었다.

"형부…… 괜찮으신 거 맞죠?"

"처제…… 아직 안 갔어? 그만 들어가라니까……."

이준은 사신이 말을 하면서도 무슨 말을 하고 있는지도 몰랐다. 오랜 시간 긴장으로 똘똘 뭉쳐 있어서일까, 이상하게 몸에 힘이 빠지며 정신이 혼미해져 가는 기분이었다.

"전 괜찮아요. 언니는 좀 어때요?"

"진짜. 처제는 아이 낳지 마, 어?"

"형부! 시집도 안 간 처녀한테 하실 말씀이 아니잖아요! 언니 어떠냐고요!"

"도저히 안 되겠어. 수술해야지. 저러다 리안이 잡겠어! 도대체 왜 수술을 안 하려는 거야? 미치겠네, 정말!!"

"아아악!!"

갑자기 들려온 고통에 찬 신음 소리에 둘의 시선이 곧장 분만실로 향했다.

"형부! 형부!! 빨리요, 빨리. 아기 나오려나 봐. 얼른 들어가 봐요!!"

지금까지와는 사뭇 다른 진통 소리에 제이의 신경이 곤두섰다.

"어…… 어어!"

이준 역시 당황한 듯 말을 잇지 못하고 서둘러 분만실로 걸음을 옮겼다. 그렇게 이준이 들어가고 잠시 후,

"응애~ 응애~ 응애~"

TV에서나 들어 본 것 같은 우렁찬 아기의 울음소리에 제이의 눈과 입이 함지박만 하게 커지고 있었다. 현실과 닿지 않을 것 같았던 너무나 예쁘고 사랑스러운 소리에 제이는 가만히 기쁨의 눈물을 흘리고 있었다.

몇 분이 흘러 형부가 분만실에서 터덜터덜 걸어 나오는데, 여태껏 단 한 번도 본 적이 없는 모습이었다. 늘 강하고 빈틈없어 보이던 형부는 그 자리에 없었다. 얼마나 울었는지 잔뜩 충혈된 눈과 볼을 타고 흐른 눈물 자국, 핏기라고는 남아 있지 않은 질려 버린 얼굴까지, 제이는 정말 자기가 알고 있는 형부가 맞나 싶었다.

"형……부?"

털썩.

"어머. 형부, 형부! 어떡해. 어떡해!"

결국 그 자리에 털썩 주저앉으며 쓰러져 버린 이준이었다.

"도와주세요! 선생님, 도와주세요."

마침 분만실을 나오던 김 교수는 쓰러진 이준을 보며 혀를 끌끌 찼다. 지금까지 수없이 많은 아이를 받아 본 김 교수였지만 이번처럼 심적으로 지치는 분만은 처음인 듯했다. 시종일관 수술하자며 보채는 남편과 수술하지 않겠다고 버티는 아내라니. 후…….

결국 리안은 VIP 병동에서 쓰러져 누워 잠든 남편을 지켜봐야만 했다.

"맙소사. 내가 못 살아, 정말. 애를 누가 낳았니?"

"품. 그러게. 어째 아이 낳은 언니보다 못해, 정말. 말도 마, 분만실에서 나오는데 난 귀신인 줄 알았다니까. 얼굴이 어찌나 창백한지 다리에 힘까지 풀려서 나 없었음 형부 큰일 날 뻔했다니까? 쓰러지는 형부를 내가 붙잡았기에 망정이지. 어후…… 생각만 해도 끔찍하다. 형부 이런 모습 사진을 좀 찍어 둘까봐."

그렇게 제이와 리안은 기쁨과 감동에 울고, 형부의 새로운 모습에 웃으며 행복한 시간을 보냈었다.

"그만 놀리지? 안 겪어 봤으면 말을 말아! 그때 생각만 하면 난 아직도 다리가 후들거려."

이준은 입을 가린 채 웃고 있는 제이를 보며 억울한 듯 말했다.

"말씀하시는 걸 보니 두 분은 남달라 보입니다. 마치 가족 같아 보이는군요."

잠자코 식사에만 열중하던 제이가 미소를 띠며 이준에게 말을 하는 걸 보니 조프는 문득 궁금했다.

"네. 맞습니다. 가족! 처젭니다. 한 팀장이 우리 와이프 사촌 동생이거든요."

"아, 그때 그……."

조프는 말을 하며 잠시 생각에 잠겼다. 그런 조프를 보며 제이는 급히 숨을 들이켰다.

"네?"

조프가 말을 하다 말자 이준이 되물었다.

"아. 어쩐지 친근해 보이더라고요. 저는 회사 분위기 자체가 가족 같은가 보다 했었는데, 실제 가족이셨다니."

크리스가 재빨리 화제를 전환시켰다.

"네. 회사 분위기도 가족 같은 분위기 맞습니다! 하하하."

조프는 조금 전까지만 해도 우재와 제이를 번갈아 보며 간간이 흐뭇한 미소를 짓는 이준을 보며 화가 났었는데, 제이의 형부라는 말을 듣는 순간 거짓말처럼 화가 가라앉았다.

제이가 여행할 때 늘 통화했었던, 바로 그 사람인 듯했다. 저 형부가 있었기에 그때 제이가 말없이 떠났을 때, 적어도 그녀의 신변이 걱정이 되지는 않았다. 여행하는 내내 형부라는 사람이 처제를 얼마나 챙기고 보살피는지 느낄 수 있었기에 속으로 감사한 마음까지 들었다.

제이는 갑자기 목이 턱 막혔다. 조프가 그때, 라고 말하는 순간 무슨 말을 할지 조마조마했다. 크리스 덕분에 다행히 무사히 넘어갈 수 있었지만, 안 그래도 편치 않았던 식사 자리가 더 불편하게 느껴지고 있었다.

그렇게 위태로웠던 식사가 끝나고, 다 함께 호텔을 나섰다.

"그럼 대표님, 안녕히 들어가십시오."

이준의 인사에,

"네. 오늘 즐거웠습니다. 또 뵙죠."

조프가 마주 인사를 하며 제이를 보는데 왜 하필 그 사람 옆에 바싹 붙어 있는지. 정중하게 인사를 건네는 남자도, 깍듯하게 인사를 하는 제이도 마음에 들지 않아, 불편해지는 심기에 간단하게 눈인사를 하고서 차에 올랐다.

가는 중에 사이드 미러를 보니 이준 대표는 자신의 차로 향했고 우려했던 대로 우재와 제이가 한 차에 올라타는 모습이 눈에 들어왔다.

"크리스, 제이 아파트로 가."

"대표님!"

"이제 더는 못 기다려. 이미 업체 선정 끝났고, 이제 만난다고 해도 문제 될 거 전혀 없어. 업체 선정 과정은 더없이 투명하게 진행되었으니 나중에 알려진다 해도, 타당한 자료가 차고 넘치는데, 뭐가 문제지?"

"그래도 너무 이르지 않습니까? 기왕 참은 거 조금만 더 참으시지."

"하! 그럼 이대로 보고만 있으라고? 언제까지? 공사 끝날 때까지? 언제 끝날 줄 알고, 그때까지 내가 여기 있으리라는 보장은? 아니. 더 이상은 안 돼. 여기까지가 내 한계야! 떠들 테면 떠들어 보라고 해. 잔말 말고 차 돌려, 제이 아파트로."

결국 올 것이 오고야 말았다. 크리스는 발끈하며 말을 쏘아붙이는 조프의 모습에 조용히 한숨을 삼켰다.

'그래. 지금까지 참아 주신 게 어디야. 가자. 가.'

더 이상 말릴 수도 없었다.

_8_

우재의 차가 부드럽게 제이의 아파트 앞에 멈추어 섰다.

"선배. 감사해요. 오늘도 이렇게 신세 지네요. 조심해서 들어가세요."

"어차피 가는 길인데 너무 내외하지 말지? 호의를 무조건 부담스럽게만 생각하지 말고 세상 좀 편하게 살아. 넌 매사에 뭐가 그렇게 조심스러워?"

"성격이 모나서 그렇겠죠, 뭐. 고치도록 노력은 해 볼게요. 얼른 가서 쉬세요. 내일부터 또 정신없이 바쁠 텐데……."

"그래. 알았어. 오늘도 수고했다. 내일 보자."

그렇게 우재가 떠나는 모습을 보고 나서야 제이는 집으로 향했다.

띵— 엘리베이터에서 내려 집 앞에 멈추어 선 순간 계단 쪽에서 느껴지는 인기척에 제이는 소스라치게 놀라고 말았다.

"누…… 누구세요?"

"내가 마치 저승사자라도 된 것 같은 기분인데?"

"대……표님? 대표님께서 어떻게 여기를……."

"하…… 대표님? 대표님이라…… 당신한테는 이제 내가 J& 대표로밖에 보이지 않는 모양이지?"

"……조프."

"우리 대화가 좀 필요할 것 같은데, 계속 이렇게 서 있어야 해?"

"하……."

난감했다. 제이는 현관 도어록 비밀번호를 누르고 천천히 문을 열어 안으로 들어섰고, 조프는 그런 제이를 따라 들어와 너무도 자연스럽게 유유히 집에 발을 들여놓았다.

"이쪽으로 앉으세요. 차…… 드시겠어요?"

"그러지."

"잠시만요."

제이는 소파에 앉는 그를 보며 가방을 내려 두고 주방으로 향했다.

조프는 자신의 시선을 피하며 주방으로 가는 제이를 눈으로 좇았다. 예전에는 볼 수 없었던, 전혀 그녀답지 않은 모습에 화가 났지만 조용히 화를 다스리며 눈을 들어 찬찬히 집 안을 둘러보았다. 그녀의 향기로 가득한 집은 상상했던 만큼이나 감각적이고 독특했다. 누가 봐도 집주인이 어떤 일을 하는 사람인지 짐작할 수 있을 것 같았다.

아담한 실내에 모던하면서도 심플한 가구, 하나같이 아기자기하고 독특한 소품들 그리고 벽면에 불규칙하게 배열된 액자 속 사진…….

조프는 소파에서 천천히 일어나 액자가 있는 곳으로 걸어갔다. 액자 속 사진에는 스페인에서 제이와 함께 보았던 사진이 걸려 있었다. 사진을 하나하나 보면서 또다시 그녀와 함께했던 시간들을 되새겨 보는 조프였다.

그 시간 제이는 마음이 조급했다. 그가 자신의 집 거실에 있다는 게 도저히 믿기지가 않았다. 물을 끓이고 차를 준비하며 초조함에 거실을 보니 그가 액자를 향해 걸어가는 게 보였다. 액자 옆으로 침실 문이 활짝 열려 있는데…… 그가 침실을 보면 안 되는데…….

침실에는 그와의 추억이 고스란히 간직되어 있었고, 그가 그걸 보는 날에는…… 거기까지 생각이 미치자 당황스러움에 손까지 떨려 오는 듯했다. 제이는 서둘러 찻잔에 물을 부어 거실 테이블 위에 올려 두었다.

"차. 드세요. 캐모마일 허브차예요."

겨우 그의 시선을 돌려놓았다. 제이는 테이블 위에 차를 놓고서 소파에 앉지도 그렇다고 서 있지도 못한 채 머뭇거렸다. 이럴 줄 알았으면 차라리 주방 테이블에 차를 놓고 부를 걸 그랬다.

혼자 사는 곳이라 큰 가구는 필요가 없어 거실에는 3인용의 아담한 소파를 놓았고 소파 한쪽에는 가끔 두통이 생기거나 몸이 고단할 때 반쯤 누워 쉬는 흔들의자가 자리를 차지하고 있었다. 이 집에 손님이라고는 찾아올 일이 없는데다, 남자와 단둘이 집에 함께 있을 일이 생길 거라고는 전혀 생각지도 못한 제이였다.

조프는 액자에서 시선을 거두어 소파로 다시 돌아와 마치 제집인 듯 편안한 자세로 앉았다.

그가 소파에 앉으니 3인용 소파도 1인용으로 보일 지경이었다.

"당신도 이리 와 앉지? 설마 그 의자에 앉을 건 아니지?"

귀신같이 제이의 망설임을 눈치채고 소파 옆자리를 권하는 조프였다.

"네."

생각 같아서는 그냥 서 있고 싶었다. 도대체 거기를 어떻게 앉으라고…… 조금만 움직여도 닿을 거리에 당신이 그렇게 버티고 앉았는데 어떻게 거길 앉으라고…….

제이는 마지못해 천천히 그의 옆자리에 앉았다. 왜 그에게 이렇게 우물쭈물 바보 같은 모습을 보여야 하는지 알 수가 없었다.

조프는 제이의 집에 들어서면서부터 달음박질치고 있는 심장 때문에 여간 힘든 게 아니었다. 함께 있는 것만으로도 이렇게 애가 타고 있다는 걸, 그녀에게 닿고 싶어 이렇게 온몸이 아려 오는 걸 그녀는 알기나 할까?

제이는 아까부터 두근거리는 심장이 쉬이 진정되지 않아 힘들었다. 망할 심장이 고장이라도 나려는지 쉴 새 없이 두근대고 있었다. 심장에 우퍼라도 있는 걸까? 무슨 소리가 귓가에 이렇게도 생생하게 전달이 되는지. 행여 그에게 자신의 심장 소리가 들리기라도 할까 걱정이다. 누구 때문에 이렇게 온몸이 떨려 오는지 그는 알기나 할까?

"당신을 보면 물어보고 싶은 게 한두 가지가 아니었는데……."

"……."

제이는 아무 말도 할 수가 없었다. 바로 옆에서 전해 오는 아찔한 그의 향기에, 너무나 그리웠던 부드러운 그의 목소리에 코끝이 찡해 오고 눈물이 핑 돌았다.

지금껏 사무적인 태도로 일관하던 모습과는 전혀 다른, 이제서야 자신이 익히 알고 있던 조프의 모습으로 말하는 그를 보니 다시금 마음이 휘둘리는 듯했다.

"제이, 나 좀 봐."

어떻게든 자신과의 거리를 두려는 듯 소파 모서리로 향하는 제이를 그냥 두고 보기가 싫었다. 강우재 그 자식 옆에는 잘도 붙어 있더니.

제이는 차마 그를 향해 고개를 들 수가 없었다. 눈을 들면, 눈을 들어 그를 바라보면 흔들리는 마음이 들켜 버릴까 봐 도저히 그를 마주하고 볼 수가 없었다. 잊었다 생각했던 마음이, 괜찮아지고 있다 생각했던 마음이, 그와 마주하자마자 마치 어제 헤어지기라도 한 것처럼 생생하게 되살아나 버렸다. 무슨 놈의 기억이 지워지지도 않는지.

"제이, 날 봐. 얼굴 좀 들어 봐."

그냥 모른 척할 것이지. 그냥 무시할 것이지. 왜 기어이 찾아와서는 애써 괜찮다 다독이는 마음을 헤집어 놓는지…….

제이는 피할 수 없음에 작은 한숨을 흘려보내며 어렵사리 고개 들어 그를 바라보았다.

그의 눈빛이……

그녀의 눈빛이 미세하게 떨리고 있었다.

그렇게 오랫동안 보고 싶었던, 꿈에서도 그리던 그였는데 막상 가까이 두고 보려니 눈물이 차올라 그의 모습이 흐려지고 있었다. 차오르는 눈물을 보이고 싶지 않아 다시 고개를 떨구는데 그걸 못 보고 지나칠 조프가 아니었다.

"고개 좀 들어 봐."

제이는 고개를 가로저었다.

"그냥 가요. 제발 오늘은 그냥…… 가 줘요."

"아니. 미안하지만 그렇게 못 하겠어. 그럴 수 없어. 난 알아야겠어. 당신이 왜 떠났는지, 왜 아무 말도 없이 그렇게 떠나야 했는지, 난 알아야겠어."

그래. 정리가 필요했다. 그에게도 정리할 시간이 필요했다. 그에게 정리할 시간을 주지 않고 말없이 떠나온 벌은 이미 충분히 받았다 싶었는데. 아직 끝나지 않은 모양이었다. 이기적이고 비겁했던 자신에게 기어이 또 다른 벌이 내려질 모양이다.

제이는 약해지는 마음을 다잡았다.

"당신과 나…… 그냥 여행지에서 우연히 만난 그저 스쳐 가는 사람일 뿐이었어요. 나는 그냥 그 순간을 즐겼고, 나에게 주어진 그 시간에 충실했고, 여행이 끝났으니 집으로 돌아왔어요. 그뿐이에요."

"정말 당신에게는 내가 그저 스쳐 가는 사람일 뿐이었나? 정말 당신에게는 나와의 시간이 아무런 의미 없는 그저 그런 유희에 지나지 않은 시간이었다고?"

"……네. 그랬어요."

목울대가 쿡쿡 쑤시듯 아파졌다. 나오지 않는 말을 억지로 하려니 소리가 잘 나지 않았다. 하지만 애써 접은 마음을, 애써 덮어 둔 상처를 다시 헤집고 싶은 마음은 없었다.

조프는 아직도 자신을 보지 않고 멍하니 찻잔만 내려다보며 대답하고 있는 제이가 마음에 들지 않았다. 결국 손을 들어 그녀의 얼굴을 자신에게 돌려놓았다.

따스한 그의 온기가 얼굴에 닿자 고집스레 눈길을 떨구고 있던 그녀의 눈에서 기어이 눈물이 주르륵 흘러내렸다. 당황한 듯 그의 팔을 잡으며 고개를 돌려 버리려는 제이의 얼굴을 한사코 붙잡아 두고서, 흐르는 눈물을 조심스레 닦아 주며 제이의 눈을 가만히 들여다보는 조프다.

"알아? 당신은 일은 잘 할지 모르겠지만 거짓말에는 전혀…… 소질이 없어."

조프는 무정했던 아버지에게 유일하게 감사함을 느낄 때가 있었는데 바로 지금도 그랬다. 사람의 눈을 들여다보는 힘, 사람을 가려내는 눈.

어릴 때부터 항상 아버지는 회의하는 모습을 조프가 보기를 원했다. 열대여섯, 아직 철들지도 않을 무렵부터 도살장에 끌려가는 소처럼 끌려가다시피 해서 반강제로 회의실에 발을 들여놓았다.

처음엔 그런 시간들이 너무 무료하고 심심하고 지겨워 죽을 지경이었는데, 어느 순간 조프는 사람들을 살펴보고 있었다. 내용은 쉽사리 이해 가지 않았지만 저 사람의 표정, 손짓, 몸짓 하나하나를 유심히 살펴보게 되었다. 그러다 보니 자연스레 익혀지는 게 있었다.

자신감에 찬 표정, 당당함, 두려움, 위축, 속임과 긴장, 무능, 진실, 거짓…… 이느 순간에는 보고 싶지 않아도 그 사람의 사소한 손짓과 몸짓 습관으로 그 사람의 됨됨이까지…… 사람을 보는 능력이 습관처럼 몸에 배어 버렸다.

'제이. 거짓말을 하려면 좀 그럴듯하게라도 해야지. 그런 거짓말을 하려면 그런 눈을 하면 안 돼. 그런 거짓말을 하려면 좀 더 매몰차게 했어야지. 그런 거짓말을 하려면 그렇게 아픈 표정을 보이지 말았어야지. 당신 입은 거짓을 말할지 모르지만, 당신 몸은 온몸으로 그게 진실이 아니라고 말하고 있어.'

떨고 있는, 이를 악물고 참고 있는 제이가 안쓰러워 꼭 안아 주고 싶었다. 하지만 그럴 수가 없었다. 안아 버리면, 그렇게 안아 버리면 욕심을 멈출 수 없을 테니. 너무 오랜 시간 기다려 왔던 순간이라 지금 이렇게 제이의 얼굴을 쓰다듬고 있는 상황에서도 자신을 믿을 수가 없었다. 지금이라도 여기서 나가야 했다.

진실을 가리고 욕심만 채우려 하다가는 언제 다시 내 손아귀에서 모래알처럼 빠져나갈지 알 수가 없었다. 여태 기다린 걸로도 모자라 아직도 기다림이 더 남은 듯하다. 조프는 제이의 얼굴에서 손을 거두어 그녀의 어깨를 단단히 잡았다.

"난 아니야. 난 그저 그런 유희가 아니었다고. 난 진심이었어. 당신 그렇게 보내고 후회했어. 한순간도 머릿속에서 당신을 지워 본 적이 없었어. 아니. 더 솔직하게 말할까?"

조프는 눈물을 참으려 애쓰는 제이를 뚫어져라 바라보며 말을 이었다.

"지울 수가 없었어. 아무리 노력해도 그럴 수가 없었어. 제이, 난 너와 다시 시작하고 싶어. 이번에는 처음부터 제대로."

제이는 어깨 위에 내려앉은 그의 체온을 뿌리치고 벌떡 일어섰다.

"시작하고 말고 할 것도 없어요. 이번엔 당신이 떠나게 되겠죠. 이기적이지만 두 번 다시 되풀이하고 싶지 않아요. 설사 그렇지 않다고 해도, 전 누구도 만나고 싶은 마음 없어요. 그때, 그렇게 특수한 상황이 아니었다면, 여행지가 아니었다면, 다른 나라가 아니었다면, 헤어질 사람이 아니었다면…… 시작하지도 않았을 거예요. 당신과 다시…… 그럴 일…… 없어요."

제이는 등 뒤로 꽂히는 그의 시선을 무시하고 현관문 앞으로 가 섰다.

"가 주세요. 다음에 만날 때는 협력업체 직원. 그 이상도 그 이하도 아니었으면 합니다."

'징글징글하다, 정말. 아직도 흘릴 눈물이 남았니? 제발 멈춰라, 제발…….'

제이는 이를 악물고 버텨도 흘러내리는 눈물에 망연자실했다.

조프는 한달음에 일어나 제이 앞으로 걸어갔다. 마음에도 없는 못된 말만 내뱉는 그녀의 입을 더 이상 그냥 두고 볼 수가 없었다. 그녀와의 거리가 한 걸음밖에 남지 않은 상황에서도 멈추지 않는 자신을 보며 그녀의 놀란 눈이 동그래졌다.

"읍."

한 치의 망설임도 없이 울고 있는 그녀의 얼굴을 감싸고서 입을 맞추었다. 얼마나 앙다물었는지 열기로 가득한 부르튼 입술에서 비릿한 피 맛이 났고, 거침없이 파고들어 간 입 속 또한 별반 다를 바 없었다. 부르튼 그녀의 입술에 속이 상하면서도 본능은 미친 듯 날뛰고 있었다.

갑작스러운 그의 행동에 당황한 것도 잠시 이내 정신을 차린 제이는 그를 밀어 내고 말았다. 더 있다가는, 더 했다가는 애써 쌓아 둔 벽이 와르르 무너질 것만 같았다.

"날 밀어내는 이유가 대체 뭐야? 내가 두려워? 설마 그럴 리가. 아니면 버려질 게 겁나나? 당신이 나한테 했던 것처럼? 그런 이유라면 걱정할 필요 없어. 적어도 난, 말없이 떠나지는 않을 거니까. 그리고."

"아뇨. 당신뿐만 아니라 그 누구라도 싫어요. 안 해요. 연애 같은 건."

"그러니까 왜!!"

"말하면! 그만할 거예요? 내가 말하면. 그만둘 거냐고요."

"말해 줄 수는 있고? 그 이유 뭔지는 몰라도 당신이 악몽을 꾸던 이유와 별반 다르지 않을 거야. 내 말이 틀려? 할 수 있으면 해 봐 어디. 나 역시 원하고, 바라던 바야! 그때도 그랬고, 지금도 난 언제든 들을 준비가 돼 있다고!"

제이는 자신만을 향해 있는 흔들림 없는 그의 눈빛을 바라보며 차마 할 수 없는 말에 입술을 깨물었다.

'말 못 하겠어. 말할 수 없어. 할 수만 있다면 끝까지 당신이 몰랐으면 좋겠어.'

"하지만 이거 하난 알아 둬야 할 거야. 당신이 무슨 말을 해도 난 물러나지 않아. 당신이 날 밀어내는 이유가 무엇이 되었든 난, 물러서지 않아. 이번에는. 이번만큼은 절대 그렇게 보내지 않아. 절대로. 나는 너 포기 안 해."

조프는 제이의 슬픈 얼굴에 흔들리는 눈빛을 마주하며 안타까운 마음을 뒤로하고 다시 말을 이었다.

"그리고 거짓말할 생각은 꿈에서도 하지 말아. 제이 당신 역시 아직 나 못잊었어. 아니, 잊을 수 없었을 거야. 당신도 진심이었으니까. 당신 역시 날 사랑했으니까."

그가 하는 어떤 말에도 반박의 여지가 없었다. 그 어떤 말에도 반박할 수가 없었다.

"그러니 억지로 밀어내려 하지 마. 무슨 일인지는 몰라도 나에게, 그리고 당신에게 기회를 줘 봐. 젠장! 아직도 시간이 더 필요하다면 기다려 줄게. 당신이 준비될 때까지, 당신이 나에게 스스로 올 수 있을 때까지 다그치지 않을게. 그 시간이 그리 오래 걸리지 않길 바라. 그 시간이 길어지면 길어질수록 우리 둘 다 힘든 시간을 보내게 될 거야. 오늘은 그만 갈게."

'협력업체 직원이라…… 제기랄! 당분간은 그렇게 해 줄게. 그게 당신이 원하는 거라면.'

조프는 현관문 손잡이를 잡으려다 말고 제이를 바라보았다. 등 돌린 채 눈물을 훔치고 있는 그녀를 보니 가슴이 답답해 왔다. 제발 길지 않기를, 하루라도 빨리 마음을 인정하고 와 주기를 바랄 수밖에…….

"문단속 잘 하고 자. 나쁜 꿈은 꾸지 말고."

철컥. 문이 닫히자마자 터져 버린 흐느낌에 제이는 입을 틀어막고선 그 자리에 힘없이 주저앉아 버렸다.

'이게 뭐야. 이게 뭐야. 앞으로 얼마나 더 남은 거야. 얼마나 더 아파야 하는 거야.'

한참을 눈물을 쏟다 처벅처벅 침실로 들어가 힘없이 누웠다. 울다 지쳐 잠에 빠져들며, 그가 왔다 간 것이 꿈인가 싶었다. 차라리 꿈이었으면…….

크리스는 잔뜩 인상을 찌푸린 채 차에 오르는 조프를 보며 한숨을 푹 내쉬었다. 입을 꽉 다문 채 말없이 창밖을 응시하는 그를 보고 있자니 그녀가 그렇게

미울 수가 없었다. 도대체 왜 이렇게 사람 피를 말리는지 그로선 알 길이 없었
다.

오늘 밤도 편히 자기는 틀린 것 같다. 제이를 찾게 되면, 그녀를 만나기만 하
면 나아질 것 같았던 불면증은 여전히 조프에게 머물러 있었다.

"자, 이제 정말 내려갈 일만 남은 거지? J& 덕분에 사무실, 숙소 문제가 해
결되고 나니 준비가 빨리 끝났네. 강 팀장, 한 팀장은 각자 집에서 머문다고 했
지?"

"네!"

"넵!"

두 사람이 동시에 대답을 했다.

"두 사람은 언제 그렇게 제주도에 집을 마련했어?"

이준은 각자의 집에 머물게 된 두 사람에게 아쉬움이 남았다. 앞으로 몇 개
월 제주도에서 지내면서 조금이라도 가까워졌으면 하는 마음에 두 사람을 자신
의 별장에 머물게 하려 했던 계획이 수포로 돌아가 버렸다.

제주도에는 두 사람이 머물기에 딱 좋은 이준의 별장이 있었다. 구름다리로
연결되어 있는 구조로 지어진 두 채의 별장에 각각 머물다 보면 무슨 일이라도
생기지 않을까 싶었는데, 두 사람 일에 관해서는 무엇 하나 마음처럼 되는 게
없는 듯했다.

"저는 한 2년 됐어요. 벨라에서 20분이면 가는 곳이라 거리도 딱 적당해요."

제이는 2년 전 제주도에서 열린 건축포럼에 참석하러 갔다가 우연히 너무
예쁜 집을 발견했다. 부모님이 노후에 이런 곳에 머물면 얼마나 좋을까 생각이
들었는데, 때마침 급매물로 내놓는다는 말에 그길로 부동산을 찾았다.

당시 자신에게는 부담이 되는 매매가였으나 쉽게 포기할 수가 없었다. 가진 돈을 모두 모으고, 일부 대출을 받아 사게 된 곳이었다.

마침 지지난달에 전세 계약이 만료되어, 혹시나 하는 마음에 다시 세를 주지 않고 비워 두기를 참 잘했다 싶었다.

"저는 부모님이 사용하는 별장이 제주도에 한 채 있습니다. 휴가 때나 한 번씩 이용했었는데 이렇게 유용하게 쓰게 될 줄은 몰랐네요. 벨라에서도 가깝습니다."

"그래. 뭐. 두 사람이 각자 집이 편하다면 그렇게 해야지, 뭐."

"저희 내려가고 나면 사장님께서도 많이 바빠지실 텐데."

왠지 모르게 아쉬움이 느껴지는 듯한 이준의 말에 우재가 걱정스레 물었고,

"어이구. 벌써 머리가 아프네. 우리 아들 얼굴 볼 시간이 줄어들 생각 하니 가슴이 아프다."

제 마음 같지 않은 두 사람을 보고 몰래 속으로 한숨을 삼키며 아무렇지 않은 듯 능청스럽게 말하는 이준이었다.

"못 살아. 그렇게 좋으세요?"

아기를 낳고부터 한결 마음이 여유로워진 듯한 이준의 모습에 제이가 싱겁게 웃으며 물었다. 제이 역시 갓 태어난 조카가 이렇게나 보고 싶은데, 아빠인 그는 오죽할까 싶었다.

"뭘 물어? 한 팀장, 강 팀장도 결혼해서 애 낳아 봐. 그러기 전에는 절대 나 이해 못 할 거다."

"절대 애 낳지 말라고 하셨던 분이 누구시더라?"

"그것도 직접 경험해 봐. 내 심정 이해가 갈 거다."

"풋. 아무튼 수고하세요. 그만 가 보겠습니다."

제이는 절대 처제는 아이 낳지 말고, 사람이 할 짓이 아닌 것 같다며 사색이 되어 말하던 이준의 모습을 본 게 불과 엊그제 같은데, 이제 와 손바닥 뒤집 듯 직접 경험해 보라는 말에 어이가 없어 피식 웃고 말았다.

"그래. 조심해서 가고, 착공식 때 보자."

제주도에 도착해 대충 짐을 정리하고 잠자리에 누운 제이는 머릿속이 복잡했다. 며칠 전 그렇게 자신의 집을 나간 조프를 생각하니 마음이 한없이 무거워졌다. 당장 내일부터 마주쳐야 하는 그를 어떤 눈으로 바라봐야 할지. 어떻게 대해야 할지. 그렇게 답도 없는 고민만 하다 새벽에서야 잠이 들어 아침에 눈 뜨는 게 여간 힘든 게 아니었다.

오늘부터는 그와 대면하며 회의를 하고, 착공식 준비도 해야 하는데 하필 눈이 충혈되고 부어 버렸다. 그가 이런 초췌한 모습의 자신을 보면 어찌하나 걱정이 앞섰는데, 불과 몇 시간 지나지 않아 괜한 기우였다는 걸 알게 되었다.

제이는 제주에서의 첫 출근이라 사무실 분위기도 파악할 겸 한 시간 먼저 그린 호텔에 도착했다. 그린 호텔은 J&에서 한 동을 전체 임대한 호텔로 한국에 있는 동안 머물게 될 곳이며 리준 건설의 서른 명 남짓 되는 직원들도 함께하게 될 곳이었다.

호텔 전경을 대충 둘러보고 안으로 들어가려던 찰나 자신의 앞에서 미끄러지듯 멈춰 서는 슈퍼 카에 눈이 번쩍 뜨였다. 차 운전석에서 내리며 제이를 발견한 크리스의 미간에 주름이 잡혔고, 곧이어 뒷자리에서 조프가 차 밖으로 한 발 한 발 내려놓으며 천천히 나오고 있었다.

제이는 이미 놓쳐 버린 타이밍에 들어가지도, 그렇다고 머물지도 못한 채 어정쩡한 자세로 서 있는데, 조프는 그런 제이를 보며 완벽하게 사무적인 태도로 일관했다.

"안녕하십니까. 한 팀장님. 일찍 나오셨네요."

"네. 안녕하십니까?"

"그럼 수고해요."

찬바람을 일으키며 그가 지나쳐 갔다. 협력업체 직원 그 이상도 그 이하도 아니어야 한다고 말한 사람은 다른 누구도 아닌 자신이었다. 그런데. 그랬는데…… 그의 짤막한 인사에 왜 눈치도 없이 서운한 마음이 비집고 나오는지.

'하…… 이런 이율배반적인 마음 같으니라고!'

조프는 제이를 스쳐 지나며 애써 마음을 다잡았다. 그녀를 보지 못한 시간도 견뎌 냈는데, 눈앞에 그녀를 두고 보면서 견디는 게 더 나은 거라고. 보고도 닿을 수 없는 마음은 안타깝기 그지없지만, 그래도 아예 볼 수 없는 것보다 언제든 원하면 찾아볼 수 있는 지금이 훨씬 더 나은 거라고…….

"한 팀장님."

조프와 함께 걸어가던 크리스는 말이 곱게 나가지만은 않았다.

"네."

"오늘 회의 오전 9시에 있습니다. 9층 회의실로 오시면 됩니다."

대표님을 힘들게 만드는 그녀가 불편함을 느낄 정도로 충분히 딱딱하고 굳은 목소리로,

"네. 알겠습니다."

송곳처럼 날카로운 크리스의 말투에 정중하게 응대하는 제이였다.

크리스가 말한 오전 9시가 10분 앞으로 다가왔다. 제이와 우재는 회의 자료를 꼼꼼하게 챙겨 J&의 회의실로 향했다. 두 사람은 앞으로 일주일마다 한 번씩 J&의 회의 시간에 회사 대표로 참석해 그들과 함께 회의하게 될 예정이었고, 오늘이 바로 그 첫날이었다.

J& 회의실로 들어서니 J&의 임직원 열다섯 명이 이미 자리하고 있었고, 모두 반갑게 두 사람을 맞아 주었다. 제이와 우재는 그런 J&의 직원들을 향해 가볍게 묵례를 하며 자신들을 위해 마련된 자리에 앉았다.

"자, 오늘부터 시작입니다. 앞으로 갈 길이 많이 바쁩니다. 다들 각자 위치에서 맡은 역할 충실히 잘 수행하시리라 믿어 의심치 않습니다."

"네."

J& 대표의 발언에 우렁찬 기합처럼 시원스러운 대답이 들려왔다. 회의가 진행되는 모습을 보며 지금까지 보지 못했던 또 다른 그의 모습이 제이의 가슴속에 차곡차곡 쌓이고 있었다.

"그리고 착공식은 생략했으면 합니다만."

"대표님, 아시아 첫 사업입니다. 다른 곳은 몰라도 이번만큼은 착공식을 하는 게 좋지 않겠습니까?"

직원의 우려 섞인 말이 들려왔다.

"아쉽게도 우리에겐 시간이 많지 않습니다. 착공식 행사 준비로 괜한 시간 낭비 하지 맙시다. 착공식 생략에 따른 절감 비용은 제주시의 취약계층을 위한 사회 공헌 활동에 쓰일 수 있도록 알아보세요. 강 팀장님, 한 팀장님 괜찮으시겠습니까?"

조프가 간단명료하게 정리하며 의중을 물어 온다.

"네. 대표님의 뜻이 그러하시다면 굳이 할 필요 없을 것 같습니다. 소모성 행사를 지양하고 절감 비용을 사회 공헌 활동에 사용한다면 오히려 더 큰 홍보가 될 수도 있겠습니다."

우재는 제이와 회의에 참석하러 오는 길에 마침 착공식에 대한 의견을 나누었었다. 두 사람의 생각 또한 J& 대표의 생각과 별반 다르지 않았기에 대답을 망설일 필요가 없었다.

바로 옆자리에서 짧게 고개를 끄덕이며 동의하는 제이의 모습이 눈에 들어왔고, 우재는 결단력 있고 합리적인 J& 대표의 사고방식에 감탄하며 차분하게 답했다.

"이해해 주신다니 감사합니다."

조프가 볼 때 리준 건설의 입장으로 보자면 착공식을 하는 것이 더 유리할 듯했다. 착공식을 통해 회사의 능력을 대내외적으로 알림으로써 한 걸음 더 발돋움할 수 있는 계기가 될 텐데, 의외로 자신과 의견을 같이하며 과감하고 시원하게 내리는 결단에 고마운 마음이 들지 않을 수 없었다.

"그럼 오늘 회의는 이것으로 마치겠습니다."

크리스의 말을 끝으로 회의가 마쳤다. 조프의 뜻대로 착공식 행사에 들어갈 예산은 지역 주민을 위한 사회 공원 활동에 사용하게 되었다.

한국 기업도 아닌 외국 기업의 솔선수범에 모두들 입을 모아 칭찬하며, 소문은 삽시간에 번졌다. 그에 따른 제보로 인해 각종 매체에 오르내리며 자연스레 호텔 홍보가 이루어지게 되었다.

사백오십 개의 객실과 일곱 개의 식당과 바, 열 개의 연회장, 그 외에도 카지노, 스파, 실내외 수영장을 갖춘 벨라는 앞으로 6개월 안에 몰라볼 정도로 달라져 있을 것이다.

J&의 첫 아시아 진출, J&의 첫 아시아 파트너가 된 리준 건설 또한 대대적으로 각종 매체에 이름을 오르내리며 주가를 올리고 있었다.

모든 일은 순조롭게 흘러가고 있었다. 그런데 제이는 뭐가 이렇게 불편하고 불안한 마음이 드는지 알 수가 없었다.

이준이 직원들 격려차 제주에 왔다. 두 팀장을 비롯한 공공사업과 개발사업 본부에 소속된 서른 명의 직원들을 두루 살펴보며 흐뭇한 미소를 감추지 못했다.

"다들 멀리까지 와서 일한다고 고생 많았는데 오늘 회식 한번 할까?"

"네!"

회식을 마다할 직원들이 아니었기에 모두들 한마음으로 외쳤다.

"저는 업체 몇 군데 들러야 하니까 어디서 하는지 문자 보내 주세요."

제이는 회식 따위에 신경 쓸 여력이 없었으나 명색이 팀장인데 참석하지 않을 수도 없어 이준에게 부탁하고 사무실을 벗어났다.

"그래. 조심해서 잘 다녀오고 저녁에 봐. 김 비서, 팀장들한테 문자 보내 주고 J& 측에도 약도, 시간 전달해 줘요. 그쪽 비서실장 통해 말은 해 뒀으니 인원 파악만 다시 해서 예약에 차질 없도록 신경 쓰고."

"네. 알겠습니다. 사장님."

일은 또다시 벌어졌다.

"오늘은 20분 먼저 나갑시다."

사장님의 말씀에 오랜만에 포식하게 된 리준 직원들의 마음이 들떴다.

"가시죠, 대표님!"

크리스가 자신을 부르는 소리에 조프는 하던 결재를 마무리 짓고 자리에서 일어섰다.

"그래."

"괜찮으시겠습니까? 이런 식으로 계속 부딪혀도?"

"안 괜찮을 건 뭐야? 나보다 제이가 힘들겠지."

'마음을 감추느라.'

말은 대수롭지 않다는 듯하면서도 좀처럼 변화가 느껴지지 않는 제이의 모습에 답답하기만 한 조프였다.

"이렇게 대인배이십니다. 쓸데없이. 저는 미처 몰랐네요. 왜 저한테는 그런 모습을 안 보여 주시고? 누구한테만 그렇게 관대하신지?"

크리스는 하물며 조프에게도 이제는 말이 곱게 나가지 않았다. 원래가 저렇게 답답한 사람은 아니었는데.

"쓸데없는 소리 말고 가기나 해."

그렇게 리준과 J&은 함께 회식 자리를 갖게 되었다.

"어서 오십시오. 한국의 회식 문화 체험 현장에 오신 것을 환영합니다!"

이준은 속속 회식 장소로 모여드는 J&의 직원들과 인사를 나누며 곧 들어서는 J&의 대표와 그의 비서를 향해 능청스러운 인사를 건넸다.

"하하하하하, 초대 감사합니다. 어떤 체험을 하게 될지 기대가 됩니다."

이준의 경쾌한 인사에 덩달아 기분이 밝아진 조프였다.

직원들의 배려로 가운데 자리에 이준과 조프, 크리스가 한 테이블에서 마주하게 되었다.

"그런데. 한 팀장, 강 팀장이 안 보이네요?"

가든에 들어서면서부터 둘러본 바로 제이가 보이지 않자 궁금함을 털어 버리지 못하고 조프가 물었다.

"아. 둘 다 외근 나갔습니다. 좀 있으면 도착할 겁니다. 아마 J& 팀도 참석한 줄 알면 놀랄 겁니다."

이준의 대답에 조프는 자신이 회식 자리에 참석하여 그녀가 일부러 자리를 피한 건 아닌가 우려했던 마음은 정리가 되었으나, 둘이 함께 외근 나갔다는 소리에 못내 신경이 분산되며 짜증이 몰려왔다. 둘 다 나갔다고 했지 둘이 함께 나갔다고는 안 했건만, 언제부턴가 계속 두 사람을 연관 지어 생각하게 되는 조프였다.

음식이 하나둘 테이블 위에 놓이자 흥분한 직원들의 소리가 여기저기서 쏟아져 나왔다.

"자. 긴말 생략하겠습니다. 다들 맛있게 많이 드세요."

음식 앞에서 말 많은 사람을 제일 싫어하는 이준이 간략하게 시작을 알렸다.

"대표님, 그리고 비서실장님도 드시죠. 여기가 제주도에서 제법 유명한 가든입니다. 입에 맞으셨으면 좋겠습니다."

이준은 맞은편에 앉은 두 사람이 편히 먹을 수 있도록 그들의 식성에 맞을 만한 음식을 앞으로 놓아 주는 등 배려를 아끼지 않았다.

"네. 음식이 맛있어 보이는데요? 덕분에 잘 먹겠습니다."

"별말씀을요."

통돼지 바비큐는 먹기 좋게 준비되어 있었다. 겉은 바삭, 속은 촉촉했고, 숯 향이 은은하게 배어 있어 조프와 크리스도 거부감 없이 맛있게 음식을 즐길 수 있었다.

조프는 음식을 먹으면서도 계속 손목시계에 눈길이 머물렀다. 20분이 지나고 있었다. 대체 그녀는 언제나 오려는지.

"어? 선배도 이제 오세요?"

막 회식 장소에 도착한 제이가 자신과 마찬가지로 이제 들어서는 듯한 우재를 보며 물었다.

"한 팀장도 이제 도착했나 보네?"

"네. 배가 많이 고프네요. 먼저 들어가세요. 저는 손 좀 씻고 갈게요."

"그래. 얼른 와"

우재가 안쪽으로 들어서자,

"강 팀장님!! 이쪽이요, 이쪽!"

그를 먼저 발견한 리준의 여직원들이 난리다.

우재는 자신과 눈이 마주친 이준에게 가볍게 인사를 하며 그의 맞은편을 보는데, J& 대표와 비서실장이 함께 자리하고 있었다. 뒤늦게 눈이 마주친 그들에게도 가볍게 묵례를 했다. 그러고 보니 J& 직원들도 다 함께 온 모양이었다. 제주에서 맛집으로 유명한 가든의 드넓은 자리가 양쪽 회사의 직원들로 가득 차 있었다.

"강 팀장?"

우재는 자신을 부르며 손짓하는 이준의 모습에 그 자리로 가기 위해 발걸음

을 돌렸다. 자신을 바라보는 동료와 J&의 직원들에게도 가볍게 인사를 하며 부지런히 자리를 찾아가는데,

그때였다.

"팀장님! 우리 팀장님! 저희 여기 있습니다. 잠시만 있다 가세요."

기분이 한껏 고조된 직원의 손에 이끌려 그 자리에 그대로 앉아 버렸다. 그 모습을 지켜보던 이준이 너털웃음을 치며 말을 꺼냈다.

"하하하, 강 팀장을 노리는 여직원들이 많습니다."

"그러네요. 하하하."

이준의 말에 괜스레 기분이 좋아지는 조프였다.

'그나저나 제이는 언제 오는 거야?'

우재와 함께 외근 간 줄로만 알고 있는 조프는 아직도 제이가 오지 않고 있음에 의아해 입구 쪽을 바라보다, 막 들어서는 그녀를 발견하고서는 그제야 고개 숙이며 씨익 웃음 지었다.

제이는 룸에 한 발을 들여놓다 깜짝 놀라고 말았다.

'J&도 함께 하는 회식이었어? 맙소사. 미리 말씀이라도 해 주시지.'

조프와 눈이 마주치자 역시나 심장이 먼저 반응해 버렸다.

'하…… 저 자리만 피하자.'

제이는 한껏 자세를 낮추고 조심조심 자리를 찾아가려는데.

"한 팀장님! 빨리 오세요!"

눈치 없는 1년 차 같으니라고. 덕분에 모두의 눈이 제이에게로 쏠려 버렸다. 반갑게 인사하는 J& 팀에 가볍게 웃으며 마주 인사하고 팀원들이 있는 곳으로 발걸음을 돌렸다. 그런데,

"한 팀장! 이쪽이야."

눈치 없이 이준까지 한 술 더 보태었다. 이쪽으로 오라며 손짓하는 사장님을 못 본 척할까? 하다가 그런 자신을 뚫어져라 쳐다보는 조프와 크리스의 피할 수 없는 시선에 사로잡혀 결국 그리로 발걸음을 옮겼다. 비어 있는 이준의 옆

자리에 천천히 앉는데 이준이 말을 건넸다.

"좀 늦었네? 강 팀장도 이제 막 들어왔어."

"네. 안 그래도 방금 입구에서 만났어요. 전 손 좀 씻느라."

사적인 말이라 한국어로 이준에게 말하며 조프를 슬쩍 보는데 웬일인지 그의 입가에 슬며시 미소가 떠올랐다.

"또 뵙네요."

제이가 맞은편에 앉아 있는 조프와 크리스에게 인사를 했다.

"이 사장님의 초대로 이렇게 왔습니다. 불편하지 않으셨으면 좋겠습니다."

정중하게 말하는 조프라니. 제이는 한숨이 나오려는 걸 꾹 참았다.

"불편할 리가요. 진작 자리를 마련했어야 했는데 늦었습니다. 맛있게 드세요."

제이가 자리에 앉아 인사를 나누는 사이 새로운 음식이 나왔다. 몇 시간을 걸어 다녔더니 제이의 허기진 배가 아우성을 질러 대고 있었다.

꼬르륵……

"헉."

'망했다. 왜 하필 이 타이밍이야! 못 살아 내가 정말.'

민망한 마음에 순간 얼굴에 열이 올랐다.

"큭."

"푸흡."

조프와 이준의 입에서 미처 단속하기도 전에 터져 나온 실소라니. 이준보다 한 박자 빠르게 제이 앞으로 음식을 밀어 주는 조프다.

이준은 하릴없는 손을 거두며 문득 조프를 보니 그의 눈이 정확히 제이에게 꽂혀 있었다.

조프는 제이를 보며 혼자만의 생각에 빠져들었다. 언젠가 저녁도 굶긴 채 그녀를 밤새 차지하며 괴롭힌 다음 날, 귀여운 저 소리에 미친놈처럼 웃어 댔다. 그리움에 그녀를 바라보는데, 그녀의 눈 또한 자신을 향하고 있었다. 눈이 마주치자 얼른 고개를 아래로 숙이고서 열심히 젓가락질을 하며 딴청 부리는 제이가 얄밉기만 하다.

"한 팀장 천천히 먹어. 그러다 체할라."

이준의 걱정 어린 말에 제이는 너무 급하게 먹었나 싶다. 채신머리없이.

그때 자신의 앞으로 물컵이 조용히 건네졌다. 걱정 어린 표정으로 바라보는 조프였다.

"감사합니다."

제이는 아직 음식을 삼키지 못한 입을 가리며 말했다.

이준은 제이에게 주려다 만 물컵을 자신의 앞에 다시 내려놓고, 배려심 깊은 J& 대표를 보며 고개를 한번 갸웃해 보았다.

설마⋯⋯. 피식 웃으며 하던 생각을 저 멀리 치워 버리는 이준이었다.

'에이. 그럴 리가 없지. 이제 겨우 몇 번이나 봤다고.'

제이는 별 뜻 없어 보이는 그의 사소한 행동에도 마음이 조마조마했다.

잠시 후 테이블 위로 또 다른 음식들이 차려졌다. 묵묵히 음식만 먹는 제이와는 달리 세 사람이 대화를 나누며 새로 나온 음식을 맛보는데, 달그락. 옆 테이블에 있던 물컵이 넘어지며 제이가 앉은 곳까지 물이 흘렀다. 눈치 없는 1년 차 지은이었다.

제이가 잠시 당황한 찰나의 순간 대각선에 앉아 있던 조프가 자신의 슈트 상의에 꽂혀 있던 행커치프를 얼른 빼내어 걱정스러운 눈빛으로 제이에게 불쑥 내밀었다. 제이가 머뭇머뭇하며 그가 내민 행커치프를 받는데, 맞은편에 앉은 크리스가 서둘러 무릎으로 일어나 자신의 옆에 놓여 있던 냅킨을 뽑아 제이의 테이블을 닦아 주었다.

제이는 그간 자신에게 딱딱하게 굴던 크리스의 행동에 이게 뭐 하는 건가 싶어 어리둥절하는 사이,

"어머, 한 팀장님, 이를 어째. 바지에 물이 흘렀나 봐요."

말을 하며 냅킨으로 제이의 바지를 닦아 주는 지은이었다.

"괜찮아요. 물이라 다행이네."

제이는 테이블 아래로 손을 내려 조프에게서 받은 행커치프를 물끄러미 내려다보다 이내 생각을 털어 버리고 물이 스며든 바지를 꾹꾹 눌렀다.

크리스는 조프 때문에 속에서 천불이 날 지경이었다. 그녀만 앉아 있는 테이블도 아니고 바로 맞은편에 이준 사장이 떡하니 버티고 앉아 있는데, 그 앞에서 지금 뭐 하는 건지. 모르는 사람이 보면 영락없이 관심 있는 여자에게 호감을 보이는 행동으로밖에는 보이지 않았다.

'차라리 말을 해라, 말을! 이 여자가 내 여자다! 이 사람이 내 사람이다! 왜 말을 못 하냐고!'

찾기만 하면 옆에다 끌어다 놓을 줄 알았던 조프가 의외로 그녀에게 시간을 주며 기다리고 있으니 답답해 미칠 지경이었다. 기다려 주는 대표님이나, 버티는 그녀. 크리스는 속으로 두 사람 욕을 실컷 퍼부어 주었다. 고개를 갸웃하던 이준 사장의 신경이 분산되기를 바라며 결국 자신이 귀한 무릎까지 꿇어 가며 미운 그녀의 테이블을 닦아 주고 있을 줄이야…….

이준은 아까부터 유난히 제이에게만 배려심이 깊은 조프를 눈여겨보며 자신이 놓치고 있는 것이 무엇인가 곰곰이 생각하는데, 그보다 더 적극적으로 행동하는 크리스를 보며 역시 외국인들이라 매너가 좋은 것인가, 다만 자신이 너무 민감하게 생각하는 건 아닌지 반추해 보는 중이었다.

조프는 이준의 호기심 어린 눈길을 돌리고자 손수 물을 닦고 있는 크리스를 보며 피식 웃어 버렸다. 오늘도 가는 길에 만만찮은 잔소리를 들어야겠지만 실로 오랜만에 짓궂게도 웃음이 났다.

그때 잠시 생각에 잠겨 있던 이준의 휴대폰이 울렸고 직원들의 눈이 자연스레 이쪽으로 향했다.

"실례합니다."

양해를 구하고서 발신자를 확인하며 활짝 웃는 이준의 모습을 보니 직원들은 말하지 않아도 상대방이 누군지 알 것 같았다.

자리가 자리인지라 길지 않은 통화를 하고 보니 근처에 앉은 직원들의 눈빛이 반짝거렸다.

"사모님은 좋으시겠어요. 이렇게 다정한 남편이라니."

한 명이 말을 하니,

"그러게요. 정말 부러워요. 어쩜 몇 년이 지나도 변함이 없으세요?"

또 다른 한 명이 말을 이었다.

"저는 사모님 출산하시던 날 완전 깜짝 놀랐잖아요. 우리 사장님 그렇게 당황하신 모습 처음 봤어요."

또 한 명.

"저도요. 저는 그때 사장님이 사무실로 급히 들어와 제이를 부르는데 그게 누군가, 했다니까요? 게다가 한 팀장님이 사장님의 처제일 줄이야……."

지은의 말에 모두 고개를 끄덕였다. 이준이나 제이나 직장에서 구태여 형부나 처제라는 사실을 밝히지는 않기에 오해도 받았었다. 우연히 사석에서 함께 있는 이준과 제이를 보며 내연관계가 아니냐는 웃지 못할 소문에 어이없어하며 처제라고 밝혔던 적은 있었지만, 지은이 입사하기 한참 전이었으니, 지은이 놀란 마음은 이해하고도 남았다.

다른 사람들 역시 한 팀장이 이준 사장의 처제라는 사실을 알았을 때 적잖이 놀랐었으니…….

"얼마나 놀랐던지."

지은이 말을 이었다. 직원들과 함께 술잔을 기울이며 제이도 그때 다급히 자신을 찾던 형부의 모습이 잠시 떠올라 피식 웃음이 났다.

"그게 그렇게 놀랄 일이었다니. 하하하, 앞으로 조심 좀 해야겠는데?"

"아니요. 한 팀장님이 사장님 처제라 놀란 것도 있지만, 실은 제가 막 입사해서 보름 정도 되었을까? 출근길에 누가 제이라는 사람 혹시 우리 회사에 근무하는지 물어보더라고요. 왜 한 팀장님 해외여행에서 돌아와 아파서 입원해 있을 때요. 그때까지도 저는 한 팀장님 말씀만 전해 들었지 한 번도 뵌 적이 없

367

었으니…… 그때 찾던 사람이 아마 한 팀장님이었나 봐요.”

순간 조프와 크리스가 동시에 고개를 휙 들어 말을 하던 지은을 쏘아보았다. 아마 그때인 듯했다. 크리스가 사람을 시켜 제이를 찾고 있을 바로 그때! 그녀라고 어쩔 수 없었겠지만 괜스레 지은이라는 여자가 밉게 보였다.

지은은 사장님이 앉은 테이블을 보다 영문도 모른 채 조프와 크리스의 냉랭한 눈빛을 받으며 자신이 무슨 말실수를 했나 싶어 했던 말을 되짚어 보았다.

‘가만. 그런데 저분들이 알아들었을 리가 없는데? 지금 영어로 말하고 있지도 않았는데? 나만의 착각……인가?’

지은이 눈총을 받고 움찔하건 말건 조프와 크리스는 서로 눈빛을 교환하며 안타까운 한숨을 내쉬었다. 그녀를 더 빨리 찾을 수 있었는데.

제이는 한재희가 아닌 가족이나 친한 지인들에게만 불리는 제이라는 이름을 가지고 자신을 찾을 사람이 누가 있을까 곰곰이 생각하는데. 지은이 대뜸 물어보았다.

“아 참! 팀장님 그때 스페인 다녀오셨죠? 어땠어요? 좋았어요? 저 내년 설 연휴에 스페인으로 여행 가려고요.”

제이는 뜬금없는 지은의 질문에 저도 모르게 조프가 앉은 자리로 시선이 갔다.

‘스페인’이라는 말을 들었는지 그의 시선 또한 이쪽으로 향하고 있었다. 제이는 그와 마주친 눈을 서둘러 지은에게로 돌리며 말했다.

“좋아요. 다시 또 찾고 싶을 정도로. 정보 필요하면 따로 챙겨 줄게요.”

조프는 몰라도 크리스라면 지은의 말을 알아들을 수도 있을 것 같아 제이는 긴말 없이 정보를 주겠다는 말로 마무리하고자 했다.

“정말 감사합니다. 꼭 부탁드려요. 그리고 혹시 유럽도 여행 가기 전에 주사 맞아야 할까요? 팀장님도 다녀와서 열나고 많이 아파서 입원하셨잖아요?”

‘제발 그만!!’

제이는 순간 몸에서 진땀이 나는 느낌이었다.

"아니. 뭐, 주사는 안 맞아도 될 거예요."

'제발 그 입 좀 다물어 줘!'

"그럼 팀장님은 왜 아팠던 거예요?"

'끙. 저 입을 그냥 확 묶어 버릴까?'

혹시나 말을 알아듣고 있으면 어쩌나 크리스를 슬쩍 보는데 오히려 살짝 인상을 찌푸리고 있는 조프와 눈이 맞아 버렸다.

'하. 왜 이렇게 자꾸 눈이 마주치는 거야. 내 눈을 찌르고 싶다 정말.'

의식하고 싶지 않은데 왜 자꾸 그를 의식하게 되는지, 제이는 수시로 그에게 향하는 눈길이 원망스러웠다. 크리스가 알아듣는다 한들 설마 이런 사소한 대화까지 시시콜콜 옮길까 싶었다.

"그냥. 무리해서 다니다 보니 피곤했었나 봐요."

'그 입 다물라!!'

지은은 결코 알지 못할 것이다. 지금 자신이 도대체 몇 개의 폭탄을 터트리고 있는지.

"한 팀장이 입원할 정도면 도대체 얼마나 아팠던 거야? 자기 관리 철저한 사람이 오죽 피곤했으면 입원까지?"

지은의 옆에 앉아 있던 우재까지 합세했다. 엎친 데 덮친 격일까. 이제는 조용히 듣고만 있던 이준까지 말을 보태고 있었다.

"어이구, 말도 마. 내가 그때 생각하면 아직도 식은땀이 나. 집을 오래 비워 청소도 하고, 음식 좀 채워 둘까 해서 아내랑 집에 들렀는데, 글쎄 안방에 쓰러져 있더라고!"

"스즁니임!!"

'제발 형부까지 보태진 말아요. 제발!!'

제이는 어금니를 꽉 깨문 채 억지 미소를 지으며 이준의 옆구리를 쿡 찔렀다.

"입원을 하고서도 검사상으로는 아무런 이상도 없는데, 이틀을 꼬박 열이

369

펄펄 끓어서 얼마나 걱정을 했는지, 그 뒤로도 한동안 고생했지 아마."

기어이 또 말을 하고 만다.

"그만해요. 뭐 좋은 일이라고."

결국 참지 못하고 말을 끊어 버렸다. 제이는 목이 턱 막혀 오는 듯한 기분에 사이다를 벌컥벌컥 들이마셨다.

"하하하, 저는 잠시 자리 좀."

제이는 더 이상 태연을 가장한 채로 자리를 지키고 앉아 있을 수가 없어 도 망치듯 자리를 피해 버렸다.

'하…… 도대체 여기서 스페인은 왜 나오며 아팠던 얘기는 왜 꺼내는 거야!! 크리스가 알아들었을까? 조프한테 별말 않겠지? 그래, 뭐. 깊게 생각하겠어?'

답답한 마음에 가든 앞 정원으로 나와 버렸는데 덥석. 뒤에서 누군가 제이의 손을 잡아끌었다. 놀라서 돌아보니 언제 따라 나왔는지 조프가 있었다.

"잠깐 나 좀 봐."

혹시나 누가 볼까 봐 주변을 확인하며 제이는 그의 손을 뿌리치지도 못하고 그가 이끄는 대로 따라갔다. 가든의 외부 아무도 찾지 않는 한적한 곳에 이르 러서야 조프가 멈춰 섰다.

"아팠어?"

"……."

"한국에 와서 아팠냐고!"

"네. 피로가 쌓여서 좀…… 그랬어요."

'결국 크리스가 알아들은 건가? 그래서 말해 버린 건가?'

"거짓말!"

'날 두고 떠난 너도 나만큼이나 아팠나 보다. 나만큼이나 힘든 시간을 보냈 나 보다.'

쉽게 떠난 건 아닐 거라고, 너도 지난 1년간 아팠을 거라고 넘겨짚었었지 만…… 타인을 통해 실제로 제이가 아팠다는 말을 듣는 건 또 달랐다.

"아플 거면서 왜 떠났어? 차라리 내가 있는 곳에서, 내 옆에서 아프지 그랬어?"

내가 없었을 그 시간 혼자서 아파 쓰러져 있었을 제이를 생각하니 지난 시간조차 못내 마음이 아픈 조프다.

"……."

"아직 생각할 시간이 더 필요해? 나한테서 눈도 못 떼면서, 제 마음을 온전히 감추지도 못할 거면서 아직도 시간이 더 필요한가?"

"쉿! 잠시만요."

"아직 시간이 더 필요하냐고 물었어. 이미 당신 마음은 나를 향하고 있는데, 그럼에도 불구하고 아직도?!"

"쉿 제발. 제발 조용히 좀 해 봐요."

제이는 서둘러 손을 들어 그의 입을 막으려 했고,

"제이!!"

조프는 그 손을 가볍게 잡아 내렸다.

"쉿! 누가 이쪽으로 온다고요. 입 좀 다물라고요. 제발!!"

결국 양손을 그에게 잡혀 버린 제이는 답답함에 발만 동동 굴렀다.

씨익.

"난 그럴 생각이 없는데?"

한쪽 입가를 올리며 양보할 마음을 보여 주지 않는 그를 보며,

"내 질문에 대답 아직 하지 않았."

"츕."

결국 제이는 자신이 할 수 있는 최후의 수단으로 말을 하던 그의 입을 틀어막았다. 양팔은 그에게 잡혀 옴짝달싹 못 하고, 키는 그에게 한참 못 미치고. 결국 발꿈치를 치켜들어 그의 입술을 제 입술로 막아 버렸다. 무게 중심이 앞으로 쏠려 그에게 바싹 밀착되어 버린 몸이 바르르 떨려 왔다.

조프는 그런 제이를 놓치지 않았다. 단번에 그녀의 허리를 휘어잡고 기둥 뒤

로 돌아서며 그녀를 감추고 거침없이 그녀의 입술을 빨아들였다.

"읍."

누가 먼저 시작한지도 잊은 채 놀라 입술을 떨어트리려는 그녀를, 꿀벌 앞에 꿀단지째로 들이밀어 버린 그녀를. 그런 방심한 꿀단지를 놓쳐 버릴 조프가 아니었다. 제이의 뒷머리가 기둥에 부딪히지 않게 손으로 넓게 머리를 감싸며 그녀의 여린 입술을 살짝 깨물어 버렸다.

"아."

놀라움에 살짝 벌어져 버린 입술 사이를 기다렸다는 듯 거침없이 파고들며 그녀의 여린 속살을 강하고 부드럽게 훑어 내렸다. 청량한 음료의 향이 입 안 가득 퍼지며 짜릿한 희열이 가슴을 두드렸다.

해방된 두 팔을 들어 자신을 밀어 내리던 그녀의 팔이 스르륵 아래로 떨어지며 자신의 허리에서 주춤거리는 온기가 느껴졌다. 그제야 조프는 제이를 빈틈없이 끌어안을 수 있었다. 밀착된 가슴에서 울려오는 떨림이 그녀에게서 나는 떨림인지, 자신에게서 나는 떨림인지 알 수 없지만 말도 못 하게 짜릿하게 느껴졌다.

사실 조프는 자신들이 있는 곳으로 향하는 발걸음을 들어 알고 있었다. 자신이야 누가 나오든 말든 보든 말든 들키면 더 좋고, 아니면 말고. 거칠 것이 없었으나 미련퉁이 제이는 그러지 못했다. 들킬까 전전긍긍, 자신의 입을 막으려는 그녀를 좀 골려 줄까 했는데 그녀가 덥석 미끼를 물어 버렸다. 미리 보아 둔 기둥 뒤로 숨으며 오랜만에 그녀의 온기를 마음껏 들이마셨다.

제이는 정신이 혼미해졌다. 아까 마신 술기운 때문인지, 제법 쌀쌀한 날씨임에도 불구하고 온몸이 불덩이같이 횟횟하게 달아올라 버렸다. 그저 그의 입을 막으려 했던 것뿐이었는데, 그저 그뿐이었는데. 마치 꿈결인 양 부드럽게 어루만지는 그의 입술에 몸도 마음도 녹아내려 버렸다. 어떻게 이렇게 짧은 시간, 어떻게 단 한 번의 키스로 이렇게 정신을 마비시킬 수가 있는지…….

가까이 다가오던 발자국 소리가 멀어지고 먼저 정신을 차린 조프의 입술이 천천히 제이에게서 떨어졌다.

"분명히 말하지만 먼저 시작한 건 당신이었어. 나는 여전히 당신에게 기회를 주는 중이고, 당신을 기다리는 중이야. 다그치지도 않았어. 단지 질문을 했을 뿐이야."

반짝반짝 몽롱한 그녀의 눈빛이 미치도록 마음에 들었다. 붉게 달아오른 그녀의 두 뺨이 미치도록 사랑스러웠다. 그녀는 분명 지금 회식 중이라는 사실을 잊었으리라.

"이대로 계속 있을까? 아님 우리 둘만 있을 수 있는 곳으로 갈까? 그게 당신 결정이야? 그렇다면 난 무조건 찬성!"

"……"

방금 전까지 부드럽게 자신을 어루만지던 그 입술이 지금 무슨 소리를 내고 있는 건지. 제이는 빠져들 것만 같은 그의 눈을 들여다보며 귓가에 웅얼웅얼 맴도는 소리가 꿈인지, 현실인지 구분이 가지 않았다.

'눈을 뜨고도 꿈을 꾸는 것일까?'

"제길! 진심으로 당장 당신을 데리고 나가고 싶지만, 당신이 잊고 있는 것 같아서 말해 주는 거야. 우린. 지금 회.식. 중이었어. 기억해?"

"회식. 회식."

그중 뚜렷하게 들리는 단어에 귀를 기울이며 따라 말하는데…….

"헉! 맙소사. 내가 지금 무슨 짓을."

마법에서 깬 듯 정신이 번쩍 든 제이는 막 불어닥친 돌풍인 듯 찬 바람을 일으키며 순식간에 그에게서 멀어져 버렸다.

"젠장. 여전히 빨라. 하…… 차라리 말해 주지 말 걸 그랬나?"

예전에 함께 머물던 호텔방에서 자신의 짓궂은 농담에 쏜살같이 문밖으로 도망치듯 사라지던 제이의 모습이 머릿속을 스쳤다. 그녀는 예나 지금이나 여전히 동작이 빨랐다.

둘이 사라진 지 제법 되었으니 크리스가 속으로 얼마나 방방 뛰고 있을지 굳이 짐작하지 않아도 알 수 있었다. 아까부터 계속 자신을 예의 주시하던 이준 사장 또한 신경 쓰지 않을 수 없었다. 자신이야 아무래도 상관없지만 제이는 퍽이나 난감할 수도 있겠기에.

그나저나 잔뜩 흥분한 몸이 원래대로 돌아오려면 자신은 정원이라도 두어 바퀴 돌아야 할 듯싶었다.

그의 몸에 닥친 난처함이야 신경 쓸 겨를조차 없던 제이는 서둘러 화장실로 뛰어 들어갔다. 더운 열기를 식히려 세면대 앞에 섰는데 낯익은 얼굴이 보였다.

"어…… 지은 씨?"

"어머, 팀장님. 밖에 많이 추워요? 얼굴이 너무 빨개요."

"아. 하하. 그러네요. 좀 춥네요. 네."

제이는 물을 틀어 급하게 세수를 했다.

"팀장님. 춥다더니. 찬물로 세수를 하세요? 괜찮으세요?"

"괜찮아요. 좀 더워서."

"네?"

지은은 의아했다.

'이건 또 뭔 소리야! 도대체 밖이 춥다는 거야, 덥다는 거야?'

그 시각. 이준은 또다시 왠지 모를 찜찜함에 물을 들이켰다. 잠시 자리를 비운 제이는 큰일을 보고도 돌아오고 남았을 시간임에도 아직 늘어지지 않고 있고, 잠시 바깥바람을 쐬고 오겠다던 J& 대표 역시 여전히 돌아오지 않고 있었다.

크리스는 그런 이준을 보며 몸에서 진땀이 배어 나오는 듯했다.

"우리 대표님이 바닥에 앉는 자리에 익숙하지 않으셔서 다리가 좀 불편하셨나 봅니다. 아하하하."

핑계 아닌 핑계로 둘러대는 크리스와,

"아. 미처 그 생각을 못 했네요. 혹시 다들 불편하신 건 아닌지 걱정이 됩니다. 대표님 들어오시면 바로 2차로 자리 이동하시지요."

답을 하며 자신의 회사 직원들보다 더 편하게 앉아 맛있게 음식을 먹으며 즐기고 있는 J& 팀을 날카롭게 바라보는 이준이었다.

크리스는 당장 나가서 대표님을 찾아와야 하나 말아야 하나 고민하는데, 다행히도 그녀가 다시 들어오는 모습을 보고서야 안도의 한숨을 내쉬었다.

제이는 다시 자리로 돌아오며 자신을 쏘아보는 크리스와 눈이 마주쳐 버렸다.

"히끅."

놀란 가슴을 다독이지 못하고 딸꾹질이 입 밖으로 나와 버렸다.

'가지가지 한다. 진정해라 진정.'

"히끅."

"한 팀장 이제 이쪽으로 좀 오지?"

구세주 같은 우재다. 우재는 잠시 자리를 비운다던 제이가 돌아오지 않아 걱정스러운 마음에 밖으로 나가 보았다. 어디선가 말소리가 들리는 듯도 하여 소리를 따라가 보았지만 그곳에는 아무도 없었다. 그렇게 제이를 찾아 두리번거리다 허탕 치고 들어와 앉아 있는데 귀엽게 딸꾹질을 하며 다가오는 제이라니, 살포시 웃음이 터졌다.

"죄지은 거 있어? 갑자기 딸꾹질은?"

"히끅."

그치지 않는 딸꾹질에 가슴을 두드리는 제이를 보며 우재가 물을 권했다. 숨도 쉬지 않고 물을 들이켜는 제이를 보며 다시금 미소를 짓는 우재였다.

제이의 요란한 등장에 어이없어 피식 웃다가 우재 옆에 자리하는 제이를 바라보며 그제야 이준도 마음을 놓았다.

제이가 자리에 앉아 계속되는 딸꾹질에서 겨우 해방이 될 무렵 조프가 천천히 자리로 돌아왔다.

"도대체 어디를 다녀오십니까?! 배탈이라도 나셨습니까? 빨리빨리 좀 다니시지."

어금니를 아득 깨물며 입 한번 크게 떼지도 않고 자근자근 조프의 귓가에 잔소리를 쏘아붙이는 크리스였다.

"홋. 시끄러."

조프는 그런 크리스의 잔소리를 일축해 버렸고,

"하······."

크리스는 깊은 빡침에 머리가 어질어질할 지경이었다.

이준은 그런 두 사람을 물끄러미 보다가 다시 제이를 한번 쳐다보았다. 우재와 도란도란 대화를 하고 있는 모습을 보며 다시금 찾아드는 불안한 마음을 흘려보냈다. 어느 정도 식사를 마친 듯 보이는 직원들의 모습에 이준이 큰 소리로 말했다.

"자, 이제 2차로 자리를 옮기시죠."

"네? 이렇게 먹었는데 또 간다고요?"

조프는 깜짝 놀라지 않을 수 없었다. 이미 배는 포화 상태였다. 이준이 어찌나 이것저것 챙겨 주는지, 그의 성의를 생각해 나오는 음식을 대부분 맛보다 보니 평소보다 많이 먹었다. 더는 음식이 들어갈 곳도 없는데 다음 코스가 또 있을 줄이야.

"이제부터가 진짜 회식입니다. 대표님. 지금까지는 2차를 위한 워밍업 정도로 해 두죠."

"아······ 네."

이준과 조프의 대화를 들으며 제이는 피식 웃었다. 그가 당황할 때도 있구나.

"자, 갈 사람들은 가고, 남을 사람들은 자리 이동합시다."

회식에 강요는 없었다. 리준의 회식 문화에는 무조건이란 없었다. 1차든, 2차든 참석하고 싶은 사람만, 술은 마시고 싶은 사람만 그리고 감당할 수 있을 만큼만 마실 것! 그것이 이준 사장의 특별한 회식 방침이었다.

그래서인지 리준에서만큼은 한국 회식 문화의 문제점을 찾아볼 수가 없었다. 직원들 모두 회식에 대한 거부감이나 부담 없이 즐겼고, 또 원했다. 결국 회식 문화가 궁금했던 J& 팀들과 한 명도 빠지지 않은 리준 팀이었다.

2차로 자리를 이동하는 길 이준이 잠시 제이를 불렀다.

"한 팀장? 잠깐 나 좀 봐."

"네. 사장님."

"혹시 요즘 J& 팀하고 무슨 문제 없어?"

"무슨 문제요?"

"이건 내가 정말 혹시나 해서 물어보는 건데 말이야. 혹시 J& 대표나, 아님 그 비서실장이라는 사람이 집적거린다거나······."

"네에?"

제이의 놀란 물음에 앞서가던 직원들이 뒤돌아보았다. 제이는 서둘러 손사래를 치며 별일 아니라고 얼른 가시라며 손짓하고 이준을 보며 말했다.

"무슨 그런 말도 안 되는 소리를."

'집적이라니 집적이라니! 그건 아니거든요!!'

"그러니까 혹시나라고 했잖아. 아까 보니 처제한테 마음이 있어 보이는 것 같아서 말이야. 음식을 챙겨 주지를 않나, 물을 주지를 않나, 행커치프에다 테이블을 닦아 주기까지."

"에, 에이. 외, 외국 분들이시잖아요. J& 대표님도 그렇고, 비서실장님도요. 물론 비서실장님이야 외모는 한국인이지만 아까 말씀 들어 보니 어릴 때 가셨다면서요. 그러니까 마인드 자체는 외국인이죠. 뭐. 하하하 매너 좋잖아요. 외국 남자들."

'좋아. 자연스러웠어!'

제이는 뜨끔했다. 역시 이준은 날카롭고 예리했다. 언제부터 눈여겨보았는지 그의 행동 하나하나를 기억하고 있었다. 앞으로 좀 더 행동을 조심해야 할 듯했다.

"그리고 그분들이 뭐가 아쉬워서 일개 시공사 직원에게 그러겠어요? 괜한 걱정 하지 마시고 빨리 가기나 하세요."

'그래. 일개 시공사 직원이지 나는.'

"듣고 보니 섭섭한데? 일개 시공사라니! 그리고 처제가 뭐 어때서? 사실 말이야 바른 말이지. 처제랑 어떻게 해 보려고 안달 난 사람을 내가 한둘 봐? 오죽하면 나한테까지 푸시가 들어올까?"

"아무튼 아니에요!"

'오히려 지금 안달 난 사람은 저라고요. 다 잊어버리고, 다 지워 버리고 그에게 가고 싶은 사람은 저예요. 그만큼 정신 나간 사람은 저란 말이에요.'

"그래. 처제가 아니라면 아닌 거겠지 뭐. 난 또 괜히 걱정했네. 그래도 혹시 모르니 조심해. 매너에 홀랑 넘어가지 말고."

"제가요?"

"J&이 보통 기업도 아니고…… 난 처제가 또 다칠까 봐 걱정돼."

"그런 걱정은 마세요. 지금까지 저를 봐 오셨으면서 그런 걱정을 하세요?"

"그래. 이번에는 좀 편한 상대를 만나 봐."

'제발 네 옆을 좀 봐. 우재 얼마나 든든하고 좋아? 사람 좋지, 집안 좋지, 어디 내놔도 빠지지 않는 녀석인데. 게다가 처제 생각하는 마음이 얼마나 깊은데. 왜 그걸 못 봐? 답답하다 답답해.'

"혹시라도 집적거린다거나, 힘들게 하면 참지 말고 말해. 난 일보다 처제가 더 중요하니까."

누구보다 그의 진심을 알기에 이준의 한마디에 마음이 찡해 왔다.

"네. 명심할게요. 그렇게 말씀해 주시니 너무 고마워요, 형부."

"그래. 가자."

결국 두 사람이 가장 늦게 도착해 버렸다.

2차 장소는 가든 옆에 위치한 분위기 좋은 재즈 클럽으로 스테이지에는 피아노를 비롯한 드럼과 콘트라베이스와 같은 악기들이, 홀에는 앉아서 즐길 수 있는 테이블과 서서 즐길 수 있는 스탠딩 테이블이 조화롭게 갖추어져 있었다.

직원들의 편의를 위해 재즈 클럽을 전체 대여한 덕분에 모두들 자유롭게 편한 자리를 찾았다. 물론 대표님과 팀장님의 자리를 마련해 두는 건 잊지 않았다.

결국 제이는 또다시 그와 마주 앉게 되었다. 하지만 아까와는 달리 그와 눈을 마주치지 않았다. 방금 이준과 대화를 하며 다시 한번 자신의 위치를 직시했다. 그를 보며 잠시 흔들렸다. 어이없게도 한순간 정말 포기해 버릴까. 그냥 질끈 눈 감아 버릴까. 그러면 잊힐까? 다 잊고 살아갈 수 있을까?

스스로가 가장 잘 알고 있었다. 자신은 절대 잊지도 잊을 수도 없을 거라는 걸. 앞으로 자신이 하려는 싸움에 그를 끌어들이고 싶지 않았다. 아니 그 누구도 끌어들이고 싶지 않았다.

때가 되면, 그때가 되면. 힘들어도, 두려워도 꼭 해 볼 생각이었다. 또다시 깨지고 망가지는 모습을 그에게만큼은 보여 주고 싶지 않았다. 그에게 빠져 허우적거리는 동안 잠시 미뤄 두었던 일들을 다시 시작해야 할 듯했다.

제이는 할머니와 할아버지를 죽음에 이르게 한 그와 주변인들을 용서할 생각이 없었다. 절대로. 그리고 멍청하게 정신을 놓고 지낸 시간들로 인해 일이 이 지경이 되도록 만든 자신 또한 용서할 수가 없었다.

'행복할 자격. 있니? 감히? 정신 차려 한재희! 해야 할 일을 절대 잊지 마!'

다시금 약해지는 마음을 다잡았다. 제이는 있는 힘을 다해 그의 시선을 차단하고, 그를 외면했다. 심장에 균열이라도 가는 듯 엄습해 오는 통증에 고통스러워 얼굴이 절로 일그러졌다.

'모든 일을 바로잡고 나면 그때는…… 마음을 내려놓고 보통의 사람들처럼 평범하게 살아갈 수 있을까?'

시끌벅적한 분위기를 틈타 잠시 자리를 비우는 척하며 결국 혼자 집으로 돌아와 버렸다.

[형부. 죄송해요 저 두통이 와서 집에 먼저 가요.]

문자를 보내고 멍하게 앉아 있으려니 조프에게서 전화가 걸려 왔다. 제이는 울리는 휴대폰을 바라보며 또다시 조금씩 자라나는 욕심을 싹둑 잘라 버렸다.

'제발 더 이상 흔들지 말아 줘요. 제발.'

조프는 회식 자리를 옮기고 나서는 강 팀장과 주로 대화를 하며 자신 쪽으로는 눈길조차 보내지 않는 제이를 보며 실망스러웠다. 조금 가까워진다 싶으면 멀어지고, 잡힌다 싶으면 도망가 버리는 제이 때문에 애가 탔다.

잠시 화장실을 가는 줄 알았던 제이가 자리에 돌아오지 않아 전화를 하는데, 받지를 않았다. 혹시나 싶어 이준 사장에게 넌지시 물어보니 이미 집에 갔다는 말에 기운이 빠져 버렸다.

'아까 그냥 데리고 나갔어야 했어.'

뒤늦은 후회가 밀려왔다. 속이 시끄러운 조프와 달리 크리스는 제대로 한국 회식 문화 체험을 하는 듯했다. 188센티의 장신이라 보고 싶지 않아도 굳이 눈에 걸리는 게 마뜩잖아 조프는 인상을 찌푸렸다. 물 만난 물고기처럼 신나게 노래를 부르며 직원들과 어울리는 크리스가 술 한잔 마시지 않은 맨정신이라는 사실을 아는 사람은 없는 듯했다.

'남의 속도 모르고 신났네, 신났어. 그래. 너라도 즐겨라.'

마음 같아서는 당장 자리를 뜨고 싶었으나, 오늘 하루 자신 때문에 무던히도 마음고생했을 크리스에게 조금의 여유라도 줘야 할 것 같아 가볍게 이준 사장과 술잔을 기울이는 조프였다.

"한 팀장님 내일 자재 보러 가시는 거 맞죠?"

"네. 미라 씨, 내일은 오전부터 나가야 하니까 중요한 일은 오늘 마무리 지을 수 있게 해 줘요."

"네. 그리고 방금 강 팀장님 전화 왔는데 바로 나오시라고 하던데요? 기다리겠답니다."

"고마워요."

제이는 마음이 급했다. 우재와 함께 현장에 나가기로 했는데 본사에서 사무실로 전화가 걸려 와 조금 늦어 버렸다. 바쁜 걸음을 옮긴 제이는 엘리베이터에서 내리자마자 우재에게 전화를 하려는데 때마침 전화벨 소리가 들려왔다.

"네. 리준 한재희입니다."

— …….

"여보세요?"

— …….

"여보세요? 말씀하세요."

— 재희야.

"……!!"

— 재희야…… 나야…….

휴대폰을 들고 있는 제이의 손이 사정없이 부들부들 떨려 왔다.

'아닐 거야. 아닐 거야. 미쳤나 봐. 어떻게 그 목소리가 들려? 아닐 거야.'

— 재희야, 내 말 듣고 있어? 나야. 내 목소리 잊은 건 아니지?

툭. 경악한 제이의 팔이 툭 떨어지며 동시에 휴대폰도 바닥에 나뒹굴었다. 둔탁한 소리에 마침 로비에 들어서던 조프와 크리스의 시선이 제이에게 날아들었다.

"말도 안 돼…… 어떻게? 어떻게?"

조프와 크리스가 서둘러 제이에게로 다가왔고, 제이는 조프가 바로 코앞까지 와 있다는 것도 인지하지 못할 만큼 충격에 휩싸여 있었다.

"한 팀장, 괜찮아요?"

"……."

"한 팀장! 제이!"

조프가 제이의 어깨에 양손을 올리며 꽉 잡고 나서야 제이는 서서히 얼굴을 들어 그를 바라봤다.

"무슨 일이야?"

조프는 위태롭게 흔들리는 제이의 눈동자를 보며 조심스레 물었다.

"아닙니다. 아무 일도······."

"거짓말을 하려면 좀 그럴듯하게라도 해야지! 당신 얼굴이 지금 얼마나 창백한지 알아?"

조프는 당장이라도 놀란 듯 보이는 그녀를 안아 주고 싶었지만, 그를 알아보고 다가오는 사람들 때문에 하는 수 없이 제이의 어깨를 쥐고 있던 손을 놓았다.

그녀는 알까? 지금 그녀가 얼마나 위태로워 보이는지. 지금 그녀가 얼마나 창백한 모습으로 버티고 있는지.

그때 마침 우재가 다가왔다.

"한 팀장, 여기서 뭐 해? 빨리 안 오고?"

우재는 이미 사무실에서 나갔다는 제이가 아직 오지 않아 다시 사무실로 돌아오다 로비에 멈춰 선 제이를 발견했다.

가까이 가면서 보니 J& 대표의 얼굴은 경직되어 있었고, 제이의 얼굴도 온몸에서 피가 다 빠져나간 듯 창백하게 질려 있었다. 그제서야 무슨 일이 있음을 감지한 우재는 다급하게 물었다.

"한 팀장, 왜 그래. 무슨 일 있어? 괜찮아?"

"선배 저 사······무실에 좀. 뭘 두고 왔어요."

"어? ······어, 그래. 그래. 가자."

우재는 J& 대표와 그 옆에 선 크리스에게 묵례하고 서둘러 제이를 부축하며 걸음을 서둘렀다.

조프는 지금 일어나는 모든 상황이 마음에 들지 않았다. 바로 앞에 있는 자신을 두고 왜 다른 사람의 도움을 받아야 하는지, 왜 당장 제이를 안아 주지 못하고 이렇게 물러서 있어야 하는 건지.

"대표님. 곧 회의 시간입니다. 다들 기다리고들 있을 겁니다."

그때까지도 말없이 조프의 옆을 지키던 크리스가 임박한 회의 시간에 조프를 재촉했다.

옆에서 크리스가 재촉하는 소리에 정신이 들었다. 그렇게 회의실에 가려다 말고 발밑에 떨어져 있는 제이의 휴대폰이 눈에 들어왔다. 조프는 바로 주워들고 회의실로 향했다.

"어? 팀장님들, 나가시는 거 아니었어요? 어머, 한 팀장님 얼굴이 왜 이렇게 창백해요? 방금 나갈 때까지만 해도 아무렇지 않았는데?"

"미라 씨. 미안한데 차 한잔 부탁해요."

"네, 강 팀장님."

미라는 방금 전까지만 해도 평소와 다름없는 모습으로 나가던 한 팀장님이 사색이 되어 돌아와 당황스러웠다. 서둘러 제이가 평소 즐겨 마시는 차를 준비해 팀장실로 가져갔다.

우재는 제이를 데리고 가 소파에 앉히며,

"정말 괜찮은 거야?"

미라가 가져다주는 차를 얼른 받아서 제이의 앞에 놓아 주었다.

"뜨거워. 조심해."

우재가 건네주는 따뜻한 차를 손에 쥐고서야 자신의 손이 얼마나 차갑게 얼어 있었는지 알 수 있었다.

"무슨 일인지 물어보면 안 되는 거야?"

'도대체 너는 지금 어디를 그렇게 헤매고 있는 거야?'

"……"

지금 온통 머릿속이 물음표 투성이인 제이에게 우재의 말은 전달되지 않았다. 평생 숨어 살아도 모자란 사람이었다. 이렇게 당당하게 나타나서는 안 되는 사람이다. 그런데 왜, 왜 전화를 했을까, 왜 돌아왔을까, 어떻게 다시 돌아올 생각을 할 수 있었을까. 이렇게 돌아와 자신을 자극해 봐야 좋을 일이 하나 없을 텐데 도대체 왜?

그렇게 생각이 꼬리에 꼬리를 물다 보니 무언가 이상했다. 그 사람이라면 분명 계속해서 전화가 울려야 하는데, 이상하게 벨 소리가 들리지 않았다. 제이는 서둘러 몸을 더듬으며 휴대폰을 찾는데, 그 어디에도 휴대폰이 없었다.

"선배, 혹시 제 폰 못 봤어요?"

"왜, 없어?"

"네…… 아까 떨어트렸나 봐요."

"있어 봐, 내가 한번 가 볼게."

서둘러 사무실을 나갔던 우재가 잠시 후 빈손으로 돌아왔다.

"폰 그 자리에 없던데."

"……아마 파손됐을 거예요. 누가 치웠나 보네. 하…….."

"당장 불편해서 어떡해? 고객들 전화는 어쩌려고?"

"일단 회사로 착신해 둬야죠. 내일 다시 확인해 보고, 못 찾으면 새로 개통하는지. 해야겠죠. 연락처는 다행히 백업받아 둔 게 있어요. 죄송해요 괜한 걱정을 끼치네요."

기계적으로 떠오르는 말을 내뱉는 제이의 머릿속은 온통 암흑천지였다. 그 사람이 다시 눈앞에 나타날 거라고는 생각지도 못했는데 앞으로 어떻게 해야 하나. 이 일을 어떻게 해야 하나. 되풀이될 것만 같은 고통에 눈앞이 캄캄했다.

"후…… 한 팀장, 오늘은 그만 퇴근하는 게 좋겠나. 혹시 병원 안 가 봐도 되겠어?"

"네. 괜찮아요."

"그럼 오늘은 집에 가서 좀 쉬어."

"……네. 오늘은 그래야 할 것 같아요. 죄송해요. 바쁠 텐데."

"그런 걱정은 하지 말고, 혼자…… 갈 수 있겠어? 내가 같이 가 줄까?"

우재는 초점 없는 제이의 눈동자를 보며 걱정하지 않을 수 없었다.

"아니에요. 저도 없는데 선배라도 자리에 있어야죠."

"그래. 그럼 언제라도 필요하면 전화해. 알았지?"

"네. 고마워요, 선배."

"그래. 한 팀장, 무슨 일인지는 모르겠지만 힘들면 좀 기대. 너무 혼자 다 해결하려고 하지 말고, 네 주변 사람들을 좀 믿어 봐."

잠시 제이의 눈이 자신을 바라보나 싶더니 이내 아래로 떨구어졌다. 우재는 왠지 모르게 위태로워 보이는 제이의 모습에 어찌해야 할 바를 몰랐다. 무슨 말이라도 해야 도와주기라도 할 텐데. 안타까운 마음에 한숨만 내쉬어졌다.

"고마워요…… 가 볼게요."

제이는 너무 지쳤다. 말을 하면서도 무슨 말을 내뱉는지 몰랐고, 말을 들으면서도 무슨 얘기를 하는지 귀에 하나도 들어오지 않았다.

단지 전화 한 통화……. 단지 그 한 번의 전화 통화에도 이렇게 흔들리는 모습이라니…….

조프는 오늘따라 몰아치는 회의에 속이 타들어 갔다. 시차 때문에 간신히 시간을 맞춘 회의를 취소할 수도 없었다. 가뜩이나 본사에서 멀리 떨어진 한국에 와 있는 걸 우려하는 상황에서 개인적인 사정으로 일에 지장을 줄 수도 없었다.

"크리스, 제이 어떻게 하고 있는지 좀 알아봐. 제이 폰 수리하고."

"네."

크리스는 하필 오늘 이런 일이 생겨 걱정이었다. 각 지사별 논스톱 화상회의가 예정되어 있는 데다, 나라별 시차를 고려한 타이트한 스케줄에 하루 종일 옴짝달싹할 수도 없는 대표님을 걱정하지 않을 수 없었다. 옆에서 자신이 챙겨야 할 일도 많은데 그렇게 흔들리는 그녀의 모습을 보셨으니…….

크리스는 곧바로 리준 사무실에 전화를 했다.

"한 팀장님 자리에 계십니까?"

— 실장님. 한 팀장님 오늘 조퇴하셨어요. 몸이 좀 안 좋아서요.

"흠…… 네. 알겠습니다."

아무래도 직접 찾아가 봐야 할 모양이었다.

딩동. 딩동. 제이는 벨 소리에도 소스라치듯 놀라 버렸다. 조심스레 인터폰을 확인하며 익숙한 얼굴에 안도의 한숨을 내쉬며 문을 열었다.

"실장님, 무슨 일로 여기까지 오셨어요?"

"괜찮으십니까? 대표님께서 많이 걱정하십니다."

"아…… 저는 괜찮습니다. 걱정하지 마시라고 전해 주세요. 그리고…… 앞으로는 개인적으로 저를 찾아오시는 일은 없었으면 합니다. 대표님께도 꼭 그렇게 말씀 부탁드립니다."

집으로 들어오라는 말도 없이 냉정하게 자신의 할 말만 하는 제이를 보니 기가 막혔다.

"하……."

크리스는 가슴 깊은 곳에서 뿜어져 나오는 한숨을 막을 길이 없었다.

"한 팀장님, 정말 해도 해도 너무하십니다! 대표님이 어떤 마음으로 여기까지 왔는데, 어떤 심성으로 지금까지 버텼는데, 지금 어떻게 견디고 있는데 이렇게까지 밀어내야겠습니까? 도대체 왜요?! 도대체 왜!!"

크리스는 더 이상 참지 못하고 쌓인 화를 표출해 버렸다.

"죄송해요…… 죄송합니다. 드릴 말씀이 없네요. 다만 지금은 제 곁에서 최대한 멀리 떨어지는 게 대표님을 위해서도 나을 겁니다. 부탁이에요. 다른 말씀 마시고 그냥 대표님이 개인적으로 절 찾아오는 일이 없도록 말려 주세요."

제이는 끊어 내야 했다.

"그렇게 안 봤는데 한 팀장 참 나쁜 사람이네요. 아니면 아니다, 싫으면 싫다. 마음이 변했으면 변했다. 돌아섰으면 확실하게 끊어라도 줘야 할 거 아닙니까?! 떠날 때도 아무런 말 없이 사라져 버리고, 다시 만나도 미적지근하게 사람 오지도 가지도 못하게 지금 이게 뭐 하자는 겁니까? 대표님이 지금 시간이 남아돌아 여기서 이러고 있는지 아십니까?!"

사람 좋던 크리스의 뼈아픈 말에 제이는 눈물이 차곡차곡 고이고 있었다.

"죄송합니다."

나오지 않는 목소리를 쥐어짜 겨우 한마디를 내보냈다. 제이는 울지 않으려 어금니를 꽉 깨물고 참고 또 참았다. 참느라 목구멍이 찢어질 듯 아파졌다.

"그리고 비서실장님도 개인적으로 절 찾아오는 일이 없어야 할 거예요."

이들에게 티끌만 한 불똥이라도 튀지 않으려면 독해져야 했다.

"하…… 빌어먹을, 네! 그러죠. 그럼 이만 가 보겠습니다."

크리스는 더 이상 참지 못해 문을 쾅 닫고 나와 버렸다. 왜 저렇게까지 독하게 말하는지, 여행지에서 봤던 상냥하고 다정했던 그녀와 같은 사람이 맞나 싶을 정도였다. 하물며 자신도 그러한데 대표님은 오죽할까 싶었다.

그럼에도 불구하고 그녀의 아픈 얼굴이, 있는 힘껏 앙다문 입술이, 충혈된 두 눈에 가득 고인 눈물이 왜 이렇게 마음에 걸리는지 알 수 없는 일이다.

"하…… 지금 누가 누굴 걱정하나? 젠장……."

크리스는 밀려드는 잡생각을 치워 버리고 비서실로 전화를 했다.

"제이슨, 대표님 지금 회의 중이신가?"

─ 네 실장님. 회의 들어가셨습니다. 실장님께 전화 오면 바로 알려 달라고 하셨고요.

"그럼 메모 좀 전달하지. 직접 찾아가 봤는데 아무 이상 없더라고 그렇게만 전해 줘."

─ 네 알겠습니다.

크리스는 전화를 끊고서 제이의 폰을 들고 수리 업체를 찾았다. 다행히 액정만 나간 상태라 수리가 빨리 끝나 서둘러 호텔로 돌아왔다.

"실장님 오셨습니까?"

비서실에 들어서자 제이슨이 곧장 크리스에게 다가왔다.

"대표님께는 메모 전달했고?"

"네. 아까 연락받고 바로 말씀드렸습니다."

"대표님 식사는?"

"전혀. 생각 없다고 물리셨습니다. 회의도 예상보다 길어지더라고요."

오후부터 시작된 회의에 저녁도 거르고 시간은 밤 8시를 향해 가고 있었다.

"하…… 저녁은 꼭 드셔야 하니 부드럽게 먹기 좋은 걸로 준비 좀 시켜 줘."

"네. 알겠습니다."

시계가 8시를 훌쩍 넘기고서야 조프가 회의실에서 나왔다.

"아니 이 시간까지 식사를 안 하시면 어떡합니까?!"

크리스는 오랜 회의로 힘이 빠진 듯한 조프를 보며 속상한 마음에 쏘아붙였다.

"한 끼 굶는다고 안 죽어."

조프는 겨우 한 끼 굶었다고 난리를 치는 크리스가 가소로워 피식 웃으며 말을 받아쳤다.

"다른 때 같으면 말도 안 하죠! 몇 시간째 회의하면서 식사 거르시면 체력이 되냔 말입니다! 이래서 제가 딱 옆에 있었어야 하는 건데, 지금이라도 좀 드시죠. 부드러운 걸로 준비시켰습니다."

"지사와 회의가 길어져서 먹을 타이밍을 놓쳤을 뿐이야. 하여간 잔소리는, 가뜩이나 머리 아픈데 입 좀 다물고! 제이 폰은 어떻게 됐어?"

"다행히 액정만 나가서 바로 수리했습니다."

크리스가 전해 주는 제이의 폰을 보며 다시 생각이 깊어지는 조프다.

"그분은 잘 계시니 아무 걱정 마시고 대표님이나 신경 쓰시죠!"

"그래. 널 누가 말리냐."

조프는 크리스의 잔소리를 반찬 삼아 가볍게 식사를 마치고 본사와 마지막 회의를 서둘렀다. 밤 10시가 되어서야 간신히 회의와 결재를 마치고 회의실을 나서는 조프의 얼굴에 짙은 피로가 무겁게 내려앉았다.

"고생 많으셨습니다. 후…… 대표님, 이러지 마시고 그냥 본사 가시는 게 어떻겠습니까? 여기는 다른 책임자 두시고요."

크리스는 아까 그녀가 했던 말을 차마 그대로 조프에게 옮길 수가 없었다.

"닥쳐라."

크리스의 속사정을 알 리 없는 조프는 가장 효율적인 한마디로 크리스의 입을 막아 버렸다. 더 이상 선을 넘는 말은 듣지 않겠다는 일종의 경고와 같았다.

"후…… 그럴 줄 알았습니다."

'나만 속 타지, 나만. 하…… 답답하다, 답답해.'

"가시죠. 오늘은 무조건 씻고 바로 주무셔야 합니다!"

"그래. 가자. 가!"

자신의 별장으로 향하는 차 뒷좌석에 몸을 기대어 가만히 지친 눈을 감는 조프였다.

차가 조프의 별장 앞에 미끄러지듯 정차했다. 이곳은 J& 호텔 부지 선정을 앞두고 출장을 왔던 크리스가 조프를 위해 매입한 곳이었다.

세계 최고의 호텔을 거느린 조프는 아이러니하게도 자신이 머무는 곳으로는 호텔보다 주택이나 아파트를 선호하는 편이었다. 조프에게 있어 호텔은 일터였고, 휴식만큼은 일터에서 벗어난 자신만의 공간에서 취하고 싶어 했다.

그래서일까, 전 세계 곳곳에 조프의 호텔이 있는 곳이라면 조프의 집이나 별장이 있었고 조프는 호텔에서 업무를 마치면 가능한 한 호텔을 벗어나 자신의 집에서 쉬곤 했다. 물론 해당 호텔을 인수하는 과정에서 필요하다면 호텔에 머무는 경우도 있었다. 하지만 그 기간이 장기적인 경우는 드물었다.

크리스는 드문 경우에 속했던 스페인의 팔라우에트 호텔을 떠올리며 자연스레 함께 떠올리게 되는 그녀의 이미지에 깊은 한숨을 내쉬었다. 크리스의 한숨소리에 조프가 감았던 눈을 떴다. 뻑뻑한 눈을 쉬게 한다는 게 잠시 잠이 들었던 모양이었다.

"괜찮으십니까?"

피로가 가시지 않은 듯한 조프를 보며 걱정스레 묻는 크리스였다.

"어, 오늘 수고 많았다. 너도 얼른 가서 쉬어."

크리스가 차에서 내리기도 전에 먼저 차에서 내리며 별장으로 발걸음을 옮겼다.

조프는 별장에 도착하자마자 간단히 샤워를 마치고, 가운을 걸친 채 곧장 침실로 향했다. 지칠 대로 지친 몸을 이끌고서 침대 위에 털썩 주저앉더니 그대로 뒤로 벌렁 누워 버렸다. 한두 시간만 해도 머리 아픈 회의를 종일 몰아서 해치웠으니 아무래도 오늘은 좀 쉬어야 할 듯했다.

그렇게 몇 분이나 눈 감고 있었을까, 갑자기 벌떡 일어나 제이의 휴대폰을 찾는 조프다. 아니나 다를까 전원이 꺼져 있는 제이의 휴대폰을 보며 깊은 한숨을 내쉬었다. 분명 자신을 걱정한 크리스가 전원을 꺼 두었으리라.

'하…… 이 자식을 그냥.'

곧바로 전원을 켜는데,

우웅~~ 우웅~~ 진원을 켜자마자 성급하게 울리는 진동음이다. 조프는 혹시 제이가 전화를 찾는 게 아닌가 싶어 얼른 받았다. 조프가 미처 말을 꺼내기도 전에 다급한 목소리가 들려왔다.

— 재희? 끊지 마. 꼭 해야 할 말이 있어. 제발 끊지 마. 제발……. 보고 싶어. 보고 싶어 죽을 것 같아. 그동안 너 떠나 있으면서 정말 많이 생각했어. 내가 다 미안해. 정말 미안해. 내가 다 잘못했어. 내 죗값은 살면서 내가 두고두고 다 갚을게. 그러니 우리 일단 만나, 만나서 얘기 좀 해. 응?

"……."

— 재희? 재희야!

조프는 전화를 받자마자 말할 틈도 주지 않고 쉴 새 없이 쏟아 내는 다급한 남자의 목소리를 들으며 사정없이 인상을 구겨 버렸다. 느낌이 좋지 않았다.

— 여보세요. 재희야, 내 말 듣고 있어?

"제이, 지금 전화받을 수 없습니다. 누구라고 전해 드릴까요?"

영어로 대답하는 조프의 말에,

— ……당신 누구야, 누군데 재희 전화를 받는 거지?

거리낌 없이 영어로 되묻는 남자였다.

"내가 누군지 묻기 전에, 먼저 당신이 누군지 밝히는 게 순서 아닌가?"

최대한 감정을 배제하고 말하는 조프와,

— 하…… 재희…… 설마…… 설마. 지금 같이…… 있나? 당신…… 옆에?

사정없이 목소리가 떨려 오는 남자다.

"그렇다면?"

— 재희한테서 당장 떨어져, 지금 당장! 그렇지 않으면 너! 절대 가만두지 않아. 죽고 싶지 않으면, 당장 떨어져.

음산한 목소리로 위협하는 남자의 목소리에,

"훗, 그렇게는 못 하겠는데, 해볼 테면 어디 한번 해보시든가."

느긋하게 맞받아치며 무거운 목소리로 상대방을 찍어 누르는 조프다.

파팍!! 조프가 말을 끝맺기가 무섭게 전화는 둔탁한 단발 음을 남기고서 끊어져 버렸다. 들려왔던 목소리는 상당히 공격적이었다. 기분 더럽게도 그 목소리가 조프의 신경을 온통 긁고 있었다. 혹시나 싶어 통화 내역을 확인하는데 부재중 전화가 수십 통, 거의 대부분이 방금 걸려 온 그 전화번호와 일치했다. 그리고…… 수리하기 전 마지막 통화 내역과도 번호가 일치했다.

"하…… 이거 완전 미친놈이네. 어? 설마…… 이 자식인가?"

매섭게 가늘어진 조프의 눈빛이 번뜩이고 있었다.

9

태현은 들고 있던 전화를 그대로 내동댕이쳐 버렸다. 전화기의 파편이 바닥
이고 벽이고 할 것 없이 사정없이 튀어 올랐다. 그렇게 분풀이를 하고도 진정
이 되기는커녕 미칠 듯이 화가 치솟았다.

"안 돼, 안 돼! 이럴 순 없어. 이럴 수는! 으아아아아. 아악!!"

제 감정을 다스리지 못하고 머리를 감싸 쥐며 발악하는 태현이다. 지금까지
버틸 수 있었던 건 그녀 옆에 그 누구도 없다는 것, 자신과 헤어진 이후로 그
어떤 사람과도 만나지 않고 있다는 것. 그 하나로 5년을 쥐 죽은 듯 버텨 냈다.
그런데…… 이 늦은 시간에 남자와 함께라니.

지금 그녀의 곁에 누군가 있다는 사실에 숨 막힐 것 같은 불안감이 엄습했
다. 그녀를 다시 되찾고 싶었다. 아니. 반드시 그녀를 되찾아야만 했다.

다음 날 아침 조프는 제일 먼저 리준 사무실을 찾았다. 1팀과 2팀으로 나뉘어 업무를 보고 있는 리준 직원들은 J&과의 원활한 업무 교류를 위해 사무실 앞 보드에 직원 배치도를 비치해 두었고, 조프는 어렵지 않게 제이가 속한 2팀으로 향했다.

"한 팀장 안에 있습니까?"

"네, 대표님. 무슨 일로 오셨."

지은이 말을 채 마치기도 전에 조프가 팀장실 문을 열고 들어갔다.

이른 아침, 갑자기 들이닥친 그의 모습에 당황한 제이가 자리에서 벌떡 일어섰다.

"대표님, 아침부터 여기까지 어떻게?"

"잠깐 얘기 좀 하지. 차 한잔 마실 수 있을까?"

조프는 생각할 시간 따위는 주지 않았다. 그녀가 허락하건 말건 자신이 알고 싶은 내용만 확인하면 그만이었다. 그녀에게서 허락의 말이 나오기도 전에 소파에 자리 잡고 앉아 버렸다.

"네."

제이는 자신을 살피는 듯한 그의 모습에 애써 긴장을 감추며 팀장실 문을 열어 가장 가까이에 앉아 있는 지은을 불렀다.

"지은 씨 여기 차 한잔 줄래요? 캐모마일 허브차 한잔 부탁해요."

별 뜻 없이 그가 즐겨 마시던 차를 부탁하는 제이다.

"말씀하세요."

제이는 한동안 말없이 자신을 뚫어져라 바라보는 그의 눈빛을 더 이상 마주 보지 못하고 눈길을 돌려 버렸다.

지은이 차를 가져와 조프의 앞에 놓고 나가자 조프가 입을 열었다.

"무슨 일인지 물어봐도 여전히 당신은 말을 않겠지?"

"네."

"일관성은 있네. 여기, 어제 당신이 떨어트리고 간 휴대폰."

"이걸…… 대표님이 갖고…… 계셨……어요?"

폰을 받는 제이의 손이 미세하게 떨렸다. 조프는 그녀의 행동 중 어느 것 하나도 놓치지 않고 있었다.

"파손이 돼서 수리했어. 다행히 액정만 깨졌더라고. 그리고…… 어제 누군가에게 전화가 걸려 왔어."

제이의 눈이 번뜩 커지며 동시에 눈동자가 심하게 흔들리고 있었다.

"받으셨어요? 누구……라고 하던가요?"

"잘못 걸린 전화, 왜? 기다리던 전화라도 있었나?"

"아니요. 그냥. 수리해 주셔서 감사합니다."

눈에 띄게 안심하는 그녀를 보며, 어제 그 남자와 분명 무슨 일이 벌어지고 있는데…… 그게 도무지 무슨 일인지 알 수 없어 답답함에 짜증이 밀려왔지만 내색할 수도 없었다.

하지만 어제 그와 통화를 하며 자신이 느낀 그의 도가 넘는 집착은 도무지 무시할 수 있는 수준의 것은 아니었다. 어쩌면 제이가 악몽을 꾸는 이유에 그 남자가 연관되어 있지는 않을까? 그녀의 걱정을 보태고 싶지 않아 그와의 통화 내역을 다 삭제해 버린 것이 잘한 일인지 알 수도 없었다.

"제이, 당신 아직도 악몽을 꾸나?"

"볼일 끝나셨으면 그만 일어나시죠?"

"아니, 아직 안 끝났어."

제이는 일어나려다 말고, 다시 자리에 앉았다.

"아직 악몽을 꾸냐고 물었어."

"이제 괜찮습니다."

"악몽을 더 이상 꾸지 않아서 괜찮다는 건가? 아니면 악몽을 꿔도 이젠 그마저 익숙해져서 괜찮다는 건가?"

젠장. 익숙해지는 악몽도 있다던가…….

"누구나 한 번씩은 꾸겠죠. 저뿐만 아니라."

"아직 꾼다는 말이군, 그게 보통의 의미 없는 악몽이라면 모르지만 당신의 경우는 보통의 경우가 아니지. 안 그래?"

"현장에 나가 봐야 합니다. 먼저 나가도 되겠습니까?"

"아니 그냥 앉아 있어. 더 이상 안 물어볼 테니."

알고 싶은 건 그녀의 반응만으로 이미 다 알아낸 뒤였다. 그렇게 제이를 앞에 앉혀 두고, 그녀의 눈을 바라보며 조프는 천천히 차를 음미했다. 기어이 마지막 한 방울까지 다 마신 후 천천히 찻잔을 내려 두고 제이를 보며 의미심장하게 말했다.

"그런데 혹시 그거 알아? 내 품에서 잘 때는 세상없이 편하게 잤다는 거?"

"하…… 겨우 며칠이었어요. 매일같이 악몽을 꾸지는 않습니다."

"그럼 테스트해 보든가, 난 얼마든지 응해 줄 용의가 있으니 말이야."

"대표님, 아직 비서실장님이 말하지 않았나 봅니다."

"무슨?"

"앞으로 개인적으로 절 찾아오시는 일이 없었으면 합니다. 대표님도, 그리고 비서실장님도요."

"그건 왜지?"

"괜한 오해 받고 싶지 않습니다. 오늘도 이렇게 불쑥 찾아오시면 저는 다른 직원들에게 뭐라 설명해야 하나요? 일에도 절차가 있고 체계가 있는데, 앞으로 저에게 업무적으로 하실 말씀이 있으시면 전화를 주시거나 호출해 주세요. 그럼 제가 올라가겠습니다."

"조심해야 할 다른 이유가 더 있는 건 아니고? 단지 그뿐인가? 직원들한테 오해받을까 봐?"

똑바로 마주하지도 못하고 흔들리는 눈빛이었다.

"……네."

"한 팀장답지 않게 대답이 늦네. 그만 가 볼게. 긴장 풀어."

조프는 굳은 표정으로 뻣뻣하게 묵례하는 제이를 보며 자리를 떠났다. 리준 사무실을 빠져나오며 의문은 확신으로 바뀌어 있었다. 조프는 재빨리 휴대폰을 들어 크리스에게 전화를 했다.

"크리스, 방금 내가 보낸 번호 누군지 한번 알아봐. 가능한 한 빨리."

조프는 어제 통화했던 그 남자의 전화번호를 정확히 기억하고 있었다. 혹시나 했는데 제이의 반응을 보니 역시나였다.

크리스는 왠지 모르게 다급해 보이는 조프에게 왜 그러냐고 묻지 않았다. 필요하다 싶으면 직접 말해 주었을 것이다. 분명 그녀의 망가진 폰과 연관이 있지 않을까 짐작만 할 뿐이었다. 지금은 의문을 갖기보다는 움직여야 할 타이밍이었다.

크리스는 전화번호 하나로 알 수 있는 정보는 최대한 알아내고서 조프의 집무실을 찾았다.

"대표님. 말씀하신 전화번호,"

"어. 그래. 알아봤어?"

"네. 그 전화번호는 이태현이라는 사람이 어제 개통한 전화입니다. 그리고 어제 5년 만에 한국으로 귀국했던데요? 통화 내역에는 한 팀장님 번호 외에는 아직 없습니다."

"귀국하자마자 전화를 개통하고, 개통하자마자 찾은 사람이…… 제이란 말이지……."

게다가 전화를 받지 않는다는 이유로 수십 통을 했다. 보통 사람 같으면 한두 번 하다 말 일이었다. 어차피 부재중 전화가 남는데 굳이 번거롭게 계속 시도할 필요가 없을뿐더러 시간 낭비일 뿐이었는데, 그 남자는 생각이 좀 다른 듯했다.

조프는 단편적인 모습만으로도 남자의 말도 못할 집착이 느껴져 가슴이 답답해졌다.

"네. 그 외에는 아직 이렇다 할 움직임은 없는 것 같습니다. 그리고 혹시 몰라서 좀 알아봤는데, 이태현 부모님이……."

"부모님이 왜?"

"아버지는 검찰총장 출신 법무부장관, 국회의원 5선을 지낸 현 여당 대표고요. 어머니는 명우그룹에 둘째 딸이더군요. 무슨 일인지 모르겠지만 결코 만만찮을 겁니다."

"음……."

"일단 지금까지 보고된 사항은 그렇습니다."

"크리스, 저기 좀 앉아 봐."

지금까지 자신의 자리에 등을 기대고 앉아 크리스의 보고를 받던 조프가 일어서 소파로 자리를 옮기며 말했다.

"어제 내가 제이 전화를 받았어."

"제가 꺼 뒀는데요?"

"그래! 그걸 왜 꺼? 하마터면 놓칠 뻔했잖아! 아무튼, 지금 그게 중요한 게 아니야. 그 전화를 받았는데 그 자식이었어. '보고 싶다, 미안하다, 잘못했다. 죗값은 갚겠다. 일단 만나자.' 이게 단순히 헤어진 연인이 5년 만에 나타나 할 만한 소리는 아니지, 안 그래?"

"무슨 일인지 한 팀장님한테 물어보셨습니까?"

"입이 무거워…… 분명 무슨 일이 있는데 입을 꾹 다물고 말을 안 해. 그리고 그 자식한테 전화 왔다고도 말 안 했어. 혹시 걱정할까 봐. 너도 알아봐서 알겠지만 전화도 한 통만 한 게 아니야. 수십 통. 집요하기도 하지. 아마 내가 받지 않으면 밤새 했을지도 모르지. 그런데 어제 아침 제이가 로비에 멈춰 섰던 그때, 직전 통화가 그 자식이야. 그 표정이 그녀가 악몽에서 깨어났을 때의 표정과 같았어. 극도의 불안과 공포……."

다시금 그녀가 악몽에서 깨어나던 표정이 떠올라 미간에 주름이 생겨 버렸다.

"악몽……을 꾼다고요?"

"스페인에 있을 때 그랬어. 단순한 악몽이 아니었어."

"미안하고, 잘못했다. 죗값을 갚겠다라…… 혹시 성폭행을 당하거나…….."

"그건 아니야. 나도 혹시 그런 건가 싶어 조심했었는데. 아니야."

"확신하십니까?"

조프는 잠시 망설였다. 아무리 친형제와 같다지만 그녀의 프라이버시도 있는데, 어디까지 얘기를 해 줘야 할지…….

"후…… 그녀는 나와의 관계가 처음이었어."

"관계가 처음이라고 해서 성적인 폭력이나 학대가 없었다고 확신하는 건 안 되지 않습니까? 강제로 취하려다 못 했을 수도 있고요. 분명 대표님이 그 부분에 대해 걱정스러운 점이 있었으니 조심하셨을 테고, 결과적으로는 첫 경험이지만 그와 유사한 이를테면 성추행이라든지…… 그것도 아니면 강간,"

"그만!"

조프는 상상하는 것만으로도 속에서 쓴 물이 치받고 올라왔다. 그건 아닐 거라고 생각에서 제외했었는데, 크리스의 말을 듣다 보니 전혀 가능성 없는 말은 아닌 듯해 화가 솟구쳤다. 힘없는 여자를 상대로 그런 몹쓸 짓까지 할 정도의 개자식은 아니었기를 바랄 뿐이다.

"아 참! 그러고 보니 한 팀장님이 한 말 중에 마음에 계속 걸리는 말이 있기는 한데……."

"그게 뭔데?"

"그게 하…… 지금은 자신의 곁에서 멀리 떨어지는 게 대표님을 위해서도 나을 거다."

"그 자식 때문이겠지."

"네?"

"그 자식이 그러더라고, 제이가 옆에 있냐고 묻길래 그렇다 했더니 제이한테서 당장 떨어지라더군, 죽고 싶지 않으면 당장 떨어지라고 말이야. 감정 조절이 안 되는 것 같더군, 폭력적인 성향이 강했는데⋯⋯."

'미친 새끼가 감히 누구한테 지금, 죽고 싶지 않으면 떨어지라니! 그게 무슨 말 같지도 않은 개소리인지.'

간신히 밖으로 튀어나오려는 욕을 잠재운 크리스였다.

"하⋯⋯ 이제야 퍼즐이 조금씩 맞춰지는 것 같은데요. 데이트 폭력, 돌아온 집착 강한 전 남자 친구? 그게 맞는다면 스페인에서 말없이 떠난 것도, 지금 이렇게 밀어내는 것도⋯⋯ 전혀 이해 못 할 상황은 아닌 것 같습니다. 그 자식도 처음부터 그러지는 않았겠죠. 그러다 변했을 테고, 결론은 남자에 대한 뿌리 깊은 불신?"

"흠⋯⋯ 차라리 그 정도라면 나을지도 모르지, 왠지 나는 그 이상이 있을 것 같아서 말이야."

"한 팀장님이 속 시원히 말이라도 해 주면 그게 뭐든 해결 방법이라도 찾아볼 텐데 말입니다."

"그래. 그게 제일 빠른 방법이기는 하지⋯⋯ 제이는 내가 좀 더 살펴볼 테니, 넌, 시간이 좀 걸리더라도 이태현에 대해서 더 자세히 알아봐."

"네. 알겠습니다."

태현은 기어이 제이가 근무하는 제주까지 내려왔다. 제이가 자신의 전화번호는 착신 거부를 해 통화가 되지 않았다. 다른 번호로 전화해 봤자 자신의 목소리만 들리면 바로 전화를 끊어 버려 직접 부딪힐 수밖에 방법이 없었다.

멀리서 지켜보며 제이가 혼자 될 시간을 기다리는데, 그녀 곁에는 항상 누군가 함께 있었다. 특히 자주 보이는 사람은 강우재. 아직은 함께 일하는 동료 그 이상 그 이하도 아닌, 아직은 그랬다.

하지만 태현에게는 제이 곁에 있는 모든 사람이 경계의 대상이었다. 태현은 제이를 단 한 순간도 잊은 적이 없었다. 부모님께 이끌려 억지로 미국에 감금되다시피 했을 때에도 사람을 시켜 제이가 누구를 만나는지, 잘 지내고 있는지, 무슨 일은 없는지 그녀의 신상에 대한 정보와 소식은 늘 들어 알고 있었다. 다만 단 한 달, 그녀가 해외로 갔던 그 한 달만을 제외하고는……

그렇게 간간이 날아오는 제이의 소식을 들으며 부모님이 말한 5년을 간신히 버텨 냈다. 그 어떤 연락도 취하지 않고 5년이 되는 날까지도 그녀가 혼자라면 다시 만난다 해도 말리지는 않겠다 하셨다.

그때 태현의 부모는 이런 날이 올 거라고는 상상조차 하지 못했을 것이다. 그 당시 그들은 자신의 아들이 감옥에 가는 것만은 막아야 했고, 그러기 위해서는 어떤 감언이설을 해서라도 아들을 한국이 아닌 곳에 보내야 했다. 5년만. 그 정도라면 아들이 그 여자를 잊을 만한 충분한 시간이 되지 않을까 싶었다. 하지만 그건 그들의 크나큰 착각이었다. 그들은 자신의 아들을 몰라도 너무 몰랐다.

제이와 함께 현장을 둘러보기 위해 호텔 로비를 나서던 우재가 갑자기 멈춰 섰다.

"한 팀장, 잠시만. 자 기를 두고 왔어. 나 사무실에 얼른 갔다 올게 기다려."

"네. 서두르지 마세요. 시간 아직 있어요. 저는 차에 가 있을게요."

제이는 지상에 세워 둔 회사 차 앞으로 가 우재를 기다리고 있었다. 그러다 왠지 모를 섬뜩함에 주위를 두리번거렸다. 태현의 전화를 받은 뒤로는 일을 하는 중에도 알 수 없는 불안감이 스멀스멀 올라왔고 급기야 오래전 그때처럼 왠지 누군가 지켜보고 있다는 불쾌한 기분을 떨칠 수가 없었다. 그럴 때마다 주위를 살피며 조심한다고 했는데, 결국 우려했던 일이 현실로 다가왔다.

"재희, 재희야."

누군가 부르는 소리에 제이는 온몸에 소름이 돋아 버렸다.

한편 불러도 자신을 돌아보지 않는 제이 때문에 태현은 애가 탔다. 조금 더 가까이 다가가 다시 불렀다.

"재희야."

너무도 생생히 들려오는 소리에 설마 아닐 거라고…… 절대 아니어야 한다고. 돌아섰는데.

"악!!"

제이는 소스라치게 놀라며 고통스럽게 뛰고 있는 심장을 진정시키려 가슴에 손을 얹었다.

"하, 말도 안 돼…… 말도 안 돼. 어떻게 여기를…… 어떻게 여기까지!"

"오랜만이야. 잘…… 지냈어?"

"……지금 나보고 잘 지냈냐고 물었어요?"

변한 게 하나도 없었다.

"그럼 이렇게 나타나지 말았어야지. 연락도 하지 말았어야지. 그렇게 사라 졌으면 내 눈에 띄지 말았어야지! 평생 쥐 죽은 듯 살아도 모자랄 판에 날…… 찾아와요?"

"재희야…… 제발…… 아직 화 안 풀렸어?"

그때의 일을, 제이의 인생을 송두리째 앗아 가 버린 그날의 고통을 겨우 '화' 라고 말하는 그를 보며 경악하지 않을 수가 없었다.

"지금…… 뭐라고? 화……라고 했어요? 당신한테는 그 일이…… 그 일이…… 하……."

억장이 무너질 듯한 그의 태도에 말문이 턱 막혀 왔다. 무언가 퍼붓고 싶은데 목소리가 입 밖으로 튀어나오지 않았다. 제이는 부들부들 떨려 오는 몸으로 위태롭게 버티다 겨우 입을 열었다.

"이 후안무치한 인간 말종, 이 나쁜 자식! 네가 지은 죄가 무슨 죄인지는 아는 거야? 절대 용서 안 해. 절대 용서 못 해. 죽어서도 절대!"

"재희야······."

"그만! 제발 그만! 목소리만 들어도 소름 끼쳐. 두 번 다시 내 눈앞에 나타나지 마. 전화도 하지 마. 한 번 더 찾아오면 그땐, 나도 내가 무슨 짓을 저지를지 몰라. 그땐 내가 당신을······ 죽여 버릴 거야."

"내가 다 잘못했어. 내가."

우재는 밖에서 들려오는 다툼 소리에 마음이 다급했다. 서둘러 뛰어가는데, 뻣뻣하게 경직되어 버린 몸으로, 손톱이 박히도록 꼭 말아 쥔 주먹을 부들부들 떨며 독하게 누군가를 쏘아보는 제이의 모습이 한눈에 들어왔다.

"한 팀장 무슨 일이야?"

제이는 흘러내리는 눈물을 거칠게 닦아 버렸다.

"강 팀장님, 늦었어요. 가요."

"어? 어. 그래."

우재는 자신에게서 등을 돌린 채 제이와 대화를 하는 남자가 누구인지 궁금했지만 자신에게 선배가 아닌 강 팀장이라 거리를 두며 말하는 제이를 보니 한시바삐 자리에서 벗어나고 싶어 하는 것 같아 서둘러 걸음을 옮겼다.

제이를 차에 태우고 호텔 앞을 지나치는데 방금 전 그 남자는 미동도 없이 그 자리에 그대로 멈추어 서 있었다. 실루엣이 왠지 낯이 익은데······.

"한 팀장, 정말 무슨 일이야? 괜찮은 거야? 아까 그 사람 누구야?"

"······."

암전. 제이의 세계가 다시 암흑으로 바뀌고 있었고, 발밑은 늪지대로 변하고 있었다. 견고하게 다지고 있다고 믿었던 정신력이 힘없이 무너지려 하고 있었다. 우재가 무슨 말을 하는지 들리지도 않았다. 그가 다시 나타났다는 사실만이, 이젠 더 이상 물러서서도 숨어서도 안 된다는 자각만이 머릿속을 가득 채웠다.

어차피 한 번은 겪어야 하는 일일지도 몰랐다. 모든 일을 덮고 모른 척 살아갈 게 아니라면 어차피 한 번은 겪어야 하는 일이었다. 그게 하필 지금, 조프가 한국에 있는 지금이라는 사실이 못내 마음에 걸렸다.

"한 팀장! 내 말 듣고 있는 거야?"

"네?"

"괜찮으냐고, 아까 그 사람 아는 사람 같던데 무슨 일이야?"

"죄송해요."

"말해 줄 수 없다는 거네. 무슨 일인지는 모르겠지만 이런 식으로 혼자 끙끙 앓는다고 해결될 건 아무것도 없어. 나한테 말하기 어렵다면, 사장님께라도 말해서 도움을 청해."

"네."

기계적으로 대답하는 제이의 생각은 한참이나 다른 곳에 머문 듯했다.

"한 팀장, 이렇게 넋 놓고 있으면 나도 그냥 두고 볼 수는 없어. 지금이 얼마나 중요한 시기인지 알지? 정신 바짝 차리고 일해도 모자랄 판에…… 무슨 일이 있으면 빨리 해결을 해야지. 내가 사장님께 말할까?"

그냥 두고 보기에는 너무나 위태로워 보여 다시 한번 다그쳐 보는 우재다.

"아니요. 혼자 감당 안 될 것 같으면, 꼭 말할게요. 그럴게요. 그러니까 제가 말하기 전까지는 절대 먼저 말하지 말아 주세요. 그 누구에게도…… 부탁드립니다."

"후…… 그래."

우재는 답답했다. 분명히 무슨 일이 있는데, 아직은 직장 동료라는 위치에서 무엇 하나 마음으로 어떻게 해 줄 수 있는 게 없어 답답했다.

일은 뜻하지 않게 또 터져 버렸다. 제이의 경고에도 아랑곳하지 않고 태현이 계속해서 전화기를 바꿔 가며 문자를 보냈다. 직업 특성상 전화가 중요했기에 확인하지 않을 수는 없었고, 확인해 보면 태현이었다.

제이의 예민함이 극에 달했다. 스트레스로 밤에 잠을 못 자는 것은 물론 온갖 걱정에 집중력도 흐트러지고 몸은 물먹은 솜처럼 축축 처져만 갔다. 그러다 결국 사고를 치고 말았다. 가장 조심해야 할 공사 현장에서 주위를 경계하며 두리번거리다 발목을 삐끗하며 자재를 치고 말았다.

"아악!"

"한 팀장! 괜찮아?"

제이의 비명과 우재의 고함 소리가 동시에 들려왔다. 마침 현장 시찰을 나왔던 조프와 크리스는 소리를 듣자마자 그쪽으로 내달렸다.

도착해 보니 제이가 주저앉아 발목을 만지고 있고 우재 역시 제이 곁에서 다친 다리를 살펴보느라 정신이 없어 보였다. 조프는 망설임 없이 곧장 제이에게로 다가갔다.

"제이, 괜찮아?"

조프는 더 이상 한 팀장이라 부르며 예우를 하지 않았고, 주변을 신경 쓰지도 않았다. 지금은 이것저것 따질 상황도 아닐뿐더러, 이미 제이가 다친 것에 놀라 다른 건 눈에 들어오지도 않았다.

그녀의 다친 다리에서 피가 주르륵 흘러내리고 있었다. 조프는 서둘러 넥타이를 풀고 피가 나는 다리를 잡고선 유심히 살폈다.

"대표님!"

그런 조프를 저지하려는 제이와,

"크리스, 부목."

제이의 말을 가볍게 묵살하는 조프,

"여기 있습니다."

조프가 원하는 걸 이미 준비해서는 냉큼 건네는 크리스였다.

기어이 제이의 다리를 붙잡아 두고 피가 나는 곳에는 자신의 행커치프로 감싸고 살짝 부어오르는 발목은 혹시 몰라 부목을 대어 넥타이로 빠르게 고정하며 응급 처치를 서두르는 조프였다.

제이는 욱신거리는 다리보다 조프가 지금 하는 거침없는 행동이 더 신경 쓰였다. 휴식 시간이라 인부들이 대부분 쉬러 가고 없다는 게 얼마나 다행인지. 하지만 바로 옆에서 우재가 둘을 뚫어져라 지켜보는 시선은 어쩔 수가 없었다.

응급 처치를 한 조프는 망설임 없이 제이를 번쩍 들어 안았다.

우재는 당황스러움을 넘어서 이게 도대체 무슨 상황인지 감이 오지 않았다. 분명 자신이 제이를 살펴보고 있었는데 어디선가 갑자기 J& 대표가 나타나 순식간에 제이의 다친 다리에 응급 처치를 하고 한 치의 망설임도 없이 제이를 안아 올렸다.

"대표님, 대표님! 그만 내려 주세요."

"입 다물어! 거기서 딱 한 마디만 더 해 봐 어디."

"대표님 말씀이 지나치십니다."

상황 파악을 끝내기도 전에 제이에게 거침없이 내뱉는 조프의 말에 발끈한 우재였다.

"선배. 전 괜찮아요. 죄송합니다."

상황이 불편하기만 한 제이는 사람들이 오기 전에 빨리 자리를 피하고 싶었다.

"강 팀장, 제이는 내가 병원으로 데려갑니다. 이따가 연락하죠."

왠지 두 사람 사이가……

"아닙니다. 우리 회사 직원입니다. 제가 가는 게 맞는 것 같습니다. 제이 제가 데려가겠습니다."

우재도 더 이상 한 팀장이라 하지 않으며, 대표님을 상대로 물러서지도 않았다.

"지금 이렇게 말 섞을 시간이 없습니다. 강 팀장!"

한시가 바쁜 조프와,

"대표님!"

그런 대표를 이해하기 힘든 우재다. 급기야 조프의 팔을 붙잡아 버렸고,

"당장 이 손 놔! 강 팀장! 지금 내가 협력업체 담당 팀장 챙기는 걸로 보이나?"

두 사람 사이에는 감히 끼어들 수 없는 무언가가 존재했다.

"우리 얘기는 나중에 따로 하지."

날카롭게 우재를 쳐다보며 제이를 고쳐 안고 성큼성큼 현장을 벗어나는 조프와,

"강 팀장님. 한 팀장은 걱정하지 않으셔도 됩니다. 잘 보살펴겠습니다. 병원 치료 끝나고 연락드리겠습니다."

걱정 말라며 다독이고서는 대표님을 뒤따라 뛰어가는 크리스였다.

그들이 떠난 뒤에도 방금 전 보았던 근심 가득했던 대표의 얼굴이 쉽사리 잊히지 않는 우재였다.

'한재희, 도대체 너. 뭐냐? 도대체 너. 누구야?'

크리스는 재빨리 조프를 앞질러 가 차 뒷문을 열었다.

조프는 자리에 조심스레 제이를 내려 두고 함께 뒷자리에 오르며 피가 배어 나오는 그녀의 다리를 살펴보았다.

"괜찮습니다. 그냥 두세요."

"입 다물라고 했어. 당신 눈에는 지금 이게 괜찮은 걸로 보여? 도대체 현장에서 정신 안 차리고 뭐 한 거야? 안전에 있어서만큼은 누구보다 철두철미한 사람 아니었어? 요즘 왜 이래? 대체 어디다 정신을 두고 다니는 거야?!"

요즘 들어 아슬아슬 위태로워 보이는 그녀의 모습에 가뜩이나 걱정이 되던 차에 이렇게 다치기까지 하니 속상함에 언성이 높아지는 조프다.

"입이 열 개라도 할 말이 없습니다. 오늘 일은 전적으로 다 저의 불찰입니다."

명색이 총괄 팀장이다. 그런데 오늘 총괄 팀장인 자신이 가장 해서는 안 될 초보적인 실수를 저지른 것이다. 부끄러움도 잠시, 제이는 차를 타고 가면서도 온통 머릿속에는 걱정으로 가득 찼다. 혹시 미행이 있었다면, 누군가 봤다면, 어떻게 하나. 다만 자신이 너무 앞서 생각하는 것인지, 우재에게는 또 뭐라고

설명을 해야 할까? 정말 머리가 터질 것 같았다.

제주대학병원 응급실. 그들이 그곳에 들어서면서부터 응급실은 순간 정적에 휩싸였다.

키가 180은 족히 넘고도 남을 것 같은 훤칠하게 잘생긴 남자가 응급실 문을 열고 들어오며 문을 고정시키자 뒤이어 그보다 더 커 보이는 짙은 브라운 헤어의 딱 봐도 해외 유명 패션쇼에서나 나올 법한 모델 같은 남자가 한 여자를 안고 다급히 응급실에 발을 들여놓았다.

응급실치고는 한산해 보이는, 그다지 응급한 환자가 없는 듯한 응급실을 훑어보며 크리스는 의사를 찾았다.

막 응급실로 들어서던 신우는 모두들 입구 쪽을 바라보며 입을 다물지 못하는 모습을 보고 도대체 무슨 일인가 싶어 서둘러 들어갔다. 그제야 사람들이 누굴 보고 있는지 알 수 있었다. 딱 봐도 다친 여자 때문에 온 듯했다.

"이쪽으로 오시죠."

신우는 조프를 보며 영어로 말했다.

성큼성큼 침상으로 걸어가 조심스레 제이를 그 위에 앉혔다.

"발목이 삐끗했어요. 공사 현장이라 옆에 자재가 있었는데 넘어지면서 조금 긁힌 것 같아요."

제이는 차분하게 자신의 상태를 설명하며 고개를 들었다. 느껴지는 시선에 주위를 한번 스윽 둘러보는데 눈이 마주치자 모두들 고개를 이리저리 돌리기 바빴다.

"저…… 두 분. 좀 나가 계시면 안 될까요?"

"안 돼. 주치의도 아닌데 보호자가 지키고 있어야지. 가긴 어딜 가?"

"……"

제이는 놀란 눈을 질끈 감으며 차라리 말을 하지 말 걸 괜히 말을 꺼냈다 싶었다. 분명 의사 선생님도 그의 말뜻을 다 알아들었을 텐데. 그의 말인즉슨 '주치의도 아닌 의사를 뭘 믿고 맡기냐. 자신이 지켜보고 있겠다.' 였다. 제이 입장에서는 가시방석도 이런 가시방석이 없었다. 본디 예의 없는 사람은 아닌데 지금 그는 그야말로 눈에 뵈는 게 없는 것 같았다.

"저, 죄송해요. 별 뜻 없는 말입니다. 처음 오는 병원이라 제가 겁먹을까 봐 그런 거예요."

제이는 의사에게 양해의 말을 하며 미안함에 어쩔 줄을 몰랐다.

"아하하. 네. 이해합니다. 신경 쓰지 마세요."

신우는 환자를 치료하면서 이렇게 긴장해 본 적이 있나 싶었다. 응급실에서 어지간히 험하고 힘든 치료를 하면서도, 심지어 난동을 부리는 보호자 앞에서도 좀처럼 떨지 않는 천하에 유신우가 치료 중인 자신의 바로 옆에 딱 붙어 선 채로 바지 주머니에 무심하게 손을 찔러 넣고선 아무런 말도 없이, 아무런 미동도 없이, 미간에 잔뜩 주름을 잡은 채 자신의 행동 하나하나를 놓치지 않고 뚫어져라 살펴보는 저 두 사람 앞에서, 자존심 상하게도 손이 떨리고 있었다. 겨우, 겨……우 찰과상 치료를 하면서 말이다.

자신보다 머리 하나만큼 더 큰 건장한 남자 둘이 풍기는 위압적인 분위기에 저도 모르게 위축되고 있었다.

"흠흠. 응급 처치를 참 잘 하셨네요. 엑스레이 사진을 보니 뼈에는 이상이 없고, 단지 인대가 살짝 늘어난 데다, 약간의 찰과상으로 피가 난 것뿐입니다. 다행히 상처 부위도 깨끗하니 크게 걱정은 안 하셔도 됩니다. 파상풍 주사를 맞았으니, 오늘 하루는 샤워하지 마시고요. 그래도 한동안은 반깁스라도 하는 게 회복에 빠를 겁니다. 참, 걸을 때 다소 불편하실 겁니다. 가능하면 일주일

정도 걷지 않으면 제일 좋고요."

"그건 좀 힘든데……."

제이는 다른 방법이 없는지 물어보려는데,

"알겠습니다. 그렇게 하죠."

딱딱한 목소리의 한국어로 답을 하는 크리스였다. 크리스의 답변이 마음에 들었는지 조프 역시 옆에서 고개를 끄덕이는데, 크리스는 그런 조프를 팔꿈치로 툭 치며 제이를 한번 슬쩍 보고는 다시 영어로 통역을 하고 있었다.

치료가 모두 끝나자 조프가 다시 제이를 번쩍 안아 올렸다.

"대표님! 그냥 내려 주세요."

제이가 주위의 눈치를 보며 속닥거렸다.

"말 못 들었어? 당분간 걷지 않는 게 좋다잖아."

조프는 속닥거리는 제이는 아랑곳하지도 않고 원래의 목소리 톤으로 시원시원하게 말했다.

"원래 의사들은 그렇게 말하는 거라고요. 그리고 지금은 반깁스해서 조심해서 걸어 다니면 괜찮아요. 제발 내려 주세요. 제발요."

급기야 애원하기에 이르렀다.

"싫은데? 그런데 왜 그렇게 작게 말해? 잘 들리지도 않아."

"다들 우리만 쳐다본다고요. 제발 조용히 말할 수 없어요?"

또다시 속살거리는 제이의 말에,

"풋. 왜, 죄지었어? 치료 잘된 것 같으니 그만 가자."

이 상황에도 쓸데없는 것에 더 신경을 쓰는 제이가 어이가 없어 웃음이 터져 버린 조프다.

"대표님!"

내려 달라는 말도 묵살당해, 조용히 해 달라는 말도 무시당해 제이는 이를 아득 깨물며 다시 한번 조프를 불렀다.

"훗. 이제서야 할머니가 이해되기 시작했어. 내가 회장님, 회장님 할 때마다 속에서 얼마나 천불이 올랐을지."

"끙."

그와 신경전을 하기에는 이미 너무 지쳐 버렸다. 감정 소모가 웬만한 체력 소모보다 훨씬 더 몸을 혹사시키는 듯했다.

그렇게 옥신각신하며 지나가는 그들을 보곤 응급실에 때아닌 진풍경이 펼쳐졌다. 환자나 간호사나 의사나 너 나 할 것 없이 그들을 구경하기에 바빴다.

"대박! 누구야? 외국 모델이야? 배우 아냐?"

"누가 아니래? 진짜 잘생겼다. 어쩜 사람이 저래? 옆에 있던 남자도 정말 멋지지 않아? 통역하던 사람 말이야."

"그러게. 그나저나 그 여자는 누구야? 전생에 나라가 아니라 세계를 구했나 봐! 정말 부럽다, 부러워!!"

남자들이라고 별반 다르지 않았다.

"저 여자 완전 내 스타일인데. 아깝다."

"그러게 연예인 지망생, 뭐 그런 건가?"

한동안 응급실에는 부러움의 한숨 소리만 들려왔다. 자신들이 응급실에 일으킨 파문을 아는지 모르는지 제이를 실은 차는 유유히 병원을 빠져나갔다.

기어이 제이의 집까지 들어온 조프였다. 소파에 제이를 얌전히 앉혀 두고서, 슈트 상의를 벗어 한쪽으로 치우더니 와이셔츠 소매를 접어 올리며 어슬렁어슬렁 제이의 집 거실을 마치 제집처럼 거닐고 있었다.

서울에서 본 집보다 훨씬 더 넓은 공간, 확연히 다른 인테리어가 눈길을 사로잡았다. 층고가 높아 답답하지가 않았고, 넓은 공간에 효율적으로 배치된 디자인 가구 또한 결코 평범하지는 않았다.

어디서도 보지 못한 독특한 디자인의 조명과 곳곳에 놓인 아기자기한 소품만 봐도 그녀가 얼마나 감각적인 사람인지, 얼마나 이 일을 즐기는 사람인지 알 것 같았다. 어떻게 이 넓은 공간이 이렇게 아늑하고 포근하게 느껴지는지…….

"당신만큼이나 예쁜 집이야."

머무르고 싶은 집이고,

"안 가실 거예요?"

보내고 싶은 제이다.

"어. 당신 저녁 먹고, 자는 거 보고 갈 거야."

"제 일은 제가 알아서 할게요. 저 다리 부러진 거 아니고요, 겨우 조금 삔 거예요. 지금은 어디 아픈 데도 하나 없이 멀쩡합니다. 그러니까 지금 바로 가세요."

"싫다면?"

"부탁드릴게요. 혼자 있고 싶어서 그래요."

"지금까지도 쭉 혼자였는데 뭘 또? 그렇게 나를 빨리 보내고 싶으면 얼른 저녁 먹고 자."

고집부리는 제이가 답답하고,

"저랑 같이 있어 봐야 좋을 거 하나 없다고요! 제발 그냥 가세요!"

버티고 있는 조프가 답답하다.

"왜 이렇게 나를 보내지 못해 안달이야? 내가 납득할 수 있을 만한 이유를 대 봐. 혼자 있고 싶다는 말 같지도 않은 변명 말고 진짜 이유!"

"하…… 저녁은 생각 없어요. 그냥 바로 쉴래요."

제이는 점점 그를 밀어내는 게 힘이 부쳤다. 자신에게 왜 이런 감당 못 할 시련을 주시는지. 신이 있다면 원망이라도 하고 싶었다. 어떤 말을 해도 그는 자신이 잠들기 전에 갈 것 같지 않았다. 차라리 빨리 자는 게 나을지도 몰랐다.

그러고 보니 요 며칠 제대로 잠을 청하지 못한 데다, 온통 신경 쓸 일투성이라 피곤에 지치기도 했다. 그가 버티고 있는 상황에, 샤워까지는 힘들더라도 세

수는 좀 해야 할 것 같았다. 제이는 발목을 조심스레 움직여 보며 생각보다 나쁘지 않은 듯해 천천히 자리에서 일어섰다.

"왜?"

"세수 좀 하려고요."

조프가 또다시 다가오는 게 보였다.

"제발요. 하지 마세요."

제이의 손사래는 씨알도 먹히지 않았다. 결국은 조프에게 또다시 안겨 옮겨져야 했다. 무거운 외투를 벗어 버리고서 꼼꼼하게 세수를 마치고, 양치를 하는 동안 조프는 욕실 입구에 등을 기대고 서서 팔짱을 낀 채 제이의 모습을 뚫어져라 바라보고 있었다.

양치를 하면서도 거울을 통해 느껴지는 그의 뜨거운 시선에 제이는 눈을 어디로 둬야 할지를 몰랐다. 혹시나 해서 눈을 들어 보면 역시나 어김없이 그의 뜨거운 눈동자와 마주해야 했고, 그럴 때면 자신이 먼저 눈동자를 다른 쪽으로 굴리며 가만히 한숨을 흘려보내야 했다. 입 안 가득한 거품을 뱉고서 입을 헹구는데, 이상하게 목 주변이 더워지는 것 같아 거울을 통해 조심스레 자신의 모습을 살펴보는데, 맙소사…… 저도 모르게 울상을 지어 버렸다. 그의 앞에서 아무지게도 세수를 한 자신의 어리석음에 뺨이라도 한 대 갈겨 주고 싶었다.

거울 속에는, 그의 뜨거운 시선에 너무나 솔직하게 반응을 보이는 자신의 붉게 달아오른 얼굴이 선명하게 비치고 있었다. 마지막으로 입 속을 깨끗하게 헹궈 내고 입가에 남은 물기를 수건으로 닦고서 욕실 밖으로 한 발 내려놓는데, 발이 땅에 닿기도 전에 다시금 그의 품에 안겨 있는 자신을 발견하며 어이없어 헛웃음이 나와 버렸다.

"침실로 가면 되는 거야?"

"하…… 네."

"옷 갈아입혀 줘?"

"아뇨! 괜찮아요. 팔이 다친 것도 아니고, 그 정도는 제가 할 수 있어요."

"그럼 여기 딱 그대로 앉아 있어. 옷은 내가 꺼내 줄게."

조프는 침대에 제이를 가만히 내려다 놓고, 옷장을 향하며 말을 던졌고,

"네⋯⋯."

제이는 자포자기의 심정으로 말을 받았다.

그의 등 뒤에 자석이 달린 것도 아닐 텐데, 옷장을 열고서 걸린 옷을 하나하나 살펴보는 그의 뒷모습에서 왜 눈길을 뗄 수가 없는 건지.

"이거면 될까?"

갑자기 돌아보는 그와 정면으로 마주쳐 버린 난감한 눈이다.

"네."

스페인에서도 입었던, 실용적인 실내용 원피스를 한 손에 들고서 걸어오는 그를 마주 볼 수가 없었다. 조프는 눈길을 피해 버린 제이가 야속하기만 하다.

"자, 혼자 갈아입을 수 있어?"

"네. 충분히."

"그래. 그럼."

그에게 건네받은 원피스로 갈아입으려고 블라우스 단추를 여는데, 당연히 자리를 비켜 줄 줄 알았던 그가 바지 주머니에 양손을 찔러 넣고서 미동도 없이 서 있는 모습을 보며 멈칫하는 제이다.

"안 나가실 거예요?"

"처음 보는 모습도 아닌 것 같은데, 굳이 나갈 필요가 있을까?"

"대표님!"

"좋아. 그럼 등 돌리고 있을게, 혹시라도 손이 필요하면 말해."

"끙."

전의를 상실한 듯한 제이의 앓는 소리에 조프는 피식 웃고 말았다.

"다 됐어요. 이제 그만 잘래요."

그녀답게 역시나 동작이 빨랐다. 잠시 부스럭거리나 싶더니 어느새 다 갈아입었는지, 이불을 걷어 내며 잘 준비를 하는데, 서둘러 제이 옆으로 다가가 두

틈한 이불을 치우고 어정쩡한 자세로 잘 준비를 하던 제이를 안아 침대에 얌전히 뉘어 주며 이불을 아무지게 턱까지 덮어 주는 조프였다.

누워 있는 제이를 내려다보며 얼굴을 물들이는 그녀를 조금 더 자극해 볼까 하다가 더 했다가는 정말 쫓겨날 것만 같아 그냥 두고 침대 옆에 놓인 의자에 앉았다.

"오늘…… 감사했어요. 저 이제 정말 잘 거예요. 그만 가셔도 돼요."

"말했을 텐데. 당신 잠드는 거 보고 가겠다고, 그러니 신경 쓰지 말고 어서 자."

"대표님이 그렇게 있는데 어떻게 자요? 전 정말 괜찮으니 어서 가세요."

"아니, 당신이 자는 걸 보기 전까지는 절대 안 가. 그러니까 괜한 데 힘 빼지 말고 얼른 자기나 해. 아무 짓도 안 해. 아니면…… 혹시 내가 무언가 해 주길 바라는 건 아니고?"

"하…… 알았어요. 그럼 저 진짜 잘 거예요. 조심해서 가세요."

"자는 척하는 걸로는 어림없어. 깊은 잠에 빠진 걸 확인하면 알아서 갈 테니 걱정 말고 자."

'당신도 많이 피곤할 텐데 그냥 가서 쉬지…… 당신이 이럴수록 내가 더 미안해지는데. 그냥 가지…… 이러다 정말 잡고 싶어지면. 그땐 정말 나를 용서할 수 없을 것 같은데…….'

제이는 억지로 감은 눈을 뜨지 못하고 자는 척을 하며 그가 가기를, 그가 가는 것만 보고 자야지 했는데…… 결국 정말 잠이 들어 버렸다.

조프는 잠든 제이를 한참 동안이나 바라보다가 마지못해 일어나 거실로 나갔다. 벗어 두었던 슈트 상의를 집어 들고서 막 문을 열고 나가려는데 자신의 휴대폰 벨 소리가 울렸다.

"어"

― 대표님, 강 팀장과 통화했는데, 사흘 전 즈음에 어떤 남자가 찾아왔었답니다. 한 팀장과 다투는 듯했고, 느낌이 좋지 않았답니다. 한 팀장은 그 사람을

보고 난 뒤부터 극도로 예민해 보였다고, 아무래도 이태현 같습니다.

"후…… 크리스. 아무래도 난 오늘 여기 좀 있어야 할 것 같아."

— 네?

"느낌이 좋지가 않아. 이대로 혼자 두고 가지는 못하겠다. 너도 얼른 들어가서 쉬어라."

— 한 팀장님이 허락했습니까?

"힘들었는지 밥도 안 먹고 잠들었어."

— 네. 알겠습니다. 필요하시면 언제든 부르시고요.

"그래. 조심해서 가라."

아무래도 걱정스러워 발길이 떨어지지 않던 차에 크리스의 전화를 받으니 더 마음이 쓰였다. 집으로 돌아가서 제이를 걱정하는 것보다, 차라리 화를 내더라도 자신이 지켜보는 게 나을 듯싶어 들고 있던 슈트 상의를 소파에 걸쳐 두며 털썩 주저앉는데, 제이의 방에서 우려했던 소리가 들려왔다.

"안 돼…… 하지 마, 제발."

조프는 일말의 망설임도 없이 달려가 그녀의 방문을 열어젖혔다.

"흐흐흑…… 안 돼……. 흐흐흑……."

"맙소사, 당신 정말 아직도 악몽을 꾸는 거였어? 젠장, 도대체 당신에게 무슨 일이 있었던 건데?"

온몸이 긴장으로 똘똘 뭉친 제이를 깨우려 했지만 제이는 이미 깊은 악몽 속으로 빠져 헤어 나오지를 못했다. 조프는 주저 없이 이불을 젖혀 제이의 옆에 누웠다.

"제발…… 안 돼. 안 돼!"

"제이, 제이? 나야 조프. 괜찮아. 이젠 다 괜찮을 거야. 아무 일 없어. 더 이상 아무 일도 일어나지 않아. 눈 좀 떠 봐. 응? 괜찮아. 나 여기 있어."

제이는 다 포기하고 싶었다. 차라리 죽었으면 싶었다. 자신의 몸으로 흐르는 뜨겁고도 진득한…… 온 신경을 마비시키는 비릿한 피 냄새를 다시는 맡고 싶지 않았다.

숨을 쉴 수가 없었다. 누군가 서서히 숨통을 조여 오기라도 하는 것처럼 숨이 쉬어지지가 않았다. 머릿속은 폭풍을 만난 성난 파도 같았고, 몸은 잔뜩 물을 먹은 뭉텅이의 솜과 같았다. 손가락 하나, 아니 작은 신음조차 낼 수 없을 정도로 지치고 힘들어 차라리 이 고통이 끝나 버리기를…… 차라리 다 버리고 싶을 때, 다 포기하고 싶을 때, 어디선가 한 줄기 빛과 같은 소리가 들려왔다.

'제이, 눈 좀 떠 봐. 제이, 나 여기 있어. 제이, 이제 괜찮아. 제이. 제이.'

빛을 따라가도 될까? 내가 그 빛을 따라가도 될까?

'제발 벗어나고 싶어. 제발…….'

귀를 기울였다. 머릿속을 휘몰아치던 성난 파도가 잔잔해지며 더 선명하게 들리는 소리…….

제이는 마지막 남은 힘을 끌어모아 간신히 그 소리를 향해 나아갔다. 멀리서 희미하게 들리던 그 소리가 점점 더 가까워지고 점점 더 또렷하게 들리는 듯했다.

"제이, 제이! 나야 조프. 괜찮아. 아무 일도 없어. 다 괜찮아. 괜찮아."

조프는 제이를 품에 꼭 끌어안고 쉼 없이 등을 쓰다듬었다. 이윽고 파르르 떨리는 눈꺼풀을 무겁게 들어 올린 제이가 조프를 쳐다보았다.

"조프?"

무겁게도 가라앉은 이픈 목소리였다.

"그래, 나야. 이제 정신이 들어?"

"조프. 조프."

제이는 힘없이 떨리는 한 손을 간신히 들어 조프의 뺨을 어루만졌다. 어슴푸레한 어둠 속에서도 조프는 제이의 눈동자를 정확히 들여다보았다. 몽롱하게 잠에 취한 흐릿한 그녀의 눈동자를…….

"조프…… 보고 싶어…… 너무. 보고 싶어."

반쯤 감긴 눈에 눈물이 그득 찼고, 담기에는 너무 무거웠는지 이내 눈가로 주르륵 흘러내리는 눈물이다. 제이는 흐르는 눈물을 닦을 생각도 않고 그리웠던, 너무나 보고 싶었던 얼굴을 담고 있었다.

"조프……."

다시금 스르륵 눈이 감겼다. 꿈속에서 나타난 그는 쉼 없이 자신의 등을 쓰다듬으며 달래 주었다. 그는 늘 그랬다. 이렇게 불쑥 끔찍한 악몽이 찾아들 때면, 늘 그 자리 그곳에서 기다려 주고, 따뜻하게 감싸 주며, 어둠을 가려 주었다.

제이는 그제야 두려운 마음을 조금씩 내려놓았다. 오늘따라 그가 더 보고 싶었다. 그에게 돌아갈 수만 있다면, 그를 다시 만날 수만 있다면. 그렇게 제이는 꿈과 현실을 아슬아슬 넘나들며 온전히 깨어나지 못하고 다시 깊은 꿈속으로 빠져들었다.

조프는 제이를 품 안에 가둔 채, 한 손으로 연신 제이의 등을 쓰다듬으며 그녀의 말을 되새겼다.

'조프…… 보고 싶어…… 너무. 보고 싶어.'

'당신은 이제 꿈에서만 진실을 말하는군, 아니 최소한 꿈에서만큼은 진실을 말한다고 고마워해야 할까. 그렇게 꼭 걸어 잠근 너의 마음을 어떻게 열어야 할까? 너의 꼭 닫힌 입은 또 어떻게 열어야 할까?'

조프의 걱정과 고민은 아랑곳없이, 제이는 모처럼 포근하고 따뜻한 조프의 품에서 편하게 잠들어 있었다. 눈가에 그려진 눈물 자국이 아니었다면 방금까지 악몽에 허덕이던 사람이 맞나 싶을 정도였다.

한 팔로 조프를 꼭 끌어안으며 인내를 시험하나 싶더니, 또 한쪽 다리는 거침없이 그의 다리 사이를 파고들며 성인군자도 아닌 조프를 미치게 만들고 있었다.

'끙. 움직이지만 않으면…… 버틸 수 있을 거야.'

"헉."

저 편하자고 비비적거리는 몸짓에, 결국 조프의 입에서 외마디 신음이 터져 나왔다. 당장이라도 찬물로 하는 샤워가 간절했지만 혹시나 자리를 비운 사이 제이가 다시 악몽에 시달리지는 않을까 걱정이 되어 차라리 자신이 고문을 당하는 편을 택했다. 본의 아니게 고문 아닌 고문을 당하게 된 조프는 결국 뜬눈으로 어둡고 긴긴밤을 보내야 했다.

새벽녘 조프의 지친 눈이 피곤을 이기지 못한 채 스르륵 감겨 버렸는데, 한 시간도 채 지나지 않아 커튼 사이로 눈치 없이 밝은 빛이 한 줄기 파고들었다. 잔뜩 무거워진 눈을 떠 제이를 바라보는데, 그녀는 아직도 그 자세 그대로 잠이 들어 있었다.

밤새 고문으로 힘들었던 조프는 다시금 반응하는 건장한 자신의 신체 반응을 보며 더 이상 누워 있다가는 심장병이든, 아니면 욕구불만이든 어떤 방식으로든 죽을 것만 같아 조심조심 제이를 품에서 내려놓았다.

그녀는 마치 들고 있던 솜사탕을 빼앗긴 아이처럼 고운 인상을 찌푸리며 칭얼거리나 싶더니, 이내 돌아누워 아무 일도 없는 듯 이불을 잔뜩 끌어안고 비비적거리는 모습에 조금은 억울한 생각까지 들어 버린 조프다. 자신은 지금 누구 때문에 밤새 잠 한숨 못 자고, 아직도 온몸에 피가 한곳으로 쏠려 죽을 지경인데, 천하태평 아무 일도 없다는 듯이 자고 있는 저 모습이라니…….

그럼에도 흐뭇한 미소가 배어 나는 건 어쩔 수가 없었다.

'내가 말했잖아. 내 품에서는 세상없이 편하게 잠든다고, 당신 옆에는 내가 있어야 해.'

비록 꿈결에 내비친 진심 한 조각이었다 해도, 그녀의 진심을 확인했으니 더 이상 물러나 있을 이유가 없었다.

'너와 나를 가로막는 게 그 무엇이든, 네가 나에게 편히 올 수 있게 다 치워 줄게.'

조프는 제이가 조금 더 잘 수 있도록 꼼꼼하게 이불을 잘 덮어 주고, 커튼을 제대로 여미고 거실로 나왔다.

혹시나 제이가 다시 악몽을 꾸게 될까 밤새 얼마나 꼭 안고 있었는지, 땀에 젖은 옷이 불편하게 느껴져 서둘러 옷을 벗어 버리고, 거실에 있는 욕실에 들어가 차가운 물 아래에 섰다.

그렇게 한동안 차가운 물에 몸을 맡기고서야, 온몸을 감싸던 뜨거운 열기가 식어 갔고, 한껏 달아올라 존재감을 과시하던 녀석도 겨우 안정을 되찾아 가고 있었다.

샤워를 마친 후, 갈아입을 옷이 없어 욕실에 걸린 샤워 가운을 대충 걸쳐 입는데,

'이건…… 하…… 뭐 별수 없지. 이거라도 걸칠 수밖에.'

그녀의 향기가 묻어나는 샤워 가운은 아쉽게도 조프의 무릎에서 달랑거리고 있었다. 우스꽝스러운 차림에 피식피식 웃으며, 제이가 일어나면 뭐라도 먹여야 할 것 같아 냉장고를 열었다.

"감자수프, 스크램블 에그, 샐러드…… 정도는 가능하려나?"

생각보다 빈약한 냉장고 안을 보며 걱정이 앞섰다.

'집에서는 음식을 잘 해 먹지 않는 건가? 밖에서는 잘 챙겨 먹을까? 음식 좋아하는 사람 냉장고가 이렇게 텅텅 비어서야…… 그러니 살이 빠질 수밖에.'

간밤에 안고 있던 제이의 몸이 예전에 품에 안았던 것보다 야위어 보이는 게 못내 마음에 걸렸다.

그렇게 조프가 요리에 필요한 재료를 꺼내어 두고, 어떻게 맛있게 만들어 줄까 고민하는 사이, 제이가 깊은 잠에서 깨어났다.

그가 언제 집으로 돌아갔는지 기억조차 나지 않는 걸 보니, 오랜만에 깊은 잠에 빠져들었나 보다 싶었다. 아주 긴 꿈을 꾼 것 같은데…….

악몽이야 이젠 더 이상 새롭지도 않았지만, 꿈속에서 본 그의 모습이 너무나 또렷하게 남아 있어 얼굴이 더워지고 있었다.

그는 언제 돌아갔을까. 자는 모습을 지켜보지는 않았는지…… 혹시 추한 모습을 보이지는 않았는지, 쓸데없는 걱정이 머릿속을 파고들었다.

'갔겠지. 자는 거 보고 바로 갔겠지…….'

꿈에서 본 그의 다정한 모습이 잔상에 남아 쉬이 자리를 털고 일어서기가 힘든 제이다.

계속 그렇게 누워 그의 생각만 하다가는 한없이 우울해질 것 같아 힘겹게 자리를 털고 일어나 이부자리를 대충 정리하고서 드레스 룸 안쪽에 있는 욕실로 갔다.

씻으려고 옷을 벗는데 붕대가 칭칭 감긴 다리를 보니 이대로는 샤워하기가 힘들 것 같아 붕대를 조심스레 풀어 보았다. 그나마 반깁스라 얼마나 다행인지, 잘 풀어 됐다가 다시 원래처럼 감아 두면 아무 문제 없을 듯했다.

붕대를 한쪽에 잘 치워 두고 따뜻한 물이 쏟아지는 샤워기 아래에 지친 몸을 맡겼다. 밤사이 무슨 땀을 그렇게나 흘렸는지, 생각 같아서는 따뜻한 물을 가득 받아 욕조에 몸이라도 담그고 싶었지만, 다친 발을 보니 한숨만 나와 버렸다. 아쉬운 대로 쏟아지는 따뜻한 물을 한동안 맞다 보니 어느새 끈적임은 사라지고 개운함만 남았다.

'거실에 뒀나?'

몸을 닦고 샤워 가운을 찾는데 보이지가 않아, 큰 타월을 몸에 대충 두르고서 한 손에는 붕대를 들고 욕실을 나서는데,

"지금 대체 뭐 하는 거야!"

음식을 대충 차려 놓고 제이가 일어났나 보러 왔다가, 씻고 나오는 제이의 손에 들린 붕대를 보며 소리를 버럭 지르는 조프와,

"엄마야!"

너무 놀라 다리에 힘이 풀려 붕대를 손에 꼭 쥔 채 그만 바닥에 주저앉아 버린 제이다.

"헉. 헉…… 조프. 아니 대표님! 어제 간 거 아니었어요? 대체 지금…… 거기서 뭐. 그 가운…… 당신 설마! 여기서 잔 거예요?"

"지금 그게 중요한 게 아닐 텐데?"

말을 하며 빠른 속도로 제이에게 다가가는데,

"잠시만요. 잠시만요. 거기서 딱 멈춰요!"

조프는 들은 척도 하지 않고 성큼성큼 다가와 주저앉은 제이를 번쩍 들어 올렸다.

"눈 뜨자마자 붕대부터 풀고 이게 뭐 하는 짓이야?"

애써 냉수욕을 한 보람도 없이, 팔에 닿은 그녀의 맨살의 감촉에 또다시 온몸에 피가 들끓었다.

"잠시만요. 내려 줘요. 내려 달라고요!"

"기다려!"

조프는 침대 한쪽에 조심스럽게 제이를 내려놓았다. 화난 목소리에 딱딱한 표정과는 대조적으로 지극히 조심스럽고 부드럽기만 한 행동이다.

제이의 손에 꼭 쥔 붕대를 빼앗더니, 제이의 발 앞에 한쪽 무릎을 꿇고 앉아 다른 한쪽 무릎 위에 제이의 다친 다리를 올려놓았다.

당황한 제이는 서둘러 다시 다리를 내려놓으려 했지만, 자신의 다리를 붙잡고서 놓아 주지 않는 조프 때문에 꼼짝할 수가 없었다.

"놔줘요. 제가 할게요. 제가 할 수 있어요! 풀 때 유심히 봐 뒀단 말이에요."

"지금은 그냥 입 꾹 다물고 있는 게 좋을 거야. 여기서 날 더 자극하면 그 뒤는 나도 장담 못 해."

제이의 몸에서 은은하게 퍼지는 상큼한 레몬 향과 달콤한 베리 향에 정신이 아득해졌다. 습기를 머금은 촉촉한 피부와 젖은 머리카락에서 뚝뚝 떨어지는 물이 그때처럼 제이의 가슴을 적시고 있었다. 흰색 타월에 촉촉이 젖어 드는 모습이라니……. 당장 한입에 꿀꺽 삼키고 싶은, 접시 위에 올려놓은 먹음직스러운 밀크 푸딩 같았다.

조프는 온 신경을 제이의 발목에만 집중시키려 노력하는데, 그게 어떻게 마음처럼 쉬울까? 젠장!

제이는 갑작스레 나타난 그에게 놀란 것도 잠시, 자신의 모습에서 그와의 첫 만남의 순간이 고스란히 떠올라 물색없이 마음 한편이 아려 왔다. 그의 손길이 닿은 곳마다 불에 데이기라도 한 듯 화끈거렸고, 미친 듯이 뛰고 있는 심장 소리는 당황함을 넘어서고 있었다.

'맙소사. 심장 소리는 왜 이렇게 큰 거야?'

게다가 지금 그의 모습은…… 제이의 당황함을 부추기기에 충분했다. 몸을 가리기엔 턱없이 부족한 가운, 무심하게 허리춤에 묶어 둔 헐렁한 끈, 한껏 벌어진 가운 사이로 고스란히 드러난 근육질의 상반신. 대충 앉아 벌어져 버린 가운 사이로 드러난 탄탄한 허벅지…… 그리고 답답한 가운을 신경질적으로 밀어 내는 그…… 무언가…….

제이는 차라리 눈을 질끈 감아 버렸다. 눈을 감아도 왜 그 모습이 더욱더 선명하게 그려지는 것인지.

'상상하지 마. 제발 여기서 멈춰.'

조프는 다시 한번 마음을 가다듬고 온 신경을 집중해 제이의 발목을 원상태로 돌려놓았다. 너무 꽉 조인 게 아닌가 싶을 만큼…… 힘이 많이 들어갔다.

"어때? 괜찮아?"

"네…… 괜찮아요. 제가 해도 되는데…… 감사합니다."

조프가 제이를 물끄러미 바라보았다.

'조프…… 보고 싶어…… 너무. 보고 싶어.'

아련했던 제이의 목소리가 아직도 귓가에 생생하게 맴돌고 있었다. 당장이라도 안고 싶었다. 당장이라도 그녀를 자신의 품에 가두어 사랑을 나누고 싶었다.

망할!

"아, 대표님!"

조프는 다시 제이를 번쩍 안아 화장대 앞 의자에 내려놓았다.

"제발 그만해요. 다리가 부러진 것도 아니고 겨우 살짝 삔 거예요. 조심해서 걸어 다닐 수 있어요. 마치 내가 무슨 환자나 된 것처럼 하지 말란 말이에요!"

'제발 가 줘요. 나도 얼마나 견딜 수 있을지 모르겠어. 당신이 자꾸 이렇게 내 옆에 있으면…… 그러면 잡고 싶잖아. 당신은 떠날 사람인데 자꾸자꾸. 붙잡고 싶어지잖아. 제발 나한테서 떨어지란 말이야!'

제이의 화를 묵묵히 참아 넘기며 조프는 욕실에 가서 여분의 수건을 가져와 제이의 머리 위를 덮었다.

"대표님!"

"한 번만 더 대표님이라고 해 봐. 내가 아주 효율적으로 그 입을 막아 주지."

제이의 코앞까지 얼굴을 들이밀고 말을 하며 씨익 웃는 모습이라니, 제이는 저도 모르게 침을 꼴깍 삼키고 있었다.

"말했지? 나 자극하지 말라고."

"그러니까 그냥 가시라고요. 쉬고 싶어요."

"갈 거야. 당신 아침 먹고, 약 먹는 것까지만 보고."

"어제도 잠들면 간다고 했잖아요. 그런데…… 안 가고 뭐 하셨어요?"

"너무 피곤해서 도저히 못 가겠더라고."

"하……."

조프는 제이의 등 뒤로 돌아가 수건으로 제이의 머리카락에 물기를 닦아 내고 있었다.

"조프……."

"나 지금 당신하고 당장이라도 저 침대로 가고 싶은 거 이를 악물고 참고 있는 중이야. 눈이 있으면 좀 봐. 당신도 이미 봐서 알 텐데, 안 그래? 내가 이렇게 참을성이 많다는 거에 감사하게 생각하라고."

"……."

조프는 화장대 거울을 통해 제이를 노려보았고, 제이는 그런 조프의 눈길을 고스란히 받아들여야 했다.

결국 참다못한 제이가 조프의 눈을 피해 고개를 숙여 버렸다. 차라리 그가 시키는 대로 하고 빨리 가기를 바라는 게 나을 것 같았다.

슬그머니 꼬리를 내린 제이를 보며 조프는 서둘러 제이의 머리카락의 물기를 닦아 내고 드라이기를 들어 말려 주었다.

"내가 다친 건 발목이에요. 손목이 아니라! 혹시 착각하는 게 아닌가 해서요."

다시금 거울을 통해 조프를 보며 말하는 제이였다.

"훗…… 그런가? 그런데 어쩌지? 그 차림으로 드라이를 하다가는…… 어떻게 될지 심히 기대가 되는데? 직접 하겠어?"

뜻 모를 그의 말에 거울에 비친 자신의 모습을 살펴보는데, 아슬아슬하게 가슴 위에 걸쳐진 타월의 매듭 부분이 슬그머니 풀리려 하는 모습에 절로 울상이 되어 버렸다.

"그러게 왜 안 가고 남아서는 이런 꼴을 보이게 만들어요?"

제이는 서둘러 매듭 부분을 잡아 올리며 젖어 든 가슴을 팔로 가리려는데, 이미 제멋대로 흥분해 버린 가슴이 부풀어 오르며 배꼽 아래로 뜨거운 열기가 치솟았다.

"왜? 난 아주 마음에 드는데, 물론 그 수건 한 장이 없다면 더없이 좋겠지만 말이야. 그거 알아? 당신은 몸에 아무것도 걸치지 않았을 때가 가장 예뻐."

손가락 하나만 까딱하면 제이의 알몸을 볼 수 있다는 것에 생각이 미치자 조프 역시 온몸의 세포가 이성을 잃고 폭주하고 있었다.

"하……."

제이는 그의 노골적인 말에 할 말을 잃어버렸다.

"그만하면 될 것 같아요. 머리 다 말랐어요."

"그러지…… 나도 더 하다가는 심장이 타 죽을 것 같아."

여기서 끝인 줄 알았다. 그런데 그는 끝을 모르는 남자였다. 커다란 빗을 가져와 천천히 머리카락을 빗어 내리는데…… 머리끝에서 발끝까지 전해 오는 짜릿한 전율에 세포 하나하나가 살아 숨 쉬는 듯 몸이 떨려 와, 고개를 떨구며 입술을 깨물고 말았다.

조심스레 머리카락을 만지며 피부에 스치는 그의 뜨거운 손길에 온몸이 꿀처럼 흘러내릴 것만 같아, 떨리는 손으로 의자를 꽉 잡으며 간신히 버티고 있었다.

호흡은 왜 이렇게 가빠지는지 진정하려고 해도 가슴은 쉼 없이 오르내리고 있었고, 온몸은 뜨거운 열기로 가득 차 버렸다.

조프는 거울을 통해 그런 제이의 모습을 말없이 바라보았다.

'제발 빨리 깨달아 주길 바라. 당신과 내가 더 힘들지 않게. 내가 당신에게 꼭 필요한 사람임을, 반드시 당신 곁에 있어야 할 사람임을 깨달아 주길 바라. 그때가 되면 나는 절대 참지 않을 거야. 절대로……'

분명 제이 또한 자신만큼이나 힘들 것이다. 그녀를 위해서 그녀를 가로막고 있는 장벽을 거두어 낼 때까지는, 참아야 했다.

'뭐든 너를 힘들게 하는 게 있다면 내가 다 치워 줄게. 그러니 말만 해. 말만…… 제발 그렇게 고집부리지 말고, 말을 하라고!'

"자, 다 됐어. 옷 입고 거실로 나와. 당신 덕분에 수프 다 식었겠다. 데우고 있을게."

일분일초라도 더 있다가는 분명 강제로라도 제이를 침대로 끌고 갈 것만 같았다. 그만큼 조프의 인내력이 바닥으로, 바닥으로 치닫고 있었다.

문을 닫고 나가는 그를 보며 그 자리에 허물어진 제이다. 이성을 배반한 가슴에 손을 얹고 제발 이 떨림이 멈추기를……. 간신히 마음을 추스르며 편한 원피스로 갈아입고 천천히 방을 나섰다.

거실로 나오니 테이블 위에 하나둘 음식을 차리는 그가 보였다. 제이는 한 번도 보지 못한 낯선 그의 모습에 자꾸만 그에게로 향하는 시선을 막을 수 없었다. 천천히 조심스러운 걸음으로 다가가 자리에 앉았다.

"먹어 봐."

"……감사합니다……. 이제 그만 가 보세요. 제가 알아서 먹을게요."

"언제까지 그럴 거야? 대체 언제까지 이렇게 지낼 생각이냐고! 정말 나 미치는 거 보고 싶어? 그런 거야?!"

밀어내기만 하는 제이를 참다못한 조프가 결국 폭발해 버렸다. 드물게 감정을 터트리는 그를 보며 눈물을 글썽이던 제이가 갑자기 놀란 얼굴을 하며 식탁에서 벌떡 일어섰다. 밖에서 들리는 부산스러운 소음에 제이는 온몸에 털이 쭈뼛 솟아오르는 듯했다.

"키가……."

구시렁구시렁.

"리안……."

어쩌고저쩌고.

"아닌데 여기 있을……."

구시렁구시렁.

맙소사, 왜 그 생각을 못 했을까?

"조프, 어서 방으로 들어가요! 어서요."

"왜? 무슨 일이야?"

"일단 들어가 있어요. 들어가서 나오지 말아요, 제발. 부탁이에요. 제발."

분명 제이는 눈에 띄게 당황하고 있었다. 개자식이다. 기어이 그 개자식이 여기까지 찾아왔나 보다.

조프는 벌떡 일어나 문 쪽을 향했다.

"아니아니! 그쪽이 아니에요. 그쪽 이니잖아요! 그쪽이 아니라고!! 안 돼!!!"

벌컥.

문이 열리고 말았다. 제이는 자포자기의 심정이 되어 멍하게 문 쪽을 응시했다. 마치 모든 장면이 영화 속 슬로모션처럼 느리고 또 느리게 눈앞에 재생되는 것 같았다.

"이런 젠장! XXXXX."

'그도 이렇게 거친 말을 할 때가 있구나.'

조프는 문 앞에 망할 그 자식이 온 줄 알았다. 그래서 제이가 당황한 거라고……. 하지만 낭패도 이런 낭패가 없었다. 조프의 입에서 탄식 같은 한숨이 흘러나왔다.

"꺅!!"

'언니가 많이 놀랐나 보네.'

문 앞에 제이가 아닌 다른 사람이 있었다. 맙소사! 게다가 이 남자…… 가운만 입고 있다. 아니, 입고 있을걸? 아니…… 걸쳤다고 해야 할까? 리안의 벌어진 입이 다물어질 줄을 몰랐다.

"오. 마이. 갓."

'우리 형부 많이 당황했네. 오랜만이네 느림보 같은 저 소리…….'

문 앞에 J& 대표를 본 것 같은 건 기분 탓인가? 그것도 반쯤 헐벗은 모습으로?! 요즘 가운은 미니로 나오는 모양이지? 이준은 할 말을 잊은 채 눈만 깜빡일 뿐이었다.

세 사람 다 그 자리에서 그대로 굳어 버린 듯 미동이 없었다.

쾅! 저도 모르게 문을 닫아 버린 조프도 갑자기 눈앞에서 문전박대를 당하게 된 리안 부부도. 그 누구도 쉬이 움직이지 못하고 한동안 멍하게 서 있기만 했다.

"리안! 우리가 집을 제대로 찾아온 거. 맞아?"

꼴깍.

"네. 아마도요?"

이준은 제주에 있는 제이의 집은 처음이었다. 서울에 살고 있는 집이야 한 달에도 두세 번씩 리안이와 함께 들러 필요한 게 없나 세심하게 챙기며 살폈지만, 주요 팀장들의 부재로 바빠진 요즘 제주까지 내려오기가 쉽지 않았다.

그나마 지난번 직원들 격려차 왔을 때에도 회식이 끝나고 곧장 서울로 돌아와야 했다. 결국 리안이만 제주에 두어 번 오가며 제이 집을 방문했던 터라 혹시라도 리안이가 착각한 게 아닌가 싶어 물어보았다. 아니 차라리 착각이었으면 했다. 하지만 착각이라 하기에는 집이 너무 제이다웠다. 감각적이고 독특한.

착각하기에는 너무나 눈에 띄는 그런 집.

우재와 통화하며 제이가 공사 현장에서 다쳐 병원에 갔다는 소리를 듣고서 부랴부랴 제주로 향할 때만 해도 이런 모습을 보게 될 거라고는 상상조차 하지 못한 이준이었다. 우재에게 다쳤다는 말 외에는 따로 들은 말도 없었는데 대체 이게 무슨 일인지.

한편, 집 안에서 멍하니 돌아가는 상황을 지켜보던 제이는 두 손에 얼굴을 묻었다.

'맙소사. 맙소사. 이를 어째…… 이를 어째!'

동시에 울려 퍼지던, 당황한 세 사람의 음성이 계속해서 제이의 귓가에 쳇바퀴처럼 맴돌고 있었다.

제일 먼저 정신을 차린 건 조프였다.

"옷…… 갈아입고 나올게."

그가 방으로 쏜살같이 사라졌다. 제이는 심호흡을 하며 마음을 가다듬고서 천천히 현관으로 나가 조심스레 문을 열었다.

"처제!"

"제이!"

"네. 알아요. 알아요. 알겠어요. 이거 좀 이상한 상황이긴 한데 아니에요. 두 분이 생각하시는 그런 거 아니라고요. 그러니까 일단 진정하세요."

제이의 말에 가까스로 정신을 가다듬은 이준이 제이의 다친 다리를 쳐다보았다.

"후…… 그래. 일단 가서 앉아. 앉아서 얘기 좀 하자."

"어머, 맞다. 너 다리! 어때? 괜찮아? 많이 다친 거야? 어머, 깁스까지 했어. 어디 부러진 거야? 어떡해!"

예기치 못한 상황에 이곳을 찾은 이유를 깜빡했던 리안이 그제야 제이의 다친 다리를 보며 놀라 물었다. 그저 다쳤다는 말만 들었지 깁스까지 한 모습을 보게 될 줄이야.

"아니야, 언니. 괜찮아. 안 부러졌어! 살짝 삔 거야. 의사가 반깁스하면 회복이 빠르다고 해서 한 거야. 이거 지금이라도 풀어도 돼. 아무 상관 없어."

많이 놀란 듯한 언니를 안심시키려 제이가 서둘러 말을 하는데, 갑자기 등 뒤에서 조프의 목소리가 들려왔다.

"누구 마음대로!"

아까의 흐트러진 모습은 온데간데없이 완벽한 슈트 차림으로 다시 나오며 조프가 쏘아붙였다.

"한 번만 더 풀어 봐. 그땐 진짜 깁스를 하게 될 테니!"

말을 하며 제이에게로 와 다시 번쩍 안아 올리는 조프. 그 모습에 제이와 리안 부부는 누가 먼저랄 것도 없이 동시에 떡하니 벌어지는 입을 막지 못했다.

"하…… 차라리 그냥 날 죽여요. 쥐구멍이 아니라 그냥 콱 죽어 버렸으면 좋겠어!"

제이가 그러거나 말거나 조프는 제이를 얌전히 소파에 앉혀 두었고, 그 모습을 눈앞에서 지켜보는 이준과 리안은 아직도 도무지 정신을 차릴 수가 없었다. 눈앞에 펼쳐지고 있는 이 낯선 광경을 도대체 어떻게 받아들여야 할까…….

"흠…… 안녕하십니까?"

말없이 멍하게 서 있는 이준 부부를 보며 조프가 먼저 인사를 건넸다. 이준은 이미 아는 사람이지만 리안은 처음 보는 사람이었다. 이준에게 살짝 눈짓을 하자 그제서야 머리를 가볍게 흔들며 정신을 차리고 소개하기 시작했다.

"제 아내 정리안입니다. 이분은 우리가 이번에 맡게 된 제주도 호텔 J&의 조프리 휴 존슨 대표님."

"처음 뵙겠습니다."

조프의 인사에도 리안은 계속 고개만 갸웃하고 있었다. 왠지 모르게 익숙한 어감인데?

조프리 휴 존슨…… 조프리 휴. 조프리?

"조프?"

급기야 마지막 말은 입 밖으로 내뱉고 말았다.

"리안아! 너답지 않게 왜 그래? 초면에 그건 아니지."

"아! 죄송합니다. 잠깐 다른 생각을 좀 하느라…… 안녕하세요. 저는 정리안이라고 해요. 제이 사촌 언니예요."

"네. 말씀 많이 들었습니다. 그럼 우선 들어가셔서 자리에 좀 앉으시죠."

이건 뭐. 누가 주인인지 모르겠다.

리안은 자리에 앉으며 제이를 살짝 살펴보았다. 제 손을 쥐어뜯으며 어색하게 미소 짓는 모습이 어지간히 놀라긴 했나 보다.

'당황하는 모습 정말 오랜만에 보네. 눈치까지 다 보고? 긴장했네, 긴장했어.'

그나저나 분명 조프라면……. 제이가 여행 다녀온 뒤로 끙끙 앓을 때 제이의 입에서 흐느끼듯 흘러나온 이름이었다. 너무 애절한 흐느낌에 리안의 뇌리에 깊숙이 남아 제이에게 물었지만 언니가 잘못 들은 거라며 얼버무려서 이상하다 싶었는데.

그래서 리안은 그 이름이 전혀 낯설지가 않았다. 뭔가 아주 대단한 일이 일어날 것만 같은 느낌적인 느낌이.

"우선 대표님께서 어떻게 우리 처제 집에, 더구나 그런 차림으로 계셨는지, 설명이 필요할 것 같습니다만."

이준은 지리에 앉자마자 조프에게 날카롭게 말을 던졌고, 조프는 태연하게 슈트 상의를 벗어 소파에 걸쳐 두며 제이의 옆자리에 앉았다.

"형부! 오해라고 말씀드렸잖아요."

"처제는 가만있어 봐."

안절부절못하는 제이를 보며 조프는 한 손으로 제이의 손을 꽉 잡았다. 당황스러움에 짧은 숨을 들이켜며 제이는 조프에게 잡힌 손을 빼내려고 하고, 조프는 그런 제이의 손을 더 꽉 그러잡았다.

대체 이 시련은 언제쯤 끝이 나려는지. 제이는 뚫어져라 저를 바라보는 형부와 언니의 모습에 한숨이 절로 나왔다.

이준과 리안은 그런 둘의 모습을 하나도 빠짐없이 다 지켜보고 있었다.

'제발 누구라도 좋으니 속 시원히 말이라도 좀 해 봐! 이러다 성질 급한 사람 숨넘어가겠다고.'

리안은 애가 탔다. 조프가 자신과 제이를 살피기 여념이 없는 두 사람을 바라보며 말을 꺼냈다.

"아까 제 모습에 많이 놀라셨을 줄로 압니다. 하지만, 생각하시는 그런 일이 없어서 상당히 아쉽네요."

경악한 세 명의 눈동자가 조프에게 몰렸으나 조프는 눈 하나 깜짝하지 않았다.

"아직 제 질문에 대답하지 않으셨습니다. 지금은 함께 일하게 된 리준의 대표로서가 아니라 우리 처제의 형부로, 가족의 한 사람으로 이 자리에 있다는 말씀을 분명히 드리고 싶습니다."

"그것 참 잘됐네요. 그럼 저도 하나만 묻겠습니다. 함께 일하게 된 J&의 대표로서가 아니라 그녀를…… 되찾고 싶은 한 남자로서 묻고 싶습니다. 제이가 악몽을 왜 꾸는 겁니까? 가족이라면 알 것도 같아서 말입니다."

조프는 돌려 말하지 않고 단도직입적으로 핵심을 곧바로 파고들어 갔다. 그녀의 고통이 여기서 그치기를 바랐다. 왠지 저 부부라면 그녀의 고통을 알고 있을 거라는 확신이 들었다.

"조프! 당신 정말!!"

제이는 다시 한번 조프의 손아귀에 잡혀 있는 자신의 손을 빼내려 했다. 하지만 조프는 잠시의 빈틈도 보이지 않았다.

이준과 조프는 한 치의 양보 없이 서로를 찌를 듯 노려보고 있었다.

"지금 되……찾고 싶은 남자라고 하셨습니까? 제가 제대로 들은 게 맞습니까?"

매섭게 되묻는 이준과,

"네. 정확히 그렇게 말했습니다."

거칠 것 없이 답하는 조프다.

"그 말씀은…… 대체 언제……."

"형부, 제발 오늘은 그만 가 주세요. 다음에 제가 말씀드릴게요. 제가……."

제이는 더 이상 두고 볼 수만은 없었다.

"리안아."

"네."

"처제하고 잠깐 자리 좀 비켜 줄래?"

준의 낮게 깔린 목소리에 덩달아 바짝 긴장하는 리안이다.

"아니요! 왜 제 일에서 제가 빠져야 하는 건데요?"

급기야 제이의 목소리가 신경질적으로 높아져 버렸다.

"그럼 말해 줄래? 도대체 둘이 어떤 사이야? 그리고 처제가 악몽을 꾼다는 걸 대표님이 어떻게 알고 있는 거지? 아니지, 아니야. 그것보다 아직이야? 아직……이었어? 괜찮다고 했잖아. 병원 가서 약 처방받아 먹고 난 이후로 좋아졌다고 했잖아. 이젠 괜찮다고 했잖아!!"

제이는 갑자기 서러움이 왈칵 밀려왔다. 자신을 이렇게 궁지로 몰아넣은 조프가 너무나 야속했다.

"한재희!"

괜찮다고 해서, 정말 괜찮은 줄 알았던…… 지금까지도 고통 속에서 허덕였을 제이의 시간이 죄책감으로 다가온 이준이다.

"준! 잠시만 기다려요. 다그치지 말아요. 제이도 시간이 필요할 거예요. 우리가 갑자기 와서 당황했을 거예요."

"왜? 언제는 우리가 안 왔어? 언제는 우리가 온다 간다 말하고 오가는 사이였어? 진작 누군가 있다고 말했으면 조심했겠지. 이렇게 불쑥 찾아오지도 않았겠지! 그것보다 제이가 아직도 악몽을 꾼다잖아. 그때가 언제라고 아직까지 저러고 있다잖아!"

결국 참지 못한 이준 또한 목소리가 높아졌다.

"그러니까 그때가 언젭니까? 도대체 언제부텁니까? 그녀가 악몽을 꾸기 시작한 지가! 아니, 그것보다 도대체 왜 그런 겁니까? 그녀가 악몽을 꾸는 원인이 대체 뭐냔 말입니다!"

조프도 더 이상 물러서지 않았다. 아니 물러서고 싶지 않았다. 반드시 알아야 했다.

"제발 제가 없는 듯이 말하지 말아요! 당신 도대체 왜 이래요, 나한테!"

울먹이는 제이가 마음에 걸렸지만 이대로 물러설 수는 없었다. 조프는 이준을 뚫어져라 쳐다보며 그를 자극했다. 조금만 더 자극하면 분명 무언가 나올 것 같았다.

"제가 못 알아낼 것 같습니까? 지금 제가 제 힘으로 알아내지 못해서 이러고 그냥 있는 줄 아십니까? 아니요. 그녀가 스스로 깨고 나오길 바랐습니다. 그녀가 스스로 저에게 말해 주기를 예전이나 지금이나 한결같이 기다렸습니다."

조프는 차오르는 화를 삭이며 다시 말을 이었다.

"언젠가 그녀가 스스로 저에게 말해 준다고만 하면 그때가 언제라도 기꺼이 기다려 주려고 했습니다. 그녀의 의지로 저에게 다시 오게 만들고 싶었습니다. 하지만, 1년 전이나 지금이나 악몽을 꾸는 괴로운 그녀의 모습은 더 이상 그냥 보아 넘어갈 수가 없습니다. 오늘도 알지 못한 채 그냥 넘어간다면 제가 스스로 알아낼 수밖에요."

이번만큼은 절대 그냥 넘어가지 않을 생각이었다. 조프는 이준을 흔들 수 있는 마지막 카드를 꺼내 들었다.

"그런데 그건 알고 계십니까? 어떤 남자에게 전화가 걸려 왔더군요. 그런데 그 남자의 전화를 받고부터 제이가 무너져 내리고 있습니다. 그런데도 마냥, 그녀 스스로 알을 깨고 나오도록 기다리기만 해야 합니까? 그녀 스스로 극복하도록 지켜보고만 있어야 합니까?!"

말은 이준에게 하고 있었지만 매서운 눈은 정확히 제이를 향해 날아들고 있었다. 조프는 정확히 예측하고 있었다. 그때 전화를 걸어온 그 남자와 제이가 꾸는 악몽이 결코 무관하지 않음을.

그 누구도 입을 열 수가 없었고, 그 어떤 말도 섣불리 꺼낼 수가 없었다.

조프는 꽉 잡고 있던 제이의 손을 놓았다. 그러고는 자리를 박차고 벌떡 일어났다. 한계였다. 더 이상 제이의 고통을 묵과할 수 없으며 그녀가 마음을 열어 주기를 기다리고 있을 수만은 없었다. 무한정 기다릴 수 있을 만한 시간이, 그럴 만한 여유가 없었다.

"분명 기억하라고. 나는 충분히 차고 넘칠 정도로 기회를 줬어. 스스로 나에게 말할 수 있는 기회, 스스로 나에게 되돌아올 수 있는 기회! 잊지 마. 날 이렇게 만든 건 당신이야. 난 더 이상 당신이 고통받는 거 그냥 두고 볼 수만은 없어. 반드시 알아낼 거야. 이제 당신이 원하든 원치 않든 반드시 알아내고 말겠어! 수단 방법 가리지 않아. 반드시 알아낼 거야."

말을 마치자마자 조프는 소파에 걸쳐 둔 옷을 집어 들고 제이의 앞을 스쳐 지나갔다. 그때 지나가던 조프의 팔을 제이가 덥석 붙잡았다.

"조프, 제발……."

그의 마음을 알기에 너무 힘이 들었다.

"지금 내가 착각한 거야? 나 혼자만의 착각인 거야? 제이! 내가 미친놈처럼 혼자 발악하고 있는 거냐고!!"

제이는 조프기 그때의 그 일을 알게 되길 원치 않았다. 그가 자신의 고통을 함께 하게 되길 바라지 않았다. 어차피 이 일만 끝나면 떠날 사람이라 생각했다. 하지만 직감적으로 알 수 있었다. 이미…… 너무 늦어 버렸다고.

아마 조프가 그때 자신의 전화를 가지고 있으면서 그와 통화한 것 같았다. 그때 이미 의심을 했어야 했다. 그는 절대 전화를 하지 않을 사람이 아닌데…….

그렇다면 이미 그 사람도 조프의 정체를 알고 있다는 말이었고, 그게 사실이라면 반드시 조프도 알아야 했다. 그…… 남자. 그리고…… 자신에게 있었던 일에 대해서······.

조프가 잡힌 팔을 빼내려 하자 제이가 더 꼭 붙잡는 게 느껴졌다. 떨고 있는 가느다란 팔이. 흐느끼는 제이가 너무 안쓰러워 안아 주고 싶었지만 또다시 이렇게 유야무야 넘어가게 되면 그녀와의 미래를 꿈꿀 수 없음을 알아 버렸다. 조프는 더 이상 그냥 눈감아 줄 수가 없었다.

"내가 다 말할게요. 내가 직접 말할게요. 그러니까······ 나한테 들어요. 내가 말하게 해 줘요. 다른 경로로 당신이 알게 되는 건 싫어요. 말할게. 내가 다 말할게요."

제이의 눈에서 미처 차오를 틈도 없이 눈물이 주룩주룩 볼을 타고 흘러내렸다.

리안은 심상치 않게 흘러가는 분위기에 어찌할 바를 몰랐다. 조프가 분명 그때 그 남자임을 확신했다. 그렇다면 지금은 리안과 준이 자리를 비켜 줘야 할 때였다.

"준. 우린 그만 가요 응?"

"후······ 그래. 오늘은 우리가 비켜 줘야 할 것 같아."

이준은 궁금한 게 많았지만 지금은 접어야 했다. 분명 둘 사이에 자신이 알지 못한 깊은 사연이 있는 듯했다. 그 개자식이 다시 연락을 했다는 건 기함할 노릇이었지만 제이의 옆에 J& 대표가 있다면, 그가 있어 준다면······ 그보다 더 든든한 사람은 없을 듯싶었다.

지금 자신이 바라보는 J& 대표는 온몸으로 사랑을 말하고, 표현하고 있었다. 사랑이 아니고서는 할 수 없는 행동과 눈빛이었다. 지금은 완벽하게 물러나야 할 타이밍이었다.

"제이, 나중에 연락할게."

리안은 조용히 말을 건네며, 아직도 서로를 바라만 보는 두 사람을 뒤로한 채 준의 손을 이끌고 제이의 집을 나섰다.

"당신 알고 있었어?"

이준은 리안과 함께 제이의 집을 나서 주차해 둔 차로 향하며 참지 못하고 물었다.

"뭘요?"

"J& 대표."

"아니요."

"그런데 아까 왜 조프라고."

"아…… 왜 예전에 제이가 여행 다녀와서 쓰러졌던 날 기억나요?"

"그럼. 기억나지. 그날 우리가 얼마나 혼비백산했었는데."

"그날 제이 옷을 갈아입히는데 끙끙 앓는 중에도 계속 누굴 찾는 것 같더라고요. 자세히 들어 보니. 조프라고…… 그 이름을 부르면서 그렇게 흐느끼더라고."

"후…… 그럼 여행 가서 만난 건가?"

이준은 다시금 예사롭지 않던 둘의 모습을 떠올리며 한숨을 내쉬었다.

"그런가 봐요. 아마 그때 여행 가서 만난 사람인가 봐. 두 사람 어떻게 만났을까?"

혼잣말인 듯 중얼거리며 걸어가던 리안의 머릿속은 온통 물음표로 가득했다. 그도 그럴 것이 일로 만나는 사람이 아닌 다음에야 남자라면 근처에도 가지 않던 제이가 어떻게 그 남자를 만나게 되었는지, 어떻게 저런 깊은 관계로 발전할 수 있었는지 궁금하지 않을 수 없었다.

어디 그뿐일까. 남자는 인물도 재력도 남다른 외국 사람이었다. 분명 제이가 남자를 만나게 됐다는 건 반가운 일인데 그 남자가 평범한 사람이 아니었기에 걱정이 앞섰다.

그렇게 도착한 차에 함께 오르면서도 두 사람 다 생각에 잠긴 듯 말이 없었다. 그러다 갑자기 이준이 무언가 떠올랐다는 듯 입을 열었다.

"어. 그리고 보니…… 그래, 맞아. 어쩐지…… 어쩐지 이상하다 했지……."

"뭐가?"

"제이 말이야, 스페인 갔을 때 바르셀로나를 못 갔다고 했어. 국제건축포럼까지 포기하면서…… 웬만해서는 그런 기회를 놓칠 사람이 아닌데, 이상하다 했지. 게다가 이번에도 그래. 그 큰일을 성사시켜 놓고서도 좋아하는 기색이 없었어, 오히려 불안해 보이기까지 했었으니까. 회식할 때도 대표가 유난히 제이를 챙긴다 싶었는데……."

기억 속에 의문으로 남아 있었던 한 조각 한 조각을 끄집어내다 보니, 이제야 하나씩 맞춰지는 퍼즐이다.

"신기해…… 그럼 제이는 전혀 몰랐던 건가? 그 사람이 누군지, 뭘 하는 사람인지?"

"그랬던 것 같아. 전혀 모르고 있었어. 몇 개월을 준비하면서도 흐트러짐이 없었지. 그때 우재가 그러더라고. PT를 하기 전에는 평온하기만 했었는데, J&팀이 들어오고부터 많이 긴장했었다고. 게다가 PT를 그렇게 잘 끝내 놓고도 힘들어해서 걱정이라고 했었거든…… 설마 PT 하던 그날 다시 만나게 된 건가?"

그렇다면 엄청난 인연이 아닐 수 없었다. 이 넓은 세상에 헤어진 연인이 이렇게 다시 재회하는 경우가 과연 몇이나 될까, 좀처럼 믿기 힘든 사실에 이준은 어안이 벙벙했다.

"그것까지야 알 수 없지만, 두 사람 이렇게 다시 만난 걸 보면 인연은 인연인가 봐요."

"글쎄, 흠…… 다시 가지 않을 사람이면 모르겠지만…… 하…… 불안하네."

하필 오랜 방황 끝에 만난 사람이 세계적인 호텔 체인의 대표라니. 제이는 왜 이렇게 순탄치 않은 길만 걷게 되는지, 이준은 걱정되는 마음을 감출 수 없었다.

"진심인 것 같았어. 제이를 보는 눈빛도, 그리고 걱정하는 모습도, 보통 마음으로 그렇게까지 할까요?"

"그래. 진심이라면, 제이를 생각하는 마음이 진심이라면, 그 사람만큼 큰 힘이 되어 줄 사람도 없을 거야…… 그런데 그럼에도 불구하고 둘만 두고 나온 게 잘한 짓인지 모르겠어."

"어쩌면. 어쩌면 말이에요. 제이의 마음을 어루만져 줄 수 있는 사람이 그 대표님이 아닐까 싶어요. 제이를 저렇게까지 흔들어 놓은 사람을 본 적이 없어. 남자라고는 근처에도 못 오게 하던 제이가 집 안까지 남자를 들였다는 자체가 엄청난 발전이라고요!"

리안은 제이를 바라보던 남자의 눈빛을 잊을 수 없었다. 진심이 아니고서야 결코 할 수 없는 그의 말과 행동이 하나도 빠짐없이 머릿속을 스치며 마음 한편에 희망을 심어 주고 있었다. 그가 부디 제이에게 상처가 되지 않기를. 부디 제이에게 힘이 되어 주기를 마음으로 바라고 또 바랐다.

"그래. 부디 별일이 없어야 할 텐데. 또 상처받는 일은 없어야 할 텐데 말이야."

"난 왠지 모르게 믿음이 가요. 아, 이럴 줄도 모르고 애먼 사람한테 기대하고 있었네. 강 팀장은 어떡해?"

"하…… 우재…… 그래 우재가 있었네…… 이를 어쩐다. 제이는 아직 우재 마음도 모를 텐데."

이준은 불과 얼마 전에 제이에 대한 마음을 토로하던 우재를 떠올리며 앞으로 우재가 겪어야 할지도 모를 일들에 마음이 쓰였다.

"그런데 말이야. 아까 대화 중에 이상한 거 못 느꼈어?"

"또 뭐가요?"

"J& 대표한테 말할 때를 제외하고, 우린 줄곧 우리나라 말로 대화를 했어."

"그렇죠. 그게 왜요?"

리안은 남편이 무슨 말을 하려는 건지 도통 감을 잡을 수 없었다. 우리가 우리나라 말로 대화를 하는 게 무슨 대수라고.

"그런데 단 한 번도 우리가 말하는 내용의 요지에서 벗어난 적이 없어."

"네?"

"J& 대표 말이야. 당신이 제이를 보자마자 걱정을 늘어놓을 때, 제이가 당장이라도 깁스 풀어도 된다고 하니 발끈하며 나오던 거 기억 안 나? 그리고 내가 제이 몰아붙일 때도 분명 우리가 하는 말을 다 알아듣고 있었어. 심지어 내가 욱해서 하는 말에 덩달아 언성을 높이며 날 자극하기까지 했어."

"맞아! 듣고 보니 정말 그러네."

이준의 말을 듣고 보니 이상한 점이 한두 개가 아니었다. 다시 지난 시간을 찬찬히 되돌려 보며 리안의 눈이 놀라움으로 점점 커져 갔다. 이준은 그런 아내와 눈을 맞추며 고개를 끄덕였다.

이준은 확신했다. 지난번 회식 때도 긴가민가했었는데, 오늘 대화를 하며 보니 확신할 수 있었다. 그는 분명 우리말을 알고 있었다. 그것도 아주 잘. 제이는 전혀 모르고 있는 것 같았는데 대체 무슨 꿍꿍이인지.

"조만간 다시 만나 보면 알겠지. 그나저나 어떤 남자가 설마 그 개자식은 아니겠지?"

이준은 새롭게 발견한 흥미로운 사실에 잠시 미소를 짓다 불현듯 J& 대표의 마지막 말이 떠올라 우려스럽다는 듯이 말했다. 전화 한 통에 제이를 무너지게 할 사람이라고는 그 개자식밖에 떠오르지 않았다.

"설마! 몇 년이나 지났는데 갑자기 왜? 그럴 이유가 없잖아요. 하…… 설마 다시 만나자고 찾아온 건 아니겠지?"

"무슨 그런 말도 안 되는 소릴! 미치지 않고서야 그럴 리가."

"하…… 미친놈 맞잖아! 충분히 그러고도 남을 사람이야. 정말 그런 거면 우리 제이 어떡해……."

리안은 광적인 집착을 보였던 그놈을 떠올리는 것만으로도 온몸에 소름이 돋는 듯했다. 설마하면서도 우려를 쉽게 떨칠 수가 없었다.

"후…… 일단 가자. 가서 제이 연락 기다려 보자."

"그래요."

제이의 걱정으로 쉽게 발길이 떨어지지 않는 리안과 이준이다.

10

리안과 이준이 떠난 후 제이의 집은 정적만이 감돌았다. 한동안 조프와 제이의 시계는 멈춰 버린 듯했다.

붉어진 눈을 들어 자신을 올려다보며, 하염없이 흘러내리는 눈물을 닦을 생각조차 하지 못한 채 자신의 팔을 꼭 붙잡고 있는 제이의 모습에 조프 역시 눈시울이 뜨거워지고 있었다. 이렇게 자신의 팔을 잡기까지 얼마나 힘들었을지…… 천천히 한쪽 무릎을 꿇어앉으며 제이와 눈높이를 맞추었다.

조프는 잡혀 있는 팔을 조심스레 빼내어 두 손으로 제이의 흐르는 눈물을 닦아 주며 가만히 제이를 끌어안았다.

"미안해. 다그쳐서 미안해. 소리 질러 미안해. 놀라게 해서 미안해. 더 기다려 주지 못해서…… 미안해."

"아니에요. 어쩌면 벌써 늦은 건지도 몰라. 내가 미안해요."

조프는 안고 있는 제이에게서 느껴지는 흐느낌이 가라앉기를, 그녀의 마음이 진정되기를 기다리며 등을 부드럽게 어루만졌다.

"제이, 힘들면 쉬었다 해. 하지만⋯⋯ 오늘은 꼭 들어야겠어. 더 이상 당신 혼자 힘들어하는 거 두고 볼 수가 없어."

"알아요. 말⋯⋯할게요."

"잠시만 있어 봐."

조프는 조금씩 떨림이 잦아드는 제이를 품에서 놓아 주고 주방으로 향했다. 아까 제이의 주방에서 본 허브티를 꺼내 따뜻하게 우려내어 제이 앞에 놓고서 옆자리에 가만히 앉았다.

"좀 마셔 봐."

"네."

제이는 조프가 가져다준 차를 양손으로 꼭 쥐었다. 뜨겁지도 않고 차갑지도 않은, 적당히 따뜻해 마시기 좋은 허브티였다.

사소한 것에서도 느껴지는 그의 배려심에 마음이 이내 차분해졌다. 떨리는 마음을 뒤로하고 결심한 듯 천천히 말을 시작했다.

"스물세 살 즈음이었나, 아빠가 중요한 서류를 놓고 가셨다고 서류 좀 가져다 달라고 해서 아빠 교수실 갔다가 처음 봤어요. 그 사람⋯⋯."

조프는 멍하게 한곳에 시선을 고정하고 감정을 배제한 채 흐트러짐 없는 모습으로 그때의 일을 다시 끄집어내려 애쓰는 제이의 어깨를 가만히 감싸 안았다.

그의 따뜻한 온기를 느끼며 제이는 회상에 잠겼다.

Rrrrr.

집에서 외출 준비를 하던 중에 제이의 휴대폰으로 전화가 걸려 왔다. 발신자는 '대왕마마'였고 전화를 받는 제이의 입은 이미 함박웃고 있었다.

— 제이야~

"네, 아빠."

— 지금 어디야? 바빠?

"집이에요. 좀 이따 약속 있어 나갈 거예요. 근데 왜요?"

— 음. 아빠가 준비 중인 자료 파일이 하나 빠졌네. 서재에 보면 책상 위에 노란색 파일이 하나 있어. 혹시 나가는 길에 아빠한테 좀 주고 갈 수 있을까?

"응. 괜찮아요. 어차피 아빠 학교 지나가야 하거든요. 그럼 이따 봐요."

유명한 딸 바보 아빠에게 이 정도 팬 서비스는 일도 아니었다. 제이는 약속 시각까지 충분히 남은 시간에 흔쾌히 아빠의 청을 들어주기로 했다.

— 그래. 고맙다. 역시 우리 제이가 최고다! 하하하.

"치~ 약속만 없음 맛난 거 사 달라고 할 텐데 아깝다!"

— 이크. 돈 굳었네? 하하하.

"뭐라고요? 다음에 데이트할 땐 두 배로 비싼 거 먹을 거예요. 오케이?"

— 오케이!

사랑하는 딸과의 데이트라면 언제나 대환영이었다. 동우는 자료 파일을 핑계 삼아 예쁜 딸아이의 얼굴을 한 번 더 볼 수 있다는 생각에 싱긋 웃었다.

똑똑똑.

제이는 대학교수로 재직 중인 아빠의 교수실을 찾아 노크했다. 평소라면 노크와 동시에 대답이 들려올 텐데 답이 없어 곧상 문을 열고 아빠를 찾았다.

"아빠~ 저 왔어요."

당연히 자리에 계실 줄 알았던 아빠는 어디에도 보이지 않고 낯선 사람이 교수실 가운데 놓인 테이블 의자에 앉아 있다 벌떡 일어섰다.

"한동우 교수님 찾아오셨어요?"

그것이…… 태현과의 첫 만남이었다.

"네. 어디 가셨어요?"

"잠깐 임 교수님 뵈러 가신다고 나가셨는데, 금방 돌아오실 거예요. 여기 앉으세요. 차 한잔 드릴게요."

"아니에요. 금방 가 봐야 해서요. 그럼."

제이는 초면에 너무 유심히 바라보는 듯한 남자의 시선이 부담스럽게 느껴졌다. 서둘러 파일을 책상 위에 올려 두고 휴대폰으로 아빠에게 문자를 보냈다.

[아빠 자리 비우셨네? 파일 책상 위에 두고 갈게요.]

자리에 우뚝 서 있는 그에게 눈인사를 하고 빠르게 교수실을 벗어나려는데 때마침 아빠에게서 전화가 걸려 왔다.

— 이 녀석, 여기까지 와서 아빠 안 보고 가면 섭섭하다!

"자리 비운 게 누구시더라?"

— 하하하. 지금 간다, 가. 잠깐 기다려. 거기 이 군 있지?

"이 군?"

제이는 고개를 갸웃하며 뒤를 돌아보았고 여전히 자리에 서 있던 그가 씩씩하게 대답했다.

"아, 네! 제가 이태현입니다."

"네, 아빠. 여기 계세요."

— 그래. 아빠 5분 안에 도착하니까 같이 얘기라도 나누고 있어. 아빠 찾아온 손님인데 아빠가 손님 두고 자리를 비웠어. 안 그래도 미안했는데 너라도 대신 좀 있어.

"네? 아니 내가 무슨…… 일단 알겠어요. 얼른 오세요."

— 그래.

통화가 끝난 교수실 안에 정적이 흘렀다. 제이는 아빠의 교수실인데 자신보다 더 자연스럽게 공간을 차지하고 있는 남자를 보니 불편하기 그지없었다. 더군다나 초면에 넓지도 않은 한 공간에 둘만 있는 게 어색하기만 했다.

태현은 그렇게 쭈뼛거리며 어색해하는 제이가 마냥 예뻐 보였다. 학창 시절에도 졸업 후에도 여러모로 많은 도움을 주시는 교수님께 인사나 드릴까 해서 들렀는데 뜻밖에 큰 수확이었다.

제이가 문을 열고 들어오는 순간, 첫눈에 그녀에게 온통 마음을 빼앗겨 버렸다. 찰랑찰랑 윤기가 흐르는 검은 긴 생머리, 고양이처럼 또렷하고 선명한 예쁜 눈매, 뽀얀 피부, 오뚝하게 자리 잡은 코, 도톰하고 핑크빛이 감도는 탐스러운 입술, 굴곡이 살아 있는 날씬한 몸매. 무엇보다 그녀의 존재감을 여실히 나타내 주는 달콤한 향기, 그녀의 사소한 몸짓 하나 손짓 하나에도 눈길이 갔다.

생전 처음이었다. 지금까지 살아오면서 첫눈에 이렇게 자신의 관심을 끄는 여자는 그녀가 처음이었다. 그녀가 통화하는 목소리가 꿀처럼 귓가로 흘러들며 문득 그녀가 궁금해졌다.

"흠…… 안녕하세요?"

왠지 부담스럽게 느껴지는 남자의 시선에 생각 같아서는 곧장 나가고 싶었지만, 아빠의 부탁도 있고 해서 뒤늦게 남자에게 인사를 건네는 제이였다.

"훗. 네. 이제 제대로 봐주시네요?"

"네?"

"계속 제 눈을 피하는 것 같아서 상처받는 중이었어요."

"아. 그게, 그냥 좀 어색해서 그랬어요."

"일단 이쪽으로 와서 앉아요. 한 교수님 딸은 그쪽인데, 제가 더 아들 같은 느낌이 드네요? 제가 이 교수실이 더 익숙해 보이는데?"

태현은 자신과 거리를 두고 서 있는 그녀의 모습이 마음에 들지 않았다. 조금 더 가까이에서 보고 싶었고 대화를 나눠 보고 싶어 친근하게 다가서려 나름의 노력을 기울였다.

"네. 제가 이곳을 찾을 일이 그다지 많지가 않아서요."

제이는 아빠가 오실 때까지 계속 서서 대화할 수도 없고 자리를 권하는 그에게도 예의가 아닌 것 같아 그의 맞은편 자리로 가 앉았다.

"음. 여기 안 다녀요? 학교?"

"네. 저는 S대 다녀요."

"그렇구나. 몇 학년?"

"4학년이요."

"음, 그럼 내가 네 살이 더 많네? 말 편하게 해도 되는 거지?"

"네?"

대화를 시작한 지 얼마나 됐다고 벌써 편하게 말을 놓으며 친근하게 구는 그가 어이없게 느껴졌지만 내색하지 않으려 애썼다.

"말 놓아도 되냐고?"

"이미 그렇게 하시는 것 같은데요?"

"하하, 그런가?"

그다지 친절하지 않은 그녀의 형식적인 말투와 대꾸에도 전혀 밉게 보이지가 않고, 오히려 매력적으로 다가와 태현은 오랜만에 정말 유쾌하게 웃어 보았다.

그때부터였다. 제이가 태현의 심장에 콕 박혀 빼도 박도 못하게 되어 버린 게. 첫눈에 반했다는 말의 의미를 그제서야 몸소 체험하게 된 태현이었다.

"난 이태현이야. 올해 스물일곱이고, 여기 대학원생."

"저는 한재희입니다."

"끝이야?"

"네?"

"소개가 엄청 짧네. 궁금한 건 많은데."

"그쪽이 소개한 거랑 별반 다를 게 없는데요? 몇 학년인지 말했으니 나이도 알고, 학교도 말했고요."

왠지 모르게 거슬리는 그의 직설적인 화법에 제이 역시 까칠하게 응수하고 말았다.

"하하, 그렇게 되나? 전공은 건축?"

"네."

"그럼 왜 여기 안 다니고 다른 학교에 다녀?"

"아빠에게는 언제든지 배울 수 있으니까요."

"음."

제이는 처음부터 무례하다 싶을 만큼 자신을 뚫어져라 쳐다보며 꼬치꼬치 캐묻는 남자가 너무 부담스러웠다. 아빠 부탁만 아니었다면 그냥 자리를 박차고 나가고 싶은 마음뿐이었다. 5분이 이렇게나 길까? 싶었다. 아빠는 왜 안 오는지 휴대폰으로 시간을 확인하는데 다시 그의 목소리가 들려왔다.

"나랑 있는 거 불편해?"

"네. 아무래도…… 조금요."

"편했으면 좋겠다. 앞으로 자주 보게 될 텐데."

"네?"

'누구 맘대로' 라는 말이 목구멍까지 나왔지만 아빠 얼굴을 생각해 꾹 참으며 다시금 휴대폰으로 향하는 눈길을 막을 수 없었다.

"자. 우리 딸 얼굴 좀 보자."

구세주 같은 아빠의 목소리가 들려왔다. 교수실 문을 시원스레 열어젖히며 들어오는 모습에 제이와 태현이 동시에 자리에서 벌떡 일어섰다.

"아빠, 이게 5분이에요?"

"하하하. 미안, 미안. 학생들이 뭘 물어봐서 말이야."

제이는 불편했던 마음이 일순간 환하게 밝아짐을 느꼈다. 불편함은 어디로 가고 아빠가 오니 그저 반가웠다.

"서로 인사했어? 여긴 우리 딸~"

"네. 인사했습니다. 이렇게 예쁜 따님이 있는 줄 알았으면 교수님께 좀 더 잘 보여 둘 걸 그랬습니다."

호감을 감추지 않는 태현의 말에 동우가 너털웃음을 터뜨렸다.

"뭐야? 하하하. 내 딸이 엄청 예쁘지. 암. 누구 딸인데. 우리 최 여사 쏙 빼닮아 어찌나 예쁜지."

"아빠! 제발 그러지 마시라고요. 다른 사람이 들으면 욕한다고 몇 번을 말해요?!"

제이는 어금니를 꽉 깨물고 아빠 옆구리를 쿡쿡 찌르며 마치 복화술을 하듯 아빠만 들을 수 있는 목소리로 소곤거렸다.

"하하하. 맞습니다. 그러고 보니 사모님 많이 닮았네요."

"그럼그럼."

"아빠 얼굴 봤으니 이제 그만 가 봐야겠어요."

"정말 벌써 가려고?"

"약속 있다고 했잖아요. 과 모임 있어요. 아빠 덕분에 조금 늦게 생겼어요. 더 늦기 전에 갈게요."

사실 약속 시각까지는 조금 여유가 있었다. 여느 때 같았으면 아빠와 차라도 한잔하고 가겠지만 오늘은 손님도 있고 하니 그냥 가는 편이 나을 것 같아 잠시 옆에 놓아두었던 가방을 들었다.

"아쉬운데?"

"저녁에 집에서 볼 텐데 아쉽기는……."

"그래 알았다. 아쉽지만 할 수 없지. 나중에 집에서 봐."

"네."

"재희 넌 어디까지 가?"

너무나 편하게 마치 잘 아는 사람 대하듯 말하는 그에게 놀랄 틈도 없었다.

"어? 둘이 벌써 말 튼 거야?"

"네. 저보다 어리더라고요. 편하게 말 놓기로 했습니다."

"오호 그래? 젊은 사람들이라 그런가 빠르네. 하하하."

만난 지 얼마나 됐다고 그사이에 친근하게 말을 건네며 서글서글하게 웃는 태현의 모습이 퍽 인상적으로 느껴진 동우였다.

"흠흠. 아빠."

"어, 그래그래. 태현 군도 이제 그만 가 봐야지?"

"네. 그래서 가는 길에 태워 줄까 해서요."

"아니에요. 괜찮습니다. 여기서 가까워요."

제이는 당연히 그가 더 머물다 갈 줄 알았는데 바로 나간다는 소리에 당황했다. 이제야 불편한 시선에서 벗어나나 했는데 같이 나가게 된 것도 모자라 차를 태워 준다는 소리에 놀라 손사래를 쳤다.

"그러니까 데려다줄게. 멀지도 않고 가깝다는데."

"아니. 아니에요. 그 정도로 가깝지는 않고요. 지하철 타고 가면 금방이에요."

"여기서 지하철 타러 가려면 또 한참 내려가야 할 텐데 그냥 타고 가. 좀 늦었다면서 이럴 시간에 빨리 가는 게 나을 것 같은데?"

"그래. 그렇게 해라. 태현 군 부탁하네. 고마워."

동우는 겨우 차 좀 얻어 타고 가는 걸 가지고 부담스러워하며 거듭 호의를 거절하는 딸의 모습에 고개를 내저었다. 그 정도의 호의는 받아도 될 듯해 동우가 대신 태현에게 부탁했다.

"아닙니다. 교수님 따님인데 이 정도야 당연한 거죠."

하, 정말 이게 아닌데. 제이는 난감했다. 다시 저 남자와 둘만 있어야 된다고 생각하니 벌써부터 온몸에서 불편함을 호소하고 있었다.

교수실에서 잠깐 대화를 나누는 것도 여간 어색한 게 아니었는데, 그 좁은 차 안에 둘이 같이? 생각만 해도 부담스러웠다.

"저 갈게요 아빠."

그냥 서둘러 이 자리를 벗어나는 게 상책이라는 생각에 제이는 서둘러 나와 버렸다.

"성격이 깔끔하네요."

"좀 그렇지? 원래가 낯가림이 좀 있어. 신세 지는 걸 별로 좋아하지도 않고, 게다가 처음 보는 사람이니 더 그렇겠지?"

"네. 그럼 저도 이만 가 보겠습니다. 또 찾아뵙겠습니다. 교수님."

"그래그래. 고맙네."

"안녕히 계십시오."

태현도 서둘러 교수실을 빠져나왔다. 주변을 살펴보니 제이가 벌써 저만치 걸어가는 게 보였다.

빠른 걸음으로 그녀의 뒤로 가 그녀의 팔목을 잡아채 자신이 앞서 걸어갔다.

"헉! 저기요! 저기요!!"

제이는 그의 거침없는 행동이 너무 당황스러웠다. 이걸 적극적이라고 해야 할지 예의가 없다고 해야 할지 감이 오지 않았다.

"고집이 만만치 않네. 그냥 타고 가라니까. 내 차 바로 여기 있어."

태현은 재빨리 차 문을 열어 제이를 살짝 밀었다.

"어머!"

제이는 반박할 여지도 없이 이미 차에 앉아 있는 자신을 보며 어처구니없음에 실소가 터져 나왔다.

사실 태현은 잘생긴 편이었다. 아니 잘생겼다. 180은 족히 넘는 장신에 평소 운동을 했는지 탄탄한 몸매에 세련된 스타일, 언뜻 봐도 호남형에 가까웠다. 가까이에서 보면 연예인이라 해도 과언이 아닌, 지나가는 사람들이 한 번은 반드시 되돌아볼 만한 사람이었다.

성격도 좋게 보면 시원시원하고 호탕한 성격인 듯했으나, 제이는 이상하게 왠지 모를 불편함이 느껴졌고, 초면에 너무 적극적으로 다가오는 것도 부담스러웠다.

그가 미끄러지듯 자연스럽게 운전석에 앉아 시동을 걸었다.

"목적지가 어디야?"

"신림……동이요."

제이는 말하면서 아차 싶었다. 그냥 정말 가까운 곳을 말하고 내려서 지하철 탈 걸, 아깝다.

"신림동? 거기는 가깝지 않은데?"

"그러니까요. 지하철 타고 간다니까, 저 내릴게요."

바로 내리려는 제이의 팔을 태현이 다시 잡았다.

"사람 말을 끝까지 들어야지. 가깝지도 않은데 왜 가깝다고 했어? 그럼 내가 포기할 줄 알고?"

"……."

"다행이네. 멀어서, 아주 천천히 가야겠다. 그런데…… 원래 그렇게 말이 없는 거야? 말문이 막힌 거야?"

"후자 쪽이요."

"하하하, 너무 솔직한데?"

제이에게는 어색하고 불편하기만 한, 반면에 태현은 설레고 흥분되는 30분이 지나서야 목적지에 도착했다.

"하필 오늘 차가 하나도 안 막혀. 엄청 아쉽네."

"아…… 하하."

그의 너무 솔직한 감정 표현이 좀처럼 익숙해지지 않아 제이는 자신이 듣기에도 엄청 어색한 웃음으로 웃어 보였다. 그만 내려야 할 것 같아 그에게 인사를 하려는데 갑자기 분주하게 무언가를 찾는가 싶더니 그의 손이 눈앞에 불쑥 내밀어졌다.

"교수실에 폰 두고 왔다. 폰 한 번만 빌려 줄래?"

"아. 네. 여기요."

제이는 아무 의심 없이 그의 손에 제 휴대폰을 건넸고 태현은 전화를 받아 들고서 싱긋 웃으며 어딘가로 전화를 하는데, 교수실에 두고 왔던 그의 휴대폰 벨 소리가 차 안에서 요란하게 들려왔다.

"어? 벨 소리 들리는데요?"

"그러네? 전화할게. 모임 잘 해라."

"지금 제 번호……."

피식 웃으며 제 휴대폰을 되돌려 주는 그의 태연한 표정을 보며 그제야 숨은 의도를 알아챈 제이는 당황하여 말을 잇지 못했다.

"똑똑한 것 같은데 좀 늦네. 그치? 늦었다며. 어서 가."

"아차. 저 그럼. 감사……했어요. 조심해서 가세요."

얼른 차에서 내려 후다닥 달려가는 제이였다.

한 카페로 뛰어 들어가는 제이가 눈앞에서 사라질 때까지 태현은 그 자리에 머물러 있었다. 금방 헤어졌는데 바로 보고 싶었고, 차에 남은 그녀의 잔향에도 가슴이 두근거렸다. 지금까지와는 달리 앞으로의 삶이 아주 흥미진진해질 것 같은 행복한 기분을 머금고 태현은 서서히 차를 출발시켰다.

그날 제이는 모임을 마치고 집으로 돌아와 가장 먼저 아빠를 찾았다.

"다녀왔습니다! 엄마, 아빠는 어디 계세요?"

"서재에. 어? 저기 나오시네."

제이는 막 서재에서 나오는 아빠를 보고 후다닥 다가가 말을 꺼냈다.

"아빠, 아까 낮에 아빠 교수실에 있었던 그,"

"어. 이태현이."

"응. 그 사람 어떤 사람이에요?"

"왜? 관심 있어?"

"관심은 무슨! 워낙 사람이 좀…… 뭐 아무튼."

눈빛을 빛내며 묻는 아빠의 말에 저도 모르게 퉁명스레 대꾸하고 말았다. 아빠에게 낮에 있었던 일을 시시콜콜 말하자니 민망하고 그렇다고 그냥 모른 척 넘어가기에는 그 사람의 거침없는 태도가 자꾸 마음에 걸렸다.

"녀석 괜찮지. 서글서글하고 화통하고 똑똑하고, 내가 지켜본 바로는 어디 나무랄 데가 없어."

"지금 누구 말하는 거예요? 제이는 그 사람을 어떻게 알아?"

옆에서 잠자코 두 사람이 대화하는 모습을 지켜보던 정연이 궁금해하며 남편에게 물었다.

"아. 내가 오늘 서류를 두고 가서 제이한테 부탁했거든, 근데 마침 그 녀석이 잠깐 시간이 났다고 날 보러 왔더라고. 그래서 둘이 잠깐 만났어."

"잠깐 만났는데 제이가 관심을 보여요?"

"엄마. 관심은 무슨, 그냥 물어본 거예요. 어쨌든 사람은 괜찮다는 거네?"

엄마의 말에 또 한 번 미간에 주름을 잡았다. 초면에 지나치다 싶을 만큼 관심을 보인 건 자신이 아닌 그였고 자신은 단지 아빠가 잘 아는 사람과 불편하게 엮이게 될까 봐 걱정하는 것뿐인데.

"그럼. 그 녀석 참 괜찮지. 사위 삼고 싶을 만큼."

"어머, 그 정도예요?"

반가운지 대뜸 궁금함을 드러내는 엄마였다.

"아빠! 사위 같은 소리! 제 스타일 아니에요. 사람이…… 너무…… 에이. 아무튼 난 아니야."

제이는 생각이 지나치게 앞서가는 부모님을 보며 결국 발끈하며 소리치고 말았다. 그저 잠깐 본 자신보다는 아빠가 더 잘 알 거라는 생각에 확인차 물어본 것뿐인데, 말 한마디 잘못 꺼냈다가 이 무슨 봉변인지 모르겠다.

"그래? 아쉽네. 태현 군은 너를 제법 마음에 들어 하는 눈치던데……."

서운한 듯 말하는 아빠의 모습이 기막혀 입이 절로 벌어지는데 때마침 제이의 폰에 알림 음이 울렸다.

태현에게서 온 문자였다.

[모임 잘 했어? 집에는 잘 들어갔고? 오늘 만나서 반가웠다. 곧 또 만나게 될 거야. 그때까지 잘 지내.]

"또…… 만나게 될 거라고? 누구 맘대로?"

머지않아 예고도 없이 불쑥 찾아온 그로 인해 그의 말이 빈말이 아니었음을 알게 되었다.

건축 모형 작품 제출이 임박해 막바지 작업에 열을 올리며 며칠을 밤낮없이 고생한 제이였다. 피로가 쌓이고 쌓여 잔뜩 무거워진 몸을 이끌고 터덜터덜 교정을 벗어나는데, 학교 앞에 누군가가 사람들의 이목을 집중시키고 있었다.

모두들 지나가다 흘깃흘깃 어느 한곳을 보며 소곤거리고 있는데, 그러거나 말거나 이미 지칠 대로 지친 상태인 제이는 주변을 둘러볼 여력이 없었다. 그저 조금이라도 빨리 집으로 가서 푹 쉬고 싶은 마음밖에는.

"한재희, 재희야!"

자신을 부르는 소리에 돌아보니 같은 과 남학생들이 제이를 부르며 다가왔다. 여학생이 드문 과였고, 제이는 보통의 여학생이 아니었다. S대의 퀸카 중의 퀸카가 아니었던가, 정작 본인은 관심도 없고 신경조차 쓰지 않는…… 그래서 더 유명하고, 호기심의 대상이 되는 학생이었다.

"그동안 고생 많이 했는데 같이 한잔하러 갈래?"

"그렇게는 안 되겠는데?"

제이가 미처 반응하기도 전에 뒤쪽에서 누군가 불쑥 대답을 가로채 버렸다.

갑자기 제이의 어깨 위에 낯선 손이 올라왔다. 제이는 놀란 눈으로 어깨 위에 올려진 손을 바라보다가 고개를 획 돌려 누군지 보았다.

"어? 그쪽은."

연락도 없이 불쑥 찾아온 태현이었다.

"나와의 선약이 있어서. 그럼."

그렇게 짧은 인사를 하고서는 제이의 어깨에 두른 팔에 힘을 줘 제이를 돌려 세워 유유히 교정을 빠져나가는 모습을 보며, 제이와 같은 과 남학생들은 허탈함에 한숨을 쉬었다.

"그럼 그렇지…… 쟤한테 남친이 없다는 게 이상했다. 어휴……."

얼떨결에 그를 따라 나오며 제이는 불편한 어깨를 비틀어 그의 손을 떨구어 버렸다. 아빠가 잘 아는 사람이라고 하니 함부로 하지는 못하겠고, 그렇다고 다 받아 주기에도 무리가 있었다.

"저, 죄송하지만 이러시면 곤란해요. 무슨 일로 오셨는지 모르겠지만,"

"몰라? 선약! 내가 또 볼 일 있을 거라고 했잖아?"

하는 말도 싹둑 잘라먹고서 마치 약속이라도 한 것처럼 태연하게 말하는 그의 모습에 어이가 없어 제이의 발걸음이 우뚝 멈추어 섰다.

"그건 그쪽이 일방적으로 하신 말씀이고요. 저랑 정말 약속한 건 아니었잖아요."

"훗. 발끈할 줄도 알아?"

"이렇게 불쑥 찾아오는 일 없었으면 좋겠습니다. 전 바빠서 이만."

가뜩이나 피곤해 죽겠는데 불청객을 맞이하는 마음이 너그러울 수 없었다. 고개를 까딱하며 인사를 건네고 다시 가던 걸음을 재촉하는데 저와 보폭을 같이 하며 그가 다시 말을 걸어왔다.

"어? 바쁜 일 끝난 거 아니었어? 교수님 말씀이 너 작품 제출 끝나서 오늘부터는 시간이 좀 괜찮을 거라고 하시던데?"

또다시 가려는 제이의 발목을 붙잡는 태현이었다. 제이는 속으로 가만히 한숨을 삼키며 그를 보고 물었다.

"아빠……하고 통화하셨어요? 왜요?"

"논문 준비로 여쭤볼 게 있어서, 말하다가 네 생각이 나서 물어봤거든."

"저한테 관심 있으세요?"

"직설적이기도 하네?"

마치 자신을 어린아이 대하듯 하는 그의 말투가 거슬렸다. 이대로 계속 받아 주다가는 끝이 없을 것 같아 제이는 작정하고 말을 꺼냈다.

"관심 있으시면 지금 이 순간부터 끊어 주시고, 관심이 아닌 그 무엇이라도 끊어 주세요. 저 불편하고 어색한 거 엄청 싫어하는데 그쪽, 지금 상당히 불편합니다. 아니 사실 처음부터 많이 불편했어요. 그동안은 아빠 아는 분이라고 하니 말씀드리기가 좀 그랬는데, 그래도 이건 좀 아닌 것 같아요. 아무런 약속도 없이 학교 앞에 불쑥."

속에 있던 말을 다 하고 나니 그렇게 개운할 수가 없었다. 처음부터 이렇게 깔끔하게 끊어 버릴 걸. 아빠와 아는 사람이라는 이유로 망설였던 게 후회스러웠다.

이제라도 말하길 잘했다. 생각하며 개운해진 마음을 자축하는데 뜬금없이 그의 천진한 질문이 이어졌다.

"약속하면 되는 거야?"

"네?"

"그래. 솔직하게 말할게. 나 너한테 관심 있어. 아니 관심 있다는 말로는 부족해. 나 지금 너한테 고백하는 거야. 너 만나 보고 싶다. 사귀어 보고 싶어. 더 해야 해?"

뭐가 이렇게 당당해? 뭐가 이렇게 적극적이야? 이제 겨우 두 번, 그것도 스치듯 본 사람의 입에서 나온 말이라고는 믿기지 않는 고백에 놀라 입을 벌리며 잠시 멍하게 있던 제이가 불쑥 말을 꺼냈다.

"전 아닌데요."

"후…… 이건 뭐 말 꺼내자마자 차인 거야, 나? 고민하는 척이라도 좀 하지, 너무 냉정한 거 아니야?"

"아닌 걸로 질질 끌어 봐야 서로 시간 낭비만 하죠. 그리고 죄송하지만, 저 사실 지금 굉장히 많이 피곤하거든요. 가서 좀 쉬고 싶어요."

제이는 더 이상 좋게 말이 나오지가 않았다. 이미 제 마음은 충분히 전달했고 더는 시간 낭비 하고 싶은 생각이 없었다.

"그럼 일단 타. 가는 곳까지 데려다줄게."

"아뇨. 그냥 알아서 갈게요."

"일곱 번."

태현은 자꾸만 저를 피하려는 제이의 모습에 조바심이 일었다. 너무 단호한 거절의 말에 자존심이 상했지만 겨우 이 정도로 물러설 수 없었다.

첫눈에 제 이성을 마비시킨 사람은 그녀가 처음이었고, 단 한 번의 짧은 만남에도 잊지 못해 계속 생각나게 만드는 사람 역시 그녀가 처음이다.

여기서 물러선다면 다음은 없을 것 같아 필사적인 마음에 서둘러 제안했다.

"……"

"딱 일곱 번만 만나 보자."

"하…… 왜…… 일곱 번인데요?"

지치지 않는 그의 적극적인 공세에 깊은 한숨이 나와 버렸다. 한시라도 빨리 집에 도착해 쉬고 싶은 마음뿐인데 이 사람은 왜 포기라는 걸 모르는 건지.

"그 정도면. 그 정도 만나 봐도 아니라고 하면 포기할 수도 있을 것 같아서."

'아니. 왠지 나는 너 포기할 수 없을 것 같아.'

"싫다면요?"

"나도 쉽게 포기하는 성격은 아니라서, 또 찾아와야지. 네가 기회를 줄 때까지."

몇 분 보지는 않았지만 그는 정말 그럴 것 같았다. 또 연락할 것 같았고 또 이렇게 불쑥 찾아올 것 같았다. 정말 만나 보고도 아니라고 하면 그때는 포기할까. 생각은 많아지고 의지는 약해졌다.

제이는 자꾸 무겁게 내려앉으려는 눈두덩이 때문에라도 얼른 상황을 마무리 짓고 싶은 마음뿐이었다.

"흠. 그럼 세 번으로 하죠?"

"너, 너무 야박해. 일곱 번! 럭키세븐이라는 말이 괜히 있는 말이 아니야. 왠지 일곱 번은 만나 봐야 나한테 행운이 올 것 같거든."

"후…… 그럼 정말 딱 일곱 번만이에요?"

제이는 더 이상 입씨름할 기운도 없었다. 일곱 번. 밥 먹고 차 마시고 그 정도는 어떻게든 되지 않을까.

"그래."

"그럼 오늘도 한 번으로 치는 거죠?"

"그러지 뭐."

그래…… 그 정도면. 아빠 얼굴도 있으니 그 정도만 딱 만나 보자 싶었다. 그 정도 만나 봤는데도 아니다 싶으면 그때 정말 끝내자 싶은 마음이었다.

훗날 제이가 두고두고 뼈아프게 후회했던 순간이었다. 그와 헤어질 수 있었던…… 놓쳐 버린 첫 번째 기회…….

"이제 탈래? 아까부터 우리 동물원이야."

"그게 무슨."

태현이 턱으로 제이 뒤쪽을 가리켰다. 무심코 뒤로 돌아보니 과 친구들은 물론이고 제법 많은 사람들이 자신과 태현을 주시하고 있다는 걸 알았다.

"네. 얼른 가는 게 좋겠네요."

"학교에서 인기가 많은가 봐?"

차에 오르며 자연스레 대화를 이어 나갔다.

"아뇨. 저 때문에 보는 게 아니라 그쪽 때문에 보는 것 같은데요?"

나이에 비해 과해 보이는 외제 차, 결코 평범하지 않은 그의 겉모습은 사람들의 시선을 끌기에는 충분한 듯 보였다.

"호칭 좀 바꿔 줄래? 그쪽이라는 거 별로 듣기 좋지는 않거든."

"딱히 부를 호칭이."

"오빠, 태현 씨, 자……. 아니다. 그냥 그 둘 중에 하나라도. 어때? 앞으로 몇 번이나 더 봐야 하는데 그때마다 이쪽 저쪽 그쪽은 좀…… 듣기가 그러네?"

태현은 기분이 날아오를 듯했다. 좀 전까지도 계속해서 밀어내기만 하던 제이 때문에 애가 탔는데, 이렇게 함께 차를 타고 첫 데이트를 시작하게 되니 들뜬 마음을 감출 수 없었다.

"음…… 그럼 태현 씨?"

"흠. 오빠가 더 좋긴 한데. 알았어. 일단은 그거라도 만족해야겠지?"

"근데…… 지금 어디 가요? 죄송하지만 저는 집에 가서 좀 쉬고 싶은데."

"피곤하다고 했지? 그럼 같이 쉬러 가자."

"네? 어디……서요?"

남녀가 함께 쉴 만한 곳이 어디 있을까. 그간 공부하느라 바빠 데이트 경험이라고는 전무한 제이도 여러 친구에게 주워 들은 말이 있기에 저도 모르게 긴장하며 물었다.

"풋. 설마 첫 만남인데 이상한 데 데리고 갈까 봐? 쓸데없는 걱정 하지 말고 눈 좀 붙여. 너 진짜 많이 피곤해 보여. 그래도 나에게 주어진 천금 같은 기회를 허투루 쓸 수야 없지."

피곤으로 흐려진 판단력에 제이는 일단 그를 한번 믿어 보기로 했다. 조용하던 그의 차에 잔잔한 클래식 음악이 흘러나오며, 무게감을 더하는 눈꺼풀이 조금씩 조금씩 내려오는 게 느껴졌다. 제이는 더 이상 버티지 못하고 시트에 기대어 깜빡 잠이 들어 버렸다.

태현은 차에 타자마자 하품을 하는 제이를 보며 일부러 조용한 음악을 틀어 주었다. 음악이 차 안에 흘러나온 지 불과 1분도 채 지나지 않아 스르륵 눈을 감으며 잠이 드는 제이를 보고 소리 없이 활짝 웃어 버렸다.

제이가 좀 더 편히 잘 수 있도록 전동 버튼으로 그녀의 시트 각도를 조절하면서도 입가에 비집고 나오는 웃음은 멈추지를 않았다.

목적지에 도착해 차를 멈추고 20분이 지나서도 일어나지 않고 새근새근 잘 자는 제이를 보며 깨울 생각도 하지 않았다. 덩달아 시트에 기대고 누워 자는 모습을 가만히 지켜보는데, 제이의 눈꺼풀이 움찔거리더니 스르륵 열렸다.

"헉!"

눈을 뜨자마자 마주친 낯선 얼굴에 놀라 외마디 소리가 입 밖으로 나와 버렸다.

"후. 깜짝 놀랐네. 언제 도착했어요?"

"조금 전에."

"깨우지 않고요……."

편하게 누워 쉴 수 있도록 뒤로 젖혀진 시트, 자신의 다리 위에 올려 둔 그의 외투를 보며 그의 배려에 고맙기도 하고, 한편으로는 그의 단편적인 모습만 보고서 너무 까칠하게 굴었던 건 아닐까 하는 생각에 미안한 마음이 들었다.

"너무 곤히 자길래, 어때? 이제 좀 피로가 풀려?"

"네. 덕분에 아까보다는 머리가 좀 가벼워졌어요."

잠시라도 달게 자서 그런지 무거웠던 머리가 가벼워지는 듯했고 눈꺼풀도 전처럼 무겁게 느껴지지 않아 기분이 한결 나아졌다.

"다행이다. 그럼 나가 볼까?"

"……여기가…… 어디예요?"

차에서 내려 보게 된 곳은 제이가 전혀 예상하지 못한 장소였다.

"글램핑장이야."

"……."

도대체 어디로 쉬러 가자는 건지 통 감이 잡히지 않았는데 글램핑장이라니, 넓게 탁 트인 공간에서 시원한 바깥 공기도 쐬고 나름 나쁘지 않을 것 같았다. 왠지 마음에 드는 그의 장소 선택에 말없이 속으로 감탄을 하는데 생각지도 않은 엉뚱한 말이 그에게서 들려왔다.

"걱정 마. 자고 갈 거 아니니까."

"어. 저 그런 걱정은 안 했는데?"

"그래? 내가 김칫국 사발째 들이켠 거야?"

"풋."

그의 천연한 말투와 익살스러운 표정에 결국 웃음이 터지고 말았다. 그의 앞에서는 처음 웃어 보는 듯했다.

"웃으니까 더 예쁘다."

"너무 선수 같아요. 어쩜 그런 말을 그렇게 쉽게 해요?"

"그래 보여? 난 솔직하게 말한 것뿐인데? 선수? 그런 거 전혀 아니야. 믿을지 모르겠지만, 지금까지 깊이 사귀어 본 사람도 하나 없어. 얼른 들어가자. 안에 침대도 있어. 피곤하면 좀 더 쉬어도 되고."

"아니! 아니에요! 이젠 괜찮아요 정말."

태현은 정말 순수한 마음에 쉬라고 한 건데 손사래를 치며 사양하는 모양새가 귀엽기만 했다.

그렇게 두 사람은 그가 예약한 텐트로 들어섰다. 제이는 내부를 찬찬히 둘러보며 텐트라고 생각할 수 없을 만큼의 아늑한 분위기와 시설에 놀라지 않을 수 없었다.

널찍하고 네모반듯한 실내는 마치 펜션에 온 듯한 착각을 일으킬 정도로 깨끗하고 예쁘게 꾸며져 있었다.

"와…… 여긴 정말 없는 게 없네요?"

한편에 놓인 더블 사이즈 침대에는 호텔식 화이트 침구가, 그 맞은편에는 실용적인 사이즈의 냉장고와 티브이가 있었고, 화장대와 편히 앉아서 쉴 수 있는 아담한 사이즈의 소파까지 있었다.

거기서 끝이 아니었다. 에어컨에 바닥 난방 시설은 물론 싱크대와 함께 온갖 집기류가, 심지어 개인 화장실까지 모두 다 갖추어져 있는 모습에 제이는 놀라지 않을 수 없었다.

"어, 오늘 하루 집에 가기 전까지는 시간 상관없이 쉬고 싶으면 쉬고, 놀고 싶으면 놀고, 먹고 싶으면 먹고, 편하게 있다 가면 돼. 많이 피곤한 것 같아서 이리로 왔는데 괜찮아?"

"음. 네. 나쁘지 않아요. 아니, 좋아요. 공기도 좋고, 이렇게 캠핑 와 보는 거 정말 몇 년 만인지 모르겠어요."

다시 텐트 밖으로 나와 글램핑장을 둘러싼 초록이 무성한 수풀을 보며 저도 모르게 미소 짓고 있었다.

"교수님 여행 좋아하시지 않아? 여행 많이 다닐 것 같은데?"

"여행은 많이 가죠. 그런데 캠핑장은 갈 일이 거의 없어서."

"맞다. 교수님은 숙소 중요하지?"

"네."

아빠는 여행도 좋아하시지만, 그만큼 머무는 곳도 세심하게 고르셨다.

"배 안 고파? 뭐 좀 먹을래?"

"네. 사실…… 엄청 배고파요. 뭐 도와드릴까요?"

"아니. 오늘은 내가 다 할게. 넌 그냥 쉬고만 있어."

태현은 야외 테이블 옆에 놓인 아이스박스를 열었다. 미리 전화로 주문했던 음식 재료들이 빠짐없이 들어 있나 확인하고서 만족스러운 듯 환하게 웃으며 팔을 걷어붙였다.

제이는 오면서 한숨 잔 데다 딱히 혼자 할 일이 없어 그의 옆에서 조그만 일을 거들며 소소한 대화를 나누다 보니 우려했던 것보다 그와의 대화가 나쁘지 않아서 놀랐다.

너무 적극적으로 다가오는 첫인상에 거부감이 생기고 부담스러웠는데, 생각보다 여유롭고 상대방을 많이 배려해 주는 듯한 모습에 점점 마음이 편안해지는 듯했다.

태현은 제이가 좀 더 빨리 자신에게 마음을 열 수 있도록 최선을 다했다. 주어진 시간 안에 어떻게 해서든 제이의 마음을 자신에게 온전히 돌려놓고 싶었다.

"음…… 냄새가 좋은데요?"

"그래? 조금만 기다려. 이제 차리기만 하면 돼."

함께 준비하던 음식 외에도 테이블 위에 놓인 가방을 열자 생각지도 못한 음식들이 하나둘 차려지고 있었다.

"와…… 이게 다 뭐예요? 이걸 누가 다 먹는다고, 아니 대체 언제 다 준비하신 거예요?"

"사실 아까 오면서 전화로 부탁 좀 했어. 생각보다 준비를 잘해 주셔서 할 게 없네."

"그래도 이건 너무…… 많은데."

함께 준비한 갖가지 꼬치 외에도 조개구이, 백합탕, 스테이크, 샐러드, 후식 등등 정말 캠핑장이라고 믿기 어려울 정도의 완벽한 상차림을 보며 입이 떡 벌어진 제이다.

"식는다. 어서 먹자."

"네. 잘 먹을게요."

제이는 먹음직스러운 음식에 입맛을 다시며 천천히 하나하나 맛을 보았다. 보이는 만큼이나 하나같이 맛이 너무 좋았다.

"잘 먹네?"

"너무 맛있어요. 왜 안 드세요? 얼른 드세요."

"보기만 해도 배부른데?"

"계속 보고만 있음 저도 편하게 못 먹어요. 같이 먹어요."

"그래. 그러자."

태현은 맛있게 먹어 주는 제이가 너무 사랑스러웠다. 먹는 모습만 봐도 배부르다는 말을 이해하기 어려웠는데, 지금 제이가 먹는 모습을 보며 흐뭇해하는 자신을 보니 머쓱한 웃음이 났다.

"오늘 감사했어요. 덕분에 잘 먹고 잘 놀고 잘 쉬었어요."

"정말이지? 다행이다."

"네. 그럼 조심해서 들어가세요."

"그래 얼른 들어가. 너 가는 거 보고 갈게."

"네…… 그럼."

제이는 서둘러 집으로 들어갔다. 그와의 만남은 생각보다 불편하지 않았고, 종일 자신을 배려하려고 노력하는 태현의 모습이 한동안 머릿속에 맴돌았다.

그렇게 두 번, 네 번, 여섯 번 만나다 보니 어느새 마지막 만남만을 눈앞에 두고 있었다.

워낙 조심성이 많아 쉽게 마음을 열지 않는 제이 때문에 태현은 조바심이 났다. 아직도 자기 앞에서 조심하며 거리를 두는 제이를 보며 속은 타들어만 갔고, 이런 저와 달리 제이의 평온하기만 한 모습은 야속하기까지 했다.

하지만 뜻밖의 구원투수가 있었으니, 퇴근길 우연히 제이와 태현이 함께 있는 모습을 보게 된 동우는 놀라면서도 제법 잘 어울리는 둘의 모습을 흐뭇하게 바라보고 있었다.

제이가 집에 들어가고 난 후에도 집 앞을 떠나지 못하고 한참을 제이 방의 창을 보며 서성이는 태현을 보니 장난기가 발동했다.

"자네가 여긴 웬일인가? 우리 집이 여긴 줄 어찌 알고?"

"어, 교수님! 벌써 퇴근하셨어요?"

"벌써라니, 이제 퇴근하냐고 물어봐야 하는 거 아닌가? 시간이 제법 늦었는데."

"아, 네…… 하하하. 벌써 시간이 그렇게 됐나?"

발길이 떨어지지 않았다. 나날이 제이를 향한 마음은 커져만 가는데 남은 기회는 고작 한 번이었다. 그 기회가 정말 마지막이 되면 어쩌나, 제이의 마음을 어떻게 잡아야 하나 고민하며 서성이다 하필 이런 못난 모습을 딱 들키고 말았다.

"천하에 이태현이 이렇게 당황한 모습을 보일 때가 다 있다니. 허허. 자. 이거 받아."

"이게. 뭡니까?"

"영화 초대권이야. 누가 선물로 주고 갔는데 내가 볼 시간이 있어야지. 공포 영화라 보고 싶지도 않고, 참, 우리 딸도 날 닮아 공포 영화를 잘 못 봐. 그러니 영화 보러 갈 생각이면 잘 챙겨 주게."

딸이 만나는 사람이 다른 사람이 아닌 태현이라면 환영이었다. 동우가 볼 때 태현은 학업 성적도 우수하고 성실했으며 교우관계도 좋았다. 교수들 사이에서 평도 좋아 우스갯소리로 딸이 있으면 사위 삼으면 딱 좋겠다는 말을 들은 게 한두 번이 아니었고, 그건 자신이라고 다르지 않았다. 그런 태현이 자신의 딸을 좋아한다니 내심 얼마나 흐뭇한지.

"저…… 교수님. 알고 계셨습니까?"

"알고 있었던 건 아니고, 방금 나도 모르게 알게 되었다고나 할까? 뭐……
표정을 보니 뭐가 잘 안 되는 모양이지?"

"하아…… 네. 교수님 따님, 생각보다 너무 어렵습니다."

태현은 왠지 모르게 제 편이 되어 줄 듯한 교수님의 눈치를 살피며 조심스레
말했다.

"뭐? 어렵다고?"

"네. 비집고 들어갈 틈이 없습니다. 냉정하기는 또 얼마나 냉정한지.
후……."

"나는 저 녀석이 지금껏 남자를 만나는 걸 본 적이 없어. 별 관심이 없더라
고. 그런데 자네는 벌써 몇 번이나 만난 모양이군. 시작이 나쁘진 않은데?"

동우의 말에 태현의 힘없던 눈이 번쩍 떠졌다. 제이의 곁에 지금껏 어떤 남
자도 없었다는 건 전혀 알지 못한 사실이었고, 기대하지 않았던 일이다.

저 예쁘장한 외모에 똑똑한 머리, 남다른 능력을 겸비한 그녀를 주위에서 가
만히 놔두지 않을 듯했는데 어떻게 지금까지 연애 한 번을 하지 못했는지 쉽게
믿기지 않아 태현이 되물었다.

"그렇습니까?"

"뭐가?"

"진짜 아무도……."

"하하하. 나 참. 내가 알기로는 없었어. 그러니까 잘 좀 부탁하네. 녀석이 보
기보다 마음이 여려."

"그럼 교수님께서는 저와의 교제를 허락하시는 겁니까?"

"당사자가 좋다면야 반대할 이유가 없지? 참, 그래도 절대로 외박은 안 되
네!"

"네, 교수님. 감사합니다. 감사합니다!"

비록 당사자가 아닌 그녀의 아버지였지만 그럼에도 태현은 세상을 다 가진
듯 기쁘기만 했다.

"이러다 날 새겠네. 이만 돌아가 봐."

"네. 감사합니다. 안녕히 들어가십시오!"

하하하. 호탕하게 웃으며 동우가 집으로 들어갔다. 내심 동우는 딸아이와 태현이가 잘 맺어졌으면 했다.

제이가 대학을 가면 남자 친구도 좀 만나고 여유를 가지며 즐길 수 있을 줄 알았는데, 대학을 가도 여전히 책상 앞에만 있고, 너무 무미건조하게 생활하는 것 같아 살짝 걱정이 되던 참이었는데, 좋은 인연을 만난 것 같아 다행이다 싶었다.

"당신 뭐 좋은 일 있어요?"

정연은 집에 들어서기도 전에 들려오는 남편의 호탕한 웃음소리에 궁금증이 일었다.

"음, 있지."

"아빠 오셨어요? 뭐 좋은 일 있으세요?"

"암, 있다마다."

"무슨 일인데요?"

모녀가 동시에 눈을 초롱초롱 깜빡이며 물었다.

"글쎄. 그냥 바람이 부네. 하하하."

"뭐야…… 궁금하게."

"야식이나 먹자고. 나 출출해."

싱겁기는. 모녀는 영문도 모른 채 그렇게 피식 웃고 말았다.

어느새 찾아온 그와의 일곱 번째 만남.

제이가 교정을 막 벗어나는데 태현에게서 전화가 걸려 왔다.

— 오늘 시간 있어?

"네. 오늘은 괜찮아요."

— 그럼 영화 보러 갈래? 마침 영화 초대권이 생겼거든.

"네. 좋아요."

— 영화 보고 밥 먹자. 괜찮지?

"네."

그렇게 마지막인 듯 마지막이 아닌 것 같은 둘의 만남이 이어졌다. 둘 중 그 누구도 오늘이 마지막이라는 말은 입에 담지 않았다.

제이는 영화관 매표소 앞에서 현재 상영되는 영화의 예고편이 나오는 전광판을 물끄러미 바라보다 태현에게 물었다.

"무슨 영화예요?"

"음. 살짝 무서울 수도 있는데, 무서운 거 잘 봐?"

"어. 아뇨. 저 무서운 거 잘 못 보는데……."

사실 제이는 공포 영화를 엄청 싫어했다. 남들은 공포 영화 보면서 스트레스를 푼다고 하는데 제이는 공포 영화를 보면 스트레스가 쌓였다.

영화처럼 현실에서도 저런 일이 생길 것 같고, 꿈에서도 나올까 무섭고, 보는 내내 아슬아슬 마음을 졸이며 봐야 하는 공포 영화 자체가 스트레스였다.

공포 영화를 좋아하는 엄마 덕분에 아빠와 자신이 마지못해 함께 보러 갈 때면 하다못해 귀마개라도 챙기는 제이였다. 아빠라도 옆에 있으면 다행인데.

"그럼 어쩌지?"

"혹시 기한 있어요?"

"어. 초대권이라 날짜와 시간이 한정적이야. 오늘까진데. 괜찮아 네가 싫다면 다른 거 보자."

"아니에요. 아까운데 그냥 봐요."

"괜찮겠어?"

"네. 그냥 봐요."

항상 만날 때마다 뭐든 주도적으로 다 준비해서 나오는 태현 덕분에 늘 따라만 다녀 미안하던 차에 준비해 온 티켓까지 무용지물로 만들 수는 없었다. 그러기에는 너무 염치가 없었다.

"그래. 그럼. 혹시 보다가 힘들면 말해. 알았지?"

"네. 그럴게요."

태현은 기한이 이틀 남은 영화 초대권을 서둘러 매표소로 가져갔다. 커플석으로 자리를 정하고서 돌아서는 태현의 얼굴이 왠지 모를 기대감으로 상기되어 있었다.

제이는 매표소 옆으로 비켜서서 전광판을 바라보며 그를 기다렸고, 태현은 제이에게 향해 가며 그녀의 사소한 모습조차 사랑스럽게 느껴지는 자신이 우스워 고개를 내저었다.

제이를 부르며 표를 흔들었고 이내 미소 지어 보이는 그녀를 보는데 왜 이렇게 심장이 두근거리는지, 제발 오늘이 끝이 아니기를 간절히 마음으로 바라고 있었다.

"팝콘이나 음료?"

떨리는 마음을 감추고 혹시 그녀가 출출하지는 않을까 물어보는 태현이었다.

"아뇨. 전 괜찮아요. 태현 씨는요?"

"어. 나도 별로."

"그럼 물이라도 사 올게요."

태현은 생수를 사러 가는 제이의 뒷모습에서 눈길을 뗄 수 없었다. 몸에 꼭 맞는 연한 청바지에 화이트 블라우스를 입고 긴 생머리를 휘날리며 가는 그녀는 너무나 아름답고 생기 있어 보였다. 저 혼자 흐뭇한 미소를 짓다 무심코 고개를 옆으로 돌렸는데 다른 남자 둘이서 저와 같은 모습으로 그런 제이를 뚫어져라 바라보는 모습에 인상이 와락 구겨졌다.

생수를 사 들고서 예쁘게 미소 지으며 제게로 다가오는 그녀에게 성큼성큼 다가가 생수를 받아 들었다. 보란 듯이 제이의 등을 감싸며 남자들을 매섭게 노려보고서야 상영관으로 들어섰다.

드디어 영화가 시작되었다.

제이는 이 영화음악부터가 마음에 들지 않았다. 어둡고 음침한 영상, 배경으로 흐르는 음산한 음악이 본격적인 영화의 시작을 알리는 듯했다. 이제 겨우 시작인데 제이는 벌써부터 공포심이 스멀스멀 올라오는 듯했다.

태현은 그런 제이를 바라보며 씨익 웃었다. 항상 당찬 모습의 제이만 보다가 저렇게 긴장으로 얼어 있는 제이라니. 가만히 심호흡을 하는 모습을 보며 웃음을 참으려 입술을 꾹 깨물어 보는 태현이었다.

그런데 영화를 보다 보니 정작 영화에 집중한 사람은 제이였고, 태현은 그런 제이에게 집중하고 있었다. 조금이라도 무언가 시작될 기미가 보이면 눈을 질끈 감으며 귀를 막는 제이가 그렇게 귀여울 수가 없었다. 하지만 아무리 무서워도 자신에게 안겨 오는 이벤트 따위는 일어나지 않았다. 커플석에 앉아서 이렇게 맹숭맹숭하게 공포 영화를 보는 자신의 모습이 우습기까지 했다.

영화가 중반에 이르면서 제이의 공포심은 극에 달하고 있었다. 정말 나가고 싶다는 소리가 목구멍까지 나왔지만 꾹 참았다. 어김없이 흘러나오는 음산한 음악에 한숨이 절로 나왔다. 이젠 거의 자동적으로 귀를 막으려 손이 올라가는데, 그 순간 태현이 제이의 왼손을 덥석 잡았다.

지금까지 몇 번을 만나면서도 걱정과는 달리 스킨십을 쉽게 생각하지 않고 조심하던 태현이었기에 제이는 낯설기도 하고 어색하기도 했지만 나쁘지는 않았다. 그의 따뜻한 온기에 두려움도 조금은 덜어지는 듯했다.

그의 손을 잡고서 영화를 보고 있자니 시간이 흐르면 흐를수록 손에 땀이 찼다. 참지 못하고 잡힌 손을 천천히 빼내려는데…… 태현이 놓아 주지 않았다.

"저기. 태현 씨. 손에 땀이 나서. 손 좀,"

태현은 손에 땀이 난다며 손을 놓아 달라고 귀 옆에서 소곤소곤 말하는 제이의 목소리에 더 이상 참지 못하고 그대로 얼굴을 돌려 제이의 입술을 훔쳤다. 한번 시작하면 걷잡을 수 없을 것 같아 지금까지 자제하고 또 자제했었는데 결국은 참지 못하고 저질러 버렸다.

기습적인 입맞춤에 놀란 제이가 자신을 강하게 밀어 내려 하자 태현이 더 강하게 제이를 끌어안으며 키스를 멈추지 않았다.

제이는 어쩔 줄을 몰랐다. 놀란 가슴에 심장이 두방망이질 치고, 몸이 떨려왔다. 이렇게 사람들이 많은 장소에서 이런 식으로 키스하게 되리라고는 생각지도 못했었다. 제이의 머릿속에는 다른 생각이 끼어들 틈이 없었다. 여기는 극장이고 지금 자신들 외에도 많은 사람이 함께 영화를 관람하고 있었다. 부디 사람들이 보지 않기를 간절히 바라며 그를 밀어 내기에 바빴다.

태현은 계속해서 자신을 밀어 내는 제이의 손을 잡고 그대로 일어서며 그녀를 이끌었고, 당황했던 제이도 낯부끄러워 더 이상 자리에 앉아 있을 수도 없어 그를 따라 나갔다.

상영관에서 벗어나자마자 한쪽 벽으로 제이를 가두며 다시금 제이의 입술을 다급히 찾았다.

아까는 어두운 상영관 안인 데다 처음이라 속수무책이었지만 지금은 환한 밖이었다. 누군가 나오면 바로 보이는 곳이었지만, 태현은 신경 쓰지 않는 듯했다. 제이는 당황스럽고 놀라며 또다시 태현을 밀어 내기에 바빠 정신이 하나도 없었다. 실랑이 끝에 간신히 그를 떨어트려 놓으며 놀란 마음을 다스리지 못해 새된 목소리가 나왔다.

"태현 씨! 여기서 이러면 어떡해요?!"

"다른 곳에 가면 되니?"

"네?"

"가자. 다른 곳으로."

"아니, 그게 아니라."

태현도 이렇게 서두르고 싶지 않았다. 제이가 지금껏 만나는 사람이 없었다는 건, 오늘 한 키스가 그녀에게는 첫 키스라는 말이었다. 그런 소중한 순간을 이렇게 서둘러 급하게 하고 싶지는 않았지만 더 이상 참을 수가 없었다. 늘 자신에게 거리를 두는 제이였기에 조심하고 또 조심했는데, 한번 터져 버린 마음은 쉽사리 진정이 되지 않았다.

제이는 당황스러웠다. 늘 적극적이기는 했지만 스킨십에서만큼은 조심하던 태현이 오늘은 평소와 달라도 너무 달라 보여 두렵기까지 했다. 자못 심각한 표정으로 제 손을 감싸 쥐고서 성큼성큼 영화관을 벗어나는 태현을 말없이 따라 나서며 그의 흥분이 가라앉기를 마음으로 바랐다. 이미 몇 번을 만나며 그의 배려와 따뜻한 마음 씀씀이에 제 마음도 서서히 열리던 중에 이런 모습을 보게 되니 그가 낯설게 느껴지기까지 했다.

이윽고 도착한 차 안에서 심각한 표정으로 운전하는 그에게 도무지 무슨 말을 어떻게 해야 할지 몰랐다.

태현은 넘치는 감정에 생각 없이 섣불리 다가섰던 자신을 탓하며 어금니를 악물었다. 제 성급했던 행동으로 정말 오늘이 그녀와 함께할 수 있는 마지막이 되면 어쩌나 불안한 마음을 숨길 수 없었다. 긴장으로 표정이 굳어 있는 제이를 힐긋 바라보며 조심스레 말을 꺼냈다.

"미안해. 내가 너무 흥분했지?"

"……."

아무런 대꾸도 들려오지 않는 제이를 다시 힐긋 바라보며 걱정스레 물었다.

"많이 놀랐어?"

"……네."

잠시 머뭇거림이 느껴지긴 했지만, 다행히 이번에는 대답이 들려왔다. 대화의 물꼬를 다시 트게 된 것만으로도 크게 안심이 되는 태현이었다.

"후…… 너무 예뻐서. 너무 좋아서…… 이대로 너 놓칠까 봐 불안해서……. 혹시 오늘이 우리 몇 번째 만남인지 알아?"

"오늘……? 오늘이……."

뒤늦게 오늘이 몇 번째 만남인지 떠올려 보는데 놀란 듯한 그의 음성이 귓가를 파고들었다.

"몰랐······어?"

제이는 정말 몰랐다. 깜빡 잊고 있었다. 일곱 번만 만나 보자고 했지만 막상 한 번 두 번 만나고부터는······ 그는 우려했던 것보다 편했고, 생각보다 대화도 잘 통했고, 함께 있는 시간이 그다지 불편하지 않아서 괜찮았다.

첫눈에 반한다거나 그를 만날 때면 못 견디게 심장이 두근거리는 느낌은 없었지만, 그렇다고 좋지 않은 것도 아니었다.

"괜히 말했네. 말하지 말 걸······ 너는 세지도 않고 있었는데 나만 조바심 내면서, 걱정하면서 그렇게 오늘 하루를 보냈나 봐."

태현은 한적한 공원에 주차를 하고 제이를 바라보았다. 허탈한 마음과 함께 희망이 고개를 내밀었다. 그녀의 마음이 자신과 같지 않다는 건 이미 알고 있지만, 굳이 만난 횟수를 세고 있지 않았다는 건 자신과 만나는 게 싫지 않다는 의미로 다가왔다. 부디 자신의 짐작이 틀리지 않기를 바라며 제 진심이 그녀에게 닿기를 간절히 바라는 마음으로 참지 못한 속내를 꺼냈다.

"한재희, 나 너 사랑해. 너무 이르다는 거 알아. 하지만 지금 말하지 않으면 정말 후회할 것 같아. 처음 본 순간부터 단 한 순간도 내 머릿속을 떠난 적이 없어. 나 너랑 더 자주, 더 오래 보고 싶어. 아직도 나····· 안 되는 거야?"

지금까지 보아 온 그의 모습과 오늘의 모습은 확실히 달랐다. 제이는 망설였다. 그가 싫지는 않았지만. 왠지 모를 망설임이 있었다. 하지만 그렇다고 해서 지금 당장 헤어지고 싶지는 않았다. 항상 자신을 아껴 주고 배려하던 순수한 그의 모습이 머릿속을 스치며 제이는 결심을 굳혔다.

"재희야."

"어······ 아직은. 같은 말 할 수 없어서 미안해요. 솔직히 저는 아직 뭐가 뭔지 잘····· 모르겠어요. 하지만······ 오늘이 끝은····· 아니었으면 좋겠어요."

"그 말은."

"좀 더 만나 봐요····· 우리."

반짝. 태현의 눈에 생기가 돌았다. 머뭇거리고 망설이는 제이를 보며 바싹바

싹 타들어 가던 마음이, 그동안의 마음고생이 한순간에 환희로 바뀌는 순간이 었다.

훗날 제이가 두고두고 가슴 치며 후회했던 순간이었다. 그와 헤어질 수 있었던…… 놓쳐 버린 두 번째 기회…….

"정말이지? 그럼 우리 이제 정식으로 사귀는 거다. 너 이제부터 완전 내 거다!"

태현은 흥분을 감추지 않았다. 급격히 밝아지는 그의 얼굴을 보며 그래, 잘 결정했다고 생각했다. 서로를 알기에는 너무 짧은 시간이었다고, 조금은 더 알아보는 게 좋을 것 같다고 생각하며 오글거리는 그의 말에 저도 모르게 피식 웃어 버렸다.

"읍!"

또다시 예고 없이 훅 들어온 태현이었다. 강하게 입술을 빨아들이는 그에게 당황할 틈도 없이 블라우스 속으로 느껴지는 그의 손길에 깜짝 놀라 버렸다.

"아."

놀란 마음에 가슴 속에 차 있던 숨이 바람같이 빠져나오며 입술이 벌어져 버렸는데 그 순간을 놓치지 않고 거침없이 제이의 입 속을 파고드는 태현이었다.

쉴 새 없이 몰아치는 그의 마음을 받아들이기에는 벅참이 있었다. 자신의 맨살에 닿은 그의 손을 참지 못해 막으며 밀어 내었다.

태현 역시 자신의 손을 밀어 내는 제이를 모르지 않았다. 더 만지고 싶고 더 안고 싶었지만, 여기서 그만해야 할 듯했다. 이제서야 겨우 자신을 받아들이고 있는데 더 했다가는 완전히 놓칠 수도 있다는 두려움이 있었다. 아쉬웠지만 제이를 천천히 놓아 주었다.

붉게 달아오른 얼굴, 숨을 몰아쉬며 방금 무엇을 했는지 여실히 말해 주고 있는 붉힌 입술, 둘 곳 없는 눈동자, 무엇 하나 사랑스럽지 않은 구석이 없었다. 제이의 모든 처음을 자신이 함께 할 생각을 하니 더없이 뿌듯하고 행복했다.

제이는 당황한 마음에 말이 제대로 나오지 않았다.

"이…… 이런 식으로 갑자기 하지 않았으면 좋겠어요. 저는 아직…… 부…… 부담스러워요."

"풉. 당황하면 말도 더듬어? 귀엽기까지 하네. 그럼 키스하고 싶을 때 말할까? 키스하고 싶다고? 안고 싶다고? 만지고 싶다고? 말하면 하게 해 줄 거야?"

"아. 아니 그게 아니라…… 조금만 천천히. 그러니까……."

제이는 머릿속이 온통 복잡했다. 지금까지 조심스럽기만 하던 태현은 어디로 가 버렸는지. 조금 더 알아보자고. 조금 더 만나 보자고 말한 지 불과 몇 분도 채 지나지 않았는데…….

너무 급하다고, 아직은 조금 더 알아가는 단계였으면 좋겠다고. 천천히, 조금만 천천히 다가와 달라고. 조금만 조심해 달라고 말을 하고 싶은데 그 말을 하기가 너무 어려웠다. 이렇게 우유부단하게 우물거리는 자신에게 실망감이 몰려왔다.

반면에 태현은 그런 제이가 마냥 좋기만 했다. 그동안 미처 알지 못했던 그녀의 모습들을 이렇게 하나둘 알아가는 게 더없이 만족스러웠다.

"너무 사랑스럽다. 이러면서 나더러 어떻게 참으라는 거야? 네 말 무슨 말인지 알겠어. 그래, 조금 천천히. 힘은 들겠지만. 서두르지 않을게."

제이는 그렇게 말하는 태현의 말을 믿으며 안도의 한숨을 내쉬었다.

기한을 정해 둔 만남이 아닌 정식으로 사귀게 된 후로 태현은 더 이상 자신의 마음을 감추지 않았다. 제이의 목소리가 듣고 싶으면 언제라도 전화하고, 보고 싶으면 어느 곳에 있다 해도 무조건 가서 봐야 직성이 풀렸다.

제이는 가식 없이 솔직한 태현이 좋았다. 그의 마음에 반의반도 따라가지 못하는 자신이 늘 답답하고 그에게 미안하기만 했다. 하지만 그런 평화는 얼마

가지 못했다.

시도 때도 없이 걸려 오는 전화, 때와 장소를 가리지 않고 불쑥불쑥 찾아오는 그. 마찬가지로 때와 장소를 가리지 않는 진한 스킨십은 제이가 감당할 수 있는 수준을 벗어나고 있었다.

"재희야!"

오늘도 어김없이 제이가 있는 장소에 불쑥 나타난 태현이었다.

"우와, 재희 남친이다. 예스!"

예전에도 몇 번 모임할 때 그가 찾아오는 날이면 태현이 다 계산하고 갔기에 친구들 사이에서 태현의 인기는 최고였다.

"너는 전생에 나라를 구한 게 틀림없어. 어쩜 저렇게 잘생겨, 멋있어, 매너 좋아, 젠틀해. 널 보는 눈빛은 또 얼마나 뜨거운지, 부럽다. 부러워."

입에 발린 친구들의 립 서비스에 제이는 어떠한 맞장구도 칠 수가 없었다.

'여긴 또 어떻게 알고 온 거지?'

태현은 보란 듯이 제이의 허리에 팔을 두르며 말했다.

"제가 계산하고 가죠. 일이 있어 우리 재희 먼저 데려가겠습니다."

"암요, 암요. 얼른 모셔 가십시오!"

분명 오늘 모임이 있다고는 했지만 몇 시에 어디에서 하는지는 그에게 말하지 않았는데 어떻게 알고 찾아왔는지. 이번엔 반드시 알아야 했다. 표정 관리조차 맘처럼 되지 않았다. 친구들에게 대충 인사를 하고 밖으로 나오자마자 물었다.

"태현 씨, 나 여기 있는 거 어떻게 알았어요?"

"오늘 모임 한다고 했었잖아?"

"그러니까요. 모임 한다고 했지 몇 시에 어디서 하는지는 말하지 않았는데 어떻게 알고 찾아왔어요?"

"내가 와서 싫어?"

그는 항상 이런 식이었다.

"그런 말 아닌 거 알잖아요. 난 분명 말한 적 없는데 어떻게 찾아왔냐고요, 혹시…… 내 위치 추적해요?"

"……난 항상 네가 걱정돼. 어디 있는지라도 알아야."

"위치 추적한다는 말이네요?"

"아니야. 너네 과에 민철이가 알려 줬어."

"민철……이요?"

'내가 오해를 한 건가…….'

"그래. 예전에 레스토랑에서 한번 만났는데, 여자 친구하고 데이트하더라고. 내가 대신 계산해 줬더니 그때부터 고맙다고 큐피드를 자처하고 나선 거야."

사실 위치 추적도 하고 있었지만 거기까지는 말할 필요도 없었다.

"그런데 넌…… 내가 와서 기분 나쁜 거야?"

"하…… 솔직히 이런 자리에 이렇게 불쑥불쑥 찾아오는 건 불편해요. 저도 제 생활이 있는데, 항상 모임 중간에 빠져나오고. 쟤들 앞에서는 저렇게 웃으며 말해도 뒤에서는 말들 많아요. 꼭 내가 꽃뱀이나 된 것처럼 기분 별로 좋지 않아요."

"꽃뱀은 무슨. 이렇게 무뚝뚝한 꽃뱀도 있어?"

"……앞으로는 그러지 않았으면 좋겠어요. 그리고 앞으론 학교 찾아오지 말아요. 저도 언제 무슨 일이 있을지도 모르는데 마치는 시간 맞춰 늘 그렇게 오면 어긋날 수도 있잖아요."

"오늘 무슨 일 있었어? 지나치게 예민한 것 같은데?"

"아니에요. 그냥 전부터 말하고 싶었는데, 말할 기회가 없었을 뿐이에요."

"……알았어. 앞으로는 좀 더 조심할게."

말을 마치며 태현이 제이를 안으려고 하자 제이가 살짝 몸을 뺐다.

"……한재희. 지금 나 혼자 너 좋아하는 거야? 나만 시도 때도 없이 너 보고 싶고, 나만 봐도 봐도 또 보고 싶은 거야? 나만 만지고 싶고, 안고 싶고, 보내기

싫고…… 나만 그런 거야?"

제이는 갑자기 마음이 무거워졌다. 그에 대한 마음이 조금씩 더해질수록 그의 행동을 쉽게 흘려보낼 수가 없었다. 자신보다 늘 한 발 이상 앞서 있는 그의 마음이 고마우면서도 점점 정도가 심해지는 그의 모습을 볼 때면 걱정이 되는 것도 사실이었다.

연애 경험이라고는 처음인 제이는 지금 자신이 느끼고 있는 감정이 정말 사랑인지 아닌지도 헷갈릴 지경이었다. 다른 연인들도 다 이런 과정을 거치는 건지, 다른 남자 친구들도 다 태현처럼 하는 건지 고민이 깊어졌다.

그러던 어느 날이었다. 제이는 손목시계를 보며 얼마 남지 않은 수업 시간에 부지런히 강의실을 향해 가는데 같은 과 선배인 현우가 부르는 소리가 들렸다.

"한재희!"

"안녕하세요, 선배님."

"어, 그래. 요즘…… 잘 지내?"

"네. 저야 뭐. 항상 그렇죠?"

"그……래?"

무언가 할 말이 있는 듯 보이는 선배의 얼굴에서 망설임이 묻어났다.

"혹시 무슨 할 말 있으세요?"

"아니…… 너 괜찮은가 하고, 이태현 씨라고 했나? 네가 지금 만나는 사람."

"네…… 선배님이 어떻게."

"우리 학교에 너한테 관심 있는 사람치고 모르는 사람 없을걸? 너를 좀 챙겨야 말이지."

"아…… 네…….'"

'역시 남들이 보기에도 과한 건가?'

"혹시. 오늘 시간 되니? 오늘도…… 만나?"

"네. 그런데 왜요?"

"긴장하지 말고, 데이트하자는 거 아니니까."

한 달 전 술자리에서 우연히 선배의 고백을 들었던 제이라 사실 조심스러웠다. 술잔을 돌리다가 제이의 옆자리에 앉아 뜬금없이 담백한 고백을 했었다.

"나. 너 많이 좋아했다. 고맙다. 나한테 잊지 못할 추억을 만들어 줘서. 네 덕분에 학교 다니는 게 지루하지 않아 좋았어. 뭐, 이제 보기 어렵겠지만."

"네? 어디…… 가세요?"

고백은 이미 과거형이었기에 그냥 흘려버렸다.

"나 미국에 취직했어."

"어머. 축하드려요. 정말."

"짜식…… 다른 건 모르겠고, 너는 좀 보고 싶을 것 같다."

"……."

답할 말이 적당히 떠오르지 않아 입만 뻐끔거렸다.

"그렇게 곤란한 표정 할 거 없어. 너 남친 있는 거 다 알고, 한눈팔 성격 아니라는 것도 알아, 인마. 난처해하기는, 그냥 그랬다고. 잘 지내. 네가 행복했으면 좋겠다."

"네. 감사합니다. 선배님도 건강하고, 행복하셨으면 좋겠어요."

"그래 고맙다."

그의 고백은 그렇게 담백하고 깔끔하게 끝맺었는데, 웬일로 그다음 날부터 선배가 학교에 보이지 않았다. 졸업도 전에 가셨나? 하고 말았는데, 들리는 말에 교통사고로 입원을 했다는 말을 들었다. 한번 가 볼까 하다, 그런 말을 듣지 않았으면 모를까 괜히 가면 서로 불편할 것 같아 병문안은 가지 않았었는데…….

그날 이후로 처음 보는 현우에게 예의상 넌지시 안부를 물었다.

"그때 다친 곳은 괜찮으세요?"

"어. 아무튼 오늘 시간 어때? 이태현…… 그 사람에 대해서 해 줄 말이 있어. 시간 꼭 내 봐. 판단은 네가 해야 하겠지만, 알고 있는 게 좋을 것 같아서."

제이는 왜지 모르지만 반드시 들어야 할 것 같았다.

"……네. 5시가 괜찮을 것 같아요."

"그래. 그럼 5시에 학교 앞 KU에서 보자. 그리고 웬만하면 그 사람에게 말하지 않는 게 좋겠다."

"……네. 그럴게요."

제이는 알 수 없는 불안감에 심장이 기분 나쁘게 두근거리고 있었다. 더디 가던 시간이 5시를 향했다. 차마 떨어지지 않는 발걸음을 약속 장소로 옮기며 부디 별일이 아니기를…… 제발 별말이 아니기를…… 빌었다.

"한재희. 여기야."

선배가 부르는 소리에 돌아보니 카페 한쪽 구석에서 손짓하는 그가 보였다. 얼마 전에 KU의 바로 맞은편에 대형 프랜차이즈 커피숍이 오픈해서 그런지 KU의 내부는 한산하다 못해 썰렁했다. 선배는 그것까지 생각해서 장소를 선택한 듯했다.

"네. 제가 조금 늦었네요…… 죄송합니다."

차라리 오지 않을까 망설였다고 차마 말할 수는 없었다.

"뭘, 이제 겨우 5분 지났는데, 너 바쁠 것 같아서 내가 미리 주문했는데 괜찮지? 지난번에 보니까 너 레모네이드 잘 마시는 것 같아서 그걸로 시켰어."

"네. 감사합니다. 그런데 하실 말씀이……."

"급하네?"

"네…… 말씀해 주세요."

한 시간 후 태현과 만나기로 했기에 마음이 바쁜 것도 있었지만 그것보다 선배의 입에서 듣게 될 말이 제이는 너무 궁금했다. 차라리 이 자리에 오지 않았다면 모를까. 이미 온 이상 빨리 듣고 싶었다.

"그래. 후…… 혹시 그 사람에 대해서 잘 알아? 그렇게 오래 만나지는 않은 것 같은데…… 너하고 있을 때 성격이나, 뭐…… 행동은 괜찮아?"

"……네."

사실 그가 자신을 사랑하는 건지 단순한 집착인 건지 요즘 들어 계속 헷갈렸지만 이 자리에서 할 말은 아니었다.

"너에 대한 집착이 지나친 것 같던데."

말을 하지 않아도 저절로 알게 되는 일들도 있는 듯했다. 하긴 제이가 어디서 무얼 하든 특별한 일이 없는 한 항상 데리러 왔었으니 주변에서도 모를 수가 없을 것도 같았다.

"하실 말씀 하세요. 전 괜찮습니다."

"그래. 돌려 말하지 않을게. 너한테 고백했던 친구들 있지?"

"네?"

"너한테 고백했던 친구들 말이야. 나 포함해서 몇 명이나 되니?"

"선배님……."

"필요한 질문이라서 하는 거야."

그게 왜 필요한 질문인지, 왜 그가 알아야 하는지 모르겠지만. 선배의 자못 심각해 보이는 표정에 기억이라도 해 보아야 할 듯했다.

"글쎄요…… 정확히는 잘……."

"그 고백한 친구들 지금 학교 잘 다니고 있어? 아니. 그 친구들 너한테 고백한 뒤로 사고 났다거나, 아파서 못 나왔다거나."

제이의 눈동자가 급격히 흔들렸다. 온몸에 털이 곤두서는 듯했다. 뒤늦게 온 신경을 집중시켜 누가 있었는지 떠올리려 애썼다.

누가 있었지? 그래 그 사람. 그리고……. 그랬다. 그를 만난 후로 제이에게 고백해 온 사람이 대여섯 명쯤 되었고, 그 사람들 모두 고백을 들은 후 한동안은 학교에서 본 적이 없었다.

대수롭지 않게 여겼다. 그중 한두 명은 들려오는 소문에 교통사고가 있었다고, 사고 후 학교에서 만날 때에도 자신을 보면 화들짝 놀라 외면하는 모습을 보며 민망해서 그런가 보다 하고 크게 신경 쓰지는 않았었는데. 그랬는데…….

"설마…… 아니……죠?"

"……."

제이는 갑자기 온몸에 소름이 돋음과 동시에 테이블 위에 올려 둔 손이 덜덜 떨려 왔다.

"무슨 말씀을 하시려는 거예요! 아니죠? 그 사람이 그런 거. 하…… 설마…… 그렇게까지…… 아닐 거예요. 그렇죠?"

'아니라고 해 주세요 제발.'

"지금부터 내가 하는 말 똑똑히 들어. 너한테 이런 말을 해야 하는 상황 자체가 어이없고, 너한테도 미안한데, 그 사람이랑 다시 한번 생각해 봐. 어떻게 된 일인지는 모르겠지만 네 주변에서 일어나는 일들을 그 남자가 다 알고 있었어. 너에게 고백을 하는 사람이나, 너를 욕심내는 사람. 아무튼 네 주변을 알아서 정리하더라. 나 사고 난 거 아니야. 그 사람이 고용한 사람들한테 구타당했어."

"말도 안 돼……. 선배님 지금 하시는 말씀 확신하세요? 그 사람이 그랬다고 어떻게 장담하세요?"

"직접 찾아왔었어. 내가 입원했던 병실로. 그가 와서 했던 말까지는 옮기지 않는 게 좋을 것 같아."

제이는 너무 놀라 말이 나오지 않았다. 도무지 믿기지 않는 말에 목이 잠겼다.

"하…… 어떻게…… 어떻게…… 그런 일이 있을 수가 있어요?"

"미안하다……."

"아니요. 선배님이 왜요. 죄송해요. 저 때문에……."

"그게 왜 너 때문이야. 너한테 사과받을 이유 전혀 없어. 그 자식이 미친 거지. 아마 다른 녀석들은 너한테 말 꺼내기가 쉽지 않았을 거야. 계속 학교를 다녀야 하니."

'그리고 아마 이태현 그 자식이 입도 뻥긋 못 하도록 만들어 뒀을 거야…….'

"나야 이제 떠나면 그만이지만, 너 아슬아슬해 보여."

손수건 한 장이 제이의 눈앞에 놓였다. 그때까지도 제이는 자신이 우는지도 몰랐다. 집착이 좀 있다고는 생각했지만. 이 정도일 줄은…… 그저 마음이 좀 과하다 싶었는데 이렇게 병적일 줄은…… 그 사람만큼 마음을 주지 못해 늘 미안할 뿐이었는데, 어떻게. 이럴 수가…….

"말씀해 주셔서…… 흡…… 감사합니다. 저 휴대폰 학교에 두고 왔어요. 학교에 갔다가 갈게요. 선배님 먼저 일어나세요."

"후…… 그래……. 나는 조금 있으면 떠나. 아마 가기 전에 다시 볼 일은 없을 것 같다. 부디 잘 지내라."

"네. 선배님도 건강하게 잘 지내시길 바랄게요. 안녕히 가세요."

선배가 나간 후 한참을 그렇게 멍하게 앉아 있다 학교로 돌아갔다. 태현을 만나기로 한 시간이 다가오고 있었다.

위치 추적은 하지 않는다고는 했지만 혹시나 싶어 일부러 학교에 휴대폰을 두고 와서 가지러 가는데, 학교 앞으로 이미 그가 와 있었다.

제이는 방금 들었던 믿지 못할 말 때문에 아직도 머리가 복잡하고 힘들었지만 최대한 차분하게 태현에게 인사를 했다. 그가 눈치를 채면 안 될 것 같았다.

"폰을 두고 와서 가지러 가는 길이었어요. 시간 아직 남지 않았어요? 왜 이렇게 일찍 왔어요?"

"보고 싶어서 일찍 왔지. 같이 갈까?"

"아니에요. 금방 가지고 나올게요."

"그래."

태현은 말다툼했던 이후로 계속 제이가 자신과 거리를 두고 데면데면하는 모습에 짜증이 났다. 함께 차를 타고 가면서도 묻는 말에 대꾸만 할 뿐 별말이 없었고, 얼굴도 왠지 모르게 어두워 보였다. 혹시 따로 먹고 싶은 건 없나 묻는 말에도 아무거나 상관없다는 성의 없는 답변만 들려왔다.

결국 자신이 정한 이탈리아 레스토랑에서 자신이 주문한 음식을 먹으면서도 좀처럼 눈을 마주치지 않고 피하는 듯한 인상을 보이는 모습에 화가 났다. 태현의 기다림에도 한계가 찾아오고 있었다.

"오늘따라 왜 이렇게 못 먹어? 어디 안 좋아? 그러고 보니 아까부터 표정도 안 좋아 보여."

"피곤한가 봐요. 요즘 새로운 과제 하느라."

"그래? 그럼 오늘은 편하게 쉬자."

"아니. 오늘은 일찍 들어가야겠어요. 머리가 좀 아파요."

정말 제이는 머리가 깨질 듯이 아팠다. 지금껏 자신에게 보여 줬던 수많은 상반된 모습들이 기억에서 앞다투어 쏟아져 나왔다.

그는 대체 어떤 사람인지, 무슨 생각으로 그런 나쁜 행동들을 서슴없이 했는지, 머릿속은 온통 이해할 수 없는 그의 행동들로 가득 차 있었고, 끝없는 고민에 미어터질 것 같았다.

복잡한 마음에 기계적으로 먹은 음식이 체했는지 속이 좋지 않아 결국 포크를 내려놓았다. 식욕이 없던 태현 역시 더는 먹고 싶지가 않아 두 사람은 미련 없이 레스토랑을 벗어났다.

"데려다줄게. 가는 동안 잠깐 눈 좀 붙여."

레스토랑 앞에 세워 둔 차를 향해 가며 태현이 말했다.

"매번 데려다주지 않아도 괜찮아요. 태현 씨도 피곤할 텐데 그냥 지하철역에 내려 줘요. 이 시간엔 지하철이 훨씬 더 빨라요."

"안 돼. 잠시라도 너랑 더 있으려면 이 방법밖에 없어. 내 유일한 낙인데 그것도 못 하게 해?"

"……."

함께 도착한 차 앞에서 목소리를 높이며 단호하게 말하는 그를 바라보았다. 그의 강렬한 눈빛이 더 이상 사랑으로 보이지 않았다. 도를 넘은 그의 집착이…… 무서워졌다.

그의 차를 타고 싶지 않지만 잔뜩 굳은 표정으로 자신을 뚫어져라 살피는 그의 모습에 왠지 자극하지 않는 게 좋을 듯싶어 말없이 그의 차에 올랐다.

대체 어디서부터 어떻게 잘못된 걸까.

제이는 창밖을 보며 잠시 지친 눈을 감았다. 이젠 정말 정리해야 할 때가 온 듯했다. 좀 더 일찍 깨달았어야 했는데. 자신의 마음을 좀 더 빨리 알아챘어야 했는데. 우유부단했던 자신 때문에 괜히 애꿎은 사람들만 상처를 입었다는 생각에 가슴이 답답해 왔다. 어쩌면 이미 늦은 건 아닌지 두려움이 일었다.

은근히 태현을 마음에 들어 하며 기대하던 부모님께는 어떻게 이별을 말해야 할지, 곧이곧대로 말씀드리기에는 부모님이 받을 상처가 걱정되지 않을 수 없었다. 그렇게 생각이 꼬리에 꼬리를 물며 머릿속을 어지럽히는데, 차의 흔들림이 느껴지지 않아 눈을 떠 보니 이미 도착해 있었다. 그런데 눈을 뜬 곳은 제이의 집 앞이 아니었다.

"여긴 또 어디에…… 읍."

그 순간 태현의 입술이 제이를 덮쳤다. 태현은 제이의 집에 가기 전에 위치한 공원에 차를 세웠다. 요즘 들어 더 멀어지는 듯한 제이 때문에 마음이 갑갑했다. 오늘은 또 무슨 일로 이렇게 차가운지 알아야 했다.

그녀의 이런 차가운 반응에도 미친 듯이 반응하는 자신의 몸이 비참하기만 했다. 결국은 참지 못하고 제이의 입술을 한입에 머금었다. 놀란 제이가 밀어냈지만 개의치 않았다. 제이는 항상 그랬으니까…… 그런데 오늘은 평소보다 더 심하게 자신을 밀어냈다.

"도대체 왜 이래? 내가 무슨 강간범이라도 돼?"

태현의 화가 폭발하고 말았다. 제이의 앞에 서면 늘 활개 치는 자신의 본능을 참고 억눌러 왔다. 아직 부끄러워서 그런 거라고 이런 스킨십에 익숙하지 않아서 그런 거라고. 언젠가 익숙하게 자신을 받아들일 제이를 기대하며, 그 순간을 기쁘게 고대하며 부단히도 참고 또 참았다.

"이러지 말라고 부탁했잖아요! 그리고 집에 가고 싶다고 분명 말했잖아요."

"너 요즘 왜 그래? 내가 싫어? 마음이 변한 거야? 대체 누구야?"

이제 더는 참을 수가 없었다. 시간이 갈수록 오히려 멀어지는 듯한 기분에 마음이 더없이 조급해졌다.

"……네?"

"나 말고 누구 다른 사람이라도 있어?"

"무슨 말도 안 되는."

오후에 선배에게 들었던 말이 빠르게 머릿속을 스쳐 지나며 제이는 할 말을 잃고 말았다.

"그럼 왜 그러는데? 요즘 들어 왜 자꾸 밀어내기만 하냐고. 나 정말 돌아 버릴 것 같아."

"……."

"나 오늘 너 안고 싶다."

"태현 씨!"

"더 기다려야 해? 얼마나 더? 얼마나 더 기다려야 해?"

끝내야 했다. 여기서 더 가면 둘 다 망가질 게 뻔했다. 이런 결정을 조금 더 빨리했으면 어땠을까 하는 생각이 재차 떠오르며 속이 쓰라렸다. 집착이 이렇게 무서워질 수 있다는 걸 제이는 너무 늦게 알아 버렸다.

이제라도…… 손쓸 수 없이 더 늦기 전에 끝내야 했다. 제이는 무섭게 돌변한 그의 모습을 불안하게 쳐다보며 어렵게 말을 꺼냈다.

"……기다리지 말아요."

"……뭐라고?"

"기다리지 말라고요. 그럴 일 없을 테니까."

"지금 그 말 무슨…… 뜻이야?"

"미안해요. 더 빨리 깨달았어야 했는데, 난 아직 누굴 만날 준비가 안 된 것 같아요. 아직 누군가와 마음을 나누고 함께 지내고 그런 게 익숙해지지가 않아요. 나아질 줄 알았는데. 그게 잘 안 돼요. 그러니까 우리 이제 그만…… 헤어지."

"그만! 그만!! 그러니까 너 나한테 헤어지자고 말하는 거지? 지금."

제이의 말을 더 듣고 있을 수가 없었다. 이렇게 아픈 말을 아무렇지도 않게 꺼내는 그녀를 보며 고통으로 온몸에 피가 싸늘하게 식어 가는 기분이었다.

태현은 헤어지고 싶지 않았다. 제이와 헤어진다는 상상조차 하고 싶지 않았다. 이렇게 좋은데, 이렇게 사랑하는데, 하루라도 안 보면 죽을 것 같은데, 왜 헤어져야 해, 왜!

"미안해요. 이렇게 말할 생각은 아니었는데……."

당신이 한 일을 알고 있다고. 대체 왜 그랬냐고 묻고 싶었지만, 그렇게 되면 분명 누군가가 또 다치게 될 것 같아 의문은 속으로 삼켜 버렸다.

"뭐? 이렇게 말할 생각이 아니었어? 그럼 이미 생각을 하고 있었던 거야? 그래? 하…… 왜? 내가 뭘 잘못했어? 안고 싶은 건 당연한 거야, 사랑하는 사람하고 함께 있으면 만지고 싶고, 키스하고 싶고 안고 싶은 건 당연한 거라고!"

"그러니까요. 그러니까…… 난 아직 그런 마음이 없어요. 그런 마음이…… 안 생겨요. 그러니까. 흡. 태현 씨 이러지 말아요."

제이의 말에 태현은 미칠 것 같았다. 또다시 강제로 그녀의 입술을 거칠게 탐했다. 그러니까 만지고 싶지도, 안고 싶지도 않다고, 자신과 그 무엇도 하고 싶지 않다고 말하는 제이에게 화가 나 미칠 것 같았다.

잔뜩 화가 난 태현이 지금까지 했던 것과는 비교할 수 없을 정도로 거칠게 제이의 입을 사정없이 헤집어 놓았다. 다급한 손길이 제이의 몸을 거침없이 파고들며 제이를 당황하게 만들었다. 좁은 차 안에서 이러지도 저러지도 못하는 제이는 어쩔 줄을 몰랐다.

비릿하게 피 맛이 나는 입술은 이미 상처가 난 듯했고 거침없는 그의 손길에는 속수무책이었다. 파고드는 그의 손길을 막으려 안간힘을 쓰며 잠시 입술이 떨어진 사이 그의 어깨를 꽉 물어 버렸다.

"윽."

태현이 당황한 틈을 타 제이는 재빨리 차에서 내려 혼신의 힘을 다해 뛰었다.

"하. 이런 젠장! 제기랄!!"

차에서 내려 뛰어가는 제이를 바라보며 사정없이 자신의 차를 내리치는 태현이었다. 짙은 불안감이 어깨를 내리눌렀다. 그녀를 놓칠 수도 있다는, 그녀를 보지 못할지도 모른다는, 그녀를 가질 수 없을지도 모른다는 두려움에 몸서리쳤다.

그녀만큼 태현을 끌어당기는 사람도 없었다. 그녀만큼 태현을 설레게 하고, 그녀만큼 갖고 싶은 사람도 없었다. 그게 두려웠다. 그녀를 대신할 수 있을 만한 사람은 절대로 없다는 그것. 그래서 태현은 더 포기할 수 없었다.

다음 날. 태현은 제이의 마음이 완전히 돌아서지 않았기를 간절히 바라는 마음으로 전화기를 들었다. 몇 번의 시도 끝에 겨우 연결이 되어 급한 마음에 인사도 생략하고 곧장 말을 꺼냈다.

"재희야 우리 만나자. 만나서 얘기 좀 해."

— 미안해요. 난 더 이상 할 말 없어요. 이렇게 끝나게 돼서 미안해요. 하지만 더 끌지 않는 게 서로를 위해서도 좋을 것 같아요.

"함부로 끝이라고 말하지 말아! 누구 맘대로 끝이야. 누구 맘대로!!"

— 정말…… 미안해요.

제이는 헤어지는 방법을 몰랐다. 시작도 그러했지만 헤어지는 것 또한 어떻게 해야 할지 알 수가 없었다. 이미 완벽하게 돌아선 마음이었고 다시 그를 만나고 싶은 마음은…… 없었다. 부디 그의 마음이 잘 정리되기를 바랄 뿐이었다.

뚝.

"재희야, 한재희! 한재희!!"

태현은 끊어져 버린 전화기를 그대로 바닥에 내동댕이쳤다.

"이대로 끝낼 순 없어, 절대. 다시 돌아오게 만들 거야, 반드시!"

화가 나서 참을 수가 없었다. 태현은 방 안을 서성이며 결코 받아들일 수 없는 현실에 분노했다. 도대체 자신이 뭘 잘못했기에 제이가 저렇게 나오는 건지 알 수가 없었다. 그저 많이 좋아했을 뿐인데, 너무 좋아서 마음을 숨기지 못한 것뿐인데 그게 그렇게 큰 잘못일까.

헤어진 지 하루도 채 지나지 않았는데 제이를 향한 그리움에 정신이 아득해졌다.

분명 다시 오게 만들 방법이 있을 것이다.

제이는 한동안 정신없이 바쁘게 지냈다. 이쯤에서 헤어진 게 그나마 다행이라는 생각이 들었다. 본의 아니게 자신으로 인해 피해를 입은 사람들에게도 미안한 마음을 떨칠 수가 없었다. 복잡 미묘한 감정의 변화가 달갑지 않아 더 열심히 공부하며 지난 시간들을 되돌리고자 했다.

한동안 과제와 공모전 준비 그리고 교수님의 일을 도우며 바쁘게 지내던 어느 날, 기어코 우려했던 일이 터지고 말았다.

"안녕히 다녀오세요."

"그래. 문단속 잘 하고, 도착하면 전화하마."

"네. 제가 무슨 어린애도 아니고, 그냥 맘 푹~ 놓고 다녀오세요."

"그런가. 하하하. 그래도 부모 맘이 그렇지가 않아. 밥 잘 챙겨 먹고 있어. 알았지?"

"네에!"

아버지의 출장에 엄마가 동행하며 혼자 집에 있게 되었다.

온종일 집에 있는 작업실에서 건축 공모전에 보낼 작품의 마무리 작업에 열을 올리며 바쁜 하루를 보내고 있었다. 해가 뉘엇뉘엇 넘어갈 때쯤 되어서야 완성된 작품을 바라보며 흐뭇한 미소를 지었다.

이번에도 수상의 기쁨을 맞이하게 되기를 마음으로 바라며 작업실 한편에 작품을 잘 놔두고 거실로 나오는데 때마침 벨 소리가 들려왔다.

올 사람이 없는데, 혹시 할머니께서 오셨나? 해서 인터폰을 들었는데. 뜻밖에도 문 앞에 있는 사람은 태현이었다.

"······무슨 일이에요?"

— 재희. 얘기 좀 해. 할 말이 있어.

"부모님 계세요. 오늘은 그냥 돌아가세요. 제가 연락할게요."

그럴 일은 없겠지만······.

— 아니. 꼭 지금 해야 할 말이야. 제발······ 나 곧 외국으로 떠나. 마지막으로 인사만 하고 갈게. 너한테 나쁜 기억으로 남고 싶지 않아. 제발 부탁이야.

왠지 둘만 있으면 안 될 것 같아서······.

"······그럼 큰길 도로 앞에 에뜰 카페에서 봐요. 곧 나갈게요."

밖에서 보자고는 했는데, 잘한 결정인지 알 수가 없었다.

제이는 천천히 옷을 갈아입고 난 후에도 한동안 거실을 서성이다 결심한 듯 집을 나섰다.

그런데······.

"어? 태현 씨, 아직 안 갔······어요? 저 도로 앞······."

우물쭈물 말이 채 끝나기도 전에 태현이 서둘러 대문을 열고 안으로 들어서며 제이의 손목을 잡아끌었다.

"아앗! 태현 씨! 태현 씨!! 손 좀 놔줘요. 아파요. 이거 놓고 말해요. 네?"

태현은 제이의 말은 듣지도 않고 마치 집에 아무도 없는 걸 알고 있었던 것처럼 서슴없이 성큼성큼 집 안으로 제이를 끌고 들어갔다.

제이는 거칠게 반항하며 팔을 빼내려고 애썼지만 화난 태현의 힘에는 당해낼 수가 없었다.

"태현 씨, 진정하고 일단 이 손 좀."

반항하면 할수록 그의 손아귀의 힘도 주체할 수 없을 만큼 강해져 어느새 제이의 팔목은 발갛다 못해 시뻘겋게 변하고 있었다.

집 안 거실까지 들어오고 나서야 태현은 제이를 내팽개쳐 버렸다.

그의 힘에 못 이겨 제이는 그대로 거실로 쓰러졌다.

"한재희! 도대체 너한테 난 뭐였어? 그렇게 쉽게 헤어지자 말할 만큼 너한테 내가 우스웠어?"

"태현 씨……."

"아님. 그렇게 내가 형편없었나? 마지막 인사조차 제대로 나누기 힘들 만큼? 왜 자꾸 피해? 왜!!"

"진정해요. 우린 그저 서로 잘 맞지 않았던 것뿐이에요."

"누가? 우리? 우리라고 하지 마. 네 마음에 나까지 끼워 맞추지 말라고. 난 아니었어. 난 너와 헤어질 그 어떤 준비도 되어 있지 않았다고. 네가 나를 마음속에서 몰아내고 조금씩 정리하고 있던 그 순간에도 난, 어떻게 하면 좀 더 너에게 다가갈 수 있을까? 어떻게 해야 네가 날 좀 더 편하게 받아들일 수 있을까? 어떻게 해야 네가 날 사랑하게 될까? 하는 고민만 했었다고, 난!!"

"정말 미안해요. 나도 처음이라 내 마음이 어떤 건지…… 뭐가 뭔지 잘 몰랐어요. 미숙했고, 서툴렀고, 그러다 보니 아직은 누구도 만날 준비가 되어 있지 않다는 걸 조금 늦게 깨달았어요."

"넌 그렇게 쉽게 정리될지 몰라도 난 아니야. 난 아니라고, 난 아직도 전혀 준비가 되질 않았어."

"태현 씨……."

제이는 난감했다. 집에는 아무도 없었고 태현은 매우 흥분해 있었다. 차분하게 대화를 이끌어야 하는데 무슨 말을 해도 불난 집에 기름을 끼얹는 꼴 같아서 섣불리 말을 꺼내기도 어려웠다.

"일단 나가요. 일단 나가서 얘기해요, 우리. 곧 부모님이 올 거예요. 그러니까 우리 나가서,"

"아니. 나갈 필요 없어. 교수님 오늘 출장 가신 거 다 알아. 네가 그렇게 마음에 확신이 없다면, 네 마음이 어떤 건지 내가 알게 해 줄게."

"그게 무슨……."

태현은 망설이지 않았다. 바닥에 앉아 자신을 올려다보고 있는 제이에게 그대로 달려들어 키스를 퍼부었다.

"읔! 읍. 태현 씨. 제발 이러지 말아요. 안 돼, 태현 씨."

아무리 손으로 할퀴고 발버둥을 쳐도 태현의 힘을 당해 내기 어려웠다.

"아아악! 이거 놔, 놔! 제발 놓으라고. 싫어, 싫어! 흐흐흑. 싫어! 제발 그만!!"

너무 무서웠다. 태현은 미쳐 날뛰는 짐승과 같았다. 아무리 발악을 해도 온몸을 짓누르는 남자의 힘을 감당해 낼 수가 없었다. 악을 써도 소리가 마당을 넘어 대문 밖까지 나갈 수 있을지 의문이었지만 포기할 수 없었다. 어떻게든 지금 이 상황을 벗어나야 한다는 생각만이 머릿속을 가득 채웠다.

"하지 마! 제발. 도와주세요! 도와주세요! 사람 살, 으읍…… 읍. 으으음……."

제이의 반항이 너무 거세지자 당황한 태현은 저도 모르게 제이의 입을 틀어막았다. 순간 제이는 숨을 제대로 쉬지 못해 기절을 해 버렸다.

"재희야, 한재희! 정신 좀 차려 봐!!"

이렇게 거칠게 할 생각은 아니었는데, 점점 더 생각과 다르게 흘러가는 상황이 너무 짜증이 났다.

일단 제이를 침대에 눕히고 상태를 살폈다. 인상을 찌푸리며 이내 크게 호흡하는 소리를 들으니 다행히 괜찮아진 것 같아 안심하며, 혹시나 또 깨어나서 거칠게 반항할 것을 우려해 침대 헤드에 제이의 두 팔을 묶어 버렸다.

서서히 정신이 든 제이는 묶여 있는 팔을 느끼며 경악했다.

"이거 풀어 줘요. 부탁이에요. 이렇게까지 하지 말아요. 제발 좋은 모습으로 기억하게 해 줘요."

"나도 이렇게까지 할 생각은 아니었어. 조금만 참지 그랬어. 꼭 내가 무슨 강간범이나 되는 것처럼 굴어야 했어?"

"미안해요. 흑흑…… 당황해서 그랬나 봐요. 그러니까 일단 이것 좀 풀고 얘기해요, 우리."

제이는 어떻게 해서든 태현을 설득해서 이 상황에서 벗어나고자 했지만 태현은 아니었다.

"우리 처음부터 다시 시작하자. 내가 고칠게. 네가 싫다는 거 다 고칠게. 그러니 헤어지잔 말은 이제 하지 마. 응?"

"……일단 이것부터 좀 풀어 주면 안 돼요?"

"안 돼. 이젠 널 완벽한 내 여자로 만들 거야."

"태, 태현 씨…… 그만해요. 제발. 이렇게까지 하지 말아요. 나 너무 무서워요. 제발……."

태현은 더 이상 제이의 말을 듣지 않았다. 달려드는 태현을 필사적으로 피했지만 두 손이 묶여 있는 제이는 두 손이 자유로운 그를 이길 수가 없었다. 태현의 손은 그런 제이의 몸 위를 바쁘게 배회했다.

제이의 몸에서 서서히 힘이 빠지고 있었다. 그의 힘을 감당할 수 없었고 지금은 그 어떤 누구도 자신을 도울 수 없음을 뼈저리게 느끼며 절망에 빠졌다. 흐느낌이 목을 가득 채우고, 공포가 온몸에 스며들며 몸이 바들바들 떨려 왔다.

"나쁜 자식…… 나쁜 자식! 절대 용서하지 않을 거야! 절대로! 용서 안 해. 이 개자식!!"

태현은 독한 말을 퍼붓는 제이의 목을 움켜쥐고 그녀의 눈을 똑바로 바라보며 말했다.

"그래. 똑바로 봐. 이게 바로 나야. 너를 갖고 싶어 미쳐 버린 나야. 너 아니면 이제 그 누구도 안 돼. 너를 가질 거야. 너를 처음 가지는 사람이 누군지 똑똑히 봐. 그리고 평생 잊지 마."

또다시 숨이 막혀 정신이 혼미해지는 듯했다. 그 모습에 태현이 서서히 조인 목을 풀자 제이는 크게 숨을 들이켰다.

제이가 숨을 몰아쉬자마자 태현의 입술이 재빨리 제이의 입술을 틀어막아 버렸다.

"음…… 읍…… 헉. 나쁜 자식! 죽을 때까지 용서하지 않을 거야. 절대 용서 안 해!"

지독한 무력감과 패배감만이 가득했다. 바지를 벗기려는 행동에 죽을힘을 다해 발버둥 치며 버텼지만 더 이상 버틸 수가 없을 것 같았다.

그런데 그때…… 갑자기 어디선가 희미하게 벨 소리가 들려왔다. 제이에게 집중해 있는 태현보다 먼저 제이가 그 소리를 들었다.

제이는 한 줄기 희망 같은 그 소리에 태현이 잠시 입술을 뗀 사이 마지막으로 있는 힘을 다 쥐어짜 고함을 질렀다.

"살려 주세요! 사람 살렸……!!"

'제발제발.'

또다시 틀어막혀 버린 입 속으로 웅얼거림만이 가득했다. 그때였다. 누군가 다급하게 뛰는 소리가 들려왔다.

태현은 그제야 누군가 왔다는 걸 알아차리고 서둘러 제이의 입을 막았다. 그 순간 밖에서 소리가 들려왔다.

"제이야. 제이야?"

할아버지와 할머니의 목소리가 들리자 안도감에 제이의 눈에 눈물이 사정없이 흘러내렸다. 문이 벌컥 열리더니 제이 위에서 제이의 입을 틀어막고 있던 태현을 본 할아버지는 당장 태현을 끌어 내렸고, 할머니는 너무 놀란 나머지 다리에 힘이 풀려 주저앉고 말았다.

"아유. 우리 새끼. 아유. 이게 대체 무슨 일이야!! 이게 무슨 일이야. 어이구."

"누군데 우리 손녀를, 이 나쁜 자식!"

뒷덜미를 잡혀 끌려가면서도 태현은 제이에게서 눈을 뗄 수가 없었다.

"임자! 정신 차려!! 어서 신고해, 어서! 어서!!"

"아이고. 내 정신 좀 봐. 네. 네네……."

할머니는 오열하며 전화기를 들고 떨리는 손으로 버튼을 눌렀다. 뒤늦게 정신을 차린 태현이 전화하는 할머니를 말리려고 달려들자 할아버지는 그런 태현을 다시 잡아당겼다.

할머니가 통화하는 소리를 들으며 이제 다 괜찮을 거라고, 이제 경찰이 곧 와 줄 거라고, 어리석은 믿음에 몸에서 힘이 빠져 버린 제이였다.

그런데 어찌 된 일인지 소란은 멈추지 않았다. 힘겹게 고개를 들어 밖을 바라보니 태현과 할아버지가 엎치락뒤치락하며 몸싸움을 벌이고 있었고, 전화를 끊은 할머니가 서둘러 태현을 할아버지에게서 떼어 내려고 하고 있었다.

제이는 몸싸움을 하는 모습을 보며 또다시 망연자실하고 말았다.

"안 돼……."

여러모로 상황이 불리하게 돌아가고 있던 터라 태현은 화가 머리끝까지 차올라 기어이 일을 치고 말았다.

태현과 할아버지를 말리려던 할머니를 거칠게 밀어 버렸는데 그대로 가구 모서리에 머리를 부딪혀 할머니가 쓰러지고 말았다.

"할머니! 할머니! 안 돼!! 할머니!!!"

방에서 두 손을 묶인 채 밖에 상황을 지켜볼 수밖에 없던 제이는 미칠 것만 같았다.

제이의 놀란 울음소리에 할아버지도 뒤늦게 할머니에게 달려갔지만 이미 할머니는 정신이 혼미해져 가고 있었다.

태현도 이렇게까지 될 줄은 몰랐다.

할아버지 역시 너무나도 어이없이 쓰러져 버린 할머니를 쓰다듬으며 눈물을 흘렸다.

"이 사람아, 아이고 이 사람아…… 그렇게 그냥 있지 왜에…… 무슨 힘이 있다고 말리긴 말려. 왜에…… 아이고…… 이를 어째…… 이를 어째."

"영감…… 우리 새끼……가 봐요. 우리 새……끼 살려…… 컥."

목숨이 꺼져 가는 중에도 할머니는 할아버지를 재촉하고 있었다.

"할아버지, 할머니는 괜찮죠? 괜찮은 거죠? 할아버지! 괜찮은 거죠? 할머니…… 흐흐흑…… 흑흑."

할아버지는 할머니를 자리에 가만히 뉘여 놓고 손녀딸에게로 터덜터덜 힘없이 다가갔다. 슬픔에 목이 꽉 잠겨 어떠한 말도 할 수가 없었다. 덜덜 손을 떨며. 굵은 눈물을 소리 없이 후두둑 떨어트렸다. 어금니가 으스러지도록 이를 앙다물며 손녀의 터지고 흐트러진 상의를 정리하고 손목을 풀어 주려 하고 있었다.

그런 할아버지를 보며 직감할 수 있었다. 할머니가…… 어려서부터 바쁜 부모님을 대신해 자신을 자식처럼 키워 주며 보살펴 주던 할머니가…… 다시 오지 못할 길을 가고 있다는 걸 제이는 직감할 수 있었다.

슬퍼할 겨를도 없었다. 제이는 눈에 보이지 않는 태현이 이미 도망간 거라 생각했다. 그런데 아니었다. 다시 태현의 눈을 마주하게 된 제이는 그의 손에 들려 있는 무언가를 보며 경악했다.

"할아버지, 빨리 나가요! 할아버지!! 할아버지, 얼른 나가요. 얼른. 당장 이 집에서 나가요. 할아버지!!!"

다시 마주친 태현의 눈은 이미 미친 사람의 것이었다. 문 뒤에 서 있는 태현의 손에 들린 서슬 퍼런 무언가를 보며 제이는 정신없이 그를 향해 빌기 시작했다.

"내가 다 잘못했어요. 태현 씨 하자는 대로 다 할게요. 원하는 거 다 할게. 제발 멈춰요. 제발! 이렇게 빌게요. 다 할게. 태현 씨가 원하는 건 무엇이든 다 할게요."

아직도 넋이 나간 채 자신의 손목을 풀고 있는 할아버지를 발로 차고 온몸으로 밀었지만 할아버지는 말을 듣지 않았다. 허망하게 보내 버린 할머니 때문에 할아버지는 이미 정신이 나가 있는 듯했다.

제이의 손목은 이미 만신창이가 되어 있었다. 온통 당기며 흔들어 댄 통에 긁힌 손목에서 기어이 피가 흘러나왔고, 피가 통하지 않은 손은 시퍼렇게 변해 만 갔다.

"할아버지, 제발 정신 차려요. 제발 피해요! 흑흑흑…… 그가 칼을 들고 있어요! 할아버지!!"

제이가 절실하게 울부짖었지만, 할아버지는 들리지 않는 것처럼 묶인 손목에만 시선을 두었다.

"안 돼! 태현 씨! 태현 씨! 안 돼!!"

이미 태현의 이성은 망가져 버렸다. 결국 태현은 마지막 선을 넘고 말았다.

"안 돼! 안 돼!! 아아아악!!!"

할아버지가 제이의 몸 위로 털썩 쓰러지고 말았다. 자신의 몸 위로 쓰러진 할아버지에게서 뜨거운 무엇인가가 왈칵 쏟아져 나와 제이의 몸을 온통 시뻘겋게 물들이고 있었다. 제이는 목이 쉬다 못해 찢어질 것만 같았다. 더 이상 목소리가 나오지 않았다.

온 침대를 흥건하게 적셔 버린 뜨겁고 붉은…… 비릿한 냄새가…….

"할아버지…… 일어나 봐요. 할아버지…… 할머니……."

이미 쉬어 버려 들리지도 않는 제이의 목소리가 점점 줄어들더니, 기어이 까무룩 정신을 놓아 버렸다.

2권에서 계속

또 다른 사랑

1

1판 2쇄 찍음 2022년 5월 12일
1판 2쇄 펴냄 2022년 5월 18일

지은이 | 스파클라
펴낸이 | 정 필
펴낸곳 | (주)뿔미디어

기획·편집 | 박경희 김신혜
표지 디자인 | 우 물

출판등록 | 2002년 9월 11일 (제1081-1-132호)
주소 | 경기도 부천시 소향로 17, 303(두성프라자)
전화 | 032)651-6513 팩스 | 032)651-6094
E-mail | scarlets2012@hanmail.net
블로그 | http://blog.naver.com/dahyangs
비북스 | http://b-books.co.kr

값 11,000원

ISBN 979-11-6565-862-5 04810
ISBN 979-11-6565-861-8 04810(세트)